O SONHO DE UMA FILHA

Editora: Raïssa Castro
Coordenadora Editorial: Ana Paula Gomes
Copidesque: Maria Lúcia A. Maier
Projeto Gráfico: André S. Tavares da Silva

Título original: *Her Daughter's Dream*

Copyright © Francine Rivers, 2010
Edição publicada mediante acordo com Browne & Miller Literary Associates, LLC.
Todos os direitos reservados.

Tradução © Verus Editora, 2013

ISBN: 978-85-7686-182-9

Direitos reservados em língua portuguesa, no Brasil, por Verus Editora. Nenhuma parte desta obra pode ser reproduzida ou transmitida por qualquer forma e/ou quaisquer meios (eletrônico ou mecânico, incluindo fotocópia e gravação) ou arquivada em qualquer sistema ou banco de dados sem permissão escrita da editora.

Verus Editora Ltda. Rua Argentina, 171, São Cristóvão, Rio de Janeiro/RJ
20921-380 | Tel.: (21) 2585-2000 | www.veruseditora.com.br

CIP-BRASIL. CATALOGAÇÃO NA FONTE
SINDICATO NACIONAL DOS EDITORES DE LIVROS, RJ

R522s

Rivers, Francine, 1947-
  O sonho de uma filha / Francine Rivers ; tradução Alyda Sauer e Sandra Martha Dolinsky. - 4.ed. - Rio de Janeiro, RJ : Verus, 2024.
  23 cm

  Tradução de: Her Daughter's Dream
  ISBN 978-85-7686-182-9

  1. Ficção cristã. 2. Ficção americana. I. Sauer, Alyda Christina. II. Título.

12-9079
CDD: 813
CDU: 821.111(73)-3

Revisado conforme o novo acordo ortográfico

O Sonho de uma Filha

FRANCINE RIVERS

Tradução
Alyda Sauer
Sandra Martha Dolinsky

4ª edição

Rio de Janeiro-RJ / São Paulo-SP, 2024

VERUS
EDITORA

Para Jenny e Savannah

Agradecimentos

Grande parte do romance que você vai ler é ficção, mas há trechos e partes de histórias pessoais da minha família entremeados. O manuscrito assumiu diversas formas nos últimos dois anos, e afinal se transformou em uma saga. Muita gente me ajudou no processo de escrever as histórias de Marta e Hildemara neste primeiro volume, e de Carolyn e May Flower Dawn no segundo. Quero agradecer a todas essas pessoas.

Antes de mais nada, agradeço a meu marido, Rick, que cavalgou pela tempestade com este livro, ouvindo cada variação das histórias à medida que os personagens iam tomando forma na minha imaginação, e que atuou como meu primeiro editor.

Toda família precisa de um historiador, e meu irmão, Everett, desempenhou esse papel com perfeição. Enviou-me centenas de fotografias da família, que ajudaram a dar corpo à história. Também recebi ajuda valiosíssima de minha prima Maureen Rosiere, que descreveu com detalhes o rancho de amendoeiras e vinhedos de nossos avós, cenário que usei neste romance. Meu marido e meu irmão também compartilharam comigo suas experiências no Vietnã.

Kitty Briggs, Shannon Coibion (nossa filha) e Holly Harder contaram suas experiências de esposa de militar. Holly tem sido uma ajuda constante. Não conheço nenhuma outra pessoa no planeta capaz de encontrar informações na internet com maior rapidez! Sempre que eu me deparava com um obstáculo, Holly o derrubava. Obrigada, Holly!

O filho de Holly, Daniel Harder, tenente do Exército dos Estados Unidos, informou-me sobre os programas de engenharia e sobre o Corpo de Treinamento de Oficiais da Reserva da Politécnica da Califórnia. Ele agora está na ativa. E nossas orações vão para ele.

Ida Vordenbrueggan, enfermeira e amiga de minha mãe, ajudou-me a completar as informações sobre os cuidados com pacientes internados por longos períodos no Sanatório de Arroyo del Valle. Nossa correspondência foi muito prazerosa.

Kurt Thiel e Robert Schwinn responderam a perguntas sobre a Associação Cristã Interuniversitária. Continuem com o bom trabalho, cavalheiros!

A guia de turismo da Globus, Joppy Wissink, mudou o itinerário de um ônibus para que Rick e eu tivéssemos a oportunidade de passear pela cidade natal de minha avó, Steffisburg, na Suíça.

Durante todo este projeto, tive parceiros para minhas ideias sempre que precisei. Colleen Phillips levantou questões e me encorajou desde o início. Robin Lee Hatcher e Sunni Jeffers participavam com ideias e perguntas quando eu não sabia para que lado ir. Minha agente, Danielle Egan-Miller, e sua sócia, Joanna MacKenzie, ajudaram-me a ver de que maneira eu podia reestruturar o livro para mostrar a história que eu queria contar.

Também quero agradecer a Karen Watson, da editora Tyndale House, por suas ideias, seu apoio e seu estímulo. Ela me ajudou a enxergar os personagens com maior clareza. E, obviamente, todo escritor precisa de um bom editor. Sou abençoada por ter uma das melhores, Kathy Olson. Ela torna o trabalho de revisão interessante e desafiador, em vez de doloroso.

Para terminar, agradeço a Deus por minha mãe e minha avó. A vida das duas e os diários de minha mãe foram minha primeira inspiração para escrever sobre o relacionamento entre mães e filhas. Ambas foram mulheres de fé e trabalhadoras. Faleceram há alguns anos, mas me apego à promessa de que ainda estão bem vivas e sem dúvida curtindo a companhia uma da outra. Um dia, hei de vê-las novamente.

Janeiro de 1951

Querida Rosie,

    Trip telefonou. Hildemara está de novo no hospital. Já estava há quase dois meses quando eles resolveram me contar. Mas agora querem a minha ajuda. Minha doce Hildemara Rose, a menor, a mais fraca, a mais dependente dos meus filhos. Ela lutou desde o começo. E agora eu preciso descobrir um modo de dar-lhe coragem para mais uma luta.

    Nem sempre consegui enxergar isso, mas recentemente Deus me fez lembrar de todas as vezes em que a coragem e a garra de Hildemara foram úteis para ela. Ela escolheu seu próprio caminho na vida e o seguiu, contra todos os revezes (e contra a minha vontade, devo acrescentar!). Seguiu o marido de uma base militar a outra, mudando-se para cidades desconhecidas, fazendo novos amigos. Atravessou o país sozinha e veio para casa ajudar Bernhard e Elizabeth a manter a terra dos Musashi, apesar das ameaças, dos incêndios e dos tijolos jogados nas janelas.

    E nem preciso lembrá-la da reação dela quando teve de encarar o mesmo tipo de violência à qual nossa querida Elise sucumbiu tantos anos atrás. Ela foi suficientemente inteligente para sair correndo. Minha filha é corajosa!

    Fui obrigada a admitir que sempre favoreci um pouco Hildemara em relação aos outros. (Isso é alguma novidade para você, minha querida amiga? Desconfio que você me conhece melhor do que eu mesma.) Desde o instante em que a minha filha mais velha veio ao mundo, ela ocupou um lugar especial no meu coração. Niclas sempre disse que ela era parecida comigo e temo que isso seja verdade. E nós duas sabemos como meu pai desprezava minha aparência sem graça. E, como Elise, ela era frágil.

Como um coração de mãe poderia deixar de reagir a tal combinação? Eu fiz o que senti que devia fazer. Desde o início resolvi que não deixaria que Hildemara Rose se tornasse uma pessoa fraca, como mamãe fez com Elise. Mas agora fico pensando se fiz a coisa certa. Será que a forcei demais e, com isso, a empurrei para longe? Ela nem quis que o marido ligasse para mim pedindo ajuda, até os dois acharem que ela havia passado do ponto que não tem mais volta. Agora eu queria ter sido mais como a minha mãe, com seu espírito generoso e amoroso, e menos como meu pai. Sim, é isso mesmo. Vejo claramente que herdei alguns aspectos de egoísmo e crueldade dele. Não tente me convencer do contrário, Rosie. Nós duas sabemos que é verdade.

Agora minha esperança e minhas orações são para que eu consiga trazer Hildemara para perto de novo. Estou rezando e pedindo mais tempo. Quero que Hildemara saiba o quanto eu a amo, todo o orgulho que tenho dela e de suas realizações. Quero consertar meu relacionamento com ela. Quero aprender como servir à minha filha. Eu, que me revoltei a vida inteira só de pensar na servidão.

Passei a me lembrar de Lady Daisy, das tardes que passamos em Kew e dos chás que tomamos no conservatório. Acho que chegou a hora de compartilhar um pouco dessas experiências com Hildemara Rose... Farei para ela todos aqueles doces e petiscos maravilhosos que um dia servi para Lady Daisy. Servirei chá indiano, temperado com creme e muita conversa.

Se Deus quiser, vou reconquistar minha filha.

Com amor, da amiga,
Marta

Hildemara Rose

1

Hildemara estava deitada no escuro, com a camisola molhada de suor. Sudorese noturna outra vez... Já devia estar acostumada com isso. Sua companheira de quarto, Lydia, roncava baixinho. Lydia vinha melhorando a cada dia, desde a sua chegada, seis semanas antes, o que só servia para deixar Hildemara ainda mais deprimida. Lydia tinha engordado um quilo. Hildie perdera exatamente o mesmo peso.

Dois meses e nenhuma melhora. As contas do hospital cresciam e esmagavam pesadamente os sonhos de Trip. O marido ia visitá-la todas as tardes. Na véspera, ele parecia muito cansado. Não era de admirar, uma vez que precisava trabalhar em tempo integral, depois ir para casa e cuidar de tudo o que antes ela fazia: lavar roupa, cozinhar, atender às necessidades de Charlie e Carolyn. Hildie sofria por causa dos filhos. Charlie, sozinho tanto tempo... Carolyn sendo criada por uma babá que não se importava com ela. Hildie não tocava nem via os filhos desde o dia em que Trip a levara para o hospital. A falta que sentia deles era tão grande que se transformava em dor física a maior parte do tempo. Ou será que era só a *Mycobacterium tuberculosis* consumindo seus pulmões e dizimando seu corpo?

Hildie afastou a coberta e foi ao banheiro para molhar o rosto com água fria. Quem era aquele fantasma emaciado e pálido que olhava para ela no espelho? Ela examinou os ângulos pronunciados, a palidez, as sombras escuras embaixo dos olhos castanhos, a ausência de brilho no cabelo também castanho que lhe caía sobre os ombros.

Estou morrendo, meu Deus, não estou? Não tenho força para lutar contra essa doença. E agora tenho de encarar a decepção da mamãe comigo. A última vez ela me chamou de covarde. Talvez eu esteja desistindo.

Pegou água nas mãos em concha e passou no rosto.

Ah, Deus, eu amo Trip demais. E Charlie, e a doce e pequena Carolyn. Mas estou cansada, Senhor, muito, muito cansada. Prefiro morrer agora a ficar assim e deixar um rastro de dívidas.

Ela havia dito isso a Trip na semana anterior: que desejava poder morrer em casa e não naquele quarto de hospital esterilizado, a mais de trinta quilômetros de distância. O rosto dele se contorceu de angústia.

– Não diga isso. Você não vai morrer. Tem de parar de se preocupar com as contas. Se sua mãe viesse para cá, eu poderia levar você para casa. Talvez assim...

Ela argumentou que a mãe não vinha. Que ela nunca havia ajudado antes. A mãe odiava a simples ideia de ser uma servente. E era exatamente isso que ela seria. Uma empregada de tempo integral, lavadeira, babá e cozinheira, sem ganhar nada por isso. Hildie disse que não podia pedir tal coisa para sua mãe.

Trip ligou para ela mesmo assim, e então foi até lá num sábado com Charlie e Carolyn para que conversassem sobre o assunto. Ele tinha voltado aquela manhã.

– Sua mãe concordou em vir. Vou tirar uns dois dias de folga para preparar tudo para ela.

Ele queria pintar o quarto de Carolyn, comprar uma cama boa e confortável, uma cômoda nova, um espelho e talvez uma cadeira de balanço.

– Charlie e Carolyn ficarão no quarto pequeno. Você e eu ficaremos juntos...

– Eu não posso dormir com você, Trip. Tenho de ficar em quarentena.

Ela mal conseguiu absorver a notícia de que a mãe tinha aceitado vir para ajudar.

– Não posso ficar perto das crianças.

Mas poderia ao menos ouvi-las. Poderia vê-las. A mãe disse que viria. Ela ia morar com eles. Hildie estremeceu, pensando em tudo aquilo. E sentiu uma grande náusea.

– Vou precisar de uma cama de hospital.

Então instruiu Trip sobre como deveria ser o quarto. Nada de tapete. Persiana na janela, sem cortina. Quanto mais simples, mais fácil de ser esterilizado. Trip pareceu tão esperançoso que partiu seu coração. Ele se abaixou para beijar a testa da mulher antes de sair.

– Você logo estará em casa.

E agora ela não conseguia dormir. Em vez de voltar para a cama, Hildie se sentou na cadeira perto da janela e espiou as estrelas. Como ia ser, com a mãe morando na casa dela, cuidando dela, dos filhos dela e de todas as tarefas domésticas, para Trip não ter de fazer tudo sozinho? Será que a mãe ia desprezá-la por não lutar com mais garra? Seus olhos ardiam e a garganta doía só de pensar em ter de ficar lá doente, na cama, inútil, enquanto a mãe assumia a sua família. Ela secou as lágrimas. É claro que a mãe ia fazer tudo melhor do que ela. Saber disso só piorava a mágoa. A mãe sempre administrou tudo. Mesmo sem o pai, o rancho funcionava como uma máquina bem lubrificada. A mãe ia fazer refeições maravilhosas para Trip. Era a mãe quem ia dar asas a Charlie. E provavelmente ensinaria Carolyn a ler antes que ela completasse quatro anos.

Eu devia agradecer por isso. Ela se importa a ponto de vir ajudar. Pensei que ela não viria.

Depois de se refrescar com o ar da noite, Hildie se deitou e se cobriu novamente.

Ela queria sentir gratidão. Ia agradecer, mesmo vendo a vida que amava escapando de seu controle. Tinha lutado muito para se livrar das expectativas da mãe, para assumir o controle da própria vida e não viver os sonhos impossíveis da mãe. Mesmo a única coisa em que tinha se especializado seria arrancada dela antes de fechar os olhos pela última vez.

A mãe ia ser a enfermeira. Seria ela a carregar o lampião.

Carolyn

2

Carolyn ficou contente porque o pai deixou que ela ficasse com Oma Marta em Murietta até Oma estar pronta para se mudar para a casa deles. Se tivesse voltado com ele e com Charlie, teria de ir todos os dias para a casa da sra. Haversal, do outro lado da rua, enquanto Charlie estivesse na escola e o pai no trabalho. Já era assim há muito tempo, desde o dia em que a mãe foi embora. Mas agora a mãe ia voltar para casa e Oma ficaria lá com eles. Ia ser maravilhoso!

Carolyn brincava com a boneca de pano que Oma tinha lhe dado, enquanto Oma fazia a mala com as roupas e arrumava um baú com lençóis, fronhas bordadas com barras de crochê, dois cobertores e um aparelho de chá rosa com minúsculas colheres de prata. Oma botou a mala e o baú no porta-malas de seu novo Plymouth cinza, depois empilhou duas almofadas no banco da frente para Carolyn poder ficar bem alta e espiar pela janela na longa viagem para casa. Oma deixou até que ela abrisse o vidro para botar a mão para fora e sentir o vento.

Elas pararam na entrada da casa na hora em que Charlie descia do ônibus escolar.

– Oma!

Ele chegou correndo. Oma pegou a chave da porta da frente embaixo do vaso de planta na varanda.

Dentro de casa estava tudo mudado. Carolyn encontrou sua cama e sua cômoda no quarto de Charlie.

Havia uma mesa pequena entre a cama dela e a de Charlie. Ela foi até seu antigo quarto e observou Oma pondo a mala em cima de uma cama nova e maior. As paredes que eram rosa agora estavam de um amarelo vivo, e cortinas novas de renda pendiam nas janelas. Havia uma grande cômoda com um espelho em cima, uma mesinha com abajur e uma cadeira de balanço com almofadas floridas.

– Vou ficar muito bem instalada aqui.

Oma tirou as roupas da mala e guardou tudo. Depois foi até a janela e afastou a cortina branca de renda.

– Vou ter de me acostumar a ter vizinhos assim tão perto – ela balançou a cabeça e deu meia-volta. – É melhor começar a preparar o jantar. Seu papai vai chegar logo.

– A mamãe vem para casa?

– Daqui a um ou dois dias – disse Oma, abrindo a porta do quarto ao lado. – É aqui que ela vai ficar.

Oma deixou Carolyn parada na porta do quarto e foi para a cozinha. A menina não gostou do quarto. Parecia frio e estranho, sem um tapete no chão e sem cortinas na janela, apenas com uma persiana abaixada para impedir a entrada de sol.

Carolyn foi para a cozinha.

– Mamãe não vai gostar do quarto dela.

– É exatamente do jeito que ela quer. Mais fácil de manter limpo.

– Ela gosta de plantas no parapeito da janela. Gosta de flores em vasos. A mãe sempre teve fotografias em porta-retratos em cima da cômoda.

– Mamãe não gosta de germes – Oma disse, descascando batatas.

– O que são germes?

A avó deu uma risadinha.

– Você vai ter de perguntar para ela.

Oma preparou o jantar antes que o pai chegasse do trabalho. Todos se sentaram à mesa da cozinha.

– Quando é que ele vai buscar a mamãe?

Oma pôs um jarro de leite na mesa e se sentou na cadeira da mãe.

– Depois de amanhã.

– Temos muito que agradecer, não é?

Quando Oma estendeu as mãos, Charlie segurou uma e Carolyn a outra. O pai segurou as mãos dos dois para formar um círculo. Ele não dava graças desde o dia em que a mãe fora embora. Ele falou baixinho, com calma, disse *amém* e suspirou, com um pequeno sorriso nos lábios. Oma fez perguntas sobre o trabalho dele, e o pai falou longamente. Quando todos acabaram de jantar, o pai empilhou os pratos, mas Oma o mandou embora.

– Você e as crianças vão conversar, brincar ou fazer o que normalmente fazem. Eu vou arrumar e lavar tudo.

O pai levou Charlie para fora para jogar beisebol. Carolyn ficou sentada nos degraus da varanda, assistindo.

Oma organizou os banhos aquela noite. Charlie primeiro, para poder fazer seu dever de casa. Ela se sentou na tampa do vaso enquanto Carolyn brincava no banho de espuma. Oma deu ao pai um livro para que ele lesse para as crianças, Carolyn de um lado e Charlie do outro. Quando terminou de ler, ele beijou os dois e os mandou para a cama. Oma cobriu os netos e rezou com eles.

No meio da noite, Carolyn acordou. Tinha se acostumado a dormir com Oma. Não havia monstros no quarto de Charlie, mas Carolyn se preocupava com a avó. Desceu da cama, foi pé ante pé pelo corredor até seu antigo quarto e abriu a porta. Oma roncava tão alto que devia ter assustado os monstros para fora da casa com aquela barulheira toda. Carolyn voltou para o quarto de Charlie e se enfiou na cama. Aconchegou-se embaixo das cobertas, olhou para o irmão dormindo no outro lado do quarto, pensou na vinda da mãe para casa e adormeceu sorrindo.

O pai saiu para o trabalho logo depois do café da manhã, composto de ovos mexidos com bacon e biscoitos assados na hora. Assim que Charlie foi para a escola, Oma pôs o dedo no queixo de Carolyn.

– Vamos escovar o seu cabelo e fazer um rabo de cavalo. O que você acha?

Ela levou Carolyn pela mão até o quarto dela. Deu um tapinha na cama e a menina subiu. Enquanto Oma escovava seu cabelo, Carolyn observava a avó no espelho. Gostava do cabelo branco e da bochecha bronzeada e com rugas. Tinha olhos castanho-esverdeados, simpáticos como os da mãe. Oma sorriu para ela. Escovou o cabelo louro, comprido e encaracolado da menina e segurou-o com uma mão.

– Você é parecida com Elise, minha irmãzinha. Ela era muito, muito bonita, como você.

Depois de desembaraçar todas as pontas, Oma prendeu um elástico no cabelo de Carolyn.

– Pronto. Assim está melhor. Você não acha?

Carolyn levantou a cabeça.

– Mamãe está morrendo?

Oma sorriu para ela.

– Não. Sua mãe *não* está morrendo – e passou a mão no cabelo da menina. – Ela precisa descansar. Só isso. Agora que eu estou aqui, ela pode vir para casa e descansar. Vocês vão ver sua mãe todos os dias.

Carolyn não viu no rosto de Oma a mistura de emoções que tinha visto no rosto do pai. Oma não parecia insegura nem triste. Não parecia ter medo. Ela usava óculos, mas, por trás deles, Carolyn via olhos limpos e amorosos, cheios de confiança.

Oma disse a Carolyn que elas iam dar um passeio.

– Preciso conhecer o bairro, descobrir onde ficam as coisas.

– Que coisas?

– A quitanda, por exemplo. Você e eu vamos explorar! – Do jeito que ela disse, parecia que aquilo seria uma grande aventura. – Vamos encontrar uma biblioteca, onde poderemos pegar muitos livros para uma semana. Também quero passar na igreja para conhecer o pastor. O seu pai disse que vocês não vão lá há um bom tempo, mas isso vai mudar.

– A mamãe vai também?

– Não. Por enquanto, não.

Oma seguia veloz, apontando para um lado e para o outro, e Carolyn observava tudo, encarapitada nas almofadas.

– Olha lá. Quem diria? Uma fábrica de queijo! Vamos comprar uns bons queijos suíços ou gouda enquanto estivermos na cidade. E ali é um banco.

Oma almoçou num pequeno café na Rua Principal. Carolyn comeu um cachorro-quente e bebeu uma Coca. Antes de seguir para casa, Oma quis passear numa loja de departamentos. Examinou todos os utensílios de cozinha e comprou alguns. Então foram para a quitanda, e Oma encheu um cesto grande de produtos.

– É hora de ir para casa. Quero chegar lá antes que o Charlie desça do ônibus.

Oma estacionou na entrada no momento em que o ônibus escolar despejava meninos e meninas.

– Bem na hora!

Charlie correu pela rua gritando vivas. Oma deu risada, disse que ele parecia um índio e entregou-lhe o cesto de verduras e legumes.

– Ajude-me a descarregar.

Ela deu uma sacola menor para Carolyn e carregou mais outra e os pacotes da loja de departamentos.

Charlie farejou o pacote de biscoitos como um cão perdigueiro, abriu, pegou um punhado e saiu com os amigos. Oma achou graça e balançou a cabeça.

– Ele é como um dos meus meninos do Pandemônio de Verão.

Oma rasgou o papel pardo do embrulho e abriu uma grande caixa branca.

– Olhe o que encontrei quando fazia compras.

E estendeu uma pequena toalha de mesa bordada com guardanapos combinando.

– Você, sua mãe e eu vamos tomou chá todas as tardes. Há anos não faço isso, mas tenho todas as receitas aqui. – Ela tirou um velho caderno com capa de couro da bolsa e o botou na mesa, com expressão sonhadora. – Vamos fazer uma festa especial de boas-vindas para sua mãe.

Ela olhou para o relógio no pulso e sugeriu que se sentassem na varanda para aproveitar o sol.

Quando o pai trouxe a mãe para casa, Oma se levantou e segurou a mão de Carolyn. A mãe desceu do carro, acenou para as duas e foi diretamente para dentro de casa. Carolyn a chamou e ia entrar também, mas o pai barrou seu caminho.

– Deixe sua mãe em paz. Ela vai se deitar agora.

A mãe foi pelo corredor até o quarto frio, com a cama estranha, e fechou a porta. Carolyn tentou passar pelo pai, mas ele a agarrou e a fez dar meia-volta.

– Vá brincar lá fora um pouco, enquanto Oma e eu conversamos. Pode ir.

Ele a empurrou.

Confusa, Carolyn se sentou nos degraus da varanda e esperou até o pai sair. Ele passou por ela sem dizer nada, entrou no carro e foi embora.

Oma apareceu na varanda.

– Seu pai teve de voltar para o trabalho. Você o verá de novo à tarde.

– Posso ver a mamãe?

– Não, *Liebling*.

Oma balançou a cabeça e passou a mão nos cabelos de Carolyn.

– Você quer ficar aqui fora, ou entrar e me ajudar a preparar o almoço?

Carolyn seguiu a avó para dentro de casa.

A mãe dela não saiu do quarto o dia inteiro, a não ser para ir ao banheiro. E todos os dias depois desse foram a mesma coisa. Quando a mãe via Carolyn no corredor, acenava para a menina se afastar. A mãe não se sentava à mesa da cozinha para jantar, nem ficava com a família na sala de estar quando escutavam o programa *Lux Radio Theater*. À exceção do pai e de Oma, ninguém mais podia entrar no quarto da mãe. O pai muitas vezes passava a noite inteira atrás daquela porta fechada, enquanto Oma pegava um livro da pilha que tinha trazido da biblioteca e lia histórias para Carolyn e Charlie.

Carolyn costumava ir lá para fora depois que Charlie ia para a escola. Um dia ela colheu narcisos que tinham brotado de mudas que a mãe havia plantado há muito tempo. A mãe adorava flores. Ficava feliz com elas. Quando juntou um belo buquê, ela entrou em casa, foi pé ante pé pelo corredor até o quarto da mãe e abriu a porta. Ela estava deitada de lado, dormindo. Carolyn chegou perto da cama na ponta dos pés. Seu queixo batia no colchão.

– Mamãe?

Carolyn esticou o braço e tocou na mão da mãe. Hildie piscou e abriu os olhos, curvando os lábios em um sorriso. Então Carolyn lhe ofereceu os narcisos.

– Trouxe flores para você, mamãe, para você se sentir melhor.

A expressão da mãe mudou. Ela puxou o lençol e cobriu a boca.

– Você não pode entrar aqui, Carolyn. Saia! Já!

O lábio da menina tremeu.

– Eu quero ficar com você.

– Você não pode ficar comigo. – Os olhos da mãe se encheram de lágrimas. – Saia daqui, Carolyn. Faça o que estou pedindo.

– Mamãe...

Carolyn esticou o braço para lhe dar as flores, mas ela recuou.

– Mamãe! – Hildie começou a tossir. – Afaste-se, Carolyn! – e engasgou entre espasmos de tosse.

Quando Oma apareceu na porta, Hildie acenou freneticamente.

– Mamãe! Tire-a daqui! Afaste-a de mim!

Soluçando e ainda tossindo, a mãe amassou o lençol sobre a boca e se encolheu na cama.

– Não deixe que ela entre!

Oma espantou a menina para fora do quarto e fechou a porta com firmeza. Assustada e confusa, Carolyn começou a chorar. Oma a pegou no colo e a levou para a sala de estar.

– Pronto, passou. Você não fez nada de errado. Preste atenção – disse, sentando-se na cadeira de balanço. – Sua mãe está doente. Você não pode entrar naquele quarto. Se entrar, ela irá embora outra vez. Você não quer isso, quer?

– Não.

Por que ela não podia entrar? Oma podia. Papai podia. Charlie ficava parado na porta e conversava com mamãe. Por que só ela precisava ficar longe?

– Pronto, pronto...

Oma segurou Carolyn no colo e balançou com ela na cadeira. Carolyn enfiou o polegar na boca e recostou-se na avó.

– Vai ficar tudo bem, *Liebling*. Sua mãe vai melhorar, e daí você terá muito tempo para ficar com ela.

Depois disso, Carolyn nunca mais entrou no quarto da mãe. O mais perto que chegou foi encostar na parede do corredor ao lado da porta quando Oma entrava com a bandeja de comida. Assim podia dar uma espiada na mãe. Quando o tempo esquentou, a mãe dela saiu do quarto, de calça comprida e suéter. Sentou-se na varanda da frente, onde Oma serviu chá com sanduíches de salada de ovo e endro, e biscoitos de castanha-do-pará. Carolyn ficou esperando dentro de casa até Oma dizer que ela podia sair também. A menina se sentou na cadeira que ficava na extremidade da varanda, o mais longe possível da mãe. A mãe ajeitou o casaco mais rente ao corpo magro.

– Está frio.

Oma serviu o chá.

– Está fazendo vinte e três graus, Hildemara Rose. Você precisa de ar fresco.

– É difícil eu me aquecer, mesmo com o sol brilhando, mamãe.

– Vou pegar um cobertor para você.

Oma botou mais um sanduíche no prato de Hildemara.

– Nada de cobertor, mamãe. É melhor eu procurar parecer o mais normal possível.

– Normal? A vizinhança já sabe, Hildemara Rose. Por que acha que ficaram todos afastados? – Oma deu uma risada tensa. – Covardes! Todos eles!

A mãe mordiscou o pequeno sanduíche.

– Você é uma cozinheira maravilhosa, mamãe.

– Aprendi com os melhores – respondeu Oma, botando a xícara no pires. – Aprendi com a mãe de Rosie. Eles tinham um hotel. Já contei isso para você, não contei? O *chef* Brennholtz me ensinou no Hotel Germania. Ele voltou para a Alemanha e não pôde mais sair por causa da guerra. A última coisa que eu soube foi que ele era *chef de cuisine* de um dos maiorais nazistas. Depois de Warner Brennholtz, trabalhei para os Fournier, em Montreux. Solange me deu suas receitas francesas. A cozinheira da Lady Daisy, Enid, me ensinou a fazer esses doces e bolos para o chá.

Oma falou do amor que Lady Daisy tinha por Kew Gardens. Oma empurrava sua cadeira de rodas, e as duas passeavam no parque todos os dias.

– O trabalho era duro, mas eu nunca me importei. Eu adorava os jardins ingleses. Mas é claro que em Murietta faz muito calor...

Oma e a mãe conversaram sobre Carolyn também.

– Ela precisa de alguém para brincar.

– Bem, as mães não vão deixar os filhos conviverem com ela.

– Eu andei pensando... Talvez fosse bom arranjar um cachorrinho.

– Um cachorrinho?

– Para Carolyn.

– Eu não sei, mamãe. Um cão é muita responsabilidade.

– Não faria mal nenhum se ela aprendesse um pouco de responsabilidade. Talvez faça com que fique menos dependente. – Oma sorriu para Carolyn. – Ela se transformou na minha pequena sombra.

A mãe inclinou a cabeça para trás e fechou os olhos.

– Vou conversar com o Trip.

Ela parecia muito cansada.

Aquela noite, à mesa do jantar, o pai, Oma e Charlie conversaram sobre terem um cachorrinho. O pai sugeriu comprar um cocker spaniel.

– É pequeno para poder viver dentro de casa e suficientemente grande para não escapar pela cerca.

– Vocês não precisam *comprar* um cachorro – Oma deu risada. – As pessoas estão sempre querendo dar os filhotinhos. Qualquer vira-lata serve.

Charlie gemeu alto.

– Um vira-lata não. Podemos ter um pastor alemão, pai?

Charlie tinha passado a noite na casa de um amigo, cuja família tinha um aparelho de televisão.

– Roy Rogers tem um pastor alemão. Bullet é tão veloz que parece um relâmpago correndo.

Oma não pareceu convencida.

– E onde ele vai correr? Um cachorro grande desse jeito precisa de muito espaço.

Charlie não queria desistir.

– Nós temos um jardim na frente e outro nos fundos.

O pai continuou comendo.

– Eu não teria de me preocupar muito com um cão de guarda por perto. Mas ele precisaria ser treinado. Conheço alguém que poderia me dar um pointer.

Poucos dias depois, o pai tirou de dentro do carro uma bola de pelo com orelhas caídas e olhos castanhos brilhantes. Deu o filhote para Carolyn, que o apertou contra o peito.

– Segure-o bem. Ele se remexe muito. Não o deixe cair – ele riu e segurou o rosto de Carolyn. – Acho que ele gostou de você.

Depois disso, Carolyn passava a maior parte do tempo lá fora com o filhotinho, batizado de Bullet. Quando ela entrava, ele se sentava perto da porta da frente e gania até que ela voltasse. A mãe saía e se sentava na varanda enquanto Oma trabalhava na cozinha. E Carolyn corria pelo jardim, com Bullet nos calcanhares, saltitando e latindo.

Para qualquer lugar que Oma fosse, Carolyn ia com ela. Às vezes iam bem longe, até os campos de morangos em Niles, onde Oma conversava com os fazendeiros japoneses e pegava os frutos para fazer geleia. Outras vezes iam até a fábrica de queijo perto da ponte, sobre o córrego que passava por Paxtown. Oma levava Carolyn ao depósito com o velho senhor grego, que tirava pedaços de enormes queijos em formato de rodas, enquanto os dois conversavam sobre seus antigos países. Oma se encarregava de tudo: fazia compras na quitanda dos Hagstrom, pegava peças e equipamentos na loja de ferragens dos Kohln para fazer consertos em casa e comprava roupas para Charlie e Carolyn na loja de departamentos Doughtery. Às vezes a mãe discutia com ela por causa disso.

Todos os domingos, Oma levava Carolyn à igreja presbiteriana, enquanto o pai, a mãe e Charlie ficavam em casa. O pai sempre dizia que tinha trabalho para fazer, e Charlie ficava em casa porque ele ficava. Uma vez por mês, Oma levava Carolyn com ela até a fazenda em Murietta. Oma ficava conversando com os Martin, e a menina subia na casa da árvore, dava cenouras para o coelho branco ou ficava espiando as galinhas. Carolyn dormia com Oma quando iam para a fazenda.

A menina não chupava o dedo quando dormia na cama grande de Oma. Ela se encolhia junto da avó e se sentia aquecida e segura. Sonhava com chás com o pequeno coelho branco, que comia as cenouras na mão dela. Ele ficava de pé nas patas traseiras, batia o pé e dizia a ela que queria sorvete no dia seguinte. Ela ria dormindo.

Tudo parecia bom, seguro e confortável.

3

1952

Levou quase um ano, mas a mãe melhorou, como Oma tinha dito que aconteceria. Passava mais tempo fora do quarto do que dentro. Sentava-se à mesa da cozinha com a família e passava um tempo na sala de estar, embora não estimulasse Carolyn a se sentar ao lado dela nem a chegar muito perto.

– Fique brincando aí no tapete, onde eu possa vê-la.

Charlie construía fortes com as pequenas toras encaixáveis do brinquedo Lincoln Logs. Carolyn coloria seus álbuns ou se sentava ao lado de Oma para ouvir mais uma história.

Muitas vezes, à noite, Carolyn ouvia a mãe e Oma conversando. Às vezes elas levantavam a voz.

– Eu posso lavar os pratos, Hildemara.

– Eu não sou mais uma inválida.

– Acalme-se...

– Eu não quero me acalmar. Não quero ficar sentada vendo você fazer tudo para Trip e para os meus filhos. Agora já estou forte para fazer um pouco das tarefas domésticas por aqui.

– Só estou tentando ajudar!

– Você já ajudou bastante, mamãe. Às vezes eu acho que você ajuda demais.

Certa vez, Carolyn ouviu o pai falando.

– Isso é entre você e sua mãe. Pare de reclamar! Ela nos salvou, Hildie. Teríamos muito mais dívidas do que temos agora se ela não tivesse vindo para cá nos ajudar.

– Mas não é por isso que essa situação tem de durar para sempre, Trip. Esta é a *minha* família. Minha!

– Você está sendo ridícula.

– Você não entende o que eu estou vendo. Estou perdendo...

– Isso não é uma competição.

– Você não compreende!

Carolyn ficava com medo quando os pais brigavam. Grudava mais ainda em Oma e torcia para a avó não ir embora nunca.

A mãe mudou de volta para o quarto grande do pai. Veio um caminhão e levou embora a cama de hospital e a mesa com rodinhas. A mãe esfregou o chão e as paredes de seu antigo quarto e o pintou de rosa. O pai pôs a mobília de Carolyn lá. Oma encontrou um tapete redondo trançado e um baú para os brinquedos dela e comprou um tecido florido para fazer as cortinas.

Bullet pulou a cerca e perseguiu o carteiro. O pobre cão teve de ficar preso com uma corrente depois disso. O pai construiu uma casinha com espaço suficiente para ele e Carolyn entrarem.

Oma disse que ter um quarto só para ela era um luxo, mas Carolyn não gostou de ficar sozinha no quarto. Tinha medo que os monstros se mudassem de novo para baixo de sua cama.

Quando Oma fez a mala, Carolyn ficou espiando, confusa.

– Para onde você vai?

– Para Murietta.

Carolyn foi para o quarto e fez sua pequena mala também, como sempre fazia quando Oma a levava para passar o fim de semana na fazenda em Murietta.

– Você não vai comigo, Carolyn – disse Oma, sentando-se na cama dela e pondo-a no colo. – Você vai ficar aqui com a sua mãe.

– Eu quero ir com você.

– O seu lugar é aqui.

– Não é não.

Oma a abraçou e beijou o alto da cabeça da neta.

– Espero não ter ficado aqui tempo demais – disse, pondo Carolyn no chão. – Seja uma boa menina para a sua mãe.

– Eu amo *você*.

Oma segurou o rosto dela com as duas mãos e lhe deu dois beijos no rosto.

– Eu também amo você, *Liebling*. Nunca se esqueça disso. – Oma se levantou, pegando a mão de Carolyn. – Agora vamos.

Todos foram para a varanda. Oma se despediu, deu um abraço e um beijo em cada um. Menos na mãe, que não deixou.

– Como quiser, Hildemara Rose.

Oma balançou a cabeça ao descer os degraus da varanda. Carolyn tentou segui-la, mas a mãe a agarrou pelos ombros e a puxou para trás.

– Não!

Carolyn tentou se livrar, mas a mãe a apertou mais, chegando a machucá-la com a ponta dos dedos.

A menina gritou:

– Oma! *Oma!*

Oma se virou para o outro lado, deu marcha à ré e desceu a rua. Esperneando e soluçando, Carolyn tentava se libertar.

– Pare com isso – disse-lhe a mãe, com a voz entrecortada.

O pai agarrou Carolyn pelo braço e a fez virar, empurrando-a pela porta da frente para que entrasse. Quando ela quis sair correndo, ele a ergueu embaixo do braço e a carregou pelo corredor, chutando e berrando.

– *Pare com isso!* Você está magoando a sua mãe!

Vociferando, ele deitou Carolyn sobre os joelhos e deu-lhe duas palmadas, com força. Com a dor, a menina ficou com medo e calou a boca. O pai a jogou na cama e, ruborizado de raiva e com olhos ameaçadores, debruçou-se sobre ela, apontando-lhe o dedo no meio do rosto.

– Se você sair daí, vai levar a maior surra da sua vida!

A mão dele tremia.

– Não quero ouvir você chorar de novo. Está entendendo? Mais nenhuma lágrima! Está pensando que a sua vida é dura? Vi crianças com metade da sua idade em prédios bombardeados, catando alguma coisa para comer. Elas não tinham mãe que as amasse nem que cuidasse delas. As mães dessas crianças foram feitas em pedaços! Oma foi para a casa dela. A vida continua. Se você fizer sua mãe chorar, eu juro que vou... – ele cerrou o punho.

A expressão do pai mudou. Ele passou a mão no rosto e saiu do quarto.

Alguém abriu a porta e Carolyn acordou. Ela pôs o dedo na boca e o coração disparou. Não tinha saído do lugar onde o pai a tinha posto. Nem mesmo quando precisou ir ao banheiro.

A mãe estava parada na porta e fez uma careta.

– Aconteceu um acidente aí, não foi?

Carolyn recuou na cama toda suja, tremendo violentamente.

– Está tudo bem – disse a mãe, abrindo mais a porta. – Vai ficar tudo bem.

Mas ela não entrou no quarto.

– Ninguém está zangado com você – falou de longe. – Trip! – ela chamou, com a voz falha.

Ao ouvir os passos do pai, Carolyn se arrastou para mais longe ainda, até quase encostar na parede. Lágrimas escorriam-lhe no rosto. A mãe estava magoada de novo e o pai ia ficar furioso. Carolyn se lembrou do rosto do pai, do punho cerrado e da promessa que ele fizera. Quando ele apareceu na porta, ela ficou ofegante.

– Ela precisa de um banho – a mãe secou as lágrimas do rosto –, um banho quente, Trip. E fale baixinho, parece que ela está em choque – a mãe disse, com a voz embargada. – Vou trocar a roupa de cama e lavar tudo.

Carolyn não lembrava como foi da cama para o banho. O pai a colocou no chuveiro primeiro, depois jogou uma porção de espuma na banheira e a encheu de água quente. Ele falava com a voz alegre, mas não parecia animado. As mãos dele tremiam enquanto a esfregava. Apesar de a água estar quente, Carolyn tremia inteira. Quando ele a tirou da banheira, ela ficou imóvel enquanto o pai a secava e vestia-lhe o pijama.

— Você vai dormir num saco de dormir hoje. Não vai ser divertido? Vai ficar enrolada como um besouro no tapete.

Ela queria Oma, mas não ousava dizer isso. Queria Bullet, mas achava que o pai não deixaria que ela dormisse na aconchegante casinha do cachorro. Ela queria Charlie.

O rádio tocava na sala de estar. O pai tentou desembaraçar o cabelo dela.

— Mamãe está fazendo um bom jantar para nós. Diga para ela que está bom. E agradeça.

Ele desistiu de pentear o cabelo dela e jogou a escova dentro da pia. O barulho fez Carolyn pular. Ele virou a menina, sentou-a no colo e encostou a cabeça dela no ombro.

— Eu sei que você vai sentir falta da Oma, Carolyn, mas você é a nossa menininha.

Ela ficou inerte, as mãos feito aranhas mortas no colo. Se se mexesse, será que o pai bateria nela de novo? Ele a colocou no chão.

— Vá para a sala — disse ele, com a voz rouca.

Ela saiu apressada. Antes de passar pela porta, olhou para trás.

O pai estava sentado na tampa da privada, com a cabeça apoiada nas mãos.

Carolyn fazia tudo que a mãe e o pai mandavam. Não questionava, não discutia. Às vezes, depois que todos tinham ido para a cama, ela abria a porta do quarto e se esgueirava pelo corredor até o quarto de Charlie, para dormir enrolada num cobertor ao lado da cama dele. Nas noites frias, ele a deixava se aninhar com ele. Às vezes, ela acordava bem cedo e voltava para a própria cama. Assim a mãe não saberia que tinha dormido no quarto do Charlie.

A família ia à igreja todos os domingos. Carolyn gostava das aulas de religião. As professoras eram simpáticas e contavam as mesmas histórias que Oma costumava contar. Ela gostava de ouvir a cantoria que vinha do santuário e queria poder entrar lá, para ver de perto o tapete vermelho comprido, o pé-direito alto e os degraus que subiam até a cruz, com candelabros dourados e velas brancas tremulando no altar.

Certo dia, depois do culto, o pai virou o carro na direção oposta da casa deles.

– Acho que encontrei o lugar – disse, sorrindo para a mãe.

Charlie já tinha altura para espiar pela janela, mas Carolyn não via coisa alguma.

O pai saiu da estrada. O carro começou a balançar e pular.

– É aqui.

– Olha aquela árvore! – Charlie abriu a janela. – Posso subir nela?

O pai parou o carro.

– Pode sim.

A mãe reclamou.

– É muito alta.

– Ele vai ficar bem, Hildie.

– Tenha cuidado! – gritou a mãe para Charlie.

O pai deu risada.

– Acalme-se. Ele é um macaquinho.

A mãe se virou para trás e o pai seguiu em frente.

– Uma nogueira inglesa. Talvez essa única árvore dê nozes suficientes para pagar uma parte dos impostos da terra.

O pai deu um sorriso de orelha a orelha.

– Só você mesmo para ser tão prática – e então parou o carro e desceu. – Venha. Vamos andar pela propriedade. Quero saber o que você acha.

Carolyn desceu depois que os pais se afastaram. Procurou uma árvore grande e viu o irmão lá no alto, entre os galhos. Foi até lá, parou perto do tronco e olhou para cima. Charlie estava montado em um galho bem alto. Carolyn voltou e ouviu a mãe e o pai conversando.

– Será que podemos fazer isso, Trip? Nenhum de nós sabe como construir uma casa.

– Podemos aprender. Já encomendei livros na biblioteca. O banco vai nos emprestar o suficiente para comprar a terra. Não temos dinheiro para contratar um arquiteto nem um empreiteiro. Vamos ter de fazer isso nós mesmos, Hildie.

– Você quer mesmo isso, não é, Trip?

– Você não quer? Você diz que sente falta de espaço à sua volta. Fala da fazenda o tempo todo.

– Falo?

O pai pegou a mão dela e a beijou. Apoiou-a no braço dele, e foram andando juntos. Carolyn os seguiu a certa distância, para não ser notada, mas perto o bastante para ouvir.

– Pense só, Hildie. Nós podemos fazer a casa onde quisermos, e contratar alguém para cavar um poço. Primeiro, construiríamos um barracão para guardar as ferramentas que vamos precisar para começar. Ter um barracão poupará o tempo de ficar carregando tudo para cá e para lá. Podemos vir aqui umas duas vezes por semana depois do meu trabalho, para iniciar o alicerce, e nos fins de semana, para dar continuidade. Nada complicado, apenas uma casinha simples. Um cômodo bem grande para começar, com uma cozinha e um banheiro. Assim que nos mudarmos para cá, podemos acrescentar mais dois quartos.

– Você está falando de uma trabalheira enorme, Trip.

– Eu sei, mas estaríamos construindo uma coisa nossa. De que outra maneira teremos a casa de nossos sonhos no campo, se não fizermos assim?

– É bem longe da cidade, da escola...

– São só quatro quilômetros da cidade, e aqui passa ônibus escolar. Já verifiquei isso. Charlie só terá de andar até o fim da estradinha. Virão pegá-lo e trazê-lo todos os dias.

A mãe olhou em volta de novo e dessa vez franziu a testa.

– Eu não sei, Trip.

O pai a virou de frente para ele.

– Respire esse ar, Hildemara – e passou as mãos para cima e para baixo nos braços dela. – Você não está cansada de viver numa casa fechada de todos os lados por outras casas? E de vizinhos fofoqueiros que a evitam feito a praga? Não gostaria que seus filhos fossem criados como você foi? No campo, com muito espaço em volta? Eles estariam seguros e livres para andar por aqui. Chega de viver à sombra de um presídio federal.

A mãe se afastou, se abaixou e pegou um punhado de terra. Cheirou e desfez os torrões na mão, deixando que a terra escapasse entre os dedos.

– O cheiro é bom – ela bateu as mãos para limpá-las. – Poderíamos construir uma casa de lona para começar, usar um fogão a lenha, guardar nossas coisas no porta-malas do carro, cavar um buraco e construir uma casinha.

O pai deu um largo sorriso.

– Assim é que se fala!

– Podemos plantar um pomar de nogueiras na frente, além de outras árvores frutíferas, algumas videiras e uma horta bem ali. Podemos ter umas galinhas...

O pai a puxou, deu-lhe um abraço e um beijo. Quando ele chegou para trás, o rosto da mãe estava vermelho. Ele sorriu e segurou a mão dela.

– Vamos escolher onde será a casa.

Carolyn ficou vendo os dois se afastarem. Voltou para a nogueira e ficou observando o irmão subir de galho em galho.

A mãe e o pai chamaram.

– Charlie! Carolyn! Venham aqui, vocês dois. Vamos para casa almoçar.

Carolyn subiu no banco de trás. Charlie estava ofegante porque tinha descido rápido da árvore e corrido para o carro. O pai ligou o motor.

– Vamos construir uma casa aqui, crianças. O que vocês acham disso?

– Nós vamos morar aqui? – Charlie parecia preocupado.

– Vamos.

– Mas e os meus amigos? Se nos mudarmos para cá, nunca mais vou ver nenhum deles.

– Você os verá na escola – disse o pai, entrando na estrada. – E Happy Valley Road é cheia de crianças. Vi uma andando de bicicleta e outra a cavalo.

– Cavalo? – os olhos de Charlie brilharam. – Vamos poder ter um cavalo?

O pai deu risada e olhou para a mãe.

– Talvez. Mas não logo no início.

Ninguém perguntou a Carolyn o que ela achava de mudar da única casa que tinha conhecido. Carolyn não tinha amigos para brincar. Só uma coisa a preocupava.

– Oma saberá onde me encontrar?

A mãe e o pai se entreolharam.

– Claro que sim – disse o pai, meneando a cabeça.

A mãe ficou espiando pela janela.

Toda sexta-feira depois do trabalho, o pai de Carolyn levava a família de carro até "a propriedade". Passavam por Paxtown com seus prédios do Velho Oeste, atravessavam pradarias e subiam um morro que tinha um cemitério. Happy Valley Road era a primeira à esquerda depois desse morro. O pai montou uma casa de lona. Charlie saiu correndo para subir na nogueira. A mãe arrumou os sacos de dormir nos estrados, acendeu o fogão a lenha e começou a preparar o jantar. O primeiro projeto do pai foi cavar um buraco bem fundo e construir uma casinha. Depois ele construiu um barracão para as ferramentas e botou um cadeado pesado na porta.

Carolyn ficou sozinha e saiu para passear com Bullet. Quando o cachorro assustou a ovelha de um homem, o pai enfiou uma vara na terra e prendeu uma corrente nela. Com isso Bullet só podia andar em círculos. Ele corria até enrolar a corrente, e Carolyn passeava com ele rodando no sentido contrário até ele ter mais liberdade.

Charlie levou poucas semanas para conhecer todos os moradores dali. Ele levou Carolyn para conhecer o vizinho deles. Lee Dockery tinha colmeias nos fundos da casa.

– Pode me chamar de Dock – disse ele, abaixando-se e sorrindo para ela. – *Hickory, dickory, dock, the mouse ran up the clock* – cantarolou.

Seus dedos subiram da barriga para o peito e fizeram cócegas no queixo dela. Ela riu. Ele disse que ela podia ir lá a qualquer hora e deu para cada um deles um favo cheio de mel.

O pai disse para ela ficar fora do caminho. A mãe disse para ela procurar não se sujar tanto. Com Charlie longe a maior parte do tempo, Carolyn não tinha ninguém com quem ficar. Muitas vezes ia até a cerca de arame farpado e ficava vendo Dock trabalhar nas colmeias. As abelhas enxameavam em volta dele quando ele levantava as prateleiras cheias de favo.

– Elas não picam? – gritou ela.

– As abelhas são minhas amigas. Eu nunca pego mais do que elas estão dispostas a dar.

Dock a convidou para entrar na casa dele e deixou Carolyn tirar o mel dos favos. Deixou a menina molhar o dedo na massa grossa com cheiro doce que pingava de um tubo em vidros. Ele a chamou de abelhinha e deu tapinhas na cabeça dela, como Carolyn fazia com Bullet. Muitas vezes ele a punha no colo e contava da mulher dele que tinha morrido e de como os dois sempre quiseram ter filhos e não puderam.

– Você está com sono.

Dock deixou Carolyn apoiar a cabeça no peito dele. Ele cheirava a tabaco e suor, e alisou as pernas dela por baixo do vestido.

– Sua mãe está chamando.

Dock a ergueu e a pôs no chão.

– Você precisa ir para casa agora, abelhinha.

E a beijou na boca, com expressão triste.

– Volte logo para a gente brincar.

Carolyn passou por baixo do arame farpado e correu pelo meio das flores de mostarda.

– Por que você não respondeu? – a mãe perguntou, sacudindo a menina. – Onde você estava?

– Na casa do Dock.

– Dock?

– O sr. Dockery, mãe – disse Charlie, respondendo por ela. – O homem das abelhas. Ele nos dá favos de mel.

Charlie se sentou à mesa improvisada onde eles faziam as refeições.

– Ele é muito legal.

A mãe franziu a testa, soltou Carolyn e se endireitou, olhando para a casa do vizinho.

– Bem, tratem de deixar o sr. Dockery em paz. Tenho certeza de que ele tem muito trabalho e não precisa de vocês lá atrapalhando.

Carolyn não contou que Dock gostava mais dela do que o pai e do que a própria mãe. Ele disse que queria que ela voltasse logo para brincar.

4

A família continuou morando aquele verão inteiro na casa alugada perto da penitenciária e passando os fins de semana na nova propriedade. O pai e a mãe não liam mais histórias nem brincavam mais com ela. O pai lia livros grandes que chegavam pelo correio. Fazia anotações e desenhos em blocos de notas. Desenrolava folhas grandes de papel branco e usava uma régua para fazer desenhos maiores, cheios de números. A mãe cuidava das tarefas domésticas, lavava a roupa e cuidava do jardim. Charlie tinha amigos. Carolyn brincava sozinha. Era sempre a primeira a tomar banho enquanto Charlie ouvia um programa no rádio. Era sempre a primeira a ir para a cama, a primeira a apagar a luz.

Deitada de lado, encolhida e abraçada à boneca de pano, Carolyn se lembrava dos passeios com Oma no Plymouth cinza. Sentia saudade de abrir o pacote de pão e comer as fatias frescas quando voltavam para casa do mercadinho. Sentia falta de alguém lendo histórias para ela e de fazer os quebra-cabeças numa tábua que Oma guardava embaixo da cama. Lembrava com saudade de quando ajudava na cozinha e arrumava os chás da tarde. Sentia falta, acima de tudo, dos abraços e beijos de Oma. Sua mãe não abraçava nem beijava ninguém, exceto o pai.

Charlie saía com os amigos todos os dias de manhã, e a mãe se encarregava do trabalho doméstico.

– Vá brincar lá fora, Carolyn.

Carolyn fazia bolinhos de lama perto da casa, assava-os numa madeira e fingia alimentar a boneca, com Bullet sentado ao lado, arfando, de cabeça alta e com as orelhas em pé. Sempre que alguém se aproximava do portão, ele rosnava e latia. Às vezes, lambia o rosto de Carolyn, mas a mãe não gostava quando o cão a beijava. Se isso acontecia, ela sempre fazia Carolyn entrar e lavar o rosto com sabão, que entrava nos olhos e ardia como fogo.

Ficava torcendo para chegar logo a sexta-feira, quando o pai levava todos para a propriedade. No sábado, enquanto seus pais derramavam e alisavam o cimento do alicerce, marcando a base das paredes, Carolyn ia para a casa de Dock. Ficava toda suja de mel, e ele lhe dava um banho. Não jogava um esfregão para ela e simplesmente mandava que se lavasse. Ele usava as próprias mãos.

Ele dizia que a amava e que nunca iria machucá-la.

E ela acreditava.

Quando o verão terminou, o pai de Carolyn tinha acabado de construir a sala maior, e a família se mudou para a propriedade. Enquanto a mãe passava o reboco e pintava as paredes, o pai começou a trabalhar na cozinha, no banheiro e nos dois quartos. Carolyn ficou contente de poder dividir o quarto com Charlie de novo. Não gostava de dormir sozinha num quarto só para ela.

Dock acenou para Carolyn quando a mãe não estava olhando e a convidou para ir brincar na casa dele quando a mãe dela estivesse trabalhando no jardim. Ele tinha xadrez chinês e pega-varetas. Deu mel com biscoitos e leite para a menina.

– Não conte para a sua mãe nem para o seu pai. Eles vão pensar que você está me incomodando e dirão para nunca mais vir aqui me visitar. Você quer voltar, não quer? Você gosta de passar o tempo com o velho Dock, não gosta?

Carolyn passou os braços em volta do pescoço dele e disse que gostava dele. E foi sincera. Ele sempre dizia para ela voltar para casa quando a mãe a chamava. E ela sabia muito bem que não podia falar de Dock para ninguém.

Assim que o pai chegou, foi trabalhar na casa. A serra elétrica começou a berrar e encheu o ar com o cheiro de serragem, até a mãe dizer que o jantar estava pronto.

– Você vai para a escola em setembro, Carolyn – disse-lhe a mãe. – Nós duas vamos para o dia de orientação. Você vai conhecer sua professora, a srta. Talbot, e aprender onde tem de pegar o ônibus escolar para voltar para casa.

Carolyn contou a Dock que estava com medo de ir para a escola. E se ninguém gostasse dela? E se o ônibus partisse sem ela? E se...? Ele a pôs no colo e disse que daria tudo certo. Disse que queria muito que ela fosse a menininha dele. Ele a levaria embora e ela nunca teria de ir para a escola. Eles iriam para o parque Knott's Berry Farm ou para o Zoológico de San Diego. Ele a levaria para a praia e a deixaria brincar na areia o tempo que quisesse.

– Você gostaria de ir comigo, abelhinha?
– Eu ficaria com saudade do Charlie e da Oma.
– Charlie tem os amigos dele, e a sua *oma* quase nunca vem aqui ver você.

Dock cansou de brincar com os jogos de tabuleiro. Mostrou a ela outros jogos, brincadeiras secretas, como ele chamava, porque ela era muito especial. Amarrou uma fita de seda vermelha no pescoço dela e deu um laço bem grande. Nas primeiras vezes, ela ficou com o estômago meio embrulhado, mas ele foi gentil com ela. Aos poucos, ela foi superando essas sensações e passou a fazer tudo que ele dizia. Não queria que ele parasse de gostar dela. Quem seria amigo dela então?

Um dia, quando estavam fazendo as brincadeiras secretas, ele a machucou. Ela gritou e Dock tampou-lhe a boca com a mão forte e áspera. Ela sentiu gosto de sangue. Assustada, tentou se libertar, mas ele a segurou com mais força ainda. Disse para ela se acalmar, para ficar quieta, que tudo daria certo. Quieta agora, *quieta!*

Então Dock começou a chorar.

– Desculpe, abelhinha. Eu sinto muito!

Ele chorava tanto que Carolyn se assustou.

– Eu sinto muito. Muito mesmo.

Ele lavou o sangue das pernas dela e vestiu de novo sua calcinha.

Segurou-a entre os joelhos, com o rosto molhado e assustado.

– Eu não posso mais ser seu amigo, abelhinha. E você não pode contar para ninguém que veio aqui. Ninguém. Sua mãe disse para você não vir. Ela lhe daria uma surra por desobedecer. O seu pai me mataria com um tiro, ou me poria na prisão. Você não quer que isso aconteça, quer? A culpa seria sua. – Os olhos dele viravam rápido, de um lado para outro. – Prometa que não vai contar nada! Nós dois vamos ficar muito encrencados se você contar para qualquer pessoa que somos amigos.

Naquela noite ela ficou deitada de lado na cama, encolhida, chupando o dedo e ainda sentindo dor bem lá dentro. Charlie dormia como uma porta na outra cama. Dock apareceu na janela dela e bateu de leve. Com o coração aos pulos, ela fingiu estar dormindo.

No dia seguinte, quando Dock acenou para ela, ela abaixou a cabeça e fingiu que não tinha visto.

Ele apareceu de novo naquela noite e falou baixinho através da janela, quando Charlie estava dormindo. Ela não queria ir para o Knott's Berry Farm nem para o Zoológico de San Diego. Ela não queria ir para o México.

– Eu vou voltar, abelhinha. Eu te amo, querida.

Carolyn ficou tremendo e de olhos fechados até ele ir embora. Ela não queria mais brincar com ele. Quando tudo se aquietou, ela soltou o cobertor do colchão, pegou o travesseiro e se escondeu no armário.

Na manhã seguinte, Charlie abriu a porta do armário e Carolyn gritou. Ele deu um pulo para trás e gritou também. Então a mãe chegou correndo.

– O que aconteceu com vocês dois?
– Carolyn está dentro do armário!
– O que você está fazendo aí?
– Eu fiquei com medo.
– Medo de quê?

Ela balançou a cabeça. Não tinha coragem de contar.

Carolyn passou a ter pesadelos todas as noites. A mãe e o pai começaram a falar dela em voz baixa.

– Aconteceu alguma coisa com ela, Trip. Não sei o que foi, mas tem alguma coisa errada, eu sinto isso. A srta. Talbot telefonou hoje à tarde. Disse que Carolyn está dormindo na casinha de bonecas. E parece que está chupando o dedo de novo.

– Mas ela não faz isso há dois anos.

– Algumas crianças zombaram dela por causa disso. A srta. Talbot tentou conversar com ela, mas Carolyn não disse uma palavra. Ela mal fala.

Os pais ficaram olhando para ela durante todo o jantar. O pai perguntou se alguém estava implicando com ela na escola. A mãe disse que ela não precisava ter medo de contar qualquer coisa para eles, mas Dock disse o que aconteceria se ela falasse. Ela não respondeu, e os pais perguntaram para Charlie:

– Você viu se aconteceu alguma coisa na escola?

– Nós não ficamos no mesmo pátio que as crianças pequenas.

– E no ônibus escolar? – perguntou o pai. – Alguém a provoca na viagem de volta?

– Eu não sei, pai.

– Bem, então trate de descobrir – o pai levantou a voz. – Ela é sua irmã! Você tem de cuidar dela!

Já na cama, no quarto escuro e de porta fechada, Charlie conversou com ela.

– Conte quem está perseguindo você, Carolyn. Vou dar uma surra neles. Farei com que deixem você em paz.

Carolyn pensou no tamanho de Dock, em como seria fácil para ele machucar o irmão dela. Ela puxou o cobertor por cima da cabeça e se escondeu.

Na escola, a srta. Talbot foi falar com ela.

– Sua mamãe disse que você está tendo pesadelos. Quer me contar sobre os seus sonhos, querida?

Carolyn sacudiu os ombros e fingiu que não se lembrava. Todos ficariam furiosos com ela se dissesse qualquer coisa sobre Dock. A mãe, o pai, Charlie. Ela tinha feito Dock chorar, não foi? Tinha feito alguma coisa terrivelmente errada.

Quando a mãe e o pai começaram a falar sobre o vizinho, o sr. Dockery, Carolyn sentiu o terror crescer dentro de si e apertar-lhe o pescoço. Seu estômago se contraiu como se Dock estivesse tocando nela de novo. Então se lembrou da dor, do sangue, de cada palavra que ele havia dito. Abelhinhas amarelas e pretas cobriram o rosto dela. Teve uma sensação gelada, como se insetos pousassem nela e andassem em sua pele com seus pezinhos ásperos.

– Fui até lá hoje de manhã e havia jornais por toda a entrada da casa. Ele não os recolhe há dias.

O pai disse que devia haver algum problema e que ia até lá para ver o que era. Carolyn sentiu um suador gelado enquanto o pai estava fora. Ele voltou e disse que a correspondência também formava uma pilha ao lado da porta. E que não conseguiu ver nada pelas janelas, porque as cortinas estavam fechadas. Então ele telefonou para alguém. A mãe disse para ela ir brincar lá fora quando a polícia chegou.

Carolyn queria fugir, mas não sabia para onde ir. Subiu na nogueira e viu quando o pai e um policial abriram a porta da frente da casa de Lee Dockery. Mas saíram sem ele.

Naquela noite, a mãe e o pai conversaram sobre Lee Dockery na sala, depois que Charlie e Carolyn já tinham ido para a cama. A menina se levantou e se sentou perto da porta para ouvir.

– Nós conversamos com os vizinhos. Ninguém o vê há semanas. A caminhonete dele sumiu. E as colmeias também. Como se ele tivesse feito as malas e partido às pressas. Ninguém tem ideia de onde ele possa estar, nem se vai voltar. Disseram que ele é meio esquisitão.

– Ninguém iria embora assim, largando uma casa e uma propriedade. Talvez ele tenha ido passar um tempo na casa de algum parente.

– Ninguém tem notícias de nenhum parente dele. Nunca vi ninguém vir visitá-lo. Você já viu?

– Charlie e Carolyn foram lá algumas vezes, mas eu disse para os dois ficarem longe dele.

– Por quê?

– Ele tem alguma coisa estranha. Eu não sei. Fico arrepiada de pensar. Trip, você acha que...

A mãe parecia preocupada.

– O quê?

– Ah, devo estar exagerando. Mas fiquei pensando se o comportamento de Carolyn poderia ter alguma coisa a ver com ele. Eu disse para ela não ir mais lá, mas e se ela me desobedeceu?

Carolyn prendeu a respiração. Será que eles tinham descoberto seu segredo? O pai ia atrás de Dock para atirar nele, como Dock tinha dito que ele faria?

– Carolyn? – o pai deu risada. – Ela é tímida demais para ir à casa de um vizinho desconhecido sem que um de nós a arraste até lá.

A mãe ficou calada um tempo, depois falou:

– Acho que você tem razão. Eu só queria saber o que está acontecendo com ela. Trip, ela mal fala comigo. Simplesmente não sei mais o que fazer.

Então ela começou a chorar. Carolyn voltou para o quarto, antes que se metesse em mais uma encrenca.

1953

Os pesadelos de Carolyn continuaram no inverno, mas começaram a diminuir à medida que os dias iam ficando mais longos. Não via mais tantas sombras à noite, não temia mais passos do lado de fora da janela do seu quarto e não precisava mais se esconder dentro do armário. Podia ir para a cama de Charlie. O sono dele era tão pesado que ele nem reparava, só via de manhã.

O pai deu uma parada na construção da casa para armar um balanço.

– Pode ser uma distração para ela...

Carolyn passava horas sentada no assento de pneu, girava as cordas até ficarem bem apertadas e depois tirava os pés do chão para rodopiar até se sentir completamente tonta. A mãe às vezes a empurrava no balanço. Uma vez ela até se sentou nele e mostrou para Carolyn como dar impulso com as pernas para ir mais alto ainda.

A cada dois ou três meses, Carolyn e Charlie tinham de ir a um hospital para fazer uns "exames de pele". A mãe verificava os braços deles todos os dias, por uma semana, e depois os levava para o médico ver. Quando o médico dizia "negativo", a mãe sorria e se acalmava.

Carolyn arrumou uma amiga no primeiro ano. Nova em Paxtown e na escola, Suzie se agarrou à mãe feito um carrapato e teve de ser arrancada pela professora delas, a srta. Davenport. Ela chamou Carolyn e pediu que ela ficasse com Suzie para "fazê-la se sentir em casa", enquanto ia receber as outras crianças. Carolyn entendeu Suzie. Elas se tornaram inseparáveis na escola. Brincavam de amarelinha no recreio, subiam no trepa-trepa ou se revezavam empurrando a outra no balanço. Comiam juntas na cantina. Suzie contou a Carolyn que morava em Kottinger Village e que o pai dela era soldado do exército. Tinha dois irmãos menores e a mãe dela estava "esperando". Carolyn perguntou o que a mãe dela estava esperando, e Suzie disse que era um irmãozinho ou uma irmãzinha.

No fim do ano, Suzie disse que o pai dela tinha sido transferido e que, por isso, ela precisava se mudar para outro lugar. Os pesadelos de Carolyn voltaram. Só que dessa vez Dock não a levava embora. Ele levava Suzie.

– Carolyn.

Ela acordou de repente e viu a mãe sentada na beirada da cama. A mãe afastou o cabelo da testa da menina.

– Você está tendo pesadelos de novo?

Carolyn começou a chorar, e a mãe deu uns tapinhas na perna dela. Carolyn se lembrou de Dock e se afastou. A mãe franziu o cenho e cruzou os braços no colo.

– Não sei o que provocou esses pesadelos, mas você está a salvo. Está tudo bem. Mamãe e papai vão estar sempre por perto.

– A Suzie foi embora.

– Você vai arrumar outra amiga. Você vai ver. Não será tão difícil da próxima vez.

Carolyn achou que era melhor não tentar. Primeiro, foi a vez de Oma ir embora. Depois Dock. E agora Suzie também tinha ido.

1954

– Estou fazendo o melhor que posso, Hildie – disse o pai de Carolyn, parecendo zangado e cansado.

– Não estou dizendo que você não está. Mas me deixe voltar a trabalhar um pouco, para podermos economizar dinheiro para o nosso quarto.

– E as crianças?

– Em parte é por causa das crianças! Elas não podem ficar dormindo no mesmo quarto para sempre, Trip. Além disso, Carolyn foi convidada para uma festa de aniversário na semana passada e não pude deixá-la ir porque não tínhamos dinheiro para comprar um presente. Foi o primeiro convite dela para uma festa de aniversário, e eu tive de dizer não.

– Ela não vai morrer por causa disso.

– Trip...

– Você não pode deixá-los sozinhos, para cuidarem de tudo.

– Posso trabalhar no turno da noite. Estaria de volta em casa às sete da manhã. Eles nem iam perceber que estive fora.

– Lembra o que aconteceu da última vez que você resolveu trabalhar demais e não tinha tempo para descansar?

– Lembro, Trip – a voz da mãe adquiriu um tom de irritação. – E ainda temos a conta do hospital. Ela me faz lembrar... *todos os meses*.

Eles abaixaram a voz, e Carolyn adormeceu de novo. Todas as noites os dois discutiam sobre a mesma coisa, até que o pai acabou cedendo.

1955

O turno da mãe mudou para "flexível", e agora a chave ficava embaixo do vaso de planta na porta da frente.

– Não se esqueça de botar a chave de volta no lugar depois de destrancar a porta. Senão, amanhã ela não vai estar lá, e você terá de ficar do lado de fora até o papai chegar do trabalho. Charlie, se você for a qualquer lugar, deixe um bilhete dizendo aonde foi. E volte para casa no máximo às cinco horas. Carolyn, fique dentro de casa. Brinque com sua boneca, leia um livro, mas não saia por aí.

O pai comprou um aparelho de televisão. A mãe reclamou do dinheiro. O pai disse que todo mundo na vizinhança tinha uma; por que eles não teriam?

Carolyn ligava a tevê todos os dias quando chegava da escola. Ela se sentia melhor ouvindo vozes na casa. Não se sentia tão sozinha.

– Acho que está na hora de você parar de trabalhar fora, Hildie. Carolyn precisa de você.

– Ela está melhorando.

– Melhorando como? Vendo tevê? Nunca brincando fora de casa, só nos fins de semana? Uma menininha não deveria ficar tanto tempo sozinha. Podem acontecer coisas.

Que coisas? Carolyn teve medo de perguntar.

– As aulas terminam daqui a duas semanas, Hildemara. O que você vai fazer? Deixar as crianças sozinhas o dia *inteiro, todos* os dias?

– Já me inscrevi para o turno da noite.

– E pensa que isso vai resolver os nossos problemas?

– Eu não sei, Trip. O que vai resolver, então?

Ele resmungou alguma coisa, e a mãe ficou furiosa.

– Estou tentando ajudar, e você não é capaz nem de me dizer alguma coisa agradável! O que aconteceu com o homem pelo qual eu me apaixonei, aquele que queria que fôssemos *parceiros* e que construíssemos alguma coisa *juntos*? O que aconteceu com *aquele homem*?

– O que aconteceu foi a guerra!

Dessa vez o pai não parecia zangado. Ele disse mais coisas, mas Carolyn não conseguiu escutar.

– Andei pensando e talvez haja outra maneira de resolver isso.

– Que maneira?

– Levá-los para Murietta...

Carolyn suspirou. Ela adormeceu na própria cama pela primeira vez depois de meses.

5

Um dia depois do término das aulas, o pai botou duas malas no porta-malas do carro e levou Carolyn e Charlie para a fazenda de Oma, na periferia de Murietta. A mãe chorou na véspera da viagem.

Oma tinha um ensopado pronto esperando no fogão e o bolo preferido do pai num prato de porcelana azul e branca no meio da mesa da cozinha. Depois do almoço, Oma disse a Carolyn e Charlie que fossem brincar lá fora enquanto ela e o pai deles conversavam. A caminho da porta, Carolyn ouviu Oma falar:

— Eles podem ficar o verão inteiro se quiserem, mas tenho outra proposta a fazer.

O pai parecia menos triste quando disse que precisava ir embora, no final da tarde. Ele se abaixou, abraçou e beijou os dois e disse que as coisas melhorariam em breve. Carolyn não conseguia imaginar nada melhor do que ficar com a avó.

Nas três semanas seguintes, Carolyn e Charlie se revezaram para alimentar as galinhas e os coelhos. Nenhum dos dois queria capinar o jardim, mas Oma disse que eles tinham de aprender a "pagar pela acolhida".

Quanto mais rápido terminassem seus afazeres, mais depressa estariam livres para fazer o que quisessem. Charlie sempre inventava coisas divertidas para fazer. Eles subiam na amargoseira e atiravam "bombas" um no outro. Cavavam a fossa do lixo à procura de tesouros, faziam amizade com os gatos selvagens que viviam no celeiro. Não eram suficientemente rápidos para pegar os camundongos no feno, mas Charlie conseguia capturar lagartos de chifres, que ele guardava numa caixa até Oma encontrá-los e mandar soltá-los. Quando ficava quente demais lá fora, Carolyn se sentava na cabana com Oma e assistia a programas de variedades na tevê.

A mãe e o pai apareceram para visitá-los num sábado. Estavam calmos e felizes. Charlie mostrou a casa da árvore para o pai. Perguntou-lhe se podiam construir uma igualzinha na nogueira que tinham em casa. Oma deu cenouras a Carolyn e pediu que ela fosse alimentar os coelhos. A menina adorava os animais brancos e peludos, e ficou zanzando por lá enquanto a mãe e Oma se sentavam à sombra do loureiro, balançando em cadeiras de alumínio. Depois de algum tempo, Oma se levantou, pôs a mão no ombro da mãe e entrou na cabana. A mãe inclinou a cabeça para trás e ficou lá fora. Não parecia contente.

Carolyn entrou na pequena lavanderia e de lá pôde ouvir a conversa das duas.

— Charlie está muito bronzeado, mamãe.

— Ele sai de casa assim que o sol nasce.

— Carolyn está mais feliz do que tem sido há meses.

— Aqui tem muita coisa para ela fazer.

— Trabalho, você quer dizer.

— Essas tarefas não são nenhum castigo, Hildemara. Servem para ensinar as crianças a serem responsáveis. Esses pequenos trabalhos as fazem pertencer à organização familiar.

Oma e o pai conversaram durante o jantar.

— Quanto tempo você acha que levaria para terminar, Trip?

— Não muito, se eu contratasse alguém para ajudar.

— Você consegue até o fim do verão?

— Não, mas o mais tardar no Dia de Ação de Graças, eu acho.

Quando o pai disse que precisavam ir embora depois do jantar, Charlie perguntou se podia ir para casa com eles. Ele sentia falta dos amigos. O pai passou a mão no cabelo do filho.

– Ainda não, companheiro.

Charlie sentia mais saudade da mãe e do pai do que Carolyn.

Oma nunca deixava os dois sozinhos. Não permitia que Charlie se abatesse. Levou os dois à biblioteca para pegar histórias de aventuras e livros com desenhos. Deu a eles um quebra-cabeça da Suíça e contou histórias das amigas distantes, Rosie e Solange.

Quando os dois terminaram de montar o quebra-cabeça, ela comprou outro, de uma paisagem rural inglesa, e contou histórias sobre Daisy Stockhard, sobre os chás completos à tarde e as idas diárias ao real Kew Gardens. Quando Carolyn perguntou se eles também podiam ter aqueles chás à tarde, Oma disse que era claro que podiam e que teriam um todas as tardes, se ela quisesse.

Às vezes, Oma levava os dois até o lago Yosemite de carro e lá ensinava os netos a nadar. Na metade do verão, Charlie já conseguia nadar até o flutuador, mas Carolyn nunca se aventurava a ir para longe da margem. Oma se sentava embaixo de um guarda-sol e lia um longo livro que tinha tirado da biblioteca. No caminho para casa, jantavam no Wheeler's Truck Stop. Oma lhes contou que a mãe trabalhava lá quando menina e que ganhava gorjetas por ser uma boa garçonete para os caminhoneiros, que transportavam os produtos das fazendas na Autoestrada 99, Central Valley.

– Sua mãe é muito trabalhadora. Vocês deviam se orgulhar dela.

Carolyn percebeu que Oma se orgulhava.

Quando o verão terminou, Oma levou Carolyn e Charlie para casa. Tinham acrescentado algo novo à propriedade. Havia uma laje de concreto e as guias das paredes e do telhado.

– Será que é outro barracão?

Oma deu risada.

– Espero que não!

Ela parou o carro entre a casa e a nova construção.

O pai e a mãe ainda não tinham chegado do trabalho. Oma pegou a chave debaixo do vaso de plantas e abriu a porta da frente, mas não entrou.

– Vocês dois vão desfazer as malas. Vou dar uma espiada no novo projeto.

Carolyn guardou correndo a roupa de brincar nas gavetas, a pasta, a escova de dente e o pente no banheiro e saiu para encontrar Oma. A avó estava no meio da laje de concreto, entre as duas molduras de paredes abertas. Carolyn passou pela abertura que seria a porta da frente. Oma apontou.

– Vai ter uma janela ali e uma lareira lá. Aqui é a cozinha, com duas janelas, uma virada para a sua casa e outra para o morro.

Então levou Carolyn pela mão.

– Portas sanfonadas vão separar a lavadora e a secadora, e lá atrás ficará o quarto, com um bom banheiro, com banheira e chuveiro – ela sorriu, olhando em volta. – Seu pai está fazendo um bom trabalho.

– Quem vai morar aqui?

Oma deu um largo sorriso.

– Bem, quem você acha?

Ela abraçou Carolyn, que sentiu uma onda de alívio.

– Essa casa se parece com a sua!

– É, mas esta é melhor. Para começar, tem alicerces fortes. Nós não tínhamos dinheiro para construir essa estrutura quando levantamos a minha casa. E esta é dez metros quadrados maior. Vai ter um fogão embutido moderno e uma geladeira na cozinha, além de espaço para uma mesa com três cadeiras.

Uma viatura parou na entrada. Charlie saiu correndo e se jogou em cima do pai quando ele desceu do carro. O pai riu e abraçou Charlie com força, passando a mão no cabelo do filho.

– Já era hora de vocês voltarem para casa!

Então foi até a construção a passos largos. Abaixou-se para beijar e abraçar Carolyn rapidamente, endireitou as costas e se virou para Oma.

– E então? O que achou?

– Não vai ficar pronta até o Dia de Ação de Graças – ela disse, sorrindo –, mas é preciso tempo para fazer as coisas direito. – Ela olhou em volta de novo. – E para mim parece que está tudo muito direito.

Oma voltou para Murietta depois do café na manhã seguinte. Queria estar lá para ir à igreja. Carolyn subiu numa velha ameixeira, perto da nova casa. Os pais saíram e andaram pela estrutura aberta.

– Não será como da última vez, Hildie. Ela não vai morar debaixo do nosso teto. Terá um lugar só dela.

– Só estou meio apreensiva, só isso.

– Apreensiva por quê? – O pai parecia aborrecido. – Pensei que estivesse tudo acertado.

– E está. Mas é que Carolyn a ama tanto...

– Ah. – O pai chegou mais perto e pôs o braço no ombro da mãe. – Você vai ser sempre a mãe dela, Hildie. Nada vai mudar isso.

Então ela encostou a cabeça no ombro dele.

– Se eu fosse uma mãe melhor, estaria mais preocupada com o fato de ela ficar tanto tempo sozinha, e não se vou ter meu lugar com todas essas mudanças que estamos fazendo. Eu só quero saber se haverá espaço para mim na vida dela.

– Abra esse espaço.

– Talvez seja tarde demais.

1956

Carolyn parou de sonhar com Dock quando Oma se mudou para a cabana. Ela não chegava mais a uma casa vazia. Descia voando do ônibus da escola e apostava corrida com Charlie até a cabana de Oma. O irmão sempre ganhava. Charlie jogava os livros no chão perto da porta, comia os biscoitos, bebia o leite e partia em sua bicicleta com o amigo ruivo, Mitch Hastings. Carolyn ficava lá para tomar o "chá da tarde" com Oma. Bebia o chá com creme e comia sanduíches de ovo cortados em triângulos, enquanto Oma perguntava sobre a escola. Depois do chá, elas iam juntas lá para fora e trabalhavam no jardim. Arrancavam as ervas daninhas dos canteiros de flores na frente e separavam os brotos na horta dos fundos.

Quando a mãe chegava, Oma ia para os degraus da entrada e a chamava.

– Venha tomar um chá comigo, Hildemara! Descanse um pouco.

E a mãe respondia:

– Hoje não posso, mamãe. Tenho de tirar esse uniforme, tomar uma ducha e trocar de roupa. É melhor começar a fazer o jantar. Talvez amanhã.

– Amanhã, então. Guarde um tempo para mim.

E o amanhã não chegava nunca. Depois de algumas semanas, Oma parou de convidar. Mandava Carolyn para casa quando via o carro da mãe chegando.

– É melhor ir fazer o dever de casa, *Liebling*. E não se esqueça de ajudar sua mãe.

Mas sempre que Carolyn se oferecia para ajudar na cozinha, a mãe lhe dizia:

– Não preciso da sua ajuda, Carolyn. Vá brincar lá fora. Aproveite o sol enquanto pode.

Depois de uma meia hora sozinha no balanço, Carolyn voltava para a cabana de Oma e ficava lá até o pai e Charlie voltarem para casa.

Oma foi falar com Hildemara. Carolyn entrou na casa um minuto depois e ouviu as duas discutindo.

– Por que você enxota a menina para fora o tempo todo?

– Eu não enxoto ninguém.

– Então como descreve o que faz?

– Passei a maior parte da infância dentro de casa, fazendo tarefas domésticas. Nunca tive chance de sair e fazer o que eu quisesse. Quando ela vai para a sua casa, você podia dizer para ela ir brincar, em vez de mantê-la lá dentro.

– Eu mando Carolyn para casa, para ficar com a mãe dela, e você a manda para fora de novo...

Carolyn saiu e correu para o balanço. Viu Oma voltando para a cabana. Parecia muito triste. A menina ficou no balanço até o pai chegar e dizer para ela ir para casa, ajudar a mãe.

A mãe pegou outros turnos no hospital para poder comprar mais madeira e material de construção. O pai finalmente terminou o quarto principal e acrescentou uma varanda nos fundos da casa, com pontos de energia e água para uma máquina de lavar e uma secadora. No Natal, comprou para a mãe uma máquina com cilindro espremedor, para ela poder passar as toalhas de mesa, os lençóis e as fronhas, como a mãe dele fazia. Ela também passava as camisas, as calças e os shorts do pai, além de seus uniformes de enfermeira. As únicas roupas que não passava eram as calças marrons de poliéster e as blusas com estampas floridas que usava depois do trabalho todos os dias.

Assim que o pai terminou a varanda dos fundos, começou a construir outra maior na frente da casa.

Oma apareceu para dar uma olhada. O pai mostrou o projeto da sala de estar, todo orgulhoso: área de seis por quatro metros, toda atapetada e com janelas dando para o pomar da frente, teto de vigas de madeira com mais de três metros, claraboias e lareira de pedra. Mostrou a planta da casa que ele mesmo havia desenhado.

— Vamos fazer uma piscina com pátio em volta, terraços no morro lá atrás, um jardim e uma cachoeira ali no canto.

Oma fez cara de quem comeu e não gostou.

— O seu paraíso particular.

— Mais ou menos isso.

— Bem, melhor do que construir um abrigo antiaéreo, como a maior parte dos vizinhos está fazendo.

— Para falar a verdade, eu estava pensando em alugar uma escavadeira para abrir um buraco no morro...

Quando Oma convidou a mãe para tomar o chá da tarde com ela, não aceitou a resposta "Desculpe, fica para a próxima".

— Não posso ficar muito tempo. Tenho de começar a fazer o jantar logo.

— O mundo não vai acabar se o jantar não estiver na mesa às seis em ponto, Hildemara.

Oma parecia irritada. Serviu o chá numa bela xícara de porcelana cor-de-rosa e ofereceu creme e açúcar.

A mãe olhou para o prato com sanduíches de frango bem temperado, de ovo com endro e a torta de maçã alemã.

— O que é tudo isso? Não esqueci o meu aniversário, esqueci?

— Eu queria oferecer um chá inglês completo para a minha filha, do tipo que costumava preparar para Lady Daisy, em Londres.

A mãe deu um sorriso estranho para Oma.
– É adorável. Obrigada.
Oma se sentou numa cadeira, e Carolyn, na outra.
– Se quiser, podemos fazer isso todas as tardes, quando você chegar do trabalho. Seria ótimo nós três tomando chá e parando para conversar um pouco, não seria?
– Não posso ficar mais do que meia hora.
– Se você tivesse um panelão de ferro, poderia começar a preparar o jantar logo de manhã, antes de sair para o trabalho – disse Oma, bebendo um gole de chá. – Teria uma hora para descansar quando voltasse para casa. Só teria de cozinhar uns legumes e botar a mesa. Carolyn poderia ajudar.
– Você sempre fez jantares de quatro pratos, mamãe, e mais a sobremesa, mesmo quando trabalhava o dia inteiro na cidade. Além disso, ia e voltava a pé.
– Até aprender a dirigir – Oma deu uma risadinha e pegou a xícara de chá. – Seu pai não gostou muito da ideia no início, não foi?
A mãe sorriu.
– Todos nós achamos que você ia se matar naquele seu Ford T. Você dirigia como uma louca.
– Provavelmente ainda dirijo. Eu me sentia livre, e ninguém ia tirar isso de mim.
Ela fatiou a torta de maçã e deu um sorriso malicioso para a mãe.
– Sabe, não é pecado aproveitar as vantagens das conveniências que temos à disposição. Um carro para ir trabalhar, lavadora e secadora em casa, um panelão de ferro à moda antiga. Economiza tempo para fazer outras coisas.
– Há sempre coisas demais para fazer, mamãe. Gostaria que o dia tivesse mais horas.
– E, se tivesse, o que você e Trip fariam com essas horas extras?
A mãe deu uma risada triste.
– Terminaríamos as obras na casa.
Carolyn terminou de comer seu pedaço de torta. Oma levou a xícara, o pires e o prato para a cozinha.
– Por que não vai brincar um pouco lá fora, Carolyn?

Ela não queria sair. Queria ficar e ouvir a conversa.

– Posso terminar de montar o quebra-cabeça?

– Já terminei hoje de manhã. Tem um novo na mesa de centro. Você pode trazer para cá e começar a separar as peças, se quiser.

Carolyn correu para pegar a caixa, derramou as peças na mesa e começou a virá-las de cabeça para cima, separando-as por cores e procurando as de canto e bordas, como Oma tinha ensinado. Oma e a mãe continuaram conversando.

– Você, Trip e as crianças deviam tirar umas férias juntos.

– Não temos dinheiro para viajar.

– Mas têm dinheiro para um abrigo antiaéreo.

– Do jeito que o mundo anda, um abrigo antiaéreo seria mais prático do que desperdiçar dinheiro com férias.

– Desperdiçar? Então vamos falar do que é prático, está bem? Quanto tempo você teria de ficar dentro de um abrigo antiaéreo até poder sair de novo, supondo que a radiação dure o tempo que dizem que dura? Eu preferiria morrer numa fração de segundo aqui fora e ir para o céu num piscar de olhos a viver enfiada num buraco feito um esquilo. Sem sol, sem jardim, sem nada para fazer. Como é que se faz para ter ar para respirar lá dentro, sem deixar a radiação entrar?

– Todos estão construindo esses abrigos.

– As pessoas são como os lemingues, Hildemara Rose. É só gritar "fogo!" que elas correm.

As duas conversaram sobre a preocupação de todos ultimamente, com espiões por toda parte, como furões se enfiando no governo e nos laboratórios científicos, todos querendo descobrir um modo de acabar com a América. Os coreanos faziam lavagem cerebral nos prisioneiros e os transformavam em candidatos da Manchúria. Os russos espalhavam o comunismo por toda a Europa Oriental.

– Estão todos ficando loucos – Oma balançou a cabeça, desgostosa.

– O abrigo antiaéreo foi ideia do Trip, mamãe, não minha.

– Então plante outra ideia na cabeça dele. Eu sei, eu sei! O homem só fica feliz quando está trabalhando em algum projeto. Mas já ouvi Trip falar que costumava fazer caminhadas, acampar e pescar lá no Colorado. Pense como seria divertido se vocês tivessem uma grande barraca,

sacos de dormir e varas de pescar. – Oma bebeu mais um gole de chá.
– Charlie já tem treze anos. Está sempre saindo com os amigos. Daqui a seis anos, vai embora para a universidade. E Carolyn vai fazer nove anos daqui a pouco. – Oma abaixou a voz. – Ela precisa da mãe.

– Como eu precisei de você, mamãe?

Uma ponta de amargura transpareceu em sua voz.

– Sim. E onde é que eu estava? Trabalhando, sempre trabalhando. Se alguém tem o direito de falar sobre isso, sou eu! – Oma virou a xícara sobre o pires. – Só para você saber, eu vim para cá derrubar muros, não ajudar você a construí-los.

A mãe se agitou.

– Não sei o que pensar.

– Sobre o quê?

– Sobre estar aqui, sentada na sua cozinha, tomando chá.

Oma franziu a testa.

– Eu a convidei todos os dias, durante semanas. Você não queria vir!

– Passei a maior parte da vida tentando atender aos seus padrões, e fracassando.

– Por isso você vai me castigar agora que estou velha. É isso?

– Eu ainda não correspondo aos seus padrões, não é? Não sou uma boa mãe. Trip está ocupado demais para ser um bom pai. Não é possível agradar você.

– Ouça bem o que eu vou dizer, Hildemara Rose. E preste muita atenção. Você nunca me decepcionou, nem uma vez. E eu também não falhei com você, se vamos falar disso. Quando você nasceu, era muito pequena e vivia doente. Era culpa sua? Você tinha muitos obstáculos a superar. Tive medo de que você não sobrevivesse àquele primeiro inverno, nos campos de trigo congelados. Quase perdi você de novo quando você teve pneumonia. Lembra? E ainda posso perdê-la se continuar assim. É verdade! Fui mais dura com você do que com os outros. Eu queria que você crescesse forte, para que ninguém pudesse humilhá-la. Por isso eu a empurrei. E a empurrei com força. E graças a Deus você reagiu. Olhe só para você agora.

– Parece que você sente orgulho – a mãe estava surpresa.

– E sinto. – Oma levantou a xícara e sorriu. – Sinto orgulho de nós duas.

6

Depois de algumas discussões acaloradas, abafadas pela porta fechada do quarto principal, o pai se desfez dos planos do abrigo antiaéreo e, em vez disso, comprou um trailer. Um fim de semana por mês, eles carregavam o trailer e partiam com Carolyn e Charlie no banco de trás do sedã. Carolyn passou a torcer para que esses fins de semana chegassem logo, apesar de Oma nunca ir com eles.

— Alguém precisa ficar aqui para alimentar Bullet e pegar a correspondência.

Ela acenava quando eles saíam.

— Tragam uma lembrança!

Pigeon Point era o lugar preferido de Carolyn. O pai estacionava o trailer na faixa de terra ao norte do farol. Montavam acampamento e comiam espaguete enlatado, milho verde e pão com manteiga e geleia em pratos de papel. Depois do jantar, jogavam xadrez chinês, palavras cruzadas ou cartas. Quando chegava a hora de ir para a cama, a mãe desmontava a mesa, e os bancos da cabine formavam uma cama de casal para Carolyn e Charlie. Carolyn gostava de ter Charlie, a mãe e o pai bem perto assim. Adorava o apito do aviso de nevoeiro soando a intervalos de minutos e o barulho das ondas batendo nas pedras a poucos metros do trailer.

Charlie e o pai pegavam peixes nas piscinas de águas agitadas, enquanto a mãe e Carolyn desciam pela trilha íngreme até a praia, do outro lado do farol. Percorriam a praia catando conchas e pedaços bonitos e lisos de madeira. Às vezes, Carolyn estendia os braços, desejando planar ao vento como as gaivotas lá em cima. Seguia as ondas quando voltavam para o mar e corria de volta quando elas estouravam, enquanto a mãe tomava sol.

Certa vez, foram para o norte, passaram pela ponte Golden Gate e viraram para o oeste até a praia Dillon, perto da baía de Tomales. Os quatro pegaram sernambis com a maré baixa. Os braços de Carolyn não eram compridos o bastante para chegar ao fundo dos buracos que ela cavava, mas Charlie conseguiu pegar um, com ar triunfante. Quando o banquete foi posto na mesa, Carolyn saiu correndo porta afora e vomitou no mato.

Outra vez, o pai dirigiu durante horas até chegar a Salt Point. Na manhã seguinte, a mãe, Charlie e Carolyn ficaram observando o pai dentro de piscinas profundas formadas pela maré alta, com uma roupa de borracha que ia até o peito, arrancando mariscos das paredes de pedra. Cabia à mãe tirar os mariscos das conchas e usar o socador para amaciar o molusco. O pai deu risada e disse que era uma boa maneira de ela extravasar as frustrações. Os mariscos tinham um gosto melhor que os sernambis gosmentos e cheios de areia. E Carolyn adorava as conchas brilhantes e iridescentes. O pai as pendurou na entrada da casa. Oma usou uma como porta-sabonete.

A mãe e o pai resolveram passar o verão sem construir nada. Em vez disso, prepararam-se para uma viagem e engataram o trailer no carro. Depois de três longos dias viajando por desertos e montanhas, Carolyn finalmente conheceu o vovô Otis e a vovó Marg, em Colorado Springs.

Vovô Otis a pegou no colo.

– Olhem só para essa abelhinha bonitinha.

Quando Carolyn fez força para escapar dele, o pai a agarrou pelo braço e a puxou até o quintal, nos fundos da casa. Chacoalhou-a com força e perguntou qual era o problema. Como podia magoar o avô daquele jeito? E disse que era melhor Carolyn se comportar, senão ia se arrepender. A mãe foi até lá também e pediu que ele parasse com aquilo.

O avô não encostou mais nela. Nem o pai. Eles ficaram na pequena sala de estar, conversando em voz baixa. A avó lhe deu dois biscoitos e um copo de leite, mas Carolyn não estava com fome nem com sede. A avó e a mãe se sentaram à mesa com ela e conversaram, como se nada tivesse acontecido. Charlie foi brincar lá fora.

Carolyn levou três dias para se sentir à vontade e se sentar ao lado do avô no sofá. Ele leu histórias da Bíblia para ela. Depois de um tempo, ela se acalmou e conseguiu encostar nele. Seu cheiro não era nada parecido com o de Dock. O coração dele não batia tão rápido. A respiração era normal e tranquila. Ela gostou de sua voz profunda. Fechou os olhos um tempo e ouviu um clique. Quando os abriu, viu a mãe sorrindo e pondo uma câmera na mesa de canto.

Na manhã seguinte, eles partiram. Dessa vez foram para o sul, para Mesa Verde, com suas trilhas íngremes e estreitas e suas ruínas de penhascos, até Monument Valley, com seus morros conhecidos. Charlie reconheceu locais de cenas de filmes de faroeste e falou dos índios saqueadores que escalpelavam as pessoas e as amarravam sobre ninhos de formigas vermelhas. A mãe olhou para trás, para Carolyn, e disse para Charlie falar dos resgates da cavalaria.

Eles passaram um dia inteiro no Grand Canyon. No dia seguinte, foram para Bryce e fizeram uma caminhada no meio das pirâmides de terra, depois se instalaram no trailer para jantar e dormir.

– Só teremos tempo de passar por Zion – o pai disse para a mãe quando já estavam na cama a poucos centímetros dela. – Depois vamos para o vale da Morte.

Passaram a última noite em Furnace Creek, dormindo em poças do próprio suor. Levantaram ao amanhecer e fizeram a longa viagem pelas Sierras até o vale Central, onde os perfumes do solo arenoso, dos pomares de amendoeiras e dos campos de alfafa fizeram Carolyn se lembrar da fazenda de Oma.

Assim que o carro parou, Carolyn quis descer e correr para a cabana da avó. O pai pediu que ela ajudasse a descarregar o trailer, e a mãe, que ela deixasse a roupa suja na lavanderia. Quando finalmente terminou de fazer tudo, Carolyn correu.

Oma a encontrou na varanda da frente, de braços abertos, e lhe deu um abraço apertado.

– Já era hora de vocês voltarem. Isso aqui fica muito vazio sem vocês.

Oma levantou o rosto de Carolyn e deu dois beijos na menina. Todos os cartões-postais que Carolyn tinha enviado estavam grudados na porta da geladeira de Oma. Ao ver como Oma havia sentido saudade dela, Carolyn se ofereceu para ficar em casa com ela da próxima vez.

– Ah, não, você não vai fazer isso. Tem um mundo inteiro lá fora para ver, e sua mãe e seu pai estão mostrando um pouquinho dele para você. Seria certo eu ficar em casa por temer que minha mãe pudesse sentir saudade de mim? – Ela indicou uma cadeira da mesa da cozinha para Carolyn e apagou o fogo sob a chaleira. – E então, como foi? Você gostou dos seus outros avós?

– Eles são legais.

Carolyn não contou que tinha magoado o vovô Otis, nem que o pai tinha ficado furioso, nem que tinha saído correndo e ficado horas escondida, deixando todo mundo preocupado. E não contou também que a mãe reclamava quando o pai só parava para pôr gasolina ou para almoçar depressa, antes de pegar a estrada de novo. Oma não gostava de reclamações.

Oma juntou as mãos sobre a mesa.

– Conte-me o que você viu.

– Está tudo aí na sua geladeira.

– Bem, você deve ter visto outras coisas no caminho – ela insistiu.

Não muito. O pai dirigia do nascer do sol até o escurecer, durante horas, enquanto Charlie e ela ficavam cochilando no banco de trás. Os dois tinham visto lugares em que gostariam de parar, mas o pai dizia que não tinham tempo. Disse que os dois podiam brincar quando chegassem ao acampamento, mas, quando chegavam, já era quase noite, hora de comer, tomar banho e se preparar para dormir. O pai estava exausto e não tinha disposição para jogos e brincadeiras. Tinha dirigido o dia inteiro. Carolyn sacudiu os ombros. O que Oma queria que ela dissesse?

– Bem. Agora que estão todos em casa, posso ir até a fazenda para tratar de negócios com Hitch e Donna Martin.

– Posso ir com você?

– Pensei que você não gostasse de viajar!

Viajar com Oma não era igual a viajar com o pai e a mãe.

– Posso? Por favor...

– Vou ter de perguntar para os seus pais.

Eles não viram motivo para ela não ir. Charlie ficaria fora o dia inteiro, de bicicleta, ou na piscina da escola. O pai tinha de trabalhar. E a mãe também. Parecia que ninguém sentiria a falta dela. O fato era que seria mais fácil para todos se ela fosse com Oma. A mãe lavou as roupas de Carolyn e guardou algumas numa sacola de lona. Caminharam juntas naquela manhã.

– Quanto tempo vai ficar lá, mamãe?

– Eu estava pensando que talvez pudesse visitar Bernhard e Elizabeth. Carolyn mal conhece o primo Eddie. E não visito a Clotilde há dois anos. Ela tem um apartamento em Hollywood. Levaria uns dois dias de carro para chegar lá. Uma semana, dez dias? Se não tiver problema para vocês.

A mãe mordeu o lábio e olhou para Carolyn.

– Acho que tudo bem.

– Nós vamos ligar para você, Hildemara.

– Cuide bem dela.

– Você sabe que eu vou cuidar – Carolyn e Oma responderam ao mesmo tempo.

A mãe parecia um pouco triste.

– Bem, divirtam-se, vocês duas.

Ela se afastou, levantou o braço para acenar e voltou para casa.

Viajar com Oma acabou sendo mais divertido do que Carolyn esperava. Ela dirigia rápido, com todas as janelas abertas. Parou duas vezes antes mesmo de chegarem à periferia de Tracy.

– Eu preciso esticar essas velhas pernas.

Quando chegaram ao horto do tio Bernhard, ao sul de Sacramento, ele as levou para um passeio entre as filas de árvores frutíferas plantadas em baldes grandes, junto com o primo Eddie. Eddie era trinta centímetros mais alto que Carolyn e mais musculoso que Charlie. Tia Elizabeth fez galinha frita, purê de batatas e milho cozido para o jantar. Eles tinham um quarto só para Oma e Carolyn.

Na manhã seguinte, Oma disse que era hora de partir para Murietta. Todos se abraçaram e se beijaram.

– Não demore tanto para voltar a nos visitar, mamãe. Alguma possibilidade de trazer a Hildie e o Trip para cá? Não os vemos há dois anos. Charlie já deve estar um rapaz a essa altura.

– Eles estão construindo.

Tio Bernie deu risada.

– Ah, nós sabemos tudo sobre isso.

Depois de dois dias na fazenda, onde Oma acertou os negócios com Hitch e Donna Martin, elas foram para Hollywood visitar a tia Clotilde. Ela era alta e magra, usava uma calça preta estreita e um suéter branco bem grande. Falava depressa e ria muito. Ela levou Carolyn e Oma ao estúdio de cinema onde trabalhava como figurinista. Havia roupas penduradas nas paredes e máquinas de costura funcionando com meia dúzia de pessoas debruçadas sobre peças de tecido. Clotilde chamou a atenção de todos alegremente e apresentou Oma e Carolyn.

– Muito bem, pessoal. Voltem ao trabalho – disse ela, rindo. – Você precisa ver a locação ao ar livre, mamãe. É fantástica!

E levou Oma e Carolyn lá para fora. Conhecia todas as pessoas lá, maquiadores, designers, diretores, eletricistas, técnicos e até alguns astros do cinema que, sem maquiagem e figurino, pareciam pessoas comuns.

Um homem olhou para Carolyn muito interessado.

– Eu não sabia que você tinha uma sobrinha tão bonita, Cloe.

– Nem eu! – tia Clotilde sorriu de orelha a orelha e pôs o braço no ombro de Carolyn. – Ela cresceu desde a última vez que a vi. Perguntei para a minha mãe como é que a minha irmã sem graça podia ter uma filha bonita assim, esguia, loura e de olhos azuis.

Oma resmungou:

– Hildemara é bem bonita.

– Ah, mamãe. Eu não quis dizer nada com isso. Você sabe como eu adoro a Hildie, mas olha só para a Carolyn. Ela é tão linda que poderia até trabalhar no cinema.

Oma e Clotilde conversaram até tarde da noite, murmurando baixinho. No dia seguinte, as três tomaram iogurte com frutas frescas no café da manhã. Clotilde se despediu de Oma com um abraço e um beijo.

– Volte logo, mamãe.

Oma prometeu que voltaria. Tia Clotilde acariciou o rosto de Carolyn e sorriu. Ela se abaixou e lhe deu um beijo.

– Leve o meu amor para a sua mãe. Ela é muito especial. Como você.

Ela ajeitou o robe, cruzou os braços e ficou parada na porta quando as duas foram embora.

Oma não foi para o norte.

– Já que viemos até aqui e estamos em Hollywood, podemos seguir mais um pouco e conhecer a Disneylândia.

Carolyn não acreditou naquela sorte toda.

– Charlie vai ficar furioso de não ter vindo conosco.

– Não vamos contar nada disso para ele. Foi uma decisão de última hora, e não quero que ele se sinta excluído.

Elas se instalaram num hotel perto de um laranjal e chegaram aos portões da Disneylândia assim que abriram, na manhã seguinte.

– Vamos chegar antes de todo mundo no trenzinho.

Depois de fazerem o passeio completo de trem, a avó segurou a mão dela e a puxou para algum outro lugar que tinha em mente. Quando Carolyn viu qual era, engoliu em seco.

– Um foguete!

– Nós vamos lá. É o mais perto que chegaremos da lua.

Influenciada pela animação de Oma, Carolyn perdeu o medo e começou a se divertir. Depois Oma a levou para um passeio de barco num rio, para uma pista de corrida e até para andar de carruagem. Elas viram um filme chamado *Uma excursão pelo oeste*, no cinema Circarama, e uma exposição que tinha por tema um dos livros favoritos de Oma, *Vinte mil léguas submarinas*.

Naquela noite, Oma avisou antes de ligar para a mãe e o pai:

– Nem uma palavra sobre a Disneylândia. Não queremos magoar ninguém.

Mas a mãe nem pediu para falar com Carolyn. Oma falou da tia Clotilde, da sala de confecção e do estúdio ao ar livre.

– Estamos voltando. Vou pela costa. O vale Central é quente demais. Chegamos em dois ou três dias.

Na viagem para o norte, Oma falou do escritor John Steinbeck e da história que ele escreveu sobre o povo de Oklahoma, que tinha saído de lá e vindo para o vale Central, na Califórnia.

– Pessoas boas e trabalhadoras como os Martin. É uma bênção poder contar com eles. Você precisa ler *As vinhas da ira* quando crescer um pouco. Para saber como era a vida quando sua mãe era pequena, em Murietta.

Elas chegaram na hora do jantar. Charlie se vangloriou de ter passado todos os dias da última semana na Feira de Alameda County, com seu melhor amigo, Mitch Hastings. Oma piscou para Carolyn e falou do tio Bernie, da tia Elizabeth e da tia Clotilde.

Charlie bateu na porta de Carolyn depois que a mãe e o pai foram para a cama.

– Eu não pretendia me gabar sobre a feira.

Ele se sentou ao lado dela e explicou que a mãe tinha lhe dado o dinheiro da entrada e das refeições.

– Ela me levava para lá todas as manhãs, a caminho do trabalho dela.

Ele ficava até o pai, ou o pai de Mitch, ir buscar os dois, logo antes de a feira fechar.

– Ficou bem sem graça depois dos dois primeiros dias – ele deu um sorriso maroto. – Você é capaz de guardar um segredo?

Carolyn sabia muito bem guardar segredo.

– Mitch e eu entrávamos escondidos nas arquibancadas e assistíamos às corridas de cavalos.

Eles fizeram amizade com um jóquei quando foram passear nos estábulos.

– Ele quebrou as regras e deixou Mitch andar no cavalo dele. Eu não tive coragem.

Charlie e Mitch dividiram uma cerveja e passearam com duas meninas que paqueraram.

– E o que você e Oma fizeram?

– Fomos visitar o tio Bernie e a tia Elizabeth.
– Como está o Eddie?
– Maior.
– Pensei que vocês iam para a fazenda.
– E fomos. Depois fomos visitar a tia Clotilde.
– Viu alguma estrela de cinema?

Ninguém que ela reconhecesse. Carolyn nem mencionou que tia Clotilde havia dito que ela era tão bonita que poderia fazer cinema, nem contou sobre a Disneylândia ou sobre as outras paradas na costa da Califórnia.

– Nossa, ainda bem que eu fiquei em casa – Charlie se espreguiçou. – Que pena que você perdeu a feira.

Carolyn não conseguia imaginar nada pior do que ser deixada lá de manhã e passar de doze a catorze horas vagando sozinha no meio de desconhecidos.

7

1961

No verão antes de Carolyn passar para o segundo grau, os pesadelos que ela pensou que nunca mais teria voltaram. A mãe e o pai se concentraram em Charlie, porque dali a um ano ele iria para a universidade e, com sorte, conseguiria uma bolsa acadêmica ou de futebol americano. Oma começou uma campanha para Carolyn também pensar em uma faculdade. Por que a menina não podia ter as mesmas oportunidades que o irmão? A mãe dela tinha feito o curso de enfermagem, não tinha?

Carolyn passou o verão todo sozinha. Às vezes, Mitch Hastings aparecia para ver se Charlie queria fazer alguma coisa. Ela quase não via o irmão. Ele havia arrumado um emprego de férias na loja de móveis Kohl. Mesmo quando ele estava em casa, os dois mal se falavam. Ele comia e saía com Mitch. Iam ao cinema ou ao Gay 90s. No fim do verão, Mitch apareceu com uma motocicleta e levou Charlie para dar uma volta. Charlie falou da motocicleta durante o jantar aquela noite. Ele também queria uma e achava que podia comprá-la com o dinheiro que tinha economizado do emprego de férias. O pai pediu que ele esperasse e pensasse um pouco mais sobre isso. A mãe argumentou que Charlie ia precisar desse dinheiro para a faculdade.

Uma semana depois, o pai jogou para o rapaz as chaves de um Chevrolet Impala 1959 vermelho.

– Uma multa e aquela belezura vai ficar parada por um mês.

Charlie pulou de alegria.

– Não vou precisar mais andar de ônibus!

Ele deu carona para Carolyn no primeiro dia de aula dela. Disse para ela ficar longe dos meninos ricos.

– Eles procuram carne nova, e você é bonita. O Mitch também acha – Charlie deu um largo sorriso.

Carolyn sentiu um tremor no fundo do estômago.

– Ele acha?

Quando pararam no estacionamento dos alunos, os meninos rodearam o carro.

– Caramba, Charlie! Onde arrumou essa maravilha? Esse carro é lindo.

Um menino abriu o capô.

Outro abriu a porta para Carolyn.

– Ei, Charlie! Quem é essa?

Ele desceu do carro.

– É a minha irmãzinha, Carolyn, e tire suas mãos grudentas de perto dela. Carolyn, esse é o zoológico.

Ele enumerou uma dúzia de nomes. Alguns, ela já tinha visto em casa.

– Ela é tímida, tudo bem? Venha, mana. Eles não vão te morder.

Um dos meninos maiores sorriu de orelha a orelha.

– Eu gostaria.

– Cale a boca, Brady.

Mesmo perto de Charlie, Carolyn se sentia cercada, encurralada. Será que todos os meninos do ginásio eram grandes e descarados como aqueles?

Uma motocicleta roncou no estacionamento e parou a poucos metros deles. Mitch tirou o capacete, desceu da moto e ficou olhando para o grupo.

– Oi, Mitch!

Charlie foi andando para encontrar o amigo. O coração de Carolyn deu um pulo. Quando Mitch disse "oi" para ela, ela não conseguiu falar, porque a boca ficou seca demais. Abaixou a cabeça e sentiu um calor no rosto. Todos foram para o prédio principal, e ela foi atrás. Carolyn notou que Charlie mal dava dois ou três passos e tinha sempre alguém dizendo "oi" e perguntando como tinham sido as férias dele, o que ele tinha feito. Ela se sentiu muito exposta e constrangida. Teria sido melhor ter ido de ônibus para a escola.

Duas meninas pararam para conversar com Charlie, e ele se esqueceu dela. Mitch entrou na secretaria da escola e saiu com um mapa. Apontou no mapa para o lugar onde eles estavam. Examinou a lista de aulas dela e indicou para onde ela deveria ir. Com o mapa e os horários das aulas na mão, Carolyn aprendeu a andar sozinha. No intervalo do almoço, ela se sentou a uma mesa com outras calouras, que também estavam nervosas. Charlie e Mitch foram falar com Carolyn, e as meninas ficaram boquiabertas e caladas. Mitch as ignorou, mas Charlie sorriu para todas antes de falar com a irmã.

— Tenho treino de futebol depois das aulas. Você vai ter de voltar para casa de ônibus.

As meninas cochicharam quando viram Charlie e Mitch se afastando. Antes que a hora do almoço terminasse, Carolyn já sabia quais meninas queriam ser amigas dela porque Charlie era alto, bonito e jogava futebol.

Para agradar a Oma, Carolyn se esforçou para tirar notas boas desde o início do primeiro ano. Conheceu outras meninas estudiosas, que não andavam com o grupo mais badalado. Alguns amigos de Charlie tentaram conversar com ela nos corredores da escola. Ela não dava confiança, e eles passavam para as outras, que gostavam de paquerar. Carolyn viu meninas e meninos formando casais. Charlie anunciou que a irmã dele era proibida, e ela achou bom. Ficava muito sem graça quando um menino olhava para ela, especialmente algum que ela admirasse, como Mitch Hastings.

1962

Quando chegou a primavera, Carolyn teve seu desejo realizado. Ninguém prestava atenção nela. Era como se fosse invisível, andando pelos corredores cheios. O único menino que dizia "oi" toda vez que a via era Mitch. No meio do ano, ele foi transferido para a turma dela e se sentou na primeira fila. Mitch fazia parte da defesa do time, era mais alto e mais corpulento do que Charlie, obviamente grande demais para as carteiras dos alunos. No dia seguinte, mudou para a última fila e ocupou uma carteira ao lado dela.

Às vezes, Carolyn sentia que ele olhava fixo para ela, mas, quando se virava, ele estava rabiscando anotações e folheando seu livro escolar. Ela sabia, por Charlie, que ele não saía com muitas meninas, especialmente com as que "davam em cima dele".

A mãe e o pai passaram a maior parte do primeiro ano de Carolyn perguntando para Charlie o que ele pretendia fazer depois de se formar. Charlie não sabia. Eles foram ficando cada dia mais frustrados.

– Você está no último ano! Não pode adiar sua inscrição nas universidades!

A tensão aumentou e chegou a um ponto em que Carolyn desejou poder morar com Oma. Quanto mais a mãe e o pai pressionavam Charlie, mais ele ficava irredutível.

Charlie desabafou com Carolyn.

– Gostaria que eles largassem do meu pé. Adivinha o que eles fizeram.

– O quê?

– Ligaram para a sra. Vardon. Agora a conselheira do colégio está em cima de mim. Ela me tirou da sala de aula ontem.

Charlie tinha de se apresentar na sala dela todos os dias até terminar de preencher uma pilha de inscrições para universidades, escrever monografias, juntar e fazer cópias de cartas de recomendação de professores, treinadores e do seu patrão no emprego de meio expediente.

– Adivinha qual universidade está no topo da pilha. Berkeley!

– O que você tem contra Berkeley?

– Nada, só que não acho o programa de futebol deles nada de mais. – Ele deu um sorriso de cumplicidade para ela. – Não conte para ninguém, mas me inscrevi na USC.

Ele já tinha falado com o treinador do colégio, que garantia que ele preenchia os requisitos para pleitear uma bolsa esportiva.

– Não vou dizer nada para eles até eu me formar. Eles que se preocupem! – Charlie sorriu de orelha a orelha, satisfeito com o desafio. –

Mal posso esperar para ver a cara do pai quando eu disser que vou jogar nos Troianos.

Charlie manteve seus planos, mas Carolyn percebeu que ele ficou decepcionado quando o pai lhe deu sua bênção. E seus instintos sobre o programa de futebol provaram estar corretos, quando a USC participou do Rose Bowl no primeiro ano dele na universidade.

Oma disse que nunca tinha visto o campeonato da Rose Parade e que essa seria uma boa oportunidade para viajar para lá, já que Charlie estaria no time da USC naquele jogo importante.

– Por que você não tenta conseguir uma folga, Hildemara?

– E você acha que eu não gostaria de ir? Cada dia que eu perco é um dia a menos nas nossas férias.

– Você se importa se eu levar a Carolyn?

A expressão da mãe ficou tensa, depois ela curvou os ombros.

– Seria muito importante para o Charlie ter alguém da família lá para assistir ao jogo.

O pai disse que também não podia tirar um dia de folga, por isso Oma levou Carolyn. Elas se misturaram à multidão na Colorado Boulevard, em Pasadena, e viram lindos carros alegóricos, cheios de flores perfumadas, bandas marchando e cavaleiros passando. Mais tarde, assistiram ao grande jogo, mas mal conseguiram avistar Charlie no meio dos outros jogadores uniformizados que ficavam no banco. Ele ficou feliz de jogar pelo time e disse que ia ajudá-los a vencer outra vez, no ano seguinte. Passaram a noite na mansão da tia Cloe, em Beverly Hills. O marido dela, que era produtor de cinema, estava em alguma locação na Inglaterra, e os enteados, em internatos.

1963

No meio do segundo grau, Dock retornou aos sonhos de Carolyn. Às vezes, ela acordava excitada e confusa. A culpa e a vergonha a dominavam. Ela conhecia os fatos da vida. Tinha estudado biologia. Ouvia conversas sussurradas sobre sexo no vestiário feminino. As meninas que já tinha "feito" eram consideradas vagabundas.

O que as pessoas diriam se soubessem que ela havia perdido a virgindade brincando com o vizinho? Ela estava apenas no jardim de infância, mas não adiantava nada dizer para si mesma que não havia sido sua culpa. Ela sabia que tinha sido sim. Ela ia sempre lá, não ia? Disse que amava Dock. Deixou que ele fizesse o que queria com ela.

Carolyn ia à igreja com os pais – e com Oma, quando ela não estava viajando. Ela sabia que Deus existia. Imaginava-o como um velho, com uma longa barba branca e manto branco comprido, os olhos faiscando e prontos para lançar os amaldiçoados em um lago de fogo. Era lá que ela ia acabar? Deus sabia tudo, não sabia? Ele via tudo. Deus saberia que ela ardia por dentro. E provavelmente sabia por quê, mesmo que ela não soubesse.

Carolyn ouvia o reverendo Elias falar da paz de Deus e de fazer o que é certo. Ela precisava desesperadamente falar com alguém. Quando foi conversar com Oma, encontrou a avó fazendo as malas para uma nova viagem. Oma passava mais tempo fora do que na cabana. Ia visitar tio Bernie e tia Elizabeth, ou tia Clotilde. Ia de avião até Nova York para ver tia Rikka, quando os quadros dela eram expostos em alguma galeria famosa. Dessa vez, ela ia passar uma semana em San Francisco, com sua velha amiga Hedda Herkner, cujo marido tinha morrido de ataque do coração.

Oma virou a cabeça para falar com Carolyn enquanto punha um vestido na mala.

– Você já cresceu, Carolyn. Não precisa mais de mim.

Dois dias depois que Oma partiu para San Francisco, um aluno entrou na sala de Carolyn e deu um recado por escrito para a professora. A sra. Schaffer começou a chorar quando leu.

– O presidente Kennedy levou um tiro em Dallas, no Texas.

Todos ficaram atônitos e paralisados por alguns segundos, depois começaram a fazer perguntas.

Algumas meninas começaram a chorar. Até alguns meninos pareciam prestes a cair em pranto, mas se esforçavam para não demonstrar. A sra. Schaffer disse que todos deveriam ir ao auditório para uma assembleia geral do colégio. O diretor ia contar tudo que sabia.

O diretor chorou também.

Carolyn sentiu um vazio e um torpor por dentro. Não devia ficar com medo? Teve gente que ficou. Não devia ficar com raiva? Teve gente que ficou. Ela ouviu o noticiário e ficou esperando sentir alguma coisa, *qualquer coisa*.

A assembleia terminou em menos de quinze minutos. Todos foram dispensados das aulas. Os pais iam saber do fato. Os alunos que tinham carro foram para o estacionamento. A maioria foi para onde os ônibus se enfileiravam, na frente do colégio. Alguém já tinha posto a bandeira a meio mastro. Carolyn subiu no ônibus e se sentou lá atrás. Ficou espiando pela janela enquanto os outros conversavam, soluçavam, cochichavam e faziam especulações sobre o futuro. O que a morte de Kennedy significaria para o país? O programa espacial ia acabar? E o Corpo da Paz? Acabaram-se os sonhos de ser astronauta, de ir para outros países e resolver os problemas do mundo. Fim da esperança de que o mundo pudesse melhorar.

Um a um, os alunos foram descendo do ônibus, perto de suas casas. À medida que os bancos iam ficando vazios, Carolyn passava para frente, até ficar bem perto do motorista. Deu para ver o rosto dele pelo espelho retrovisor. Ele chorava. Carolyn foi para a porta e segurou na barra de ferro perto dos degraus.

– É aqui que eu fico, sr. Landers.

Ela teve medo de que ele esquecesse se não o avisasse. Ele encostou, parou e abriu as portas do ônibus.

Carolyn foi andando pela rua comprida. Os passarinhos continuavam cantando. Tudo parecia igual. Ela quis que Oma estivesse em casa, para não ter de entrar em uma casa vazia. Pegou a chave embaixo do vaso e destrancou a porta. O lugar parecia um túmulo, fechado, abafado, silencioso.

Louca para ouvir o som da voz humana, ela ligou a televisão. Todos os canais estavam cobrindo o assassinato. Ela viu as cenas alegres antes dos tiros, pessoas segurando cartazes de boas-vindas, outras assistindo, das janelas e dos telhados, ao presidente e à mulher, sorridentes, acenando do carro. Então, três tiros. Um homem do serviço secreto descendo do carro atrás do carro do presidente. Pessoas gritando e chorando. Policiais tentando ver de onde tinham vindo os tiros, olhando para cima. Trêmula, Carolyn sentiu vontade de gritar, de dar um chute na televisão, mas apenas a desligou e foi para a cozinha.

A mãe tinha enchido o pote de biscoitos com os da marca Oreo. A geladeira estava cheia de sobras e restos. Havia uma carne descongelando na bancada, e o sangue formava uma poça no saco plástico. Carolyn imaginou Jackie com o sangue do marido em seu conjunto de grife.

Foi até a cabana, andou pelo jardim de flores de Oma, pegou a chave debaixo do tapete e abriu a porta. A cabana parecia uma concha vazia sem a presença de Oma, mesmo com a luz do sol entrando pelas janelas. Mas o cheiro era familiar e dava uma sensação de aconchego. Ela foi até o quarto e entrou embaixo das cobertas na cama da avó, desejando poder se encolher encostada nela como fazia quando era pequena. Aqueles foram os únicos momentos em que se sentiu realmente segura em toda a sua infância.

Depois do que pareceu só um minuto, ouviu alguém dizer seu nome e uma porta se abrir.

– Carolyn – a voz da mãe chegou mais perto, rouca de preocupação. – Carolyn!

Ela sentiu que alguém a balançava.

– Estamos procurando você por toda parte!

– Estou aqui – balbuciou Carolyn, com a boca seca.

Ela teve uma sensação estranha. O que estava fazendo na cama de Oma? Então se lembrou. O presidente tinha sido alvejado. E foi tomada pelo desespero.

– Você não ouviu quando a chamamos?

– Eu não ouvi nada – disse ela, nauseada. – Não quero ouvir nada.

– Venha para casa, Carolyn – a mãe puxou a coberta. – Você pode dormir no seu quarto – e parou na porta. – Não se esqueça de arrumar a cama antes de vir.

Furiosa sem motivo aparente, Carolyn puxou a coberta de volta.

– Eu não vou! Vou dormir aqui esta noite!

A mãe se sentou na beirada da cama.

– Carolyn, estamos todos abalados...

Carolyn se virou para o outro lado.

– O papai vai ligar a televisão. Vai querer assistir às notícias milhões de vezes. Você sabe disso. E você estará martelando alguma coisa – ela começou a chorar. – Eu não quero ver Kennedy levar um tiro milhões de vezes. Não quero ficar ouvindo isso sem parar! – exclamou, cobrindo a cabeça com o cobertor. – Vá embora, mamãe, por favor. Deixe-me dormir aqui e fingir que isso nunca aconteceu.

A mãe esfregou as costas dela e deu um suspiro profundo.

– Você não é a única que sente isso. – Ela se levantou. – Tem certeza que ficará bem aqui sozinha?

Carolyn teve vontade de gritar com ela. É claro que ela não estava nada bem. Ela nunca havia se sentido bem. Que tipo de mãe era aquela que deixava uma menininha vulnerável sozinha todas as tardes? Uma mãe que não se importava, era esse o tipo. Por que se importaria agora?

Nunca havia ninguém em casa quando Carolyn chegava. Que diferença fazia se passasse a noite na cabana ou em qualquer outro lugar? Dock não ia voltar depois de mais de dez anos. E, no fim, nem ele a quis mais.

– Estou bem, mamãe. Vá embora.

– Bem, se tem certeza...

A mãe hesitou, e alguma coisa na voz dela chamou a atenção de Carolyn. Ela tirou o cobertor de cima da cabeça, mas a mãe já estava indo embora. Hildemara fechou a porta e Carolyn chorou. Ficou lá, no escuro, desejando que a mãe tivesse discutido um pouco com ela. Que tivesse ficado por mais tempo sentada na beirada da cama.

Mas, para fazer isso, ela precisaria se importar.

8

1965

Todos na turma dela iam ficando cada vez mais animados com a formatura, mas Carolyn estava com medo. Porque significava que ela teria de sair de casa. Ela não tinha uma grande vontade de ir para a faculdade, mas parecia que era o que todos esperavam que ela fizesse.

Oma telefonava e espalhava folhetos de universidades, cursos e formulários de inscrição sobre a mesa da cozinha.

– Com guerra ou sem guerra, o mundo continua, Carolyn, e você tem de fazer seus planos.

A Universidade da Califórnia em Berkeley era perto, ela poderia voltar para casa nos fins de semana. Então enviou uma inscrição para lá, por Oma, e também para o Chabot College e o Heald College, em Hayward.

O pai ficou espantado quando aceitaram Carolyn em Berkeley. Oma perguntou o motivo do espanto.

– Você achava que sua filha era burra?

O irmão voltou para casa para a formatura dela. Tudo passou num borrão. O pai tirou fotografias. A mãe fez um jantar especial. Oma decorou um bolo. Carolyn recebeu cartões de parabéns e dinheiro de tio

Bernie e tia Elizabeth, de tia Clotilde e de tia Rikka. Charlie estava aflito. Queria ir para a cidade ver os amigos, embora a maioria deles tivesse viajado naquele verão. O pai perguntou se tinha notícias de Mitch Hastings. Charlie disse que eles se falavam. A mãe de Mitch morrera de câncer, e o pai se mudara para a Flórida, onde se casara de novo. Mitch entrara para o time da Universidade Estadual de Ohio e não voltaria para Paxtown tão cedo, se é que voltaria um dia.

Carolyn ficou desapontada. Achou que era bobagem desejar que um dia Mitch voltasse para casa e a visse como alguém diferente da irmãzinha de Charlie.

– O que acha de darmos um passeio, mana?

A mãe disse para os dois saírem e se divertirem um pouco.

Foram de carro para a cidade. Charlie disse que estava orgulhoso dela. Carolyn tinha recebido um prêmio por ter ficado no quadro de honra todos os semestres, desde o primeiro ano.

– Por que está tão séria?

– Só estou com medo, eu acho.

– Medo de quê?

– De não saber se vou conseguir.

– Você vai conseguir.

Charlie foi do colégio até o fim da rua principal, fez a volta e retornou. Ele buzinava e acenava para as pessoas que conhecia. Todos se lembravam do irmão dela. Ele falou sobre os colegas e os professores da faculdade, sobre as aulas e as partidas de futebol, sobre as festas e a beleza das meninas. Charlie, tão seguro, sem medo de nada.

– Estou espantado de o pai concordar em mandar você para Berkeley. É um antro de subversivos!

– Ele sempre quis que você fosse para lá.

– É, bem, mas você é outra história. Não acho que combina com você. A USC já é bem difícil, mesmo para um jogador de futebol americano mimado. Mas Berkeley! Cara, aquele lugar tem a reputação de sugar tudo das pessoas.

– Oma me convenceu.

Charlie deu risada.

– Você vai gostar de viver em outro universo, Carolyn.

Ele buzinou para alguém e acenou, depois olhou rapidamente para ela.

– Mas trate de não se tornar uma hippie.

– É você que está deixando o cabelo crescer.

O pai tinha falado mais de uma vez sobre isso ultimamente.

– Como você consegue? Pensei que tivesse de mantê-lo curto por causa do futebol.

Charlie franziu a testa e balançou a cabeça. Não respondeu de imediato.

– Futebol é outra coisa que nos consome demais. Parece uma perda de tempo, se pensarmos em todos aqueles caras indo para o Vietnã e perdendo a vida para defender a nossa liberdade.

Carolyn ficou tensa e olhou fixo para ele. Charlie olhou para ela por um instante, com uma expressão estranha.

– O Mitch se alistou na marinha, no corpo de fuzileiros navais. Eu já contei para você?

Carolyn ficou com o coração apertado.

– Você disse que ele estava jogando futebol na estadual de Ohio.

– Ele estava, mas saiu.

O coração dela acelerou, e ela continuou olhando para o irmão.

– Espero que a guerra acabe antes de você terminar a faculdade.

– Não vai acabar.

Charlie olhou para frente. Alguém buzinou, mas dessa vez ele nem notou.

– Espero que você não seja convocado.

– Eu não vou ser convocado, Carolyn.

Ela cerrou os punhos com a segurança no tom de voz dele.

– Não se aliste, Charlie. Por favor, nem pense em se alistar.

– Já me alistei.

Carolyn tampou os ouvidos com as mãos.

– Não, você não fez isso! Não me diga que fez! Não!

Charlie virou no fim da rua principal, pegou a estrada depois da feira e seguiu para o lado das montanhas.

– Fique calma.

Ficar calma? Ficar calma! Ela não conseguia respirar.

– Alguém tem que ir. Por que não eu? Por que é sempre outra pessoa que vai e faz o trabalho sujo? Você vai ter que me ajudar a dar a notícia para a mamãe e o papai.

Carolyn tentou abrir a porta do carro e Charlie a puxou com um tranco.

– O que está fazendo? Ficou maluca? – Ele saiu da estrada e pisou no freio. – Está querendo nos matar?

– É você quem vai se matar! – exclamou Carolyn, soluçando.

Ela se livrou da mão dele, desceu do carro e saiu correndo. Charlie a alcançou.

– Carolyn!

Ele a fez dar meia-volta e a abraçou.

– Ei. Não pensei que você ia reagir assim.

Ela se sentiu sufocada na jaqueta dele da USC. Agarrou-se ao irmão e encostou o rosto no peito dele.

– Não quero que você vá, Charlie. Não vá. Por favor, não vá.

– É tarde demais para mudar de ideia, mesmo se eu quisesse, e eu não quero.

Carolyn ainda não sabia do pior.

– No corpo de fuzileiros navais? – o pai ficou branco. – *Fuzileiros navais?*

Charlie parecia confiante.

– Por que não a elite da elite?

– Por que você fez isso? – vociferou o pai. – Foi por causa do Mitch? Porque ele se alistou?

– Não, pai. Eu penso com a minha cabeça mesmo. Estou fazendo isso para servir ao meu país. – Charlie parecia zangado. – Achei que você, mais do que ninguém, ia entender. – Ele olhou para a mãe, de novo para o pai, e deu risada. – Vocês me criaram para ser patriota, não criaram? Vocês falam o que é ser americano desde que me entendo por gente. *Você* serviu no exército. Por que eu não posso fazer o mesmo?

– Eu era médico, Charlie! Nós entrávamos depois que o estrago estava feito, para limpar a sujeira. Os marines são sempre os *primeiros*, os *primeiros* a desembarcar!

O pai ficou com a voz embargada.

A mãe cobriu o rosto e chorou.

Charlie ficou constrangido.

– Eu vou me sair bem.

– É, todo jovem acha que vai se sair bem. Você se alistou para ser bucha de canhão!

O pai empurrou a cadeira para trás e se levantou da mesa. A mãe olhou para Charlie e tentou dizer qualquer coisa, mas não saiu nada.

– Estou fazendo a coisa certa, mãe.

Ela respondeu com os lábios trêmulos.

– Isso não é uma partida de futebol, Charlie.

Ele ficou sério.

– E você acha que eu não sei?

– Por que você não conversou sobre isso com a gente antes?

– Não preciso da permissão de vocês. A vida é minha. A decisão é minha.

Ele fraquejou quando a mãe começou a chorar de novo.

– Mãe...

Charlie estendeu a mão para ela, que se levantou e foi para o quarto.

Ele afastou a cadeira e olhou para Carolyn, como se pedisse desculpas.

– Preciso sair daqui – disse, olhando para os fundos da casa. – Gostaria que eles parassem de me ver como um menininho.

– Posso ir com você?

– Hoje não, tudo bem? Vou encontrar dois amigos no Gay 90s.

Carolyn ficou lá, sentada à mesa, sozinha, ouvindo o Impala vermelho de Charlie partir a toda pelo caminho de cascalho. Teve vontade de sair correndo também. De poder ir embora, encontrar amigos que entendessem o que ela estava sentindo e que talvez a ajudassem a descobrir o sentido do mundo.

Então foi para a cabana. Oma desligou a televisão e deu um tapinha no lugar ao seu lado no sofá.

– Charlie se alistou nos fuzileiros navais.

Oma deu um suspiro profundo.

– Eu sabia que ele tinha feito alguma coisa séria. Ele estava diferente.

Carolyn deitou a cabeça no colo de Oma e chorou.

– Não quero que ele vá.

Oma passou a mão no cabelo da neta.

– Não cabe a você decidir isso, *Liebling*. Você só pode viver a sua vida e deixar Charlie viver a dele. – Ela pousou a mão na cabeça da neta. – Precisei aprender isso nesses anos todos.

– Vou me preocupar com ele todos os dias.

– Não. Você vai para a universidade, vai estudar e conhecer pessoas interessantes. Vai construir os seus sonhos. Vai estar tão ocupada que não terá tempo para se angustiar.

– Eles vão mandá-lo para o Vietnã.

– Isso nós não sabemos ainda.

– Vão sim, Oma.

– Então nós vamos rezar. E vamos pedir para todos da igreja e todos os nossos parentes e amigos que rezem também. E vamos escrever cartas para que ele saiba que nós o amamos. Às vezes, isso é a única coisa que podemos fazer, Carolyn. Amar as pessoas como elas são, rezar e entregá-las nas mãos de Deus.

Carolyn não tinha certeza se podia confiar em Deus. Afinal, Deus não tinha feito nada para protegê-la de Dock.

9

Carolyn passou o verão inteiro trabalhando, servindo hambúrgueres e milk shakes numa lanchonete, e Charlie aparecia todos os dias. Ele só precisava se apresentar para o treinamento básico em San Diego no fim do verão. Mitch já tinha terminado o curso e sido transferido para o treinamento da infantaria. Charlie foi de carro encontrá-lo quando ele ligou dizendo que tinha o fim de semana livre. Quando Charlie voltou para casa, desapareceu um dia inteiro sem dizer para onde ia. Chegou à lanchonete um pouco antes do fim do expediente de Carolyn e lhe deu uma carona para casa.

— Resolvi não esperar mais. Vou pegar um avião para San Diego na sexta-feira. Começo o treinamento no início da semana que vem.

Ela cerrou os punhos e espiou pela janela.

— Por que você está com tanta pressa de morrer, Charlie?

— Não tenho nenhuma intenção de morrer. Simplesmente não consigo ficar aqui sem fazer nada, ouvindo a mamãe chorar e vendo o papai assistir os noticiários sem parar. É melhor eu ir logo. Você quer ir dirigindo o meu carro para me levar até o aeroporto?

— Não.

— Ora, mana, vamos lá — ele tentou convencê-la. — Empresto meu carro para você por quatro anos.

– Eu não quero o seu carro.

Ela queria saber que o irmão estava em segurança, e ele tinha acabado com essa esperança.

Charlie deu um suspiro teatral.

– Então vou ter de pegar um ônibus e depois um táxi.

Ela sabia que ele achava que ela ia ceder.

Foi o pai quem levou Charlie para o aeroporto. A mãe se trancou no quarto e não saiu de lá até o dia seguinte.

Três semanas depois, Carolyn fez as malas e se preparou para sair de casa.

O pai disse que a mãe não estava disposta a levá-la e que ele tinha de trabalhar. Que a avó ia com ela, para ajudá-la a se instalar.

Carolyn levou a bagagem para o dormitório. Depois de guardar tudo no pequeno quarto, Oma sugeriu que fossem caminhar um pouco.

– Gostaria de conhecer o campus antes de ir.

Elas andaram duas horas pelos caminhos, passaram pelos grandes prédios e pelas praças. Oma quis ver o Portão Sather, a Biblioteca Bancroft e o campanário.

– Eu daria tudo para estudar numa universidade como essa. Meu pai me tirou da escola quando completei doze anos. Ele achava que meninas não precisavam estudar.

– Você sabe mais do que a maioria dos professores que conheci, Oma.

Ela deu uma risada breve e triste.

– Não podemos desistir só porque alguém nos diz que não podemos fazer alguma coisa. Às vezes, quando nos dizem isso, passamos a querer ainda mais.

Oma segurou a mão de Carolyn quando voltaram para o velho Plymouth cinza.

– Preciso ir.

Ela deu um abraço apertado na neta e um tapinha no rosto dela.

– Você vai aprender com mestres. Aproveite cada segundo.

– Farei o melhor possível.

– O seu melhor é tudo que se pode esperar.

Carolyn cumpriu sua palavra. Assistiu a todas as aulas, anotou absolutamente tudo, estudou até tarde da noite, entregou todos os trabalhos dentro do prazo e passou em todas as provas.

Charlie completou o treinamento militar e foi para casa, de licença. Pegou o carro, foi para Berkeley e levou Carolyn para passar um dia em San Francisco. Tinha mudado desde a última vez que ela o vira. Não falou muito sobre o treinamento, mas quis saber das aulas dela, se estava gostando de Berkeley, se estava conseguindo se virar sozinha. Ela respondeu que estava tudo muito bem.

Sentaram-se em um banco em Fisherman's Wharf. As meninas olhavam para Charlie quando passavam. Ele retribuía o olhar para algumas, e Carolyn o provocou:

– Você queria que a sua irmãzinha não estivesse aqui, não é?

Ele deu risada e disse que ficar trancado em um quartel semanas a fio fazia com que desse mais valor àquele cenário.

– E você, mana? Está se divertindo?

– Me divertindo? Estou me concentrando em manter a cabeça fora d'água.

– Oma disse que você está na lista dos melhores alunos.

Carolyn deu de ombros.

Charlie se endireitou e olhou para ela.

– Você vai se dar bem, Carolyn. Você é uma sobrevivente.

E quanto a ele? Será que ele ia se dar bem?

– Eu te amo, Charlie. Se acontecer alguma coisa com você...

Ela ficou pensando se a universidade ainda tinha alguma importância.

Charlie pôs o braço nos ombros dela, e ela encostou a cabeça no ombro dele. Dessa vez, ele não fez nenhuma promessa.

Quando Charlie deixou Carolyn na porta do dormitório, a administradora estava lá para falar com ela. Duas alunas não estavam se dando bem.

– Parece que você se dá bem com todo mundo. Se importa de experimentar ficar com outra colega de quarto?

Carolyn não teve coragem de dizer não, e a administradora ficou aliviada.

Deprimida, Carolyn comprou uma Coca na máquina do corredor e foi para o quarto estudar. De repente, a porta do quarto se abriu, batendo com estrondo no armário. Sem pedir licença, uma menina entrou, tirou a bolsa do ombro, jogou-a com violência na cama listrada e estendeu a mão.

– Rachel Altman – disse ela. – Já que agora somos colegas de quarto, pode me chamar de Chel.

A voz dela era áspera e tinha um sotaque do leste.

Surpresa, Carolyn apertou a mão dela. O rosto da menina não era bonito, mas era cativante, emoldurado por uma farta cabeleira ruiva e ondulada, presa por uma faixa de couro trançado, com franjas e contas. Usava uma blusa branca decotada, quase transparente, que seria indecente se não fossem as argolas e as contas penduradas. Um cinto de macramê com mais contas segurava uma calça boca de sino marrom de algodão, bem justa nos quadris. A menina quicou na cama para experimentar o colchão. As pulseiras douradas tilintaram.

– Bem, não é exatamente o Waldorf.

Muda, Carolyn olhava fixo para ela. Chel a examinou, dos tênis e meias brancos até o rabo de cavalo, e deu um sorriso irônico.

– Deixe eu adivinhar. Você está fazendo educação, ensino *primário*. Certo?

Carolyn confessou que sim.

– E você?

– Belas-artes, querida. Sou liberal e gosto de arte. Na época pareceu uma boa escolha, mas andei pensando em mudar para psicologia ou sociologia. Qualquer *logia* serve.

– Como você adivinhou a minha faculdade?

Chel deu um sorriso malicioso.

– Pelo que eu vi aqui. Todas as suas anotações datilografadas e arrumadinhas numa pilha. Os livros em ordem. Não tem poeira na sua mesa. Sua cama está feita. A única coisa que está faltando é uma maçã brilhando ali na mesa.

Ela se recostou na cama e pôs as mãos atrás da cabeça.

– E você está de sutiã! Aposto que, quando você se arruma, usa saia, um belo suéter e pérolas. – Ela resmungou alguma coisa baixinho e se sentou de repente, assustando Carolyn novamente. – Não se preocupe, querida. Eu não mordo. Pelo menos não as meninas – e deu um largo sorriso. – Você parece muito tensa. Quer um fuminho? – Chel deu risada. – Devia ver a sua cara. Nunca experimentou, não é?

Ela se levantou e foi até a porta.

– Vamos sair um pouco, tomar um café no diretório dos estudantes. Prometo que vou me comportar.

Ela puxou Carolyn.

– Venha, viva um pouco.

Carolyn esqueceu os estudos.

Chel falou a tarde inteira. Parecia embriagada de vida... ou de alguma outra coisa. Contou que tinha crescido no Waldorf, criada por uma babá bem paga, mas ausente, enquanto o pai, mais ausente ainda, saía para fazer seus milhões, e a mãe, entediada e igualmente ausente, esquiava em Saint Moritz ou comprava roupas de grife em Paris.

– Deus sabe onde ela está agora, e eu não dou a mínima. Ambos são porcos capitalistas que poluem o ar que respiramos.

Chel tinha saído de Nova York e ido para Berkeley.

– Berkeley é o centro do universo, querida. É onde tudo acontece! Você ainda não deu uma olhada por aí? Eu quero estar no meio disso. Você não?

Carolyn se surpreendeu e admitiu que nunca teve coragem de estar no meio de nada.

– Eu sempre dei um jeito de me adaptar e passar despercebida.

– Habilidade que obviamente eu não tenho.

Quando Chel ria, as pessoas olhavam e ela não se importava com isso.

Carolyn tinha visto espíritos livres no campus da universidade, mas nunca esteve assim tão perto de um. Chel era como um pássaro exótico de plumagem rica e colorida, que tinha escapado de um zoológico e chegado ao quarto de Carolyn no dormitório por acaso. Carolyn estava fascinada com a garota, que a fazia rir.

Chel ficou satisfeita.

– Acho que vamos nos dar muito bem.

Durante o dia, Carolyn quase não via Chel, mas, quando ela voltava das aulas, ou de onde quer que tivesse estado, as duas conversavam durante horas. Ela levou maconha para o quarto. Botou uma toalha molhada embaixo da porta e abriu a janela.

– Vamos lá, Caro. Isso não vai te matar.

Carolyn deu uma tragada tímida. Chel riu dela.

– *Inspire fundo*.

Depois de mais algumas tragadas, Carolyn soltou a língua. Chel recostou-se na cama e começou a fazer perguntas. Quando quis saber se Carolyn já tinha ido para a cama com alguém, ela contou a história de Dock. Chel parou de sorrir.

Apesar do abismo entre os recursos materiais das duas, Carolyn descobriu que o histórico delas não era tão diferente assim. Pais ausentes que, quando estavam por perto, se preocupavam tanto com os próprios problemas e projetos que ficavam cegos para qualquer outra coisa. Mas é claro que o pai e a mãe dela nunca foram cegos para Charlie. Só que Charlie era especial. Ela falou muito sobre o irmão.

– Você é como uma marionete, não é, querida? Dança com a música de qualquer um.

Ninguém fazia Chel dançar.

Carolyn queria ser igual a ela.

1966

Uma vez por semana, Carolyn recebia uma carta de Oma, dando notícias da família e do que acontecia em Paxtown, que não era muito. A mãe ligava umas duas vezes por mês, em geral quando Carolyn estava tendo aula. A administradora do dormitório deixava recados no escaninho dela. "Sua mãe ligou. Estão à sua espera nas férias de verão." Carolyn gemeu. Não queria ir para casa, mas não tinha dinheiro para ficar em Berkeley.

– Se não quer ir para casa, querida, inscreva-se no departamento de empregos. Eles podem arrumar um trabalho para você. Alugamos um apartamento e vamos nos divertir.

– Não tenho dinheiro para pagar um apartamento, Chel.

– E por acaso eu disse que você tinha de pagar alguma coisa?

Chel não desistiu da ideia até Carolyn ceder. Ela achou que ficar em Berkeley com Chel ia ser mais fácil do que explicar aos pais e a Oma por que suas notas tinham piorado drasticamente. A mãe e o pai não reclamaram, e ela não ficou surpresa com isso. Mas, quando Oma não disse nada, ficou imaginando se alguém sentia sua falta. Chel disse:

— Bem-vinda ao clube.

Charlie, de licença depois do treino na infantaria, foi visitá-la uma tarde e ficou surpreso quando ela abriu a porta.

— Acho que Berkeley está começando a influenciar você.

— O que você quer dizer com isso?

— Atitude também... — Ele deu um largo sorriso. — Posso entrar? Ou vai deixar seu pobre irmão aqui, parado no corredor?

Ela se jogou nos braços dele e deu-lhe um abraço apertado.

— Entre. Dê só uma olhada.

Chel tinha alugado o apartamento mobiliado. Acrescentou almofadas coloridas ao sofá bege e um tapete oriental embaixo da mesa de centro. As duas pregaram cartazes de Veneza, Paris, Londres, os *Girassóis*, de Van Gogh, e as *Ninfeias*, de Monet, mas era uma reprodução do *Grey Line*, de Georgia O'Keeffe, que dominava o ambiente da sala.

Charlie olhou preocupado para a irmã.

— Interessante a decoração.

— Que bom que gostou — disse Carolyn, sentando-se no sofá. — A Chel paga o aluguel. Ou melhor, quem paga é o pai dela. A secretária dele deposita na conta dela todo mês.

— Deve ser legal.

— Eu acho que ela preferia ter pais mais presentes.

Ele quis saber mais sobre Chel.

— Ela é a primeira amiga de verdade que eu tenho, Charlie.

Carolyn não queria falar da amiga pelas costas.

— Quer um pouco de vinho? Temos chablis e cabernet sauvignon.

— Estou de carro.

Ela serviu vinho num copo alto e voltou para o sofá. Charlie ergueu a sobrancelha, e ela ergueu o copo.

— Nunca viu uma menina bebendo vinho?

Carolyn deu um grande gole.

— Muitas vezes. Mas não a minha irmãzinha.

Ela deu risada e relaxou depois de meio copo. Fez algumas perguntas para ele, sabendo que o irmão assumiria o comando da conversa. Ele falou do treinamento militar e de seus novos companheiros de arma.

— Vamos ser todos transferidos para bases diferentes. O papai disse que era muito diferente quando ele esteve no exército. Eles faziam o treinamento e saíam do país todos juntos, numa unidade só. Eu vou sozinho.

Os músculos de Carolyn se retesaram.

— Você vai para o Vietnã, Charlie?

— Ainda não.

Ela esvaziou o copo e pensou em se servir de mais. Em vez disso, botou-o na mesa de centro e encostou a cabeça nas costas do sofá. Sentiu vontade de chorar, mas isso só faria Charlie se arrepender de ter ido visitá-la.

Ele arrumou uma mecha de cabelo dela.

— Procure não se preocupar tanto comigo.

Carolyn virou o rosto para ele.

— Você alguma vez se preocupa comigo, Charlie? Será que alguém se preocupa comigo?

— Agora vou passar a me preocupar.

Ele se aproximou, beijou o rosto dela e se levantou do sofá.

— Já está ficando tarde. É melhor eu pegar a estrada. Você tem de trabalhar amanhã.

Sonolenta, Carolyn o seguiu até a porta.

— Diga para a mãe e o pai que eu estou bem.

Se eles perguntassem.

Ele deu um sorriso de orelha a orelha.

— Pensei em dizer para eles que o seu apartamento fede a maconha, que você tem garrafas de vinho na geladeira e arte pornográfica na parede da sala de estar.

— É uma flor!

Ele deu risada.

— Tá bom. E que flor!

Ela riu, animada pelo álcool.

— Você tem a mente poluída, Charlie.

– Fique tranquila. Não vou dizer nada para eles. Se perguntarem, vou sugerir que venham ver com os próprios olhos.

– Como se eles tivessem tempo para isso.

Ele a abraçou e falou sério ao pé do ouvido dela.

– Não faça muita loucura, está bem? Detestaria ver você arrependida depois.

Charlie se afastou.

Carolyn ficou encostada no batente da porta.

– Você não fez das suas quando estava na USC?

– Fiz, mas sou homem. É permitido.

– Porco chauvinista.

Charlie apertou o botão do elevador e olhou para ela.

– Não fique doida demais, mana.

Ele levantou o rosto, deu um sorriso triste e desapareceu dentro do elevador.

Carolyn voltou para o apartamento e se serviu de mais um copo de vinho. Chorou, xingou e ficou imaginando o que o futuro tinha guardado para os dois.

10

Carolyn foi para casa duas vezes no primeiro ano da faculdade, uma vez no Dia de Ação de Graças e depois por alguns dias no feriado de Natal. Nas duas ocasiões, a mãe e o pai comentaram sobre sua calça boca de sino, as blusas bordadas, a jaqueta de couro com franjas e os mocassins. Carolyn tinha deixado o cabelo crescer e o preferia solto, em vez de preso num rabo de cavalo. Os pais não aprovavam aquilo tudo.

– Como vão seus estudos? O curso está sendo mais puxado esse ano? O que vai fazer depois?

Carolyn esperava por perguntas, mas achou que aquilo parecia um interrogatório.

– Meu principal objetivo agora é passar nas provas finais.

– O que quer dizer com "passar"?

Lá vem, pensou Carolyn, procurando se preparar.

– Eu não entrei para a lista dos melhores alunos nesse último semestre.

– Nós sabemos – a mãe estava com uma expressão tão triste quanto seu tom de voz.

– Acho que eu não seria uma boa professora. Estou pensando em mudar de curso.

O pai levantou a cabeça e olhou para ela.

– Vai fazer o quê?

– Eu estava pensando em belas-artes. Ainda não sei direito. Estou tentando me encontrar.

O pai olhou fixo e aborrecido para ela.

– Se encontrar? Que negócio é esse?

Carolyn ficou pensando o que os pais diriam se soubessem quantas vezes tinha ido ao Fillmore, ou que Chel a tinha convencido a começar a tomar pílula. Carolyn não planejava mergulhar no movimento do amor livre, mas Chel insistira. Ela sabia ser teimosa feito uma mula às vezes. "Nunca diga nunca, querida. É melhor se garantir para não se arrepender depois." Chel não saía do pé dela até conseguir o que queria, e Carolyn sempre fora boa em ceder. A amiga, carismática, divertida, inteligente, tornava isso ainda mais fácil.

A mãe e Oma passaram a ligar com mais frequência e a fazer mais perguntas.

Também perguntavam quando Carolyn iria para casa de novo. Ela dava desculpas para ficar em Berkeley.

Quando a mãe ligou dizendo que Charlie teria licença de um mês, Carolyn soube o que aquilo queria dizer. Que ele tinha recebido ordens para ir para o sudeste da Ásia.

– Ele vem para casa, Carolyn. Tenho certeza que ele adoraria passar um tempo com você.

Chel se ofereceu para dar carona para ela.

– Assim você economiza a passagem de ônibus.

As duas entraram no novo Camaro vermelho de Chel, comprado com o "dinheiro da culpa do papai".

Quando Chel entrou na estradinha dentro da propriedade, Carolyn avistou Oma trabalhando em seu jardim inglês de flores. Oma se endireitou, esfregou as mãos para tirar a terra e protegeu os olhos do sol. Chel diminuiu bem a marcha para não levantar uma nuvem de poeira em Oma quando passasse por ela, e estacionou o Camaro atrás da garagem, ao lado do Impala de Charlie.

– Venha conhecer Oma – Carolyn disse, indo na direção da cabana. Oma abraçou e beijou a neta.

– Já estava na hora de você aparecer em casa.

– Estive evitando todo mundo.

Carolyn pretendia que isso soasse como uma piada. Ela apresentou Chel.

Oma examinou a moça.

– As senhoritas gostariam de tomar um chá comigo?

– Minha bebida favorita – respondeu Chel, com um sorriso de orelha a orelha.

Sentaram-se à mesa da cozinha e Oma concentrou a atenção em Chel. Fez uma pergunta depois da outra. Carolyn ficou com um nó no estômago, esperando que a amiga dissesse alguma coisa ousada demais, mas Chel parecia não se importar com o interrogatório. Evitou com facilidade as perguntas sobre os pais e falou mais sobre a quantidade de babás e tutores particulares que teve. Disse que foi mandada para um colégio interno em Massachusetts, depois para outra escola na França.

– Eu escapei de lá, é claro, mas aprendi bastante francês para me virar sozinha.

– *Je parle français également.*

Oma contou para Chel que tinha trabalhado para uma família francesa em Montreux e que passara alguns dias em Paris antes de ir para a Inglaterra e depois para Montreal. Chel começou a fazer perguntas para Oma. A avó contou a sua falta de educação formal, seu sonho de possuir um restaurante e um hotel, seu desejo de aprender línguas e administração para gerir uma empresa, sua passagem de um emprego a outro para se virar no mundo. Contou que comprou e administrou uma pensão na qual o futuro marido foi se hospedar.

– Eu ensinei inglês para o Opa de Carolyn.

Ela contou da vida numa fazenda de trigo e como acabou indo para a Califórnia.

Chel absorveu aquilo tudo. E também Carolyn, que só tinha ouvido partes da história de Oma.

– Bem, já conversamos bastante por hoje. É melhor vocês irem para casa antes que a sua mãe pense que estou fazendo vocês de reféns.

Oma foi com elas até a porta.

– Sua avó é a pessoa mais legal que eu já conheci! – disse Chel a caminho da casa.

Charlie estava sentado na sala de estar, vendo televisão. Fez cara de entediado quando Carolyn entrou, então viu Chel logo atrás. Carolyn nunca tinha visto aquela cara dele antes.

Chel largou a mochila e entrou na sala de estar. Parou na frente dele com as mãos na cintura e olhou bem para ele.

– Então é você o super-herói de quem a Caro fala o tempo todo.

Mudo, Charlie ficou olhando para ela, os lábios curvados num sorriso divertido. Chel deu sua gargalhada de costume, que mais parecia um rugido, e lançou um olhar de gata para a amiga. Carolyn nem precisou adivinhar se sua melhor amiga gostava de Charlie.

Carolyn abraçou o irmão e apresentou os dois formalmente.

– É melhor guardarmos nossas coisas no quarto, Chel.

A mãe estava na cozinha, fazendo o jantar. Ela arregalou os olhos quando viu as duas. Carolyn já havia avisado para Chel que os pais dela eram caretas, viciados em trabalho, republicanos radicais e que frequentavam a igreja. A mãe conseguiu dar um sorriso de boas-vindas. Ela olhou para Carolyn com uma faísca de desespero no olhar.

– Seu pai deve chegar logo. Teve de ir até a cidade tratar de um negócio.

Chel jogou a mochila num canto do quarto de Carolyn. Examinou as paredes cor-de-rosa, as cortinas de renda, a colcha branca de chenille sobre a cama, com travesseiros e almofadas rosa e brancos, e a boneca de pano de Carolyn. Chel pegou a boneca, mas Carolyn a tomou dela e a botou na cômoda.

– Foi Oma que fez para mim.

– Uma mulher de muitos talentos.

Elas voltaram para a sala de estar. O pai chegou dirigindo seu carro da polícia, e Chel pôs a mão no coração.

– Eu ainda nem fiz nada e a polícia já está chegando.

Charlie deu risada.

– Meu pai trabalha para o xerife.

Ela deu um sorriso largo para ele.

– Eu sei, soldado – e olhou para o rosto de Carolyn, inclinando a cabeça para cochichar. – Você acha que ele vai atirar em mim?

Nas horas seguintes, Carolyn compreendeu que Chel sabia perfeitamente desempenhar um papel. Ela reviveu todas as etiquetas de boa educação que tinha aprendido no Waldorf Astoria, em Nova York, e impressionou a mãe e o pai com sua visão erudita do mundo. Quando a mãe lhe perguntou se tinha viajado muito, Chel falou de uma meia dúzia de cidades na Europa, vários museus e locais históricos.

O pai finalmente puxou o assunto de política, para grande desconforto de Carolyn. A mãe também não gostou. Chel disse abertamente que era contra a guerra no Vietnã e comentou que a América precisava de mudanças no direito civil. Quando o pai abriu a boca para falar, a mãe tentou mudar de assunto. Ele fez cara feia, consciente do plano da mãe.

Chel também deve ter notado e interrompeu a mãe.

– Eu gostaria muito de ouvir a sua opinião, senhor, e como chegou a ela.

Sua sinceridade surpreendeu o pai. No espaço de um segundo, Carolyn o viu enxergar através da roupa de hippie, do cabelo despenteado, das contas e bordados e da faixa de cabeça, e ver Rachel Altman. Ele abaixou as armas que havia levado em seu arsenal mental e declarou trégua, falando com carinho de seus dias em Berkeley.

Charlie mal conseguia tirar os olhos de Chel, apesar de se esforçar para esconder da mãe e do pai seu fascínio. Carolyn sabia que a amiga hipnotizava as pessoas com facilidade. Ela estava enfeitiçando a mãe e o pai com histórias que Carolyn nunca tinha ouvido. Ficou pensando em quantas eram verdade.

Depois do jantar, Chel começou a ajudar a tirar a mesa. A mãe logo protestou. Chel sugeriu um passeio de carro.

– Eu gostaria de conhecer a cidade que moldou você, Caro.

Ela convidou Charlie, é claro, mas a mãe e o pai inventaram uma desculpa esfarrapada para ele não ir. Talvez tivessem notado mais do que Carolyn achava.

Paxtown não tinha mudado nada. Rodaram pela rua principal como meninas de ginásio e pararam no Gay 90s. Chel pediu uma cerveja e mostrou sua identidade falsa tão depressa que o garçom nem pôde vê-la direito, mas ele disse que não ia servir, a menos que Chel mostrasse a certidão de nascimento com o carimbo do governo. Sem se abalar, ela lhe deu um sorriso de orelha a orelha.

– Não é contra a lei tentar.

Ela queria ver a igreja que a família de Carolyn frequentava.

– Será que está aberta? – Desceu do carro e subiu os degraus na frente da porta. – Trancada como um cofre. – As janelas eram altas demais para que ela pudesse dar uma espiada. – Aonde mais você costumava ir?

Carolyn sacudiu os ombros.

– Mais nenhum lugar.

– Isso aqui está parecendo os anos mil e oitocentos. Numa cidade como essa, não dá para espirrar sem que todos fiquem sabendo – ela sorriu. – Não admira você ser tão careta.

– Algumas coisas acontecem aqui e ninguém fica sabendo.

Chel ficou constrangida.

– Eu tinha esquecido do Dock.

Ela seguiu dirigindo pela rua principal de novo e passou pelo colégio.

– Eu jamais sobreviveria numa cidade como essa.

Tinham deixado a luz da varanda acesa. As duas tiraram o sapato e entraram na casa na ponta dos pés. Chel usou o banheiro primeiro e saiu com uma camiseta da Cal T preta. Carolyn entrou para escovar os dentes. O relógio da entrada soou uma vez. Ela ouviu vozes falando baixinho no corredor entre o quarto dela e o de Charlie. Saiu do quarto e viu o irmão encostado no batente da porta, sem camisa, com a calça do pijama bem abaixo da cintura. O olhar dele foi estranho quando se endireitou, então desejou boa noite para as duas e fechou a porta.

Mais tarde, Carolyn acordou com o barulho da porta se abrindo. Viu a silhueta de Chel saindo e fechando a porta devagar. Talvez precisasse usar o banheiro de novo. Carolyn rolou para o outro lado e voltou a dormir. Chel se deitou sorrateiramente na cama um pouco antes de o relógio soar quatro horas.

– Você está bem, Chel?

Ela deu um pulo de susto e soltou um palavrão.

– Pensei que você estivesse dormindo.

– Quantas vezes você se levantou esta noite?

– Só uma.

Uma?

– Aonde você foi?

De repente, Carolyn teve um pressentimento e se arrependeu de ter perguntado.

– Fui dar um presente de despedida para o Charlie.

Carolyn sentiu um arrepio.

– Mas você não...

– Acalme-se, Caro. Perguntei para ele primeiro. – Chel estava se divertindo. – Ele disse que sim.

– Se os meus pais descobrirem...

– Eu digo para eles que era meu dever patriótico.

Carolyn gemeu.

– Você é maluca!

– Talvez seja. – Chel deu uma risada triste. – Pelo menos serve como uma boa desculpa para fazer o que eu quero. Você devia experimentar um dia – e deu as costas para Carolyn. – Mas nós também conversamos. Não ficamos só...

– Eu não quero saber o que você fez com o meu irmão.

– Você está brava?

– Não sei.

– Eu gosto dele, Caro. Logo um marine! – Ela engasgou. – Quem poderia imaginar? – disse Chel, bufando. – Vou voltar para Berkeley amanhã cedo.

– Não estou brava, Chel. Talvez devesse estar, mas... você não precisa ir embora.

– Preciso sim. Você precisa de um tempo com a sua família. Eles te querem bem.

– Tá bom.

– Você talvez não consiga enxergar, mas eu consigo. E vou sair do caminho.

– Eles se interessaram mais pelo que você tinha a dizer do que por qualquer coisa que eu já disse.

– Talvez porque você precise ficar bêbada para se abrir e conversar com qualquer pessoa – Chel se levantou e olhou para Carolyn. – Se eles não ligassem para você, não voltariam para casa todas as noites nem a levariam para viajar nas férias. Não teriam trazido a sua avó para a cabana aqui ao lado. Por isso não me diga que eles não ligam para você.

— Ela se animou. — Eles telefonam de tempos em tempos e perguntam quando você vai vir para casa. Quer saber quando foi a última vez que meu pai me chamou para ir para casa? Não sei dizer, porque não consigo lembrar. A última vez que vi meu pai foi há mais de dois anos.

— Você recebe cartas.

— É a secretária dele que envia, uma vez por mês, com um cheque dentro. Dinheiro, Caro, é o que eu recebo dos meus pais.

Chel ficou com a voz entrecortada, e Carolyn ouviu quando ela engoliu em seco.

— Dinheiro é o presente mais barato e fácil que se pode dar. Se eu tivesse um sinal de que o meu pai ou a minha mãe me amam, eu...

O tom da voz dela era de raiva. Ela cuspiu um palavrão e caiu sentada de novo.

— Vou voltar para Berkeley, e você vai ficar aqui, nem que seja só porque pode ser a última vez que vê seu irmão vivo.

Carolyn sentiu o tremor e percebeu que Chel estava chorando. Jamais vira aquele lado dela antes, arrasada, sofrendo.

— Desculpa. Você não precisa ir.

— Não suporto ver o que eu perdi, Caro, o que nunca terei. O que você teve toda a sua vida e não tem o bom senso de dar valor.

Ela se virou de costas, e Carolyn soube que a conversa tinha acabado. Ficou acordada mais de uma hora, pensando no que aconteceria de manhã. O que seus pais diriam se descobrissem o que Chel tinha feito? Chel entenderia que não existe nenhuma família como em *Papai sabe tudo*.

Quando Carolyn acordou, Chel não estava mais lá. Nem a mochila dela. A mãe estava sentada à mesa com uma xícara de café.

— Sua amiga foi embora há uma hora.

— Por quê?

Será que a mãe ou o pai tinham adivinhado o que havia acontecido à noite e dito para ela ir embora?

A mãe deu de ombros.

— Ela não disse. Agradeceu e falou que tinha de voltar para Berkeley.

Carolyn evitou olhar para a mãe.

– Charlie já levantou?

– Acho que ainda está dormindo.

Após os primeiros instantes de constrangimento depois que Charlie acordou, os dois passearam pela propriedade e conversaram sobre todo tipo de assunto. Ele mantinha contato com os amigos e contou para ela o que eles estavam fazendo, embora ela nunca tivesse sido parte do grupo deles. Ele falou dos fuzileiros navais, do Vietnã, de como acreditava no que estava fazendo. Talvez continuasse lá e seguisse a carreira militar, mas não estava pensando em nada além dos anos de alistamento.

– E você, Caro?

Quando Charlie usou o apelido dado por Chel, ela teve certeza de que a amiga estava na cabeça dele, mesmo não falando dela.

A família toda foi à igreja naquela manhã. De farda, Charlie era o próprio marine, em forma e seguro. O reverendo Elias anunciou para a congregação que Charlie iria para o Vietnã. Todos o cercaram depois do culto e disseram que rezariam por ele.

Carolyn resolveu matar as aulas de segunda-feira para ficar em casa mais um dia. Surpreendentemente, a mãe e o pai não implicaram. O pai pegou o projetor de slides e todos curtiram as viagens para a praia e para o Colorado. Naquela noite, Carolyn sonhou com Charlie de farda azul, parado num campo cheio de cruzes brancas. Acordou de repente e rezou para aquilo não ser uma premonição.

Antes de partir, na terça de manhã, ela foi se despedir de Oma. As duas falaram rapidamente sobre Chel.

– Aquela menina vai se meter em encrenca.

– Você ouviu a história dela, Oma. Mesmo com todo aquele dinheiro, ela não teve uma vida fácil.

– Ela pode usar os pais como desculpa para arruinar a própria vida ou como um motivo para fazer melhor. Cabe a ela escolher.

– Foi por isso que você contou tanto da sua vida para ela?

Oma pôs o dedo embaixo do queixo de Carolyn.

– É melhor você se cuidar, *Liebling*. Se não resolver você mesma o que quer da vida, outra pessoa fará isso por você. E pode ser que você não goste do resultado.

Carolyn pensou nisso enquanto Charlie a levava de volta para Berkeley. Falaram de Chel no caminho. Carolyn mudou de assunto de repente.

— Eu detesto a guerra, Charlie. Estou participando de protestos contra ela.

As articulações dos dedos ficaram brancas quando Charlie apertou a direção.

— Se o papai não tivesse lutado, onde estaríamos agora?

— Não estamos falando da Segunda Guerra Mundial nem de nazistas.

— Não podemos ficar todos em casa, esperando que as coisas acabem dando certo.

— O Vietnã não é nosso país.

— Não podemos dar as costas para o que está acontecendo no mundo, Carolyn.

— Eu não me importo com o que está acontecendo no mundo! Eu me importo com o que acontece com o *meu irmão*. Vou fazer tudo que puder para trazer você para casa.

Os dois ficaram em silêncio até ele parar o carro na frente do prédio. Charlie passou a mão na cabeça de Carolyn.

— Não se torne uma radical.

— Não se torne um herói!

Ela começou a chorar.

Ele a abraçou e ficou com a voz embargada quando tentou garantir que voltaria inteiro, depois a afastou e desceu do carro. Abriu o porta-malas e tirou de lá a mochila dela. Abaixou-se e beijou o rosto da irmã.

— Trate de se comportar.

O sorriso dele se desfez ao olhar para a porta do prédio.

— Diga para a Chel que eu vou escrever.

A mãe e o pai continuaram pagando as despesas da faculdade e acrescentaram cinquenta dólares para Carolyn pagar sua parte do aluguel do apartamento. Quando as notas dela pioraram, sugeriram que voltasse a morar no dormitório. Chel disse que não voltaria para ter uma administradora bafejando no seu cangote, dizendo-lhe a hora de ir para a cama.

Mas concordou que o apartamento talvez não fosse uma boa ideia. Havia festas demais por lá. Ela encontrou um bangalô pequeno e decadente, mobiliado e bem perto da universidade, e convenceu Carolyn a se mudar para lá com ela.

Carolyn mandou um cartão de mudança de endereço para os pais, com seu novo número de telefone. A mãe ligou e parecia furiosa.

– Nós não vamos mandar o aluguel da casa, Carolyn. Não podemos pagar isso.

– Podem ficar com o dinheiro. A Chel e eu já acertamos tudo.

– Acertaram? Como? Ela vai pagar tudo?

– Talvez eu largue a faculdade. Vá arrumar um emprego. Protestar contra a guerra.

– Pelo amor de Deus, Carolyn. Não comece a se rebelar agora. Já temos muito com que nos preocupar, com Charlie no Vietnã.

– É exatamente por isso que os protestos são mais importantes do que as aulas!

– Charlie acredita no que está fazendo! O seu pai é um veterano. Como ousa falar assim contra eles? Se vai se transformar em alguma espécie de hippie, não espere a nossa ajuda para sustentar isso!

A mãe desligou.

Carolyn ficou segurando o fone. Ela se manifestava contra a guerra, não contra *Charlie*. E definitivamente não contra o pai. Quando foi que disse qualquer coisa contra o serviço militar do pai? A mágoa cresceu, agarrou-a pelo pescoço. E então veio a raiva, quentíssima, desafiadora. Ela bateu com o fone no aparelho e foi para a cozinha, pegar um pouco de vinho tinto. Quando o telefone tocou de novo, sabia que era a mãe ligando de volta. Provavelmente ia querer ditar mais regras, fazer mais exigências, lançar mais algumas ameaças para Carolyn ceder.

Trêmula, Carolyn bebeu todo o vinho como se fosse um purgante e deixou o telefone tocar.

11

1967

A casinha delas se transformou num ponto de encontro para qualquer um decepcionado com o sistema. Carolyn assistia às aulas quando não tinha mais nada para fazer, como percorrer o bairro inteiro coletando assinaturas em abaixo-assinados para acabar com a guerra, ou participar de marchas de protesto, ou doar sangue.

As batalhas foram se intensificando no Vietnã, e Carolyn foi ficando cada vez mais perturbada. Fracassou nas provas do meio do ano e parou de assistir às aulas. Estava o tempo todo preocupada com Charlie. Não conseguia dormir. Chel a incentivou a fumar maconha, mas isso também não ajudou. Só o álcool funcionava, quando ela bebia bastante.

A mãe telefonou outra vez.

– Venha para casa.

– Você não manda em mim.

– Você andou bebendo?

Carolyn não havia dormido na noite anterior, e a cabeça estava vazia.

– O que você tem a ver com o que eu faço?

– Charlie sentiria vergonha de você!

Aquelas palavras cortaram mais fundo do que se a mãe tivesse lhe enfiado um facão de açougueiro. Charlie tinha se embebedado algumas vezes depois de jogos de futebol americano no segundo grau. Se a mãe e o pai souberam, nunca disseram nada.

– Eu estou tentando acabar com essa guerra! Estou tentando trazê-lo de volta para casa! Mas imagino que isso não vale nada pelo seu manual! Se quer saber a verdade, mãe, foram você e o papai que mandaram o Charlie para o Vietnã. Com toda aquela conversa sobre Deus e o país.

– *Pare com isso!*

Dessa vez foi Carolyn quem desligou.

O pai ligou poucas horas depois. Chel atendeu e passou o telefone.

– É o seu pai.

Carolyn pegou o fone e bateu com ele no aparelho.

Quando chegou uma carta de Oma, Carolyn ficou com medo de abrir. Mas ela leu e não viu menção do pai ou da mãe, a não ser que estavam "trabalhando muito". Oma escreveu sobre os livros que tinha lido, sobre o jardim, e a saudade que sentia dela, todas as tardes, quando parava para tomar o chá.

Espero que possa vir para casa logo. Sinto sua falta.

Ela devia ser a única. Carolyn respondeu.

Querida Oma,
Não posso ir para casa agora. Estou colhendo assinaturas para um abaixo-assinado para acabar com a guerra. Chel está escrevendo para um jornal clandestino, explicando as formas mais eficientes de protesto contra a guerra. Neste momento, parece que ninguém quer saber disso, mas tenho esperança de que isso mude. Há planos de organizar uma marcha em Washington e muitos de nós estamos enviando cartas e serviços alternativos para os manifestantes conscientes.
Alguns amigos nossos queimaram suas cartas de recrutamento. Outros falam de se mudar para o Canadá...

Carolyn pensou que a avó responderia, que discutiria o assunto com ela.

A mãe escreveu e perguntou se ela iria para casa no Dia de Ação de Graças. Carolyn não respondeu. A mãe escreveu de novo algumas semanas depois e a convidou para passar o Natal em casa.

Carolyn não podia encará-los. Tinha vergonha do seu comportamento, mas também sentia que estava certa em muitas coisas. Eles não a compreendiam, e com Charlie longe, no Vietnã, não teria um intérprete. Não queria enfrentar a desaprovação deles e submeter-se a sermões infinitos sobre as opiniões políticas deles, sua perda de fé ou qualquer outra coisa que inventassem para criticá-la. Não suportava vê-los sentados diante da televisão, assistindo às notícias e à contagem de corpos. Não queria vê-los preocupados e depois descontando nela. Estava fazendo tudo que podia para aquela guerra terminar e o mundo ficar melhor para todos eles!

Ela escreveu para casa e disse que ela e Chel planejavam esquiar em Tahoe. As duas tinham falado sobre isso, de modo que, tecnicamente, não era mentira. Em vez disso, foram para San Francisco, o novo lugar da moda nos Estados Unidos, e passaram a noite numa festa em uma casa em Haight-Ashbury. Fazia frio, mas elas puseram flores no cabelo e dançaram nas ruas ao som de violões e atabaques.

Quando voltaram para casa, em Berkeley, Carolyn tinha recebido dois cartões de Natal, um da mãe e do pai com cinquenta dólares dentro, e outro de Oma, com um breve recado.

Confie no Senhor de todo coração. Não conte apenas com a sua própria compreensão. Reconheça Deus em tudo que existe e Ele consertará o seu caminho. Provérbios 3,5-6. Viva assim e não se arrependerá. Eu te amo, Liebling.

Oma

Carolyn sentiu uma pontada de culpa, percebendo que não havia mandado cartão para ninguém, nem mesmo para Charlie.

Ela respondeu.

Deus está morto, Oma. Se ele nos amasse, não teríamos guerras e fome. As pessoas não morreriam com doenças e não nasceriam com deformidades nem retardamento mental. Não acredito mais em Deus.

Ela mandou a carta antes de mudar de ideia e depois ficou varada de culpa, envergonhada de ter descontado em Oma, que sempre a amou incondicionalmente.

1968

O vento gelado de janeiro trouxe o ano novo lunar chinês. Enquanto os vietnamitas comemoravam o Tet, os exércitos vietcongues e norte-vietnamitas invadiram a cidade de Hue. Chel comprara uma televisão e havia uma dúzia de amigos e desconhecidos amontoados na sala de estar delas, chapados de maconha e angústia, vendo prédios explodirem e soldados americanos feridos sendo levados em macas. Todos conversavam em volta de Carolyn, mas ela sentia um frio por dentro. Charlie estava entre os marines que tentaram recuperar a cidade? Tinha vontade de gritar. *Calem a boca! Meu irmão está no meio daquele inferno e, se vocês o chamarem de matador de criancinhas ou de fomentador da guerra de novo, eu mato vocês.* Talvez ela tenha dito isso em voz alta, pois fez-se silêncio na sala.

– Qual é o problema dela? – alguém resmungou zangado.

– Meu Deus... Meu Deus... – rezava Carolyn, tentando recuperar a fé, num esforço derradeiro para salvar Charlie. *Deus, por favor, não deixe que o matem.*

Bêbada, ela pôs as mãos na tela da televisão e sentiu que alguém a agarrava.

– Calma, querida. Ele vai ficar bem, Caro. Você precisa acreditar. Ele vai ficar bem.

Acreditar em quê? Em Deus? Todos eles viviam dizendo que Deus não se importava, ou que Deus estava morto. Quando foi que a fé bastou para alguma coisa?

Carolyn não foi trabalhar. Ficou grudada na frente da televisão, examinando os rostos, bebendo, procurando Charlie na tela.

Oma telefonou.

– Tem dois soldados com os seus pais.

Ela falou o nome de Carolyn, mas não conseguiu dizer mais nada.

Alguma coisa se partiu dentro de Carolyn. Ela se atrapalhou na hora de botar o fone de volta no gancho. Começou a tremer violentamente. O telefone tocou mais uma vez. Carolyn ouviu o som ao longe, como um animal ferido berrando de dor. Cobriu as orelhas, não queria ouvir. Charlie! Era Charlie!

Chel saiu do quarto meio despida, com o cabelo despenteado. Agarrou os pulsos de Carolyn e puxou os braços dela para baixo. Quando o barulho ficou mais alto ainda, deu-lhe um tapa no rosto. Carolyn parou de berrar. Ficou em silêncio, em choque. Chel segurou o rosto dela com as duas mãos.

– É o Charlie?

Carolyn não conseguia falar e desmoronou no chão. Ajoelhada no assoalho de madeira, ela soluçou.

Chel gritou, também soluçando, e se levantou. Soltou uma série de palavrões. O telefone tocou de novo, ela agarrou o fio e o arrancou da parede. Pegou o aparelho e o atirou pela janela. Abaixou-se outra vez, segurou os ombros de Carolyn e a sacudiu.

– Caro, Caro!

Uma música dos Animals estava tocando no rádio. "We gotta get out of this place if it's the last thing we ever do..."

– Eu me empenhei tanto, Chel, mas não consegui salvá-lo.

Chel se vestiu e acendeu um cigarro de maconha com as mãos trêmulas. Puxou Carolyn com uma mão só e lhe ofereceu o fumo.

– Dê uma tragada, Caro. Vamos lá, querida. É melhor que calmante.

Carolyn encheu os pulmões com a fumaça da maconha. Não queria sentir nada. A música continuou, o canto da sereia. "We gotta get out of this place..." Tarde demais. Tarde demais.

Chel fez Carolyn ficar de pé.

– Vamos dar o fora daqui.

Elas não fizeram as malas. Deixaram tudo para trás. A última coisa que Carolyn se lembrava era de atravessar a Bay Bridge no banco da frente do Camaro vermelho de Chel, enquanto Janis Joplin gritava, Chel gritava junto e as lágrimas escorriam em seu rosto branco.

Ah, Rosie, por onde eu começo? Charlie está morto, morreu no Vietnã, e minha doce Carolyn desapareceu. A dor é profunda demais para lágrimas. Hildemara não come nem dorme, fica chorando o tempo todo. Temo pela saúde dela. Temo por Carolyn também. Só Deus sabe onde ela se meteu e o que está fazendo. Será que vou perder todos que amo?

Desde que Charlie entrou para os marines, a família vive em conflito. Carolyn ficou contra a guerra e sem querer ficou contra o Trip. Ele diz que qualquer um que seja contra a guerra está contra Charlie e todos os outros jovens americanos que lutam nessa guerra. Carolyn diz que faria qualquer coisa para trazer Charlie para casa, mas Trip diz que os protestos estão ajudando o inimigo e desmoralizando as tropas. Trip a chamou de traidora e disse que Charlie teria vergonha dela. Ela largou a universidade para se dedicar aos movimentos contra a guerra, não tem emprego, não tem recursos para se sustentar, além da amiga rica e abandonada, Rachel Altman. Nunca conheci menina mais perturbada.

Os soldados vieram até aqui. Hildemara e Trip não quiseram ligar para Carolyn no primeiro dia, mas eu liguei. Ela desligou sem dizer nada, Rosie, e quando eu liguei de novo ela não atendeu. Imaginei que estivesse vindo para cá, para estar com a família. Ela adorava o irmão. Charlie era tudo para ela.

Mas ela não apareceu. Fui até Berkeley de carro no dia seguinte, para trazê-la para casa. A casa das duas estava toda desarrumada, o fio do telefone tinha sido arrancado da parede, a televisão e algumas janelas estavam quebradas.

Não posso contar para Hildemara, nem para Trip, que liguei para Carolyn. Eles pensariam que ela não se importa, por isso não voltou para casa. Eu sei que a menina está arrasada e sofrendo muito. Não sei o que fazer para encontrar a minha neta. Fico acordada na cama à noite, rezando. Quando consigo dormir, sonho com Elise.

Só Deus sabe onde Carolyn está, e peço a misericórdia divina para todos nós. Não sei o que mais posso fazer.

12

1970

O Verão do Amor terminou quando Carolyn fugiu para Haight-Ashbury com Rachel Altman, depois da morte de Charlie. As coisas já tinham começado a mudar. A maconha ainda reinava, mas drogas mais pesadas estavam ficando mais populares. O guru e psicólogo Timothy Leary defendia o uso de ácido para expandir a mente, mas, depois de uma "viagem errada" que deixou Carolyn com alucinações residuais durante semanas, ela fez do álcool e da maconha suas drogas preferidas. Passava dias desligada, bebendo muito vinho, tinto ou branco, na ânsia de afogar a dor, afastar a raiva e impedir os pesadelos, nos quais corria numa selva com o irmão.

Chel continuou a pagar as contas para as duas e para uma infinidade de pessoas que frequentavam a casa que elas dividiam, muitas delas rapazes. Chel passou a ser perseguida por alucinações, por abusar do uso de ácido. Soluçando, ela implorava.

– Preciso de você, Caro. Preciso de você *sóbria*.

Carolyn tentava, mas sentia falta do álcool, como se fosse água. Elas tentaram dar força uma para a outra, mas não adiantou, porque todas as pessoas em volta continuavam usando drogas.

Quando as alucinações finalmente pararam, elas saíram e se sentaram nos degraus da casa. Curtiram o sol e resolveram ir ao Parque Golden Gate pela primeira vez em semanas.

– Você esteve do meu lado sempre que precisei, Caro, até quando eu não sabia o que estava fazendo. Você atravessou o país dirigindo depois de Woodstock, quando eu nem saberia dizer o meu nome, que dirá meu endereço. Nós não conseguimos salvar o Charlie, mas você me salvou. E o que eu fiz por você?

– Você tem sido minha amiga.

– Que tipo de amiga eu sou?

– Você me ajudou depois que o Charlie morreu.

– Eu devia ter deixado você em Berkeley. Seus pais teriam ido lá para te buscar e levar você para casa.

– Não, eles não iriam.

– Oma, então.

Carolyn balançou a cabeça.

– O meu lugar é aqui.

Elas encontraram um banco de praça e se sentaram. Chel pôs a cabeça nas mãos.

– Às vezes eu tenho vontade de desistir – e deu uma risada triste. – Estou farta de estar farta. Estou cansada de lutar para perder.

Ela se recostou, com as mãos inertes no colo.

– Às vezes eu me assusto comigo mesma, Caro – e deu um sorriso triste para Carolyn. – Acho que não temos sido boas uma para a outra.

Magoada, Carolyn não quis olhar para ela.

– Eu vou perder você também, Chel?

– Eu te amo, querida – Chel levantou a mão com um gesto sem firmeza. – Está vendo aquela família lá? – ela falou em tom zombeteiro. – Mamãe arrumando o piquenique enquanto a filhinha querida brinca com a boneca e papai ajuda o filhinho a empinar pipa? É um belo cartão da Hallmark, você não acha? – a voz de Chel ficou embargada, e ela soltou o ar lentamente. – O que é que nós temos, Caro?

– A nossa amizade.

Então Chel olhou para Carolyn, com os olhos límpidos para variar, marejados de lágrimas. E depois desviou o olhar. Não disseram nada durante um longo tempo.

– Eu liguei para o meu pai.

Surpresa, Carolyn encarou Chel.

– Quando?

– Há uma semana. Ele largou minha mãe no ano passado e se casou com a secretária. De acordo com o que disse a nova, foram passar a lua de mel em Madri.

– Onde está a sua mãe?

– Ela mora em Paris. Joga em Monte Carlo. Quem vai saber? A nova secretária não tinha o número do telefone dela, ou então recebeu ordem de não dar para mim. Ela disse que meu pai quis me convidar para o casamento, mas não sabia como falar comigo. – Ela deu uma risada áspera. – Bastava ele seguir o dinheiro. Mas não fez nenhuma questão.

– Talvez ele tenha achado que você não iria.

– Pode ser. Mas seria ótimo ter essa oportunidade de brigar com ele pela última vez. – Ela olhou para Carolyn com os olhos cheios de sofrimento. – Escuta essa. Eu disse para a secretária que precisava falar com o meu pai. Ela perguntou se era uma emergência. Eu disse que era. Ela disse: "Dê o seu número que avisarei o sr. Altman que você ligou". Ele não ligou até agora.

– Ela pode ter esquecido.

– Ela lembrou. E ligou de volta. Perguntou de quanto dinheiro eu precisava. – Chel xingou o pai de um monte de nomes. – Ele está ocupado demais com sua nova mulher troféu. – As lágrimas lhe escorreram pelo rosto. – Se eu estivesse prostrada no leito de algum hospital, morrendo de overdose, ele diria para a secretária cuidar para que eu tivesse um quarto particular, uma enfermeira particular e me mandaria flores. – Ela enfiou a mão no bolso da calça jeans e tirou um cartão de visita amassado. – Quero que você guarde isso.

– Por quê?

– Se acontecer alguma coisa comigo, ligue para o meu pai.

Assustada, Carolyn balançou a cabeça.

– Não vai acontecer nada com você, Chel.

– Não estou planejando nada, mas nunca se sabe quando a nossa hora vai chegar. Posso resolver ir nadar naquele lago e me afogar. Ou descer até a praia e mergulhar com pesos de chumbo em volta dos tornozelos.

– Eu não gosto quando você fala essas loucuras.

– E não é isso que eu faço sempre? – Chel riu, parecendo-se mais com ela dessa vez. – Você é mesmo especial, sabia?

Ela segurou o rosto de Carolyn com as duas mãos.

– Eu adoro você. Você tem sido melhor para mim do que qualquer irmã seria – disse Chel, abaixando as mãos. – O que quer que aconteça, não será culpa sua – e segurou o pulso de Carolyn com força. – Lembre-se disso. *A culpa não é sua.*

Preocupada, Carolyn ficou de olho na amiga por alguns dias. Chel fumava maconha e bebia, mas não em excesso. Continuou dançando, jogando a cabeça para trás e rodando, como fazia quando chegaram em Haight-Ashbury. Ash, o líder autonomeado da pequena comunidade deles, ficou observando Chel também, especialmente quando ela aumentou o volume da música enquanto ele declamava sua poesia. Ele pediu que ela abaixasse o som, mas ela o aumentou ainda mais e dançou na frente dele.

Carolyn achou que tudo ia ficar bem. A depressão de Chel tinha passado. Ela tinha voltado a ser a mesma mulher debochada e desafiadora que era em Berkeley. Carolyn foi até o parque para arejar e passou duas horas tomando sol. Sentou-se num banco e ficou vendo as crianças brincando, pensando em Oma, na mãe e no pai. Foi dominada pela solidão. Apertou a palma das mãos nos olhos e procurou não pensar em Charlie.

Quando voltou para casa, Carolyn subiu e viu a porta do quarto de Chel fechada. Encostou a cabeça na porta, mas não ouviu vozes. Então bateu de leve.

– Chel? – ela abriu a porta. – Eu estava pensando...

Chel estava caída sobre o colchão. O rosto parecia tão sereno que Carolyn pensou que estivesse dormindo. Então ela viu o tubo de borracha enrolado como uma cobra no chão e uma seringa ao lado.

– Chel!

Carolyn se ajoelhou na cama e ergueu a amiga.

– *Chel!*

Ela a sacudiu. Parecia que Chel não tinha ossos, estava muito pesada. Soluçando o nome dela, Carolyn a soltou e gritou por socorro.

Ouviu vozes e passos no corredor.

– Todos para fora! – ordenou Ash, fechando a porta com firmeza.

Soluçando e histérica, Carolyn tentou falar, mas ele lhe tampou a boca com a mão. Ela tentou mordê-lo, mas levou um tapa. Ele a agarrou pelo cabelo e enfiou o rosto dela no colchão.

– Você vai ficar quieta?

Ele a empurrou com mais força e só a soltou quando ela estava quase desmaiando. Sufocada, ela se afastou dele.

Ash pôs a mão no pescoço de Chel para verificar a pulsação. Ele parecia furioso, mas não triste. E a xingou baixinho.

– Bruxa idiota.

– Você nem se importa se ela está...

– Você devia ter ficado de olho nela.

Ash bateu nela de novo, e Carolyn sentiu gosto de sangue. Ele a empurrou e se virou para a janela.

Carolyn foi até a porta, mas Stoner estava do lado de fora, bloqueando a saída.

– O que foi, meu bem?

– A Chel está morta.

– Droga. Quem vai pagar o aluguel?

Carolyn ficou olhando para ele.

Ash se aproximou por trás e a segurou. Num tom de voz cheio de compaixão, tranquilizou Stoner.

– Vai dar tudo certo.

Carolyn tentou se livrar, mas ele a apertou mais.

– Vamos chamar uma ambulância. Alguém virá para levá-la para o hospital. Como era o nome dela, Stoner?

– Chel.

Carolyn abriu a boca, e Ash a machucou, tamanha a força com que a apertou.

– Chel – disse Ash. – Só sabemos isso. O nome dela era Chel.

Stoner sacudiu os ombros.

– É, cara. Eu só sabia isso mesmo.

Ash passou o braço em volta de Carolyn, puxou-a para dentro do quarto de novo e fechou a porta, deixando Stoner do lado de fora. Ele a empurrou para a cama onde Chel estava.

– Você vai fazer o que eu mandar, Caro. Entendeu? A culpa é sua de ela ter morrido de overdose. Você disse que ela era sua amiga. Onde é que você estava? Devia ter ficado aqui com ela o tempo todo. Eu avisei para você ficar de olho. – Ele agarrou o rosto dela. – Mas você não ficou, não é? Fez o que te deu na cabeça e foi passear no parque. Pôs flores no cabelo – Ash amassou as flores e as jogou no chão –, e agora *ela* está morta porque *você* não se importou o bastante para cuidar dela.

Ash a soltou e se afastou.

Certa vez, Carolyn chegara a achar que estava apaixonada por esse homem. Mas ele a abandonou e foi atrás de outra.

Solícito de repente, Ash puxou Carolyn para que ela ficasse de pé e alisou o rosto dela.

– Vai ser tudo como era antes – e sussurrou palavras suaves e carinhosas. – Você não precisa se preocupar com nada. Eu vou cuidar de você.

Quando Ash a beijou, Carolyn sentiu nojo. Ele chegou para trás e seus olhos escuros procuraram os dela.

– Vou chamar a ambulância. Venha ficar comigo lá embaixo. Do meu lado.

Ash abriu a porta. Do lado de fora, Stoner e alguns outros os aguardavam.

– Vamos acender velas para a nossa irmã. Vamos rezar.

Ele alisou o braço de Carolyn, como se quisesse apagar as marcas.

A ambulância chegou em poucos minutos. Dois homens desceram, descarregaram uma maca e trancaram as portas do veículo antes de se dirigirem aos degraus da entrada. Um deles olhou para ela. Quando saíram com o corpo de Chel dentro de um saco plástico preto, ela ouviu a conversa dos dois.

– Chel. Não é muito para começar a procurar.

Um deles destrancou e abriu a porta de trás da ambulância.

– Vai ser mais uma maria-ninguém.

– Uma pena. É uma menina bonita.

Carolyn desceu a escada.

– A senhorita precisa sair do caminho.

– O nome dela é Rachel Altman. Ela veio de Nova York. Era uma das melhores alunas na Universidade da Califórnia em Berkeley. Eles têm a papelada dela lá.

O homem expressou pena.
– Amiga sua?
– Minha melhor amiga.
– Vamos cuidar bem dela.
– Serão os primeiros a fazer isso.
Ele franziu a testa e perguntou:
– Você vai ficar bem aí?
Carolyn se afastou sem olhar para trás. Ele tinha um trabalho a fazer. E ela também.

Não levou muito tempo para que ela juntasse esmola suficiente para pagar uma ligação interurbana. Carolyn entrou numa cabine telefônica e discou o número do cartão que Chel havia lhe dado. Pediu para falar com o sr. Altman.
– Quem está falando?
– O meu nome é Carolyn Arundel. A filha dele, Rachel, era minha melhor amiga. Ela morreu hoje. Você pode dizer isso para ele ou deixar que eu mesma fale.
– Um minuto, por favor.
Passou-se menos de um minuto, e uma voz de homem atendeu a chamada.
– Minha secretária disse que você tem notícias da minha filha. – Ele parecia irritado. Talvez ela tivesse interrompido alguma reunião de negócios. – Trate de ser rápida. O que foi dessa vez?
– Ela morreu de overdose de heroína esta manhã.
Houve um silêncio e depois um barulho abafado de raiva.
– Olhe aqui. Eu estou no meio de uma reunião importante. Que tipo de pegadinha doentia é essa que ela está inventando agora?
– Vieram pegar o corpo há poucos minutos – e Carolyn deu a ele o endereço da funerária Clement. – Dei o nome dela completo para os paramédicos e disse que as referências dela estão na universidade. Mas a Chel disse que, se alguma coisa acontecesse com ela, era para eu ligar para o senhor. É o que estou fazendo.
Então ela desligou.

Foi até a calçada, mas não sabia direito para onde ir. No parque, àquela hora, ela estaria feliz, andando no sol, vendo as flores. Mas não conseguiu chegar lá. Caminhou meio quarteirão e se abaixou perto de uma casa vitoriana decadente. Cobriu a cabeça e soluçou.

Ficou ouvindo a voz de Chel: "Não é culpa sua, Caro. Lembre-se disso. A culpa não é sua".

Carolyn desejou poder acreditar nisso.

Querida Rosie,

 Trip desistiu de encontrar Carolyn. Ele foi até Berkeley várias vezes à procura dela, chegou a ir à polícia também, mas disseram que ele é só um entre dezenas de pais cujos filhos abandonaram a faculdade e desapareceram. Muitos foram para Haight-Ashbury, em San Francisco. Trip tirou uns dias de folga do trabalho para procurar Carolyn, falou com os vizinhos e colegas de turma dela, mas muitos desses jovens, "filhos das flores", odeiam autoridade. Como Trip tem a exata aparência do policial que é, membro do "sistema" que eles tanto desprezam, estou convencida de que, mesmo se alguém soubesse do paradeiro dela, não lhe diriam.

 Estou muito triste porque Hildemara também desistiu de Carolyn. Nunca fala dela e não admite que eu faça qualquer menção também. Eu a convido para tomar chá comigo, mas ela se recusa. Chega em casa do trabalho e fica lá, enquanto Trip martela alguma coisa. Vão à igreja no domingo, onde recebem a dúbia distinção por serem os únicos pais em Paxtown que perderam um filho na guerra. Como Charlie era um jogador de futebol americano popular no colegial, ele já era o filho preferido, mas a morte dele o transformou num herói local para algumas pessoas e num alvo de ódio para outras.

 Ninguém menciona Carolyn. Para todos, ela está mais morta do que Charlie.

13

O tempo passou numa névoa de sofrimento. Sem ter para onde ir, sem ter o que fazer, Carolyn ficou vagando pelo Parque Golden Gate. Fazia hora perto dos museus, porque sabia que ali a chance de encontrar comida era maior. Algumas pessoas olhavam para ela com pena. Outras fechavam a cara em sinal de reprovação e afastavam os filhos. A maioria fingia não vê-la. Ela queria beber, mas não tinha dinheiro. Nauseada e com tremores, afastou-se do caminho e caiu. Ouviu alguém chegando e se escondeu nos arbustos. Encolhida naquele esconderijo, desejou morrer.

Carolyn usava banheiros públicos para se lavar. Acabou encontrando lugares melhores para dormir. A jaqueta de couro franjada impedia que o orvalho molhasse a parte de cima do corpo, mas a saia ficava toda úmida depois de dormir na grama.

De vez em quando, passava um carro da polícia. Ela ficava imóvel, abraçando os joelhos com as pernas dobradas, ocupando o mínimo de espaço possível, como um animal acuado entre rododendros e enormes azaleias. Sempre gostou de ficar no meio das árvores e das flores. Os jardins lembravam a casa de Oma.

Ônibus escolares apareciam todas as manhãs durante a semana, levando crianças para passeios no parque. Um dia, quando as crianças estavam lanchando, Carolyn se aproximou para pedir comida, mas uma acompanhante pediu que ela deixasse as crianças em paz. Então ela se sentou perto de uma árvore com a mochila nas costas e ficou vendo as crianças rindo, comendo e às vezes jogando os restos fora.

Faminta demais para ter qualquer sombra de orgulho, Carolyn remexia as latas de lixo à procura de restos. Antes de um guarda enxotá-la dali, ela achou metade de um sanduíche de mortadela, uma banana escura e uma caixa com passas endurecidas. Passou-se um mês, outro, mais outro. Ela vivia de maneira precária. Ficava de estômago vazio a maior parte do tempo, mas todo o resto transbordava de vergonha. Chorava quando pensava em Chel, e a angústia pela morte de Charlie voltara. Quando ele começou a assombrar seus sonhos, ela procurou não dormir mais.

Certa noite, Carolyn foi até o fim do parque e desceu para a praia. Sentou-se na areia fria e pensou em Chel. Pensou em Charlie também, coisa que fazia o tempo todo. Não tentou evitar. O sol já descia no oeste. O brilho da luz na água ardia-lhe os olhos. O estômago doía. Ela apertou os joelhos contra o peito, procurando se aquecer. As ondas quebravam com estrondo e subiam pela areia, enquanto as gaivotas gritavam lá em cima. Duas pousaram perto e se aproximaram dela, mas alçaram voo em seguida, já que Carolyn não tinha comida para oferecer. O céu adquiriu um lindo tom rosa-alaranjado, com linhas cor-de-rosa no horizonte.

Carolyn fechou os olhos e imaginou qual seria a sensação de sair andando mar adentro, até tão longe que não houvesse mais como voltar. Poderia abrir os braços e boiar na correnteza até a água morna cobri-la. Imaginou que afundava naquele azul, com os peixes nadando em volta, abraçada pelas algas.

Um jato de areia machucou-lhe o rosto. As ondas revoltas pareciam furiosas, não estavam mais convidativas. O mar tinha crescido. A névoa ficou gelada. Ela se levantou e caminhou pela beira do mar. A água cheia de espuma lambia seus pés. Em seus sonhos, era morna, mas naquele momento estava gelada, tão gelada que fazia doer a pele e os ossos.

Faltou coragem. Ela deu meia-volta e viu um homem de casaco militar sentado no muro, com a cabeça virada para ela. Seu coração disparou. Charlie? Não, não podia ser. Charlie estava morto. Há quanto tempo aquele homem estava lá? Ele passou as pernas por cima do muro e foi para a calçada. Botou o saco de lona no ombro, pegou uma caixa de violão e se encaminhou para o Parque Golden Gate.

A noite caía e a praia ficou mais fria ainda. Carolyn foi pelo mesmo caminho que o homem tinha tomado. Os banheiros públicos já estavam trancados. Ela se aliviou nos arbustos e lavou as mãos num bebedouro. Afastou-se do caminho, atravessou um gramado e sentou-se à beira de um pequeno lago. Ouviu o som de um violão quando as estrelas começaram a despontar. Carolyn foi andando na direção da música. Avistou um abrigo improvisado, com um telhado de uma água só e um saco de dormir aberto embaixo. O homem estava sentado numa tora, tocando o violão de cabeça baixa. Com fome, frio e desesperada, Carolyn abafou o medo e chegou perto dele. Ele levantou a cabeça e sorriu para ela.

– Torci mesmo para que você me seguisse.

– Gosto da sua música.

– Obrigado.

O homem tinha um sorriso bondoso. Era jovem, mais ou menos da mesma idade que Charlie teria.

– Você tem comida aí?

– Não muita, mas divido com você.

Ele se levantou e procurou dentro do saco. Mostrou-lhe uma barra de chocolate. Ela teria de chegar mais perto para pegar da mão dele.

– Tudo bem, moça. Não vou machucar você.

O rosto dele era jovem, mas os olhos pareciam velhos e tristes.

– Obrigada.

Carolyn desembrulhou e comeu metade, depois ofereceu o resto para ele.

– Pode comer. Fique aqui perto do fogo também, se quiser.

Ele inclinou a cabeça e olhou para ela.

– Você parece perdida.

– Você é veterano?

– Sou – e continuou tocando a melodia sedutora e desconhecida. – Ainda estou me acostumando a ser civil de novo.

Carolyn pensou em Charlie, e lágrimas despontaram e escorreram em seu rosto.

– Meu irmão morreu no Vietnã.

Ele parou de tocar e pôs o violão de lado.

– Me conte dele.

Carolyn contou. Deixou as palavras e a dor fluírem, pensando por que parecia tão natural contar aquilo para um desconhecido. Sentiu alguma coisa acontecendo dentro dela, uma fagulha, uma semente minúscula de esperança plantada.

Ele contou dos amigos que tinha perdido. Ofereceu-se para dividir o saco de dormir, ela agradeceu e deitou-se ao lado dele. Carolyn não perguntou seu nome nem disse o dela. O chão não parecia mais tão duro. Quando ele pôs o saco de dormir de flanela em cima dos dois, ela suspirou. Ele a beijou, e ela retribuiu o beijo. Ele foi bondoso e gentil. Quando terminou, não a soltou, continuou abraçado a ela com ternura. Ele chorou, ela também.

Carolyn acordou uma vez durante a noite, beijou-o na testa e se afastou. A névoa da manhã pairava entre as árvores. Ela pensou que saberia encontrar o caminho de volta, mas se perdeu.

Exausta e assustada, deitou-se chorando na grama. Deve ter dormido, porque acordou quando alguém encostou nela. Um homem murmurou seu nome. *Ah,* pensou Carolyn, aliviada, *ele me encontrou.* Ele alisou o cabelo dela ternamente. Seu corpo relaxou com aquele carinho. Ela não queria se mexer, não queria que ele parasse. Aquecida e sonolenta, ela espiou a grama. Flores pequenas e brancas se abriam como estrelas entre as lâminas verdes do gramado. Ele encostou nela de novo e ela se sentiu coberta de amor.

– Eu estava perdida.

– Eu sei.

– Não conseguia encontrar você.

Ela se levantou. O sol surgiu atrás dele, e cores gloriosas brilharam em círculos em volta dele. Carolyn levantou a mão para proteger os olhos da luz.

– Eu encontrei você.

Gotas de sensação percorreram o corpo dela de cima a baixo. Aquele não era o jovem veterano. Ela não podia ver o rosto dele com aquela luz, mas conhecia a voz, apesar de nunca tê-la ouvido antes. Seu coração bateu forte e acelerado. Ele sussurrou outra vez e então desapareceu.

Carolyn estava sentada na grama ao sol da manhã, agarrada àquele momento único em que se sentiu amada, valorizada e, pela primeira vez na vida, certa do que deveria fazer em seguida.

Finalmente se levantou e voltou para a calçada. Entrou num banheiro público para se lavar. Alguém tinha quebrado o espelho. Ficou olhando para o seu reflexo, como um quadro de Picasso, cortado e colado de novo, com ângulos estranhos. Passou os dedos no cabelo comprido e embaraçado para ficar mais apresentável. Como fazer isso depois de passar semanas com a mesma roupa, dormindo no chão e remexendo em latas de lixo? Desistiu e saiu do banheiro. Andou um tempo e se sentou para descansar num gramado que descia até um laguinho.

Jesus tinha dito o que ela devia fazer. Mas ela achava que não teria coragem para isso.

Uma jovem mãe desceu a encosta segurando um cobertor e um grande cesto de piquenique. Um menininho e uma menininha desceram correndo na frente dela, cada um com um pequeno saco plástico. Eram pedacinhos de pão para dar aos patos. Uma pata nadou rapidamente para perto deles, com oito patinhos arrepiados atrás.

– Não chegue tão perto, Charlie!

Carolyn sentiu uma pontada de dor. O coração bateu forte outra vez, seco, rápido e trêmulo, como se ela tivesse acabado de voltar à vida. O menininho parecia mais velho do que a irmã. Ele segurou a mão dela e a puxou para longe da beira do pequeno lago. Um gesto protetor.

Carolyn teve vontade de se levantar e se aproximar, mas não queria assustar a mãe. Sabia que estava com uma aparência horrível, como qualquer outro alcoólatra que ainda desejava um drinque, uma mendiga que dormia com desconhecidos para se manter aquecida, uma fracassada que comia o que encontrava nas latas de lixo e dormia sob os arbustos. Que mãe em seu juízo perfeito ia querer que alguém como Carolyn chegasse perto dos filhos inocentes?

A jovem estendeu o cobertor e sentou-se a pouca distância dela. Sorriu para Carolyn.

– Está uma manhã perfeita, não acha?

Carolyn teve dificuldade para falar.

– Sim. – Perfeita. Ela olhou para o menininho. – Você o chamou de Charlie. O nome do meu irmão era Charlie.

Carolyn se virou para o outro lado, para a mulher não ver as lágrimas que logo brotaram. Então as secou.

– Era? Aconteceu alguma coisa com ele?

– Ele morreu no Vietnã.

– Quando?

– Na Ofensiva do Tet.

Janeiro de 1968. Já tinham mesmo se passado mais de dois anos?

A jovem ficou quieta um longo tempo, com as mãos no colo, observando os filhos. Carolyn sabia que deveria ir embora, mas aquela normalidade a fez ficar. As crianças subiram a encosta correndo.

– Mamãe! Precisamos de mais pão! Os patinhos ainda estão com fome!

Rindo, a mulher abriu um saco de pão e deu uma fatia para cada um dos filhos.

– Pedacinhos bem pequenos. E não cheguem muito perto, senão vão assustá-los.

Carolyn se lembrou de Oma, que deixava pacotes de pão abertos na volta para casa do mercadinho Hangstrom. Seu estômago tinha cãibras de tanta fome, e a boca se encheu de água. As crianças desceram a encosta e jogaram pão para os patos. Carolyn encostou a testa nos joelhos dobrados e engoliu o desespero.

– Quer um sanduíche? – a mulher perguntou, oferecendo-lhe um. – Temos bastante aqui.

Faminta demais, Carolyn venceu o orgulho, levantou-se e foi pegar o sanduíche.

– Obrigada.

Já ia se afastando, mas a mulher continuou:

– Por que não se senta aqui e lancha conosco?

Ela arrumou os sanduíches, um pote de plástico com salada de batata, um saco de batata frita, outro pote com biscoitos de chocolate e garrafas de leite.

Carolyn se sentou na grama, ao lado do cobertor azul, e se esforçou para não ficar olhando fixo para a comida enquanto comia o sanduíche de geleia e pasta de amendoim.

– Pode se sentar no cobertor – disse a mulher, sorrindo para ela. – A grama ainda está meio molhada de orvalho, não está?

– Não quero sujar seu cobertor.

Os olhos castanhos da mulher se suavizaram.

– Sente-se, por favor. Você mora aqui perto?

Carolyn notou o crucifixo de ouro pendurado no pescoço da mulher.

– Estou morando aqui no parque há algum tempo.

A mulher ficou consternada.

– Por quê?

– Eu não queria voltar para o lugar onde estava morando.

– Você não tem mais nenhum lugar para ir?

Carolyn deu de ombros e balançou a cabeça.

– Eu destruí as minhas pontes muito tempo atrás.

Carolyn lambeu a geleia dos dedos. Só tinha comido metade do sanduíche.

– Por favor, posso pegar um pedaço desse papel-celofane?

– Você não vai comer o sanduíche inteiro?

– Vou guardar um pouco. Para mais tarde.

Os olhos da mulher se encheram de lágrimas.

– Pode comer inteiro. Darei outro para você guardar, se quiser – e enfiou a mão no cesto. – Eu fiquei imaginando por que tive um impulso repentino de fazer mais sanduíches esta manhã. – Ela levantou a cabeça e quase chorou. – Não chore, senão vou chorar também.

– As pessoas costumam dizer para eu dar o fora.

– Posso saber como é o seu nome?

– Caro.

Só uma parte, isso já bastava.

– Eu sou Mary.

Ela estendeu a mão. Carolyn teve de chegar mais perto para retribuir o cumprimento.

– É bom te conhecer, Caro.

Mary deu-lhe uma garrafa de leite, depois pegou um prato de papel e um garfo no cesto e serviu salada de batata para Carolyn.

— Fale um pouco de você.

O medo se desfez e a solidão venceu. Carolyn contou para Mary que tinha uma família, mas que eles não a queriam mais. Contou da faculdade, de Chel, das manifestações contra a guerra, do seu desespero para mudar o mundo antes que fosse tarde demais, e do que havia acontecido após a ligação de Oma dizendo que estava tudo terminado. Contou de quando morava em Haight-Ashbury, da mudança para a Rua Clement, da bebida e das drogas, da ida a Woodstock e da longa viagem para casa, sem saber se Chel iria aguentar.

— E ela conseguiu?

— Conseguiu. Mas morreu de overdose dois meses atrás.

Carolyn cobriu o rosto com as mãos e chorou.

— Desculpe. Não sei por que lhe contei tudo isso.

— Porque eu pedi, Caro. Porque eu me importo.

As crianças subiram a encosta de novo. A menina se aproximou de Carolyn.

— Oi.

Carolyn sentiu um calor no rosto.

— Oi.

— Quem é você? – o menino quis saber.

— Não seja mal-educado, Charlie. Caro, essa é a Sadie, a minha mocinha. – Ela passou a mão carinhosamente nos cachos escuros da menina. – E esse é o Charlie, o homem da casa. – Mary sorriu e apertou o nariz dele. – A Caro é nossa convidada.

A menininha parecia curiosa.

— Foi por isso que você fez tantos sanduíches, mamãe?

Mary deu risada.

— Acho que foi.

Ela deu um tapinha no cobertor e os dois se sentaram. Rezaram juntos antes de Mary lhes dar os sanduíches.

Charlie chegou perto da mãe e cochichou em voz alta:

— Por que a Caro está chorando?

— Porque ela sofreu muito.

— Você costumava chorar muito. Às vezes ainda ouço você chorando.

— Chorar pode ser bom – ela deu um beijo no filho. – Comam o lanche.

Os dois pegaram as migalhas de pão e correram para o lago, ansiosos para alimentar os patos. Sadie colheu minúsculas flores brancas na grama, enquanto Charlie foi caçar sapos.

– Você devia voltar para casa, Caro.

Carolyn abraçou os joelhos junto ao peito e encostou a testa neles.

– Acho que não seria bem recebida.

– Sua mãe e seu pai devem querer você de volta. E a sua avó também.

– Eu acho que não.

– Vai por mim. Eles devem querer, sim. Vão gostar de saber que você está viva e, principalmente, a salvo... – Ela virou o rosto para olhar para os filhos. – Eles não perderam só o filho naquele dia, Caro. Perderam você também. Não posso nem imaginar o que eu sentiria se perdesse um filho, que dirá os dois.

– Eles não vão me perdoar. Nunca.

Mary encarou Carolyn.

– Eu sou mãe, e posso dizer que não importa o que os meus filhos façam, vou sempre querer que voltem para casa. Eu correria ao encontro deles para abraçá-los e beijá-los até que eles gritassem por misericórdia!

Ela deu uma risada suave e entrecortada.

– Não deixe sua mãe e seu pai sem saber se você está viva ou morta. É o tipo mais cruel de tormento.

Carolyn tinha mil desculpas para não ir para casa. Não tinha como viajar para lá. Teria de esmolar para pagar a passagem de ônibus. Quando tivesse dinheiro suficiente, estaria morrendo de fome de novo. A verdade era que ficava apavorada só de pensar. O que a mãe e o pai diriam? E Oma? Desejariam que ela estivesse morta se soubessem metade do que ela havia feito.

Mary pegou os potes e guardou-os no cesto. De repente, pareceu que ela estava com muita pressa. Ela se levantou, e Carolyn saiu de cima do cobertor. Mary sacudiu e dobrou a manta. Chamou Charlie e Sadie. Os dois obedeceram, a contragosto.

– Nós já vamos para casa?

– Não, nós não vamos para casa. Vamos levar a Caro na rodoviária. Vamos comprar a passagem para ela poder voltar para casa e ficar com a família dela.

Carolyn olhou atônita para Mary.

A mulher pôs o cobertor dobrado sobre o cesto e pegou os dois com uma mão só. Sorrindo, deu a outra mão para Carolyn e a ajudou a se levantar. As crianças correram na frente para uma van estacionada na rua.

– Por que você está me ajudando? Por que se dar a todo esse trabalho, por uma desconhecida?

– Meu marido foi dado como desaparecido desde a Ofensiva do Tet. Eu não sei se ele está vivo ou morto. Talvez não saiba nunca – ela deu um sorriso trêmulo para Carolyn, com os olhos rasos d'água. – Não suporto a ideia de saber que outra pessoa está passando pelo mesmo sofrimento que eu sinto todos os dias. Você não entende, Caro? Você está desaparecida. Você é uma prisioneira da guerra também. No seu caso, uma guerra diferente.

– Nada honrada. Não é a mesma coisa.

– Ah, Caro. Como é que qualquer pai, ou qualquer mãe, não iam querer que a filha voltasse do mundo dos mortos? – ela perguntou, agarrando e apertando a mão de Carolyn. – Torço para eles estarem à sua espera, que corram para você ao vê-la voltando para casa. Se não fizerem isso, ligue para mim. Eu vou lá e pego você.

Quando anunciaram na rodoviária que o ônibus de Carolyn já ia partir, e ela se levantou. Mary e os filhos foram com ela. O coração de Carolyn batia forte. Suas mãos transpiravam.

– Vocês não precisam ficar aqui.

– Só vou sair quando vir você bem instalada naquele ônibus e ele estiver a caminho.

Mary rabiscou seu número de telefone num pedaço de papel e deu para Carolyn.

Quando encontrou um assento vago, Carolyn viu Mary, Charlie e Sadie acenando para ela. E acenou para eles de volta.

14

Carolyn desceu do ônibus em Paxtown e foi logo para o banheiro lavar o rosto, os braços e as mãos. Passou os dedos trêmulos no cabelo desgrenhado e os alisou para trás dos ombros. Não tinha nem um elástico para prendê-lo num rabo de cavalo. Torcendo para que ninguém a reconhecesse, saiu apressada da rodoviária e caminhou pela Rua Principal, de cabeça baixa. Sentiu que as pessoas olhavam quando ela passava. Queria correr, mas sabia que isso só chamaria mais atenção.

Respirou com mais facilidade quando chegou aos arredores da cidade. Era uma caminhada de quase quatro quilômetros até Happy Valley Road, mas ela já estava andando havia semanas. Exausta e transpirando muito, foi direto para a cabana de Oma. A mãe e o pai ainda não deviam ter chegado do trabalho. Havia um carro que Carolyn não reconheceu na garagem de Oma, mas a avó não atendeu as batidas na porta.

Carolyn achava que não tinha mais nenhum direito de entrar sem ser convidada. Voltou para a casa principal e levantou o vaso de flores. A mãe ainda guardava a chave ali. Ela pensou em entrar, tomar um banho de chuveiro, quente e demorado, lavar o cabelo e comer alguma coisa. Mas que direito tinha de entrar na casa deles? Pôs o vaso em cima da chave e sentou-se na frente da porta. Estava muito cansada. Se a família não a quisesse, para onde iria? Acordou sobressaltada quando um carro subiu a estradinha de cascalho. A sebe tinha crescido, estava alta e não dava para ver se era a mãe ou o pai. Ouviu passos nas pedrinhas do chão, passos leves. Era a mãe. Carolyn levantou-se devagar, com o coração acelerado.

A mãe dela apareceu, muito profissional e familiar, com o uniforme e o quepe brancos. Então parou, olhou para Carolyn e deu um passo para trás, arregalando os olhos.

– Carolyn?

Antes de que ela pudesse responder, a mãe deixou cair a bolsa e correu para ela. Carolyn se encolheu, esperando uma pancada, mas se surpreendeu num forte abraço. A mãe deu um gemido de choro, largou a filha e recuou.

– Eu não sabia que era você. Você está tão... diferente.

Diferente não era a palavra certa.

– Quando foi que você chegou? Como veio? Onde você esteve? O que aconteceu? Nós estávamos...

Ela parou de falar de repente, examinou Carolyn de cima a baixo e levantou as mãos.

– Ah, deixe para lá – e franziu a testa, confusa. – Por que você não entrou? A chave...

Carolyn não sabia o que dizer.

– Tudo bem – a mãe falou depressa. Ela destrancou e abriu a porta. – Entre.

Ela se lembrou da bolsa caída no chão e foi buscar. Carolyn esperou logo depois do batente da porta, de braços cruzados.

– Entre.

A mãe jogou a bolsa na mesa de centro e começou a tirar os grampos que seguravam o chapeuzinho de enfermeira no lugar. Foi andando para os fundos da casa. A mãe sempre tomava um banho assim que chegava do hospital.

Ela parou e deu meia-volta rapidamente. Parecia assustada.

– Não vá embora, Carolyn.

– Eu não vou.

– Prometa!

– Eu prometo.

A mãe deu um suspiro.

– Está bem. Não vou demorar.

Poucos minutos podiam ser tudo que sua mãe precisava para mudar de ideia quanto a ter posto Carolyn para dentro de casa. E aí? Carolyn estava parada no hall de entrada. Ela levantou a cabeça e parou de respirar diante da parede memorial diante dela.

Uma foto de Charlie de farda azul, de vinte por trinta centímetros, sorria para ela. Havia um vaso com uma pequena palmeira de cada lado do retrato com moldura dourada sobre uma mesa brilhante e preta. A parede em cima estava coberta de fotos em porta-retratos: Charlie quando bebê, Charlie pequenininho no triciclo, Charlie e Mitch posando com as bicicletas, Charlie e Mitch com o uniforme do time de futebol americano da faculdade, Charlie exibindo o blusão, Charlie de toga com o diploma e os louros acadêmicos, Charlie no uniforme do time da USC, Charlie lindo, com a farda verde dos marines. As fotos cercavam uma bandeira dobrada dos Estados Unidos, dentro de uma caixa de vidro com fundo de veludo preto. Embaixo dela havia várias fitas militares coloridas, uma estrela de bronze e uma foto de Charlie sorrindo de orelha a orelha, com os braços nos ombros de dois colegas marines, uma casamata e palmeiras ao fundo.

Carolyn sentiu um aperto quente na garganta. Mesmo se vivesse cem anos, nunca se recuperaria da morte de Charlie.

O hall estava quente, o sol entrava pela claraboia. Ela olhou para a sala de estar. Tudo parecia exatamente igual ao dia em que saíra de casa. O sofá curvo bege, a mesa de centro oval na frente da lareira, duas poltronas reclináveis com mesa e o aparelho de televisão.

– Carolyn?

Ela virou devagar e se preparou para o que a mãe pudesse fazer. A mãe tinha vestido uma calça azul com blusa vermelha, branca e azul. A mãe tinha todo o direito de gritar com ela, de dizer para ela voltar para o buraco onde tinha se escondido nos últimos trinta meses. Elas ficaram cara a cara, sem ter o que dizer.

Carolyn mordeu o lábio e reuniu coragem para falar.

– Posso usar o banheiro, mãe? Você se incomoda se eu tomar um banho?

A mãe piscou.

– Sim, é claro que pode.

E apontou na direção no banheiro, como se Carolyn não se lembrasse de onde ele ficava.

Carolyn tirou a jaqueta de couro marrom, a saia rodada e a blusa e entrou no chuveiro bem quente. Foi muito bom. Espremeu o xampu na mão e esfregou a cabeça. Ensaboou o corpo todo, enxaguando até a água a seus pés correr límpida e transparente. Então ficou lá parada, deixando a água cair, até passar de quente para morna.

Secou-se, enrolou-se na toalha e encontrou uma escova de dentes e uma pasta na gaveta. Há quanto tempo não escovava os dentes? Suas gengivas sangraram.

Ela juntou as roupas e foi para o quarto. Ali também, nada tinha mudado. Abriu a porta de correr do armário e viu dois vestidos, uma jardineira, algumas saias e blusas que usava no colégio, coisas que não tinha querido levar para Berkeley. Achou roupa de baixo, uma calça jeans desbotada e o blusão roxo e dourado do colégio que Charlie tinha descartado. Aquele mesmo blusão que ele jogou em cima dela no dia em que se formou.

"É todo seu, mana." Carolyn ouviu o eco da voz dele.

A calça jeans ficou larga nos quadris. Ela achou um cinto cor-de-rosa no armário e o prendeu no último furo, sanfonando o cós da calça na cintura. O blusão ficou enorme nela. Cruzou os braços e pensou em Charlie.

Na primeira gaveta ainda havia um pente e uma escova de cabelo. O couro cabeludo ardeu quando ela escovou os cachos embaraçados. Se tivesse encontrado uma tesoura, o teria cortado todo, bem curto, como penitência. O cabelo pendia molhado até a cintura, uma massa ondulada de cabelo louro, mechado de sol. Ela não parava de tremer. Corria gelo em suas veias.

Charlie. Chel. Os dois mortos.

Então saiu para encarar a mãe. Carolyn ouviu o *clique, clique, clique* do descascador de batata e seguiu o som até a cozinha. Tiras de casca de batata caíam na pia. Havia seis descascadas na bancada. Será que tinham visita para jantar? A mãe virou a cabeça para trás.

– Aí está você. Como estava o banho?
– Delicioso.
– Botei uma carne para assar. Seu pai chega daqui a uma hora. O jantar ainda vai demorar um pouco. Quer beliscar alguma coisa agora?
– Um copo de leite?
– Pode se servir.

Carolyn serviu-se de um grande copo e bebeu sem parar. Percebeu que a mãe a observava.

– Você parece exausta. – A mãe mordeu o lábio.

Descascou mais uma batata e então estalou a língua nos dentes, em sinal de irritação. Afastou o descascador, juntou as cascas de batata e jogou-as no balde da composteira, embaixo da pia.

– Não sei onde estou com a cabeça. Bem, acho que teremos sobras de batata por alguns dias.

Ela se apoiou na beirada da pia e espiou pela janela.

– Por onde você andou todo esse tempo?
– San Francisco.

Meio zonza, Carolyn balançou.

A mãe a segurou sem que ela notasse que tinha saído do lugar.

– Por que não se deita um pouco e tira um cochilo? Chamo você quando chegar a hora.

Hora de quê? De encarar o pai? Hora de a mãe se recuperar do choque inicial de ver a filha aparecer na porta da frente como uma gata vadia e imunda?

– Venha.

A mãe segurou Carolyn com firmeza, passando o braço na cintura dela. Entraram no antigo quarto de Carolyn, então ela a soltou e tirou a colcha da cama.

– Deite-se antes que você caia!

Ela cobriu a filha até os ombros. Carolyn sentiu a mão fria da mãe na testa.

– Durma um pouco.

Carolyn ouviu o som de vozes, mas não conseguiu despertar por completo. Alguém beijou sua testa. Pensou ter sentido o perfume Old Spice do pai. Mais vozes sussurradas. Então mergulhou num poço escuro e lá ficou.

Carolyn viu a luz do sol entrando pela janela do quarto. Quanto tempo tinha dormido? Seu coração parou ao ouvir a voz do pai. Quis cobrir a cabeça com a coberta e voltar a dormir, mas não podia se esconder para sempre.

Abriu a porta devagar e foi para o banheiro enquanto os pais conversavam na cozinha. Quando saiu, abriu a porta e entrou no quarto de Charlie.

A cama dele continuava com a mesma colcha azul, as rosas vermelhas em volta da janela, o tabuleiro de Banco Imobiliário aberto na mesa, com o dinheiro arrumado em pilhas dos dois lados, como se ele e um amigo tivessem acabado de interromper uma partida. Tinha casinhas de hotel nas Ruas Boardwalk e Park Place.

Uma flâmula da USC estava pendurada na parede. A estante que o pai tinha construído ainda continha os livros favoritos de ficção científica dele. Ela abriu o armário. As camisas e calças continuavam lá, penduradas. Então encostou uma camisa no rosto e sentiu o cheiro fraquinho do irmão. Tirou-a do cabide, sentou-se na cama dele e ficou segurando-a perto do rosto. Se fechasse os olhos, podia fingir que ele ainda vivia naquele quarto, que só tinha saído para passear em seu Impala vermelho.

Carolyn engoliu um soluço e amassou a camisa contra a boca para abafar o som. Se estivesse em qualquer outro lugar, onde ninguém a visse, sozinha, talvez lamentasse, gemesse e gritasse, como fez no dia em que soube que o irmão tinha morrido. Talvez rasgasse as roupas e arrancasse o cabelo, talvez se cortasse com uma faca... qualquer coisa para desabafar o sofrimento acumulado e violento que a dilacerava por dentro.

Meu Deus, meu Deus! Por que Charlie? Por que não eu? Ele tinha tanta vida diante dele... E eu não sou nada.

Ela pensou em todas as coisas que tinha feito nos últimos três anos e imaginou se era possível morrer de vergonha.

– Carolyn?

A mãe estava parada na porta do quarto, pálida e tensa.

– Desculpe.

Carolyn ficou de pé, com as pernas trêmulas. Segurou com força a camisa de Charlie. Se a mãe tentasse tirá-la dela, lutaria contra.

– O café está na mesa.

Café da manhã? A mãe não estava descascando batatas para o jantar?

O pai estava sentado à mesa da cozinha. Tinha envelhecido com a morte de Charlie. O cabelo estava grisalho nas têmporas e tinha novas rugas na testa, em volta dos olhos e no rosto, rugas marcadas pela dor da perda. Os olhos de pai e filha se encontraram por um breve instante, e Carolyn abaixou a cabeça. Ele ia se levantar, mas mudou de ideia e botou a mão espalmada na mesa.

– Sente-se.

A mãe colocou dois pratos na mesa, um na frente do pai, outro na frente de Carolyn. Ela ficou olhando para o monte de ovos mexidos, para as quatro fatias de bacon e um pãozinho. A mãe encheu o copo dela de suco de laranja. Carolyn não conseguiu se lembrar da última vez que tinha bebido suco de laranja.

A mãe pôs o próprio prato na mesa e se sentou com eles. O pai deu graças.

– Você dormiu trinta e seis horas.

Carolyn levantou a cabeça e olhou para o pai.

– Devia estar precisando – ele continuou, então deu uma garfada nos ovos mexidos, sem olhar para ela.

– Você precisa comer também – disse-lhe a mãe, apontando para o prato.

Quando Carolyn pegou o garfo, sua mão tremeu e os dentes doeram ao mastigar. A garganta estava tão seca que teve de tomar o suco para conseguir engolir o pãozinho. Os pais não estavam olhando fixo para ela, mas Carolyn sentiu que a observavam. O que será que passava na cabeça deles? Do que será que tinham vontade de xingá-la? *Drogada. Bêbada. Hippie. Vadia imprestável.*

Tudo verdade.

Eles não fizeram perguntas. O silêncio virou uma tortura. Carolyn tinha se preparado para raiva, acusações, fúria, dedos apontados para a porta, mas não aquela tensão vigilante, aquele cuidado nervoso.

Ela havia sido mandada para casa por Jesus, a passagem paga por uma de suas santas. E agora? O que podia dizer? Que desculpas podia dar?

Ela não conseguiu mais comer. Largou o garfo com cuidado e continuou de cabeça baixa. Pôs as mãos na mesa e ia empurrar a cadeira para trás. O pai segurou a mão dela e a prendeu na mesa.

– Estamos felizes que você tenha voltado para casa, Carolyn – ele disse, com a voz áspera e rouca. – Você sabe disso, não sabe?

Carolyn levantou a cabeça e olhou para ele.

– Estamos felizes que você esteja em casa – ele repetiu.

Carolyn puxou a mão e cobriu o rosto, sufocando um soluço.

Há quanto tempo vivia vazia? Desde que abandonou Berkeley... ou muito antes disso? Tinha tentado preencher aquele vazio, mas nada havia funcionado, nem o álcool, nem as drogas, nem o sexo. Tudo isso só a deixava ainda mais vazia.

Teve um momento milagroso para consolá-la em toda aquela confusão. Um único minuto ao amanhecer, as flores de maio despontando feito estrelas na grama, e Jesus pondo a mão na cabeça dela, dizendo que era hora de voltar para casa.

Jesus. Eles nunca acreditariam, de maneira nenhuma. Pensariam que ela tinha tido uma espécie de alucinação, induzida por drogas.

O pai emitiu um som rasgado.

– Trip – disse a mãe, assustada.

Ele puxou a cadeira de Carolyn. Ela quase caiu, mas ele a segurou e se sentou de novo, com ela no colo. Então a abraçou com força e chorou.

15

A mãe e o pai não foram trabalhar naquele dia. Carolyn sabia que eles queriam saber por que ela tinha desaparecido, mas não perguntaram. Talvez esperassem que ela contasse espontaneamente. Ela não tinha pensado neles, no sofrimento pelo qual deviam ter passado e que ainda teriam com ela. Não tinha pensado em nada. Como podia contar para eles que simplesmente não suportaria ver Charlie num caixão?

– Oma foi visitar Rikka em Nova York. A sua tia está fazendo mais uma exposição. Ligamos para elas ontem à noite para contar que você voltou para casa.

O que Oma diria quando chegasse?

– Fui para San Francisco uma dezena de vezes – disse o pai. – Achei que você pudesse estar em Haight-Ashbury.

Ela estava bêbada ou drogada a maior parte do tempo. Não tinha nem posto os pés para fora de casa no primeiro mês. E se mudou logo depois.

– Chel e eu morávamos na Rua Clement.

– Ela continua lá?

O pai parecia preocupado. Talvez pensasse que ela pudesse mudar de ideia e voltar para lá.

– Ela morreu de overdose.

– Que desperdício.

As palavras da mãe resumiram tudo.

Eles desistiram de puxar assunto e foram cuidar das tarefas domésticas. Carolyn se sentiu perdida, sem saber o que fazer. Quis ajudar a lavar os pratos, mas a mãe disse para ela ir descansar na sala. O pai tinha ligado a televisão, mas Carolyn não queria ouvir as notícias. A guerra no Vietnã continuava, cada vez menos popular.

Ela tirou um cochilo à tarde. Mesmo depois de todas aquelas horas de sono, ainda estava cansada.

A mãe foi acordá-la.

– Seu pai acabou de trazer Oma do aeroporto. Por que não vai até lá falar com ela?

Oma ficou parada na varanda da frente, vendo Carolyn atravessar o gramado. O pai deu-lhe um sorriso animador quando se encaminhou para a casa. Carolyn chegou mais perto e Oma botou as mãos na cintura.

– *Die Verlorene kommt schliesslich nach Hause.*

Carolyn olhou para ela sem entender.

– Eu disse: "O filho pródigo finalmente volta para casa". – Oma bufou. – A vontade que eu tenho é de lhe dar uma baita surra, mas parece que você já passou pelo inferno. Venha, entre. Vamos tomar um chá e conversar.

Oma encheu a chaleira e bateu com ela no fogão. Disse alguma coisa em alemão de novo e se corrigiu.

– Não tenho nenhum biscoito, nem dos comprados em loja. Amanhã vou fazer um bolo. Você está horrível. Eles disseram isso para você?

– Não.

– Mas está. É só pele e osso! O que andou comendo? Brisa?

– Lixo.

Oma fechou a cara.

– Pois está parecendo mesmo. Você tem ideia do que fez com o seu pai, com a sua mãe e comigo, com toda essa sua idiotice?

– Sinto muito.

– Sinto muito... *Sinto muito!*

Oma fechou os olhos, balançou a cabeça e se afundou na cadeira como se não se aguentasse mais nas pernas.

– A culpa foi minha. Eu devia ter ido a Berkeley e falado com você pessoalmente. Devia ter trazido você de volta para casa.

– Não foi culpa sua, Oma.

– Conte por onde você andou todo esse tempo e o que andou fazendo. – Ela abanou a mão. – E não estou falando de San Francisco.

– É melhor você não saber, Oma. Acredite em mim – disse Carolyn, esforçando-se para não chorar.

Oma deu um suspiro profundo.

– Acho que não é da minha conta mesmo – e levantou a cabeça. – O que aconteceu com a Chel?

Não seria Oma se não perguntasse.

– Overdose de heroína – Carolyn engoliu em seco. – Suicídio.

Parecia que Oma ia chorar.

– Muitos jovens estão morrendo hoje em dia.

– Onde o Charlie foi enterrado?

Carolyn não tinha ousado perguntar aos pais.

– Ele podia ter sido enterrado em Arlington, mas seus pais quiseram que ele viesse para cá, para perto de casa, no alto da colina.

Carolyn pensou em Charlie e achou que o pai e a mãe tinham tomado a decisão certa.

– Hildemara... – Oma se corrigiu. – A sua mãe foi lá todos os dias no primeiro ano.

– Posso levar flores quando eu for?

– Corte quantas quiser, sempre que tiver vontade.

Oma se levantou, derramou água quente nos saquinhos de chá e botou as xícaras na mesa.

– Leve uma garrafa de água também. Vai ter de encher o vaso.

As duas beberam o chá, e Oma largou a xícara.

– O que você planeja fazer agora?

– Não tenho ideia.

– Você vai ter de fazer alguma coisa. Ficar parada é o pior que pode fazer.

– Eu sei.

Oma parou atrás de Carolyn e massageou os ombros dela. Segurou a cabeça da neta e beijou-a bem no alto, como uma bênção.

– Cada dia é um novo começo, *Liebling*.

Na manhã seguinte, Carolyn ouviu a mãe e o pai conversando.

– Acho que devo ficar em casa mais alguns dias.

– Você não pode ficar vigiando para sempre, Hildie. Além do mais, a sua mãe vai estar aqui. Pode ficar de olho nela.

Carolyn abriu a porta e os dois pararam de falar. O pai estava de uniforme. Ela ficou aliviada ao vê-lo vestido assim. Os dois a estavam tratando como visita.

– Preciso ir à cidade fazer umas compras no mercado – a mãe disse, parecendo se desculpar. – Quer vir comigo?

Para todos na cidade ficarem olhando para ela?

– Prefiro ficar aqui.

Os dois saíram e Carolyn examinou a casa. Não encontrou nenhum retrato seu, em lugar nenhum. A mãe e o pai podiam ter tido um filho só... Charlie.

Ela escreveu um bilhete e o deixou na bancada da cozinha. Foi ao jardim de Oma, cortou algumas flores e caminhou até o cemitério. O portão estava aberto para as pessoas poderem entrar de carro, fazer a volta e retornar. Poucas faziam isso. Carolyn tinha estado ali antes, explorando o ambiente com Charlie, e nunca havia visto o zelador.

Teve de andar um pouco até encontrar o túmulo de Charlie. Estava na encosta, de frente para a cidade, a uma fileira de distância da cerca de ferro, com uma pequena bandeira dos Estados Unidos na lápide.

Carolyn se ajoelhou, tirou as flores mortas, encheu o vaso preto de água e arrumou o buquê novo. Ficou olhando para o dourado das papoulas da Califórnia e o branco dos tremoços se espalhando feito tinta jogada na encosta do morro e começou a falar. Chorou também. Contou ao irmão que fugira no dia em que soubera que ele tinha morrido. Falou do veterano que conhecera no parque e de Jesus, que a havia tocado de manhã. De Mary, dos pequenos Charlie e Sadie e dos patos que nadavam no lago.

Depois de um tempo, contou até sobre Dock.

E sentiu-se melhor com tudo aquilo. De alma lavada.

Oma estava no fim da estradinha, pegando a correspondência na caixa do correio.

– Você deve estar com fome. Esteve fora durante horas. Venha até a cabana e farei um almoço para você.

Ela examinou a correspondência enquanto seguiam pela estradinha.

– Sua mãe ligou. Ficou preocupada porque você não atendeu o telefone.

– Eu deixei um bilhete.

– Eu sei. Eu vi. Liguei e disse para ela aonde você tinha ido.

– Confessei todos os meus pecados para o Charlie – disse Carolyn, procurando brincar com o assunto.

– Ele guardará os seus segredos – respondeu Oma, dando-lhe um punhado de envelopes. – Ponha isso aqui na bancada da cozinha e volte para cá.

Depois do almoço, Carolyn se sentou no chão na pequena sala de estar de Oma e mexeu nas peças de um quebra-cabeça. Passou a mão no cabelo e ficou olhando para elas. Nenhuma parecia se encaixar.

– Não sei o que vou fazer, Oma.

– Você vai se alimentar direito e recuperar a saúde. Vai parar de se condenar. Vai se levantar, pôr um pé na frente do outro e seguir a sua vida. É isso que todos nós temos de fazer.

– Falando assim parece fácil.

– Nada é fácil, Carolyn. A vida não é fácil. Fazemos o melhor possível com o que Deus nos dá.

– Eu estraguei tudo.

– O importante não é o que você fez. É o que vai fazer agora.

A mãe, o pai e Oma a levaram à igreja. Todos cumprimentaram os pais dela com afeto e então a cumprimentaram também, olhando curiosos. Alguns disseram que se lembravam dela de quando era pequena.

– Muito tímida e calada. Tão bonitinha...

– Lembro quando você veio pela primeira vez ao catecismo de domingo. Você não disse uma palavra. Não mudou muito.

Uma mentira que todos desejavam ouvir.

Oma deu o braço para Carolyn e ficou bem perto dela.

– Vamos procurar um lugar para sentar?

Carolyn se sentiu estranhamente em casa. Fechou os olhos e ouviu o coro. Prestou tanta atenção na oração do reverendo Elias que parecia saber o que ele iria dizer antes de pronunciar as palavras. Ela ouviu todo o sermão. O recado adquiriu novo significado depois de sua experiência no parque. Agora ela conhecia aquele de quem ele falava. Tudo fazia sentido. Ela estivera cega, mas agora podia ver, mesmo de olhos fechados. Estivera surda, mas agora podia ouvir.

Quando o culto terminou, Carolyn fez a longa caminhada até a porta de trás, onde o reverendo Elias estava recebendo os agradecimentos dos paroquianos pelo excelente sermão. Ele conversou carinhosamente com os pais dela e com Oma. O sorriso não chegou aos olhos quando ele olhou para ela.

– Carolyn.

– Foi um sermão maravilhoso, reverendo Elias.

– Como pode saber? Você dormiu o tempo todo.

Ele disse isso irritado, depois sorriu para as pessoas que vinham atrás dela. Carolyn entendeu a deixa e saiu da igreja.

Ela continuou indo lá, mas ficava sempre de olhos abertos. Olhava para o reverendo Elias, com a esperança de que ele percebesse que ela estava prestando atenção. Carolyn não sentia a presença de Jesus lá dentro, mas o via em seus pais e em Oma, e em algumas pessoas que falavam com ela. Sentia-se mais próxima de Deus no cemitério, sentada ao lado do túmulo de Charlie, ou no balanço que o pai tinha feito. E se agarrava à lembrança de seu encontro com Deus no Parque Golden Gate, ao amanhecer, e das flores no gramado.

Deus a amava, mesmo se ninguém mais a amasse.

16

O dentista amigo da mãe e do pai, Doc Martin, ofereceu o emprego de recepcionista para Carolyn, já que a última tinha se demitido na semana em que ela chegara de San Francisco. Thelma, mulher de Doc, trabalhava como higienista dental. Carolyn aprendeu logo que ela sabia de tudo e de todos e não via problemas em compartilhar.

Mais ou menos um mês depois de começar a trabalhar, Carolyn começou a sentir náuseas toda vez que ia para o consultório. O barulho das brocas sempre a incomodara, mas agora os cheiros eram de virar o estômago. Ela procurava se manter ocupada atendendo telefonemas, ligando para os pacientes para lembrar das consultas, anotando recados, mas o cheiro de esmalte queimado lhe provocava uma corrida ao banheiro.

Thelma bateu na porta.

– Você está bem, Carolyn?

Ela vomitou de novo.

– Saio em um minuto, sra. Martin.

Lutando contra a náusea, Carolyn esperou um pouco e torceu para o estômago não se contrair de novo. Já tinha botado os ovos mexidos e a torrada para fora. Não sobrava mais nada. Ela lavou a boca, passou uma toalha de papel molhada no rosto e abriu a porta.

Thelma estava parada ali, com um ar curioso.

– Você está muito pálida.

– Vou ficar bem.

O telefone tocou e ela correu para atender. Ainda meio zonza, sentou-se rapidamente na cadeira e pegou um lápis. Sentiu o olhar fixo de Thelma nas costas. Anotou mais um recado no bloco.

Na hora do almoço, ela estava bem. Na manhã seguinte, enjoou de novo, e assim foi nos outros dias. Ficou imaginando se seria alergia a alguma coisa no consultório de Doc Martin. A Thelma, talvez. O simples fato de estar perto da mulher a deixava nervosa, mas ela ficava mais aflita ainda só de pensar em procurar outro emprego.

Quando vomitou na manhã de sábado, descobriu que não tinha nada a ver com os cheiros e ruídos do consultório do dentista. Então o que era? A mãe ouviu quando ela teve os espasmos e sugeriu biscoito salgado e refrigerante de limão.

– Isso vai acalmar o seu estômago.

E acalmou mesmo.

Na igreja, no dia seguinte, Carolyn teve de abandonar o culto. Mal chegou lá fora, vomitou nos arbustos perto dos degraus da frente. Mortificada e sem ar, endireitou o corpo e viu a mãe parada logo atrás dela.

– Acho que preciso deitar, mãe.

A mãe foi com ela até o carro.

– Há quanto tempo isso vem acontecendo, Carolyn?

– Duas semanas.

Ela empalideceu visivelmente.

– *Todas* as manhãs?

Carolyn deu de ombros.

– Deve ser gripe ou alguma coisa assim.

– Acho que não – a mãe parecia chocada. – Como se as coisas já não estivessem complicadas... – e abriu a porta do carro. – Vamos conversar sobre isso mais tarde. Não diga nada para ninguém, nem para Oma, e principalmente para o seu pai. Pelo menos ainda não.

Carolyn entrou no carro.

– Vamos torcer para que você não esteja grávida.

A mãe bateu a porta do carro e voltou para a igreja.

Carolyn teve outra onda de náusea. Grávida? Ash tinha ficado com ela por algumas semanas, mas isso tinha sido meses atrás. Depois dele, ela não quis que ninguém mais encostasse nela. Estava tomando pílula até sair da casa na Rua Clement. Deixou tudo para trás naquele dia, mas por que precisaria da pílula se ia ficar longe das pessoas, se aproximando só para mendigar?

O jovem veterano sentado no muro naquela noite em que ela pensou em cometer suicídio. Ele tocou violão, lhe deu uma barra de chocolate e a manteve aquecida durante a noite.

Agora entendia por que a mãe tinha feito aquela cara, por que parecia que ia xingar e chorar, por que achou que as coisas iam piorar.

Carolyn se encolheu no banco de trás e chorou.

O dr. Griffith confirmou as suspeitas da mãe.

— Ela está com mais ou menos seis semanas. Acho que seria bom um exame para doenças venéreas.

O pai ficou chocado quando soube, à mesa do jantar. Parecia que tinha levado um soco no estômago. Primeiro veio a dor, depois a raiva. Então ele revidou. Com violência.

— Você ao menos sabe quem fez esse filho?

Sem esperar pela resposta, ele amaldiçoou a filha. A mãe sussurrou o nome dele com a voz agoniada, mas ele não se conteve.

— Charlie teria vergonha de chamá-la de irmã! É melhor que ele esteja morto, para não ver no que você se transformou.

E apoiou o rosto nas mãos, chorando.

Charlie tinha morrido honrosamente, um herói que merecia um santuário. Para Carolyn, nada de santuário. Ela não tinha visto nenhum retrato seu pela casa, e bem que procurou. Ficaria pior agora, uma vez que ela era a causadora da segunda pior catástrofe que um pai poderia sofrer.

— Eu sinto muito. Eu devia ter ficado em San Francisco.

Àquela altura, já estaria provavelmente morta, mas talvez assim tudo fosse mais fácil para todos.

— Por que você não disse nada?

Ela olhou para a mãe.

– Eu não sabia.

Não que isso fosse desculpa. Ela sentiu os músculos apertando-lhe a garganta, como se o próprio corpo tentasse estrangulá-la. A dor foi piorando. Ela engoliu e empurrou aquela sensação, como sempre fazia, só que dessa vez foi mais difícil.

O pai empurrou a cadeira para trás.

– Talvez você tenha razão. Talvez devesse ter ficado em San Francisco. Talvez deva voltar para lá!

– Trip! – a voz da mãe falhou.

– Como é que vamos consertar esse estrago que ela fez na vida dela? Me diga!

– Trip...

Ele olhou furioso para Carolyn.

– Saia da minha frente!

Ela se levantou e foi para a porta, mas a mãe gritou:

– *Não!*

Então correu para segurar o braço da filha.

– Não vá embora. Fique um tempo no seu quarto. Deixe-me conversar com ele.

Carolyn se virou feito um robô, guiada pela mão firme da mãe.

Fechada no quarto, encolhida na cama, com o travesseiro em cima da cabeça, ela ainda ouvia os dois gritando.

Naquela noite, Chel apareceu num sonho. Ela foi andando mar adentro. Quando ficou com a água pela cintura, se virou e estendeu a mão. Carolyn a seguiu. O mar a cobriu e ela percebeu que ainda conseguia respirar. Nadou no meio das algas e sentiu aquelas formas sedosas tentando agarrá-la. Viu o jovem veterano lá no fundo, tocando violão. Charlie estava sentado ao lado, ouvindo. Chel dançou dentro d'água, com o cabelo flutuando em volta dela.

Carolyn se levantou de manhã e viu o pai sentado à mesa de jantar. Ela hesitou e recuou. O pai olhou para ela.

– Sente-se, Carolyn.

Ela se preparou para ser julgada e condenada, mas obedeceu. Estava recebendo o que merecia.

O pai parecia arrasado.

– Nós vamos resolver isso.

A mãe se sentou com eles.

– Vamos continuar a nossa vida como sempre. Você vai continuar trabalhando. O dr. Griffith não vai contar nada para ninguém.

– Sua mãe vai dar alguns telefonemas para ver o que consegue descobrir sobre lares para mães solteiras.

Carolyn não se surpreendeu com o fato de os pais quererem se livrar dela, mas mesmo assim aquelas palavras doeram. Ela os abandonara no pior momento da vida deles, e agora voltava trazendo mais problemas do que eles mereciam. Que direito tinha de esperar que eles a ajudassem naquela crise?

– Ainda vai demorar um pouco para aparecer – o pai mal conseguia falar. – Pelo menos, podemos manter isso em segredo por um tempo.

A mãe cruzou os dedos sobre a mesa, com os nós brancos de tanto apertar.

– Não precisamos tomar todas as decisões agora. – Ela examinou o rosto da filha com a expressão bastante perturbada. – Você quer dizer alguma coisa, Carolyn?

Carolyn cobriu a barriga instintivamente. Para ela, só importava uma coisa agora.

– A minha vida está completamente...

Ela usou uma expressão chula que jamais ouvira da boca dos pais, mas que ouvia todas as horas e todos os dias em sua outra vida.

– Por favor, não descontem no meu bebê.

Então se levantou e saiu da sala.

Ninguém teve de contar a novidade para Thelma Martin.

– Você está grávida, não está?

Não foi realmente uma pergunta. Ela era capaz de farejar uma fofoca mais depressa do que um bloodhound captava o rastro de um fugitivo da prisão. Uma de suas amigas tagarelas estava sentada na sala de espera do dr. Griffith e viu a cara da mãe de Carolyn antes que as duas saíssem.

– Estou vendo a culpa no seu rosto. Seus pais, pobrezinhos...

A voz dela exalava falsa simpatia.

– Sinto muito pelo que eles devem estar passando, Carolyn, mas você não pode mais trabalhar aqui. Não no seu... – ela fez um bico – ... *estado*. As pessoas iriam pensar que nós aprovamos.

Os olhos de Thelma faiscaram.

Quando o telefone tocou, Carolyn não atendeu. Em vez disso, pegou a bolsa, tirou o suéter das costas da cadeira e foi para a porta.

– Aonde você pensa que vai? – perguntou Thelma, bem alto para os dois pacientes que aguardavam a consulta ouvirem.

– Para casa.

– Atenda o telefone.

– A senhora acabou de me mandar embora. Atenda a senhora.

– Não quis dizer que você tinha de ir embora *hoje*!

Enquanto Carolyn caminhava em direção ao Impala vermelho de Charlie, imaginou o que Chel diria. A amiga saberia como chocar e abalar Thelma a ponto de deixá-la sem reação.

Ela foi para casa esperando chegar e se trancar no quarto, para poder pensar antes que a mãe e o pai ficassem sabendo. Quem sabe estaria a salvo por algumas horas antes de a merda atingir o ventilador. Na manhã seguinte, o fedor da vida dela estaria em toda a cidade.

Oma a chamou, mas Carolyn fingiu não ter ouvido.

– Carolyn!

Ela parou e fechou os olhos por um instante, pensando se Oma já sabia da notícia. Por que não contar? Ela podia muito bem acabar logo com aquilo tudo, para que o último membro de sua família mais próxima passasse a detestá-la também.

– Eu estou grávida. E não, não sei quem é o pai. Minha mãe e meu pai queriam manter segredo, mas Thelma descobriu. Então não tem mais segredo nenhum. Acabei de ser mandada embora. Acabou a farsa dos meus pais, que queriam me botar num lar para mães solteiras antes da cidade inteira ficar sabendo.

Oma falou alguma coisa em alemão.

Carolyn caiu de joelhos na entrada de cascalho da casa e soluçou. Sentiu a dor aguda das pedrinhas cortando-lhe a carne.

Oma a puxou com mãos fortes e deu-lhe um abraço apertado.
– Não é o fim do mundo.

A mãe e o pai ficaram em silêncio quando souberam da notícia. Foi Oma quem contou para eles. Depois de passar grande parte da tarde abraçada ao trono de porcelana no banheiro, Carolyn mal teve força para se sentar à mesa. Ela não comeu nada. Tampouco a mãe e o pai, depois que ouviram que Thelma Martin sabia de tudo. Ou pensava que sabia. Carolyn manteve a cabeça baixa.
– Vou encontrar outro emprego.
– Para quê? – O pai jogou o guardanapo na mesa. – Quem iria contratar você agora?
– Bela coisa para se dizer – Oma parecia indignada e zangada.
A mãe deu um suspiro profundo.
– Thelma Martin é a maior fofoqueira da cidade. Foi azar a Carolyn ter ido trabalhar com eles.
O pai olhou para a mãe.
– Você conseguiu descobrir alguma coisa sobre os lares?
– Tenho uma outra ideia, mas preciso de um tempo.
Carolyn suspeitou que sabia do que a mãe estava falando. Não queria acrescentar um pecado ainda maior a todo o resto que havia cometido.
– Eu não vou fazer um aborto.
A mãe e o pai olharam espantados para ela.
– Nós não íamos sugerir uma coisa dessas.
A mãe falou pelos dois, mas a culpa estampada no rosto deles indicou para Carolyn que eles já tinham discutido aquela solução.
– Fique em casa até conseguirmos resolver isso.
Oma saiu da mesa e foi embora, batendo a porta da frente.

Na semana seguinte, Carolyn viu os pais tentando levar a vida normalmente. Iam para o trabalho, e Carolyn ficava em casa. Oma a convidou para irem de carro até a cidade resolver algumas coisas, mas Carolyn recusou. Se a mãe e o pai não queriam que ela mostrasse a cara, não iria fazer isso.

Chegou o domingo, e ela ficou estarrecida quando os pais disseram que queriam que ela fosse à igreja com eles.

– Por quê?

Ela não conseguia imaginar ideia pior. Thelma Martin era uma das diaconisas.

A mãe estava decidida.

– As pessoas sabem o que Thelma Martin é. E tem mais gente naquela igreja além de uma fofoqueira mesquinha.

Era evidente que ela estava resolvida e não se importava com o que Carolyn achava.

– Você não vai ficar em casa.

As pessoas cumprimentaram a família. Algumas olhavam com pena, outras pareciam constrangidas. A maioria não disse nada, só meneou a cabeça e deu um sorriso sem graça. A mãe seguiu na frente para o mesmo banco que eles já ocupavam havia anos, na sexta fila, de onde podiam ver e ouvir tudo. Oma disse para Carolyn levantar a cabeça e mantê-la assim. O reverendo Elias subiu no púlpito, olhou para Carolyn e depois para o resto da congregação.

O culto terminou, e Carolyn só queria fugir. A mãe e o pai se dirigiram para a porta, onde estava o reverendo Elias. Carolyn viu Thelma cochichando com algumas mulheres. Oma parou e olhou feio para elas.

Carolyn notou que os pais trocaram breves palavras com o reverendo Elias quando chegaram à porta. Ele meneou a cabeça, sério, apertou a mão do pai e deu uns tapinhas afetuosos na mãe. Oma pegou a mão de Carolyn e a pôs sobre o próprio braço. As duas chegaram à porta da igreja, o reverendo Elias sorriu para Oma, mas ela o ignorou e passou direto.

– Eu queria dar um tiro na Thelma Martin – disse a mãe, espiando pela janela.

O pai deu partida no motor.

– Ela não está falando nenhuma mentira.

A mãe e o pai voltaram para a cidade naquela tarde. A mãe chegou em casa com os olhos vermelhos de tanto chorar, mas estava mais serena do que antes. O pai também parecia mais calmo.

– O reverendo Elias quer conversar com você, Carolyn. Segunda-feira é o dia de folga dele. Disse que à uma hora está bom para ele.

Ao chegar lá, Carolyn viu a porta da igreja meio aberta. Entrou pelo nártex e viu o reverendo Elias em sua sala, escrevendo num bloco pautado. Carolyn bateu de leve e esperou permissão para entrar. Depois de alguns minutos, ele largou a caneta na mesa, suspirou profundamente e olhou para ela.

– Entre – disse, num tom aborrecido. – Sente-se.

E inclinou o corpo para frente, juntando as mãos abertas.

– Seus pais e eu conversamos ontem. Eles lhe contaram?

– Não, senhor.

Mas ela sabia, mesmo assim.

– Tivemos uma longa conversa. Eu nunca tinha visto o seu pai chorar. Você partiu o coração deles. E o meu também. – Ele se recostou na enorme cadeira. – Fiquei pensando se você tem ideia de como estamos nos sentindo. Eu vi você crescer. Tinha tantas esperanças... Eles trouxeram você para o catecismo, para o grupo de jovens, fizeram todo o possível para criar a filha deles como uma moça de boa moral, correta, responsável. Você decepcionou a todos nós, Carolyn, a todos na congregação.

– Eu decepcionei a mim mesma, senhor.

– Ah, não vamos ficar de brincadeira, está certo? – Ele usou um tom mais duro. – Eu sei o que acontece em Haight-Ashbury. Posso imaginar o que você andou fazendo desde que saiu daqui. "Curtindo a vida." Não é assim que vocês falam? E depois você voltou. Eu tive esperança. Todos nós tivemos. Pensei que talvez tivesse se arrependido. Mas então eu a vi sentada no banco da igreja, de olhos fechados. Você não gosta de ouvir a verdade, não é? Você não quer ouvir a palavra de Deus.

– Eu rezo...

– Não minta para mim. Eu não nasci ontem.

O reverendo balançou a cabeça e apertou a boca.

– Eu a confrontei e você ficou me encarando depois. Um desafio direto. Eu vejo tudo de onde estou. Eu vejo *você*.

Ela foi ficando fria enquanto o tom de voz dele esquentava.

– Você pode parecer cristã por fora, mas é o fruto que mostra o que você é.

Ele olhou para baixo, para a barriga dela, e depois para cima de novo, a encarando com frieza.

– Agora você não pode se esconder, não é? Todos saberão o que você é.

Ela achava que aquilo não podia piorar, mas ele não tinha terminado.

– Quando o seu irmão morreu, você nem teve a decência de vir para casa para o enterro dele. Não se importou em fazer a homenagem que ele merecia. Você quis viver a sua vida. Agora precisa viver com as consequências.

Ela abaixou a cabeça e chorou.

– Agora você sente – o reverendo Elias parecia cansado. – Você se arrepende, sente remorso. Mas eu ainda preciso ouvir a sua confissão. Não vejo prova nenhuma de arrependimento.

Que tipo de prova ele queria? Ela já ia perguntar, mas bastou olhar para o rosto dele para ficar em silêncio. Ela não viu nem uma ponta de compaixão em seus olhos. Ele era o único pastor que ela conhecia, mas, quando procurou Jesus no rosto dele, não o encontrou.

O relógio de parede fazia *tique-taque, tique-taque.*

– E então, Carolyn? Não tem nada para dizer? Ou pensa que isso tudo são águas passadas?

O que ela poderia dizer? Tinha pecado, estava pagando e ia continuar a pagar por toda a vida.

O reverendo Elias deu um suspiro impaciente.

– Então vá. Faça como quiser. Vou rezar pelo seu pai e pela sua mãe, mas não rezarei por você. Eu a entrego a Satã. Que o diabo a teste.

Carolyn ficou sentada no Impala de Charlie, segurando a direção com força. Precisava beber. Não uma dose só, mas uma garrafa inteira, fosse uísque ou vinho. Queria tanto beber que começou a tremer e suar frio. Queria um baseado. Queria ácido. Queria apagar!

A única coisa que a impediu de ir dirigindo até o mercadinho dos Hagstrom para comprar bebida foi o filho que tinha na barriga.

Quando Carolyn entrou em casa, a mãe estava na cozinha preparando o jantar. O pai estava perto, falando com ela. A mãe olhou para trás.

– Teve a sua conversa com o reverendo Elias? – Ela parecia esperançosa.

– Tive.

O pai apertou os lábios.

– Espero que tenha ouvido bem tudo que ele disse.

– Ouvi.

Ela nunca mais poria os pés na igreja.

Carolyn foi para o quarto e fechou a porta. Achou que teria um pouco de privacidade, mas o pai foi lá e disse que eles a esperavam na sala de estar, pois tinham algo a lhe dizer. Carolyn foi, com passos pesados e lentos.

O pai se sentou e agarrou com força os braços da cadeira reclinável. A mãe falou com as mãos juntas no colo.

– Nós encontramos um lugar para você morar até a chegada do bebê. – Ela parecia muito aliviada. – Jasia Boutacoff é uma velha amiga minha. Fizemos juntas o curso de enfermagem. Ela mora no vale de San Fernando. Liguei para ela e contei a situação. Ela disse que será um prazer hospedar você lá. Ela cuidará bem de você, Carolyn. – A mãe chegou a sorrir, como se as coisas não pudessem ser melhores. – O que você acha?

O pai fechou a cara.

– Não importa o que ela acha. É o melhor a fazer.

A mãe controlou a raiva rapidamente.

– Você vai ficar muito melhor com Boots.

– Boots?

– É o apelido de Jasia.

O pai parou de apertar os braços da poltrona.

– O carro do Charlie agora é seu. Passei para o seu nome.

Ele olhou para a mãe.

– Boots explicou como chegar lá, não foi?

– Explicou.

A mãe pegou um mapa e um bilhete na mesa de canto e os entregou à filha.

– Ela disse que é fácil achar. O número do telefone dela está aí embaixo.

Carolyn pegou o mapa e as instruções com as mãos trêmulas. Eles não precisavam dizer mais nada. Ela entendeu. Mal podiam esperar para se livrar dela.

Querida Rosie,

 Eu pensei que as coisas pudessem dar certo entre Carolyn e os pais dela. Trip tinha se acalmado, e vi o desejo de aproximação de ambos os lados. Não importa em que circunstâncias, esse bebê poderia tê-los unido através do amor.
 Trip e Hildemara mandaram Carolyn conversar com o reverendo Elias. A pobre menina ficou como se alguma coisa tivesse se partido dentro dela. Ela se recusa a contar o que o homem disse, mas já posso imaginar. Nunca mais porei os pés naquela igreja enquanto aquele hipócrita santarrão estiver no púlpito!
 Como se não bastasse, esta manhã fiquei sabendo que Hildemara mandou Carolyn embora. Ela e Trip resolveram que seria "melhor" para a filha deles ir morar no sul da Califórnia com estranhos, em vez de continuar aqui em Paxtown, "onde seria vítima de terríveis fofocas". Perguntei a Hildemara Rose se ela se importava mais com o que os outros pensavam do que com os sentimentos da filha. Ela disse que sabia o que era ser mandada embora, mas que não era isso que estava fazendo com a filha.
 Estou em Yosemite. Estava precisando de ar puro, de uma caminhada nas montanhas. Meu coração está partido, Rosie. Eu queria criar uma filha forte, não dura....

17

Ventava bastante quando Carolyn chegou ao passo de Altamont. Avistou a placa da estrada e lembrou que Chel queria muito ter ido ao festival. As duas estavam doidas demais para ir. Ainda bem, assim perderam a confusão com os Hells Angels, as brigas, a pancadaria e o caos. Uma fila interminável de automóveis voltava do trabalho e ia para o lado de onde ela tinha vindo, para o oeste, para Hayward e Oakland, talvez até San Francisco.

O calor de agosto fazia o interior do carro de Charlie muito abafado, mesmo com as janelas abertas. Ela virou para o sul e seguiu pela estrada, acelerando, querendo mais velocidade, mas depois pensou por que estava com tanta pressa de chegar à casa de uma desconhecida. Em pouco tempo, surgiram as altas montanhas Tehachapi à frente, com a estrada subindo como uma serpente cinza, meio escondida sob a camada de névoa e poluição, decorrente da inversão de temperatura.

Chegou ao vale de San Fernando às cinco horas da tarde, com o trânsito engarrafado nas artérias cinzentas de macadame. Já tinha dirigido no trânsito antes, mas nunca num caos como aquele: seis pistas, para-choque com para-choque, carros costurando, dando fechadas, lanternas traseiras piscando em vermelho, buzinando se você demorasse alguns segundos para tomar uma decisão. Ela sentiu uma onda de adrenalina e ficou com uma dor de cabeça terrível. Os dedos doíam de tanto apertar o volante. Mas pegou a saída certa e entrou na estrada prevista.

Levou quarenta e cinco minutos para avançar pouco mais de vinte quilômetros, mas encontrou o caminho para Canoga Park. Parou num centro comercial e comprou frango frito, sua primeira refeição do dia. Não queria chegar à casa de Jasia Boutacoff com fome e implorando por comida. Releu o mapa enquanto comia e decorou tudo antes de voltar para o carro e seguir para Topanga Canyon.

A casa marrom de dois andares, com telhas vermelhas em estilo espanhol, ficava no fim de uma rua sem saída, com montanhas desertas atrás. Carolyn estacionou, abriu o porta-malas, tirou a mochila e pendurou-a no ombro. O paisagismo parecia coisa de profissional: cedros entre rochas, com o chão coberto de seixos, dois grandes vasos de cerâmica com topiarias feitas em arbustos de alfena e dois sapos de faiança, um de cada lado da grande porta em estilo missão.

Carolyn mal tocou a campainha e logo a porta se abriu.

– Jasia Boutacoff?

– Pode me chamar de Boots, querida.

A mulher alta e magra, de cabelo preto e mechas grisalhas, deu um sorriso simpático. Usava uma calça comprida branca e uma túnica larga roxa, com cinto de corrente dourada.

– E você é a Carolyn. – Ela acenou para que a moça entrasse. – Entre. Está fazendo um calor infernal aí fora.

O ar-condicionado atingiu Carolyn como uma frente fria, mas ela achou ótimo depois de horas num calor de quase quarenta graus. Sentiu o cheiro de alguma coisa deliciosa sendo preparada na cozinha. O hall de entrada tinha piso de madeira, armários pintados, candelabros de faiança na parede e uma enorme estrela mexicana de vidro fosco pendendo do teto. Um arco dava acesso à sala de jantar, mobiliada com um aparador de madeira pintada em estilo country, um candelabro de ferro fundido sobre uma mesa também pintada e oito cadeiras azuis.

– Você deve estar exausta depois dessa longa viagem – disse Boots, pegando a mochila de Carolyn. – Vou lhe mostrar o caminho para o seu quarto. Você pode se refrescar e descansar um pouco, se quiser, e depois venha me encontrar na sala de estar. – Ela seguiu pelo corredor sem parar para recuperar o fôlego. – Você tinha seis meses de idade quando te vi pela última vez. Seu pai estava trocando sua fralda. – Ela deu risada. – Ele se atrapalhou todo. Os homens são tão desajeitados às vezes...

Carolyn viu de relance a imensa sala de estar em estilo sulino, com uma lareira branca e curva e portas de correr que davam para o quintal. Boots continuou falando do pai e da mãe de Carolyn pelo corredor, abriu a porta de um espaçoso quarto e seguiu pelo carpete marrom e macio. Botou a mochila de Carolyn no pé de uma cama queen size com dossel e uma colcha colorida. Carolyn viu uma cômoda toscana em um lado do quarto, mesinhas de cabeceira com tampo de mármore, uma poltrona confortável com um banquinho perto das janelas e uma pequena mesa ao lado com diversos livros, um deles a Bíblia. Uma aquarela de um campo de girassóis estava pendurada em uma parede, e uma cidade na costa da Itália na outra, em frente.

Boots abriu o grande armário.

– Pode pôr suas coisas aqui ou usar o closet.

E abriu uma das portas de correr espelhadas. Dentro, havia uma dúzia de cabides brancos de seda.

– Você tem um banheiro privativo.

Boots acendeu a luz e revelou um banheiro luxuoso de mármore branco com uma banheira grande, chuveiro separado e um cubículo para o vaso sanitário. Sobre uma cadeira havia um roupão felpudo. Havia também espelhos sobre a bancada de mármore e duas pias. Carolyn nunca tinha visto nada tão lindo.

– Estou muito feliz de você estar aqui, Carolyn. Não vejo a hora de passar um tempo com você. Quero que se sinta completamente à vontade. Se precisar de qualquer coisa, é só me dizer. Quero que se sinta em casa.

Emocionada, Carolyn explodiu em choro.

– Ah, querida... – Boots a abraçou e esfregou-lhe as costas. – Não se preocupe, vai dar tudo certo. As coisas sempre dão um jeito de acabar como Deus quer. Eu sei que aqui não é a sua casa, mas vou fazer todo o possível para que se sinta como se fosse. Você não é a primeira menina que tem de enfrentar uma gravidez. Você não está sozinha, pode acreditar.

Boots chegou para trás e segurou o rosto de Carolyn com as duas mãos, inclinando-se um pouco para olhar bem nos olhos dela.

– Você é filha de uma das minhas melhores e mais antigas amigas, e prometi para Hildie que cuidaria muito bem de você. Agora estou prometendo isso a você.

Ela soltou Carolyn.

– Por que não se refresca um pouco e desfaz sua mala? Venha para a sala de estar quando estiver mais descansada. Podemos conversar um pouco antes do jantar ficar pronto.

Carolyn esperava se esconder até que o bebê nascesse, mas Boots desfez essa ideia num café da manhã gourmet no dia seguinte.

– Convidei umas amigas para virem aqui hoje à tarde. Elas têm me apoiado muito nos momentos difíceis. E me mantêm lúcida. Você vai gostar delas, e elas vão adorar você.

– Eu nunca tive muitas amigas.

– Hildie contou que teve uma que significava muito para você. – Boots olhou para ela.

O que mais sua mãe tinha lhe contado?

– Eu sei o que você está pensando. A sua mãe me procurou porque não queria que você ficasse entre desconhecidos. Ela sabe que a minha vida não tem sido muito santa. Eu badalava muito quando nos conhecemos. Ela sempre andou na linha, era muito comportada, mas eu saía com cada novo interno que aparecia no hospital. Ninguém era bom o bastante para mim, pelo menos era isso que eu pensava. Levei muito tempo para entender que eu me amava mais do que a qualquer pessoa. E nesse caminho encontrei muitas oportunidades... e desculpas... para me embebedar.

Boots ergueu o copo com suco de laranja.

– Jamais me ocorreu que eu pudesse me tornar uma alcoólatra – disse, então pôs o copo na mesa. – Ninguém resolve provocar esse tipo de sofrimento na própria vida, e é preciso mais do que força de vontade para parar.

Completamente calma e à vontade, Boots sorriu para Carolyn.

– Pela graça de Deus, alguém me arrastou para a minha primeira reunião do AA. Ouvi falarem de um poder maior. Eu o chamo de Jesus. Ele se transformou no amor da minha vida. E fiz amigos. Você vai conhecer alguns deles. Tenho ido às reuniões desde então.

– Com as mulheres que vêm aqui hoje?

– Só com uma, mas nenhuma delas se faz passar por perfeita.

Boots estendeu o braço e deu uns tapinhas na mão de Carolyn.

– O fato é que nós todas temos dificuldades, umas mais do que outras. Às vezes criamos problemas para nós mesmas.

Carolyn não tinha apenas criado problemas para si mesma; tinha levado esse problema para a casa dos pais. E ficava pensando como ia se sustentar e sustentar o bebê. Não tinha terminado a faculdade, não tinha nenhuma habilidade específica. Será que poderia ganhar o suficiente como garçonete ou vendedora em um shopping, para pagar o aluguel de um pequeno apartamento? E o médico, e as contas do hospital? Se ficasse com o bebê, teria de arrumar um emprego. Teria de providenciar uma creche para o filho. Ou acabaria criando o filho em um gueto? Havia sempre a possibilidade de adoção, mas Carolyn tinha vontade de chorar só de pensar em dar seu bebê para desconhecidos e nunca mais vê-lo de novo. Só de pensar em todas essas decisões que tinha de tomar, ela teve vontade de se embebedar ou então ficar chapada de fumo.

– Eu entendo.

Carolyn não se dera conta de que tinha dito isso em voz alta. Mortificada, fechou os olhos.

– Você não precisa resolver tudo agora, querida.

– Eu nem sei se consigo resolver alguma coisa.

– Viva um dia de cada vez.

Carolyn não estava habituada a confiar nas pessoas, especialmente em alguém que conhecia há tão pouco tempo, mas ficou à vontade com Boots. Sentia-se segura. Já lutava contra a tentação desde que saíra da casa na Rua Clement. Se tivesse algum dinheiro, teria gasto com bebidas e drogas se ainda estivesse no parque. Não tinha nada na época, não tinha nada agora, mas a tentação não diminuía. A única coisa que a mantinha sóbria era o bebê.

– Posso ir com você um dia a uma dessas reuniões do AA?
– Vamos em uma hoje à noite.

A mãe ligava uma vez por semana para perguntar como Carolyn estava se sentindo.
– Bem.
Perguntava como iam as coisas com Boots.
– Ótimas.
Perguntava se Carolyn precisava de alguma coisa.
– Não.
Então ela pedia para falar com Boots.
Às vezes o pai pegava o telefone, mas era raro e nunca por muito tempo. Oma não ligava nunca. Escrevia cartas cheias de pequenas novidades, contando o que tinha visto, o que estava crescendo em seu jardim. Não perguntava a Carolyn o que ela tinha resolvido sobre o bebê.
O dr. O'Connor, marido de uma das muitas amigas de Boots, disse para Carolyn que o bebê tinha batimento cardíaco forte. Ela havia engordado cinco quilos em dois meses, em grande parte por causa da habilidade de Boots na cozinha. Elas saíam para caminhar juntas de manhã, antes que o pico de calor as prendesse dentro de casa. Às vezes, saíam de novo à noite. Boots insistia em brincar de "turista" com ela. Foram ao Zoológico de Los Angeles, ao Píer de Santa Monica, aos poços de alcatrão de La Brea, a Malibu. Quando Boots perguntou se ela gostaria de ir à Disneylândia, Carolyn contou da viagem que fizera com Oma. Não precisava mais se preocupar em ferir os sentimentos de Charlie.
As duas iam às reuniões do AA duas vezes por semana. Carolyn prestava atenção, mas nunca dizia nada. Ninguém a pressionava.
Certa manhã, bem cedo, Boots bateu na porta do quarto dela.
– Vamos à praia, antes que encha de gente.
E foi dirigindo pela estrada Topanga Canyon feito um piloto de stock car. Chegaram quando o sol estava nascendo. Já tinha gente correndo à beira-mar.
– Venha.

Boots desceu e foi andando na areia, carregando um cesto e um cobertor. Largou as duas coisas, chutou os sapatos e continuou até o ponto em que as ondas quebravam na praia. Carolyn foi atrás dela. Boots parou onde começava a areia molhada. Com as mãos na cintura, ela virou o rosto para cima e fechou os olhos.

– Ouça isso. Tem alguma coisa no barulho do mar que acalma, não tem?

Então caminharam juntas pela praia, sem falar nada. Boots parecia não se preocupar com o cobertor. Quando deram meia-volta, ela se abaixou, pegou um pedaço de pau e ficou girando-o entre os dedos, como um bastão.

– Você está se roendo por dentro com essa sensação de culpa e de preocupação, Carolyn. Precisa parar com isso.

Boots parou de andar e enfiou o pedaço de pau na areia molhada.

– Escreva todos os pecados que você cometeu bem aqui, nessa areia. Bote tudo para fora.

Boots subiu até a areia seca, estendeu o cobertor e se sentou.

– Pode fazer isso com calma, devagar! – avisou ela.

Depois se deitou, cruzando os braços sob a cabeça e os tornozelos.

Carolyn mal conseguiu escrever umas poucas palavras, quando veio uma onda e apagou tudo. Escreveu mais, mas as ondas vinham de novo e apagavam as palavras. Ela escreveu, escreveu, e a cada vez que o mar chegava, fazia sua confissão desaparecer. Seus pés ficaram insensíveis na água gelada. Ela jogou o pedaço de pau numa onda e ficou vendo-o ir embora para longe, mar adentro. Pela primeira vez em semanas, não teve a sensação de que alguém estava sentado em cima do seu peito.

– Terminou? – quis saber Boots.

– Por enquanto.

Então Boots foi ao seu encontro e parou ao seu lado.

– Você pode voltar aqui sempre que quiser. – Ela sorriu e olhou para o mar, onde surfistas desciam as pequenas ondas. – Eu ouço o mar e escuto o Senhor, Carolyn. Jesus disse que veio para nos salvar, não para nos condenar. Ele carregou os nossos pecados com ele. Pagou o preço para libertar você. Deus é como essas ondas, querida. Ele lava os nossos pecados, nos oferece a graça, o bônus do Espírito Santo viver dentro de você, e a vida eterna também. Você tem decisões a tomar, mas a maior de todas é o que vai acreditar a respeito de Deus. Convide-o para entrar e ele cuidará do resto.

Elas permaneceram ali, lado a lado, olhando para o oceano. Carolyn sentiu uma tremulação, como as asas de um anjo, e colocou as mãos sobre a barriga. Boots percebeu o movimento e se virou para ela.

– É o bebê?

Carolyn riu pela primeira vez em meses. Era até estranho a seus ouvidos. Boots riu junto.

O coração de Carolyn disparava nas reuniões do AA. Sentia a tensão aumentar dentro dela. Sentava em cima das mãos, mantinha a cabeça baixa e ficava ouvindo, absorvendo as palavras.

Certa noite, o silêncio durou tanto que ela teve um suadouro. Sabia que era sua vez de se abrir, mas não sabia se conseguiria pronunciar uma frase coerente.

Respirou fundo e confessou que começou a beber para enfrentar o estresse do curso na Universidade da Califórnia em Berkeley. Bebeu mais ainda quando o irmão foi enviado para o Vietnã, depois começou a fumar maconha com os amigos, enquanto participava dos protestos contra a guerra.

Todos ouviram, mas ninguém a julgou. Alguns foram conversar com ela depois da reunião e compartilharam histórias semelhantes.

– A primeira vez costuma ser a mais difícil – disse Boots a caminho de casa.

Carolyn ainda demorou mais um mês para conseguir falar de Charlie. Tinha passado o ano inteiro depois da morte dele drogada ou bêbada.

– Só consigo lembrar de alguns momentos, aqui e ali. Prefiro esquecer a maior parte...

Então chorou quando contou de Chel para o grupo.

A mãe ligou de novo. Carolyn talvez não tivesse muito assunto com a mãe, mas Boots nunca tinha dificuldade.

– Ela está ficando mais redondinha, e a barriga já está uma linda bola de basquete.

Boots tirou fotos de Carolyn. Quando chegou o mês de dezembro, a mãe e o pai mandaram dinheiro. E Oma também. Carolyn escreveu para agradecer. Boots a levou para o centro comercial. Quando estavam espiando as lojas, ela pegou um suéter.

– Minha nossa! Que preço é esse?

Ela o dobrou e o colocou de volta na mesa. Carolyn comprou o suéter para Boots quando ela não estava olhando.

Boots chorou quando abriu a caixa na manhã do Natal e viu o suéter de caxemira vermelha.

– Você deve ter gastado todo o seu dinheiro com isso.

– Você gostou, não gostou?

Boots o guardou de volta na caixa.

– Adorei, é claro. Mas preste atenção. Sua mãe e seu pai têm mandado dinheiro para mim todo mês. Eu nunca pedi um centavo, mas eles insistem. E aí você compra isso... Eu devia devolver para a loja.

– Não faça isso, por favor.

– Tudo bem, não vou fazer. – Ela deu um largo sorriso, com os olhos cheios de lágrimas. – Vou organizar um chá de bebê para você em vez disso.

Oma e a mãe se desculparam por não poder ir, dizendo que o tempo inclemente impedia que fizessem a longa viagem para o sul. Oma estava com uma gripe forte, e a mãe estava de olho nela.

Uma meia dúzia de amigas de Boots apareceu com presentes, e quase todos eles acabaram sendo para Carolyn, não para o bebê. Um blazer pêssego, uma blusa branca, sapatos de salto alto e uma bolsa, "para as entrevistas de emprego". Um conjunto de moletom, "para entrar em forma de novo depois que o bebê nascer". Um casaco clássico de pelo de camelo.

Não poderiam ser mais gentis, mas ficou claro o que esperavam dela. Achavam que a adoção era a melhor opção. A única que lhe deu dinheiro para gastar como quisesse foi Boots.

Carolyn teve contrações de Braxton Hicks no meio da gravidez. Ela sabia que não tinha mais muito tempo. Chorava mais agora do que tinha chorado nos primeiros meses e sonhava que estava dormindo no Parque Golden Gate, deitada num saco de dormir, embaixo de uma cobertura de plástico. Quando acordou, lembrou-se de Jesus falando com aquela voz carinhosa. Lembrou-se da mão dele sobre ela, das flores minúsculas, como estrelas, brilhando na grama, e do dia amanhecendo.

A mãe finalmente fez a pergunta tão temida:

– Você já decidiu o que vai fazer?

Carolyn notou que a mãe não tinha perguntado o que ela *queria* fazer. Seus olhos arderam. Ela engoliu em seco e enxugou as lágrimas do rosto.

– Acho que sim.

Entregar o bebê para outra pessoa criar. Parecia que todos achavam isso melhor, exceto Boots, que dizia que as coisas acabariam se resolvendo. Carolyn não via como. Elas tinham se resolvido para Chel?

– Você pode ficar aqui comigo o tempo que quiser, Carolyn. Se quiser ficar com o bebê, daremos um jeito.

Carolyn ficou envergonhada. Chel pagara todas as despesas desde que elas saíram de Berkeley. Agora, ela não queria mais ser sustentada por ninguém. Aquilo era só mais uma maneira de fugir e se esconder do mundo real. Ela precisava amadurecer algum dia, tinha de ser responsável pelas consequências de seus atos, por mais doloroso que isso fosse. E será que seu bebê não estaria melhor com outra pessoa, alguém menos ferrado? Alguém que pudesse lhe oferecer um lar e amor? Dali a três semanas, mais ou menos, ela poria aquele filho no mundo. Precisava parar de sonhar.

Carolyn foi à casa de adoção. Eles lhe disseram que iriam encaminhar os papéis. Ela chorou o tempo todo na volta para a casa de Boots.

Na manhã seguinte, ela saiu para uma longa caminhada. Tinha decorado a oração da serenidade e a repetiu sem parar.

– Chegou uma encomenda para você ontem à noite – disse Boots no café da manhã. – Esqueci de lhe dizer porque você chegou em casa muito nervosa. Botei na sua cama.

Boots tinha aberto a caixa de papelão. Carolyn pegou a outra caixa de papel, rosa e azul. Abriu o cartão e reconheceu a caligrafia perfeita da mãe.

Seu pai e eu esperamos que isso a ajude a tomar sua decisão. Nós amamos você.

Eles haviam lhe enviado uma cadeirinha de automóvel para o bebê.

Minha querida Carolyn,
    Passei um Natal tranquilo com Bernhard, Elizabeth e Eddie. Agora estou em Truckee, curtindo as montanhas cobertas de neve, lembrando-me dos dias em que minha amiga Rosie e eu saíamos para longas caminhadas nos Alpes. Ela tem sido minha leal amiga todos esses anos. Conhece todos os meus defeitos e todas as minhas falhas e continua me amando. Espero que Boots seja uma amiga assim para você.
    Não tenho nenhuma pressa de voltar para casa. Fico o tempo todo sozinha na cabana. A sua mãe está trabalhando muito no hospital. Seu pai chega em casa e começa imediatamente a trabalhar nas paredes de contenção dos terraços que planejou. Rikka quer que eu vá para Nova York na primavera. O trabalho dela será exposto numa galeria.
    Você e meu primeiro bisneto estão sempre em minhas orações. Que Deus lhe dê paz em qualquer decisão que tomar. Eu amo você. Isso jamais mudará. E amarei o seu filho também, não importa o que aconteça.
    A vida tem suas reviravoltas, Carolyn. Quanto a mim, estou entregando tudo a Jesus e confio que ele endireite tudo no final. O que quer que você esteja pensando agora, é certo que Deus usará tudo que acontecer para um bom propósito e para transformá-la na mulher que ele quer que você seja. Trate apenas de amá-lo. Conte com ele. Lembre-se de que ele foi o primeiro que a amou e a amará sempre. Assim como eu.

Com amor,
Oma

1971

O trabalho de parto começou no meio da noite, no dia 6 de fevereiro. Boots fez o papel de parteira para Carolyn. Ela limpou a bebezinha e a envolveu com uma manta. Assim que segurou a recém-nascida, Carolyn despertou da exaustão e chorou de alegria. Apaixonou-se pela primeira vez. Sua filha se encaixava perfeitamente em seus braços. Carolyn sentiu uma fisgada no seio enquanto os dedinhos minúsculos seguravam-lhe o polegar. Deus tinha lhe dado aquela filha na noite em que ela quase perdera a vida no mar. Prova tangível da graça do Senhor.

Os olhos de Boots brilharam, cheios de lágrimas, acima da máscara cirúrgica.

– Bem, você não pode chamá-la de Charlie, não é?

– O nome dela é May Flower Dawn.

Carolyn sabia que parecia um nome hippie, mas não se importava. Não podia batizar a menina com o único outro nome apropriado: Epiphany, Epifania.

Tinha concebido a filha na véspera da manhã em que vira Jesus, e ia sempre considerá-la uma dádiva imerecida de Deus.

A mãe ligava sempre para saber das novidades.

– Está tudo pronto.

Depois de um mês, ela perdeu a paciência.

– É hora de voltar para casa, Carolyn. Boots já fez muito.

May Flower Dawn dormiu a maior parte da viagem. Carolyn parava a cada duas horas para dar de mamar e trocar a fralda. Quando chegou em casa, a mãe e o pai saíram para recebê-las. Oma também saiu de sua cabana. Antes de Carolyn descer do carro, a mãe abriu a porta do lado do passageiro e tirou May Flower Dawn do assento.

Os pais dela tinham transformado o quarto de Charlie num quarto de bebê. Pintaram as paredes de verde-claro. A mãe pendurou cortinas leves e brancas. O pai instalou novas persianas de madeira e fez o berço branco. Oma comprou um móbile com personagens da Disney. O pai pintou a estante de branco. Os livros de ficção científica de Charlie não estavam mais lá, e no lugar deles havia dois pacotes de fraldas, vaselina, talco, xampu, sabonete e alguns livros infantis.

A mãe abriu o armário, ainda com May Flower Dawn nos braços.

— A sua avó não parou de costurar desde que soube que tinha uma bisneta.

— E você também não — disse Oma da porta.

Eles tinham comprado até uma cadeira de balanço. A mãe se sentou nela e botou a bebê no colo.

— Ela é linda.

May Flower Dawn começou a choramingar, e a mãe a segurou apoiada no ombro.

Carolyn se aproximou e estendeu os braços.

— Ela está com fome.

A mãe entregou a menina com certa relutância. Carolyn esperou até todos saírem do quarto para se sentar na cama de Charlie e amamentar a filha. Examinou o quarto de novo e todo o trabalho que os pais e Oma tinham feito.

Eles podiam não amá-la ou querê-la ali, mas não restava dúvidas de que queriam bem a May Flower Dawn.

18

Carolyn estava sentada à mesa de jantar, com o pai na cabeceira e a mãe à sua frente, segurando May Flower Dawn de novo. Ela falava baixinho com a neta, e o pai liderou a conversa.

– Não vai ser sem compromisso. Você tem de cumprir certas condições para morar aqui. – Ele pôs as mãos em cima da mesa. – Queremos que termine a faculdade e tire o diploma. E esperamos que trabalhe e pague um aluguel.

Carolyn sentiu o pânico aflorar.

– Como?

– Você se meteu nessa confusão e vai ter de sair dela. Vou explicar como vai ser.

– Você tem mais dois meses para descansar e cuidar da bebê – a mãe falou sem levantar a cabeça. – Até lá, essa mocinha aqui já terá usufruído dos principais benefícios da amamentação.

Quando May Flower Dawn segurou o polegar de Hildemara, Carolyn sentiu uma pontada de ciúme.

– É aí que eu entro.

– Você entra?

– Sua mãe vai abrir mão da carreira dela para poder ficar em casa e cuidar da sua filha.

– Mas eu não pedi...

– É, você não pediu, mas o que achou que ia acontecer, Carolyn? – Os olhos do pai escureceram de raiva. – Que poderia viver à custa dos outros porque teve uma filha? – A voz dele ficou mais tensa e áspera. – Nós não podemos cuidar de você pelo resto da vida. Você precisa aprender a se sustentar.

A mãe levantou a cabeça.

– Trip...

O pai olhou para ela e para a bebê que tinha nos braços. Curvou os ombros e olhou de novo para Carolyn, com a expressão desolada.

– Não estamos querendo punir você, Carolyn. Só queremos ajudá-la a pôr sua vida em ordem. Você precisa terminar os estudos. Berkeley está fora de questão, por isso preenchemos os formulários de matrícula da Universidade Estadual em Hayward. Você só precisa assinar. A universidade tem um departamento de empregos. Eles vão ajudar você a encontrar um que combine com os horários das aulas.

A mãe olhou para ela com tristeza.

– Não vai ser fácil.

– A vida não é fácil – disse o pai. – Não estaremos aqui para sempre, juntando os cacos. Você precisa arrumar uma maneira de se sustentar. Sem o diploma, não conseguirá grande coisa. Nós tentamos avisar...

A mãe pigarreou.

May Flower Dawn começou a chorar, primeiro uns gemidos baixinhos, depois mais altos, a boca abrindo e tremendo com os gritos. Carolyn teve vontade de fazer a mesma coisa. Ela se levantou e disse:

– Dê ela aqui, mãe.

A mãe se levantou também e balançou a cabeça.

– Ela vai ficar bem. Você e o seu pai precisam conversar.

Então levou a bebê para o quarto dos fundos e fechou a porta, deixando Carolyn sozinha com o pai na sala. Ele não tinha terminado de estabelecer as regras.

– Você pagará um aluguel para nós. Não será muito, e só vai precisar fazer isso quando começar a trabalhar, mas depois vamos querer oitenta por cento do salário que receber. Será pela casa e pela comida, e para pagar o que enviamos para Boots. E para a conta do hospital.

O peso do que ele esperava caiu sobre ela como uma pilha de tijolos. De quantos anos precisaria para saldar suas dívidas? Dez? Vinte? May Flower Dawn já teria crescido e ido cuidar da vida dela a essa altura. Ela ouviu a filha chorando e quis ir até lá para pegá-la e fugir.

– Com licença – Carolyn ficou de pé.

– Aonde você vai?

– Ela está com fome.

Ela não bateu na porta do quarto. Entrou direto.

– Ela precisa mamar, mãe.

A mãe sorriu.

– Sente aqui ao meu lado e eu a entrego para você.

Haveria condições para tudo, agora? Talvez elas sempre tivessem existido. Carolyn nunca tinha entendido as regras que precisava obedecer para merecer ser amada. A mãe não se levantou da beirada da grande cama de casal, então Carolyn obedeceu. Hildemara lhe passou May Flower Dawn, mas não saiu do quarto.

Pôs a mão no joelho da filha.

– Eu sei que você provavelmente não vai acreditar nisso agora, mas seu pai e eu não estamos fazendo isso para estragar a sua vida. Não estamos querendo tornar as coisas ainda mais difíceis para você. O que queremos é ajudar você a aprender a se firmar com seus próprios pés.

Carolyn olhou nos olhos da mãe e viu compaixão. Também viu sofrimento, e sabia que era a causa disso.

– Eu sei, mãe.

Ela também sabia o preço estabelecido pelos pais: May Flower Dawn.

As exigências dos pais não eram por escrito. Eles não pediram para ela assinar nenhum documento. Mas era um contrato irrevogável mesmo assim, e Carolyn sofreu muito com isso. Não via nenhuma saída, nem achava que tinha o direito de procurar uma. Nas próximas seis semanas, avaliou o que teria de fazer para organizar sua vida e a da filha. Se voltasse para a casa de Boots, destruiria uma amizade que existia havia mais de trinta anos. Não podia fazer isso com a mãe nem com Boots.

Assim, Carolyn assinou os papéis da universidade, pôs May Flower no banco do carro e foi para Hayward entregá-los pessoalmente. Todas as matérias que tinha completado na UCB seriam válidas na estadual. Isso já era alguma coisa, pelo menos. Mas ela ainda teria de assistir a dois anos e meio de aulas e trabalhar em meio período ao mesmo tempo. Se passasse só meio expediente na faculdade, levaria cinco anos para se formar.

Será que conseguiria? Consultou a secretaria de empregos. Eles lhe garantiram que encontrariam alguma coisa para ela quando as aulas começassem.

O tempo passou muito rápido. Carolyn se agarrou a cada momento que passava com May Flower Dawn, segurando-a no colo, brincando com ela, observando enquanto a menina dormia. Quando a mãe deu o aviso prévio de duas semanas no hospital, Carolyn chorou.

A primeira semana longe de May Flower Dawn foi uma tortura. O leite brotava nas horas em que deveria amamentá-la, e a dor era terrível. Quando voltava para casa, a mãe já tinha dado mamadeira para a menina, banho, trocado a roupa, a fralda e a colocado para dormir. Restava a Carolyn tomar uma ducha quente e ver seu leite escorrer pelo ralo.

Ela conseguiu um emprego na biblioteca. Trabalhava vinte e cinco horas por semana, pelo salário mínimo. No final do mês, entregou tudo ao pai, que depois prestou contas. A maior parcela do salário foi para pagar a conta do hospital e repor o dinheiro enviado a Boots, depois para pagar a casa e a comida. Assim que cobriu o hospital e o dinheiro de Boots, Carolyn pôde usar um pouco do que ainda devia para comprar livros e pagar a faculdade. O pai lhe dava vinte e cinco dólares para fazer o que quisesse. O que ela não gastava com gasolina para o Impala de Charlie ia para uma poupança.

Deprimida e sufocada, Carolyn pensava em voltar a beber. Pelo menos, embebedando-se, não sentiria dor nem solidão. Assustada com aquela vontade premente, descobriu um local de reuniões do AA em Hayward. Era útil ter amigos capazes de entender, um lugar onde pudesse extrair esperança das experiências dos outros. Mas isso ocupava mais uma hora do seu dia, hora essa que ela poderia passar com May Flower Dawn.

Em meio a aulas, trabalho e reuniões do AA, Carolyn perdeu todos os momentos marcantes do primeiro ano de vida de May Flower Dawn. Não estava presente quando sua filhinha virou de lado pela primeira vez, quando aprendeu a pegar um brinquedo, se sentou ou começou a engatinhar. Não ouviu a menina dizer *mama*. A mãe e o pai começaram a chamar a menina de Dawn, e, quando ela precisava de carinho ou de qualquer coisa, não procurava Carolyn, chamava a vovó.

1974

Carolyn acabou se cansando do trabalho na biblioteca, usou uma parte da poupança para comprar roupas apropriadas e se candidatou a um cargo de recepcionista em meio expediente no escritório de uma imobiliária, cuja dona era Myrna Wegeman, profissional exigente, ambiciosa e bela, que a contratou pagando-lhe meio dólar a mais por hora do que Carolyn ganhava antes. Ela continuou com as noites e os fins de semana livres para estudar e frequentar as reuniões do AA, mas praticamente tempo nenhum para estar com Dawn, agora com três anos. A mãe e o pai não reclamaram, e Dawn não sentiu sua falta.

Como havia um fluxo constante de novos imóveis, Myrna deu a Carolyn uma câmera cara e pediu que tirasse fotos das propriedades. Carolyn estudava as casas de todos os ângulos antes de fazer as fotografias. Myrna ficou satisfeitíssima com os resultados.

— Estou recebendo mais ofertas pelas propriedades que você fotografou do que pelas que eu fotografei. Você tem talento para isso. Já pensou em se tornar corretora de imóveis?

Quanto mais coisas Carolyn fazia para Myrna, mais a chefe esperava dela. Myrna começou a pedir que Carolyn cuidasse das casas abertas à visitação nas tardes de domingo, então ela pediu pagamento pelas horas extras. Myrna relutou, mas acabou concordando.

Dessa vez, Carolyn enfrentou resistência em casa. A mãe reagiu à ideia de a filha trabalhar mais.

— Você já passa pouco tempo em casa sem isso.

O pai também não gostou.

— Sua mãe precisa de uma folga de vez em quando.

E eu também!, Carolyn teve vontade de responder. Ela nunca havia tirado um dia de folga, embora não ousasse pedir isso.

– Eu posso levar May Flower Dawn comigo.

A ideia de ter a filha só para ela uma tarde inteira era muito animadora, mas a mãe jogou um balde de água fria nesse plano.

– Talvez seja bom ela levar a Dawn, Hildie. Dê uma chance para Carolyn descobrir como é difícil cuidar de uma criança.

A mãe lançou um olhar de reprovação para o pai.

– Você fala como se fosse um peso. Eu adoro cuidar da Dawn. Ela não é incômodo nenhum!

O pai desistiu da mãe e direcionou sua lógica para Carolyn.

– Você tem muito tempo. Não precisa se apressar tanto. Está pagando muito bem seus débitos.

Carolyn percebeu que os dois não se preocupavam com todo o tempo que ela já tinha perdido em sua relação com May Flower Dawn.

Oma apareceu bem cedo num domingo, antes de ir à igreja. Ela não frequentava mais a igreja de Paxtown, ia de carro até uma cidade vizinha. A mãe comentou isso um dia.

– Oma não suporta estar no mesmo lugar que Thelma Martin. Não a condeno por isso, mas não vou deixar que essa fofoqueira mude meus hábitos.

Ninguém jamais sugeriu que Carolyn voltasse lá. O reverendo Elias, menos ainda.

Oma botou a bolsa na bancada com o café da manhã.

– Quando foi a última vez que você passou mais de uma hora com a sua filha?

– Eu não tenho uma hora, Oma. Tenho aulas. Tenho de estudar. Tenho de trabalhar.

Ela ficou vendo Carolyn fazer anotações.

– Sua mãe e seu pai estão fazendo o que acham que é certo. Estão fazendo o melhor possível por você e por May Flower Dawn.

Carolyn parou de estudar e levantou a cabeça.

– Eu sei. Não estou reclamando. É assim que as coisas são. – Ela virou a página do livro e tentou retomar a leitura. – Desculpe. Não pretendo ignorar você, mas só tenho mais umas duas horas de estudo e depois tenho de mostrar uma casa para um cliente.

Carolyn sentiu Oma olhando para ela. Quanto tempo fazia que as duas não sentavam no pátio para tomar um chá juntas?

– Talvez seja melhor você desabafar o que está sentindo, Carolyn.

– Sentindo?

Carolyn deu uma risada triste. Desabafar não mudaria nada. Só serviria para piorar as coisas cem vezes mais! Oma não se mexeu. Frustrada, Carolyn parou de escrever e olhou para ela.

– E nem precisa me dizer, porque eu já sei. Quando eu tiver conquistado um lugar só meu, Dawn não será mais minha.

– Isso nunca teve relação nenhuma com posse.

– Talvez não, mas o resultado foi esse. Estou perdendo terreno a cada dia que passa.

Mesmo ficando pouco tempo com a filha, Carolyn a amava. Desejava tê-la de novo nos braços. Por que eles achavam que ela se esforçava tanto? Queria sua vida de volta, uma vida cujo centro era May Flower Dawn.

Oma agarrou os pulsos da neta e olhou fixo para ela.

– Eu cuidei de você quando era pouco mais que um bebê. Você *precisava* de mim. Lembra? Só que isso não modificou o fato de que sua mãe continuou a ser sua mãe!

– Sim, eu me lembro – disse Carolyn, botando a mão sobre a de Oma. – Mas eu aprendi a amar mais você, não foi?

O brilho nos olhos de Oma diminuiu. Ela adotou uma expressão estranha, pegou a bolsa e se levantou.

– Isso nunca impediu você de amar sua mãe – respondeu e saiu da casa em silêncio.

Querida Rosie,

    Hoje vejo com mais clareza que as coisas que fiz por bem acabaram provocando prejuízos. Lembra quando me mudei para a casa de Hildemara, quando ela teve tuberculose? Eu quis ajudar, mas acabei assumindo o controle. Fiquei tão ligada a Carolyn que não vi os estragos que causei em minha própria filha.

    Agora estou vendo Carolyn sofrer como Hildemara deve ter sofrido. A menina está se matando de trabalhar para consertar sua vida e ser merecedora de amor, tudo isso porque Trip estabeleceu um plano para ela "se reerguer" e "tomar o rumo certo". Eles querem ajudar, exatamente como eu quis. Mas essas exigências não deixaram tempo para Carolyn estar com a filha, para fazer parte da família. Quase não a vejo mais. Mal temos tempo de nos cumprimentar, que dirá nos sentar embaixo de uma árvore e tomar um chá. O que posso fazer para animá-la? Não encontro resposta.

    Nunca vi Hildemara tão feliz (tirando suas queixas de que Carolyn não vai mais à igreja). Entendo a felicidade dela, porque senti a mesma coisa quando cuidei de Carolyn. Passei a sofrer muito menos com a perda do afeto de minha filha quando pude derramar meu amor livremente sobre a minha neta. E esse é o dilema!

    Será que eu tinha o direito de usurpar o afeto de Carolyn por Hildemara, como vejo agora que ela faz com May Flower Dawn? Hildemara está vivendo seus momentos de glória. Faz todas as coisas que uma mãe deseja fazer por um filho. É claro que Carolyn não reclama de nada. Ela sempre foi reticente quanto a externar seus sentimentos. Ontem ela me surpreendeu, dizendo que a mãe nunca tinha tempo para ela, mas todo o tempo do mundo para May Flower Dawn. Ela não falou isso com amargura, mas com resignação.

    Estive pensando nessas palavras de Carolyn desde então. Imagino se Hildemara sente a mesma coisa em relação a mim...

19

1976

O tempo passou rápido demais. A mãe de Carolyn matriculou Dawn numa creche e ficava lá como voluntária. Carolyn se esforçava mais ainda no último ano da faculdade. Myrna queria que ela estudasse para tirar a licença de corretora.

– Estou com mais clientes do que posso atender, e você já aprendeu a redigir propostas e a organizar a papelada. – Myrna tinha ensinado isso para ela. – Ganharia muito mais do que como recepcionista.

Acrescentar mais um objetivo em sua vida servia para limitar ainda mais o pouco tempo que Carolyn tinha. Ela desejava largar a faculdade, mas o pai não queria nem ouvir falar disso.

– O mercado imobiliário tem seus altos e baixos. Um diploma de faculdade é para sempre.

Os últimos meses foram os mais duros, e então ela soube que tinha conseguido. Contou ao pai, porque sabia que ele daria mais valor do que a mãe. Só teve um probleminha.

– Que história é essa de não querer ir à cerimônia de formatura?

Carolyn deu de ombros.

– Não tem importância. Vou receber meu diploma pelo correio.

– Você não acha que nos deve isso, subir naquele palco?

Ela teve vontade de chamar a atenção do pai para o fato de que já tinha dado a ele e à mãe tudo que eles haviam exigido, e até o que era mais importante para ela: May Flower Dawn.

– A prova para obter a licença de corretora é no mesmo dia, pai. Tenho mais chance de ganhar a vida no mercado imobiliário do que como gerente de escritório.

Carolyn já havia notado isso. Aquele ainda era um território masculino. A única coisa que seu diploma poderia lhe garantir era um trabalho insignificante numa grande empresa, com um baixo salário inicial. Ela não tinha mais tempo a perder.

– Isso não tem importância para você, Carolyn? – O pai parecia confuso. – Você se esforçou tanto... Devia se orgulhar. Acho que devia querer usar o capelo e a beca de formatura, para que o mundo inteiro visse quando recebesse seu diploma.

O mundo inteiro? Quem ele queria enganar? Carolyn sentiu uma onda repentina de raiva.

– Isso sempre teve muito mais importância para você do que para mim.

– Por que você não disse nada?

– De que adiantaria se eu dissesse? Eu faria *qualquer coisa* para ficar longe das ruas. Fiz tudo que você e a mamãe pediram, e você ainda não está satisfeito.

O pai fez uma careta, como se ela tivesse lhe dado um tapa na cara. Carolyn teve de cerrar os dentes para não mentir e retirar tudo que tinha dito.

Com a licença de corretora de imóveis nas mãos, Carolyn deu o aviso prévio para Myrna Wegeman.

– Você vai sair? – Myrna não podia acreditar. – Depois de tudo que eu fiz por você?

Carolyn lhe agradeceu.

— Você me ensinou mais sobre negócios do que todas as aulas que já tive juntas. Foi você quem acreditou em mim e me fez sentir que eu podia fazer muito mais.

Ela queria trabalhar no vale, perto de May Flower Dawn. Precisava de tempo para ficar com a filha.

Myrna não se acalmou.

— Você me deve pelas oportunidades que lhe dei!

Carolyn não suportava mais aquilo. Não queria ouvir quanto devia a Myrna... ou a qualquer outra pessoa. Tinha trabalhado duro durante cinco anos para pagar suas dívidas!

— Sinto muito que pense assim. Esperava que nos despedíssemos como amigas. Esqueça o aviso prévio de duas semanas.

Carolyn foi para a porta.

Myrna deu a volta na mesa e pediu que ela esperasse.

— Podemos conversar sobre isso?

Carolyn nem olhou para trás. Saiu da sala e fechou a porta com firmeza.

Já tinha em mente um emprego numa imobiliária de Paxtown. O mercado imobiliário tinha crescido muito nas montanhas de East Bay também, e Ross Harper estava disposto a contratá-la, apesar de ter sido avisado por terceiros da reputação nada ilibada de Carolyn. Ele tinha ouvido falar de Myrna Wegeman e comentou:

— Se você sobreviveu três anos com aquela tigresa, trabalhar comigo vai ser mole.

Carolyn não precisava mais madrugar para chegar à Bay Area a tempo. Não tinha mais aulas noturnas. Não precisava passar cada minuto livre estudando e escrevendo monografias. Podia respirar um pouco, desde que explorasse o vale atrás de pessoas que quisessem deixar a negociação de suas propriedades com uma corretora jovem e inexperiente. E aí tinha de divulgar essas propriedades para outros corretores e mostrar as casas.

Chegou o bicentenário da independência, e Carolyn teve bastante tempo de folga para assistir à queima de fogos e às comemorações no parque. May Flower Dawn, agora com cinco anos, ficou assustada com as explosões e com as luzes fortes que brilhavam no céu. Carolyn tentou abraçá-la, mas a menina gritou mais ainda. Dawn empurrou a mãe, chamou pela "vovó" e não se acalmou até se sentar no colo dela.

Uma semana depois, Carolyn vendeu sua primeira propriedade e usou cada centavo da comissão para pagar o que restava da dívida que tinha com os pais. Teve um momento de êxtase quando entregou o cheque ao pai.

– Mesmo com todas as dificuldades possíveis, você conseguiu, Carolyn – disse ele, com os olhos cheios de lágrimas e um largo sorriso. – Estou muito orgulhoso de você.

Carolyn nunca esperou ouvir essas palavras da boca do pai, nem em um milhão de anos. Encabulada, ela gaguejou.

– Tenho alguns compradores interessados em outra propriedade. Se tudo der certo, terei dinheiro suficiente para morar sozinha.

Ela olhou para a sala de estar, onde May Flower Dawn brincava com suas bonecas Barbie enquanto a mãe lia uma história.

A mãe largou o livro na mesa e foi ao encontro dos dois.

– O que vocês estão conversando?

O pai lhe mostrou o cheque.

– Ela não tem mais nenhuma dívida.

A mãe segurou o cheque com as duas mãos e ficou olhando para ele. Não haveria parabéns da parte dela. Carolyn se empertigou um pouco.

– Eu estava dizendo para o papai que, se conseguir fechar mais uma venda, vou me mudar daqui com May Flower Dawn.

– Mudar daqui? – a mãe levantou a cabeça e empalideceu.

– Ela não vai para longe. – O pai parecia distraído. – Ela trabalha para o Ross. Lembra? Ela não vai mudar para o vale de San Fernando.

O pai não pareceu perceber o olhar sofrido que a mãe dirigiu para a menina brincando no tapete da sala de estar. Carolyn viu e entendeu muito bem. Sua mãe não estava preocupada em perdê-la. Apenas não queria perder May Flower Dawn.

Quando Carolyn voltou para casa na tarde seguinte, depois de mostrar casas a possíveis compradores a manhã inteira, a mãe e o pai disseram que queriam conversar com ela. Os olhos vermelhos de choro da mãe eram um sinal de que havia alguma coisa errada.

– Onde está May Flower Dawn?
– Ela está bem. – A mãe secou o rosto. – Está na casa da Sandy.
– Sandy?
– A melhor amiga dela da creche. Eles moram na Rua 1.
– Família boa – o pai completou. – Eles frequentam a nossa igreja.

Carolyn não sabia nada dos colegas de May Flower Dawn. Isso mudaria em breve. Ela apertou uma mão na outra sobre o colo.

– Vocês queriam falar comigo?

Ele sorriu.

– Na verdade, queremos dar uma coisa para você.

Então empurrou um cheque sobre a mesa. Carolyn não encostou nele, e o pai o indicou com um movimento de cabeça.

– Pode pegar. Dê uma olhada. É seu.

Carolyn pegou o cheque e ficou imaginando qual era a armadilha que os pais tinham associado a isso. Colocou-o de volta na mesa e empurrou-o para longe.

– Eu não preciso de um empréstimo. Acabei de redigir uma proposta de compra de uma casa. Se essa venda der certo, receberei uma boa comissão. Já estou de olho num bangalô colonial na Avenida Vineyard...

A mãe a interrompeu.

– Não é um empréstimo, Carolyn. É seu.

– Cada centavo. – O pai empurrou o cheque de volta para ela. – É a soma de cada dólar que você nos deu de aluguel desde que voltou para casa.

Carolyn olhou espantada para os dois. Não sabia se acreditava que eles pudessem ser assim tão generosos ou se levantava sua armadura para se defender.

– Eu não estou entendendo.

O pai se inclinou para frente.

– Nós sabíamos que você ia precisar de um pé-de-meia, Carolyn, alguma coisa para começar bem quando terminasse a faculdade. Por isso guardamos o dinheiro do aluguel desde o início.

Ela olhou para a mãe e viu um enorme conflito de emoções. Será que Hildemara entendia que aquele presente se tornaria um meio de levar May Flower Dawn para longe dela? O sorriso triste da mãe indicava que sim. Depois suas palavras confirmaram isso.

– Deve ser o suficiente para você dar entrada no seu bangalô.

– Se eu conseguir convencê-los a vender, é isso que vou fazer – disse Carolyn, pegando o cheque com os dedos trêmulos. – Obrigada.

Ela não teve dificuldade para enlaçar o pai e encharcar a camisa dele de lágrimas. Abraçar a mãe foi mais difícil. Assim que Carolyn botou os braços em volta dela, a mãe ficou tensa e virou o rosto. Magoada, Carolyn percebeu a indireta e se afastou. Os olhos da mãe se encheram de dor. Ela segurou a mão de Carolyn e deu-lhe um tapinha.

– Vai dar tudo certo.

Carolyn não perdeu tempo. Foi procurar os Zeigler, donos da casa da qual ela tinha gostado, e perguntou se eles estavam interessados em vendê-la. Ela esperava resistência, mas eles a surpreenderam e concordaram. Estavam pensando em vendê-la havia mais de um ano.

– Nossa filha quer que a gente volte para Ohio para viver com a família dela. Ela tem uma casa grande, na beira de um lago, com uma casinha para os avós.

Tudo aconteceu muito rápido. A sra. Zeigler ligou para Carolyn e perguntou se ela queria comprar alguns móveis da casa.

– Não teremos espaço para a maior parte das nossas coisas.

A única coisa que eles queriam levar para o leste era a mobília do quarto deles, presente que se deram no quadragésimo aniversário de casamento. Carolyn comprou o sofá, as poltronas, as estantes, a mesa de jantar e as cadeiras, além de uma grande mesa de centro de mogno, duas luminárias de chão, a tela de bronze da lareira e os utensílios da cozinha. Com o dinheiro da venda de outra casa, procurou alguma coisa especial para May Flower Dawn. Comprou uma cama de casal francesa com dossel, uma cômoda branca, uma escrivaninha e duas mesinhas de cabeceira iguais.

Carolyn usou todo seu tempo livre para arrumar a casa para May Flower Dawn. Lavou e pintou as paredes, botou cortinas novas, mandou calafetar o assoalho da sala de estar e comprou uma imitação de tapete persa. Nos quartos, colocou carpete. A mãe dissera quais eram as cores preferidas de May Flower Dawn, então Carolyn pintou as paredes do quarto da filha de rosa com um barrado branco, comprou lençóis e cobertores rosa e um conjunto de edredom, colcha e almofadas roxas. Pendurou cortinas de renda branca e comprou uma nova Barbie e um novo Ken, com meia dúzia de roupas diferentes.

Carolyn trabalhou todas as noites até bem tarde, pois queria que tudo ficasse perfeito antes que a filha se mudasse para lá. No fim do primeiro mês como proprietária da casa, estava tudo pronto.

– Está tudo pronto, mãe. Quero tornar as coisas mais fáceis para vocês duas. Você quer trazer May Flower Dawn ou prefere que eu vá buscá-la?

– Seu pai e eu vamos levá-la. Queremos ver o que você fez na casa.

Quando os pais chegaram, Carolyn ficou observando o rosto da filha, esperando ver algum sinal de prazer. May Flower Dawn parecia assustada. Agarrou a mão da avó e evitou olhar para Carolyn. A mãe tinha um sorriso forçado pregado no rosto. Falava com a voz animada demais, dizendo que a casa onde Dawn ia morar era linda.

– Que quarto bonito! Sua mãe pintou com suas cores preferidas, querida.

– Eu não quero morar aqui, vovó – disse May Flower Dawn em voz baixa.

– Essa é sua casa agora, Dawn.

– Eu quero ficar com você e com o vovô.

Cada palavra era como uma facada no coração de Carolyn. O sofrimento da mãe era evidente. O pai parecia triste e um pouco irritado.

– É melhor a gente ir, Hildie. Agora.

– Dê-me só mais um minuto com ela.

Carolyn teve vontade de gritar: *Vocês ficaram com ela durante cinco anos, e eu lhes dei semanas para prepará-la!* Abafando a dor e a raiva, ela deixou as duas sozinhas e saiu da casa com o pai. Ele se virou para trás e olhou na direção da propriedade.

– Não espere que a Dawn se acostume da noite para o dia, Carolyn. Ela procurou ser justa.

– Acho que vai ser difícil para a mamãe também.

– Você nem faz ideia.

A mãe saiu sozinha, com os olhos marejados de lágrimas.

— Se precisar de nós, é só ligar.

Ela entrou rapidamente no carro e cobriu o rosto, com os ombros tremendo. Carolyn ficou vendo o carro se afastar e depois entrou na casa. Encontrou May Flower Dawn encolhida e chorando em sua nova cama.

Carolyn se sentou na beirada e pôs a mão no ombro da filha.

— Eu também amo você, sabia?

— Por que eu não posso morar com a vovó e o vovô?

— Porque eu sou a sua mãe. O seu lugar é aqui comigo.

Ela olhou para Carolyn com os olhos vermelhos e o rosto molhado de lágrimas.

— Você nunca me quis antes.

Carolyn deu um suspiro sofrido.

— Isso não é verdade, May Flower Dawn. Eu sempre quis você, desde o primeiro momento, quando soube que você estava a caminho. Tudo que fiz foi por você.

Ela viu nos olhos da filha que a menina não acreditava nela.

— O meu nome é *Dawn*.

— O seu nome é May Flower Dawn Arundel. Dawn é o seu nome do meio.

O lábio da menina tremeu.

— *Mayflower* era um navio.

— O seu nome não tem nada a ver com o navio.

— O vovô disse que é um nome hippie.

Carolyn imaginou que era assim que seu pai e sua mãe entendiam. Ficou magoada com a lembrança da condenação deles.

— May... Flower... Dawn. Três palavras separadas, cada uma com um sentido precioso.

A filha piscou e olhou fixo para ela.

— Eu gosto do nome Dawn.

Será que ela devia explicar como escolhera aquele nome? Talvez fosse melhor não olhar para trás. Poderiam surgir outras perguntas, como quem era o pai dela.

— Tudo bem. Então é Dawn.

— Posso ver a vovó e o vovô?

– Claro que sim – Carolyn respondeu, procurando não demonstrar seu sofrimento. – A gente não se mudou para o outro lado da lua.

Mas nem isso fez as coisas melhorarem além de um breve tempo. Carolyn ouviu a filha chorar durante a noite. E todas as noites depois daquela. Dawn não gostava de nada que Carolyn cozinhava. Quando perguntou para a filha do que ela gostava, ela deu de ombros, e Carolyn soube que não era a comida que importava, e sim as mãos que a preparavam.

Outros problemas, mais sérios, apareceram em seguida.

Carolyn tinha de pegar Dawn na escola e ficar com ela no escritório a tarde inteira. Crianças no jardim de infância não tinham dever de casa para mantê-las ocupadas, e colorir não prendia a atenção de May Flower Dawn por muito tempo. A menina ficava solta por lá e atrapalhava. Quando sem querer derrubou uma pilha de arquivos da mesa de Ross, ele chamou Carolyn para conversar.

– Você vai ter de arrumar outro esquema com a sua filha, Carolyn. Ela não pode ficar aqui.

Carolyn se lembrou de quando tinha a idade de May Flower Dawn, chegava em casa e não tinha ninguém. Lembrou que era atraída pelas carinhosas boas-vindas de Dock e no que aquilo tinha resultado.

– Ela só precisa de mais um tempo para se adaptar, Ross.

– Não. Uma criança não pode ficar presa num escritório a tarde toda. Ela devia estar lá fora, brincando com as amigas.

Chateada, Carolyn pediu alguns dias para resolver a situação, então ligou para a avó.

– Oma, eu não sei o que fazer.

– Claro que sabe. Peça para a sua mãe ficar com ela.

– Eu estaria entregando May Flower Dawn de volta para ela.

– Não. Você estaria compartilhando sua filha com ela.

Carolyn sentiu vontade de chorar. Compartilhar? Nos últimos cinco anos, quanto tempo a mãe deixara a menina ficar com ela?

– Você não entende.

– Entendo melhor do que você pensa, Carolyn. – A avó parecia triste e cansada. – Não faça disso um cavalo de batalha.

Quando Carolyn desligou o telefone, deitou a cabeça nas mãos e chorou. Engoliu os soluços, levantou o rosto e viu May Flower Dawn parada na porta, assustada e confusa. Carolyn secou o rosto.

– Está tudo bem. Você vai ter o que queria.

Ela ergueu a bandeira branca e ligou para a mãe. Percebeu o alívio e o prazer na voz dela.

– É claro que sim! Posso pegá-la na escola. Ela fica aqui até você sair do trabalho. E pode deixá-la aqui toda vez que tiver de mostrar as casas. Vou adorar ficar com ela!

Não fazia nem um mês que ela estava com May Flower Dawn e já a perdia de novo.

A vida seguiu mais tranquila depois disso. Pelo menos a mãe e Dawn estavam felizes.

20

1977

Tinham se passado sete anos desde que Carolyn saíra de San Francisco e voltara para casa. Sete anos demolindo a antiga vida e construindo a nova. Ela esperava que ficasse mais fácil com o tempo. Esperava que as pessoas esquecessem seu passado e deixassem que ela levantasse a cabeça sem sentir olhares recriminadores sobre ela.

A cidade só tinha um banco, e Carolyn sempre via alguém que conhecia seu passado quando ia lá. Por acaso, naquele dia, essa pessoa era Thelma Martin. Ela chegou logo depois que Carolyn entrou na fila para ser atendida. Carolyn pôde sentir os olhos de Thelma fuzilando-lhe a nuca. Elas não se falavam desde que a jovem saíra do consultório de dentista. Os músculos de Carolyn se retesaram, e ela se concentrou em não olhar para trás. A mulher tinha espalhado mais veneno em Paxtown do que qualquer outra pessoa, e ainda parecia sentir muito prazer em desenterrar a história de Carolyn para quem tivesse curiosidade de ouvir.

Uma funcionária abriu mais um caixa, e Carolyn foi direto para lá para fazer o seu depósito.

– Mais alguma coisa, srta. Arundel?

Sem agradecer, Carolyn enfiou o talão de cheques na bolsa e se dirigiu rapidamente para a porta. Esbarrou em alguém que estava parado do lado de fora. O homem a ajudou a se equilibrar.

– Desculpe – ela murmurou, se afastando do alcance dele, vermelha de vergonha. – Com licença.

– Carolyn?

Constrangida, ela olhou para cima. Não tinha visto aquele desconhecido de ombros largos e cabelo ruivo pela cidade, mas ele lhe parecia familiar. Na fração de segundo em que ela olhou em seus olhos verdes, seu pulso acelerou. Ela tentou se lembrar de onde o conhecia. Será que tinha dormido com ele em Haight-Ashbury? Esperava que não, mas a lembrança daqueles dias horríveis lhe vinha à mente toda vez que ela via o olhar de condenação de Thelma Martin.

– Mitch Hastings – ele sorriu. – Lembra de mim agora? Seu irmão e eu andávamos de moto juntos, até ele comprar o Impala vermelho.

Carolyn usou o Impala até o pai dizer que não era mais seguro. Detestou ver o carro sendo rebocado e, mais ainda, as parcelas do pagamento de outro carro usado.

Ela não disse nada, então ele continuou:

– Nós jogamos futebol americano no colégio. Eu jogava na ofensiva para ele poder fazer todos aqueles touchdowns.

O sorriso dele fez Carolyn tremer estranhamente por dentro. Bastou isso para sentir vontade de fugir. Ela virou o rosto e viu Thelma Martin indo diretamente para a porta.

– Foi bom ver você de novo, Mitch. – Ela nem estendeu a mão. – Eu preciso ir.

Carolyn se desviou dele e acelerou o passo em direção ao carro.

– Espere um pouco. – Ele a alcançou com facilidade e foi caminhando a seu lado. – Por que a pressa?

– Tenho de voltar para o trabalho.

– Posso te ligar?

– Desculpe.

Ela entrou no carro. Se ele continuasse ali parado, ela iria atropelar os pés dele. Carolyn olhou rapidamente para ele quando deu marcha à ré, virou a direção e saiu do estacionamento. Espiou no retrovisor. Mitch ficou lá, com as mãos na cintura, parecendo achar graça. Então ele olhou para Thelma Martin, que tinha se aproximado e estendido a mão. Sem dúvida, ela consideraria um dever cívico avisar Mitch que ele não devia se meter com a vadia da cidade.

O telefone tocou poucos minutos depois que ela voltou para a imobiliária de Ross Harper. A mulher dele, Candace, atendeu.

– Sim, ela está. Acabou de chegar. Um momento, por favor. – E sorriu para Carolyn. – Ligação para você na linha dois. Ele tem uma bela voz.

– Carolyn Arundel. Em que posso ajudar?

– Você pode ir comigo ao reencontro da turma da escola hoje à noite – disse Mitch Hastings, sem perder tempo.

Ela não conseguia imaginar nada pior do que uma reunião da turma da escola de Paxtown – de qualquer ano.

– Não, obrigada.

– Eu sei que está em cima da hora. Se eu soubesse que você tinha voltado para a cidade, teria falado com você antes. – Ele deu uma risadinha. – O nosso encontro foi muito providencial.

Era óbvio que Thelma tinha enchido os ouvidos dele contando sobre o passado dela. Ele não era o primeiro afoito para sair com ela e ver até onde chegariam num primeiro encontro. Por isso ela nunca saía com ninguém.

– Eu não era da sua turma.

– Já terminamos o colégio. A diferença de idade não importa mais.

O que ele queria dizer? Que ela era uma criança quando se apaixonou por ele?

– Procure outra pessoa – ela disse e desligou o telefone.

Carolyn foi pegar May Flower Dawn naquela tarde, e sua mãe lhe contou que Mitch Hastings tinha aparecido por lá.

– Foi um colírio para olhos cansados. Eu não via o Mitch há anos – ela disse, parecendo satisfeita e curiosa. – Ele disse que viu você na cidade.

– A gente se encontrou por acaso.

– Ele contou que trabalha com planejamento financeiro?

– A gente conversou por uns dois segundos, mãe. Eu tinha de voltar para o trabalho.

– Ele contou histórias do Charlie para a Dawn e nos fez dar risada. Ele tem uma casa ao norte de Healdsburg. Alexander Valley, acho que foi o que ele disse. Está na cidade para ir a um reencontro da turma da escola. Ele disse que convidou você, mas você não quis. Se mudar de ideia, ele deixou o telefone. Está hospedado no Hotel Paxtown. Nós podemos ficar com a Dawn esta noite...

– Não, obrigada.

– Eu sempre gostei do Mitch. Ele é um jovem muito honesto, Carolyn. Por que você não vai? Você só trabalha... Não faria mal nenhum se divertir de vez em quando.

Carolyn teve de morder a língua para não contar para a mãe que Thelma Martin tinha chegado primeiro e envenenado a água. E como é que alguém poderia saber quem era Mitch Hastings? A mãe tinha acabado de dizer que não o via há anos. Carolyn não se sentia segura com o que ele havia provocado nela em menos de um minuto.

– Eu não preciso de mais problemas na vida.

Ela preferia a solidão a se sentir usada. Alguns amigos do irmão dela ainda moravam no vale. Quando eles a procuravam, sem mais nem menos, ela sabia o que era. Dava para ouvir no tom sedutor que usavam, como prometiam um programa divertido. A recusa não mudava a reputação dela. Que homem quer reconhecer que seu convite foi recusado? Era melhor sorrir e deixar as pessoas pensarem que as coisas eram exatamente como Thelma Martin esperava que fossem. Ela não saía com ninguém. Não confiava em si mesma quando o assunto eram homens. Bastava olhar para trás. Para que abrir a porta para mais sofrimento?

Mitch ligou para o escritório de novo na segunda-feira.

– Que tal um almoço?

– Pensei que você tinha vindo só para o reencontro.

– Resolvi ficar mais alguns dias.

O corpo de Carolyn reagiu ao calor da voz dele, e ela ficou ainda mais ressabiada.

– Bom, então divirta-se. Estou ocupada.

– Você tem de parar para comer em algum momento.

— Eu trouxe um sanduíche.

Ross se virou para ela com as sobrancelhas arqueadas. Felizmente o telefone tocou em outra linha e ele teve de atender. Candace tinha saído e não estava por perto para ajudar.

Mitch pigarreou baixinho.

— Eu fiz ou disse alguma coisa que ofendeu você, Carolyn?

— Não. Não é isso.

Outra linha começou a tocar e Ross olhou para ela.

— Desculpe, mas o outro telefone está tocando. Não posso conversar.

Ela desligou e torceu para ele ter entendido a indireta para deixá-la em paz.

Era alguém que queria ver uma casa em Paxtown Heights.

— Posso lhe mostrar a propriedade agora, se quiser.

Carolyn anotou o endereço do possível comprador, pegou as chaves e saiu. Só voltou no meio da tarde.

Ross meneou a cabeça para a mesa dela.

— Mitch Hastings ligou de novo. Ele quer ver uma casa na Foothill Road.

Ela jogou a bolsa na gaveta de baixo da mesa e fechou-a com um chute.

— Por que você não mostra para ele?

Ross deu um sorriso largo, como se soubesse de tudo.

— Ele não pediu para mim.

— Ele não está interessado em comprar essa casa, Ross. Já tem uma em algum lugar de Sonoma.

Ross recostou-se na cadeira giratória.

— E daí?

Candace resolveu entrar na conversa.

— Tem gente que compra mais de uma casa.

— Quem não arrisca não petisca — sorriu Ross. — Fale com ele.

Furiosa, Carolyn tirou a bolsa da gaveta e saiu de novo. A caminho do hotel, tentou ensaiar o que diria. Com o coração aos pulos, esperou enquanto o recepcionista ligava para ele.

— Tem uma senhora na recepção, sr. Hastings. — O homem ficou escutando e desligou. — Ele disse que já vai descer.

Quando Mitch apareceu, Carolyn abriu a boca para falar, mas ele pôs a mão nas costas dela e a levou para o restaurante do hotel, não para a porta da frente. Carolyn parou.

— Disseram que você queria ver uma casa na Foothill.

— Ross disse que você não teve tempo de comer antes de sair para mostrar a outra casa mais cedo.

— Não estou com fome.

— Está sim. O seu estômago acabou de roncar.

O maître parecia estar à espera deles.

— Por aqui.

E levou os dois para uma mesa pequena e reservada, com vista para o jardim.

Mitch puxou a cadeira para ela.

— Podemos conversar durante o almoço.

Carolyn não podia recusar sem provocar uma cena. Ela aceitou o cardápio que o maître lhe ofereceu e fingiu que o lia.

— O que você quer saber sobre a casa?

— Dê um tempo.

Nervosa demais para comer, Carolyn pediu uma salada. Mitch pediu um bife. As mãos dela começaram a transpirar quando ele olhou para ela com aqueles olhos verdes brilhantes. Carolyn percebeu que era hora de estabelecer as regras básicas.

— Eu não saio com clientes.

— Não tem problema.

— E não gosto de brincadeiras.

— Não estou brincando. Não pude pensar em nenhum outro jeito de fazer com que você se encontrasse comigo.

— Talvez você não se interessasse tanto se soubesse dos fatos.

— Então me conte.

Muito bem. Melhor agora do que mais tarde, quando o sofrimento seria maior.

— Enquanto o Charlie era o herói no Vietnã, eu estava queimando sutiã, fumando maconha e participando de manifestações contra a guerra em Berkeley, que não adiantaram nada, aliás. No dia em que meus pais receberam a notícia de que o Charlie tinha morrido em combate, eu parti para Haight-Ashbury. Sabe tudo que você já ouviu dizer que acontece lá? Pois bem, eu fiz tudo isso. Nem lembro com quantos caras fui para a cama. Estava chapada demais para me importar. Quando a minha melhor amiga morreu de overdose de heroína, abandonei a comunidade e fui viver no Parque Golden Gate. Dormia em banheiros públicos, bancos de parque e embaixo de arbustos. Comia restos de comida que encontrava nas latas de lixo. Você conheceu a minha filha, May Flower Dawn. Sabe como ela foi concebida? Fazia frio uma noite. Um desconhecido se ofereceu para dividir o saco de dormir. A minha filha é a única coisa na minha vida da qual eu *não* me arrependo.

Ela botou o guardanapo em cima da mesa.

Mitch segurou seu pulso antes que ela pudesse se levantar.

– Isso é passado, Carolyn. Nós todos sentimos remorso de muitas coisas.

– Remorso? É esse o nome que você dá para isso? Me largue!

– Só se você me der o mesmo tempo que teve.

Carolyn prendeu a respiração, com medo de que ele sentisse seu coração batendo no pulso.

– Por favor, me solte.

Ele afrouxou a pegada e ela livrou o braço.

Mitch curvou a boca em uma expressão carinhosa.

– Por favor, não fuja.

Ele resumiu a vida dele em menos de dois minutos. Depois que uma pequena lesão no futebol o condenou ao banco de reservas, ele largou a faculdade e se alistou no corpo de fuzileiros navais.

– Talvez o Charlie tenha imitado a minha ideia. Nenhum de nós sabia o que queria da vida, só que queríamos *mais*. Cansei de ficar bebendo cerveja, paquerando as meninas e jogando futebol.

Mitch achou que defender uma causa daria sentido à sua vida. E deu, por um tempo.

– Eu estava no meio do mato quando mataram o Charlie em Hue. Prestei serviço mais duas vezes na guerra, então abandonei a vida militar e voltei para a faculdade. Terminei o curso de administração na estadual de Ohio e encontrei um bom emprego em Miami.

Quando o pai e a madrasta dele morreram num acidente de carro em Key West, ele herdou a casa deles em Vero Beach.

– Vendi a casa, investi o dinheiro e viajei de moto para conhecer a América.

Carolyn se acalmou e conseguiu comer.

– Por que voltou para a Califórnia?

Ele ficou olhando para ela um longo tempo, como se estivesse pensando no que deveria responder.

– No fundo, sou um californiano. Todos os outros lugares me pareceram domesticados demais. Healdsburg me fez lembrar de Paxtown vinte anos atrás. Comprei uma casa em um sítio de vinte acres em Alexander Valley, plantei um vinhedo e fui trabalhar numa firma de consultoria financeira. – Ele deu risada. – Eles ficaram impressionados com o meu portfólio.

No dia em que chegou a Paxtown, Mitch foi visitar o túmulo de Charlie. Depois disso ele falou de Charlie, de como tinham se divertido passeando de moto, fazendo caminhadas nas montanhas, jogando futebol, passeando de carro pela rua principal e buzinando para as meninas. Ele fez Carolyn rir, coisa que ela não fazia há muito tempo.

O olhar dele acariciou o rosto dela. Carolyn procurou ignorar aquela forte atração. Ele sorriu como se soubesse exatamente o que ela estava sentindo. Com o coração acelerado, ela consultou o relógio. Levou um susto e empurrou a cadeira para trás.

– Eu tenho um compromisso. – Ela pegou a bolsa. – Desculpe sair assim, logo depois de comer, Mitch. Obrigada pelo almoço e pela viagem no tempo para dias mais inocentes.

– Espere. – Mitch assinou o cheque às pressas e se levantou. – Vou com você até o carro. – Ele segurou a mão dela quando saíram do hotel. – Que tal jantar e ver um filme hoje à noite?

Carolyn soltou a mão.

– Não posso.

– May Flower Dawn será muito bem-vinda.

Ela se atrapalhou com a chave na porta do carro.

– Foi muito bom, Mitch, mas...

Ele a fez se virar de frente para ele.

– Olhe para mim, Carolyn.

Ela viu a força no rosto dele, o homem seguro que tinha se tornado. Mais uma vez ficou abalada com a atração que havia entre os dois.

– Você perguntou o que me trouxe de volta para a Califórnia. Foi *você*. Sou apaixonado por você desde os quinze anos. – Ele riu dele mesmo. – Você tinha onze. Na época o Charlie não sabia de nada. Ele só descobriu quando você estava na nona série. Matei aula só para poder ficar com você na sala de estudos.

– Mitch...

Ele passou os dedos no cabelo de Carolyn, sem parar de olhar bem dentro de seus olhos.

– O fato é que isso nunca mudou. Fui para Ohio achando que era o fim, que nunca mais te veria. E então resolvi voltar para saber o que tinha acontecido com você.

Ele inclinou o rosto para baixo e Carolyn pensou que ele ia beijá-la. Ela prendeu a respiração, mas Mitch parou bem perto dela.

– Só jantar. Está bem? É tudo que eu peço. – A respiração dele acariciou seu rosto. – Diga que sim.

– Sim.

– Graças a Deus.

Ele passou a mão no rosto dela, desceu para o pescoço, o ombro, e por fim a soltou. Sorriu e seus olhos brilharam com ternura.

– Vamos em algum lugar tranquilo, onde possamos conversar.

– Por que você não vai até a minha casa? Eu posso preparar o jantar.

Assim que as palavras escaparam, Carolyn não acreditou que tinha sugerido aquilo. O que ela estava pensando? Pior, o que ele iria pensar?

– Perfeito. Que horas?

Fora retirar o convite, o que ela poderia dizer agora?

– Seis e meia?

Ele abriu a porta do carro para ela.

– Combinado. Estarei lá.

Ela chegou a tempo para o compromisso. Quando foi buscar May Flower Dawn, a mãe perguntou se queria uma xícara de chá antes de ir para casa. E ficou surpresa e satisfeita quando Carolyn aceitou. Carolyn sempre tivera dificuldade para conversar com a mãe, mas hoje estava com vontade de experimentar. As duas se sentaram na sala de estar enquanto May Flower recolhia suas Barbies e as guardava no quarto. Ela nunca havia nem tocado nas bonecas que Carolyn comprara.

— Você teve notícias do Mitch? — a mãe perguntou, bebendo um gole de chá.

— Ele ligou para o escritório e pediu que eu lhe mostrasse uma casa.

— Ele tem planos de voltar para Paxtown?

— Não. Foi um sequestro.

A mãe deu risada.

— Acho que ele é um homem que não aceita não como resposta.

Um ar de preocupação passou na expressão da mãe, e Carolyn imaginou o que ela poderia estar pensando. Não queria dar à mãe nenhuma impressão errada.

— Conversamos muito sobre o Charlie. Eu o convidei para jantar hoje à noite.

— Por que não deixa a Dawn passar a noite aqui?

— Não quero passar uma impressão errada para o Mitch.

A mãe pôs a xícara na mesa de centro e olhou para a filha.

— Tenho certeza que as intenções dele são honradas, Carolyn. Se não forem, você pode dizer não.

Carolyn não se conteve e riu.

— *Honradas*. Eu não sei mais o que isso significa.

A mãe franziu a testa, claramente confusa.

— Ele era o melhor amigo do Charlie, Carolyn. Sente falta do seu irmão. Deve querer apenas uma noite tranquila para conversar com alguém que o amou da mesma forma.

Se ao menos fosse só isso... Ela não queria falar demais e deixar a mãe especulando sobre o que eles estariam fazendo, além de conversar sobre Charlie.

A mãe deu uma risadinha e bebeu mais chá.

— A Dawn estava me dizendo minutos atrás que gostaria de experimentar ir de ônibus para a escola só uma vez. Se ficasse aqui hoje à noite, ela poderia ir para a escola de ônibus amanhã.

— Eu não sei, mãe.

— Por favor! — pediu May Flower Dawn do hall de entrada.

A filha raramente pedia alguma coisa para ela. Como Carolyn poderia negar?

Sozinha em casa, Carolyn resolveu desmarcar o jantar. Telefonou para o Hotel Paxtown e pediu para ligarem para o quarto de Mitch. O telefone tocou dez vezes, então o funcionário disse que sentia muito, mas que o sr. Hastings ia ficar fora a tarde toda. Em pânico, Carolyn vasculhou a geladeira à procura do que fazer para o jantar. Preparou um bolo de carne, pôs duas batatas para cozinhar e fez uma salada mista. Tinha acabado de botar a mesa quando ouviu o barulho de uma motocicleta na rua. O coração disparou. Teria entrado em órbita como um foguete, se não estivesse preso no peito.

A campainha soou. Carolyn secou o suor das mãos, botou um sorriso no rosto e abriu a porta.

– Oi, Mitch, entre.

A voz dela pareceu animada demais, pueril até. Mitch estava muito bonito, de jaqueta preta de couro, camisa esporte azul, cinto de couro preto, calça jeans e botas. Em uma das mãos, segurava uma garrafa de vinho tinto e, na outra, um buquê de lírios. Carolyn engoliu em seco, nervosa, abriu mais a porta e gesticulou para que ele entrasse.

– Posso pegar a sua jaqueta?
– É melhor pegar o vinho e as flores primeiro.

Ela corou.

– Claro.

Assim que ficou com as mãos livres, Mitch tirou a jaqueta, jogou-a no sofá e seguiu Carolyn até a cozinha.

– O cheiro está bom.
– Está? – Ela descreveu o cardápio. – Sinto muito, não é nada sofisticado.
– Tem um saca-rolhas aí? Eu abro o vinho.

Ela procurou na gaveta de talheres e achou um abridor de latas com saca-rolhas.

– Aqui está.

Ele encostou os dedos nos dela, e Carolyn deixou o saca-rolhas cair.

– Desculpe.

Ela se abaixou para pegá-lo e o colocou sobre a bancada. Será que ele precisava ficar olhando para ela daquele jeito? O coração continuava aos pulos. Ela arrumou os lírios num vaso e o levou para a sala de estar. Pegou uma taça de vinho do pequeno armário de louça e a colocou na mesa.

– Uma taça só?

– Eu sou uma alcoólica em recuperação. Uma ex-doidona.

Ele fez uma careta.

– Sinto muito.

– Vou tentar não babar enquanto você bebe.

Carolyn quis que fosse uma brincadeira, mas as palavras soaram vazias.

– O jantar só vai ficar pronto daqui a quarenta e cinco minutos. Vamos para a sala de estar? – e apontou para o sofá onde Mitch tinha deixado a jaqueta.

Ele se sentou e ficou olhando para ela. Tensa, Carolyn pegou a jaqueta de couro e ficou pensando no que iria fazer com ela. Devia pendurá-la, mas não tinha cabide na entrada. Pensou em guardá-la no quarto, mas descartou a ideia. Por fim desistiu e a deixou dobrada no sofá mesmo.

Então se sentou em uma das poltronas, com as costas retas e as mãos juntas no colo.

– Bom, sobre o que vamos conversar?

– Quer me dizer por que você está tão nervosa?

– Nunca convidei um homem para jantar antes – e alisou a saia sobre os joelhos. – Você quer falar do Charlie?

– May Flower Dawn vai jantar conosco?

– Não. Ela vai passar a noite na casa dos meus pais.

Ela sentiu o rosto se incendiar até a raiz dos cabelos, imaginando como ele interpretaria a notícia.

– Não foi ideia minha.

Ele curvou a boca, decepcionado.

– Tenho certeza que não foi. Aposto que foi você que ligou para o meu quarto hoje à tarde, querendo cancelar o jantar.

Então ele estava lá.

– Por que você não atendeu?

– O que você acha?

O olhar dele não deixou nenhum espaço para especulações. Passaram-se imagens na cabeça dela de outros homens que a desejaram. Dock foi o primeiro. Conforme ela procurou escapar das lembranças dele, Ash saiu do fundo do poço, lindo, carismático, em pleno poder. Mais sofrimento. Mais vergonha. Com quantos mais ela tinha ido para a cama, homens que desejavam seu corpo, mas que não davam a mínima para ela? Ela tinha se tornado a terra arrasada depois do furacão, o lixo trazido pelo mar, as árvores partidas, as casas destruídas. E agora Mitch Hastings, o melhor amigo de Charlie, estava ali, sentado num sofá de segunda mão, com os olhos cheios de um fogo envolvente, perguntando o que ela achava.

Carolyn pôs as mãos nos braços da poltrona e se levantou.

– Não sou uma boa anfitriã. Nem lembrei de oferecer alguma coisa para você beber. Tenho Coca, Seven Up, chá gelado, limonada e água de poço. Ou o vinho que você trouxe.

– Não quero nada, obrigado.

Ela se afundou na poltrona de novo. E agora? Pensou desesperadamente em alguma coisa para dizer. Vasculhou a escuridão e saiu de mãos vazias. Por sorte, Mitch a socorreu.

– Você falou do Charlie. Nós trocamos cartas depois que terminamos o colégio e mantivemos a correspondência quando entramos na marinha. Ele escreveu sobre você.

– Aposto que sim.

– Ele te amava, Carolyn. E se preocupava com você.

Ela apoiou as costas na poltrona e ergueu um ombro.

– A irmã burra e ferrada que virou hippie. – Mais um motivo de sofrimento. – Meus pais disseram que ele ficou com vergonha de mim.

– Ele nunca me disse que tinha vergonha de você. Disse que você estava tentando fazer a guerra parar. Que você queria ser a salvadora dele. Ele se preocupava com o seu relacionamento com Rachel Altman. Parecia que ela exercia muita influência sobre você.

Carolyn se irritou.

– Charlie só esteve com ela uma vez.

– É, e foi esse único encontro que o deixou preocupado. Ela foi ao quarto dele no meio da noite.

Carolyn enrubesceu.

– Eu sei. Ela me contou depois.

— Ele se martirizou pelo que aconteceu. Disse que ela era um caso perdido e que ele se aproveitou disso.

Carolyn riu baixinho.

— Eu acho que foi ao contrário, Mitch.

— Seja como for, o Charlie gostava dela. Muito. Disse que havia alguma coisa nela...

— A Chel era como um canto de sereia.

Assim como Janis Joplin, ídolo dela, que morreu de overdose menos de um ano depois dela.

— Eles também se corresponderam. Ele planejava procurá-la quando voltasse para casa.

— Ah, é?

E agora os dois estavam mortos. Ela quis que Mitch soubesse dos fatos como eles realmente aconteceram.

— Ninguém pode culpar a Chel pelo que eu fiz, Mitch. Algumas pessoas nascem assim, outras descobrem algum modo de estragar a própria vida. É a única coisa em que sou boa.

— Você reconstruiu a sua vida, Carolyn. É preciso coragem para fazer isso.

Mitch levou habilidosamente a conversa para outros rumos, transformando o corriqueiro em assuntos interessantes. Ela perguntou sobre as viagens dele. Ele falou da travessia do país em sua Harley, de pessoas interessantes que conhecera em restaurantes simples e acampamentos e das paisagens dos lugares. Carolyn se acalmou e gostou de ouvi-lo falar. O timer tocou na cozinha e ela botou o jantar na mesa. Serviu uma taça de vinho para ele e colocou a garrafa sobre a mesa antes de se sentar de frente para ele. Ele perguntou se podia dar graças. Surpresa, Carolyn disse que sim e, quando ele terminou, perguntou quando é que ele tinha se tornado cristão.

— Eu sempre fui cristão, só que nunca frequentei a nossa igreja.

Ele tinha ido aos cultos de domingo por todo o país, para conhecer as diversas denominações.

— Quando você conhece o Senhor, tem amigos e família em toda parte. Nós nos reconhecemos quando nos encontramos.

Carolyn não sabia nada da igreja, mas sentia aquela mesma identificação nas reuniões do AA. As pessoas se importavam. Não usavam o jargão cristão, tinham linguagem própria e frases de efeito simples para resistir a cada dia. "Um passo de cada vez. Pense! É com calma que se faz. Deixe tudo para trás e aceite Deus." Ela sentia a presença de Jesus lá. Ninguém olhava para ela do alto do púlpito nem dizia que ela não era bem-vinda. Podia dizer "Meu nome é Carolyn e sou uma alcoólica" e ouvir "Bem-vinda, Carolyn", em vez de ser enxotada porta afora e avisada para nunca mais voltar até ter provas de seu arrependimento. Ela teria desmoronado muito tempo atrás se não tivesse encontrado um local de reuniões por perto.

Mitch comeu dando mostras de que estava gostando.

– Como era lá em Haight-Ashbury?

Ela falou da maconha e do álcool, das festas constantes, da confusão, da angústia. Falou de Woodstock e da longa e assustadora viagem de volta para casa, com Chel ainda muito doida no banco de trás do carro. Contou sobre Ash e sua filosofia, mas omitiu as experiências sexuais sob efeito de drogas e os estupros. Algumas coisas só deveriam ser compartilhadas com Deus e com seu irmão morto.

– Você se apaixonou por ele?

O que ela sentiu por Ash não podia ser chamado de amor.

– Não. Eu vi quem ele realmente era no dia em que a Chel morreu. De certa forma, a morte dela me libertou.

– Mas você ainda não se livrou de tudo, não é? – Os olhos dele se encheram de compaixão. – Ainda carrega um monte de culpa e vergonha.

Carolyn se levantou e começou a tirar a mesa. Mitch a ajudou e insistiu para lavar a louça. Ela secou e guardou tudo. Pensou que ele ia embora, mas ele disse que adoraria tomar um café. Ela pediu desculpas por não ter feito sobremesa. Tinha esquecido. Não tinha nem sorvete ou biscoitos para oferecer.

Ele deu um sorriso de orelha a orelha.

– Podemos dar uma volta na minha Harley. Tem uma sorveteria na Walnut Creek.

Ela se imaginou sentada atrás dele naquela motocicleta poderosa, com o corpo grudado no dele, abraçada na cintura dele, segurando-o firme.

– Acho que não.

Ela encheu duas canecas de café e levou-as para a sala de estar. Fez mais perguntas sobre as viagens, as igrejas que ele conhecera e os pastores. Mitch riu.

– Ah, sim, tinha alguns que viam a minha Harley e a minha jaqueta de couro e tentavam trancar a porta, mas em geral eu era bem recebido.

Então olhou para o relógio sobre a lareira.

– Está ficando tarde. É melhor eu ir.

Carolyn se levantou, espantada com a rapidez com que as horas tinham se passado. Será que ele acharia que ela era ousada demais se o convidasse para jantar de novo?

– Quando é que você volta para Healdsburg?

– Amanhã de manhã.

– Ah. – Carolyn sentiu uma ardência de lágrimas nos olhos, um sentimento de perda. – Bom, foi maravilhoso rever você, Mitch.

– Obrigado pelo jantar. Foi uma noite ótima. – Ele sorriu para ela e vestiu a jaqueta preta. – Eu vou voltar, Carolyn.

Aliviada, ela o acompanhou até a porta e lembrou que ele dissera que nunca tinha conseguido esquecer a paixão por ela. Mesmo se isso tivesse mudado, ela sabia que tinha um amigo.

Mitch pôs a mão na maçaneta, começou a girá-la, mas parou. Virou-se para Carolyn, parecendo indeciso.

– Você se importaria se eu fizesse uma coisa com a qual eu sonho há anos?

– O quê?

– Beijar você.

Carolyn ficou sem fala, mas não se mexeu. Ele levantou a mão timidamente, dando a ela a oportunidade de dizer não. Segurou o rosto dela e abaixou a cabeça devagar, ainda dando-lhe tempo para decidir. Ela prendeu a respiração. Quando ele a beijou, uma onda de sensações invadiu seu corpo. Ele levantou a cabeça e olhou nos olhos dela.

– Gostoso.

Mitch a beijou mais uma vez. Ela chegou mais perto e enfiou as mãos por dentro da jaqueta de couro. Ele deu um gemido suave, então a abraçou e a fez se encaixar nele. Carolyn não precisou adivinhar se ele também estava mexido. O corpo dela ficou quente.

Ela não sabia calcular quanto tempo os dois ficaram assim, com os corpos desejando chegar ainda mais perto, mas não queria que Mitch parasse.

Por fim, ele se afastou um pouco.

– Melhor do que qualquer fantasia que eu já tive – e deu uma risada rouca, beijando embaixo da orelha de Carolyn. – É bom saber que o seu coração está batendo tão rápido quanto o meu.

A respiração dele provocou arrepios em toda sua coluna. Ele passou as mãos nas costas dela, e ela instintivamente curvou o corpo na direção dele. Ele a afastou.

– Preciso sair daqui.

Dessa vez, ele abriu a porta.

– Mitch... – Carolyn não precisava dizer mais nada.

– Se eu ficar, não vou parar. E aí você vai ficar pensando. Não quero que você fique se questionando ou tenha qualquer arrependimento depois que nos casarmos.

E saiu.

Carolyn foi até a varanda.

– O que você disse?

– Você ouviu. – Ele deu um sorriso de orelha a orelha antes de pôr o capacete. – Ligo para você amanhã.

Mitch subiu na moto e deu partida com o pé.

Ele já tinha dado partida no coração dela, que rugia muito mais alto do que o motor da Harley.

21

Mitch ligava todas as noites, logo depois que May Flower Dawn ia para a cama. Às vezes, os dois conversavam até depois da meia-noite. Ele voltava todo fim de semana, de carro, não na Harley, para poder incluir a filha dela nos passeios de sábado. Mitch descobria atividades de que todos gostavam. Uma caminhada nas montanhas, um passeio até San Francisco para visitar o Aquário Steinhart, andar a cavalo, ver um jogo de beisebol. Carolyn sempre se oferecia para preparar o jantar na sexta à noite, mas Mitch dizia que seria mais seguro se fossem a um restaurante.

— Num lugar público, sou obrigado a manter as mãos longe de você.

Ele assistia ao culto na igreja de Walnut Creek e sempre convidava Carolyn. Ela recusava, explicando que tinha uma congregação própria. Ela frequentava as reuniões do AA toda quarta-feira à noite e lia a Bíblia dada por Oma há anos. Os domingos eram seu dia de descanso, e descansar significava ficar em casa, trabalhar no jardim, enquanto toda a família dela ia à igreja, inclusive May Flower Dawn.

— Alguém magoou você de verdade, não foi?

Ela deu de ombros. Para que contar a ele do pastor que conhecia desde pequena e que disse que ela não prestava para entrar na casa de Deus? Para que contar que Thelma Martin ainda era diaconisa e que o reverendo Elias ainda governava do alto de seu púlpito? Que direito tinha ela de julgar?

Certo dia, Mitch convidou Carolyn e May Flower Dawn para passar um fim de semana com ele em Alexander Valley. Ela aceitou. Com um mapa, uma pequena mala para ela e outra para May Flower Dawn, Carolyn dirigiu até lá.

Ela estava preparada para ver uma boa casa de sítio e um parreiral, mas ficou boquiaberta quando entrou no caminho pavimentado de pedras e viu a mansão em estilo espanhol ao fundo. Mitch saiu para recebê-las. Abriu a porta do carro, ajudou Carolyn a descer, beijou-a e depois franziu o cenho.

– O que foi?

– Isso – ela apontou.

Dawn estava parada, de boca aberta.

– Você mora aqui?

– Moro. Venham. Vou mostrar para vocês.

E segurou a mão de Carolyn.

A casa dela inteira caberia na sala de estar. A suíte principal não era muito menor. Havia ainda outra sala de estar, mais formal, quatro quartos com banheiro privativo, uma cozinha que causaria inveja a um chef profissional e um solário com portas francesas que se abriam para um pátio cercado de treliça, com vista para jardins suspensos, uma piscina e um gazebo. Carolyn avistou dois jardineiros trabalhando, sem dúvida empregados em tempo integral. Soube que ele tinha quatro empregados fixos que trabalhavam na plantação e outros mais na vinícola.

– Podemos dar uma olhada na operação mais tarde, se vocês quiserem.

Carolyn disse para ele não se preocupar; já tinha visto o bastante. Ele as levou para dentro da casa e perguntou se Dawn gostaria de jogar videogame na sala de estar.

– Você tem videogames!

Mitch se sentou com Dawn até que ela aprendesse a operar a máquina para jogar, depois a deixou sozinha. Carolyn estava na cozinha, admirando os brilhantes utensílios de aço inoxidável. Então Mitch tocou no braço dela.

– Quer uma Coca? Uma limonada? – e deu um sorriso maroto. – Água de poço?

– Neste momento, eu escolheria um copo grande de uísque puro.

Ela se sentou num banco de camurça e examinou as maravilhosas bancadas de granito, os armários de cerejeira feitos sob medida, a cerâmica mexicana do piso.

– Eu te disse que tinha me dado bem com os investimentos, Carolyn.

– Uma avaliação um tanto quanto por baixo, eu diria. Tem certeza que não tem uma mulher e doze filhos escondidos por aí, em algum lugar? Aqui tem bastante espaço.

– Só quatro quartos.

Sem contar os aposentos das empregadas, completos, com sala e cozinha. Carolyn não sabia o que dizer.

Ele sorriu para ela enquanto punha um copo alto de limonada à sua frente.

– Eu quero ter uma família. Costumo planejar com bastante antecedência. E sempre desejei apenas uma mulher: você. – O olhar dele ficou mais terno. – Nós vamos fazer lindos bebês juntos, e vamos nos divertir fazendo isso.

Combatendo o calor que ele provocava nela com tanta facilidade, Carolyn balançou a cabeça.

– Eu não sei, Mitch. Não tenho a sua segurança.

– Tem sim. – Ele deu a volta no balcão, fez o banquinho dela girar e segurou seu rosto. – Você sabia antes de eu te trazer até aqui. – E a beijou com firmeza. – Não vou deixar você perder a coragem.

1978

Eles se falavam todas as noites e se viam todo fim de semana havia seis meses. Finalmente, em uma noite em maio, Mitch disse a Dawn no jantar que queria se casar com a mãe dela.

– O que você acha disso?

– Ela quer se casar com você?

– Acho que sim. – Ele piscou para Carolyn. – Mas ainda não pedi para ela – e olhou de novo para a menina. – Eu queria a sua permissão primeiro.

– Acho que tudo bem.

Dawn parecia estar achando a ideia divertida e certamente não imaginava como aquilo poderia mudar sua vida. Carolyn ficou pensando se deveria lhe explicar que isso significaria deixar de ver a avó e o avô com tanta constância. Elas teriam de se mudar para longe e só poderiam visitá-los de vez em quando. Será que May Flower Dawn seria tão indiferente assim se soubesse?

– Talvez seja melhor falarmos disso mais tarde – disse Carolyn, lançando um olhar de súplica para Mitch. – Só nós dois.

Mas, quando ficaram sozinhos, conversar não foi a primeira coisa que lhes veio à cabeça.

– Que bom que você trouxe a Dawn para cá.

– Nossa acompanhante está dormindo há uma hora.

Ele pôs o dedo sobre a boca de Carolyn.

– Não me tente. Vamos marcar a data, Carolyn. De quanto tempo você precisa para preparar o casamento na igreja?

Ela começou a suar frio.

– Por que não vamos a Reno?

O casamento na igreja implicaria ter algum ministro disposto a realizar a cerimônia, um vestido branco, damas de honra, flores, música, um órgão ou um piano tocando, uma congregação de testemunhas, uma recepção no salão social.

– Eu estou com pressa, Carolyn, mas não tanta assim. Toda mulher quer um belo casamento, e você terá o seu.

– Se a condição for essa, a resposta é não.

– Não? Você me ama, não ama?

– O que o amor tem a ver com isso? O que eu vestiria, Mitch? Um vestido preto? Quem ficaria ao meu lado? Você acha que os meus pais pagariam a conta do meu casamento? E quem iria querer comparecer?

Ela se esforçou para não chorar e virou de costas.

Mitch a fez se virar para ele, com os olhos cheios de sofrimento.

– Eu posso citar o nome de cem pessoas que iriam querer comparecer.

– Todos *seus* amigos.

Ninguém conhecia os amigos dela. O AA era um programa anônimo, e os participantes só se tratavam pelo primeiro nome.

– Seus também. Você tem mais amigos do que pensa. Aposto que a Candace adoraria a chance de ficar ao seu lado. A Dawn faria parte também. E quem vai arcar com as despesas sou eu.

– Não.

Ele esfregou os braços dela.

– Vamos fazer uma coisa simples, só a família e alguns amigos. Sua avó, seus pais, tios e tias, primos... Eles vão querer vir, Carolyn. Você não pode excluir as pessoas que ama. Só não vou ceder em uma coisa: quero que o meu pastor presida a cerimônia. Se você não quiser que seja numa igreja, tudo bem. Podemos fazer aqui mesmo, no gazebo. Que tal em agosto, um pouco antes das aulas da Dawn começarem? – Ele segurou os ombros dela. – O que você acha?

Quando ela levantou a cabeça para olhar para ele, soube que maio ainda era um mês de milagres. Maio, o mês em que Jesus se sentara ao lado dela no gramado do Parque Golden Gate, dissera o nome dela com ternura e a mandara para casa. Ela não sabia que estava grávida naquele momento, mas Deus sabia.

– Parece perfeito, Mitch.

Carolyn pôs a mão no peito dele e sentiu seu calor, sua força, a batida firme do seu coração. Deus lhe tinha dado um homem em quem podia confiar. Mesmo assim, ela precisou de coragem para falar.

– Eu te amo.

– Eu sei. – Ele deu um sorriso provocante. – Mas eu te amo há muito mais tempo.

– Você está recebendo a pior parte da troca, Mitch.

– Não estou, não. Nunca mais diga isso. – Ele a tocou como se ela fosse a coisa mais preciosa do mundo para ele. – Eu estou recebendo a mulher que quero. Parece que eu te amei a minha vida toda.

Ela sabia que ele estava sendo sincero.

O dia do casamento foi perfeito, ensolarado. O pai de Carolyn a entregou para Mitch enquanto a mãe e Dawn se sentaram na primeira fileira de cadeiras dobráveis. A menina não quis ser a dama de honra, por isso Carolyn não teve nenhuma. O pastor de Mitch conduziu a cerimônia diante de um grupo de amigos íntimos de Mitch e dos parentes de Carolyn. Ela ficou surpresa ao ver que todos haviam comparecido, inclusive a tia Rikka, que foi de avião de Nova York para lá, e Boots, que foi de carro de Topanga Canyon. Mitch contratou um fotógrafo profissional, que tirou fotos espontâneas e posadas. Também contratou um bufê para servir um almoço de casamento.

Oma deu um tapinha no rosto de Carolyn antes de ir embora com Hildemara e Trip.

– Você se saiu muito bem. Estou muito orgulhosa.

Mitch se abaixou para receber o beijo com que Oma o abençoou.

– Cuide bem da minha menina.

Ele prometeu que cuidaria.

Mitch já planejara a lua de mel, mas não havia contado nada a Carolyn. May Flower Dawn ia "para casa com a vovó e o vovô". Mitch fez a menina lembrar que a casa dela agora era em Alexander Valley, e que ele e a mãe dela iam pegá-la dali a dez dias. Dawn ficou menos rebelde depois disso. Mitch se despediu dos últimos convidados enquanto o pessoal do bufê arrumava tudo. Em poucas horas as cadeiras e mesas dobráveis, as toalhas, as bandejas e a louça já tinham sido postas nas vans, deixando o jardim e a casa impecáveis e silenciosos.

Mitch pegou a mão de Carolyn e a levou para a suíte principal. Ela ficou nervosa com todas as lembranças que afloraram. Ele percebeu que havia alguma coisa errada e não pressionou Carolyn. Teve calma. Mesmo assim, ele sabia que ela não tinha sentido o mesmo prazer que ele. Não perguntou nada, só a abraçou forte. Emocionalmente exausta, Carolyn adormeceu em seus braços. Ele a acordou com beijos e um café às três e meia da manhã.

– Hora de se vestir.

– Para onde vamos?

– Para o Havaí. Uma limusine vem nos pegar.

– O quê? Eu nem fiz as malas!

– A sua mãe cuidou disso. Se faltar alguma coisa, compramos quando chegarmos lá.

Querida Rosie,

 Carolyn e Mitch estão casados. Estou muito feliz por eles. O casamento foi lindo e celebrado no jardim da mansão de Mitch, em Alexander Valley. O lugar parece uma vila toscana, com ciprestes ao longo da entrada, um vinhedo nas encostas atrás da casa, magnífico paisagismo, piscina e um gazebo. Bernhard não parava de elogiar. Eu também fiquei impressionada. Lembro-me do Mitch quando ele era um ruivinho magricela, cheio de sardas, montado numa bicicleta, partindo com Charlie para aprontar alguma, e, um tempo depois, um jovem desengonçado que não tirava os olhos de Carolyn, só que ela nem percebia que ele a adorava. Ele se tornou um homem bonito, competente, seguro, um homem que sempre soube o que queria: Carolyn. O que pedi para ela em oração foi atendido. Mitch a considera uma dádiva de Deus e vai tratá-la assim.
 Carolyn pediu para May Flower Dawn ser sua dama de honra, mas a menina não quis. Ficou sentada na primeira fila, de mau humor. Hildemara não fez nada para corrigir o comportamento mal-educado da neta. Tive vontade de botar as duas no colo e dar umas boas palmadas. Dawn ficará com Hildemara e Trip até Carolyn e Mitch voltarem da lua de mel no Havaí. Hildemara entende que precisa se desapegar de May Flower Dawn. Ou diz que entende. Tenho minhas dúvidas.
 Tentei conversar com Hildemara sobre o nosso passado, mas ela interrompeu a conversa. A única coisa que posso fazer é continuar oferecendo o ramo de oliveira e torcer para que um dia ela o aceite.
 Ah, Rosie, quando olho para trás, desejo que tivesse feito as coisas de uma outra forma...

22

A mãe e o pai os receberam na volta de uma semana gloriosa no Havaí. O pai levou Mitch para a sala de estar e a mãe levou Carolyn para a cozinha. Carolyn estava preocupada.

– O que houve, mãe? Onde está Dawn?

– No quarto dela. Nós explicamos tudo, mas ela não entendeu direito – disse a mãe, oferecendo-lhe uma xícara de café ou chá. – Este é o único lar de verdade que ela conheceu.

E a casa na Avenida Vineyard?, Carolyn teve vontade de dizer. *Não valeu nada?*

– Ela não quer ir comigo. É isso que você está tentando dizer?

– Ela só tem sete anos, Carolyn.

– Ela é minha filha.

– Eu sei. Mas vai ser muito difícil para ela se adaptar a todas essas mudanças.

Os olhos vermelhos da mãe mostravam a Carolyn que a filha dela não era a única que estava tendo dificuldades.

– Sinto muito, mas acho que será melhor se formos logo para lá.

– Vocês não vão ficar nem para jantar?

– A mala dela está pronta?

May Flower Dawn se agarrou ao avô. Arrancada de perto dele e posta no banco de trás do carro, chorou uma hora sem parar. Carolyn e Mitch tentaram acalmá-la, mas não adiantou. Quando a menina finalmente adormeceu no banco do carro, Mitch segurou a mão de Carolyn.

– Dê um tempo para ela.

Mitch levou as malas para dentro. Carolyn desfez a de Dawn, pendurou os vestidos no armário e guardou o resto das roupas na cômoda. Deixou as Barbies e as roupinhas da boneca na caixa, para que Dawn arrumasse no dia seguinte. Pediu à filha que se aprontasse para dormir e ela obedeceu. Quando Carolyn a cobriu, ela começou a chorar de novo.

– Eu quero ir pra casa!

– Esta é a sua casa.

– Eu quero a *vovó*!

Com o coração partido, Carolyn se abaixou e beijou a cabeça da filha.

– Sinto muito, May Flower Dawn. Você vai ter de se contentar com a sua *mãe*.

May Flower Dawn

23

Acordada e sofrendo muito, Dawn ficou encolhida no meio da sua linda cama nova. A mãe tinha apagado a luz e fechado a porta, deixando apenas uma luz fraquinha no banheiro para desfazer a escuridão completa. Apesar de ter sete anos e meio, Dawn ficou nervosa naquele quarto grande, escuro e silencioso. Diferentemente da casinha da mãe na Avenida Vineyard, a casa de Mitch ficava no final de uma longa entrada com fileiras de ciprestes dos dois lados, longe demais da estrada para se ouvir os carros ou ver os faróis.

Dawn não queria morar naquela casa, tão longe da avó e do avô. Sua mãe não teria tempo para ela. Ela nunca mais veria as amigas da escola. A avó dissera que o avô e ela iam visitá-la em breve, mas o que isso queria dizer? Amanhã? Semana que vem?

Dawn secou as lágrimas de raiva. No início tinha gostado de Mitch, mas, agora que ele havia se casado com a mãe, não tinha mais tanta certeza.

Uma brisa suave e a luz do luar formavam sombras assustadoras do lado de fora da janela do quarto. Dawn se encolheu ainda mais embaixo do cobertor, cobriu a cabeça e chorou até dormir.

Na manhã seguinte, a mãe abriu a porta e entrou, sorrindo e animada.
– O café da manhã estará pronto daqui a pouco.
Dawn detestou ver a mãe assim tão feliz, quando ela estava desesperada.
– Não estou com fome.
– Estou fazendo bacon e waffles.
A menina cerrou o maxilar, recusando-se a ceder à tentação de seu café da manhã preferido.
– Eu não vou comer nada até você me levar pra casa.
E sentiu-se triunfante ao ver a alegria diminuir na expressão da mãe.
– Você *está* em casa, Dawn. Se quiser fazer greve de fome, tudo bem. Se quiser sair do quarto e vir comer conosco, melhor ainda. De qualquer modo, não vou forçar você a nada.
A mãe saiu do quarto e fechou a porta devagar.
Dawn ficou olhando para a porta, furiosa. Passaram-se quinze minutos e ela não voltou. A menina afastou a coberta e foi para o banheiro rosa, verde e branco. O cabelo louro parecia um esfregão sobre a cabeça. A avó costumava escová-lo todas as manhãs. Suas roupas estavam uma bagunça no chão, onde as tinha deixado. A avó teria recolhido e dobrado tudo para ela. A mãe sempre esperava que ela fizesse tudo sozinha! Provavelmente ia forçá-la a lavar os pratos também!
Dawn estava chegando à porta da cozinha e ouviu a mãe conversando.
– Uma escola cristã particular é cara demais, Mitch. Ela é minha filha. Eu não me sentiria bem se você pagasse...
– Ei, o que é meu é seu agora, lembra? Você precisa enfiar isso na cabeça, Carolyn. Somos sócios.
– Ela está numa escola pública. Não sei se a quero numa escola cristã.
– Por que não?
A mãe falou baixo demais para Dawn ouvir. Ela seguiu para a porta em arco e entrou na cozinha.
Mitch abriu um largo sorriso.
– Ora, bom dia, dorminhoca.
Dawn olhou furiosa para ele, que ergueu as sobrancelhas.
– Xi, acho que você não gosta de acordar cedo.
A mãe a estudou com calma.
– Pensei que você não estava com fome.

– Não vou comer se você não quiser. Posso voltar para o meu quarto, ficar lá e morrer de fome, se você preferir!

Mitch deu risada.

– Está se esforçando hoje, hein?

– O quê?

– Deixa para lá.

Ele se levantou, puxou uma cadeira e fez uma mesura.

– Agradaria a essa gente humilde se Sua Majestade nos agraciasse com sua presença à mesa.

E indicou com o braço o lugar para ela se sentar.

Dawn ficou onde estava, procurando não chorar. Mitch sempre fora legal com ela. Queria que ele gostasse dela, não que pensasse que ela era uma peste mimada.

A expressão dele se suavizou.

– Calma, Dawn. Sente aqui conosco.

Mitch ajeitou a cadeira perto da mesa quando ela se sentou e deu uma apertadinha nos ombros dela antes de voltar a se sentar também. A mãe botou duas fatias de bacon frito e um waffle dourado no prato dela, mas Dawn tinha perdido o apetite. Manteve a cabeça baixa e piscou para não chorar. Mitch e a mãe já tinham terminado o café da manhã; nem esperaram por ela.

Mitch suspirou.

– Acho que vou deixar vocês duas sozinhas. – Ele tirou seu prato da mesa enquanto a mãe enchia a lavadora. – Você vai ficar bem? – perguntou carinhosamente.

Dawn olhou para cima e então percebeu que ele não estava falando com ela. Tinha abraçado a mãe pela cintura. Ela sacudiu os ombros e ele a beijou. Dawn fez uma careta e se virou para o lado. Mitch voltou para a mesa e se abaixou para dar um beijo na testa da menina.

– Até depois, cara de arroz...

Dawn costumava rir e responder: "Até, cara de chulé", mas isso fora antes de ele se casar com sua mãe.

A mãe se serviu de mais uma xícara de café e voltou para a mesa.

– Alguma coisa errada com o waffle?

Os waffles da avó eram mais escuros e crocantes.

– Está bom, eu acho.

E comeu um pedacinho da ponta.

Carolyn suspirou.

– Se já terminou, pode colocar o prato na bancada. – Então pôs as duas mãos em volta da xícara de café. – Eu ia esperar alguns dias para matricular você na escola, mas agora acho que quanto mais cedo melhor. Assim que você fizer novos amigos, vai se sentir mais feliz.

– Eu quero ir para a minha escola antiga, com todos os meus amigos!

– Você vai fazer novos amigos na sua nova escola. Vá se arrumar que nós vamos até lá. Talvez eles deixem você começar hoje mesmo.

Dawn foi tomada pelo medo.

– Vai ser exatamente como quando a Susan chegou.

As meninas cochichavam sobre ela e Susan chorava. No início era uma brincadeira, que deixava Dawn desconfortável, mas ela não quis ficar contra o grupo.

– Ninguém queria ser amiga dela.

A mãe se levantou e disse:

– Bem, vamos torcer para que as pessoas que você vai conhecer em Healdsburg sejam mais gentis do que os "amigos" que você tinha em Paxtown.

Para Dawn, foi como se a mãe tivesse lhe dado um tapa.

Mas então a expressão de Carolyn ficou mais suave.

– Eu sei que a vida não é fácil, May Flower Dawn. Pode acreditar que eu sei. Posso fazer uma trança no seu cabelo e ajudar você a escolher uma saia e...

– Eu não quero ficar parecida com você! – A menina correu em direção à porta. – E não me chame de May Flower Dawn. É um nome idiota, de hippie! Meu nome é *Dawn*!

A avó ligou naquela noite. Dawn desabafou a solidão e a raiva que sentia por ter de morar tão longe. A avó disse que também sentia por isso e depois perguntou se ela estava gostando do segundo ano.

– Fez alguma amizade hoje?

Algumas meninas tinham se aproximado dela, querendo ser suas amigas. Dawn ficou surpresa ao ver como eram simpáticas.

A avó ligou de novo na noite seguinte. E na outra também.

Depois de algumas semanas, Dawn descobriu que gostava de ir para a escola com as amigas no ônibus. Descer do ônibus escolar na volta para casa era mais difícil. A avó não estaria à sua espera. Ela sempre dava um lanche para Dawn, depois elas jogavam jogos de tabuleiro ou a avó a deixava ver TV. A mãe dizia para ela brincar de boneca ou lá fora.

– Você ficou sentada dentro da sala de aula o dia inteiro. Não quero que fique sentada na frente da televisão o resto da tarde.

Todas as noites a avó ligava na hora em que a mãe começava a tirar a mesa do jantar. Depois de um tempo, a mãe parou de atender o telefone e deixava Dawn correr para o quarto dela e atender lá. Pelo menos tinha um telefone só para ela. Isso era uma coisa boa de morar na casa do Mitch.

Dawn soube que havia alguma coisa errada assim que ouviu a voz da avó.

– O que foi, vovó? – O coração dela ficou acelerado. – O vovô está doente?

– Não. Ele está ótimo – a avó fungou. – Está tudo ótimo.

– Não está, não. Eu sei.

Alguma coisa tinha feito a avó chorar.

– Eu vou parar de ligar para você toda noite, querida. Vou ligar uma vez por semana.

– Por quê? Está brava comigo?

– Não! É claro que não. Mas é que... a sua mãe disse que...

– Ela é muito má! – Agora Dawn estava chorando também. – Eu quero ir pra casa! Por favor, venha me buscar!

– Não posso, querida. Eu te amo demais, mas ela é a sua mãe. – A avó fungou de novo. – Ela e o Mitch também te amam demais, Dawn. Tenho de ir agora. – A voz dela ficou entrecortada. – Falo com você daqui a uma semana.

Dawn foi pisando duro pelo corredor até a cozinha, onde a mãe estava pondo o último prato na lavadora.

– Você fez a vovó chorar!

A mãe se virou e olhou para ela.

– Sinto muito, mas...

— Sente nada! Você não sente nem um pouco! Você disse que ela não podia mais me ligar! – a menina berrou de punhos cerrados. – Eu te odeio! Queria que você morresse para eu poder ir pra casa e morar com a vovó!

A mãe perdeu toda a cor, a pele do rosto ficou cinza. Ela abriu a boca, mas não saiu nenhum som. Os olhos azuis se encheram de lágrimas e ela deu as costas para a filha.

Nauseada em vez de triunfante, Dawn se refugiou em seu quarto.

Alguém bateu à porta. Exausta de tanto chorar, Dawn se sentou na cama, achando que a mãe ia retaliar. Ficou tensa quando a porta se abriu. Era Mitch que estava parado ali, muito sério, parecendo triste.

— Posso entrar?

Ela deu de ombros, fingindo que não se importava. As palmas das mãos estavam molhadas. Será que a mãe tinha contado para ele o que ela dissera?

Mitch atravessou o quarto, pegou a cadeira da escrivaninha, virou-a ao contrário, sentou e apoiou os braços no encosto.

— E então... Está se sentindo melhor, agora que desabafou o que tinha preso aí no peito?

Dawn entendeu a decepção na voz dele e sentiu o calor da culpa subir pelo rosto. Resolveu mentir.

— Não sei do que você está falando.

— Eu estava em casa, no escritório, e ouvi tudo que você disse, cada palavra. *Disse* não... berrou, como uma criança mimada de dois anos fazendo uma cena.

— Ela disse para a vovó não falar mais comigo!

— Essa é a segunda mentira que você está me dizendo, a não ser que a sua avó tenha mentido para você.

— A vovó nunca mente!

— Então que tal falar a verdade dessa vez? – ele disse suavemente.

Dawn ficou mexendo na saia, com os olhos cheios de lágrimas.

— Eu quero ir pra casa.

— Sua avó não é a única que te ama. Ela não é a única que chora. Sua mãe também te ama.

Ela cobriu o rosto e soluçou. Mitch ficou parado um tempo, em silêncio. Então se levantou, botou a cadeira no lugar e se aproximou de Dawn. Ela estava envergonhada demais para levantar a cabeça.

– Sua mãe ama você, Dawn, e eu também. – Ela sentiu quando ele lhe beijou a cabeça. – Você devia nos dar uma chance.

Dawn não dormiu bem. Juntou toda sua coragem na manhã seguinte e foi para a cozinha para se desculpar. A mãe estava na pia.

Ela parou na porta, mordendo o lábio, sem saber o que fazer.

– Onde está o Mitch?

A mãe levantou um pouco a cabeça.

– Foi trabalhar.

Ela se virou mecanicamente para o fogão, tirou a tampa de uma frigideira e serviu uma porção de ovos mexidos num prato. Levou-o para a mesa, serviu um copo de suco de laranja e se afastou.

Dawn ficou remexendo seu desjejum. O vazio que sentia no estômago não tinha nada a ver com fome. Não sabia o que dizer para quebrar o silêncio. A mãe voltou para a pia e ficou lá, espiando pela janela, de braços cruzados. Será que ela também estava com dor de estômago? Depois de alguns minutos, foi para a lavanderia ao lado da cozinha e começou a separar a roupa.

Dawn raspou os ovos mexidos intocados na lata de lixo. Passou uma água no prato e nos talheres e os colocou na lavadora. Tremendo por dentro, foi até a porta da lavanderia e engoliu em seco.

– Posso conversar com você um minuto? – disse, com a voz tensa.

A mãe ficou imóvel, sem levantar a cabeça.

– Se quer conversar, ligue para a sua avó quando voltar da escola.

Não importava se tinha vencido. Dawn se sentia péssima. Queria dizer que estava arrependida, que não a odiava, que estava com muita raiva. Queria poder retirar o que tinha dito, mas as palavras continuavam pairando no ar como um fedor. *Mamãe*, ela queria dizer. *Mamãe, me desculpa.*

– Eu... eu... – mas ela não conseguiu fazer com que as palavras passassem pelo nó que tinha na garganta.

24

Dawn ligou para a avó assim que chegou da escola.
— A mamãe disse que eu podia ligar para você...
— Eu sei, querida. Sua mãe me ligou. Ela não me disse o que a fez mudar de ideia. Você sabe?

Dawn sabia, mas não queria contar.

— Ela disse que sabe que eu te amo. — Isso pelo menos era verdade.

— Ah. Que bom. Tive medo que... Ah, deixa para lá. Então me conte, como foi o seu dia, querida? Estou louca para saber de tudo. Com quem você brincou hoje?

Dawn não queria contar que aquele tinha sido o pior dia da sua vida. A professora lhe fizera uma pergunta duas vezes, e só então Dawn percebeu que devia responder. Todos riram dela, e ela passou o recreio chorando no último cubículo do banheiro das meninas. A caminho de casa, sentou-se no último banco do ônibus, preocupada com o que aconteceria quando chegasse em casa, mas a mãe agiu normalmente e até perguntou como tinha sido o seu dia. Dawn só conseguiu pronunciar uma palavra:

— Bom.

A mãe suspirou e disse que ela podia ligar para a avó.

– Você está meio calada hoje, querida.

Dawn não conseguia pensar em nada para dizer.

– Tenho dever de casa para fazer, vovó.

Era verdade.

– E eu tenho que preparar o jantar do seu avô. Ligo para você amanhã. Eu te amo, querida.

– Eu também te amo.

Dawn desligou e apoiou a cabeça nos braços.

Quando Mitch chegou em casa, enfiou a cabeça na porta do quarto dela para dizer "oi".

– Já pediu desculpas?

Ela deu de ombros.

– Eu tentei.

Mitch a chamou mais tarde para jantar e falou normalmente sobre seu dia. A mãe prestou atenção em tudo que ele disse. Ela olhou para Dawn algumas vezes, passou os pratos para ela se servir, perguntou se ela queria mais leite e purê de batata. Mas sempre que Dawn olhava para ela, ela se virava para o outro lado, sem encará-la. Quando Carolyn começou a tirar os pratos, Dawn pegou o dela, mas a mãe estendeu a mão.

– Pode deixar que eu faço isso.

A mãe levou os pratos para a pia. Dawn olhou para Mitch, torcendo para que ele fizesse alguma coisa para deixar o ambiente mais leve. Ele lhe deu um sorriso triste, empurrou a cadeira e foi para a pia com a mãe. Abraçou-a pelos ombros e cochichou alguma coisa em seu ouvido.

Dawn se sentiu excluída e saiu da cozinha.

Sem consultá-la, a mãe a inscreveu no futebol.

– Suas amigas jogam, não é? Mitch será seu treinador.

– Assistente de treinador – ele esclareceu. – Minha especialidade é futebol americano. O treinador é o Joaquim Perez. Ele sabe tudo de futebol. – Ele deu um largo sorriso para Dawn. – Nós dois vamos aprender tudo do zero.

No primeiro dia de treino, ela viu quatro colegas de turma: Torie Keyes, Tiffany Myers, Leanne Stoddard e Susan Mackay. Todas jogavam futebol desde o jardim de infância.

– Todo mundo na bola – riu Torie.

Depois de vários dias de treino, o treinador colocou Dawn como centroavante.

– Você nasceu para jogar futebol.

A mãe a encorajou a convidar as amigas para jogar em casa. Logo estavam treinando futebol no grande gramado atrás da mansão.

Os dias de Dawn se encheram de atividades. Ela ia à igreja com Mitch, mas a mãe nunca ia, preferindo ficar sozinha em casa. Mitch disse que a mãe gostava de ficar sozinha com Deus e que tinha sua congregação quando ia ao AA duas vezes por semana em Santa Rosa.

1979

Dawn jogou a mochila no quarto, trocou de roupa para ir ao treino de futebol e foi procurar Mitch, ansiosa para sair.

– Mitch! Onde você está? É hora de ir!

– Estamos aqui!

Ela encontrou a mãe e Mitch sentados juntinhos na sala de estar. Ele sorria de orelha a orelha. A mãe parecia meio constrangida.

– O que está acontecendo? Vamos nos atrasar para o treino.

– Sente-se, Dawn. Temos uma boa notícia para você – disse Mitch, beijando a têmpora da mãe. – Ande, diga para ela.

– Ela vai aceitar melhor se você contar.

Ele deu risada, com os olhos brilhando.

– Nós vamos ter um bebê! Você vai ganhar um irmãozinho ou uma irmãzinha daqui a uns seis meses. O que acha disso?

Dawn não sabia o que dizer.

– Que ótimo.

Mas era mesmo?

– Acho que ela está em estado de choque. – Mitch beijou a mãe e se levantou, batendo com as mãos nos ombros de Dawn. – Você vai se acostumar com a ideia – e a fez se virar. – Vamos.

– Para onde? – A cabeça dela não estava funcionando.
– Para o treino de futebol!

Mitch contou para o treinador Joaquim, e algumas jogadoras ouviram. Logo todas sabiam que a mãe de Dawn estava grávida. A garota oscilava entre o constrangimento e a preocupação. Onde se encaixaria quando o bebê chegasse?

– Ah, agora estou com muita pena de você – disse Torie. – Já é bem ruim quando você tem um irmão ou uma irmã quase da sua idade, que dirá com oito anos de diferença... O bebê vai ser o astro, e você, a babá.

Assim que terminou a temporada de futebol, a avó ligou e pediu para falar com a mãe. Dawn sabia que tinha alguma coisa errada. Deu o telefone para a mãe e ficou por perto para ver e ouvir.

– O quê? Quando? Por que você não ligou antes? – A mãe parecia abalada. – Nós vamos já para aí... Por quê?... Ele tem de ser sempre tão cabeça-dura? No fim de semana então.

A garota ficou escutando com a expressão cada vez mais preocupada.

– Eu não sei, mãe – ela olhou para Dawn e depois para o outro lado. – No fim de semana. Uns dois dias.

Desligou e levantou as mãos pedindo calma quando Dawn começou a fazer perguntas.

– Seu avô teve um ataque do coração, mas está bem. Foi leve. Vai passar mais duas noites no hospital, só para garantir.

Dawn começou a chorar. As pessoas não morriam de ataque do coração? Quando a mãe a abraçou, a menina ficou tensa com aquela inesperada demonstração de carinho. A mãe a soltou e se afastou.

– Ele vai ficar em casa um tempo – acrescentou a mãe. – Descansando, de cama. Vamos vê-lo este fim se semana. A vovó quer que você fique na casa dela.

O avô parecia mais desleixado do que doente quando Dawn entrou correndo na casa. Sentado na poltrona reclinável na sala de estar, usava um pijama xadrez, um roupão e calçava chinelos velhos de couro. Já ia se levantando, mas a avó disse que o levaria direto para a cama se ele fizesse isso. Então deu um largo sorriso para Dawn.

– Sua avó está de enfermeira. Que Deus me ajude. Suba aqui e me dê um abraço!

A mãe tinha notado que o carro de Oma não estava lá. A avó explicou que ela tinha viajado de novo.

— Ela veio para casa ver o Trip... quer dizer... seu pai, e depois resolveu passar uma semana com o tio Bernie e a tia Elizabeth.

A mãe e Mitch fizeram perguntas ao avô, mas foi a avó quem respondeu. Ele ficou furioso.

— Eu ainda estou vivo. Posso responder. Não é nada tão ruim como ela faz parecer.

A avó fez uma careta para ele.

— Foi bem sério.

Os lábios dela tremeram. O avô segurou a mão dela e a beijou, depois sugeriu que ela começasse a preparar o jantar.

A mãe se ofereceu para ajudar. A avó disse que não precisava e pediu que Dawn pusesse a mesa. O avô beijou o rosto de Dawn antes que a menina descesse do seu colo. Mitch e o avô conversaram em voz baixa. A mãe não disse nada. Na cozinha, a avó passou a mão no cabelo de Dawn.

— O vovô parece melhor agora que você está aqui.

O avô estava cansado demais para se sentar à mesa de jantar. Dawn foi junto quando a avó o levou de volta para o quarto principal e o instalou na cama de hospital que tinham alugado. Então preparou uma bandeja com o jantar dele.

— Por que não faz uma bandeja para você também, querida? Sua companhia funciona melhor do que qualquer remédio que o médico receitou para o vovô.

A avó ficou à mesa de jantar com a mãe e Mitch.

Enquanto jantavam juntos, o avô perguntou a Dawn se ela estava gostando de morar em Alexander Valley. Ela respondeu que sim e falou de suas novas amigas e de Mitch como assistente do treinador de futebol. Ela adorava futebol. Ele queria saber quantos gols ela tinha feito. Vinte e seis! Agora Mitch estava lhe ensinando natação, e ela treinava todos os dias na piscina deles. As pálpebras do avô caíram e ele adormeceu enquanto Dawn falava. Ela deu um beijo nele e saiu do quarto. Ouviu a avó falando na cozinha.

— Ora, você podia perguntar para ela, não podia? As aulas estão quase acabando. Ela não iria perder nada.

– Nós não planejamos deixar a Dawn aqui, Hildie.

– Bom, eu disse para a Carolyn...

– Nós estávamos falando desse fim de semana, mamãe. Dois dias, não o verão inteiro.

Dawn entrou na cozinha bem na hora em que a mãe se levantou da mesa. Mitch olhou sério para a avó, empurrou a cadeira para trás e seguiu Carolyn até a sala de estar. A mãe vestiu o suéter e pegou a bolsa. Eles conversaram em voz baixa. Dawn perguntou para a avó qual era o problema, mas ela disse que não era nada, nada mesmo. Só um pequeno mal-entendido, nada de importante. A mãe parou na porta.

– Vamos ficar no Hotel Paxtown. Voltamos amanhã de manhã, Dawn.

A avó pareceu furiosa.

– Vocês já vão? E a sobremesa? Fiz bolo de chocolate, o seu preferido!

– O preferido de Dawn – disse a mãe, virando-se para a filha. – Voltamos amanhã.

E saiu.

Mitch pediu à esposa que esperasse um pouco, então se abaixou e sussurrou no ouvido de Dawn:

– Seja esperta. Não escolha um lado.

– É bem coisa da sua mãe fugir assim! – disse a avó, empilhando os pratos do jantar e indo para a cozinha. Depois perguntou se Dawn queria jogar um jogo de tabuleiro. A menina não jogava desde que se mudara para Alexander Valley. Agora tinha muito mais coisas para fazer. Como ela demorou para responder, a avó emendou:

– Ou então podemos ver televisão.

A avó foi ver como o avô estava e voltou para a sala de estar. Falou mais do que assistiu à programação. Ela e o avô sentiam muita falta de Dawn. Não seria bom se ela pudesse ficar mais do que só um fim de semana? Quanto tempo faltava para as aulas terminarem? Duas semanas? Ela não tinha planos para o verão, tinha? Lembra como gostou da feira rural? Além disso, com a chegada do bebê, a mãe teria muitas coisas para fazer: ir ao médico, preparar o quarto do bebê, fazer compras. Ela não teria tempo para Dawn, não como a vovó e o vovô. Eles, sim, teriam todo o tempo do mundo só para ela.

Dawn sabia o que a avó queria. Talvez ela *devesse* mesmo passar o verão com eles. A avó parecia ter muita certeza de que o avô melhoraria mais depressa se ela ficasse lá.

Ela adorava os avós, mas aquela não era mais sua casa. Ela queria ficar em Alexander Valley, com a mãe e Mitch. Queria estar lá quando o irmão ou a irmã nascesse. Mas como podia dizer isso para a avó sem magoá-la?

A mãe e Mitch voltaram de manhã. A avó disse que o café estaria pronto logo, mas ele respondeu que eles já tinham comido no hotel. A avó ficou magoada. Disse que achava que Dawn queria passar o verão com eles. A mãe respondeu que não era surpresa, mas Mitch perguntou:

– É isso que você quer, Dawn?

– A vovó disse que o vovô vai melhorar mais rápido se eu estiver aqui.

Ele franziu o cenho para a avó.

– Ninguém pode recusar um pedido desses sem parecer uma bruxa desalmada.

O rosto da avó ficou muito vermelho.

– Eu não estava forçando nada...

– Deve ser verdade, Mitch – disse a mãe baixinho. – Ele vai melhorar com a Dawn por perto. Mas ela ainda tem duas semanas de aula. Não vou deixar que fique aqui agora.

– Tudo bem – a avó sorriu, aliviada, apertando Dawn ao lado do corpo. – Passaremos o verão inteiro juntas.

– Um mês, mãe. O verão inteiro não.

– E a feira rural?

A mãe se virou para Dawn e encarou a filha pela primeira vez em meses.

– Um mês ou o verão inteiro, Dawn?

Mitch interrompeu.

– Seu irmãozinho ou irmãzinha deve chegar em meados de julho, lembra?

– Eu... – Dawn olhou para a mãe, para a avó e depois para Mitch. – É... – Ela se sentia pressionada e dividida. – Eu...

Ela teve vontade de chorar. Qualquer coisa que decidisse acabaria magoando alguém.

– Um mês – resolveu Mitch. E sorriu para Hildemara. – Vou sentir muita falta dela. Ela pode voltar para casa no final de junho e ficar até o bebê chegar. Depois pode decidir o que vai fazer no resto do verão. Assim está bom para todo mundo?

Ele olhou para Carolyn, e ela respondeu que sim meneando a cabeça. A avó pigarreou.

– Acho que não posso dizer mais nada.

Da porta, o avô falou:

– Acho que você já falou demais mesmo.

Dawn gostou do tempo que passou com os avós, mas estava pronta para voltar para casa no fim de junho. Mitch foi até lá de carro para pegá-la. As amigas dela tinham telefonado. Quando Dawn perguntou como estava a mãe, ele disse:

– Quase explodindo.

Ela se instalou em casa e passou horas ao telefone com Torie e Tiffany. Ela nadava todos os dias e cavalgava o cavalo de Torie. A mãe vetou qualquer ideia de ter um cavalo só para ela.

– Simplesmente não consigo imaginar você limpando o esterco num estábulo...

– Dawn! – Mitch a acordou no meio da noite. – O bebê está chegando. Levante-se e vamos lá, meu bem. Já liguei para os pais da Tiff. Eles estão à nossa espera.

Mitch deixou Dawn na casa da amiga a caminho do hospital enquanto a mãe bufava e gemia, dizendo que eles deviam se apressar.

Dois dias depois, a mãe de Tiffany a levou para casa. Dawn entrou correndo e largou a mochila no chão.

– Cheguei! Onde vocês estão?

Mitch apareceu na porta da suíte principal com o dedo sobre os lábios. A mãe estava sentada na cadeira de balanço perto da janela, segurando a criatura mais adorável que Dawn já tinha visto.

– May Flower Dawn, apresento-lhe seu irmão, Christopher Charles Hastings.

Dawn nunca tinha visto aquela expressão da mãe. Ela estava enlevada, apaixonada, com os lábios formando um suave sorriso. Segurava o bebê muito próximo, como se fosse o ser humano mais precioso do planeta.

Mitch pôs as mãos nos ombros de Dawn.

– E então? O que achou do seu irmãozinho?

Ela olhou de novo para o bebê, com os lábios trêmulos.

– Ele é tão lindo... – Então deu um passo à frente. – Posso segurá-lo?

A mãe ficou um pouco assustada com a ideia.

– Ainda não. Daqui a uns dias. Vamos ver. – Ela estudou a expressão de Dawn e pareceu aliviada. Abaixou a cabeça de novo e passou o dedo de leve na bochecha lisinha do bebê. – Acho que a sua irmã gostou de você.

Ele mexeu a boquinha.

– Oh-oh. – Mitch deu risada. – Ele está com fome outra vez.

E levou Dawn para fora do quarto, para Carolyn poder amamentar o bebê.

Dawn resolveu que não voltaria a Paxtown. Queria ficar em Alexander Valley com a mãe, Mitch e o novo irmãozinho. Estava fascinada com Christopher. Ele tinha as orelhinhas mais lindas e era todo macio. Ela adorava quando ele agarrava o dedo dela e apertava. Mitch deixou que ela o segurasse uma vez, mas a mãe o pegou de volta poucos minutos depois.

Um dia ela entrou sem ser vista no quarto principal para vê-lo dormindo no berço. Encostou na mão dele, ele levou um susto, abriu as mãos e agarrou o polegar dela. Ela se abaixou e beijou a testa do irmão. Ele cheirava gostoso.

Os avós chegaram no fim de agosto. A mãe não deu Christopher para a avó segurar nem por um minuto, mas deixou o avô segurá-lo uma vez. Quando Carolyn pôs Christopher nos braços dele, Dawn viu a expressão do avô se suavizar.

A mãe sorriu.

– Preciso sair um pouco. Você vai ficar bem sozinho com ele?

Ele meneou a cabeça, com o olhar fixo no neto.

Lágrimas lhe escorreram no rosto quando ele segurou a cabeça de Christopher e se abaixou para beijá-lo.

– Você é igualzinho ao Charlie...

Os avós apareceram para o Dia de Ação de Graças e ficaram quatro dias. A mãe só se acalmou quando eles foram embora. Mitch os convidou para voltar no Natal. Carolyn convidou Oma também, mas ela disse que a tia Cloe tinha insistido para que ela fosse para Hollywood. Dawn ouviu a mãe conversando com Mitch na cozinha.

– Tem alguma coisa errada, mas ela não quer contar o que é.

Na ceia da véspera de Natal, o avô anunciou que iria se aposentar. Achava que já era hora. Não queria ter outro ataque do coração. Além disso, agora a lei estava trabalhando contra os policiais. Era só prender um criminoso e a corte o soltava.

– Estamos pensando em nos mudar – disse a avó.

– Mudar? – Dawn se espantou. – Mas vocês adoram Paxtown!

– Bem, é claro que adoramos, mas amamos mais a nossa família. Só vemos vocês duas vezes por ano.

Isso não era verdade. Eles iam visitá-los todos os feriados, e Dawn ficava um tempo com eles toda vez que tinha uma folga na escola.

A mãe largou o garfo e a faca.

– E a Oma?

– Nós a convidamos para vir morar conosco. – A avó cortou uma fatia macia de peru como se fosse de sola de sapato. – Ela não quis.

O avô botou a mão no pulso da avó.

– Eu disse para você não falar sobre isso, Hildie. – Ele se virou para Carolyn. – Ainda não é nada definitivo. Queríamos perguntar primeiro se está bem para vocês se nos mudarmos para mais perto.

Dawn não aguentou ver a expressão da avó.

– Seria ótimo, mãe! Não seria? – *Diga alguma coisa!*

A mãe abriu a boca, mas não saiu nada.

Mitch falou.

– Seria ótimo ter vocês dois por perto. Vocês são os últimos pais que eu tenho.

– Obrigado, Mitch – disse o avô.

A avó ficou um pouco mais calma. O avô olhou para ela com uma expressão suave, então se virou para a mãe.

– Nós sentimos muito sua falta, Carolyn. Você nem imagina.

A mãe fez uma careta. Dawn entrou na conversa para quebrar a tensão.

– Vocês podiam morar aqui do lado!

O avô deu risada.

– Sinto muito, querida. Não podemos pagar o aluguel desse bairro.

A avó relaxou os ombros.

– Healdsburg parece uma cidadezinha bem simpática.

Christopher começou a ficar aflito no cadeirão. A mãe se levantou rapidamente, o soltou, pegou no colo e aninhou junto ao seio enquanto o avô falava.

– Eu estava pensando em alguma coisa um pouco mais longe. Não queremos nos instalar aqui na porta da sua casa.

Mitch se serviu de mais sidra gasosa.

– Fiquem aqui enquanto procuram. Temos bastante espaço.

Quando Dawn entrou na cozinha na manhã seguinte, viu a mãe sentada à mesa, esfregando a testa e falando ao telefone.

– Eu me sentiria melhor se você viesse também. – Quando ela viu Dawn, se levantou e levou o telefone sem fio para a sala de estar. – Temos muito espaço aqui. Você podia vir morar conosco. O Mitch faria... Por que não? Por que ela se importaria?

Dawn sabia que a mãe estava falando com Oma. Derramou cereal numa tigela e ficou por ali, escutando.

– Pense nisso, Oma. Está bem? – pediu a mãe.

Dawn sabia que a mãe adorava Oma, mas não sabia por quê. A avó se mantinha longe dela, então Dawn também fazia isso.

Querida Rosie,

Minha filha ainda não aprendeu a se desapegar. Ela resolveu vender a casa e o terreno (inclusive a minha cabana) para se mudar para o condado de Sonoma. Ela adoraria poder morar bem ao lado de May Flower Dawn, mas acho que Trip não aceitaria isso. Não tenho certeza do que vou fazer. Esperava poder morar aqui pelo resto da vida. Eu devia ter previsto isso quando Trip se aposentou.

Agora não sei onde vou morar. Hildemara disse que eu posso morar com eles, mas fazendo isso ia parecer que eu aprovo. Ela não pensa em como isso vai afetar o relacionamento e a aproximação de Carolyn com Dawn. Na verdade, acho que Hildemara está com uma ponta de ciúmes, embora jamais admitiria isso.

Bernhard e Elizabeth acham que eu deveria ir morar com eles. Clotilde me ofereceu um apartamento em North Hollywood. Rikka me convidou para passar parte do ano no apartamento dela no Soho. Ela tem muitos amigos artistas, todos como pássaros tropicais que vivem chilreando sobre a nova moda. Em duas semanas, eu estaria louca para voltar para a Califórnia.

Por mais que eu ame meus filhos, prefiro morar sozinha. Por que eles imaginam que preciso de alguém cuidando de mim? Posso ter o cabelo grisalho, usar óculos, ter certas limitações, mas não estou senil. Ainda tenho sonhos. Eles dizem que estou sendo teimosa. Que seja.

Sinto saudade do vale Central. Sinto falta do calor, do cheiro da areia, dos pomares e vinhedos. Sinto falta de colocar flores no túmulo do Niclas. Merced é bem central. Posso pagar uma casinha lá. Iria de carro para Yosemite em uma hora e passaria o dia nas montanhas. Quem sabe? Talvez, depois de todos esses anos, eu consiga fazer uma faculdade...

25

1980

A propriedade dos avós em Paxtown foi vendida bem depressa. Uma empresa de mudanças guardou tudo enquanto eles ficavam em Alexander Valley e procuravam outra casa. Eles ficaram na segunda suíte, do outro lado da casa de onde a mãe e Mitch ficavam. Dawn ficava no meio. A avó marcava visitas à tarde e à noite com o corretor de imóveis. Dessa forma, Dawn podia ir com eles para ver as casas. A avó queria morar no extremo norte de Healdsburg. O avô queria vista para Cloverdale. A avó disse que era longe demais. Windsor e Santa Rosa também eram. A avó disse que talvez encontrassem alguma coisa em Dry Creek Road.

Enfim, a avó se decidiu por uma casa em Healdsburg mesmo. Falou do ótimo quarto de hóspedes com banheiro privativo, das belas casas ao longo da rua, do jardim pequeno e fácil de cuidar nos fundos. E era muito perto da escola de Dawn.

– Você pode vir almoçar conosco!

O avô olhou para Dawn pelo espelho retrovisor e não disse uma palavra até que voltassem para Alexander Valley.

– Vá para dentro, Dawn. Sua avó e eu precisamos ter uma conversinha antes de entrar.

Os dois ficaram sentados no carro quase uma hora. Quando a avó entrou na casa, foi direto para o quarto de hóspedes. O avô foi para a sala de estar e se afundou na poltrona reclinável. Mitch ergueu as sobrancelhas.

– Está tudo bem?

– Hildemara e eu vamos dar um longo passeio de carro amanhã, só nós dois, para conhecer mais um pouco a região.

A mãe entrou na sala de estar com Christopher nos braços. O avô olhou para ela com um sorriso triste.

– Healdsburg é uma cidadezinha simpática, mas eu gostaria de estar de quarenta e cinco minutos a uma hora de distância de vocês. Em algum lugar da costa, se pudermos pagar.

Ele achou exatamente a casa que queria no final do rio Russian, em Jenner by the Sea. A casa ficava numa encosta, quase escondida por uma fileira de ciprestes mal podados. Ele disse que o lugar precisava de algumas reformas, mas que teria uma vista "de um milhão de dólares" depois de podar as árvores e limpar o terreno. A avó foi veementemente contra a compra, mas, no fim, quem ganhou foi o avô.

Pouco antes do primeiro aniversário de Christopher, Mitch deixou Dawn estupefata ao perguntar se podia adotá-la.

O padrasto era o cara mais legal que ela conhecia e ela o amava, mas ficou dividida e pediu um tempo para pensar. A mãe não gostou disso, mas Dawn não queria tomar uma decisão precipitada e magoar os sentimentos de ninguém. Foi passar o fim de semana em Jenner e conversou sobre isso com os avós. Esperava que eles lhe dessem sua bênção.

O avô não falou grande coisa, além de "É você quem decide, querida".

A avó permaneceu calada sobre a questão até a manhã seguinte, quando insistiu para que ela e Dawn fossem dar um passeio na praia. Elas não iam à praia havia meses, por isso a menina soube que a avó tinha algo a lhe dizer. Ela soltou a língua no carro, a caminho da praia. Lembrou à neta que Mitch não era o pai dela, que o avô tinha pagado todas as contas dos primeiros cinco anos de vida dela, que ele a tinha embalado para dormir, que lia histórias para ela, que tinha brincado com ela. Então é claro que ele tinha ficado magoado quando ela lhe contara sobre a proposta de Mitch. Como poderia não ficar? É claro que ele fingiu que não estava triste e disse que cabia a ela decidir! A avó estacionou o carro e secou as lágrimas. Além de tudo isso, Dawn era a última Arundel da família. É claro que ela ia se casar um dia e adotar o nome do marido, mas, até então, isso significava muito para eles dois.

Dawn não suportava magoar os avós e sabia que Mitch entenderia. Ela chegou em casa e disse a ele que era uma honra, mas que preferia deixar as coisas como estavam. Mitch ficou decepcionado, mas aceitou sua decisão educadamente. Até lhe deu um beijo no rosto.

– Não se preocupe com isso.

A mãe ficou calada, os olhos azuis como uma geleira. Abriu a boca para dizer algo, então cerrou os lábios e saiu da sala sem dizer nada. Mitch foi atrás dela, entrou no quarto principal e fechou a porta. Então ela falou, bem alto até, de maneira que Dawn pôde ouvir o tom, mas não as palavras.

A menina tentou falar com ela na manhã seguinte. Queria explicar que não tinha nada a ver com Mitch. Ela o adorava.

– Sinto muito se você está chateada, mamãe. Eu só não quero ferir os sentimentos de ninguém.

– Você não quer ferir os sentimentos da sua avó. Não se importa de ferir os sentimentos de mais ninguém.

– O Mitch parece que não se incomodou com isso.

– Eles são seus *avós*, Dawn! Isso não basta?

– *Eles* sempre estiveram presentes na minha vida.

A mãe piscou.

– Então você magoa o Mitch para se vingar de mim?

– Não!

Carolyn se virou de costas e continuou arrumando o lanche de Dawn. Não precisou dizer que não acreditava na filha. Sua postura dizia tudo.

– Vamos conversar sobre isso, mãe?

– Por quê? Você já tomou sua decisão. Tudo continuará sendo como a sua avó quer. É o que sempre acontece. – Ela embrulhou os sanduíches e os colocou num saco de papel. – É melhor pegar suas coisas, senão vai perder o ônibus.

1985

Dawn sentia um misto de êxtase, raiva e sofrimento. Tinha feito o gol da vitória na final do campeonato escolar e a mãe nem estava nas arquibancadas. Mitch estava. O padrasto sempre se esforçava para apoiá-la. Será que a mãe não podia fazer esse esforço também, pelo menos uma vez, já que aquele era o último e mais importante jogo da vida dela? Mas é claro que a mãe teria uma desculpa. Chris sempre estava fazendo alguma coisa em algum outro lugar. Ela nem tinha se dado ao trabalho de aparecer no Mary's Pizza Shack para a festa do fim da temporada. Quando Dawn e Mitch entraram na cozinha, lá estavam eles, sentados à mesa, a mãe sorrindo de alguma coisa que Chris tinha acabado de falar. Ela olhou para eles.
– Como foi?
– A Dawn fez o gol da vitória. Eu filmei tudo.
– Que ótimo. Parabéns, Dawn. O jogo do Chris atrasou. Acabamos de chegar. Ele quis parar no Burger King.
Mitch despenteou o cabelo ruivo e cacheado de Christopher.
– Como foi, Tigrão?
– A gente perdeu. – O irmão caçula, ainda adorável com quase seis anos de idade, nunca se aborrecia com nada. – Vamos ver o jogo da Dawn?
– Quando você quiser.
Christopher se levantou no mesmo instante e esqueceu o hambúrguer. Ele e Mitch foram para a sala de estar e a mãe ficou tirando a mesa do lanche.
– Você parece aborrecida.
– Não, mãe. Por que estaria?
– Aonde você vai?
– Para o meu quarto.
– Não vai ver o vídeo do jogo?

– Eu *joguei* nesse jogo, lembra? Ver no vídeo não é a mesma coisa que estar lá, é?

A mãe parou ao lado do compactador de lixo.

– Você tinha uma torcida. O Mitch foi assistir. E os seus avós também estavam lá.

– Que importância tem a vovó e o vovô estarem lá? Eu queria ver você e o Chris em um dos meus jogos.

– Bom, o Chris não podia ir. Ele também tinha jogo.

– Ele está no fraldinha! Eles jogam pelada! Só uma vez, por duas horas, será que não dava para *eu* ser a prioridade na sua vida?

– Você foi a prioridade durante muito tempo, Dawn. Só que ninguém ligava para isso, especialmente você.

Dawn desistiu. Saiu da cozinha pisando duro, foi para o quarto e bateu a porta. Sentou-se ao pé da cama e chorou. Alguém bateu à porta e ela gritou:

– Vai embora!

Às vezes desejava que a mãe respondesse aos gritos também, em vez de só se afastar ou de reagir com aquele tom calmo e sereno. Dawn ficava pensando como podia sentir tanta falta da mãe, se nunca tivera o amor dela.

26

1986

Dawn ainda se sentia meio perdida depois de nove meses no primeiro ano do ensino médio. O colégio estava sendo um completo fracasso. Ela passara de estrela do futebol no ensino fundamental para marginalizada e preterida. As meninas que eram amigas dela desde a segunda série a deixaram para trás assim que as aulas no ensino médio começaram, atacando feito centroavantes os novos grupos. Torie Keyes agora andava com uma gangue de mexicanos. Dawn a via todos os dias no corredor, pendurada em Juan Alvarez como o pão em volta da salsicha. Susan Mackay tosou o cabelo, passou a usar camisas de abotoar e calças pretas e saiu do armário, se assumindo como lésbica. Duas outras amigas do time de futebol Sky Hawks, Tiffany Meyers e Leanne Stoddard, ainda andavam juntas e fumavam maconha atrás dos prédios que cercavam o campo de futebol. Se Dawn quisesse ir a festas com muita bebida, drogas e sexo, bastava pedir para Tiff e Lee, que elas sempre sabiam onde tinha uma.

Dawn rabiscou mais alguma coisa na folha. Faltava uma semana para as férias de verão, com a promessa de tédio infinito.

Ela ficaria presa em casa, sem ter nem a companhia de Christopher. O irmãozinho tinha um verdadeiro exército de amigos e, por isso, muitos lugares para ir e muitas coisas para fazer. Além dos amigos, a mãe tinha matriculado Chris em aulas de natação e não em um, mas em quatro cursos de catecismo. Por quê? Porque ele tinha quatro "melhores amigos", cada um de uma igreja diferente, e não queria dar preferência a nenhum deles. *Deve ser bom ser assim tão popular, sem falar na bênção de ser o primeiro e único filho homem.*

Pior ainda, a mãe, que nunca ia à igreja, se oferecia como voluntária em todos os cursos de catecismo. Ela levava lanches, ajudava nos projetos artísticos, fazia tudo que podia para se envolver na vida de Chris. Às vezes agia como uma mãe ursa, como se alguém pudesse levar Christopher embora e molestá-lo.

Dawn largou a caneta e esfregou a testa. Pensar na mãe sempre lhe dava enxaqueca – ironicamente, a única coisa que elas tinham em comum. Depois que as duas discutiam, a mãe sempre ia para o quarto para botar compressas geladas na cabeça, ou então para uma reunião do AA.

As discussões, contudo, não eram frequentes. Era preciso nutrir sentimentos por alguém para brigar com esse alguém. A mãe parecia não se importar com Dawn, de um jeito ou de outro. Não ficava por perto, simplesmente recuava e observava de longe, se é que observava.

Mitch tinha tempo para ela. Os dois sempre saíam juntos. Da última vez, não conseguiram achar um filme que valesse a pena e acabaram jantando no Western Boot. Ele falou sobre o tio Charlie a noite inteira. Ela adorava as histórias sobre o tio. Ele parecia ter sido um cara muito legal. Ele e Mitch aprontavam tanto que Dawn caía na gargalhada e ficava admirada com as coisas que eles faziam.

– E a minha mãe? Ela se metia em alguma encrenca?
– Ela era uma boa menina.
– Ah, tá bom. Ela nunca fez nada de errado.
– Não.
– Esperou até chegar em Haight-Ashbury.
Mitch não disse nada.
– Ela conversa com você sobre aqueles anos?
Ele balançou a cabeça.

– E você não pergunta?

Ele continuou olhando para ela, em silêncio, e Dawn foi mais incisiva.

– Você não devia saber?

– A sua mãe me contou a vida dela menos de um minuto depois que eu consegui encurralá-la para que aceitasse almoçar comigo. Arrancou a pele e exibiu velhas feridas, mas não, não vou trair a confiança dela e contar qualquer coisa para você.

– Ela disse alguma coisa sobre o meu pai? Pelo menos sabe quem ele é?

Mitch botou o guardanapo na mesa e fez sinal para o garçom.

Dawn abaixou a cabeça.

– Desculpa. – Então olhou para o padrasto com os olhos cheios de lágrimas. – Eu não quero ir embora, Mitch, por favor. Vou me comportar.

Mitch disse para o garçom que queria ver o cardápio de sobremesas. Dawn examinou o menu, mas não estava com fome. Será que era tão errado assim ela querer saber?

– Eu devo ser uma lembrança para ela, das coisas que ela prefere esquecer.

Mitch largou o cardápio.

– Você devia procurá-la e fazer as suas perguntas, Dawn.

– Ela nunca me contaria alguma coisa. Toda vez que eu insinuo qualquer coisa, ela muda de assunto ou diz que tem que ir a uma reunião. Talvez o simples ato de conversar comigo desperte nela a vontade de beber.

– Eu não vou me meter.

– A minha mãe e eu nem falamos a mesma língua.

Dawn procurou se pôr no lugar da mãe. Como se sentiria se tivesse um filho fora do casamento, a prova viva de que tinha estragado sua vida e precisado que os pais dela juntassem os pedaços e a construíssem de novo? Por mais doloroso que pudesse ser relembrar o passado, Dawn queria saber alguma coisa sobre o seu pai biológico. Não que Mitch não fosse um ótimo pai. Ele era o melhor. Mas ela não sabia nada de sua linhagem genética por parte de pai.

Dawn esfregou as têmporas e olhou para o relógio na parede. Ainda faltavam quinze minutos para terminar o intervalo de estudo. Talvez devesse perguntar para a mãe se podia se matricular no curso de férias. Pelo menos seria alguma coisa para fazer. Já tinha se informado sobre trabalho no McDonald's, mas a idade mínima era dezesseis anos. Se não encontrasse nada para fazer, os avós iam querer que ela passasse o verão em Jenner by the Sea de novo, como no último verão, e no anterior, e em todos os verões desde que saíram de Paxtown. Ela os amava muito, mas três meses na casa deles, sem nada para fazer, eram entediantes.

É claro que eles tinham livros, muitos, quase todos sobre construção de casas, desde os alicerces até o telhado, sobre reformas, consertos, encanamento, fiação etc. A avó colecionava livros de receitas. Dawn até gostaria de aprender a cozinhar, mas eles tinham uma cozinha de "uma pessoa só", como dizia o avô, e a avó gostava de ser a única pessoa a usar a pia e o fogão. No verão passado, Dawn ficou tão desesperada que capinou cada centímetro do jardim da avó.

A campainha do início das aulas tocou, e Dawn foi arrancada dos seus devaneios. Guardou o livro na mochila, pendurou-a no ombro e foi para a porta.

Se queria mesmo ficar em casa naquele verão, teria de dizer isso com todas as letras. Imploraria se fosse preciso. Se a mãe recusasse, pediria ajuda ao Mitch e ao Christopher. Eles sempre tinham mais sorte com a mãe do que ela.

Tinham quase terminado de jantar quando Dawn criou coragem para dizer que queria passar as férias em casa. A mãe levantou a cabeça com ar de surpresa.

– Mas você sempre passou o verão em Jenner.
– Eu sei, mas prefiro ficar em casa esse ano.
– O que sua avó acha disso?
– Eu ainda não disse para ela.

Dawn evitou olhar para a mãe e sorriu para Christopher.

– Quem sabe eu posso ficar de olho no pestinha quando você tiver de mostrar casas?
– Eu só mostro casas nos fins de semana, quando Mitch está aqui.

Quanta confiança...

– O que você planeja fazer nesses três meses? – perguntou Mitch, cortando um pedaço do rosbife e pondo-o na boca.

Dawn se virou para ele com ar sedutor.

– Você podia me ensinar a dirigir.

Ele deu risada e fingiu estar horrorizado.

– De jeito nenhum! Além do mais, você ainda não tem idade para isso.

– Eu podia aprender a dirigir um dos seus tratores.

– E pôr em risco as minhas parreiras? Não, não.

– Posso ajudar a lavar roupa e cozinhar.

A mãe serviu uma segunda colherada de purê de batata no prato de Christopher.

– Seus avós vão ficar desapontados. Estão esperando que você passe as férias com eles.

– Eu posso ficar lá com eles um fim de semana por mês. Não estou dizendo que não quero passar um tempo com eles.

Mitch olhou para a mãe.

– Pode ser bom ter a Dawn aqui conosco durante as férias. Ela não estará aqui por muito tempo, não é? Daqui a três anos vai embora para a universidade.

– Eu não estou querendo briga, Mitch. Você sabe como são as coisas.

Ele botou o guardanapo na mesa.

– Vou me atrasar para a reunião dos anciãos. Abaixou-se e beijou Dawn. – Vai ser bom ter você aqui nesse verão, menina. Deu a volta na mesa e beijou a esposa na boca. – Não vai? – e a beijou de novo.

Mitch passou a mão no tufo de cabelo ruivo e encaracolado de Christopher.

– Nada de fazer corpo mole para ir para a cama esta noite, cara. Você ainda tem uns dias de aula pela frente.

A mãe mandou Christopher tomar banho e tirou os pratos da mesa. Olhou para o prato de Dawn.

– Você não comeu quase nada.

– Não estava com fome. Posso ajudar no trabalho da casa, mãe. Lavar a louça, a roupa.

– Isso seria bom – a mãe foi para a pia. – Está certo – disse, virando-se e olhando para Dawn. – Com uma condição.

– Qualquer coisa.

– *Você* é quem vai contar para os seus avós.

Dawn deu um sorriso com um ar de súplica.

– Esperava que você me ajudasse com isso.

– Negativo.

A mãe se virou para passar uma água nos pratos e colocá-los na lavadora.

– Eles não vão acreditar em mim se eu disser que você prefere ficar aqui a ir para a casa deles.

Dawn pensou e ficou ensaiando dois dias o que ia dizer.

– Foi ideia da sua mãe você ficar em casa o verão inteiro?

– Não.

Diga logo, Dawn! E soltou o ar lentamente.

– Eu nunca passei um verão inteiro em casa, vovó.

Silêncio.

– Mas você vem nos fins de semana, não vem?

Dawn mordeu o lábio.

– Não todos, vovó.

Mais silêncio.

– Nós estávamos pensando em levar você para Yellowstone. Seu avô está ficando velho. Talvez este seja o último ano para fazer uma viagem dessas.

A avó sabia apertar o torno.

– Eu sei que você e o vovô vão se divertir muito – ela ficou mexendo na colcha da cama. – Eu te amo, vovó. Ligo para você em breve.

E desligou antes que a avó pudesse acrescentar mais alguma coisa e provocar ainda mais seu sentimento de culpa.

– Está tudo bem? – perguntou a mãe na porta, ressabiada, com as mãos nos bolsos do avental.

– Tudo ótimo.

– Que bom – disse a mãe, sorrindo. – Venha para a cozinha comigo. Você pode dar uma olhada nos meus livros de receitas e escolher o que quer preparar para o jantar de amanhã.

– Amanhã? Mas eu não sei cozinhar.

– Cozinhar é fácil. Você só precisa seguir a receita.

Dawn entrou em pânico.

A mãe foi andando na frente pelo corredor, tirou alguns livros da estante, um bloco e uma caneta de uma gaveta e pôs tudo na mesa da cozinha.

– Resolva o que gostaria de preparar, faça a lista de ingredientes, e eu compro o que precisar amanhã de manhã.

A mãe pendurou a bolsa no ombro.

– Você não vai me ajudar?

– Não posso. A turma do Chris está dando uma festa de fim de ano letivo.

Ela abriu a geladeira e pegou um pote de salada de batata.

– Mãe?

A mãe parou na porta e olhou para ela. Dawn queria dizer que não tinha ficado em casa para ficar sozinha, e sim para passar o tempo na companhia dela. O silêncio se prolongou, com as palavras presas na garganta.

A expressão da mãe ficou mais suave.

– Não se preocupe tanto, Dawn. Você vai se sair muito bem sem mim.

A garota ouviu a porta da garagem abrir e fechar. Folheou o livro *A alegria de cozinhar*, mas o afastou em seguida. Apoiou a cabeça nos braços e chorou.

27

Duas semanas em casa pareceram um ano. Christopher tinha uma agenda cheia nas férias, a mãe o levava para todo canto de carro e Dawn tinha de ficar em casa, lavar a roupa, planejar e preparar as refeições. Hoje tinha companhia, pelo menos. Christopher ia ficar em casa, para variar, e a mãe confiou nela como salva-vidas quando ele resolveu nadar na piscina atrás da casa.

Dawn passou protetor solar nas pernas, sempre de olho no irmãozinho. Christopher parou de nadar, engasgou, afastou o cabelo do rosto, boiando na parte funda da piscina. Dawn largou o tubo de Coppertone e ficou de pé.

– Quer que eu tire você daí?

– Não!

Ele começou a nadar de novo.

Dawn foi até a beira da piscina e esperou o irmão chegar. Quando ele pôs a mão na borda, ela deu um tapinha na cabeça dele.

– Já chega, Chris.

Ele passou a mão no rosto e olhou para ela. Dawn segurou seu pulso.

– Você está indo muito bem. Mas pare um pouco para descansar, por favor. Você já nadou quatro vezes a piscina. Se nadar mais uma, vou ter de te arrastar para fora e fazer respiração boca a boca.

— Que nojo!

Chris deixou Dawn puxá-lo para fora da água. Ele bateu com os pés molhados na borda lisa de concreto. Pôs a toalha nos ombros, mas ainda parecia um rato afogado.

Ela pegou a toalha da espreguiçadeira e esfregou o cabelo dele.

— Eu não conseguia nadar nem uma vez a piscina toda quando tinha seis anos.

— Se eu conseguir seis vezes sem parar, posso ser um golfinho. E aí posso aprender a mergulhar.

O menino estendeu a toalha e deitou de barriga para baixo.

— Dawn, você vai comigo para o catecismo amanhã?

— Estou velha demais para catecismo, garoto.

— Você pode ser ajudante.

— E fazer o quê? Servir biscoito e suco de maçã? Levar as crianças ao banheiro?

— Ah, venha. Por favor.

Ele juntou as mãos com aquele típico olhar de cachorro pidão.

— Por favor, por favor... Eu tenho que levar alguém.

— Alguém do jardim de infância à quinta série, Chris. Eu estou dizendo que eles não aceitam ninguém do segundo grau no catecismo.

— O pessoal do segundo grau vai lá sim. Eles têm uma banda! Ajudam nas aulas, participam dos jogos ao ar livre conosco.

— Está me parecendo que esse curso já tem bastante ajuda.

— Eu disse pro pessoal da banda que tenho uma irmã. Disse que você é bonita.

— Obrigada.

— Eu disse que levaria você lá amanhã.

Ela olhou feio para ele, que fez bico. Ele sabia ser bonitinho.

— Você ganha pontos extras, alguma coisa assim?

— Não. Mas se você for ao curso, não vai poder trabalhar em casa, e o papai não vai precisar usar camisetas manchadas.

Chris deu um largo sorriso.

— Está bem. Então está combinado.

Dawn ficou de pé de um pulo, agarrou o irmão pelo braço e pela perna e foi para a beira da piscina.

– Hora de mais algumas nadadas!

Ele riu à beça, Dawn o balançou de um lado para o outro e o jogou na parte funda da piscina. Ele voltou à tona bem rápido, sorrindo de orelha a orelha e gritando para que ela fizesse aquilo de novo.

A Igreja Cornerstone Covenant era um grande armazém com portas metálicas de rolo no Parque Industrial Windsor. Os voluntários tinham montado duas enormes barracas no terreno vazio dos fundos. Parecia mais um circo do que uma igreja.

Christopher segurou a mão de Dawn.

– Temos de ir primeiro à capela!

Ele a puxou para um salão imenso com piso de cimento e cestos de basquete dos dois lados. Não tinha bancos, apenas cadeiras dobráveis. Flâmulas coloridas pendiam nas paredes. "Fé. Esperança. Alegria. Amem-se uns aos outros." A maior era roxa com nomes em apliques dourados: "Deus Todo-Poderoso, Pai Eterno, Conselheiro Maravilhoso, Príncipe da Paz, Jesus, Rei dos Reis".

A mãe deu risada.

– Não é exatamente o que eu esperava também.

Ela segurava uma bandeja com bolinhos e indicou uma porta com um movimento de cabeça.

– A cozinha é por ali.

– Não, mãe. A Dawn tem de vir comigo. – Christopher a puxou para o meio da turma de crianças. – Venha! Eles vão começar em um minuto. A minha turma está lá na frente.

O coração de Dawn deu um pulo quando ela avistou Jason Steward no palco, um dos caras mais bonitos da escola, com outros quatro adolescentes. Eles usavam calça Levis preta e camiseta amarelo-canário com as palavras "Cristo é o Senhor" em letras vermelhas. Kim Archer, uma menina bonita de cabelo castanho, que era chefe de torcida no colégio Healdsburg, e outra menina, Sharon alguma coisa, tinham sido da turma de Dawn. As duas pareciam simpáticas. Um dos meninos ligou uma guitarra no amplificador e outro tocou bateria e bateu no prato. Jason pegou um microfone jogado por um homem perto do palco. Levantou a mão e pôs o microfone perto da boca.

— Bom dia, pessoal!

As crianças responderam.

— Bom dia!

Ele deu risada.

— Isso é o melhor que podem fazer? – e pôs a mão em concha na orelha. – Não estou ouvindo direito!

O guitarrista tocou um acorde trinado que fez todos gritarem bom dia de novo.

Jason disse bem alto.

— Este é um dia feito pelo Senhor!

Outro acorde ruidoso e mais gritaria.

— Vamos dar graças e ficar felizes por isso! Quero ouvir vocês! *Bom dia!*

Dawn quis tampar os ouvidos.

— Melhorou! Vamos lá, todo mundo! Vamos louvar o Senhor!

O baterista enlouqueceu, balançando a cabeça para cima e para baixo, enquanto Jason e Sharon cantavam e Kim tocava o teclado. Parecia mais um show de rock que um curso de catecismo de férias.

Cem crianças, além de professores e voluntários, batiam palmas e cantavam a letra projetada numa tela elevada. Christopher empurrava Dawn para frente e acenava freneticamente.

— Ei, Jason! Eu trouxe a minha irmã!

Dawn sentiu vontade de se abaixar e se esconder no meio da multidão. Ela puxou o braço de Christopher para baixo. Tarde demais. Jason Steward olhou diretamente para ela e deu um sorriso de orelha a orelha, ainda cantando.

— O que você pensa que está fazendo?

— Aquele é o Jason Steward! Foi ele que disse para eu trazer você! Ele não é superlegal?

— Eu vou te matar!

— Não vá embora!

Christopher segurou a mão dela de novo. Dawn se libertou dele e procurou uma rota de fuga. Presa ali, com todas aquelas crianças em volta, não havia como sair. Christopher começou a bater palmas e cantar. Dawn se concentrou na tela no alto e formou as palavras com os lábios, em silêncio.

Tinha visto Jason no primeiro dia de aula. Quem poderia ignorá-lo? Ele era lindo de morrer, de cabelo preto, olhos castanhos e pele morena. Parecia uma mistura de caucasiano, hispânico e asiático. Estava parado no corredor dos armários, conversando com dois caras. Tinha uma risada contagiante. Mais tarde, ela o viu sentado a uma mesa de piquenique debaixo das sequoias, almoçando com um grupo de meninos e meninas. Dawn via Jason todos os dias a caminho da aula de inglês. Ele percebeu que ela olhava para ele uma vez e sorriu. Depois disso, envergonhada, tratou de não ficar mais olhando para ele daquele jeito.

Então passou a se sentar onde ele pudesse notá-la quando assistia ao jogo dele com os outros meninos na hora do almoço. Jason Steward era simpático com todos, com os esquisitos, com as meninas bonitas e populares da torcida, até com as gangues. Ela o via embaixo das sequoias, perto do estacionamento dos alunos, conversando com um grupo. Só o tinha visto sozinho umas duas vezes naquele ano inteiro e jamais teve coragem de murmurar um "oi" para ele.

Será que o rosto dela ainda estava tão vermelho como o calor que sentia?

Depois de mais três músicas, Jason deu o microfone para o pastor Daniel Archer, que rezou, deu alguns avisos e depois liberou as crianças em grupos.

– Eu vou ajudar a mamãe.

– Não vai não! – Christopher agarrou a mão dela outra vez. – Você tem de vir para a minha sala.

– O que eu sou? Um exemplar da sua aula de curiosidades?

– Eu disse para o Jason que você ia ajudar.

Ela deixou o irmão levá-la para fora da capela, para o sol ofuscante da manhã, até o portão na cerca de arame.

– Venha!

Christopher a puxava. Quando olhou para trás, largou a mão dela e abriu um largo sorriso.

– Oi, Jason!

Dawn engoliu em seco, mas não se virou para trás. Em vez disso, cutucou o irmão.

– Você tem de ir para a sua sala. Onde é?

– Espere o Jason.

Ela quis esganá-lo.

– Nós temos de ir.

Jason os alcançou.

– Oi – ele sorriu para ela, e Dawn sentiu o calor subindo para o rosto de novo.

– Oi – ela sorriu para o lado onde ele estava. – Tchau.

Dawn entrou na barraca logo atrás do irmão. Com o coração aos pulos, ficou ali parada enquanto Christopher pegava um pedaço quadrado de tapete e corria para frente, para se sentar no meio de uma turma de outros meninos e meninas de pernas compridas da idade dele. A professora, sra. Preston, tinha um quadro de feltro. *Ai, meu Deus, ai, meu Deus...*

Jason entrou na barraca e ficou ao lado dela.

– O Christopher disse que ia trazer a irmã hoje. Você estuda na Healdsburg, não é? Já te vi por lá.

– É.

Ela devia estar boquiaberta. Levantou a cabeça e olhou fixo para a nuca de Christopher.

– O Chris não me disse o seu nome.

– May Flower Dawn Arundel.

O rosto dela esquentou novamente. O que deu nela para dizer o nome inteiro?

– As pessoas me chamam de Dawn.

– As pessoas me chamam de Jason – disse ele, estendendo-lhe a mão. – É um prazer conhecer você, Dawn. Obrigado por vir ajudar.

Quando ele apertou a mão dela, ela sentiu um formigamento no corpo todo. Ele fez cara de curioso.

– Arundel? Você não é Hastings?

Ela soltou a mão e respirou com mais facilidade.

– O Christopher é meu meio-irmão.

– Ele é um ótimo garoto.

– É, tem seus momentos – ela engoliu em seco. – Agora que estou aqui, não sei o que devo fazer.
– Me ajude a arrumar o projeto de arte.
Ele sorriu e apontou para duas mesas compridas cobertas com papel no lado esquerdo da barraca.
– Hoje eles estão fazendo os arbustos em fogo.
Enquanto a sra. Preston fazia uma leitura dramática de Moisés fugindo para o deserto, Jason distribuiu as bandejas com o material.
– Eles vão colar gravetos para formar um arbusto, pingar tinta em cima e usar um canudo para soprar como se fossem chamas.
– Bem bolado.
Os olhos escuros dele brilharam, achando graça.
– É, bem, amanhã a aula é sobre as pragas do Egito. Eles vão fazer sapos com pratos de papel verde. Você vai vir de novo para ajudar, não é?
– Vamos ver como a coisa funciona hoje.
Ela ia voltar sim, mas não queria parecer muito ansiosa. Pôs uma folha de papel e uma pequena pilha de gravetos na frente de cada cadeira dobrável.
Jason distribuiu a tinta, os pincéis e a palha.
– Christopher me disse que quer fazer parte de uma banda de rock.
– Na semana passada ele queria ser astronauta. Ontem ele queria ser um golfinho na aula de natação, para aprender a mergulhar.
Jason deu risada.
– É parecido comigo quando eu tinha a idade dele.
Os dois levaram menos de cinco minutos para botar todo o material necessário na mesa.
– Nosso trabalho acabou, por enquanto.
Ele puxou uma cadeira dobrável para ela, virou outra e montou ao contrário. Cruzou os braços sobre o encosto, olhou bem nos olhos de Dawn e deu um sorriso carinhoso.
– E você?
Ela estava pertíssimo dele, o bastante para ver pontos dourados no contorno castanho-esverdeado da pupila.
– Eu o quê?
– Já sabe o que quer fazer da vida?

– Não tenho a menor ideia. Acho que me divertir. – Poderia uma resposta ser mais sem graça e superficial? – Você deve estar no último ano, certo? Já deve ter o seu futuro todo planejado.

– Tenho algumas ideias. Minha mãe gostaria que eu fosse engenheiro. O pastor Daniel acha que devo ser ministro da igreja. Talvez eu consiga descobrir um jeito de ser as duas coisas.

– Como?

Pareciam ser diametralmente opostas.

– Tem muito mais coisas envolvidas no ministério, além de trabalhar numa igreja. Deus precisa de trabalhadores em todos os tipos de atividades. Andei pedindo para ele me mostrar que caminho devo seguir e sei que ele fará isso.

Ela jamais tinha ouvido ninguém falar de Deus com tanta naturalidade, mas não entendia a relação de Deus com a decisão de Jason. Não era tudo uma questão de livre-arbítrio?

– Por que Deus ia se importar com o que você vai fazer? Quero dizer, ele não quer que a gente decida sozinhos, por nossa conta? Foi isso que me disseram. Cabe a nós descobrir o que nos faz felizes.

Ele inclinou a cabeça para o lado.

– Bem, sim, Deus quer que sejamos felizes. Mas é muito mais do que isso.

– É? Então o que é?

Jason Steward certamente não era o que ela estava esperando.

– Deus deu a cada um de nós talentos e habilidades específicas. Ele tem planos para nós. Ele tem um objetivo para a sua vida.

– Para a minha vida? Não tenho tanta certeza disso.

– Pode ter certeza sim. Começa quando temos uma relação íntima com ele. Depois, como em qualquer outra relação, esse relacionamento passa a influenciar o que você deseja, o que você faz, aquilo em que você acredita.

A conversa estava começando a deixá-la pouco à vontade.

– *Intimidade* não é exatamente a palavra que eu usaria para Deus.

Jason ficou de pé.

– Olhe, pense nisso. Se você abrir a porta e deixá-lo entrar, tudo na sua vida vai mudar. Eu juro.

Talvez tenha sido por isso que ele pediu para Christopher levá-la à igreja. Para catequizá-la. De uma forma ou de outra, ela não se importava com Deus. Só queria que Jason continuasse falando.

– Foi isso que aconteceu com você?

Os olhos dele brilharam.

– Foi.

Jason olhou para além de Dawn.

– Pronta ou não, aí vêm eles.

Ele botou a cadeira de volta no lugar, e Christopher e os amigos rodearam a mesa e se sentaram. Dawn ajudou o irmão a começar o seu projeto, depois ajudou mais dois outros meninos. Jason a apresentou para a sra. Preston, que disse que Christopher era um garoto maravilhoso e que era um prazer tê-lo nas aulas dela. Como se Dawn não tivesse ouvido isso mil vezes.

A história dos arbustos em chamas não demorou muito para terminar. A sra. Preston reuniu as crianças e as levou para fora, onde as deixou com outros voluntários que lhes deram uma série de jogos.

Jason ficou ao lado de Dawn.

– Você frequenta a igreja?

– Claro que sim – disse ela, e contou qual igreja.

Ele quis saber do grupo de jovens. Ela deu de ombros e explicou que, numa congregação com menos de cem pessoas e composta principalmente de pessoas mais velhas do que o padrasto dela, que tinha quarenta e poucos anos, não havia adolescentes suficientes para formar um grupo.

– Venha ao nosso, então. Vamos nos reunir aqui hoje à noite, às sete e meia. Nós conversamos, jogamos basquete, lanchamos, estudamos a Bíblia. Experimente. E veja o que você acha.

– Tenho que perguntar para a minha mãe.

A mãe podia desaprovar, mas não teria base para argumentar. Afinal de contas, ela estava levando Christopher para seu curso de férias no mesmo lugar.

– Você quer uma carona?

O coração dela estremeceu. Será que ele ia se oferecer para ir pegá-la se ela dissesse que sim?

– Nós moramos em Alexander Valley.

– Posso apresentar você a alguém que mora por aqueles lados.

– Não precisa.

Um apito agudo soou do estacionamento. Jason acenou para ela.

– Preciso voltar para o santuário para me preparar para o encerramento. Obrigado por ter ajudado, Dawn. Espero ver você hoje à noite... e amanhã.

Ela procurou Jason quando acompanhou a turma de Christopher na volta para o armazém. Ele estava na plataforma, conversando e rindo com as duas meninas que estiveram no palco com ele quando as turmas se instalaram em seus lugares marcados. O pastor Daniel estava de novo com o microfone e apressava a todos para que se sentassem logo. Ele explicou que o que as crianças ofereciam ia servir para comprar livros para um orfanato no México. Perguntou também se alguém tinha levado um convidado. Dawn impediu que Christopher levantasse a mão, e o pastor Daniel continuou:

– Continuem distribuindo os convites! Temos bastante espaço aqui para mais gente.

E jogou o microfone para Jason, que já estava com todo o grupo, cantando de novo. Depois de algumas músicas, Jason fez uma breve oração de encerramento e gritou:

– Vejo vocês todos amanhã!

Dawn segurou a mão de Christopher e foi ao encontro da mãe, que estava encostada na parede acompanhada de outras mulheres. Ela veio na direção deles e sorriu para Dawn.

– Estou vendo que você sobreviveu.

– Acho que foi legal.

Ela não queria parecer muito entusiasmada para a mãe não ficar imaginando coisas.

– Eu disse que vinha ajudar amanhã outra vez. Um dos meninos me convidou para vir na reunião do grupo de jovens esta noite.

– Convidou? – a mãe olhou para ela. – Como quem convida para sair?

– Não. Ele só disse que era para eu vir. Achou que eu podia gostar.

– Prefiro que você não venha.

Dawn ficou irritada.

– Por que não?

Christopher podia fazer tudo o que quisesse, mas ela pedia uma coisa e a resposta era não?

– Você tem a sua igreja.

– Christopher também tem, mas isso não impediu que você o matriculasse para o catecismo na Cornerstone.

– Porque a igreja do Mitch não tem catecismo.

– E também não tem grupo de jovens.

– Esse curso só dura mais três dias, Dawn.

– Não estou pedindo para participar dessa igreja, mãe. Só quero ver como é o grupo de jovens. Eu gostaria de estar com um pessoal da minha idade, uma turma cristã.

– Vou pensar.

28

O grupo de jovens da Igreja Cornerstone consistia de menos de vinte adolescentes, a maioria meninas que ficavam juntas conversando enquanto os meninos jogavam basquete. Outro convidado de Jason, Tom Barrett, tinha ido para experimentar aquele ambiente religioso pela primeira vez. Logo que foi apresentado, Jason o levou para se juntar aos jogadores de basquete. Kim Archer, a filha do pastor, encarregou-se de Dawn, disse para ela pegar uma das cadeiras dobráveis empilhadas perto da parede e juntar-se à turma de meninas. Dawn já conhecia algumas delas, pelo menos de nome. Tinha visto Sharon Bright, Pam Preston, Linda Doile e Amy King na escola, mas elas provavelmente não iam reconhecê-la.

– Oi – disse Sharon. – Você estava na minha turma de educação física. A Dawn passava todo mundo na corrida.

Dawn pôs a cadeira dela no círculo.

– Eu joguei futebol por seis anos. O treinador Perez nos fazia correr dois quilômetros antes dos treinos.

Pam enrolou o cabelo e o prendeu com um grampo.

– Por que você não tentou entrar no time? Seria ótimo para nós.

– Preferi parar um pouco. Experimentar alguma outra coisa.

– O quê, por exemplo?
– Estudar.
– Foi lá que te vi – Linda cruzou os tornozelos. – Na biblioteca. Você sentava na última fila, perto das janelas.
– É.

As meninas conversaram sobre a escola e sobre o que iam fazer nas férias de verão. Dawn espiava Jason disfarçadamente, enquanto ele jogava basquete com os meninos. Sharon disse que a família dela ia para Tahoe na próxima semana, para uma reunião familiar. Linda tinha um emprego numa pizzaria perto do centro comercial. Amy queria trabalhar no centro comercial. Estava trabalhando de babá para três crianças. Quase não deu para ela ir ao grupo de jovens aquela noite. A cama estava muito convidativa e tinha de voltar à casa dos Johnson às seis e meia na manhã seguinte. Kim atendeu o telefone da igreja. Estava substituindo a secretária, a sra. Carson, que tinha ido para Los Angeles ajudar na mudança da mãe dela para uma clínica de idosos.

– E você, Dawn? – perguntou Kim. – O que vai fazer nesse verão?

Dawn desviou o olhar de Jason.

– Nada de mais. Não tenho carteira de motorista e moramos em Alexander Valley – ela sacudiu os ombros. – Estou lavando roupa e cozinhando para a minha família. Até agora ninguém morreu.

Pam deu risada.

– Minha mãe diz que você ajudou bastante no catecismo esta manhã.
– A única coisa que fiz foi distribuir o material de desenho.
– Agradeço de qualquer maneira. Você me salvou de ser convocada para trabalhar – ela estremeceu dramaticamente.

A bola de basquete quicou perto delas.

– Ei, moças! – gritou Jason. – Querem economizar uma caminhada para nós?

Dawn se levantou, pegou a bola e deu um chute de leve, para que ela caísse bem na mão dele.

– Ótimo chute!

Ele deu um sorriso de orelha a orelha e saiu driblando com a bola até a metade do campo, passou-a para Tom Barrett, que deu dois passos, pulou e lançou a bola por cima da cabeça de outros três meninos.

Ela caiu perfeitamente dentro da cesta. Jason e Tom se cumprimentaram com as mãos espalmadas.

Sharon riu quando Dawn se sentou.

– Bem, nós todas sabemos por que você veio hoje à noite.

– O quê? – Dawn fingiu não entender.

– Jason Steward.

Sharon esticou as pernas compridas e vestidas de calça jeans.

– Bem-vinda ao clube. Nós todas nos apaixonamos por ele em uma época ou outra.

Dawn olhou para a quadra e Jason estava olhando para ela. Ele disfarçou rapidamente. Levantou a mão e chamou Tom, que lhe passou a bola.

Quando o pastor Daniel chegou, todos formaram um círculo de cadeiras. Todos tinham levado a Bíblia, até mesmo Tom Barrett. Como Dawn foi a única que não levou, Kim compartilhou a sua com ela. O pastor pediu para os mais assíduos lerem partes do Livro de Daniel, depois explicou como uns poucos adolescentes foram capazes de provocar um impacto numa sociedade sem Deus. Com isso, desafiou os participantes daquele grupo a fazer a diferença onde quer que estivessem, na escola, no centro comercial, cuidando de crianças.

Terminaram o estudo e ficaram por ali, comendo batatas fritas, bolinhos que sobraram do curso das crianças, tomando refrigerante e conversando. Jason tinha dado carona para Tom Barrett. Os dois foram para fora e ficaram conversando com outros dois meninos no estacionamento. Dawn avistou o Suburban marrom da mãe e foi para lá. Pam Preston a alcançou.

– Achei ótimo você ter vindo esta noite. Posso conhecer a sua mãe?

– Claro. Acho que sim. – Dawn abriu a porta do carro. – Mãe, esta é Pam Preston. Pam, minha mãe, sra. Hastings.

Pam se abaixou para apertar a mão dela.

– É um prazer conhecê-la, sra. Hastings. Nós moramos ao norte de Healdsburg. Eu posso pegar a Dawn na semana que vem.

A mãe ficou meio indecisa.

– É muita bondade sua, mas...

– Tenho carteira de motorista há dois anos e nunca recebi uma multa. Minha mãe diz que eu dirijo como uma senhora idosa. Pode perguntar para ela quando trouxer o Christopher para o curso amanhã.

A mãe sorriu educadamente.

– Vou acreditar na sua palavra, Pam.

Dawn entrou no carro e fechou a porta.

– Ela parece boazinha. Você a conhece bem?

– Ela é do time de futebol da escola.

Dawn viu Pam conversando com Kim e com o pastor Daniel.

– E então? Como foi?

– Nós lemos sobre Daniel. – Dawn recostou-se no banco quando a mãe saiu do estacionamento. – Ele tem muito mais histórias além de ter sobrevivido uma noite na toca de um leão. Eu me senti uma idiota. Todos tinham uma Bíblia. Eu nem sei onde está a minha.

– Que pena eles terem feito você se sentir inferior.

– Não, mãe. – Dawn não queria que ela tirasse conclusões erradas. – Não foi nada disso. É que eu vou à igreja com o Mitch desde o segundo ano, mas não sei nem uma fração do que aqueles garotos sabem.

– Seus avós liam histórias da Bíblia quando você era pequena, não liam?

– Liam. Versões simplificadas, com desenhos. O pastor Daniel fez com que o que foi escrito milhares de anos atrás parecessem fatos atuais. O reverendo Jackson não é nada animado quando prega.

– Boots me deu uma Bíblia quando eu morava com ela.

– Ela não era amiga da vovó? A que morreu de câncer poucos anos atrás?

– Era. E minha amiga também. Foi ela quem me incentivou a me interessar pelas Escrituras.

– Eu nem sabia que você tinha uma Bíblia, que dirá que leu uma.

– Eu não pretendia chocar você.

– Bem, é que eu nunca vi você lendo.

– Eu me concentro todas as manhãs. Na privacidade do meu quarto, para poder pensar no que estou lendo.

– Mas você nunca vai à igreja. – A mãe ficou olhando para frente. – Por que não vai?

Carolyn ergueu um ombro e mudou a posição das mãos na direção.

– Eu não me sinto bem na igreja.

– Boots ia?

– No Natal e na Páscoa. Como eu, ela se sentia mais à vontade nas reuniões do AA. Nós duas temos o mesmo Poder Elevado: Jesus.

– O AA não é a mesma coisa que uma igreja, mãe.

– Como é que você sabe?

Dawn não quis criticar. Era a primeira vez que a mãe conversava com ela sobre qualquer coisa remotamente pessoal. Dawn não queria estragar tudo.

– É?

– Para mim, é melhor – ela deu um sorriso triste para Dawn. – Nós todos sabemos que somos pecadores no AA. Lá ninguém usa máscara.

Toda quarta-feira, Dawn pegava carona com Pam Preston para ir à reunião do grupo de jovens da Cornerstone. Depois dos encontros, elas ficavam por lá até o pastor Daniel trancar tudo e ir para casa com Kim. Então Dawn entrava no Honda de Pam com Sharon, Linda e Amy. E todas elas iam para o Taco Bell tomar refrigerante, comer nachos e falar sobre meninos, filmes, astros de cinema, roupas, maquiagem e a última moda em dieta. Tom Barrett convidou Dawn para sair. E Steven Dial também. Dawn inventava desculpas e torcia para Jason ligar. Ele não ligou. Ela o via no grupo de jovens, mas ele não conversava muito com ela.

O pastor Daniel começou um novo curso de verão sobre castidade e falou demoradamente sobre fugir do pecado e evitar paixões juvenis, que a revolta contra Deus levava à ruína da vida.

– José teve de fugir da mulher de Potifar quando ela tentou seduzi-lo. Aprendam com José. Deus quer que vocês sejam puros, e isso não é fácil em um mundo que estimula a promiscuidade.

Jason olhou disfarçadamente para ela uma vez, mas ela não retribuiu o olhar. A conversa passou para propagandas, filmes, músicas, agressividade na escola, a mídia, novos estilos de moda que eram provocantes.

Jason não apareceu na segunda reunião.

– Ele não poderá vir o resto do verão – Kim disse para Dawn. – Meu pai conhece alguém no Raley's que ajudou o Jason a conseguir um emprego lá. Ele está trabalhando à noite, arrumando prateleiras e limpando o chão.

– Ah, que legal – Dawn procurou parecer entusiasmada. – Então ele não volta mais?

– Só quando as aulas começarem. E talvez nem volte. Ele precisa economizar para pagar a faculdade.

Ela sentiu uma pontada de ciúme. Gostava de Kim. Gostava muito dela, mas ela parecia saber muita coisa da vida particular de Jason.

– Bem, diga "oi" para ele quando o vir.

– Eu não o vejo. Ele vai à minha casa e conversa com o meu pai. – Kim deu uma olhada marota para Dawn. – Se quiser vê-lo, terá de ir à igreja.

– Eu não posso.

Kim ergueu as sobrancelhas.

– Por que não?

– Prometi para a minha mãe que continuaria a frequentar a igreja do Mitch se ela me deixasse vir para o grupo de jovens.

– Ah. – Kim pareceu solidária. – Então você vai ter de esperar cinco semanas até o início das aulas – e olhou de um jeito curioso para Dawn. – Você falou "a igreja do Mitch". A sua mãe não vai com vocês?

Dawn balançou a cabeça.

– Não.

– Por que não?

– Não tenho a menor ideia. Minha avó disse que ela costumava ir muito, mas de repente parou.

Ela não conseguiu tirar Jason da cabeça o resto da semana. A ideia de passar todo o verão sem ao menos vê-lo era deprimente.

– Por que está tão desanimada, Dawn? – Mitch perguntou no jantar. – O espaguete e a salada estão ótimos. Você está se tornando uma ótima cozinheira.

Dawn ergueu um ombro e mexeu na comida.

– Não é preciso ter muito talento para cozinhar macarrão, jogar o molho por cima e rasgar algumas folhas de alface.

Ele deu risada.

– Talvez você precise de mais desafios. Experimente a cozinha francesa mais sofisticada amanhã à noite.

Ela deu um suspiro profundo.

– Sobreviver o resto do verão já vai ser um desafio e tanto.

A mãe franziu a testa quando pegou seu copo com água.

– Como Christopher só vai para o acampamento de férias daqui a duas semanas, achei que essa podia ser uma boa hora para ir até Merced visitar a Oma. – Ela bebeu um gole de água e deixou o copo na mesa sem olhar para Dawn. – Voltaremos bem antes do acampamento.

O espírito alegre de Christopher se desfez. Ele gemeu e começou a inventar desculpas. Queria brincar com os amigos, queria nadar, e Oma só tinha aspersores. Ele queria...

A mãe olhou feio para ele.

– Fique quieto, Christopher.

Mitch se recostou na cadeira.

– Por que você não leva a Dawn esse ano?

– Ela quer ficar em casa esse verão.

– A vovó ligou – Christopher interrompeu de novo. – Ela e o vovô vêm pegar a Dawn para levá-la para Jenner by the Sea, para passar o fim de semana lá.

Dawn se envergonhou. Tinha esquecido completamente.

– Você pode ir no meu lugar. A vovó e o vovô vão adorar que você passe um fim de semana com eles. Ou uma semana inteira, aliás.

– Praia! Legal! – Christopher deu um belo sorriso para a mãe. – Eu posso ir, mãe?

– Não.

Ela usou um tom tão seco e duro que inibiu Christopher de pedir de novo. Dawn gostaria de saber por que ela podia passar um verão inteiro lá e a mãe nunca permitia que Christopher passasse nem uma noite. Qual era a lógica disso? Eles eram avós dele também, pelo amor de Deus.

Mitch se manifestou.

– O Christopher pode ficar em casa comigo. Leve a Dawn. Vocês duas não viajam sozinhas há muito tempo.

Dawn sentiu vontade de debochar. Elas nunca tinham feito uma viagem sozinhas. Mitch olhou para Christopher.

– O que você acha de sermos só nós, homens, por uma semana? – e piscou um olho. – Podemos pedir pizza, comer uns bifes no Western Boot, alugar uns filmes. Podíamos jogar golfe. O que você acha, companheiro? Quer ficar aqui no sítio com seu velho pai?

– Quero!

Christopher se virou para a mãe e juntou as mãos em pose de oração. Botou o lábio inferior para frente e o fez tremer pateticamente.

– Por favor, mãe.

Sem esperar para ver se aquela encenação ia funcionar, ele ficou de pé de um pulo, passou os braços em volta do pescoço dela e lhe beijou o rosto umas três ou quatro vezes.

Mitch riu.

– Como é possível dizer não para esse menino?

A mãe fez uma careta e rolou os olhos para Mitch.

– Está bem, Christopher, está bem... – disse ela, dando risada.

Dawn às vezes se sentia como uma estranha observando os três. Era um filhote de cuco deixado no ninho de outro passarinho.

– Mas me prometa uma coisa, Mitch.

Ele olhou para ela com carinho.

– Qualquer coisa.

– Faça o favor de não levá-lo para passear em sua Harley.

– Ah, mãe! – resmungou Christopher.

Dawn mordeu o lábio. A mãe ia passar uma semana em Merced. Só porque ela tinha deixado que Christopher ficasse em casa com Mitch, não significava que desejava levar a filha com ela. Dawn se lembrou de quando a mãe e Oma tomavam o chá da tarde no pátio coberto em Paxtown. A avó nunca se juntava a elas e, quando Dawn se aproximava, o assunto morria. A mãe e Oma sempre tinham o que conversar. E a mãe era uma das pessoas mais reticentes que Dawn conhecia. Mal conversava com qualquer pessoa, exceto Mitch, e mesmo assim, quando o fazia, era em voz muito baixa ou a portas fechadas.

Christopher começou a enumerar dezenas de ideias para as atividades naquela semana, fazendo a mãe e Mitch darem risada, e então Dawn perguntou:

– Posso ir com você para Merced, mãe?

E prendeu a respiração até a mãe responder.

– Já estava mais do que na hora de você ir.

29

A mãe queria sair cedo. Dawn arrumou shorts e blusas, sandálias e cosméticos numa mochila de lona e pôs o despertador para as cinco. Não queria que a mãe partisse sem ela. Ficou deitada na cama, acordada, pensando em Jason. Ele devia estar trabalhando, empilhando latas nas prateleiras ou varrendo e limpando o chão do mercadinho. Já devia ter conhecido alguma menina bonita, uns dois anos mais velha do que ele e experiente, uma menina sem compromisso que prometia um bom divertimento e que sabia se manter longe de encrenca. Dawn rolou na cama, virou de barriga para baixo e socou o travesseiro. Torceu para Jason ter dado ouvidos ao pastor Daniel. Torcia para que ele fugisse como José tinha feito quando a mulher de Potifar tentou seduzi-lo. *Fuja, Jason! Fuja!*

Bem cedinho, com os olhos ainda remelentos, Dawn se vestiu e levou a mochila para a cozinha. A mãe estava lá sentada, tomando uma xícara de café, com o olhar pensativo. Surpresa, levantou a cabeça quando Dawn apareceu.

— Achei que teria de ir acordar você.

— Pus o despertador. Não queria que você fosse embora escondida de mim.

A mãe deu uma risada baixa e sem alegria.

– Eu não faria isso. Quer tomar café antes de ir?

– Prefiro comer alguma coisa no caminho. Podemos fazer isso?

Mitch apareceu de calça de moletom e camiseta, o cabelo ruivo todo espetado, como o de um menininho. A expressão da mãe ficou mais suave e seus olhos brilharam.

– Não queria que você fosse sem um beijo.

Dawn rolou os olhos nas órbitas.

– Vou esperar no carro.

Ela pegou a mochila. Uma coisa não tinha mudado naqueles oito anos em que Dawn conhecia Mitch. Ele ainda não conseguia afastar as mãos de Carolyn.

Seria bom se Jason sentisse a mesma coisa por ela. Só de pensar nele, o sangue de Dawn já esquentava.

A mãe saiu atrás dela.

– Eu estava pensando que podíamos ir com calma, por estradas secundárias. Você sabe ler um mapa?

– Não muito.

A mãe abriu o mapa da Califórnia e o dobrou de outra forma.

– Nós estamos aqui. É só seguir as estradas marcadas em amarelo. Vamos por essa pequena linha preta até Calistoga, e então entramos na Rodovia 29, por Yountville e Napa. – Ela fez a rota com a ponta do dedo. – Chegamos aqui na Rodovia 12 e depois seguimos para o leste, passando por Rio Vista.

– Ótimo – disse Dawn, procurando entender o mapa. – Você já fez esse caminho antes?

– Já, mas você não.

– Podemos ir parar em Sacramento se eu for te guiando.

– Você vai acertar.

Christopher devia falar pelos cotovelos quando viajava com a mãe. Dawn não sentiu vontade de conversar. Ficou pensando em Jason, tentando descobrir um modo de vê-lo antes do início das aulas. Ela espiou pela janela, viu as cercas vivas com as rosas brotando. Mitch tinha roseiras em volta do vinhedo também. Ele lhe explicara que elas atraíam as abelhas para a polinização, mas que eram sensíveis às doenças e davam o alarme para os plantadores de uva para que eles pudessem tomar providências para salvar suas parreiras.

A estrada passou por Napa e as levou para o sul da cidade, para a Rodovia 12. Dawn ficou atenta para ver as placas.

– Lá está a saída para a Interestadual 80.

A estrada serpenteava pelo meio dos morros e chegava à interestadual depois de uma curva. Dawn avisou quando apareceu a entrada para Rio Vista.

A mãe sorriu quando pegou o contorno.

– Muito bem, bom trabalho.

Dawn sentiu um prazer imenso.

– Obrigada. – Sorriu com alegria para a mãe. – Agora posso relaxar, certo? Estamos na estrada para Lodi.

– Ah, meu Deus, presa em Lodi de novo.

Dawn olhou para a mãe sem entender o que ela queria dizer.

– É uma música do Creedence Clearwater – a mãe deu de ombros. – De muito tempo atrás.

A estrada ficou mais estreita e seguiu pelas colinas cobertas de capim seco. Um avião militar C-130 decolou da base aérea militar Travis e passou por cima delas. Dawn se inclinou para frente e o viu voar em um círculo fechado.

– Treinando aterrissagens, imagino – disse a mãe, sempre olhando adiante.

– Você e o Mitch não levaram o Christopher para um show aéreo na Travis quando eu estava em Jenner no verão passado?

– Achamos que você não ia se interessar.

Nem tinham perguntado para ela, mas falar desse assunto naquele momento só serviria para aumentar o muro que havia entre elas. Atravessaram um delta pantanoso e seguiram para Lodi, onde pararam num pequeno restaurante. Dawn pediu waffles e ovos mexidos com bacon.

– Você deve ter o mesmo metabolismo da Oma.

A mãe pediu um pote pequeno de frutas picadas e uma xícara de café. A garçonete foi fazer o pedido.

Dawn brincou com o cardápio e o colocou de volta no suporte com o açucareiro, o saleiro, a pimenteira e uma garrafa de ketchup.

– O vovô te ensinou a ler mapas?

– Não. Aprendi sozinha. – A mãe pôs as mãos no colo como uma menina. – Uma vez fui e voltei dirigindo de San Francisco para Bethel, em Nova York.

Dawn se espantou.

– Sozinha?

Esse tipo de aventura não combinava com sua mãe.

– Com uma amiga.

– O que tinha lá em Bethel, Nova York?

– Woodstock.

Confusa, Dawn imaginou o passarinho amarelo do desenho de Charlie Brown.

– Woodstock?

A mãe achou graça.

– História antiga, eu acho. Foi um festival de rock.

Dawn riu, incrédula.

– Você dirigiu milhares de quilômetros, atravessou o país para ir a um festival de rock?

Carolyn prendeu uma mecha de cabelo louro atrás da orelha.

– Chel, eu e um monte de gente de todo o país. Não foi apenas um festival de rock. Foi um acontecimento.

Chel era um nome estranho.

– Chel era um cara?

O pai dela, talvez?

– Rachel Altman. Era minha melhor amiga.

– Ah.

Então por que a mãe nunca falou dela? Por que ela nunca tinha ouvido aquele nome? Dawn brincou com os talheres.

– Como foi? – e levantou a cabeça. – Woodstock, quero dizer.

– Maravilhoso. Pelo menos a música.

Conversar com a mãe era como tentar arrancar macarrão queimado do fundo de uma panela.

– E o que não foi maravilhoso?

– Bem, choveu. O campo virou um lamaçal. Não tínhamos onde nos abrigar. Os poucos banheiros que havia entupiram. A comida acabou.

– Ela deu de ombros. – Os organizadores acharam que só iam comparecer umas duzentas mil pessoas. E apareceram quinhentas mil.

– Quinhentas mil?

Dawn tentou imaginar esse mundo de gente num campo aberto e não conseguiu.

– Todo mundo foi celebrar a música – disse a mãe, com uma expressão distante. – Todos nós falávamos de paz e amor, embora já fosse tarde demais. Nós éramos muito ingênuos.

Ingenuidade nunca fora um dos defeitos que sua avó atribuía à sua mãe.

A garçonete serviu os pedidos das duas. A mãe agradeceu e tirou os talheres do guardanapo de papel. Era como se pendurasse um aviso dizendo: "Silêncio, por favor!" Dawn ignorou.

– Nunca ouvi você falar da Rachel Altman.

Não que fosse surpresa. Ela nunca ouvira a mãe falar de ninguém! Agora que Dawn sabia o nome de alguém do passado da mãe, queria saber mais.

– Não? – a mãe não levantou a cabeça. – Achei que a sua avó podia ter falado dela.

– Não. – Se a avó tinha dito qualquer coisa, Dawn não lembrava. – Você ainda fala com ela? Quero dizer, se eram melhores amigas e tal...

– Não.

A palavra soou firme e definitiva. Fim da conversa. A mãe mexeu nas frutas e cortou um pedaço de melão.

– Que matérias você vai fazer esse ano?

– Inglês, geometria, estudos sociais, educação física, biologia.

Ela ia estudar anatomia e fisiologia aquele ano também.

– E espanhol? Você vai precisar de uma língua estrangeira se quiser entrar na faculdade.

– Espanhol também. Esqueci. Mas não estou muito animada para fazer faculdade.

A mãe levantou a cabeça.

– O que você quer fazer?

– Quero me casar, ter filhos e ser dona de casa – Dawn riu dela mesma. – Não é um objetivo muito bem conceituado, não é? Eu devia querer seguir uma carreira.

Dawn comeu uma garfada de ovos mexidos, satisfeita de ter chocado a mãe. Pelo menos estava provocando alguma reação nela.

Quando pegaram a estrada de novo, a garota bocejou.

– Estou muito cansada – e olhou para o mapa. – Quase não dormi a noite passada.

– Eu não teria vindo sem você.

Dawn esperava conversar com a mãe a viagem inteira, mas os silêncios ficaram cada vez mais longos. Então ela podia muito bem tirar um cochilo para o tempo passar mais depressa. Quando adormeceu, teve a impressão de que a mãe passou os dedos de leve para afastar o cabelo do seu rosto.

Dawn acordou quando o carro parou.

– Chegamos!

A mãe parecia animada e alegre. Tinham estacionado na frente de uma pequena casa com uma garagem para um carro só. Dawn desceu, deu a volta e foi pegar a mochila. Parou na calçada e viu uma rua comprida e reta, com olmos dos dois lados e pequenas casas que pareciam iguais, a não ser pelas cores e pelos jardins. A casa de Oma era amarela com bordas brancas. A porta era de um vermelho vivo. Rosas vermelhas, amarelas e brancas floresciam em profusão embaixo da janela da frente. Um caminho de cimento levava aos degraus e à minúscula varanda.

A porta foi aberta por uma senhora de cabelo branco com permanente e óculos com aros de metal. Usava um vestido azul de bolinhas brancas, com gola também branca.

– O calor vai ser infernal hoje.

A mãe galgou rapidamente os degraus e abraçou Oma. Dawn ficou constrangida. As mãos de Oma pareciam garras de pássaro nas costas da mãe.

– Que bom ver você, *Liebling*. Estou vendo que trouxe alguém especial.

A mãe se endireitou e se virou para trás com um brilho de lágrimas nos olhos.

– A Dawn pediu para vir.

– Pediu? – Oma sorriu para ela. – Bem, vamos entrar, aqui está mais fresco.

Um ventilador rodava sobre um banquinho posto na porta da cozinha e movimentava o ar pesado da pequenina sala de estar com mobília simples. Na parede, havia um quadro com moldura dourada de montanhas nevadas e campos verdes. Perto da janela, uma poltrona reclinável com uma manta branca de crochê jogada sobre um dos braços. De um lado, um abajur de leitura; do outro, uma mesa com uma pilha de livros.

Oma apontou para o curto corredor.

– Carolyn, você pode ficar com o quarto da frente.

A mãe foi para o quarto, levando a mala.

– Dawn, a sala de estar é depois da cozinha, descendo os degraus à sua direita. Você pode usar a cama embutida.

Dawn deu a volta no banquinho do ventilador e entrou na cozinha. Gostou das paredes amarelo-ouro com barras brancas e das cortinas coloridas. À direita ficavam um fogão antigo e uma geladeira pequena de porta arredondada. Três cadeiras de vinil vermelho com pernas cromadas e uma mesa coberta por uma toalha impermeável xadrez azul e branco estavam encostadas na parede do fundo. Uma grande janela dava para um vasto quintal com um gramado verde e árvores carregadas de limões, laranjas e limas.

Dawn passou pela porta lateral nos fundos da cozinha e desceu para a sala de estar. Parecia mais uma biblioteca. Estantes cheias de livros cobriam uma parede inteira. Dawn deixou a mochila ao lado da cama verde de embutir com almofadas bordadas e examinou melhor a coleção de Oma. Cada prateleira tinha livros que tratavam de um mesmo tópico: história do Egito antigo, história dos Estados Unidos, biografias. Algumas prateleiras tinham livros sobre agricultura e administração. Uma era só de romances, todos clássicos, todos incluídos na lista de leituras preparatórias da faculdade de Dawn.

O quintal era muito atraente. Ela saiu da casa e respirou o perfume doce das glicínias, das rosas e dos alissos, misturado ao cheiro da grama recém-cortada. Abelhas zumbiam em volta da roseira trepadeira nos postes que sustentavam a cobertura de treliça branca do pátio. As duas cadeiras brancas de vime com almofadas listradas de verde e branco e um sofá-balanço amarelo e branco pareciam muito convidativos. Fúcsias vermelhas, roxas e cor-de-rosa derramavam-se de vasos pendurados.

Alguém abriu a janela da cozinha.

— May Flower Dawn! — chamou Oma. — Chá gelado ou limonada?

Quanto tempo fazia que alguém não a chamava de May Flower Dawn? Só a mãe fazia isso, e, mesmo assim, raramente.

— Limonada, obrigada.

Ela entrou na cozinha e viu a mãe sentada à mesa com um copo de chá gelado. Estava muito tranquila e bonita, os olhos azuis brilhavam.

— É muito bom estar aqui, Oma.

Era evidente que estava sendo sincera.

A mão de Oma tremeu e derramou um pouco de limonada quando pôs um copo na frente de Dawn.

— Droga. Ainda bem que não derramei tudo em cima de você. Estou mais trêmula do que nunca.

— O que o médico disse? — a mãe perguntou.

— Disse que estou ficando velha — Oma resmungou. — Como se eu não soubesse. Todas as manhãs me olho no espelho para botar a dentadura — e fez uma careta. — Mas vamos falar sério. Bolo branco agora ou depois do jantar?

A mãe deu risada.

— Que tal agora *e* depois do jantar?

— Boa, menina! — Oma piscou para Dawn. — Ela continua adorando um doce. E você, senhorita May Flower Dawn?

Apenas Dawn, ela quis dizer, mas não disse. Jamais tinha visto a mãe tão alegre e não queria ser desmancha-prazeres.

— Qualquer hora é boa para uma sobremesa.

— Boa resposta.

A mãe pediu que Oma se sentasse, pois ela se encarregaria de servir. Oma concordou. A mãe cortou o bolo, e Oma quis saber notícias de Christopher e Mitch. Bastou uma pergunta de Oma para as palavras jorrarem da boca da mãe. Dawn nunca vira a mãe tão falante, tão natural daquele jeito. E também nunca tinha provado algo tão gostoso como o bolo de Oma. O da vovó não chegava nem perto.

– E você? – Oma perguntou para Dawn. – O que anda fazendo?

– Não muito – a menina sacudiu os ombros. – Além de estar totalmente apaixonada por um cara lindo que conheci num grupo de jovens.

Dawn nem acreditou que tinha soltado aquela informação assim. Oma era praticamente uma desconhecida.

– E você o deixou sozinho para vir para cá visitar uma senhora idosa? Desse jeito vou ficar convencida.

– Infelizmente o Jason mal sabe que eu existo.

Dawn tirou os pratos e os colocou na pia.

– Posso sentar lá fora? O jardim é muito lindo, e adorei o balanço.

Oma gesticulou.

– Sinta-se em casa, fique à vontade.

Dawn se recostou no balanço com um pé no chão para dar impulso. Olhou sonhadora para as flores vermelhas, laranja e douradas da trepadeira no teto de treliça. Não tinha esperado nada, mas estava gostando do lugar. A avó tinha dito que Oma era meio distante e um tanto fria, uma mulher que esperava a perfeição, mas até ali ela não tinha sentido nada disso. Quem sabe a idade a tivesse deixado mais suave. Se sua bisavó esperava sempre a perfeição, como é que ela e a mãe podiam ser tão íntimas? A mãe tinha quebrado regras morais e, com isso, o coração da avó também.

A janela da cozinha estava aberta, e Dawn pôde ouvir a mãe e Oma conversando dentro da casa. Não dava para distinguir as palavras, mas a tagarelice e os risos incessantes indicavam claramente que as duas se davam muito bem, que se amavam muito.

E sempre fora assim. A avó dizia que elas tinham um clube privado de apenas dois membros e que não adiantava tentar entrar. Mas Oma tinha recebido Dawn muito bem. Parecia realmente feliz por ela ter ido passar a semana ali. E Dawn não esperava por isso.

A porta dos fundos se abriu e Oma apareceu.

– Podemos ficar aí com você?

Dawn deu um sorriso de orelha a orelha.

– Desde que eu não tenha de sair do balanço.

– Pois fique aí. Tenho de mudar o aspersor de lugar.

Ela foi até lá e puxou a mangueira.

A mãe saiu da cozinha segurando dois copos de limonada gelada. Pôs um na mesa ao lado do balanço.

– Achei que você ia querer mais. – E se sentou em uma das cadeiras brancas de vime. – Está quente aqui fora, não está? Parece uma sauna.

Oma arrastou a mangueira, com o aspersor rodando e espalhando água.

– E então, o que achou, Dawn?

Ela puxou a mangueira e endireitou o aspersor, depois voltou para o pátio coberto.

– O que achei de quê?

Oma se sentou na outra cadeira de vime.

– De vir para cá com a sua mãe.

– Gostei de ter vindo.

– Ótimo.

Oma inclinou a cabeça para trás e deu um suspiro, com um sorriso de Mona Lisa.

30

Naquela noite, as três foram para a sala de estar para assistir ao programa *Jeopardy*! na TV. Oma sabia a resposta de todas as perguntas antes dos competidores. Impressionada, Dawn perguntou se algum dia ela havia pensado em se inscrever no programa.

— Você faria uma fortuna, Oma!

— Podia fazer sentido trinta anos atrás, quando eu precisava do dinheiro, mas tenho mais do que preciso agora. O que eu ia fazer com uma fortuna, além de deixá-la para os meus filhos e arruinar a vida deles? E não me venha com esse sorriso debochado. Seria ainda pior dar o dinheiro para os netos ou bisnetos. Tiraria toda a iniciativa deles para fazer alguma coisa que preste da vida. É dos dias difíceis de juntar todas as moedas que você vai lembrar com carinho quando for um dinossauro como eu.

— A vovó diz que todos os pais e mães desejam tornar a vida dos filhos mais fácil.

Oma abaixou o volume com o controle remoto quando entrou um comercial.

— Tornar as coisas mais fáceis para os filhos às vezes é a pior coisa que você pode fazer. Claro que às vezes é mais fácil para os pais. Mas o que isso provoca a longo prazo? – Ela largou o controle remoto. – Veja o exemplo da sua avó. Ela foi um bebê doente. Se eu tivesse continuado a protegê-la, ela cresceria fraca. Mas ela é forte. Criou os próprios sonhos e tratou de conquistá-los.

Dawn fez uma careta.

– Esqueci. Ela pediu para mandar um "oi" para você.

Oma resmungou.

– Da próxima vez que você falar com ela, diga que prefiro que ela ligue para mim em vez de mandar um recado.

A mãe deu um tapinha na mão de Oma e beijou o rosto dela antes de se levantar.

– Vou para a cama.

– Durma o tempo que quiser, Carolyn. Você está de férias.

A mãe desejou boa noite para Dawn e foi para a cozinha. Oma se afastou para dar mais espaço para a garota no sofá.

– Como esse é o seu quarto, avise quando quiser tê-lo só para você.

– Até que horas você costuma ficar acordada?

– Depende do que tem na televisão. Ultimamente não muito. Em geral eu acabo lendo na sala de visitas, mas no momento estou entre livros.

Dawn olhou para a parede dos fundos e riu baixinho.

– Você deve adorar ler.

– Encontrou alguma coisa que te interesse?

– Preciso ler *Ivanhoé* para a aula de inglês ano que vem.

– Precisa? – Oma se levantou e tirou o livro da estante. – Não seria um clássico se não tivesse conquistado o respeito e o coração de muitas gerações – e deixou o livro cair no colo de Dawn. – Leia cinquenta páginas. Se não for fisgada, ponha de volta na estante. Se gostar, leve para casa como um presente meu.

As duas assistiram a um filme de mistério em silêncio. Às dez horas, quando terminou, Oma passou pelos canais e comentou cada um.

– Reprise. Bobo. Cópia de um programa melhor. Lixo. Mais lixo. Desisto!

Desligou a televisão e pôs o controle remoto no armário. Em casa, se Dawn não se interessasse por nada, sempre podia botar um vídeo. Oma não tinha videocassete, que dirá uma coleção de filmes.

Ela se levantou com dificuldade e foi para os degraus da cozinha.

– Que tal um chocolate quente? Agora que esfriou, podemos sentar lá fora e admirar as estrelas.

Dawn se sentou numa cadeira de vime, fascinada de ver a bisavó apontando para as estrelas e constelações e contando as histórias da mitologia de cada uma delas.

– Como é que sabe de tudo isso, Oma?

– Eu me interesso. Tenho o *Livro de ouro da mitologia* na minha biblioteca, se *Ivanhoé* não prender a sua atenção. – Ela fez um gesto largo com a mão. – Há um universo inteiro de coisas para aprender.

Os grilos cricrilavam canções de amor enquanto Dawn bebia o chocolate e ouvia Oma falar, até fazer uma pausa e suspirar.

– Você deixou sua mãe muito feliz de ter vindo para cá.

– Eu tive de implorar para ela me trazer – admitiu Dawn. – Ela prefere a companhia do Christopher.

– O Christopher nunca disse "Eu te odeio. Queria que você morresse para eu poder ir pra casa e morar com a vovó".

– O quê? – disse Dawn com a voz sumida.

– Ah, foi há muito tempo. Vocês tinham acabado de se mudar para Alexander Valley. Sua mãe disse que compreendeu. Afinal, você tinha passado muito mais tempo com a sua avó do que com ela. E a sua avó tinha moldado a própria vida em função de você.

Dawn não sentiu nenhuma condenação na voz de Oma, mas quase chorou de qualquer maneira. Não pensava naquilo há muito, muito tempo. Lembrava-se de ter sentido vergonha, de ter querido pedir desculpas. Lembrava-se de quando a mãe dissera que, se ela quisesse conversar, poderia ligar para a avó. Ela não tinha contado nada disso à avó. Estava envergonhada demais para admitir.

– Às vezes dizemos coisas que não queremos.

– Mas você quis dizer isso naquela época. – Oma estendeu a mão e deu uns tapinhas no braço dela. – Eu também falei coisas das quais me arrependi, minha querida. Nós todos fazemos isso.

– A vovó sempre me amou.

– E a sua mãe também.

Dawn queria acreditar nisso.

– Não como a vovó.

– E por que você acha isso?

Por que não ser franca? Talvez conseguisse obter a verdade de Oma. Ninguém mais queria falar sobre o passado.

– Acho que eu não estava nos planos dela. Fui um erro numa longa lista de erros que ela cometeu.

– Quando foi que ela te disse isso?

– Ela nunca me diz muita coisa.

– A sua mãe não diz muita coisa para ninguém além do Mitch.

– Ela conversou com você a tarde toda – disse Dawn, sem pretender parecer ressentida ou com ciúme. – Nunca vi a minha mãe falar tanto com alguém, nem mesmo com o Mitch.

– Ela se sente segura comigo.

Dawn olhou para ela, esperando mais. Deu para ver o brilho nos olhos de Oma, que olhava para o céu.

– Sua mãe nunca teve de policiar as palavras comigo. Ela pode dizer tudo o que pensa sem temer que eu vá amá-la menos.

Oma continuou olhando para as estrelas em silêncio por alguns minutos, depois disse:

– Todos nós cometemos erros. É assim que aprendemos. Tenho certeza de que a sua mãe admite ter cometido sua cota de erros. Mas também tenho certeza de que ela não considera *você* um deles.

– Talvez ela estivesse até hoje em Haight-Ashbury se não tivesse engravidado de mim.

Oma franziu o cenho.

– Ora, ora, não sei como você pode acreditar nisso, se ela nem sabia que você estava a caminho. Só soube um mês *depois* de voltar para casa.

– A vovó disse que ela voltou para casa grávida.

– É. Foi isso mesmo. Só que estar grávida não é a mesma coisa que saber que está grávida. Sua mãe descobriu no mesmo dia em que sua avó descobriu.

Dawn procurou se lembrar das coisas que a avó tinha contado para ela.

– Talvez eu tenha entendido mal.

Oma ficou calma de novo.

– Você não seria a primeira.

Dawn mordeu o lábio.

– Você sabe quem é o meu pai?

– Eu nunca perguntei. Você perguntou?

– Perguntei – disse Dawn, frustrada –, mas ela sempre muda de assunto.

– Então talvez seja bom pensar quando e como você perguntou.

– Eu só quero saber a verdade, Oma. Eu não tenho o direito de saber?

– Está tudo muito bem, mas o que você faria com a verdade, se a conhecesse?

Oma falava de forma confusa!

– Não entendi o que quer dizer.

A bisavó se levantou da cadeira de vime.

– Então já tem alguma coisa para pensar, não é?

Pegou a xícara vazia, disse boa noite e entrou na casa.

No dia seguinte, no café da manhã composto de ovos mexidos, salsicha e biscoitos, Oma contou o que suas outras "crianças" estavam fazendo. Dawn não resistiu e riu da ideia da avó, na casa dos sessenta anos, ainda ser considerada uma criança. O tio Bernhard tinha recebido um prêmio de prestígio, havia muito merecido, pelos híbridos de limeiras, limoeiros e laranjeiras que criara. Os negócios prosperaram muito, e o filho deles, Ed, agora administrava a contabilidade, assim como a publicidade, para que Bernie pudesse se concentrar nas experiências de horticultura.

Circulavam boatos em Hollywood de que tia Clotilde seria indicada ao Oscar.

– Parece que os figurinos que ela criou para um filme de ficção científica ficaram uma coisa de outro mundo – brincou Oma.

Tia Rikka ainda morava em seu apartamento no Soho.

– Ela diz que tem boa iluminação para pintar e muitos modelos. Agora está pintando retratos. Acabou de fazer um de um mendigo do Bronx com o pescoço e os braços cobertos de tatuagens. Deu a ele o nome de

Simão, o Zelote. Ela convenceu um fiscal da receita a posar como Mateus, o coletor de impostos. Eu não sei quem vai comprar esses retratos, mas ela não se importa. Diz que economizou bastante para poder pintar o que quiser por um tempo. Se ficar sem dinheiro, pode soldar pedaços de metal, dar-lhes um nome interessante e botá-los naquela galeria de arte que adora o trabalho dela. Ela me disse que tem um amigo que pregou um urinol num pedaço de madeira e o vendeu por duzentos mil dólares! – Oma balançou a cabeça. – As pessoas se fazem de idiotas quando tentam acompanhar a última loucura no mundo das artes.

A mãe pegou a lista de compras de Oma e foi para o mercado, deixando Dawn sozinha com a bisavó. Oma deu um sorriso afetado para Dawn quando a mãe saiu de casa.

– Estou sendo a sua babá ou você está sendo a minha? – E se levantou da poltrona. – Preciso regar as plantas. Quer ir até o quintal comigo? Podemos ficar de olho uma na outra.

Dawn se instalou no balanço.

– Você teve quatro filhos, Oma, e eles são tão diferentes uns dos outros...

– São mais parecidos do que você imagina. – Oma inclinou um regador sobre uma caixa da qual transbordavam petúnias azuis e vermelhas. – Os quatro são inteligentes, bonitos e descobriram talentos dados por Deus. Clotilde e Rikka são artistas. Bernhard e Hildemara deram para a ciência.

Dawn pôs o braço atrás da cabeça.

– Acho que eu não tenho nenhum talento.

Oma endireitou as costas e olhou feio para ela.

– Como você sabe? Ainda não experimentou nada... Além do futebol, que sua mãe disse que você joga muito bem.

– Ah, é. Mas acho que não existe nenhuma liga profissional de futebol feminino.

Oma largou o regador e se sentou numa cadeira.

– Você já deve ter uma boa ideia do que deseja fazer da vida.

Casar. Ter filhos. Mas ela não queria dizer isso depois da indiferença da mãe.

– Eu só tenho quinze anos. Como é que posso saber?

— Aos quinze anos, sua avó lia livros sobre Florence Nightingale. Eu saí de casa com quinze anos. Sabia o que queria, ou pelo menos achava que sabia, e corri atrás disso.

Dawn não podia imaginar sair de casa naquele momento, que dirá sair do país. Como Oma tinha feito aquilo?

— O que você queria, Oma?

Será que ela fugiu como a mãe tinha feito? Talvez esse fosse o laço que havia entre elas, ou parte dele.

— Eu queria uma chance de fazer algo da minha vida, e meu pai achava que educar uma filha mulher era desperdício de tempo e dinheiro. Ele me fez largar a escola aos doze anos e me fazia trabalhar em qualquer tarefa braçal que aparecesse. Ele achava que eu não seria ninguém. Me mandou para a escola de prendas domésticas em Berna para aprender a ser uma serviçal. Não era o que eu queria, mas encontrei maneiras de aproveitar aquele aprendizado. Eu queria ser proprietária de algo tão grandioso como o Hotel Edelweiss um dia.

— Hotel Edelweiss?

— A família da minha amiga Rosie tinha um hotel. Continua sendo da família, até onde eu soube.

— Então você teve de desistir desse sonho?

— Não totalmente. Eu tive uma pensão em Montreal e ajudei a construir um sítio de quarenta acres que produzia amêndoas e uvas. Se meu pai tivesse me mimado e protegido, talvez eu acabasse ficando em Steffisburg servindo a ele o resto da vida.

Ela bufou e balançou a cabeça.

A única coisa que Dawn queria fazer era se casar e ter filhos. Não parecia grande coisa comparado ao sonho de Oma, ou da avó, ou até mesmo de sua mãe, que tinha se tornado uma corretora de imóveis bem-sucedida. Em menos de três anos, Dawn completaria dezoito anos. Ia precisar de algum plano até seus sonhos se realizarem, se é que se realizariam.

— A ideia de sair sozinha por aí me assusta.

Ficava apavorada só de pensar nisso.

— Talvez porque você tenha conforto demais — retrucou Oma. — Um belo e grande quarto numa casa enorme, com piscina, comida e roupa lavada, sem que você precise fazer nada. Por que você ia querer sair de lá? As pessoas que eu mais amava me disseram para ir. Minha mãe disse para eu alçar voo. Rosie mal podia esperar para que eu vivesse minhas aventuras. Até as minhas patroas, Solange e depois Lady Daisy, disseram que eu tinha de ir. Elas gostavam de mim, mas deixaram suas necessidades de lado pelo meu bem. Há pessoas que nos levam para baixo e há pessoas que nos dão asas. Eu tive de empurrar a sua avó para fora do ninho. Se não tivesse feito isso, ela seria solteira até hoje, estaria morando no sítio, achando que tinha de cuidar de mim – disse Oma, parecendo aborrecida com a lembrança. – Eu amo cada um dos meus filhos e fiz o melhor que pude para criá-los. Só não fui sempre a mãe que eles queriam – ela deu um suspiro. – Tentei consertar a disputa com a sua avó, mas... – ela balançou a cabeça. – É mais fácil levantar um muro do que construir uma ponte.

– Você lamenta não ter conseguido realizar o seu sonho, Oma?

– Não posso reclamar. Às vezes concretizamos nossos sonhos como nunca imaginamos. Eu nunca pensei que um dia ia me casar, menos ainda que teria filhos. Eu queria estudar, mais do que qualquer outra coisa. Não tenho diploma do segundo grau, mas sei falar três línguas e li mais livros bons do que muitos formados. Ainda bem que Deus não se limita ao que temos em mente para nós mesmos. O plano dele é muito maior. Quando se chega à minha idade, pode-se parar, olhar, pensar na sua vida inteira e ver que o plano de Deus foi muito melhor.

– O Jason fala de Deus como você.

Oma ergueu as sobrancelhas.

– Como?

– Como se Deus se importasse.

– E você acha que ele não se importa?

– Bem, acho que sim, mas...

– Está quente demais aqui fora para discutir filosofia – Oma se abanou. – Vamos lá para dentro.

Dawn foi para a casa com Oma. Sentaram-se à mesa da cozinha, com o ventilador ligado na velocidade máxima.

– À medida que vou envelhecendo, vou ficando com mais saudade dos Alpes. Mas também pode ser apenas o calor.

– Você voltou lá alguma vez?

– Uma só, quando tinha oitenta e quatro anos. Rikka foi comigo e desenhou a velha igreja luterana, a escola em que estudei, o Castelo Thun. Uma vez me chamaram para trabalhar lá.

– Num castelo?

Dawn ficou impressionada.

Oma bufou com cara de desprezo.

– Como empregada, recebendo uma migalha em troca da honra de trabalhar lá – e bufou de novo. – Eu não aceitei.

– Eu nunca soube de nada disso. Você devia escrever toda a sua história.

Oma se levantou, pegou um velho diário com capa de couro de uma gaveta da cozinha e o jogou na mesa, na frente de Dawn.

– Rosie me deu isso de presente de despedida quando viajei para Berna. Pediu que eu o enchesse de aventuras – ela deu uma risadinha. – Eu não esperava ter nenhuma aventura. Então enchi o diário com todo tipo de informações úteis, coisas que me levariam até onde eu queria chegar. E, com o tempo, acho que algumas das minhas "aventuras" também acabaram entrando nessas páginas.

Dawn abriu o diário. A caligrafia alemã de Oma era pequena e perfeita como a da Declaração da Independência e cobria praticamente todas as folhas.

– Você pode ler algumas partes para mim?

Oma pôs as mãos na cintura.

– *Ivanhoé* é muito mais interessante, especialmente para uma menina com inclinações românticas. Jason, não é? É com ele que você quer se casar?

Dawn enrubesceu.

– É o que eu espero – e, para disfarçar a vergonha, deu um sorriso maroto para Oma. – Terminei de ler *Ivanhoé* ontem à noite.

– Ah, é? Ora, você é uma menina muito esperta – Oma ficou satisfeita. – Vá em frente e leia o meu diário. Só a primeira parte está em alemão. Comecei a praticar o inglês assim que pude. No mínimo isso vai ajudá-la a pegar no sono.

Dawn folheou as páginas.

– Tem alguma receita de poção de amor, ou conselhos para conquistar o coração de um cara?

Oma deu risada.

– Nisso você está por sua conta, menina. Eu só namorei um homem e acabei me casando com ele. Mas há explicações de como consertar cercas e construir pontes. Não que eu jamais tenha sido boa em nenhuma dessas coisas.

31

Naquela noite, depois que a mãe e Oma foram dormir, Dawn ficou acordada, lendo o diário. As primeiras folhas, em alemão, pareciam listas e possivelmente receitas. O diário mudava para o inglês depois de um título: "Chá completo para Lady Daisy". Uma receita de sanduíche de frango temperado, depois dicas de como lavar roupa de cama e mesa, polir prataria e limpar assoalhos de madeira. Às vezes aparecia uma frase que não se encaixava com o resto.

Mais um ano e vou esquecer por que vim para a Inglaterra. Será que eu quero ser tão inútil como a srta. Millicent?

Oma tinha enchido uma folha inteira com informações sobre a rotação de plantações e a poda de amendoeiras e parreiras.

Comprei uma carroça hoje. Niclas não gostou. Eu gostei!

Depois, mais receitas e uma lista de "Atividades do Pandemônio de Verão". Oma tinha preenchido as duas últimas páginas com versículos da Bíblia.

Confie no Senhor de todo o coração e não se fie na própria compreensão. Reconheça Deus em todos os seus caminhos, e Ele o guiará. Provérbios 3,5-6

Oma tinha desenhado folhas e gavinhas de parreira em volta dessa citação das Escrituras. A segunda se destacava, com mais espaço em volta do que qualquer outra coisa escrita nas demais páginas.

Quando eu era criança, falava como criança, pensava como criança, raciocinava como criança, mas, quando me tornei um homem (uma mulher), deixei de lado as coisas de criança. Pois agora vemos através de um espelho indistinto, depois ficamos face a face. Agora o meu conhecimento é incompleto, mas então conhecerei e também serei reconhecido. E agora existe a fé, a esperança e o amor, essas três coisas. Mas a maior de todas é o amor. 1 Coríntios 13,11-13

Dawn chegou à última página.

Eu realizei a esperança da minha mãe e espero ter dado asas aos sonhos da minha filha.

Oma deixou um espaço e escreveu mais.

Uma criança mimada e protegida cresce deficiente.

Um parágrafo encerrava o diário.

Eu vivi e amei da melhor forma que pude, confiando que Deus cumpriria a sua promessa de jamais perder uma ovelha do seu rebanho. Agarro-me ao que minha mãe me ensinou. Vivemos e respiramos em Deus. Um dia nos encontraremos todos novamente nele. Nele somos um. Nesta vida não amaremos com perfeição. Na próxima, Deus promete que sim. Eu me agarro a essa esperança. Conto com esse sonho.

A caminho de casa, indo para Alexander Valley, a mãe adotou seu silêncio habitual. Dessa vez, Dawn não se incomodou muito, depois de uma semana com Oma.

– Posso voltar lá com você no próximo verão?

A mãe sorriu e continuou olhando para frente.

– Então você gostou.

– Gostei muito. – Dawn não queria mais ficar de fora ou ser deixada para trás. – O Christopher e eu podíamos acampar no gramado da frente da casa da Oma.

– Ele ia gostar disso.

Bem, a mãe não tinha dito que ela não podia ir.

– A Oma é a pessoa mais culta que já conheci – e deu um sorriso de provocação para a mãe. – Mais até do que o Mitch.

A mãe riu baixinho.

– Ela viveu muitas décadas a mais do que ele.

Dawn gostou da nova cumplicidade entre as duas.

– Podemos parar numa papelaria no caminho de casa? Gostaria de comprar um presente de agradecimento para Oma.

– Está pensando em comprar o quê?

– Um diploma.

Elas pararam em Santa Rosa.

– Quero alguma coisa que pareça um diploma de verdade. Tem de parecer autêntico. Esse aqui – apontou ela. – Vai dizer que Marta Waltert se formou magna cum laude na Escola da Vida.

A mãe deu risada.

– Ela vai adorar!

Quando pegaram o diploma emoldurado, Dawn escreveu um cartão e o colocou dentro da caixa, antes de enviá-la para Merced pelo correio.

Querida Oma,
Aprendi mais com você em uma semana do que em dez anos de escola. Espero poder visitá-la de novo em breve.

Com amor,
Dawn

Dez dias depois, chegou pelo correio um pacote de Oma. Dawn o abriu sobre a mesa da cozinha, junto com a mãe.

– Um diário de couro! Igual ao que a amiga dela, Rosie, deu para ela.

Dawn passou a mão na bela capa de couro marrom. Quando o abriu, um bilhete esvoaçou e caiu no chão. A mãe o pegou e o deu para Dawn.

Se aprendeu mais comigo em uma semana do que em dez anos de escola, não estava prestando atenção! Abra esses lindos olhos azuis e veja o mundo à sua volta! Abra esses belos ouvidos que parecem conchas e ouça! Trate de ir atrás dos seus sonhos. Obrigada pelo diploma. Já o pendurei na parede do meu quarto, onde posso admirá-lo todas as noites e rezar pela menina abençoada que o enviou.

Com amor,
Oma

Querida Rosie,

 Este ano Carolyn trouxe May Flower Dawn para cá. Eu já tinha perdido a esperança de conhecer a minha bisneta. Ela era uma criança muito malcriada, muito cheia de si, muito mimada pela Hildemara, e criticava muito a Carolyn... embora isso não fosse apenas culpa dela. Era Christopher que costumava vir com Carolyn, mas Dawn pediu para vir dessa vez. Encaro isso como um milagre. Nunca pensei que ela gostasse de mim.

 Dawn está apaixonada por um rapaz que mal sabe que ela existe. Eu duvido. A menina é linda, tem cabelo louro comprido, olhos azuis, belas feições. Fiquei chocada. É a imagem perfeita de Elise. Felizmente tem um temperamento muito diferente. May Flower Dawn e eu tivemos algumas boas e longas conversas. Tive a grata surpresa de ver que ela gosta de aprender. Estou encantada com ela. Pode muito bem ter herdado o melhor de Hildemara Rose e de Carolyn, e talvez um pouco de mim também. Não muito, espero.

 Ela me enviou um presente pelo correio. Segundo diz o diploma que ela mandou fazer, formei-me magna cum laude na Escola da Vida. Eu ri e chorei quando o vi, e chorei mais ainda quando li seu doce bilhete. May Flower Dawn quer voltar para cá. Isso me encheu de alegria! Será que ouso esperar que ela possa ser quem vai trazer minha filha de volta para mim? Ah, como eu adoraria reunir Hildemara, Carolyn e May Flower Dawn e servir um chá para elas no meu pátio. Imagine só, Rosie! Mulheres de quatro gerações juntas, finalmente. Poderíamos aproveitar o perfume das rosas de verão e conversar. Ah, como eu adoraria isso...

32

A avó ligou três semanas depois. Quando Oma não atendeu o telefone, a vizinha foi até a casa dela e a encontrou sentada na poltrona. Tinha morrido tranquilamente, com *Democracia na América*, de Alexis de Tocqueville, aberto no colo.

O memorial foi numa igreja metodista em Merced. As duas primeiras filas ficaram lotadas de parentes, e as outras, ocupadas por amigos. Não tinha ar-condicionado, e o calor do fim de agosto deixava o santuário quase insuportável. Tio Bernie e tia Elizabeth, Ed, a avó e o avô, tia Cloe e seu marido produtor, Ted, tia Rikki e um velho amigo, viúvo, chamado Melvin, estavam lá. Dawn se sentou ao lado da mãe, num banco atrás dos avós. Mitch se sentou do outro lado da mãe e a abraçou, como se tivesse de sustentá-la assim. Christopher se sentou ao lado de Mitch e se apoiou nele.

Dawn nunca havia perdido ninguém antes e sentia mais pena do que tristeza. Gostava imensamente de Oma e desejava ter passado mais tempo com ela. Mas a profundidade da tristeza da mãe a assustou. A mãe chorou três dias seguidos depois que a avó ligou para dar a notícia. Estava há uma semana sem comer. E agora estava ali, muito abatida, com as lágrimas escorrendo pelo rosto enquanto o ministro falava do céu e da esperança que Deus dava a todos que acreditavam na crucificação e na ressurreição de Jesus Cristo, nosso Salvador e Senhor.

A avó se virou para trás e olhou para Carolyn com expressão de preocupação, quase raiva. Dawn tinha ouvido quando ela conversava com a mãe na sala do pastor, antes do memorial.

– Você vai ficar bem, Carolyn?

Ela parecia impaciente.

– Ela vai ficar bem, Hildie – disse o avô, passando o braço na cintura da avó. – Venha. Precisamos entrar e nos sentar.

– Não. – A avó se afastou dele e continuou olhando fixo para a mãe. – Se não consegue se portar melhor do que isso, Carolyn, talvez seja melhor ficar aqui e chorar até se acabar.

A mãe engoliu em seco e gemeu como se tivesse levado um soco.

Mitch fechou a cara. Dawn nunca tinha visto o padrasto com tanta raiva.

– Não é vergonha nenhuma sofrer por alguém que ela ama!

– Vergonha nenhuma – o avô disse e segurou o braço da avó com firmeza.

A avó ficou arrasada e virou de costas.

Mitch parecia desesperado e resmungou o primeiro palavrão que Dawn já o ouvira dizer. Ele abraçou a mãe e sussurrou alguma coisa para ela. Christopher ficou confuso e angustiado. Dawn pôs o braço no ombro dele e disse que tudo acabaria bem, embora não tivesse nenhuma certeza disso.

Agora, durante o memorial, ela analisou o rosto sofrido da mãe e sentiu vontade de chorar. Segurou a mão dela e a achou fria. Enquanto o ministro fazia seu discurso, ela se lembrou de coisas que a avó lhe tinha dito. Sua mãe sempre se isolava dos outros, mesmo quando criança. Ela gostava de ficar sozinha em seu mundo de sonho. Brincava horas lá fora com o cachorro.

Dawn pensou que isso queria dizer que sua mãe não ligava muito para ninguém além de si mesma, que não precisava de ninguém. Mas era óbvio que ela gostava profundamente de Oma.

Mitch resolveu que iriam embora de Merced logo depois do início da recepção.

– Ela já suportou tudo o que podia – ele disse para o avô.

– Nós temos de ficar – o avô respondeu. – O advogado vai ler o testamento amanhã de manhã. Parece que Oma conseguiu fazer bons investimentos.

No caminho para casa, a mãe ficou espiando pela janela do carro. Lágrimas escorriam pelo rosto pálido. Mitch estava preocupado. Christopher deitou a cabeça no colo de Dawn e dormiu quase o tempo todo. A menina não sabia o que fazer além de rezar. *Deus... Deus...* Mas nem assim encontrava palavras.

Nas duas últimas semanas antes que as aulas começassem, a mãe cuidou das tarefas domésticas como um robô. Nem Christopher conseguia animá-la com sua tagarelice alegre e seu repertório de novos trocadilhos e piadas bobas. Quando a avó ligou, Dawn fugiu para Jenner by the Sea. O avô perguntou como estava a mãe dela, e a avó se intrometeu.

– Você sabe muito bem como, Trip. Eu te disse que liguei para lá dias atrás e Mitch disse que ela não estava disposta a falar comigo.

– Talvez esteja se sentindo melhor agora.

– Ela nem fala comigo!

– Ela não está falando com ninguém, vovó.

Segurando o choro, Dawn foi para o quarto azul ao lado da cozinha e fechou a porta dupla de madeira. Dava para escutar os avós conversando em voz baixa à mesa da cozinha. O avô levantou a voz.

– Você está mais furiosa com o sofrimento de Carolyn do que triste com a morte da sua mãe!

Dawn ouviu a avó chorar e depois passos rápidos indo para o quarto dos fundos. Abriu a porta devagar e viu o avô sentado à mesa da cozinha, olhando para o rio Russian pela janela. Foi se sentar perto dele. Ele deu um sorriso triste e disse, irritado:

– Mulheres! Ruim com elas, pior sem elas. – E suspirou. – As coisas não seriam tão complicadas se tudo tivesse sido acertado entre a sua avó e Oma anos atrás.

– O que não foi acertado?

Ele coçou a cabeça quase calva.

– Nada que possa ser resolvido agora.

De volta em casa, Dawn deixou a mãe em paz e saiu para passear no jardim e no vinhedo sozinha. Mitch tinha começado a construir uma nova sala de degustação na primavera e agora trabalhava na obra com os carpinteiros. Talvez quisesse ficar fora para a mãe poder curtir seu luto sozinha.

Com calor e cansada, Dawn entrou de novo e encontrou a mãe sentada à mesa da cozinha, bebendo uma xícara de chá fumegante. A menina se sentou ao lado dela.

– Tem alguma coisa que eu possa fazer por você, mãe?

Tinha terminado de lavar e dobrar a roupa. Só precisaria começar a preparar o jantar dali a três horas.

– Só preciso de tempo – disse-lhe a mãe, pondo as mãos em volta da xícara. – Queria que você a tivesse conhecido melhor.

– Eu também queria. E a culpa é minha de não tê-la procurado mais.

Dawn sofria pela mãe. E sentia pela avó também. As duas deviam estar se consolando, mas mal se conversavam.

– Você quer falar sobre a Oma? Isso ajuda?

A mãe levantou a cabeça e deu um sorriso triste, desolado.

– Você devia pensar em ser psicanalista.

Dawn riu baixinho e começou a chorar. Com raiva dela mesma, cobriu o rosto.

– Desculpe. Eu gostaria de poder tornar as coisas mais fáceis para você e para a vovó. Ela chorou o fim de semana inteiro.

– Chorou?

Dawn secou as lágrimas do rosto.

– Ela sorria e fingia que estava tudo bem, mas então desaparecia, entrava na garagem e chorava.

A mãe esfregou as têmporas.

– Você vai ser um grande consolo para ela.

– E quanto a você, mãe?

Dawn percebia o esforço que a mãe estava fazendo para ficar sentada à mesa. Carolyn inclinou o corpo para frente, apertando os olhos com as mãos. Estava tentando impedir um novo jorro de lágrimas?

– Eu não vou fugir para Haight-Ashbury – ela quase sussurrou, com a voz rouca. – Não vou fugir...

Foi estranho ela dizer isso, mas Dawn não quis piorar as coisas, perguntando o que ela estava querendo dizer.

– O Christopher precisa de você, mãe.

Quem sabe isso bastaria para tirá-la daquele desespero. A mãe levantou a cabeça com esforço, o olhar vazio.

– Mas você não.

Dawn, num impulso, admitiu o que nunca tinha admitido antes.

– Preciso sim.

Então deslizou a mão na mesa e dobrou os dedos, chamando, esperando que a mãe entendesse. A mãe ficou olhando em silêncio, muito pálida. Dawn esperou, contou os segundos, e, quando estava prestes a perder a esperança, a mãe escorregou a mão na mesa e entrelaçou os dedos nos de Dawn. A primeira fagulha de vida voltou aos olhos da mãe quando as duas deram as mãos.

33

— Correspondência para você.

A mãe entrou no quarto de Dawn e lhe entregou dois envelopes. A garota largou o livro que estava lendo – *Orgulho e preconceito*, de Jane Austen – e abriu o maior envelope primeiro. Membros do grupo de jovens tinham lhe enviado um cartão de pêsames, desejando que ela voltasse logo a frequentar as reuniões. Até o pastor Daniel tinha assinado. O segundo envelope era um bilhete de Jason Steward.

Querida Dawn,
A Kim me contou que sua bisavó se foi. Sinto muito a perda da sua família e espero que vocês encontrem consolo no Senhor Jesus. Espero vê-la quando as aulas começarem. Se quiser conversar, estou pronto para ouvir.

sinceramente,
Jason Steward

Ela passou o resto da tarde obcecada com aquele bilhete de Jason. Será que ele queria que ela ligasse? Será que era um convite para um relacionamento? E, se fosse, de que tipo? Amizade ou algo mais?

Ela levou uma noite inteira e grande parte do dia seguinte para juntar coragem e procurar o número de telefone dele. Ouviu o coração bater dentro dos ouvidos quando apertou os números. Perdeu a coragem e desligou depois de tocar duas vezes. Pegou o telefone sem fio meia dúzia de vezes e só depois se animou a tentar de novo.

Uma mulher atendeu. Dawn pediu, gaguejando, para falar com Jason Steward. A voz da mulher ficou gelada.

– Quem está falando?

– Dawn Arundel.

– Um momento.

Dawn ouviu vozes abafadas. O tempo foi passando, e a coragem dela também. Tinha cometido um erro ligando para Jason? Talvez ele tivesse enviado o bilhete só por educação.

– Dawn?

A voz dele fez sua pulsação acelerar. Não falava com ele havia semanas.

– Oi.

Ela fez uma careta quando ouviu a tensão no tom agudo daquela única palavra. Soltou o ar e procurou se acalmar.

– Só liguei para agradecer pelo bilhete.

Ele não disse nada, e ela achou que a ligação tinha caído.

– Jason?

– Estou aqui. Espere um segundo. – De novo a mão no bocal, as vozes indistintas. Então ele voltou. – Como você está?

– Mais ou menos, eu acho. Melhor do que a minha mãe. A morte de Oma foi um golpe muito duro para ela. As duas eram muito próximas.

– Já estavam esperando? A morte dela, quero dizer. Da sua avó. Quer dizer, da sua bisavó.

Ele soltou o ar, tenso.

Jason parecia mais nervoso do que ela. Dawn ficou satisfeita com isso, sem saber exatamente por quê.

– Ela estava com mais de noventa. Não era algo tão inesperado.

– Ah, sim. Pergunta boba.

– Não foi isso que eu quis dizer. Minha mãe e eu passamos uma semana com Oma esse verão. Ela foi muito, muito legal.

Dawn rolou os olhos nas órbitas e pensou que estava falando como uma idiota.

A mãe de Jason disse alguma coisa, e ele pediu para Dawn esperar um pouco novamente.

– Dawn?

– Sim?

– Tenho que desligar. Preciso fazer uma coisa antes de ir para o trabalho esta noite.

– Tudo bem – disse Dawn, sentindo o corpo se aquecer. – Tchau.

Então desligou o telefone e o jogou em cima da cama. Não devia ter ligado. Como ia encará-lo quando as aulas começassem?

Kim telefonou mais tarde.

– O Jason ligou para você?

– Não – Dawn disfarçou, com cuidado. – Por que ligaria?

– Ora, não sei, mas ele ligou para mim há uma hora, pedindo o número do seu telefone.

– Sério?

Kim deu uma risadinha.

– Meu pai achou que o Jason queria me convidar para sair. Não tive coragem de contar que ele queria o seu telefone.

– Acho que o seu pai não gosta muito de mim.

– Ah, não é isso – Kim foi logo dizendo. – É que o Jason é exatamente o tipo de cara com quem o meu pai gostaria que eu me casasse. Você vai voltar para o grupo de jovens? O Jason disse que estava de folga na quarta-feira.

Quando Jason não apareceu na quarta, Kim deu de ombros.

– Acho que ele tinha outra coisa para fazer.

Dawn caprichou na hora de se arrumar para o primeiro dia de aula. Queria chamar a atenção de Jason e provocar uma impressão duradoura.

Quando foi tomar café da manhã, Mitch se recostou na cadeira e deu um sorriso malicioso para ela.

– Quem é o alvo?

Ela ficou vermelha. Zangada, puxou a cadeira e se sentou.

– Não sei do que você está falando.

– Ah, Dawn, aí tem. – Mitch largou o guardanapo na mesa, se levantou e beijou o rosto da esposa. – Vou comprar uma espingarda no caminho de volta para casa.

Deu risada e saiu da cozinha.

A mãe olhou para ela com as sobrancelhas erguidas.

Dawn a encarou.

– Que foi?

Tinha escolhido uma calça jeans, justa como uma segunda pele, e uma camiseta cor-de-rosa mais decotada, que exibia seu bronzeado. Deixou o cabelo solto, passou sombra nos olhos e batom rosa cintilante. Não era nada de mais, era?

– Você está muito bonita. Eu só ia dizer isso.

Quando o ônibus saiu da Rua Prince e se aproximou da escola, Dawn avistou Jason no estacionamento dos alunos com Tom Barrett e Kim Archer. Pendurou a mochila no ombro e desceu do ônibus.

– Dawn! Espere!

Kim a alcançou. Jason ficou conversando com Tom e olhando para ela. Será que estava gostando do que via? A expressão dele não revelava nada. Ele nem acenou para ela.

– Ele comprou um carro!

Dawn desviou o olhar de Jason.

– Quem?

– Jason! Quem mais seria? Ele deu carona para mim e para o Tom hoje para cá.

E continuou falando, enquanto elas se dirigiam até os armários dos alunos. Dawn desejou morar em Windsor em vez de Alexander Valley. Assim talvez ele pudesse oferecer-lhe carona também.

Jason e Tom entraram logo atrás delas. Dawn ficou de costas para os dois e abriu o armário. Os músculos se retesaram quando ele se aproximou.

– Oi, Dawn – ele falou baixinho.

Ela olhou para trás rapidamente, sem olhar nos olhos dele, e o cumprimentou com o que esperava ser um "oi" despreocupado.

Depois disso, não o viu mais até a hora do almoço. Ele estava com Kim e Tom de novo, sentado a uma mesa na cantina. Matt Cavanaugh chegou perto e bloqueou a visão dela.

– Acho que ainda não tinha te visto por aqui. Meu nome é Matt. O seu é...? – e deixou a pergunta no ar.

– Dawn Arundel. Eu já estava aqui no ano passado.

Ele sorriu de orelha a orelha.

– Como é que não te vi?

– Devia estar muito ocupado amassando seu capacete de futebol americano.

Ele riu com naturalidade.

– Onde você vai se sentar para almoçar?

Ela espiou em volta e viu que os lugares à mesa de Jason já estavam ocupados. Sharon olhou para ela com cara de interrogação.

– Lá fora, eu acho.

E foi em direção à porta, sem esperar que Matt a seguisse.

Ele chegou antes dela e abriu a porta.

– Você pode se sentar comigo no pátio dos veteranos.

Joe Hernandez e outros dois alunos do último ano se juntaram a eles. Eles flertaram com ela abertamente, um querendo ser mais ousado que o outro. Dawn se sentiu poderosa e deu risada. Terminou rapidamente o almoço, pediu licença e voltou para a cantina. Sharon, Steven Dial, Pam Preston, Linda Doile e Amy King continuavam sentados à mesa. Kim, Tom e Jason já tinham ido embora.

– Onde você estava? – perguntou Sharon.

– Com o Matt, no pátio dos veteranos.

– Se está procurando o Jason, ele, a Kim e o Tom foram estudar a Bíblia em um dos pátios. Não sei bem em qual.

Dawn avistou Jason no corredor quando ia para a aula de espanhol. Ele mal olhou para ela quando se cruzaram.

Nos dias que se seguiram não foi diferente, só que ela conseguiu evitar Matt e os amigos dele. Jason ficava batendo papo com Tom e Steven Dial, e às vezes com Kim. Ele não prestou atenção nem quis conversar com ela. Quando ela se sentava, ele se levantava e saía da mesa do almoço. E não foi só ela quem notou isso.

– O que houve com você e o Jason?

Sharon a acompanhou até a sala de aula. Dawn tinha acabado de passar outra hora de almoço horrível, só pensando por que Jason estava tão determinado a evitá-la.

Ela deu pouca importância à pergunta de Sharon.

– Tenho de pegar meus livros.

A aula de espanhol demorou para acabar, e Dawn ficou se esforçando para se concentrar na conjugação dos verbos. Olhava sempre para o relógio. Não ia ver Jason até o dia seguinte, e ele provavelmente iria ignorá-la de novo. Tocou o sinal, ela foi para a sala de biologia e então percebeu que tinha esquecido o livro. Correu até o armário e pegou o que precisava. Deu meia-volta e trombou com Jason. Seu coração saltou no peito e ela recuou, envergonhada.

– Desculpe, não te vi.

– A culpa foi minha. Podemos conversar?

Agora ele queria conversar? Depois de ficar quase um mês agindo como se ela nem existisse?

– Vou me atrasar.

Ela tentou passar por ele, mas ele bloqueou o caminho.

– Eu tentei ligar para você.

– Quando?

– Nas férias. Depois que você ligou para mim.

– Obrigada por me lembrar.

– Uma vez fiquei ouvindo a sua voz na secretária eletrônica, mas não deixei recado.

Ela o encarou.

– Por que não?

– Tive medo.

Ele retesou um músculo do maxilar.

– No bilhete você disse que, se eu quisesse conversar, você me ouviria. Acho que agora sei que era mentira.

Ela passou por ele e correu para a sala de aula. Conseguiu entrar bem na hora que o sinal tocou.

Dawn não imaginou que veria Jason à sua espera na saída.

– Quer tomar um refrigerante comigo depois da aula? Podemos conversar. Eu tenho carro. Posso te dar uma carona para casa.

Depois de tantas semanas sem reação nenhuma dele, ela não podia aceitar aquele carinho repentino. Falsas esperanças e conclusões erradas só fariam com que ela sofresse mais.

– Eu sei que você tem carro. A Kim me disse que você tem dado carona para ela todos os dias.

Ele piscou e depois sorriu, com expressão de alívio.

– Tenho dado carona para o Tom Barrett também. Mas a Kim e o Tom resolveram voltar de ônibus juntos. Assim demora mais para chegarem em casa.

Ela piscou sem entender bem o que ele queria dizer.

– Você está dizendo que os dois se gostam?

– Estou. Isso é tão surpreendente assim? O Tom é um cara muito legal.

– Eu sei que é, mas a Kim é filha do pastor Daniel, e o Tom nem é cristão direito.

– Nós três temos estudado a Bíblia na hora do almoço, todos os dias. O Tom vai conversar com o pastor Daniel para ser batizado.

Estudo da Bíblia na hora do almoço? Por isso Jason saía da mesa? Talvez o afastamento dele não tivesse nada a ver com ela.

O sinal tocou, e Jason pegou os livros dela.

– Vou acompanhar você até sua sala.

Confusa, ela acertou o passo com o dele.

– Você não sabe para onde eu vou.

– Você vai para a aula de álgebra, que é no fim do corredor da minha sala de trigonometria. – E foi com ela até a porta. – Quer tomar uma Coca depois da aula?

– Quero.

Os olhos dele brilharam.

– Então me espere na saída. Pegamos as suas coisas e vamos.

Jason seguiu na outra direção.

Dawn mal podia esperar a aula terminar. Cada minuto era uma tortura. Quando finalmente o sinal tocou, ela fechou o livro, pegou suas coisas e foi para a porta. Alguns minutos depois, avistou Jason acenando e abrindo caminho no meio dos alunos. Ele sorriu para ela e Dawn sentiu um calor no corpo inteiro.

– Como foi a aula de álgebra?

– Uma tortura.

A caminho do estacionamento dos alunos, Dawn viu Kim e Tom andando de mãos dadas.

– Como é que eu não percebi isso antes?

Jason deu risada quando abriu a porta do carro para ela.

– Acho que você estava pensando em outras coisas.

Jason. Era nisso que ela pensava. Todos os dias, o dia inteiro e à noite também. Ela se sentou no Honda branco e admirou o interior bege, limpíssimo. Jason jogou a mochila no porta-malas e se sentou no banco do motorista. Dawn sorriu.

– Seu carro é muito limpo e arrumado.

– Comprei de uma senhora no estacionamento dos trailers. Ela tem mais de oitenta anos e não pode mais dirigir – disse Jason, dando partida no motor. – Só tinha andado quatro mil quilômetros com ele e tinha todas as trocas de óleo e a manutenção em dia.

Ele pôs o braço no encosto do banco dela, deu marcha à ré para sair da vaga e entrou na fila dos carros que esperavam para sair do estacionamento.

– A minha mãe não gostou nada.

– Por quê?

– Eu usei parte da minha poupança para a universidade. – Ele entrou na Rua Prince. – Ela ficou muito aborrecida. Mas continuo trabalhando das cinco às nove, cinco dias por semana, como empacotador. Eles pagam bem.

– Por que você não tenta uma bolsa de estudos no Santa Rosa Junior College? Isso lhe daria mais dois anos para economizar.

Dawn não queria pensar que ele pudesse ir para longe em menos de um ano.

– A minha mãe quer que eu vá para a Universidade da Califórnia.

– Qual campus? Berkeley? Davis?

As duas eram bem próximas, e Jason podia vir passar os fins de semana em casa.

— Berkeley. A incubadora de radicais.

Ele parou no McDonald's e perguntou se ela queria comer alguma coisa. Dawn estava com fome, mas disse que não, porque não queria que ele gastasse o pouco dinheiro que tinha comprando comida para ela. Ele comprou dois refrigerantes e uma porção grande de batatas fritas.

Dali foram até a praia Memorial. Andaram na grama e se sentaram na praia, às margens do rio Russian. Ele insistiu para que ela dividisse as batatas com ele. Eles conversaram sobre as aulas e as expectativas dos professores. Ele quis saber como tinham sido as férias de verão dela, e ela falou de Oma.

— Você tem sorte — ele falou com a expressão triste, olhando para o rio. — Eu não conheço os meus avós.

— Eles moram muito longe?

Ele amassou o saco vazio e o jogou numa lata de lixo.

— San Diego — e apoiou os braços nos joelhos dobrados para cima. — Eles não conversam com a minha mãe.

— Por que não?

Jason virou a cabeça e olhou muito sério para ela.

— Porque ela me teve.

Ela ficou boquiaberta, então ele se levantou de repente e começou a andar até a beira da água. Dawn se levantou também, espanou a calça jeans e foi atrás dele. Ele enfiou as mãos nos bolsos.

— Achei que você devia saber.

Dawn chegou mais perto e raspou a mão no braço dele.

— A minha mãe voltou de Haight-Ashbury e descobriu um mês depois que tinha trazido um embrulho inesperado. Arundel é o nome de solteira da minha mãe.

Jason se virou para ela, espantado.

— Eu nunca teria imaginado.

— Não é uma coisa que a gente sai falando por aí, é? Você conheceu o seu pai?

— Só o vi uma vez, quando eu tinha cinco ou seis anos. Nós o encontramos por acaso num parque. Ele ficou me encarando, e eu perguntei para a minha mãe por quê. Daí ela me disse que ele era o meu pai. Corri até ele e perguntei. Os amigos dele riram. — Jason deu uma risada sem graça. – Ele me disse para dar o fora. Poucas semanas depois nos mudamos, e eu nunca mais soube dele. – Ele inclinou a cabeça para o lado. – E você?

Ela balançou a cabeça.

– Não tenho a menor ideia de quem é o meu pai.

– Você já perguntou para a sua mãe?

– Umas duas vezes, mas ela não me conta nada.

– Talvez a lembrança seja muito dolorosa.

– Ou então ela não sabe quem ele é.

Jason fez uma careta.

– Ai.

– Bem, ela era hippie. Amor livre, essas coisas...

Dawn deu de ombros. Não sabia por que estava contando aquilo tudo para Jason. Não era um assunto que quisesse tratar com ninguém.

Ele se virou para ela e agarrou-lhe os braços.

– Dawn, eu queria...

Então ouviram o barulho de um carro atravessando a ponte. Ele a largou e recuou. Parecendo chateado, olhou para o relógio.

– É melhor eu te levar para casa. Preciso trabalhar.

Eles caminharam lentamente encosta acima, à sombra das sequoias. Nenhum dos dois estava com pressa de ir embora.

– Quando é que você vai fazer o dever de casa, Jason?

– Na biblioteca, e eu acordo cedo.

Ele abriu a porta do carro para ela. Quando se sentou no banco do motorista, se virou para Dawn.

– Não vou ter muito tempo livre, mas, quando eu estiver de folga, gostaria de ficar com você. O que você acha?

E examinou o rosto dela.

Tudo desabrochou dentro de Dawn.

– Eu gostaria muito.

34

Jason encontrava Dawn no ponto de ônibus todas as manhãs e a acompanhava até o armário e depois à sala de aula. Eles almoçavam juntos com outros membros do grupo de jovens, depois se encontravam todas as tardes, após a última aula. Enchiam as mochilas com cadernos e trabalhos de casa, iam para o estacionamento, pegavam o carro e iam para a biblioteca. Sentavam-se de frente um para o outro a uma mesa pequena, sem mais ninguém. Quando ela tinha dificuldade para fazer os exercícios de matemática, Jason aproximava sua cadeira da dela e lhe sussurrava a resposta. O ombro dele roçando no dela e o calor do seu corpo faziam o sangue de Dawn disparar. Ela saboreava a maravilhosa tortura de estar tão perto dele. Quando ele a olhava, ela via as pintinhas douradas nos olhos dele e a profundeza negra de suas pupilas dilatadas.

Dawn ficou desapontada, mas não surpresa, quando Jason disse que eles não podiam mais estudar na biblioteca.

– Eu não estou fazendo meus trabalhos e preciso manter as notas altas.

Ficavam juntos na escola todos os dias, e ele ligava para ela à noite, nos intervalos do serviço. Às vezes, ele ligava quando chegava em casa, mas a mãe dele nunca deixava que ele ficasse muito tempo ao telefone.

Dawn ouvia a voz dela: "Você precisa dormir, Jason", "Você tem que levantar às quatro e meia amanhã para terminar aquele trabalho", "Você vai vê-la na escola. Largue esse telefone!"

De vez em quando, ele ligava de novo.

– Minha mãe dormiu. Agora podemos conversar.

E eles conversavam, às vezes por duas horas.

Certo dia, o pastor Daniel apareceu. Jason estava furioso ao telefone.

– A minha mãe deve tê-lo chamado. Ele disse que a revolta contra Deus leva a uma vida arruinada.

– Mas você não se rebelou contra Deus.

– Eu disse isso para ele, mas ele também tem razão. Não estou exatamente onde estava no ano passado. Não posso ir às reuniões do grupo de jovens por causa do trabalho e não estou lendo a Bíblia todos os dias, como eu fazia. Também não estou rezando como antes. Fora fazer o dever de casa, só penso em você.

– Talvez nós dois tenhamos o mesmo problema. – Dawn rolou e enfiou o braço embaixo do travesseiro. – Vamos levar a Bíblia para a escola e achar um lugar bem tranquilo para poder ficar sozinhos e estudar. Você acha que isso vai adiantar?

Ele deu uma risada rouca.

– Quando estou com você, a última coisa que penso é em estudar.

O som da voz dele era como uma carícia nos sentidos, e ela sabia que a voz dela fazia o mesmo com ele. Quando ele se excitava, ela se excitava também. Gostava do sangue pulsando nas veias, daquele calor no ventre.

– Queria que você estivesse aqui, Jason.

– Imagine que eu estou.

– Dawn?

Ela saltou da cama assustada.

– Christopher! – sibilou, irritada. – Você me assustou!

O irmão estava parado na porta, de pijama.

– Tive um pesadelo.

Ela queria dizer para ele voltar para a cama, para deixá-la em paz, mas ele parecia tão assustado que ela acabou estendendo-lhe o braço.

– Por falar em sonhos, acho que meu irmãozinho acabou de ter um péssimo. – E deu espaço para o menino. – Ele gosta de vir para a minha cama quando isso acontece.

Christopher subiu na cama e se aconchegou nela.

– Sorte do Christopher.

Então Jason lhe desejou boa noite e desligou.

Dawn pôs o fone no gancho, sobre a mesa de cabeceira.

– Você ama o Jason, não é? – perguntou Christopher, chegando mais perto ainda.

– Mais do que qualquer outra pessoa.

– Mais do que a vovó e o vovô? Mais do que a mamãe, o papai e eu?

– É um amor diferente, Chris. Não diminui o que eu sinto por ninguém.

Ela alisou o cabelo espetado dele, que fazia cócegas em seu nariz, e beijou a cabeça do irmão.

– Agora trate de dormir.

A avó e o avô chegaram para a reunião anual no Dia de Ação de Graças. A mãe e a avó agiram como estranhas bem-educadas. Ninguém mencionou Oma. Antes mesmo de a mesa ser posta, a avó disse que queria que a família fosse passar o Natal em Jenner by the Sea. A mãe disse que ia pensar. A avó disse que todos os quartos estavam prontos e decorados. A mãe e o Mitch ficariam com o apartamento no térreo, e Christopher poderia dormir na pequena sala de estar.

– Vou montar uma bela arvorezinha na sala, com enfeites e luzes.

Dawn ocuparia o quarto azul lá em cima, claro, como sempre fazia. A mãe continuava arrumando os talheres, sem dizer nada.

– E então, Carolyn?

– Já disse que vou pensar.

– Eu sei o que isso significa. – A avó se postou ao lado da mesa e começou a mexer nos talheres que a mãe tinha acabado de arrumar. – Por que você não pergunta a Dawn o que ela quer fazer?

Dawn detestou ser arrastada para o meio da discussão. Quando a mãe olhou para ela, ela fez uma careta. Não queria dizer para a avó que preferia ficar em casa. Ela sabia que Jason ia pegar horas extras durante a semana do Natal, mas, mesmo assim, queria estar em casa, caso ele tivesse algum tempo para vê-la.

– Não cabe à Dawn resolver.

A mãe arrumou o resto dos talheres e saiu da sala de jantar. Dawn ouviu seu telefone tocar. Tinha posto o volume da campainha no máximo para não perder a chamada. Pediu licença, saiu apressada, correu pelo corredor e fechou a porta do quarto antes de atender o telefone.

– Alô.

– Parece que você estava correndo – disse Jason.

– Está uma loucura aqui. Minha avó e minha mãe estão se desafiando e me botam no meio.

– Nós vamos jantar na casa dos Archer.

Ai, ai, ai.

– O pastor Daniel deve querer ter uma conversa particular com você.

– Mas por que isso?

– Porque ele conversou comigo ontem à noite, depois da reunião.

O pastor Daniel tinha falado muito sobre relacionamentos nas últimas reuniões do grupo de jovens. Ele disse que, se alguém achasse que conseguia resistir, era melhor tomar cuidado para não cair. Às vezes ele olhava diretamente para ela quando dizia essas coisas. E, na noite passada, o pastor Daniel chamou Dawn para uma conversa depois que os outros foram embora. Sharon olhou para ela preocupada e disse que a esperaria no carro.

Ele foi direto ao ponto.

– A Georgia me contou que você e o Jason estão se vendo muito ultimamente.

Dawn sentiu o rosto arder. Só tinha visto a mãe de Jason uma única vez e, mesmo assim, pôde perceber que Georgia Steward não tinha gostado muito dela.

– A gente se vê na escola. É basicamente isso.

O pastor Daniel não disse nada, mas Dawn sabia que ele esperava uma confissão mais longa.

– E nos falamos pelo telefone.

Era óbvio que ele sabia disso.

– Minha intenção não é aborrecê-la, Dawn.

– Não estou aborrecida. – O que ele queria que ela dissesse? – Não fizemos nada de errado.

– Eu não disse que fizeram. Vocês são membros do nosso grupo de jovens e eu me preocupo com vocês. Te vejo na semana que vem?

Ela deu um sorriso forçado.

– Claro.

Dawn ficou observando enquanto ele se afastava. As palavras dele pareciam inocentes, mas ela sentiu uma pontada de culpa. Na semana anterior, ele tinha lido que Jesus disse que pensar no pecado era o mesmo que cometê-lo. Bem, então ela pecava o tempo todo! Não havia um dia em que não imaginasse como seria fazer amor com Jason.

– O que o pastor Daniel te disse?

– Disse que soube que estávamos nos vendo. Tive a impressão que ele pensa que eu sou a Dalila seduzindo o Sansão.

Jason não riu.

– Minha mãe deve ter falado com ele. Outro dia ela me disse que acha que eu não estou focando nos meus objetivos.

– E isso é culpa minha?

– Ela não disse isso. Só lembrou que preciso me concentrar no meu objetivo para daqui a cinco anos. Tivemos essa mesma conversa umas mil vezes antes de você e eu começarmos a nos ver.

Dawn ouviu a mãe de Jason falando ao fundo.

– Você precisa largar esse telefone, Jason. Precisamos ir. Você pode conversar com ela na escola...

Blá-blá-blá.

– Preciso ir, Dawn. Posso ligar para você amanhã?

– Não sei – a voz dela ficou embargada. – Você *pode*?

E desligou.

A mãe serviu peru assado com todos os acompanhamentos, mas Dawn não estava com fome. Assim que todos terminaram, a mãe começou a tirar a mesa. Mitch, o avô e Christopher foram para a sala de estar para assistir ao futebol. A avó ficou para ajudar a tirar a mesa.

– Você esteve calada a noite inteira.

– É que tenho muita coisa para pensar.

Dawn empilhou os pratos e foi para a cozinha. Não estava a fim de falar sobre Jason nem sobre a mãe dele. Só imaginava se ele estava se divertindo com Kim. A mãe dele provavelmente não veria nenhum problema se ele saísse com a filha do pastor Daniel. A mãe se posicionou logo na pia para que a avó não pudesse se meter e lavar nada. A porta da lavadora de pratos estava aberta, pendurada na parede do outro lado.

A avó perguntou o que podia fazer para ajudar. A mãe sugeriu que ela fosse descansar com o avô, Mitch e Christopher, que ela e Dawn terminariam tudo em poucos minutos.

– E as tortas? Eu posso cortar as tortas – insistiu a avó.

Dawn teve vontade de gritar com as duas. Por que a mãe não podia ceder e a avó não podia calar a boca?

Tocaram a campainha. Aliviada, Dawn disse que ia atender e escapuliu da cozinha.

– Não abra a porta direto – avisou a avó. – Olhe primeiro pelo olho mágico.

Jason estava na porta. Parecia um modelo de revista, de paletó esporte azul-marinho e calça social cinza. Tinha afrouxado a gravata e desabotoado o colarinho da camisa. As entranhas de Dawn deram um nó. Estava claro que ele estava aborrecido.

– Jason – ela disse, ofegante –, pensei que você ia para a casa dos Archer.

– Eu fui, mas saí de lá. – Ele chegou mais perto. – Dawn, eu...

– Convide-o para entrar – disse Mitch, atrás dela. – Jason. – Mitch estendeu a mão para cumprimentá-lo. – Venha para a sala de estar. Os avós da Dawn estão aqui de visita.

Jason fez uma careta.

– Desculpe, não pretendia interromper o Dia de Ação de Graças. Eu devia ter ligado antes.

– Estou contente que tenha vindo – Dawn foi logo dizendo.

– Nós acabamos de comer, senão podíamos convidá-lo para jantar conosco. – Mitch pôs a mão no ombro de Jason e o levou para a sala de estar. – Dawn? Você vem? Você pode fazer as apresentações.

A chegada de Jason distraiu a avó da ajuda que pretendia dar à mãe. O avô apertou a mão dele. Mitch disse para Jason se sentar e ficar à vontade. Dawn se sentou ao lado dele, com todos os músculos tensionados, e o avô começou a lhe fazer perguntas feito um detetive. A avó disse para ele parar de interrogar o menino. Mitch parecia estar se divertindo com a cena. A mãe chegou da cozinha e se sentou com eles. Ficou ouvindo e observando, mas não disse nada.

Dawn se virou para Mitch com súplica nos olhos. Quanto tempo teriam de ficar ali fazendo sala e batendo papo, até poderem escapar para Jason lhe contar por que tinha vindo?

Christopher deu a deixa quando insistiu para Jason ver sua última criação de Lego. Agradecida, Dawn foi com eles e se sentou na cama do irmão enquanto Jason se abaixava e admirava o castelo e os cavaleiros do garoto. O irmãozinho de Dawn não parava de falar sobre o rei Artur e Sir Lancelot, Galahad, Gawain e Percival. Quando Jason olhou para ela, Dawn revirou os olhos.

— A minha mãe está lendo para ele um livro sobre os cavaleiros da távola redonda.

— Quer ver?

Christopher se levantou de um pulo.

Jason se endireitou.

— Talvez uma outra hora, Chris. Eu vim aqui para conversar com a sua irmã.

Dawn seguiu na frente pelo corredor.

— Podemos conversar na biblioteca.

A porta dupla estava aberta. Jason foi para o meio da sala, e Dawn fechou a porta sem fazer barulho. Ele ficou parado sobre o tapete azul e amarelo. Olhou em volta, para as estantes de mogno com ânforas coloridas e as caras cerâmicas indígenas norte-americanas. Ela se virou, e a expressão dele era de mágoa.

— Eu sempre esqueço...

Ela se aproximou e sorveu a imagem dele. Jason tinha deixado a casa dos Archer e a mãe dele e tinha viajado até Alexander Valley no Dia de Ação de Graças só para vê-la. Isso devia significar alguma coisa, não é?

— Esquece o quê?

Ele balançou a cabeça.

– Não devia ter importância, mas tem.

Ele espiou em volta de novo, com um olhar significativo, e ela entendeu.

– *Não tem* importância não – disse Dawn, ficando bem na frente dele. – Desculpe por ter desligado o telefone – e abaixou a voz. – Eu fiquei chateada.

– Eu sei.

– Não quer se sentar?

– Não.

Ele segurou a mão de Dawn e brincou com os dedos dela. Ela o observou, ele a soltou e se afastou. Então se sentou no sofá e apoiou os braços nos joelhos.

Dawn se sentou ao lado dele.

– O que aconteceu? – perguntou, tocando em seu ombro.

– Não fazia nem cinco minutos que tínhamos chegado e o pastor Daniel me chamou para ir até o escritório dele. Quando ele fechou a porta, eu sabia que tinha alguma coisa. Ele começou bem onde minha mãe tinha parado na nossa ida para lá e eu percebi o que vinha. Perguntei se a minha mãe tinha pedido para ele conversar comigo. Ele disse que ela estava preocupada e começou a me contar como havia conhecido a mulher dele. Eu já conheço essa história toda. Ele nunca namorou antes do último ano da faculdade. Ele a conheceu na classe e não a convidou para sair antes de se informar sobre ela e de saber que ela amava o Senhor como ele. Só se beijaram depois de ficarem noivos. Eu não queria ouvir aquela história inteira de novo. – Ele passou os dedos no cabelo e apoiou a cabeça. – Eu perdi o controle.

– O que você falou?

Ele olhou para ela com tristeza.

– Perguntei o que tinha acontecido com a confiança no Senhor e então fui embora.

– E a sua mãe?

– Ainda está lá. – Ele fez uma careta. – Posso imaginar o que ela vai dizer.

Jason se levantou, como se não aguentasse mais ficar sentado.

– Eu nunca fiz nada parecido antes. Não sei o que está acontecendo comigo. Vou ter de voltar lá e pedir desculpas. – Então parou diante da janela e espiou lá fora. – Se eles descobrirem que vim aqui ver você, as coisas vão piorar muito.

As palavras dele foram como um soco no estômago de Dawn.

– Ah. – Ela fechou os olhos e tentou controlar as lágrimas. – Imagino que eles não gostam muito de mim.

Jason se virou e a encarou outra vez.

– Eles só estão querendo nos proteger.

– *Nos* proteger não, Jason – ela piscou para evitar as lágrimas. – Proteger *você*. Eles acham que eu não estou à sua altura.

Alguém bateu à porta e a abriu. Era Mitch segurando o telefone.

– Sua mãe quer falar com você, Jason.

Jason fechou a cara quando pegou o telefone e foi até a janela de novo, de costas para a sala. Mitch abriu a porta de correr e fez sinal para Dawn se aproximar.

– Deixe a porta aberta.

Ela olhou para ele furiosa.

– Não estamos fazendo nada!

Ele estreitou os olhos.

– Talvez não, mas as emoções estão fortes demais por aqui.

Jason voltou e devolveu o telefone para Mitch.

– Obrigado, sr. Hastings.

– Está tudo bem?

– São só algumas coisas que precisam ser esclarecidas.

Tenso e zangado, Jason disse que tinha de ir. Pediu desculpas a Mitch por ter interrompido a reunião de família e foi para a sala de estar para se despedir da mãe de Dawn e dizer aos avós dela que tinha sido um prazer conhecê-los. Frustrada e preocupada com o que a mãe dele poderia ter dito, Dawn acompanhou Jason até a porta da frente.

– Vai dar para nos vermos esse fim de semana?

Ele segurou a mão dela. Fora da vista dos outros, não fingiu mais que não estava aborrecido.

– Duvido. Acho que vou ficar de castigo.

– E a culpa é minha.

– Não é, não. Isso já estava acontecendo há muito tempo. Não tem nada a ver com você, Dawn. – Ele se inclinou para baixo e perguntou:
– Posso te dar um beijo?

Ela disse que sim e sentiu os lábios dele firmes e quentes, movendo-se timidamente sobre os dela. Quando ele se afastou, ela deu um suspiro trêmulo. Ficaram se entreolhando, então ele chegou mais perto e lhe deu outro beijo. Passou os braços em volta dela, e Dawn sentiu o coração dele batendo forte contra o seu. Ouviram passos e se afastaram, um pouco ofegantes, chocados de ver que o que sentiam tinha avançado tanto e tão rápido. Ele olhou fixo para ela, com um olhar intenso e o rosto vermelho.

– Eu te ligo.

E saiu rapidamente, fechando a porta.

Dawn se virou e viu a mãe parada sob o arco do hall de entrada.

– Está tudo bem?

Com o coração acelerado e o corpo ondulando com a sensação do beijo, Dawn deu de ombros.

– Não. Na realidade, não.

Ainda não, mas as coisas iam mudar. Ela se sentia em êxtase e triunfante. Quando Jason lhe deu o segundo beijo, ela soube que a mãe dele e o pastor Daniel não poderiam mais afastá-los.

35

Jason não telefonou. Dawn só o viu na segunda-feira de manhã, na escola. Ele tinha voltado para a casa dos Archer e pedido desculpas para todos. Quando chegou na casa dele com a mãe, ela explodiu. Sim, ele estava de castigo. Por duas semanas. Sem telefone, sem sair com os amigos. Dawn sabia que "amigos" queria dizer ela.

Todas as manhãs, quando Dawn descia do ônibus, Jason estava à sua espera. Ficavam juntos sob os bordos ao longo da Rua Prince antes de seguirem até o armário e irem para a aula. Encontravam-se sempre que seus horários permitiam. Ficavam sentados no campo sozinhos na hora do almoço, não comiam com os amigos. Ele não a beijou mais, mas às vezes segurava a mão dela e eles passeavam pelo campus.

Dawn continuou indo às reuniões dos jovens com Sharon às quartas-feiras, mas quase não prestava atenção no que o pastor Daniel dizia. Ia lá para estar com os amigos, não para ouvir os sermões dele. Kim e Tom se sentavam juntos, mas não encostavam um no outro, e Kim continuava a ir para casa com o pai depois das reuniões, enquanto o resto do pessoal, inclusive Tom, se encontrava no Taco Bell ou no McDonald's para conversar mais uma ou duas horas.

— O pastor Daniel já sabe que você e a Kim estão namorando? — perguntou Steven Dial, procurando encrenca.

– Já, já sabe – Tom respondeu, sacudindo os ombros. – Ele foi muito legal.

– Legal? Legal como?

– Ele me convidou para ver um jogo de beisebol. Passamos a maior parte do tempo conversando.

Steven deu risada.

– Você quer dizer que *ele* falou.

– Não o tempo todo. Ele perguntou se eu amava a Kim. Eu disse que sim, e ele me disse que o amor entre um homem e uma mulher pode ser uma coisa linda, mas que é frágil também. Basta um erro para transformar a vida na maior confusão.

Todos sabiam o que ele queria dizer, mas poucos acreditavam nele.

Duas semanas se pareceram dois anos, mas finalmente a mãe de Jason deixou que ele saísse do castigo. Ele ligou para Dawn aquela noite. Ele sempre ligava nos intervalos do trabalho, quando chegava em casa e quando terminava de fazer lição. Muitas vezes eles ficavam conversando até meia-noite. Ela estava preocupada com ele. Ele parecia cansado o tempo todo. Ela dizia para ele não ligar, para ir para a cama, que o veria na escola assim que chegasse. Então ele dizia que gostava de ouvir a voz dela antes de dormir, mas às vezes eles conversavam sobre coisas que os mantinham acordados noite adentro.

O Natal estava chegando, e Dawn foi fazer compras com Sharon, Amy e Kim. Kim comprou uma Bíblia para Tom e uma corrente de prata com uma cruz feita de pregos. Dawn comprou uma pulseira de ouro com uma plaquinha gravada *Para sempre*, para dar a Jason.

No último dia de aula antes das férias de fim de ano, Jason a levou de carro para a Dry Creek Road e estacionou numa vaga do deserto estacionamento de visitantes, na margem da represa Warm Springs. Caiu uma chuva torrencial. Cortinas de água escorriam no para-brisa. Ele deixou o carro ligado e o aquecimento também, mas não era necessário. O fato de saberem que estavam sozinhos e com o desejo aflorando os mantinha aquecidos. Louca para ver se ele gostaria do presente, Dawn insistiu para que ele o abrisse primeiro. Assim que ele o abriu, ela tirou a pulseira da caixa e a prendeu no braço dele.

– Assim todos vão saber que você é meu.

Jason deu para ela uma pequena caixa branca com uma fita vermelha. Parecia nervoso.

– Espero que goste.

Ela disse que ia adorar qualquer coisa que ele lhe desse, mas levou um susto de prazer quando viu uma delicada pulseira de ouro enrolada em tecido. Tocou o pequeno coração e a pérola branca brilhante. Pediu para ele colocá-la em seu pulso e, quando ele fez isso, ela o encarou.

– Eu adorei, Jason. Não vou tirá-la nunca.

Ele levantou a cabeça, ela se inclinou para ele com a boca entreaberta.

Os vidros das janelas ficaram embaçados. A chuva aumentou e caiu mais rápido, como se quisesse acompanhar o ritmo do coração deles. Dawn murmurou o nome dele e agarrou sua camisa. Ele a empurrou contra o banco. Ela o queria mais perto e enfiou a mão dentro do suéter dele. Pôde sentir a pele macia das costas, o músculo duro de carregar caixas de enlatados. Ele pôs a mão embaixo da coxa de Dawn, a apertou e a fez deitar no banco do carro. Ela deu um grito baixinho ao bater com a cabeça no descanso de braço. Então Jason recuou de repente.

– Tudo bem com você?

– Tudo.

A voz dela saiu rouca. Ela esfregou a cabeça, e Jason a puxou para cima de volta.

– Desculpe.

– Não precisa se desculpar.

Ela se debruçou sobre ele de novo, e Jason chegou para trás.

– Precisamos parar. – Ele se sentou direito, fechou os olhos com força e os abriu de novo, com o rosto tenso. – É melhor irmos embora.

– Estávamos só nos beijando, Jason. Não há nada de errado nisso, não é?

– Não, mas eu quis mais.

Dawn engoliu em seco, com o coração aos pulos, e olhou bem nos olhos dele.

– Eu não teria impedido.

– É por isso que temos de ir embora.

Ele soltou o freio de mão e engatou a marcha à ré.

Dawn apertou os olhos com as mãos e sufocou um soluço.

Jason parou, puxou o freio e a abraçou.

– Não chore. A culpa é minha. Eu não devia ter trazido você aqui. As coisas fugiram do controle por minha causa. – Ele ergueu queixo dela e a beijou de leve. – Sinto muito, Dawn. Não vou mais deixar que isso aconteça.

Ela acreditou nele, o que só serviu para deixá-la ainda mais magoada e frustrada.

– Você é bonzinho o tempo todo, Jason, o tempo todo. E tudo o que eu quero é você.

Ele tocou suavemente o braço dela.

– Mas não é o que Deus quer para nós, Dawn.

Deus outra vez.

– Às vezes você fala de Deus como se ele estivesse sentado no banco de trás.

– Ele está mais perto que isso. Está dentro de nós.

Nós. Talvez esse fosse o verdadeiro problema. O Espírito Santo vivia mesmo dentro de Jason. Quanto a isso, Dawn não tinha nenhuma dúvida.

Mas ficava pensando se o mesmo acontecia com ela.

A avó ligou, querendo vencer a mãe pelo cansaço para a família passar o Natal em Jenner by the Sea. Como fracassou, ligou para o escritório de Mitch. Dawn chegou a tempo de ouvir o fim da conversa.

– Vou conversar com ela, Hildie. Claro, eu entendo, mas... – Mitch esfregou a testa.

Dawn se sentou na cadeira na frente da mesa dele, fez que *não* com a boca e balançou a cabeça.

– O que o Trip tem? Se for sério, a Carolyn vai insistir para vocês dois virem para cá.

Ele olhou para Dawn com cara de sofrimento. Ela se inclinou para frente, mas Mitch balançou a cabeça e formou com a boca: *Tudo bem.* Dawn relaxou e encostou a cabeça na poltrona de couro vermelho. Era apenas a avó fazendo suas chantagens emocionais de novo.

– Deixe-me falar com ela. Se ela concordar, ela liga para você, tudo bem? É o máximo que posso prometer. Eu te amo também.

Mitch desligou e deu um sorriso triste.

– E você, como foi o seu dia?

– Nós vamos passar o Natal em Jenner?

– Você ouviu o que eu disse. Pode ser. Vamos ver. É a sua mãe quem vai decidir.

– Então nós vamos. Estou surpresa de ela ter resistido tanto.

– Parece que você não está satisfeita com isso.

– Qual é o problema com o vovô?

– Ele não está disposto a vir dirigindo até aqui para passar só alguns dias. Ele quer ficar em casa.

Dawn foi para o quarto e largou a mochila. Deitou na cama e ficou olhando para o teto. Jason tinha dito que queria estar com ela no feriado, mas tudo dependia do horário do trabalho e dos planos que a mãe dele tivesse.

A essa altura, Mitch já devia ter falado com a mãe sobre a ligação da avó. Dawn resolveu ir para a cozinha, esperando animar a mãe para se manter firme e insistir para que os avós passassem o Natal na casa deles dessa vez.

– Bem, pelo menos deixe que eu leve alguma coisa...

A mãe estava ao telefone, sentada à mesa da cozinha, com os joelhos juntos e os pés para cima, como uma menininha.

Assim morreu sua ideia. Dawn voltou para o quarto e se jogou atravessada na cama.

A mãe anunciou durante o jantar que eles passariam o Natal em Jenner by the Sea.

– Ela quer servir o jantar às seis, em vez de às quatro.

– Então vamos dormir lá – resolveu Mitch. – Vai passar das dez até terminarmos de abrir os presentes, e não tem por que voltarmos de carro no escuro, numa estrada descampada, com esse tempo que está fazendo.

– Com esse tempo que está fazendo, eles é que deviam vir para cá – disse Dawn. – Vocês sabem como fica Jenner nessa época do ano. Se chover muito forte, podemos acabar ilhados lá.

– Tarde demais – Mitch deu um sorriso amarelo. – Sua mãe concordou, e com razão. Sua avó disse que esse ano deve ser o último em que terá a família reunida e está determinada. – Ele olhou para a esposa. – Daí ela passará o bastão para você.

– Ela disse isso? – Carolyn parecia esperançosa.

– Não exatamente, mas é só uma questão de tempo.

– Não se trata de tempo, Mitch. – A mãe adotou uma expressão de derrota e olhou para Dawn. – É melhor você pôr mais roupa na mala. Eles vão querer que você fique até a passagem do ano.

O coração de Dawn ficou apertado.

– Quem sabe o Christopher possa ficar dessa vez...

– Não, o Christopher não pode. Além do mais, você não passa um fim de semana lá há mais de dois meses.

Antes que Dawn pudesse protestar, Mitch falou:

– Se o Jason quiser muito te ver, ele pode ir até lá.

O Natal foi exatamente como Dawn esperava. Quando a mãe tentava ajudar, a avó agia como um pit bull demarcando território. Só Dawn podia entrar na cozinha, "para aprender o que fazer quando tiver sua casa". Às vezes, Dawn imaginava se a avó só queria a mãe fora do caminho para que as coisas voltassem a ser como quando ela era uma menininha, e a avó, sua babá.

Depois de horas de trabalho, o jantar desapareceu em menos de trinta minutos. A mãe insistiu para lavar os pratos.

– Você cozinhou, eu lavo.

Elas começaram a discutir, então o avô e Mitch entraram na conversa. Mitch disse que ajudaria Carolyn e que, depois que eles lavassem e guardassem os pratos, poderiam abrir os presentes.

O avô levou a avó pelo braço e a acompanhou até a sala de estar. Ela se sentou nervosa como uma gata, olhando fixo para a porta da cozinha, que estava fechada. Ela não suportava ficar parada. O avô pediu que ela pegasse um dos filmes de Natal.

– Que tal *Ben-Hur*? – sugeriu Dawn, sabendo que era um dos preferido da avó.

– Não há tempo para *Ben-Hur* – resmungou o avô.

– Que tal então *O Grinch*? – intrometeu-se Christopher.

– Esse nós não temos – disse a avó.

– E *Uma história de Natal*? – tentou Christopher de novo. – Aquele em que o menino quer um rifle.

– É uma pistola – Dawn corrigiu o irmão.

– Também não temos esse – disse a avó.

– E *Hatari* então? – disse o avô. – Nós temos *Hatari*.

– Não é história de Natal.

O avô inclinou a cabeça para trás, deu um suspiro profundo, e a avó se levantou.

– Podemos ouvir belas músicas natalinas.

Tudo ficou mais calmo depois que a mãe e o Mitch foram para a sala de estar. A mãe parecia mais tranquila. Mitch segurava a mão dela. Os dois se sentaram no sofá, ele passou o braço por cima do ombro dela e a puxou para bem perto. Christopher fez o papel do elfo e distribuiu os presentes. O avô providenciou uma caixa grande para que eles pudessem amassar o papel dos embrulhos e "fazer cestas". Christopher implorou para acampar na sala de estar para poder curtir as alegres luzinhas na árvore de Natal e o fogo baixo da lareira. Mitch achou uma ótima ideia e cochichou alguma coisa no ouvido da mãe que a fez enrubescer.

– Como é que o Papai Noel vai entrar aqui, com você na sala? – o avô provocou Christopher.

– Ele não vem. Nós já abrimos todos os presentes – disse o garoto, sorrindo de orelha a orelha. – Além disso, vovô, como é que ele desceria pela chaminé com o fogo aceso?

Todos riram, até a avó, que segurava e alisava o robe de veludo azul com barra bordada que a mãe tinha dado para ela.

Mitch se levantou, puxou a mãe com ele e desejou boa noite a todos. A avó sorriu, meneou a cabeça e disse para os dois ficarem à vontade para dormir até a hora que quisessem na manhã seguinte. Então ficou vendo a mãe sair da sala, com uma expressão triste e doída.

Dawn ficou acordada até muito tempo depois de a avó e o avô terem ido se deitar e Christopher ter se instalado num saco de dormir no chão da sala.

Jason não telefonou.

A mãe, Mitch e Christopher arrumaram tudo no Suburban e foram para casa depois do café da manhã no dia seguinte. Deixaram Dawn em Jenner com os avós.

– Vamos nos divertir muito – prometeu a avó.

Dawn não quis desapontá-la. Enquanto o avô cochilava na frente da televisão, a avó preparou um bolo branco. Dawn se sentou à mesa da cozinha e falou de Jason. Exibiu a pulseira que ele tinha dado, mas omitiu detalhes do que havia acontecido na troca de presentes.

– Seu primeiro amor – sorriu a avó. – É um verdadeiro marco.

– E meu último amor também, vovó.

– Foi assim comigo e com seu avô. Ele foi o primeiro homem que eu namorei e o único que amei. – E pôs a massa do bolo no forno. – Acho que foi assim com Oma também. Fidelidade deve ser um traço de família, só pulou uma geração.

Dawn entendeu a referência ao tempo de hippie da mãe e ignorou o comentário.

– Como era o Opa?

A avó se sentou na frente dela.

– Seu bisavô era maravilhoso: alto, louro e lindo. Pelo menos uma cabeça mais alto que a sua bisavó. E forte como Atlas. Lembro que ele me levantava como se eu fosse uma pluma. Era muito trabalhador. Minha mãe também, é claro, mas meu pai aproveitava mais a vida. Não deixava que as coisas o estressassem, como minha mãe fazia. Ele cantava no pomar. Minha mãe nunca cantava, só na igreja. E ele tinha uma paciência de Jó, especialmente com a mamãe. Ela era tão obstinada com certas coisas... Tudo tinha de ser do jeito dela.

Dawn conteve um sorriso, pensando que a avó combinava com essa descrição, só que ela não gostava de ouvir isso.

– Você tem algum retrato dele?

– Só uns dois. Tem um no quarto, na minha cômoda. Tiraram antes de Bernie viajar para a universidade. O Bernie mandou fazer cópias mais tarde. Fotografias eram muito caras naquela época, e eles nunca tinham dinheiro sobrando. A Rikka desenhou retratos do papai e da mamãe e mandou emoldurar. Devem estar em uma das caixas guardadas lá na garagem.

Dawn seguiu a avó até o quarto mais tarde, quando ela foi guardar as toalhas. Pegou o retrato e se sentou na velha cama de casal dos avós para admirá-lo. Oma, de cabelo escuro e curto, penteado para trás, longe de seu rosto sem graça, estava de pé, com os ombros para trás, o queixo para cima, olhando direto para frente, os lábios formando um sorriso tenso. Ela olhava através da lente da câmera com expressão muito séria, como se tirar aquela foto fosse a última coisa que desejasse na vida. Opa, ao contrário, parecia muito à vontade e sorria tranquilo. Extraordinariamente bonito, de terno escuro, camisa branca e gravata, ele estava com um ombro atrás de Oma, com a cabeça inclinada para ela. Dawn imaginou que devia estar com o braço na cintura dela, para mantê-la no lugar.

– O Opa era mesmo bonitão.
– Louro de olhos azuis.

A avó guardou as toalhas e saiu do banheiro de ladrilhos rosa e preto. Pegou o retrato e sorriu ao admirá-lo.

– O Bernie é parecido com ele. Todas as meninas na escola se apaixonavam por ele. A Cloe e a Rikka também têm o tipo dele. – Ela pôs o porta-retratos na cômoda com determinação. – Eu puxei à minha mãe.

36

Jason ligou dois dias depois do Natal.
– Acabamos de chegar de Los Angeles.
Ela perguntou se ele tinha ido a Hollywood ou à Disneylândia, e ele disse que não. A mãe quis que ele fosse conhecer o campus da UCLA, da USC e da Universidade Pepperdine.
– Pensei que ela queria que você fosse para Berkeley.
– Não falamos mais de Berkeley – disse ele, mudando de assunto antes que ela perguntasse por quê. – Quando é que você volta para casa?
– No Ano Novo. – Ela virou de costas quando a avó entrou na cozinha. E abaixou a voz. – Sinto sua falta, Jason.
– Seus avós se importariam se eu fosse aí te ver?
Com o coração aos pulos, ela contou aos avós que o namorado iria visitá-la. Estava tão empolgada que não conseguia parar quieta. Tirou o conjunto de moletom e vestiu uma calça jeans justa e um suéter rosa. Passou um pouco de maquiagem. Talvez pudessem ficar conversando um pouco com os avós e depois ir à praia.
Quanto tempo demoraria para que ele chegasse? Levava quarenta minutos e já tinham se passado quarenta e cinco. Ela estava sentada à mesa da cozinha vendo os carros fazerem a curva para atravessar para

o minúsculo Bridgehaven, com seu estacionamento de trailers, lotado agora, para o motel com dois quartos e o restaurante que davam para o rio.

Começou a chover de novo. Já era dar um passeio na praia...

Passou uma hora, mais outra.

— A estrada pode estar fechada — disse-lhe o avô, comendo um sanduíche, sentado à mesa da cozinha. — Não há muitos lugares para parar e telefonar.

Finalmente ela avistou o carro dele na Rodovia 1. Quando diminuiu a marcha, passou por Jenner e virou à direita, na Willig, ela saiu correndo pela porta dos fundos para abrir o portão, ficando embaixo da cobertura de madeira e vendo-o estacionar. Com o coração descompassado, sorriu quando ele desceu do carro.

— Estava preocupada que você tivesse ficado preso em algum lugar!

— Eu não queria vir de mãos vazias.

Então ele se debruçou para dentro do carro, com o suéter esticado e justo nos ombros, a calça também justa, e tirou de lá um vaso embrulhado em papel-celofane com um bico-de-papagaio e uma caixa de bombons Russell Stover. Ela esticou a mão para pegar os bombons, mas ele os puxou para trás e sorriu.

— São para seus avós, não para você.

Ela deu risada. Ele olhou para a casa e se inclinou para dar um beijo no rosto dela.

— Acho que não posso ficar muito tempo. Tem muitos galhos caídos na estrada e muita água logo depois de Guerneville.

— Se fecharem a estrada, você pode dormir aqui.

— Acho que a minha mãe não ia gostar dessa ideia.

O céu despencou e a chuva açoitou o telhado e escorreu pelas janelas da sala de estar. O avô disse que seria melhor descer e pegar umas toras de madeira embaixo da garagem, caso a eletricidade faltasse. Jason insistiu para cuidar disso.

— Rapaz simpático — disse o avô.

— E bonito também — concordou a avó.

Dawn ficou toda orgulhosa. Pelo menos tinha a aprovação da família.

A avó sugeriu que jantassem mais cedo.

– Para Jason poder comer antes de voltar para a casa dele.

Jason ficou tão entretido com as histórias do avô sobre a Primeira Guerra Mundial que Dawn foi para a cozinha ajudar a avó a preparar uma salada verde e uma caçarola de peru. Todos se sentaram para comer às três da tarde. Por volta das quatro, já estava escurecendo. A chuva não tinha cedido. Jason olhou para Dawn se desculpando, dizendo-lhe que seria melhor que ele partisse. O avô argumentou que seria melhor que ele ligasse primeiro para a polícia rodoviária para saber se a estrada estava livre até Guerneville.

Não estava. Então o avô orientou Jason a pegar a estrada ao sul, passar por Bodega e voltar por Sebastopol para tomar a rodovia em direção ao norte, para Windsor.

A avó protestou.

– Já escureceu. Além disso, é um caminho muito longo para ir dirigindo na chuva, especialmente se ele não conhece bem a estrada costeira. O Jason devia ficar aqui conosco.

Ela sugeriu que ele ligasse para a mãe a fim de tranquilizá-la. Dawn sugeriu à avó que fosse para a sala de estar com o avô, para que ela lavasse os pratos. Para variar, a avó não discutiu. Talvez tivesse entendido como Dawn estava desesperada para ficar sozinha com Jason, mesmo que só por alguns minutos, antes que a mãe dele insistisse para que ele pegasse o carro e fosse embora, por pior que estivesse o tempo.

Jason suspirou.

– Ela vai ficar furiosa.

– Você não tem culpa de estar caindo essa tempestade, Jason.

– É, não tenho, mas ela me disse que não era uma boa ideia vir para cá.

Dawn ficou pensando se a mãe dele tinha falado sobre o tempo ou sobre ir visitá-la. Jason discou os números. A mãe devia estar sentada ao lado do telefone, porque mal teve tempo de tocar uma vez e Jason já falou:

– Oi, mãe.

Dawn espremeu detergente na velha pia de porcelana, abriu a torneira de água quente e fingiu não estar escutando.

– A estrada está fechada. Vou ter de ficar por aqui. – Ele escutou o que ela dizia. – São duas horas por esse caminho e só tenho meio tanque... – Virou de costas, com os cotovelos sobre os joelhos, os ombros tensos, curvado sobre o fone, e rosnou: – Pelo amor de Deus, mãe, você prefere que eu despenque de um penhasco no mar...

Pelo jeito, nessa hora a mãe o interrompeu. Dawn misturou água fria à quente e pegou um dos copos.

– É ótimo saber que você confia em mim – Jason respondeu, mais zangado. – Nós não estamos sozinhos aqui, mãe. Os *dois* avós da Dawn estão aqui conosco, e a casa é pequena. São dois acompanhantes. Está bom para você?

Ele ficou ouvindo mais alguns segundos.

– Tudo bem. Desculpe, mas... – Endireitou as costas e bufou. – Sim, estou ouvindo. Assim que acordar. Está bem, está bem. Sim! Vou pelo sul se as estradas continuarem fechadas, eu prometo.

E desligou. Estava mais ou menos com cara de vitória.

– Precisa de ajuda aí com os pratos?

– Claro – ela sorriu.

Ele ia passar a noite toda com ela!

– Os panos de prato estão naquela gaveta.

Quando ele se aproximou dela, Dawn levantou a cabeça e se derreteu toda por dentro. Jason contou que tinha gostado muito do avô dela, enquanto enxugava os copos e os talheres e perguntava onde guardá-los. Dawn sonhou acordada. Um dia, quando os dois se casassem, ficariam assim todas as noites, lavando os pratos juntos.

Tinham acabado de guardar tudo quando a avó entrou na cozinha com uma pilha de lençóis, uma fronha e um pijama de flanela.

– Aqui está um pijama do meu marido para você, Jason, e a Dawn pode fazer sua cama lá embaixo.

Jason não entendeu.

– Lá embaixo?

– No apartamento. Tem um cobertor elétrico na cama, que vai manter o calor para você não ficar com frio. É muito confortável lá embaixo.

– Por favor, não se deem a nenhum trabalho por mim. Posso dormir no sofá.

– Imagine. – A avó pôs a roupa de cama nos braços estendidos de Dawn. – Gostamos que nossos hóspedes se sintam confortáveis. – E voltou para a sala de estar.

Dawn foi em direção à porta dos fundos.

– Vamos. Vou mostrar onde você vai ficar.

Ele abriu a porta para ela, que avisou aos avós que voltariam em poucos minutos.

O ar gelado do apartamento no subsolo atingiu Dawn quando ela entrou. Jason entrou logo atrás. A mãe tinha fechado a cama embutida – de qualquer modo, Chris não tinha dormido nela – e posto a mesinha de centro de volta no lugar. A pequena escrivaninha da avó ficava num canto. Uma poltrona vitoriana ficava no espaçoso quarto dos fundos, de frente para a cama queen size por fazer. A mãe tinha deixado os cobertores térmico e elétrico e a colcha de chenile azul bem dobrados aos pés do colchão. Jason se sentou na cadeira vitoriana florida e ficou observando enquanto Dawn balançava o lençol de baixo, de flanela. Ela trabalhou rápido.

– Parece que você sabe mesmo arrumar camas.

Ela deu risada, animada por estar com ele ali e mais ainda de pensar nele dormindo embaixo do quarto dela.

– A vovó me ensinou como se dobram os cantos quadrados. Ela foi enfermeira.

Dawn bateu o lençol de cima, olhou para ele e viu algo em sua expressão que a fez perder a respiração.

Desdobrou o cobertor elétrico e verificou se estava bem ligado na tomada antes de estendê-lo sobre os lençóis. Dawn não sentia mais nenhum vento gelado e ainda não havia nenhum ar quente entrando pelo duto do aquecedor. Jason se levantou e a ajudou a esticar o cobertor térmico por cima. Ninguém disse nada. Dawn pôs a fronha no travesseiro, puxou a colcha e a prendeu bem debaixo do colchão.

Ficaram parados, um de cada lado da cama, entreolhando-se. Jason deu a volta e segurou a mão dela.

– Posso te beijar outra vez?

Dawn estremeceu e olhou para ele.

– É o que eu quero.

Ele inclinou a cabeça e disse baixinho:

– Tive medo que seus avós tivessem uma ideia errada...

Quando Jason cobriu a boca de Dawn com a dele, ela chegou mais perto, pôs os braços em volta de seu pescoço e encostou o corpo no dele com firmeza. Jason deu um gemido suave e ela sentiu um fogo por dentro. Ele deslizou as mãos pelas costas dela até a cintura e os quadris, depois para cima de novo, abraçando-a com força. Então ele interrompeu o beijo.

— Acho que não vou conseguir dormir muito aqui embaixo. Vou ficar aí deitado, acordado, olhando para o teto, sabendo que você está bem em cima de mim.

Quando ele a beijou mais uma vez, ela encaixou o corpo no dele e o ouviu engolindo o ar de prazer. Estavam ambos trêmulos quando Jason a afastou suavemente.

— É melhor voltarmos lá para cima, antes que seus avós fiquem imaginando o que está acontecendo aqui.

Os avós ficaram acordados até mais tarde que de costume. Quando o avô se levantou da poltrona reclinável e disse que era hora de ir para a cama, Jason ficou de pé e concordou, agradecendo-lhes por tudo. Dawn se despediu dele, sentada no sofá, e ficou espiando enquanto ele saía pela porta dos fundos. Jason olhou para trás, para Dawn, através do vidro, antes de ir para a escada de madeira que descia para o apartamento. A avó parou na porta do quarto e se virou para ela.

— Vai ficar acordada, Dawn?
— Ainda não estou com sono. Acho que vou ver um pouco de televisão.
— Abaixe o termostato quando for dormir.

A avó lhe desejou boa noite e fechou a porta dupla envidraçada com a cortina fina que impedia a visão. Dawn se enrolou num cobertor de lã. Abaixou o volume e mudou de canal. Ouviu o avô roncar alto. Ele sempre adormecia assim que encostava a cabeça no travesseiro. Em pouco tempo, a avó formou um dueto com ele. Dawn esperou mais quinze minutos, desligou a televisão e regulou o termostato. Tomou uma ducha rápida e vestiu a camisola. Abriu a cama, amassou as cobertas e botou dois travesseiros embaixo, caso a avó acordasse e quisesse dar uma espiada nela.

Fechou a porta de correr e abriu a porta dos fundos com todo cuidado. Verificou se estava destrancada antes de fechá-la, sem fazer barulho. Então correu na ponta dos pés, desceu os degraus de madeira e sentiu as gotas geladas de chuva encharcando a camisola de algodão. Havia uma lâmpada fraca acesa sobre a porta do apartamento no subsolo. Ela hesitou um pouco, mas, tremendo de frio, abriu a porta. Seu coração deu um pulo ao ouvir o rangido das dobradiças. Entrou no apartamento, e, nesse momento, Jason acendeu a luz de cabeceira.

– O que você está fazendo? – ele perguntou, descobrindo-se e levantando-se da cama.

Estava tão engraçado com o pijama do avô que Dawn deu uma risada nervosa.

– Não consegui dormir.
– Shhh... É melhor você ir antes que eles...
– Ouça! – ela cochichou, apontando para cima.

O avô roncava tão alto que dava para ouvir lá de baixo. Dawn sorriu de orelha a orelha para Jason.

– Os dois dormem como pedras. Não vão saber de nada.
– Você está tremendo – ele a abraçou. – Está toda molhada!
– Está chovendo. – Dawn sentiu o cheiro dele, que lhe subiu direto à cabeça. – Estou congelando. – Ela estremeceu e adorou a sensação do abraço dele. O coração de Jason bateu com mais força. – Posso me aquecer na cama.
– Não é uma boa ideia.
– Não vamos fazer nada – ela disse, abraçando-o também. – Vamos só conversar.

Embaixo das cobertas, Jason abraçou Dawn e perguntou se ela se aquecera. Ela respondeu que não e se aconchegou mais, colando seu corpo ao dele. Então ouviu a respiração dele se acelerar. Eles realmente conversaram um breve tempo e depois se beijaram. Esquentaram rápido e tiveram de se descobrir. Dúvidas incômodas povoaram a cabeça de Dawn quando a paixão aumentou.

Ela acabou ficando com medo, mas era tarde demais. Gemeu baixinho com a dor inesperada. Jason parou e se desculpou, com a voz rouca.

– Tudo bem, tudo bem – disse ela.

Os dois sabiam que não estava tudo bem. E, pior, que não podiam voltar atrás.

Não era assim que ela imaginava que seria.

Quando tudo acabou, Jason se sentou na beirada da cama, com a cabeça apoiada nas mãos. Dawn puxou a coberta até o queixo. Calada e imóvel, com todos os músculos contraídos e os olhos cheios de lágrimas, ficou nauseada e arrependida. O que tinha feito?

Jason ficou em silêncio por tanto tempo que ela sentiu que precisava dizer alguma coisa.

– Eu te amo. – Era por isso que tinha feito aquilo. – Eu te amo, Jason.

Ela parecia uma criança assustada, com medo de ser castigada.

– Eu também te amo.

A voz de Jason soou afetada pelo choro. E pelo arrependimento.

Envergonhada, Dawn jogou a coberta longe e correu para a porta. Jason a alcançou e a abraçou. Puxou-a com firmeza para perto e sussurrou com os lábios em seu cabelo.

– A culpa é minha – ele deu um suspiro sentido. – Eu devia ter ido para casa.

Magoada com o remorso dele e envergonhada com o próprio comportamento, Dawn falou com a voz embargada:

– Eu queria que tivesse ido.

Claro que a avó insistiu para que Jason tomasse café da manhã antes de partir. Ele olhou para Dawn uma vez quando ela saiu do quarto. Ele estava com olheiras, como se não tivesse dormido melhor do que ela. Dawn percebeu que ele precisou se esforçar para sorrir e agir normalmente, para conversar com os avós dela como se nada tivesse acontecido na noite anterior.

Sentados à mesa, os avós conversavam, Jason respondia, distraído, e Dawn não parava de pensar: *Fiz sexo com Jason lá embaixo a noite passada, na cama em que minha mãe e o Mitch dormiram poucos dias atrás. A vovó e o vovô estavam bem aqui, no andar de cima. Todos confiam em mim e respeitam Jason. O que pensariam de nós agora, se soubessem?*

Sentiu ondas de frio nos braços. E se Jason confessasse o que tinham feito para o pastor Daniel? E se ele contasse para Tom Barrett, que contasse para Kim?

Ela não esperava ficar nauseada com tanta sensação de culpa e vergonha. Sabia que Jason estava se sentindo pior do que ela. Ele não se apressou, mas não demorou depois do café da manhã, como faria se ela tivesse ficado no próprio quarto na noite anterior.

– É melhor eu ir.

Então ele se despediu e agradeceu a todos. Dawn o acompanhou até o carro. Ficou lá parada, de braços cruzados, com medo do que ele poderia dizer. Em vez disso, ele lhe deu o mesmo beijo demorado no rosto que tinha lhe dado ao chegar, na véspera. Mas seu olhar estava diferente.

– Os lençóis estão... – Ele fez uma careta. – Eles vão perceber.

Dawn ficou ruborizada e sentiu o rosto arder.

– Vou lavá-los.

Ainda bem que a avó tinha lhe dado os lençóis vinho em vez dos brancos, senão jamais conseguiria limpar o pecado deles.

Pecado!

Chocada, Dawn sentiu a palavra espetar seu coração feito lança. *Nós pecamos. Eu pequei.*

– Sinto muito, Jason.

Ela apertou os lábios e as lágrimas começaram a cair.

Ele se aproximou, pôs as mãos na cintura dela e sussurrou-lhe no ouvido:

– Eu te amo. Nada vai fazer isso mudar.

Mas alguma coisa já tinha mudado.

37

1987

Dawn não teve notícias de Jason nem o viu até o reinício das aulas. Quando o ônibus chegou, ele a esperava e foi com ela até os armários.

– Precisamos conversar.

– Você podia ter telefonado – ela disse, magoada e zangada, e continuou andando.

– Não pude. Minha mãe e eu tivemos uma briga enorme quando cheguei em casa.

Ela ficou paralisada e quase desmaiou de medo.

– Você contou para ela?

– *Não*.

Jason espiou em volta e chegou mais perto no momento em que ela apertou a combinação e abriu o armário.

– Daqui a quanto tempo vamos saber se você está...?

Ela sentiu o constrangimento dele. Virou-se de frente e deixou que ele visse seu medo e sua mágoa. Jason franziu a testa.

– Vai dar tudo certo.

Ele segurou a mão dela, e Dawn entrelaçou os dedos nos dele, apertando com força, com medo de que ele deixasse de amá-la com a mesma rapidez com que ela se apaixonara por ele.

Todos os dias ele olhava para ela com aquela pergunta no cenho franzido, e ela balançava a cabeça. Depois de se passarem três semanas, ele disse que tentaria conseguir um teste doméstico de gravidez.

– Talvez não consiga comprar esta semana. O Bill está no mesmo turno que eu no trabalho e, se ele vir, vai contar para minha mãe. – Aflito, Jason passou a mão no cabelo.

Carolyn acordou Dawn na manhã de sábado.

– Seus avós vão chegar daqui a uma hora.

A garota se sentou e esfregou os olhos.

– Você está bem? – a mãe perguntou.

Dawn ficou com medo. Será que a mãe sabia? Teria alguma percepção extrassensorial para poder adivinhar?

– Estou ótima.

Tomou uma ducha, vestiu-se e prendeu o cabelo num rabo de cavalo. Um carro buzinou bem alto, e ela abriu a cortina transparente. Os avós tinham chegado em carros diferentes – o avô num Buick branco, e a avó num brilhante Sable preto. Quando Dawn abriu a porta da frente, a avó balançou as chaves na mão.

– O Sable é todo seu.

O avô sorriu de orelha a orelha.

– Feliz aniversário! Dezesseis anos!

– O quê? – Dawn ficou atônita. – Vocês estão brincando, né?

– Claro que não.

A avó pegou a mão dela, botou as chaves na palma e fechou os dedos em volta.

– Nós não iríamos brincar com uma coisa dessas.

Dawn deu um grito de alegria, abraçou a avó e depois o avô.

– Obrigada! Obrigada!

Mitch, Christopher e a mãe apareceram e perguntaram o que estava acontecendo. Dawn saiu correndo e passou a mão no Sable recém-polido.

– Eles disseram que é meu! – exclamou, feliz pela primeira vez depois de semanas. – Agora estou motorizada!

A mãe arregalou os olhos.

– Vocês deviam ter falado comigo antes.

A avó fez cara feia.

– Estamos fazendo isso por você também, além da Dawn, Carolyn. Você já tem o Christopher com os esportes, as aulas de música e o grupo da igreja. A Dawn não pode ir para todos os lugares de ônibus, você sabe. Ela precisa de um carro. E agora ela tem um.

A mãe ficou vermelha de raiva.

– Não cabe a você tomar essa decisão.

Ela se virou para Mitch, que estava a seu lado. Ele estava muito sério. Dawn voltou para perto deles, louca pela liberdade que o carro representava.

– Você não vai precisar me levar para Jenner, mãe. Posso ir sozinha, no meu próprio carro.

A avó estava exultante, e o avô deu um tapinha no ombro da neta.

– Fizemos revisão em tudo. É um bom carro, Carolyn.

– Eu sei, pai. Não é isso...

– Esse aí não vai precisar de reparos por um bom tempo. Todos os documentos estão no porta-luvas, Dawn. Esse carro ainda vai rodar mais uns cento e cinquenta mil quilômetros, fácil, fácil. Você não vai encontrar um carro usado em melhor estado em lugar nenhum, e também é bem econômico.

– É lindo, vovô – exclamou ela, beijando o avô e abraçando a avó. – Eu adorei!

A mãe foi em direção à casa, e a expressão da avó ficou séria.

– Ah, pelo amor de Deus, Carolyn...

A avó deu a volta em Dawn e foi atrás da filha.

Agora o avô estava preocupado.

– Acho que nós realmente nos precipitamos.

– É – disse Mitch, muito sério. – Se precipitaram, sim. Mas agora é tarde para voltar atrás, não é?

Temendo a discussão que sabia que viria, Dawn foi para a cozinha. A avó estava de pé, apoiada no encosto de uma cadeira, se explicando, enquanto a mãe descascava batatas na pia, de costas para ela.

– Desculpe se eu fiz alguma coisa de errado. – A avó parecia exasperada, mas não arrependida.

– Posso dizer uma coisa? – pediu Dawn.

O medo crescente daquelas últimas três semanas fazia com que ela ficasse ainda mais vulnerável diante do desentendimento entre a avó e a mãe.

– Eu quero muito o carro, mãe, mas não vou nem pedir para dirigir antes de tirar a carteira e antes de você e o Mitch verificarem se sou boa motorista.

A mãe se virou lentamente e olhou para ela.

– E o seguro, e a gasolina?

– Nós vamos pagar o seguro e dar a ela uma mesada, pois parece que vocês não dão.

O rosto da mãe ficou corado.

– Não damos mesmo, e vocês também não vão dar.

Ela chegou a piscar quando disse isso, como se estivesse surpresa consigo mesma. A avó ficou boquiaberta.

As coisas estavam indo de mal a pior, e Dawn sabia que estava no meio de um campo de batalha.

– Eu tenho umas economias, vovó, e posso arrumar um trabalho de meio período no Java Joe's depois das aulas.

A avó fez cara de quem não entendeu, e Dawn explicou:

– É um café perto da praça. – Então olhou para as duas. – Seria divertido. E seria bom para mim.

– Falamos sobre isso mais tarde, Dawn.

A mãe deu as costas para as duas e recomeçou a descascar as batatas. A avó puxou a cadeira e murchou nela.

– Eu devia ter perguntado antes. Desculpe, Dawn, mas quem sabe...

A mãe apoiou as mãos na pia.

– A Dawn pode ficar com o carro – disse ela, com a voz cansada, de derrota.

Dawn estava entre as duas mulheres que mais amava na vida e sentiu vontade de chorar. De repente, Oma surgiu-lhe na mente, como um fantasma.

– Que tal se tomássemos um chá?

Oma dizia a mesma coisa todos os dias, quando a mãe e ela foram visitá-la em Merced. A mãe se virou para ela com cara de choro, pediu licença baixinho e saiu da cozinha.

– Ela ainda não se conformou com a morte da Oma – disse Dawn, quebrando o silêncio.

A avó curvou os ombros.

– Acho que ela nunca vai superar.

Mitch, o avô e Christopher lideraram a conversa durante o jantar. A mãe se levantou para tirar a mesa, e Mitch sugeriu que fossem todos para a sala de estar. O avô encarava a avó, calada e distraída. A mãe chamou todos para a cozinha. Tinha posto na mesa um bolo de tabuleiro decorado com flores cor-de-rosa, com os dizeres "Feliz aniversário, May Flower Dawn" escritos em branco na cobertura.

– Chocolate! – Dawn forçou na voz uma animação que não sentia.
– Meu preferido.

Sorriu e agradeceu à mãe, quando sentiu Mitch apertar-lhe o ombro.

Ele se curvou e lhe deu um beijo no rosto, como Jason tinha feito naquela manhã, antes de Dawn transformar tudo entre eles.

– Você está crescendo, Dawn.

Talvez mais do que ele pudesse imaginar.

Dawn abriu primeiro o presente de Christopher e ergueu as sobrancelhas olhando para ele.

– Uma bola de futebol? Tem certeza que é para mim?

– Você jogava tão, tão, tão bem! – ele disse, com um sorriso largo e malicioso. – Pode me ensinar.

– Obrigada, companheiro – ela passou a mão no cabelo dele, dando-lhe um forte abraço.

Carolyn e Mitch lhe deram um conjunto de colar e brincos de pérola.

– Pérolas da inocência.

Dawn sentiu a mão de Mitch no ombro, e Carolyn falou, do outro lado da mesa:

– Representam também um rito de passagem para a idade adulta.

Dawn não levantou a cabeça, com medo do que eles pudessem ver em seu rosto. Não era mais inocente, mas também não se sentia uma mulher. Tocou nas pérolas luminosas e engoliu as lágrimas, que quase a sufocavam.

– São lindos. Obrigada.

Aquela noite, na cama, ela chorou baixinho, confessou mentalmente seu pecado e pediu a Deus que não tivesse concebido um filho. Assustou-se quando a mãe bateu à porta e entrou no quarto, sentando-se na beirada de sua cama.

– O que houve, Dawn? Está aborrecida porque Jason esqueceu seu aniversário?

– Eu não disse para ele que era meu aniversário.

Ela havia esquecido de lhe dizer. A cabeça estava cheia de preocupações e medos, por isso não conseguia pensar em mais nada.

– Quer conversar sobre o que está acontecendo? Você não anda bem nessas últimas semanas.

– Estou bem. – *Mentira.* – Só que me sinto meio aflita o tempo todo. – *Verdade.* – Não sei o que tem de errado comigo. – *Mais uma mentira.* Elas não saíam com tanta facilidade depois de ter pedido perdão a Deus. – Só estou preocupada com o futuro.

Pelo menos isso era verdade.

Teve vontade de enterrar o rosto no travesseiro de novo e chorar, mas não podia fazer isso com a mãe ali ao lado. Sentiu a mão da mãe sobre o cobertor.

– Você só vai fazer dezoito anos daqui a dois anos. É bastante tempo para tomar decisões.

Dawn deu uma risada rouca.

– Eu sei.

Já tinha tomado uma. E péssima.

A mãe apertou o pé dela.

– Você sabe que pode conversar comigo – continuou, esperando um pouco. – Sobre qualquer coisa – e esperou um pouco mais.

Passaram-se alguns minutos, a mãe deu um suspiro suave e se levantou.

– Boa noite, May Flower Dawn – finalizou, parando à porta. – Se não quiser falar comigo, sabe que pode procurar sua avó – e fechou a porta sem fazer barulho ao sair.

Passados mais dois dias de orações fervorosas, cheias de arrependimento e promessas de castidade e obediência, Deus atendeu às preces de Dawn.

Jason a encontrou no ponto de ônibus na manhã seguinte, com um sorriso tímido.

– Está tudo bem?

– Perfeito!

Pela primeira vez, Jason a beijou ali, na frente de todos. Segurou a mão dela quando foram para a escola, ambos esquecidos da porta que tinham aberto e do animal selvagem que agora andava à solta.

Mitch e a mãe acharam que seria uma boa ideia se a filha procurasse um emprego de meio período. O gerente do Java Joe's, Dennis Bingley, nem pediu que ela preenchesse a ficha e a contratou na hora.

– Os meninos vão fazer fila para tomar café quando virem você.

Ela trabalhava todas as tardes, de segunda a sexta-feira, das três às cinco. Jason a levava até o centro, comprava um café e se sentava numa das mesas pequenas em um canto, onde fazia o dever de casa até as quatro e meia. Os meninos formavam fila sim, mas Dawn nem prestava atenção. Sempre que tirava e limpava uma mesa, dava uma parada na mesa de Jason. Mitch a pegava na volta para casa.

Depois de seis semanas e de horas treinando direção com Mitch, Dawn sentiu-se preparada para enfrentar a prova para tirar a carteira de motorista. Passou com louvor e voltou para casa dirigindo o Sable. Aquela noite, no jantar, a mãe anunciou que ela podia ir de carro para a escola. Dawn optou por revezar com Sharon nas idas às reuniões do grupo de jovens, mas queria continuar indo de ônibus para a escola. Assim, poderia economizar para pagar o seguro do ano seguinte e os gastos com gasolina.

– E o Jason vai continuar lhe dando carona até o trabalho – disse Mitch com uma risadinha, indicando que ela não enganava ninguém.

Dawn reconheceu que isso era parte do raciocínio.

No primeiro sábado depois de tirar a carteira de motorista, ela foi dirigindo até o Windsor Trailer Park. O trailer duplo parecia velho, mas bem cuidado, com vasos de flores num pequeno estrado, um toldo listrado de verde e branco e uma entrada de cascalho, onde estava estacionado o Honda de Jason. De calça de moletom e camiseta regata, Jason abriu a porta antes que Dawn batesse. Saiu descalço e admirou o carro dela. Uma senhora idosa abriu a porta de tela do trailer em frente.

– Amiga sua, Jason?

– Companheira de estudo – ele respondeu. – Como vai, sra. Edwards?

– Não posso reclamar – ela se sentou numa cadeira de balanço na pequena varanda.

Jason abriu a porta, e Dawn entrou em uma sala de estar atapetada, com um sofá xadrez verde bastante gasto, duas poltronas combinando e uma mesinha de centro diante de uma pequena televisão e um velho armário. Uma cortina transparente bege deixava entrar um raio de sol na janela da frente.

– Isso deve ser claustrofóbico para você – disse Jason, sério.

– É aconchegante. Confortável.

Havia uma pequena mesa com duas cadeiras, coberta de livros, um fichário aberto e folhas de papel.

– Você está estudando.

– Todos os minutos livres. – Ele a puxou para perto. – Mas eu precisava mesmo de uma pausa – e a beijou.

Um beijo suave e tímido levou a outro, e a mais outro.

Ofegante, Dawn começou a se preocupar.

– Onde está a sua mãe?

– Trabalhando. Até o meio-dia.

– Talvez seja melhor eu ir.

Como ele não a soltou, Dawn ficou imaginando se tinha dito aquilo em voz alta ou se havia apenas pensado. Ele perguntou se ela queria ver o quarto dele. É claro que ela queria. E então as coisas escaparam ao controle – não que um dos dois tivesse tentado impedir –, até que alguém bateu à porta. Jason se afastou e desceu da cama.

– Deve ser a sra. Edwards. – Outra batida, dessa vez mais forte. – Se eu não atender, ela vai achar que estamos aprontando alguma coisa.

Achar que estamos aprontando? Dawn teve vontade de rir histericamente.

– Espere!

Ela entrou no banheiro e ficou encostada na porta. Ajeitou a roupa, passou as mãos no cabelo e então ouviu a voz da sra. Edwards.

– Acho que sua mãe não ia querer uma menina aqui na ausência dela.

Jason se justificou, dizendo que eles estavam apenas conversando.

– Então onde ela está? Não está sentada no sofá...

Dawn puxou a descarga e abriu a torneira ruidosamente antes de sair do banheiro, fingindo estar surpresa.

– Ah, oi.

A sra. Edwards resmungou alguma coisa para Jason e desceu os degraus.

– O que ela disse?

Ele deu uma risada seca.

– Que é melhor eu me comportar.

Dawn enrubesceu e pendurou a bolsa no ombro. Nenhum dos dois estava fazendo isso bem ultimamente.

– É melhor eu ir.

Jason a acompanhou até o carro, dizendo que não queria que ela fosse embora. Então pararam e conversaram um pouco. A sra. Edwards observava os dois de sua cadeira de balanço. Jason perguntou se Dawn planejava ir na viagem missionária ao México. Ela disse que sim e que já tinha o apoio financeiro de que precisava, de sua mãe, de Mitch e também de seus avós.

– Além disso, estou economizando meu próprio dinheiro – acrescentou, orgulhosa. – E você?

Jason respondeu que ainda não tinha certeza, mas que esperava ir. Antes de entrar no carro, Dawn acenou para a sra. Edwards e disse que tinha sido um prazer conhecê-la.

No sábado seguinte, Dawn levou a mochila cheia de livros e os dois estudaram mesmo, por um breve tempo. Ela saiu de lá uma hora antes de Georgia Steward voltar para casa. No sábado depois desse, eles nem se deram ao trabalho de abrir um livro.

38

No próximo sábado, a van branca de Georgia Steward, com Georgia's Serviços Domésticos pintado em vermelho na lateral, estava estacionada atrás do Honda branco de Jason. Desapontada, Dawn concluiu que Jason e ela teriam de estudar mesmo aquele dia. Pelo menos estariam juntos. Pegou a mochila com os livros e desceu do Sable. A sra. Edwards não estava sentada na varanda aquela manhã, mas o movimento na cortina da frente indicava que a velha senhora observava tudo. Aborrecida, Dawn subiu os degraus e bateu na porta, esperando que Jason abrisse. Em vez disso, foi a mãe dele quem a abriu.

– Oi, Dawn.

– Oi. – Ela plantou um sorriso no rosto, apesar da expressão fria de Georgia. – Vim estudar com o Jason.

– Entre.

Georgia escancarou a porta. As cortinas estavam abertas e deixavam o sol entrar. A porta do quarto de Jason também estava aberta. Dawn tinha visto o carro dele na entrada. Onde é que ele estava?

– Sente-se.

Georgia fechou a porta da frente.

Dawn ficou tensa, largou a mochila e se sentou à mesa.

– Onde está o Jason?

A mulher se sentou diante dela e juntou as mãos sobre a mesa.

– Ele vai passar o dia fora.

– O dia fora? – O coração de Dawn disparou, alarmado.

Por que ele não tinha ligado para ela? Sentia-se cada vez menos à vontade sob o escrutínio da mãe dele.

– Ele e o pastor Daniel foram pescar juntos. Ele só soube que iria esta manhã.

Dawn ficou louca para sair dali.

– Então eu vou indo – disse ela, estendendo a mão para pegar a mochila.

– Ainda não – o tom de voz de Georgia foi mais firme dessa vez, mais gelado.

Dawn deixou a mochila no chão e se ajeitou de novo na cadeira, com os joelhos trêmulos sob a mesa.

– Algum problema?

A expressão da mulher se transformou em desdém.

– Pode-se dizer que sim, não é? – As articulações dos dedos ficaram brancas. – Eu percebi o que estava acontecendo entre vocês dois quando o Jason voltou de Jenner para casa. Ele não olhava nos meus olhos. Eu o vi suando frio um mês inteiro e achei que talvez vocês dois tivessem aprendido a lição. E então a sra. Edwards me contou ontem que você tem vindo aqui todos os sábados... para estudar.

– Mas nós estudamos.

Georgia enfiou a mão no bolso e exibiu um envelope amassado e vazio de camisinha, que botou na mesa entre as duas.

Dawn sentiu todo o sangue se esvair do rosto e encarou o olhar furioso da mulher.

– Eu amo o Jason. E ele me ama.

Georgia ficou vermelha, com o olhar mais intenso.

– Você não entende nada de amor! Você é uma menininha mimada e egocêntrica, cheia de vontades, e o que quer tem de ser *agora*. – Ela se inclinou para frente. – O seu *amor* arruinou grande parte das chances do Jason de escapar deste parque de trailers. As notas dele caíram. Ele não tem mais as qualificações para entrar na UC Berkeley nem para conseguir uma bolsa integral em Stanford. Gastou quase todas as economias dele comprando aquele carro para poder sair com você. Ele mal lê a Bíblia hoje em dia, e o relacionamento com Deus era *a coisa mais importante na vida dele*!

Dawn se encolheu quando Georgia se levantou de repente e se afastou da mesa. Depois de um tempo, ela continuou, em um tom tenso e contido.

– Se você engravidar, o Jason vai fazer a coisa certa. Mas eu gostaria de descrever como vai ser a vida de vocês se isso acontecer.

E se sentou de novo, mais controlada, com os olhos tão frios e escuros como um gelo preto.

– O Jason terá de desistir de todos os sonhos de cursar uma universidade. Terá de arrumar um emprego para sustentar você e o bebê. E que tipo de emprego ele vai encontrar, apenas com o diploma do segundo grau? Um que pague salário mínimo. É claro que, trabalhando das nove às cinco, ele não ganhará o suficiente para pagar o aluguel de um lugar tão luxuoso como este – ela olhou em volta com desprezo. – Por isso, como o Jason é o Jason, ele vai querer melhorar. Vai arrumar um segundo emprego, e você não vai ficar satisfeita, porque ele não terá mais tempo para você. Ele vai trabalhar o tempo todo só para manter um teto e botar comida na mesa para vocês três. E ainda tem as despesas médicas e tudo o mais. É claro que você vai se sentir solitária, tendo que arcar sozinha com toda a responsabilidade de cuidar do bebê: trocar fraldas, amamentar, acordar a qualquer hora da noite. Vai ficar exausta, vai se sentir sobrecarregada. O bebê será sua única companhia. Depois de um tempo, você vai se entediar de ficar presa no trailer. Quando o Jason finalmente chegar em casa, você vai reclamar que ele nunca está por perto. Que ele não é mais divertido. Que não te faz feliz.

Dawn começou a chorar.

– Lágrimas não funcionam comigo, querida.

– Por que você me odeia tanto?

Dawn cruzou os braços com as mãos nos ombros e fez força para se controlar.

– Eu não te odeio. Simplesmente não gosto de você. E por que gostaria? *Você está arruinando a vida do meu filho!*

Georgia parecia angustiada, à beira do choro. Soltou o ar lentamente e continuou:

– Ele está apaixonado por você. Qualquer um pode ver isso. Está tão apaixonado que não consegue pensar direito. Não dá ouvidos a nenhum alerta para que tenha cuidado. Você o privou dos seus sonhos, tirou a inocência dele e agora está empenhada em destruir o potencial dele.

Georgia soltou o ar, frustrada.

Dawn não conseguiu erguer a cabeça.

– Olhe para mim, Dawn.

Quando ela finalmente levantou a cabeça, Georgia a encarou.

– O que eu vejo diante de mim é uma menina de dezesseis anos muito bonita, sem caráter e sem conteúdo. Você não tem nada para oferecer para o Jason e é burra e egoísta demais para ver, até para se importar, com os danos que causa a ele. Isso não é amor. Nem aqui nem em lugar nenhum. Você acha que pode viver com os seus sonhos românticos. Os contos de fadas sempre acabam com "felizes para sempre", não acabam? Mas você não tem ideia de como está enganada.

Como Georgia não disse mais nada, Dawn perguntou com um fiapo de voz:

– Posso ir agora?

– Por favor. E não ouse voltar mais aqui, a menos que *eu* convide.

Dawn se levantou depressa e foi em direção à porta.

– Só mais uma coisa – disse Georgia, ainda sentada à mesa, olhando para o outro lado. – Você provavelmente vai sair daqui e ir correndo contar para o Jason tudo o que eu disse... ou as partes que servem ao seu propósito.

Então ela olhou para Dawn, com os olhos cintilando de lágrimas contidas.

– Mas não esqueça de uma coisa: um dia o Jason vai crescer. E, quando isso acontecer, ele vai ver a verdade por conta própria.

A primeira reação instintiva de Dawn foi procurar a avó para desabafar e chorar seu infortúnio, mas logo afastou essa ideia. Ela sabia que a avó jamais pensaria que ela estava errada. A avó sempre ficava do seu lado. Mas, se a avó soubesse que tinha seduzido Jason no apartamento do subsolo, ficaria profundamente magoada. Talvez começasse a pensar que Dawn era o tipo de pessoa capaz de levar uma vida desregrada em Haight-Ashbury, como sua mãe tinha feito.

O que o pastor Daniel estaria dizendo a Jason naquele momento? Será que ele estava ouvindo as mesmas coisas em que Georgia Steward acreditava? *Aquela garota não serve para você. Não tem nada para lhe oferecer. É egoísta, mimada, lasciva e nem deve ser cristã. Em que você está pensando, Jason? Por que quer ficar com ela?*

Dawn dirigiu uma hora sem rumo, depois foi para casa. A mãe tinha de mostrar uma propriedade, Mitch e Christopher tinham ido jogar boliche, e Dawn foi direto para o quarto. Tirou a roupa e tomou um longo banho quente. Esfregou-se muito, mas continuava se sentindo suja. Encolhida num canto, soluçou. O ar ficou cheio de vapor. No entanto, quando saiu do chuveiro e se secou, não se sentiu melhor. Vestiu um conjunto de moletom e foi para a cama. Ficou lá deitada o resto do dia, remoendo diversas vezes o que a mãe de Jason lhe dissera.

– Dawn? – a mãe bateu na porta. – O jantar está quase pronto.

– Estou sem fome.

A mãe entrou, e Dawn cobriu a cabeça com um travesseiro.

– Está passando mal?

Mal de amor. Dor no coração. Doente de vergonha.

– Só quero ficar sozinha, mãe, por favor.

Dawn quase desejou que a mãe insistisse mais dessa vez, mas ela se afastou, fechando a porta.

Horas depois, a porta se abriu de novo, permitindo que uma réstia de luz do corredor invadisse o quarto. Dessa vez a mãe entrou. Sem acender a luz, sentou-se na beirada da cama, mas não disse uma palavra.

Passados quinze minutos, Dawn não suportou mais o silêncio e sussurrou:

– Você me odiaria se eu dissesse que o Jason e eu temos feito sexo?

– Não.

Nenhuma pergunta, apenas uma resposta firme, depois o silêncio outra vez.

Dawn se sentou devagar, apertou o travesseiro no peito com força, grata pela escuridão. Não poderia ver a decepção na expressão da mãe.

– Eu fui encontrar com ele de novo hoje de manhã. Ele não estava. A mãe dele conversou comigo.

Uma vez que a mãe não lhe perguntou nada, Dawn continuou falando, pausada e dolorosamente, até desabafar tudo numa torrente de lágrimas. Quando terminou, afundou o rosto no travesseiro, já molhado com as lágrimas daquela tarde. Foi quando sentiu a mão da mãe na cabeça.

– As palavras podem ser como uma espada enfiada no coração, Dawn – disse ela, passando os dedos suavemente no cabelo da filha. – Às vezes há verdade nelas. Outras vezes, não. Relembre o que a mãe do Jason disse para você. Se houver alguma verdade nisso, você vai ter de decidir o que fazer. Quanto ao resto, procure deixar para lá.

Então ela tirou a mão do cabelo da filha.

Dawn se encolheu em posição fetal. A mãe se levantou, puxou a coberta e a afofou em volta dela, como se ela fosse uma criancinha de novo. Abaixou-se e beijou-a, murmurando:

– E procure perdoar.

Jason ligou para Dawn no domingo à noite. Disse que a mãe lhe contara que ela estivera lá e desculpou-se por não estar em casa.

– O pastor Daniel me levou para a costa. Só soube que sairíamos quando ele apareceu.

Ela disse que tudo bem e contou que a mãe dele havia conversado com ela. Ele quis saber sobre o que, mas Dawn respondeu que não era nada de mais, só um bate-papo. *Sem caráter. Sem conteúdo. Nada a oferecer...*

– Dawn... – Ela soube pelo tom de voz o que ele ia dizer. – Acho que talvez seja bom a gente parar de se ver por um tempo.

Dawn não poderia ter se preparado para o sofrimento que as palavras dele trouxeram. Tentou apertar os lábios para evitar gritar. Curvou-se toda, a boca aberta em agonia. Fechou os olhos e teve vontade de implorar. Queria que ele se lembrasse das juras de amor que tinham fei-

to um ao outro. Em vez disso, ouviu o eco da voz de Georgia. *Um dia o Jason vai crescer. E, quando isso acontecer, ele vai ver a verdade...*
– Tudo bem para você?
Jason parecia confuso. Será que ele queria que ela dissesse que não? Queria que ela o convencesse do contrário? E, se fosse isso, o que aconteceria depois?
Você vai arruinar a vida dele...
Dawn tinha passado toda a noite de sábado e o domingo inteiro pensando no que a mãe de Jason tinha dito, vendo a verdade terrível em tudo aquilo. Só uma coisa era falsa. Ela realmente amava Jason.
Tinha sonhado com Oma na véspera. Ela lhe apareceu como uma visão, com palavras de sabedoria. *Quando você souber o que quer da vida, May Flower Dawn, vá buscar. Às vezes as coisas não terminam do jeito que você planejou. Confie em Deus, que tudo dará certo.*
Dawn sabia o que queria. Queria ser mulher de Jason. Queria ter filhos com ele. Queria passar a vida com ele. E agora tinha estragado tudo. O que tinha provocado na vida dele? Pecado. Arrependimento. Medo. Vergonha.
– Dawn? Você está aí?
Ela engoliu em seco, a garganta sufocada de sofrimento e lágrimas.
– Acho que você está certo.
Então foi para a cozinha e disse para a mãe e para Mitch que Jason e ela tinham terminado. Perguntou se podia se transferir para o programa de estudo independente. Nem precisou explicar por quê. A mãe disse que ligaria para a escola na segunda-feira de manhã e faria todo o possível para conseguir a transferência.

Dawn só voltou a frequentar o grupo de jovens quando Kim e Sharon disseram que Jason não iria mais por causa do emprego dele.
– Praticamente só vejo o Jason na igreja, aos domingos – Kim lhe disse. – Ele vai lá acompanhado da mãe. Nem vem mais aqui em casa conversar com meu pai.
Um mês depois de Jason terminar com ela, Dawn chegou em casa vinda do estudo independente e encontrou uma mensagem na secretá-

ria eletrônica. "Eu te amo, Dawn." A voz dele trouxe à tona toda a dor e toda a saudade que ela tinha se esforçado tanto para superar. Ele pigarreou, como se tivesse dificuldade para falar. "Vou te amar para sempre." *Clique*. Ela se sentou na cama e reproduziu o recado, soterrada pelo arrependimento.

Não sabia o que fazer com a viagem missionária para o México nas férias da primavera. Mitch e os avós haviam lhe oferecido ajuda financeira, e ela já havia até providenciado os documentos para o embarque, mas, se Jason fosse viajar também, ela sabia que não deveria ir. Seria muito difícil ficar perto dele. Sharon perguntou por que ela ainda tinha dúvidas, e Dawn admitiu seu dilema. Sharon ligou no dia seguinte.

— Conversei com o Jason. Ele não vai para o México. Tem de trabalhar. Ele disse que você deve se sentir livre para ir, agora que sabe que ele não vai.

O pastor Daniel talvez não tivesse a mesma opinião. Dawn tinha certeza de que Georgia Steward tinha conversado com ele sobre o relacionamento dela com Jason. Ele podia não querer alguém do tipo dela fazendo parte do grupo. Dawn precisava saber de qualquer maneira, mas levou dias para reunir coragem para ligar para ele.

O pastor Daniel pareceu surpreso com a pergunta.

— É claro que quero você no nosso grupo.

Talvez ele não soubesse de tudo. Talvez Georgia Steward não quisesse dar essa informação.

— Eu precisava me certificar, pastor Daniel.

— Deus ama um espírito arrependido e contrito, Dawn.

As palavras ditas em voz suave desfizeram qualquer ilusão sobre a mãe de Jason não ter falado com ele. E também serviram para acalmá-la por saber que o pastor Daniel não lhe atiraria pedras.

Depois de toda aquela conversa sobre a missão mudar a visão que as pessoas tinham da vida, Dawn não sabia mais o que esperar. Ouvir falar de pobreza ou vê-la na televisão não era a mesma coisa que estar no meio daquilo, sentindo o cheiro e o gosto de tudo no ar. Eles passaram por ruas com casas grudadas umas nas outras, em meio a montes de lixo apodrecendo. Algumas pessoas viviam em abrigos que nem podiam ser chamados de favelas. O que mais surpreendeu Dawn foi o povo, que sorria e recebia o grupo Amor com gritos de felicidade. As crianças corriam ao lado da van, acenando e gritando em espanhol.

Depois de uma noite de sono, ela e os outros acordaram cedo e foram construir uma casa de três e meio por quatro metros para a família Gutierrez. Dawn ficou cheia de bolhas nas mãos, teve dor nas costas e suou muito, como qualquer operário. O pastor Daniel pediu que ela fizesse uma pausa, então ela se sentou à sombra e ficou observando as crianças chutarem uma velha bola de futebol de um lado para o outro. Ela não era muito boa como servente de obra nem como ajudante de carpintaria, mas sabia jogar futebol. Por isso juntou-se às crianças e exibiu alguns truques que tinha aprendido quando jogava no Sky Hawks. Logo as crianças passaram a cercá-la todas as vezes que ela não estava trabalhando na obra.

Na última noite, com a casa pronta, o senhor e a senhora Gutierrez insistiram em dar um jantar para o grupo todo. Tábuas que sobraram, postas sobre cavaletes, serviram de mesa. A sra. Gutierrez e sua filha adolescente, Maria, fizeram um panelão de feijão e pastéis de frango com queijo. O sr. Gutierrez se levantou à cabeceira da mesa, com lágrimas escorrendo no rosto enrugado, e disse com seu inglês espanholado o que significava para ele ter uma casa para sua família. A sra. Gutierrez acrescentou seu agradecimento tímido, assim como o de seus cinco filhos.

Dawn saiu, sentou-se curvada com as costas na parede externa e chorou. O pastor Daniel também saiu e se sentou ao lado dela.

— Em que está pensando?

— O meu quarto é maior do que a casa deles inteira.

Dawn cobriu o rosto. Será que algum dia tinha agradecido pelas bênçãos que recebera? Não se lembrava. E a família Gutierrez não parava de agradecer a todos eles desde o dia em que o grupo havia chegado.

— Aos que recebem muito, muito é exigido.

E lá estava de novo, aquela pontada funda na consciência.

— Acho que eles gastaram tudo que tinham para preparar esse jantar. O que ela já tinha dado para alguém na vida?

– É provável, e estão orgulhosos e satisfeitos por terem feito isso. Eles também consideram uma bênção a capacidade de dar. – Ele se levantou e sorriu para ela. – Volte para dentro quando achar que deve.

Dawn ficou lá bastante tempo ainda. Aquelas pessoas trabalhavam muito e mal conseguiam se sustentar. Queriam a oportunidade de uma vida melhor para os filhos. Georgia Steward surgiu na lembrança de Dawn. *O seu amor arruinou grande parte das chances do Jason de escapar desse parque de trailers.* Dawn encostou a cabeça na parede que ajudara a construir. Isso era verdade? Não completamente, mas o suficiente para machucar. Jason ainda tinha oportunidades. E ela também.

Antes de partir na manhã seguinte, o grupo deixou o que sobrara dos mantimentos, água mineral, material de construção e algumas ferramentas. Assim que cruzaram a fronteira e iniciaram a longa viagem para o norte, para Anaheim, onde parariam e passariam um dia na Disneylândia como prêmio pelo trabalho que tinham feito, todos dormiram, exceto o pastor Daniel, o sr. Jackson, que vinha sentado na frente com ele, e Dawn, atrás. Eles conversavam, e ela se sentou na última fila. Ficou espiando pela janela e rezando.

Quem sou eu, Deus? Quem o Senhor quer que eu seja? Oma disse que os planos que o Senhor tem para nós são melhores do que os nossos. Meus planos me levaram ao pecado, ao sofrimento, ao arrependimento e ao medo. Deus, quero ser uma mulher de caráter e de fé. Não quero ser uma menina egoísta e mimada, sem nada para oferecer. Faça com que eu mude, Senhor. Faça com que eu mude, por favor.

Cansada, com dor de cabeça, Dawn apoiou a cabeça no encosto do banco. O pastor Daniel olhou para ela pelo espelho retrovisor. Os olhos dele se enrugaram, como acontecia quando ele sorria.

De volta a Windsor, todos desceram da van da igreja e começaram a descarregar a bagagem. Alguns encontraram os pais, que estavam à espera. Dawn tinha deixado o Sable no estacionamento da igreja. Passou o dedo no porta-malas empoeirado e imaginou o que o avô diria disso. Resolveu parar num lava-rápido a caminho de casa. Guardou a mochila, fechou o porta-malas e viu o pastor Daniel parado ao lado do carro.

– Obrigado por ter ido conosco, Dawn.

– O prazer foi meu.

– Você trabalhou mais do que qualquer um do grupo. – Ele deu um sorriso de provocação. – Não sabia que você tinha essa capacidade.

Ela deu um sorriso triste.

– Nem eu.

Talvez fosse um começo.

Quando ela entrou na última vaga da garagem para quatro carros, Christopher saiu para recebê-la. Mitch pegou a mochila dela e disse que a mãe estava mostrando uma casa a um cliente.

– Você parece cansada, Dawn.

– Estou exausta – ela o abraçou. – Obrigada pelo meu quarto grande e lindo, pela casa maravilhosa, pelo jardim, pela piscina, pela comida na mesa e por me amar mesmo eu sendo uma chata...

– Uau! – Mitch deu risada. – O que aconteceu com você?

Ele pôs os braços nos ombros dela e a levou para a porta da casa.

– É um prazer para mim, Dawn. Você está parecendo morta mesmo. Devem ter dado um trabalhão para você lá no velho México. Por que não tira um cochilo?

Ela agradeceu e seguiu pelo corredor até o quarto.

– Esqueci de te contar, Dawn. Adivinhe quem apareceu lá no meu escritório para me visitar – disse Mitch.

– Quem?

– O Jason. E ficou mais de uma hora.

A simples menção do nome dele bastou para o coração de Dawn disparar.

– Ele perguntou por mim?

– Brevemente. Queria me fazer algumas perguntas. Precisa tomar decisões sobre o futuro dele e está avaliando todas as opções. Mas pediu que eu lhe dissesse "oi".

O estudo independente mantinha a cabeça de Dawn ocupada. Como não precisava se preocupar em encontrar Jason e não tinha amigos nem perturbações nas aulas para distraí-la, podia se concentrar nos trabalhos. Em vez de divagar, Dawn mergulhou nos estudos. Só tinha de ir à Healdsburg High uma vez por semana para falar com o supervisor do estudo independente, entregar os trabalhos e fazer as provas.

No grupo de jovens, Sharon, Amy e Pam só falavam do baile de formatura que estava chegando. Kim e Tom iriam juntos. Steven Dial tinha convidado Pam. Sharon tinha esperança de que o astro do mês do futebol americano, Tomás Perez, a convidasse. Amy se preocupava porque, se fosse convidada por alguém, não teria dinheiro para comprar o vestido. Dawn imaginava se Jason iria e quem seria sua acompanhante, mas não ousava perguntar.

O baile de formatura chegou e passou, e as conversas no grupo de jovens se concentraram nas provas finais e na colação de grau, nos empregos de férias e nos planos para a universidade. Metade dos membros estava terminando o segundo grau. Sharon e Kim iriam para a universidade. O pai de Amy tinha recebido uma oferta de emprego melhor em Dallas. Com tantas amigas indo embora, Dawn ficou pensando se continuaria a frequentar o grupo de jovens no ano seguinte. Sentia-se deslocada, à margem de novo, sem fazer mais parte de nada. Não sabia o que acontecia no campus da Healdsburg High, nem se interessava. Que importância tinha aquilo tudo, especialmente agora que Jason iria embora para a universidade?

– É alguma do sul da Califórnia – Sharon lhe contou. – Só não lembro qual. E ele vai trabalhar numa obra no verão. Em San Jose, eu acho, com um amigo de um amigo do pastor Daniel.

Dawn teve a sensação de que Jason Steward tinha saído de sua vida. Quaisquer que fossem os planos de Deus para ela agora, evidentemente não incluíam Jason.

Ela achou que seu sofrimento não poderia ser mais profundo, até que a avó ligou numa manhã quente de agosto para dizer que o avô tinha morrido.

39

O aviso chocante sobre a morte do avô fez a mãe entrar em pânico. Eles tinham de ir para Jenner *naquele instante*. Dawn insistiu que queria ir com eles. Mitch ligou para os Eckhard e perguntou se podiam ficar com Christopher. Deixaram o menino lá no caminho. Dawn foi em estado de choque no banco de trás. Quando chegaram, encontraram a avó sentada na poltrona do canto da sala de estar. Com o rosto pálido e os olhos vermelhos, ela apontou para a porta dupla fechada que dava para o quarto. A mãe recuou e trombou com Mitch. Ele segurou os ombros dela e sussurrou-lhe alguma coisa.

Tremendo, Dawn foi a primeira a entrar no quarto. Recusava-se a acreditar que o avô estivesse morto. Parecia que estava dormindo. Chegou mais perto e botou a mão na testa dele. Estava muito frio e não respirava. Ela deu um suspiro, como se fizesse isso por ele. Então sentiu um calor atrás dela. Era Mitch, ali parado.

– Ele parece em paz, não é, querida? Está com o Senhor.

Soluçando, Dawn se virou e caiu nos braços dele.

A avó falou lá da sala:

– Ele disse que estava cansado. Deu-me um beijo de boa noite. Estava roncando quando eu fui para a cama. E, quando acordei esta manhã, estava tudo muito quieto. – Ela chorou. – Quieto demais. Eu sabia.

Mitch levou Dawn para a sala. A mãe fez cara de choro, dobrando e desdobrando a barra da saia. Com o rosto muito branco e os olhos arregalados, ela se virou para o quarto, mas não se mexeu. Dawn se sentou no sofá ao lado dela. As duas não se olharam nem se tocaram. Mitch parecia o único capaz de raciocinar naquela sala.

– Você ligou para alguém, Hildie?

– Para você. – A avó assoou o nariz.

Mitch apoiou um joelho no chão e botou a mão sobre a dela.

– Quero dizer para cuidar do corpo.

Ela estremeceu.

– Não. Ainda não estou preparada para deixar que o levem.

– Você poderá se despedir no velório...

– Não vai haver velório nenhum! – exclamou a avó, com a voz entrecortada, mas imperiosa. Então abanou a mão como um pássaro ferido. – Nós não conhecemos ninguém por aqui.

Era uma distância muito grande para ir de carro de Jenner à igreja aos domingos. O avô e ela só iam nas cantatas da Páscoa. E foram uma vez numa vigília de Natal, quando Christopher fez o papel de pequeno pastor.

A mãe tremeu, agarrada à saia.

– Você pode fazer o velório em Paxtown, mãe – disse ela, sem modular a voz. – Mitch pode chamar o reverendo Elias – e o rosto dela se contorceu em uma careta de dor. – O papai era um dos anciões de lá. Ele vai querer presidir o serviço.

A avó secou os olhos.

– O reverendo Elias se aposentou há cinco anos. Janice e ele se mudaram para Silverton, no Oregon. Eu acho. Não me lembro bem. Nos últimos anos nem trocamos mais cartões de Natal.

– Vocês têm amigos em Paxtown. Os MacPherson, o dr. Griffith, Doc e Thelma Martin – a voz da mãe soou monótona enquanto ela citava os nomes.

A avó olhou furiosa para ela.

– Como se algum desses fosse se lembrar de nós.

A mãe levantou a cabeça, claramente estressada.

– E isso é culpa minha?

Do jeito que falou, parecia que ela achava que era.

– Não! E eu disse que era? Disse? Thelma Martin nunca foi minha amiga.

– Hildie – disse Mitch, baixinho.

A avó chorou de novo.

– Nós *tínhamos* amigos, Carolyn. Estamos afastados há oito anos. A vida continua. As pessoas vão embora. As pessoas *morrem*.

E começou a soluçar.

A mãe se virou para Mitch de olhos arregalados. Parecia uma menininha assustada, paralisada ali no sofá, com medo de se mexer. Dawn não aguentava vê-la naquele estado, nem a avó chorando daquele jeito, desesperada. Alguém tinha de fazer alguma coisa! Ela correu para a cozinha, pegou a lista telefônica e folheou freneticamente. Secou as lágrimas, leu o número da Igreja Cornerstone Covenant e discou no telefone antigo da avó.

Kim atendeu. Devia estar substituindo a secretária da igreja outra vez. Dawn começou a falar, mas percebeu que não estava falando coisa com coisa. Então começou a chorar, e o pastor Daniel pegou o telefone.

– O que houve, Dawn?

Lutando contra o choro e a histeria crescentes, ela contou que o avô tinha morrido, que o corpo dele ainda estava na cama, que sua avó não queria velório, que Mitch ia chamar a funerária para levarem o corpo dele embora, e que ela não suportava a ideia de que o fim dele seria assim e...

– Estou indo para aí – interrompeu o pastor Daniel.

Mitch ligou para a agência funerária assim que Dawn desligou. Andando de um lado para o outro, Dawn saiu para vigiar a rua. Ao ver o Chevy azul do pastor Daniel, foi para a calçada. Ele desceu do carro e a abraçou.

– Ele conhecia Cristo, Dawn? – Ela fez que sim com o rosto encostado na camisa dele, encharcada de lágrimas. – Então você sabe onde ele está agora.

– Isso não é consolo.

– Mas será.

Ela o levou para a casa e o apresentou à avó. Ele se sentou no banquinho e conversou com ela. A mãe foi para fora. Mitch também saiu, pôs os braços em volta dela e a apertou junto ao corpo. Dawn se sentou no sofá, com as mãos juntas entre os joelhos, sem saber o que fazer. *Jesus. Jesus.* Só conseguia pensar nisso, como prece. Só o nome dele, repetido sem parar.

– Pode fazer o favor de chamar sua mãe e seu padrasto, Dawn?

Os três entraram, e o pastor Daniel levou todos para o quarto. Ao lado do avô, ele segurou a mão da avó e falou sobre a vida, a morte e a ressurreição de Jesus, sobre a promessa que ele fez, que jamais seria quebrada. A mãe ficou olhando para ele o tempo todo. À medida que o pastor falava, a avó ia ficando mais calma.

O pastor Daniel ficou lá até depois de levarem o corpo. Foi ele quem se lembrou de pedir a aliança de casamento do avô. Ele disse que voltaria para conversar de novo com a avó se ela quisesse. Ela ia para a casa dos Hasting?

A avó balançou a cabeça.

Mitch inclinou o corpo para frente, segurando a mão da mãe, e, com a outra mão apoiada no braço do sofá, chegou mais perto da avó.

– Por que não vem para a nossa casa, Hildie?

– Não – respondeu ela, apertando os braços da poltrona para todos saberem que não iria sair de sua casa. – Eu vou ficar aqui.

– Você não devia ficar sozinha, Hildie.

A avó olhou irritada para Mitch e levantou o queixo em atitude voluntariosa.

– Minha casa é aqui. Vou ter de me acostumar a viver sozinha, não é?

Dawn percebeu que Mitch estava exasperado e dividido. Ela sabia que ele cuidaria bem da mãe, que parecia tão arrasada como na morte de Oma. Mas não seria bom que a avó ficasse sozinha. O pastor Daniel se levantou, e Dawn ocupou o lugar dele no banquinho.

– Eu fico aqui.

Dennis Bingley a dispensou do trabalho por um tempo. Na semana seguinte, Dawn chorou quase tanto quanto a avó. Em vez de dormir no quarto azul, ela dormia com a avó. Uma vez, quando a avó adormeceu na espreguiçadeira, ela desceu e se sentou na cama em que tinha se entregado a Jason. E então chorou por outros motivos. Se tivesse seguido Jesus em vez de atender aos próprios desejos, não passaria o resto da vida se arrependendo.

Na manhã do sexto dia, ela acordou com a avó afastando uma mecha de cabelo do seu rosto. A avó sorriu um pouco, com a cabeça no travesseiro.

– Você é uma menina muito doce, sabia?

– Você vai ficar bem, vovó?

– Sim. Vou ter que ficar, mesmo porque você precisa voltar para casa hoje.

Dawn segurou a mão da avó.

– Vou ligar para você todas as noites e vou vir para cá no próximo fim de semana.

– Eu sei que vai. – Os olhos castanhos da avó se encheram de lágrimas. – Tudo isso faz parte da vida. Só que a gente nunca espera. Você precisa ligar para casa para que venham te buscar. Talvez sua mãe possa vir para te dar uma carona – disse ela, em tom esperançoso.

Mitch foi buscar Dawn. No caminho, perguntou como tinha sido. Ela disse que a avó iria passar por momentos muito difíceis, mas que era teimosa demais para falar de mudar para a cidade.

– Como está a mamãe?

– Ela se fechou de novo. Vai precisar de tempo. Mas surgiu uma coisa boa de tudo isso.

Como é que alguma coisa boa podia surgir da morte do avô?

– O quê?

– Hoje de manhã ela me pediu que eu a levasse à sua igreja.

1988

O último ano foi muito extenuante, pois Dawn acumulou as aulas na faculdade à tarde com as matérias restantes do segundo grau. No ano anterior, ela tinha feito uma matéria no Santa Rosa Junior College e gostado tanto que resolvera fazer duas este ano. Não tinha um minuto de folga para o lazer e o descanso, pois se dividia entre o trajeto para Santa Rosa, o tempo das aulas, dos estudos e dos trabalhos e as vinte horas de serviço por semana no Java Joe's. Quando conseguia um fim de semana de folga, muitas vezes ia de carro até Jenner e ficava com a avó até domingo de manhã, quando voltava para as reuniões do grupo de jovens com a mãe, Mitch e Christopher.

Triste, mas sem protestar, Mitch abandonou sua antiga igreja. Dawn sabia que ele estava contente porque a mãe tinha finalmente encontrado uma igreja em que se sentia à vontade. Christopher não podia estar mais feliz agora que passava mais tempo com o amigo Tim Eckhard. As pessoas receberam a família de braços abertos, até Georgia Steward, que apertou a mão de Mitch e deu um breve abraço na mãe. Ela cumprimentou Dawn educadamente, mas com frieza.

Kim sempre fazia questão de avisar Dawn quando Jason planejava voltar para casa. Dawn não ia à igreja naqueles domingos. No Dia de Ação de Graças, quando Dawn sugeriu que ela e a avó voltassem para Jenner no sábado à tarde, a mãe falou sobre o assunto.

– Você não pode evitar o Jason para sempre, Dawn.

Com a chegada do Natal, a mãe, Mitch e a avó insistiram para que ela fosse à igreja com a família. Dawn aceitou, mas disse que só iria se fosse no seu carro.

Jason estava sentado na terceira fila, acompanhado da mãe. Dawn e a família se sentaram na fila do meio, do mesmo lado. Ela procurou se concentrar no que o pastor Daniel falava, mas ficou olhando para Jason. Ele tinha cortado o cabelo, estava um pouco mais alto e forte. Assim que a missa terminou, Dawn se levantou e foi para a porta. Kim a segurou e ficou perplexa quando Dawn deu uma desculpa qualquer, abraçou-a e saiu, passando pelo pastor Daniel, que cumprimentava todos à porta.

– Ótimo sermão, pastor Daniel.

Ele estendeu a mão, e ela a apertou. O pastor segurou a mão dela com firmeza e perguntou por que a pressa em sair. Dawn não disfarçou.

– O senhor sabe por quê. O Jason está aqui.

Ele deu um sorriso triste e largou a mão dela.

Dawn só parou quando estava segura dentro do carro, com a chave na ignição. Jason parou na porta da igreja com a mãe. Ele olhou para ela, ela ligou o carro, deu marcha à ré e engrenou a primeira rapidamente. Espiou pelo retrovisor uma última vez antes de partir. Jason estava com todos os velhos amigos, tinha terminado a faculdade e voltado para casa.

O telefone estava tocando quando ela entrou em casa. Botou a bolsa na mesa e se sentou na cama. A secretária eletrônica atendeu. "Aqui é a Dawn. Desculpe não atender sua ligação. Por favor, deixe um recado depois do bipe." Ninguém disse nada. O silêncio foi se estendendo, e o coração dela, batendo mais forte. A secretária eletrônica desligou. Dawn respirou de novo. O telefone tocou outra vez. A secretária atendeu. E novamente aquele longo silêncio.

Você não tem nada para oferecer para o Jason.

Não tinha esquecido o que Georgia Steward lhe dissera, ou a verdade de quase tudo que ela falara. Ela realmente *não tinha* nada para oferecer ao Jason.

O telefone tocou de novo. Soluçando, Dawn tampou os ouvidos.

Alguns dias depois, Dawn levou a avó de carro até Jenner by the Sea.

– Aquele rapaz que você namorava, Jason do que mesmo...?

– Steward.

– Ele estava na igreja no Natal.

Dawn se concentrou na estrada.

A avó ficou olhando para ela.

– Quando você se levantou e saiu, ele não tirou os olhos de você. Acho que estava tentando te alcançar, mas as pessoas bloquearam o caminho.

– Ele tem muitos amigos – disse a garota com a voz meio trêmula e arrumou os óculos escuros.

– Você também tem, Dawn – a avó falou baixinho e não perguntou mais sobre Jason.

1989

A mãe e Mitch deram outra viagem missionária para o México de presente para Dawn. Como já tinha quatro anos de aulas de espanhol, o pastor Daniel a alistou em outra igreja, que planejava formar um curso de férias de estudo da Bíblia em Tijuana. Ele também achava que as reuniões preparatórias de quinta-feira à noite, e não às cinco da manhã nas quartas, fariam bem a ela.

– Seus pais disseram que você anda dormindo pouco e trabalhando demais.

O trabalho no México foi como férias depois dos horários extenuantes de estudo e trabalho em casa. Apesar de adorar as crianças, no fim da semana de Páscoa ela já sabia que não tinha nascido para ser professora. Comentou isso com a avó, que lhe contou do tempo em que cursara enfermagem.

A temporada de inscrições de outono chegou no Santa Rosa Junior College, e Dawn se matriculou em anatomia humana. Na metade do ano letivo, resolveu fazer o bacharelado em enfermagem. A mãe não se surpreendeu com a ideia e disse que a avó ficaria contente de saber que Dawn pretendia seguir seus passos. Mitch disse que Dawn poderia ser corretora de imóveis futuramente, se o curso de enfermagem não desse certo, e a menina argumentou que esperava terminar o curso no Santa Rosa e pedir transferência para uma faculdade de quatro anos no fim do ano seguinte. A mãe ficou meio abalada com a notícia.

– Você vai sair de casa para fazer faculdade.

Mitch se abaixou e beijou a mulher.

– O Christopher vai continuar aqui. E eu também – e se endireitou. – Com as suas notas, Dawn, você pode ir para onde quiser. Por que não tenta a UC Berkeley? Não é muito longe de casa.

A UCB era uma excelente universidade, mas Dawn sabia que a competitividade iria devorá-la. Tinha pensado na UC Santa Cruz, mas sua reputação era a de uma boate. A UC Davis era perto demais, e a UC San Diego, longe demais. Sua conselheira tinha se formado na Cal Poly e falava maravilhas de lá. Dawn pesquisou uma dúzia de universidades, todas boas, mas algumas caras demais. Alguma coisa a atraía para a Cal Poly. Talvez fosse a localização, meio dia distante de casa e perto da costa. Quando as pessoas lhe perguntavam o motivo de sua escolha, ela sempre respondia: "Por que não?" Contudo, nem ela sabia explicar.

40

1990

Todas as amigas de Dawn voltaram da universidade para casa naquele verão, exceto Sharon, que arrumou um emprego em Santa Rosa e se mudou para um apartamento perto do Centro Comercial de Coddingtown. Dawn punha as notícias em dia depois dos cultos na igreja aos domingos. A maioria trabalhava no centro comercial nas férias, em firmas pequenas de Healdsburg e Windsor. Kim lhe telefonou alguns dias depois de voltar de Pepperdine.

– Vamos nos reunir toda quarta-feira à noite. Vai ser melhor do que antigamente.

– Quem vai?

– Todo mundo, menos o Jason. Ele vai sair da cidade nesse verão para fazer um curso.

– Eu vou quando puder.

Para não ter de ir de carro até Healdsburg duas vezes por dia, Dawn largou o emprego no Java Joe's e começou a trabalhar num café perto da faculdade, a fim de poupar tempo e o dinheiro da gasolina.

A turma toda apareceu na casa dos Archer na noite da quarta-feira seguinte, todos felizes de estarem com os velhos amigos. Kim e Tom estavam noivos. Amy King tinha perdido treze quilos e feito mechas louras no cabelo castanho. Steven Dial tinha crescido quinze centímetros e agora estava bem mais alto que Dawn.

A mãe de Kim parou na porta da frente e anunciou que ia sair com algumas amigas da igreja.

– O café está pronto e tem água na chaleira para quem preferir chá. Tem também um monte de biscoitos e pipoca para quem está preocupado com o peso, e parece que são todos hoje em dia. – Ela apontou o dedo para Kim. – Você está no comando. Se isso virar uma farra, é a sua cabeça que vai rolar, e não a minha. Boa noite, crianças – se despediu, saindo e fechando a porta.

A turma se instalou na sala de estar e conversou sobre os velhos tempos. Passaram-se duas horas e só então falaram de qual livro da Bíblia estudariam no verão. Tom Barrett sugeriu os Cânticos de Salomão e provocou uma onda de gargalhadas e observações maliciosas. Kim lhe disse baixinho que eles iriam fazer aconselhamento pré-matrimonial e que poderiam conversar sobre *aquilo tudo* numa outra hora.

– Ah, é – gemeu Tom em voz alta. – Como se eu fosse me sentir muito à vontade de conversar sobre sexo com o seu pai.

Kim ficou vermelha.

– Eu não tinha pensado nisso.

Os solteiros do grupo rejeitaram os Cânticos de Salomão e sugeriram os Provérbios.

– São mais práticos – disse Pam com um sorriso de orelha a orelha. – E Deus sabe que precisamos de conselhos práticos de como ter uma vida cristã no meio de uma cultura pagã.

– Só se pularmos o capítulo 31 – disse Kim com um sorriso debochado para Tom, acrescentando um aparte para Dawn e Pam. – A última coisa que eu preciso agora é ouvir o que *eu* tenho de fazer para ser uma esposa perfeita.

Tom riu, pôs o braço no ombro dela e a apertou.

– Ora, vamos lá, meu bem. Não é você que vive me dizendo que todas as Escrituras são inspiração de Deus e boas para o ensino, as provações, as correções, o treino... – Ele deu um grito. – Ela me beliscou!

Os outros riram, e Steven folheou a Bíblia.

– Não temos tempo para terminar tudo isso.

Amy pegou um punhado de pipoca.

– Que tal Filipenses? São só quatro capítulos e muitas mensagens positivas.

Fizeram uma rápida votação e resolveram.

Deitada na cama aquela noite, Dawn pensou em todos os passos que tinha dado naqueles últimos três anos para se aproximar mais de Deus. Apesar de saber que não tinha futuro com Jason, ainda acalentava o sonho de ser esposa e mãe, se Deus quisesse. Não tinha pensado que Deus teria uma definição da esposa perfeita. Afastou as cobertas, acendeu a luz da mesa de cabeceira e abriu a Bíblia. Ficou deprimida depois de ler o capítulo 31 dos Provérbios. Como é que qualquer mulher podia ser todas aquelas coisas? É claro, tinha levado tempo. Os filhos já tinham idade para dizer que a mãe era abençoada, e o marido já tinha bastante influência na comunidade para ser respeitado como líder, por isso ela tinha servos.

Dawn cobriu o rosto. *Senhor, eu me esforcei muito para ser melhor, para me tornar alguém capaz de ser uma boa companheira para um homem piedoso. Eu sei que estava errada quando fui atrás do Jason. Será que é demais esperar que mesmo assim o Senhor tenha guardado um marido e filhos para mim algum dia?*

Eu amo você. A resposta veio de dentro dela. Nada era desperdiçado, nem mesmo os males que ela havia provocado. A vergonha e a culpa não a tinham lançado em um novo caminho?

Eu nunca serei perfeita, Senhor. Jamais serei suficientemente boa para alguém como o Jason.

Minha graça basta para você, pois o poder é aperfeiçoado na fraqueza.

Dawn pegou na primeira gaveta o diário com capa de couro que Oma tinha lhe dado e escreveu: "Como ser uma boa esposa". Mas, ao escrever, buscou qualidades que agradariam a Deus, e não a um homem.

Pam telefonou e perguntou se Dawn queria sair.

– Podíamos fazer umas compras e depois comer uma torta na Bakers Square.

Dawn sabia que estavam tramando alguma coisa. Pam detestava fazer compras. Ela sugeriu alguns dias e horários, e então marcaram uma data para se encontrarem na entrada da loja Ross Dress for Less.

Dawn avistou a amiga chegando do estacionamento e deu risada. Parecia que Pam tinha uma consulta de dentista para tratar um canal, e não uma tarde de compras.

– O que vamos procurar, Pam?

– Eu não sei. Você é que sempre adorou fazer compras. – Pam deu de ombros e ficou do lado de fora da loja. – Preciso da sua ajuda. Você sempre parece uma modelo, sempre arrumada. Eu meio que aceitei sair com o Steven.

– O que vocês vão fazer?

Dawn sabia que os dois tinham ido ao baile de formatura do segundo grau juntos como amigos, mas não notou nada além disso entre eles.

– Jantar.

– Parece sério.

– Ah, cala a boca. Eu queria não ter...

Dawn segurou o braço de Pam e a empurrou através da porta.

– Ele disse aonde vocês vão?

– Como é que eu vou saber? Talvez ele me leve ao Taco Bell. Alguma coisa simples, eu acho.

Ela olhou em volta, com expressão de pânico.

– Você devia ter perguntado aonde ele pretende te levar.

– Mas eu perguntei! Ele só disse que vamos levar uma hora para chegar lá.

– Bem, então não é no Taco Bell. Deve ser em algum lugar legal. Nada de calça jeans e camiseta.

Pam rolou os olhos.

– Pode me matar agora.

Dawn deu risada.

– Calma. Vai ser divertido! – e começou a pegar algumas peças das araras. – Comece com isso aqui. O provador é lá nos fundos – ela apontou. – Vou continuar procurando. Estarei lá antes de você experimentar a primeira roupa.

Segurando meia dúzia de peças em cabides, Pam ficou confusa.

– Que roupa eu ponho?

– Essa saia e essa blusa. Agora vá!

Depois de algumas provas, Pam resmungou. Com uma mão atrás da cabeça e outra na cintura, fez pose.

– Que tal essa?

– Nada mau, mas pode ser melhor. Agora experimente essa aqui.

Ela pendurou mais peças de roupa no gancho, tirando as descartadas. Depois de uma hora, Pam já estava cansada de posar com as roupas e implorou pelo fim da tortura. Dawn apontou.

– A saia preta e a túnica com o cinto vermelho. Ficaram ótimas em você. E o sapato?

– Sapato? – Pam gritou, horrorizada.

Dawn ignorou seus protestos, pôs as peças aprovadas nos braços da amiga, pegou as outras e deu para a atendente que ia saindo do vestiário. Então levou Pam para a seção de calçados e indicou alguns pares que ficariam bons. A amiga inventou desculpas para não experimentar nenhum: alto demais, vermelho demais, enfeitado demais.

– Você deve estar brincando! De jeito nenhum!

Quando Pam pegou um par de tênis roxo, Dawn o tirou dela e o botou de volta na prateleira. Pam pegou os tênis de novo, e Dawn deu um tapa na mão dela. As duas deram risada como duas garotinhas e acabaram concordando quanto a um par de mule preta com salto de cinco centímetros.

– Sem graça, mas prático – disse Dawn, desapontada, balançando a cabeça. – Você tem meias novas?

Pam se encolheu.

– Eu compro no caminho de casa. Juro!

Foram para a Bakers Square e se sentaram num cubículo que dava para a vitrine da frente. Pam pediu torta de maçã com sorvete de creme. Dawn pediu uma de caramelo e creme com noz-pecã. Ficaram um tempo conversando sobre os estudos. Pam cursava educação física na estadual do Arizona.

– Quantas inscrições você enviou?

Dawn pensou se respondia ou não.

– Uma.

– Uma? Você sabe o que dizem sobre botar todos os ovos num cesto só? Qual universidade?

– Cal Poly.

– Por que essa? Pensei que lá só tinha faculdade de engenharia.

– Eles são bons em tecnologia e ciências. Quero fazer enfermagem.

– Foi nessa que o Jason se matriculou?

– O Jason? – O coração de Dawn deu uma cambalhota.

– Jason Steward – Pam deu um sorriso maroto. – Não finja que esqueceu dele.

– Não, mas pensei que ele ia para a UCLA.

– Ele se inscreveu, mas não se qualificou para a bolsa de estudos.

– Ah. – Abalada pela culpa, Dawn fez uma careta.

Pam franziu a testa.

– Não consigo lembrar para qual faculdade ele foi. Ele não vem para casa com frequência. – Ela deu de ombros. – San Diego, talvez.

E Pam mudou de assunto.

Jason Steward. A cabeça de Dawn entrou em parafuso com lembranças agridoces. Fez uma prece rápida, pediu que Deus o abençoasse e desviou o pensamento para outros assuntos.

A mãe e Mitch conversaram com Dawn e disseram que pretendiam pagar seus últimos dois anos na faculdade. Os primeiros dois anos não tinham custado nada para eles, e eles conseguiram poupar dinheiro para que ela pudesse se concentrar nos estudos e não precisasse continuar no emprego de meio período. Dawn tentou argumentar, mas Mitch foi taxativo.

– Você não fez nada além de estudar e trabalhar nos últimos três anos, Dawn. Você não tem vida.

– Eu vou à igreja. Frequento as reuniões do grupo da faculdade.

– Duas horas por semana.

– Todo mundo trabalha. Você trabalha, a minha mãe trabalha.

– Você tem dezenove anos. Devia ter tempo para curtir a vida.

Mitch lhe deu um talão de cheques e disse quanto seria depositado todos os meses. O bastante para as taxas, os livros e um apartamento.

Também lhe deu um cartão de crédito com limite, o suficiente para despesas pessoais, como comida e gasolina. Ela teria o bastante até para pagar o seguro do carro.

Atônita, Dawn sentiu as lágrimas chegarem.

– Você não precisa fazer isso, Mitch.

Ele fez bico.

– Não sou eu. É tudo obra da sua mãe.

A mãe balançou a cabeça.

– Não faça isso, Mitch.

Ele a ignorou.

– Desde que nos casamos, ela tem poupado todas as comissões que ganha como corretora para poder lhe dar esse presente. Se você disser que não aceita, eu juro que vou lhe dar umas palmadas.

– Mãe... eu...

A mãe deu de ombros.

– Como eu não consegui lhe dar um carro...

Dawn sorriu, e seus lábios tremeram.

– Isso é muito mais do que um carro.

– Dói ver você se esforçando tanto para... – De repente a mãe se levantou e foi até o balcão da cozinha, onde pegou alguns papéis. – Você vai precisar encontrar um lugar logo. Tenho aqui uma lista de blocos de apartamentos que oferecem quitinetes mobiliadas – ela pôs os papéis na mesa. – Os que ficam mais perto do campus estão assinalados. Você vai ter de ficar num hotel enquanto procura. Tenho uma lista deles também – e se apoiou no encosto de uma cadeira. – Você vai ficar mais independente agora.

Seus olhos se encheram de lágrimas.

– Ela vai vir para casa nas férias – disse Mitch, pondo o braço nos ombros de Dawn. – Não é mesmo? – e aquilo soou mais como uma ordem do que uma pergunta.

– É – ela olhou para a mãe. – E vocês também vão me visitar, espero.

Dawn foi de carro para San Luis Obispo no início de agosto. Ligou o rádio na viagem, ouviu música intercalada com notícias da invasão do Iraque ao Kuwait e das primeiras tropas que estavam sendo enviadas para a Arábia Saudita. Mitch tinha dito que muitos militares norte-

-americanos de alta patente eram veteranos do Vietnã. Que essa guerra seria rápida e decisiva. Dawn se lembrou do tio que nunca conhecera e que tinha morrido no Vietnã, então desligou o rádio.

O céu estava limpo nesse dia e nublado no dia seguinte, quando ela acordou. Deixou suas coisas no Motel 6 e saiu para procurar uma quitinete mobiliada perto do campus por um preço que pudesse pagar. Não queria esbanjar o presente da mãe como se fosse dinheiro caído do céu; queria usá-lo com sabedoria.

Depois de três dias, ela assinou o contrato com o Bishop Peaks Apartments. Sua quitinete tinha uma cozinha diminuta com uma pequena mesa e duas cadeiras. A sala e o quarto eram separados por uma partição sanfonada. De um lado havia um sofá, uma poltrona, uma mesinha de centro e uma luminária pendurada. Do outro, uma cama de casal com duas mesinhas simples de cabeceira e dois abajures modestos. Comparado a seu quarto montado por decorador em Alexander Valley, aquele parecia pobre, mas então ela se lembrou do México e agradeceu pelo privilégio de poder morar ali.

Logo que instalaram o telefone, ela ligou para a mãe e passou o novo número. Depois ligou para a avó, falou da viagem para lá, da caça ao apartamento, do que tinha visto na cidade.

– Vou visitar uma das igrejas amanhã.
– Você me parece solitária, querida.
– É, um pouco, eu acho. Mas vou me acostumar a viver sozinha.

Nos dias seguintes, Dawn fez longas caminhadas pelo campus, para se familiarizar com os prédios principais, a biblioteca, o complexo de refeitórios. Montanhas salpicadas de carvalhos rodeavam o campus, e Bishop Peak se elevava a distância. Ela se sentou em um banco e ficou vendo as pessoas passarem. Estava mesmo ouvindo a voz de Deus sobre a Cal Poly? Ou tinha viajado quase quinhentos quilômetros movida por algum tipo de ilusão?

Quando aprendeu a se movimentar pelo campus, Dawn foi passear nas praias do Pacífico, para conhecer as dunas costeiras, as montanhas, as florestas e os lagos próximos. Passou uma tarde na missão, caminhando pelo jardim, com sua fonte e a estátua do padre Junípero Serra. Depois se sentou na capela e rezou para Deus guiá-la nos dias que se seguiriam.

Conheceu a sra. Townsend, conselheira da universidade, que a ajudou a planejar seus horários para se formar o mais depressa possível. A sra. Townsend ficou em dúvida.

– Se achar que o que montamos aqui é ambicioso demais para você, pode descartar uma matéria.

As aulas começaram, e as primeiras semanas foram uma verdadeira maratona exaustiva de aulas, leituras e estudos. Uma massa de alunos se movia de um prédio a outro. Dawn ficou impressionada com os números. O Santa Rosa Junior College tinha quase a mesma quantidade de alunos, só que dava a sensação de ser menor e mais tranquila.

Como detestava estudar no apartamento vazio, Dawn começou a frequentar a Biblioteca Robert Kennedy. Preferia o cheiro dos livros, o barulho suave de passos e as vozes sussurradas ao silêncio de sua quitinete ou ao ruído de alguma festa ali por perto. Sentia-se mais em casa entre as estantes de livros do que em seu apartamento.

Certo dia, na biblioteca, mais ou menos na hora do almoço, o estômago dela roncou e ela se lembrou de que não comia desde o café da manhã. Olhou para o relógio de pulso e viu que tinha menos de uma hora antes que a aula de química começasse. Não dava tempo de correr até o refeitório e ficar na fila para almoçar. Os ovos com torradas do café da manhã não iriam sustentá-la o dia inteiro.

Então juntou suas anotações, o caderno e a bolsa e foi para o café da biblioteca. Era melhor um copo de café e um doce do que nada.

Tinha acabado de comer um pãozinho de mirtilo e bebido metade do café quando Jason Steward apareceu. O coração de Dawn afundou pela boca do estômago.

Ela olhou fixo para ele, procurando acalmar o turbilhão de emoções que a agitou. Jason estava ainda mais lindo do que ela lembrava. O cabelo curto ficava bem nele. Estava bronzeado e em forma, mais alto e com os ombros mais largos. Ele chegou com dois outros rapazes e uma menina bonita, de cabelo escuro até o ombro e sorriso luminoso. Será que era namorada dele? Uma pontada aguda de dor lhe varou o coração. Pensava que tinha superado o que sentia por ele.

Os quatro fizeram seus pedidos, pagaram, pegaram seus cafés e se sentaram do outro lado do salão, enquanto Dawn saboreava a visão dele. Jason falava com desenvoltura e ria de alguma coisa que um dos rapazes tinha dito. Puxou a cadeira para a menina e se sentou de costas para Dawn, mas um dos amigos dele olhou para ela e sorriu. Dawn tinha visto aquele mesmo sorriso em uma dúzia de outros rostos masculinos nas últimas semanas. Costumava anunciar uma tentativa de iniciar uma conversa para convidá-la para sair. Dawn desviou o olhar para não encorajá-lo.

Alguns segundos depois, olhou de novo e viu Jason meio virado na cadeira, olhando para ela. Surpresa não bastaria para descrever a expressão dele. Uma enxurrada de sentimentos dominou Dawn. Sentiu o próprio sorriso congelar, e as entranhas amolecerem feito gelatina. Jason empurrou a cadeira para trás e Dawn ficou quente e fria ao mesmo tempo. Ele disse alguma coisa para os outros e se levantou. A menina olhou para Dawn por trás dele.

Dawn respirou devagar e tentou desacelerar as batidas do coração, vendo Jason atravessar o café. Deu um sorriso trêmulo. Ele não parecia feliz de vê-la. Parou ao lado da mesa, segurando o encosto da cadeira.

– O que você está fazendo aqui?

Por que ele parecia tão zangado? Foi ele quem tomou a iniciativa de terminar o namoro.

– Estou tomando café.

– Não quis dizer isso. Estou falando daqui, do campus.

– Sou aluna aqui.

– Aluna? – ele franziu a testa.

– Estou cursando enfermagem.

Ele demonstrou alguma emoção num átimo de segundo, depois ficou sério de novo.

– Você podia ter ido para qualquer outro lugar – disse, e os olhos castanhos esfriaram.

Ela se lembrou claramente da última mensagem dele ao telefone. Lembrou-se de apertar o botão e de ouvir a voz dele. *Eu te amo, Dawn. Vou te amar para sempre.* A dor atravessou-lhe o corpo. Tinha ouvido aquela mensagem várias vezes, dias, semanas, até que finalmente cedeu a Deus e a apagou. *Jesus, onde está o seu propósito nisso?* Se ela soubesse que Jason estava estudando na Cal Poly, jamais teria se matriculado lá. Naquele momento não sabia o que dizer a ele, por isso recorreu ao lugar-comum.

– Que bom te ver novamente, Jason. – Ela disse isso como se eles tivessem sido apenas conhecidos, e não amantes.

– Ah, é? – ele duvidou.

Dawn piscou sem entender, desejando que o coração batesse mais devagar.

– Como você está?

– Estou ótimo – ele respondeu em tom zombeteiro, indicando os amigos na outra mesa com a cabeça.

A menina observava a conversa deles. Ele não perguntou se Dawn queria que os apresentasse. A menina morena deu um sorriso curioso para ela, e Jason mudou de lugar para bloquear a visão das duas. Dawn sentiu a animosidade dele.

– Levei muito tempo para te esquecer, Dawn. Nem sei por que estou conversando com você.

O que ela poderia dizer? Dawn nunca esquecera Jason e nunca o esqueceria. Só percebia isso agora. *Meu Deus, por quê?* Ela abaixou a cabeça e pôs as mãos em torno do copo de café, que já estava esfriando. Não sabia o que dizer.

– Você está usando a pulseira que eu te dei.

Ela olhou para a corrente de ouro com o coração delicado e a pérola brilhante.

– Eu nunca tirei.

Parecia que ele tinha levado um soco no estômago.

– Não entendo.

– Não entende o quê?

– Eu te liguei, Dawn. Você nunca me ligou de volta. Eu deixei recado. Nunca mais soube de você. Nem uma vez. Você quer explicar?

– Você sabe por quê, Jason.

– Ah, é? – ele retrucou com deboche. – Por que você não me explica?

Dawn não tinha planejado uma confissão pública, mas não queria ser uma mártir silenciosa.

– Nós fomos longe demais, Jason. Com a gente ia ser sempre tudo ou nada. E foi tudo pecado três anos atrás. – Os olhos dela arderam. –

Eu... – ela teve de engolir para poder confessar mais. – Eu queria me acertar com Deus.

Jason examinou o rosto dela, então deu as costas e se afastou. Sufocada de dor, Dawn o viu se sentar com os amigos. Estaria contando para eles quem ela era, o que foram um para o outro um dia, o que pensava dela agora? A menina de cabelo preto chegou para trás e olhou para ela outra vez. Um dos rapazes olhou também, empurrou a cadeira e se levantou, só que Jason disse alguma coisa e ele se sentou de novo.

Por que ela continuava ali, torturando-se de remorso e de vergonha? Não podia modificar o passado. Não podia desfazer o que tinha feito. Não tinha controle sobre o que Jason pensava dela agora.

Pegou suas coisas, jogou fora o copo de café e o guardanapo amassado e saiu. A garganta queimava com as lágrimas. Desceu correndo os degraus e se afastou da biblioteca.

Oh, meu Deus. Eu devo ter entendido mal. Por que vim para cá? É o último lugar onde eu deveria estar. Oh, Senhor, a expressão dele... Pensei que já tinha superado isso. Ela secou as lágrimas com a mão e continuou andando. *O Senhor é o meu primeiro amor, Jesus, meu amor eterno. Mas isso dói, Senhor. Queria que tivesse braços para me segurar.*

E foi para a aula de química.

41

Dawn continuou estudando na biblioteca todas as tardes, mas não voltou ao café. Levantava cedo todas as manhãs, sentava-se em seu canto perto da janela, banhada pela luz do sol, e lia a Bíblia. Às vezes sentia que estava andando no vale das sombras da morte, com o coração tremendo, partido. Temia encontrar Jason. Não poderia suportar ver a frieza em seus olhos.

Estudar a mantinha longe da dor. Arrastara-se de aula em aula durante três anos. E faria isso novamente. Certamente Deus tinha um propósito com tudo isso. Orava constantemente. Às vezes, falava em voz alta com ele quando se sentava sozinha em seu apartamento. *O que quer que eu faça pelo resto da vida?* Ela nunca poderia ser a esposa descrita em Provérbios 31. Talvez Deus a tivesse destinado à missão divina. Deviam existir dezenas de organizações que precisavam de enfermeiras. Talvez pudesse servir em uma reserva indígena, ou na África, ou no Extremo Oriente. *Em algum lugar longe, Senhor, nos confins da terra.*

Todas as noites sonhava com Jason. E todas as manhãs chorava ao acordar. Implorava a Deus que acabasse com aqueles sonhos.

Dia após dia concentrava-se nas aulas que frequentava, nas anotações que fazia, cursando matérias com todo o empenho. Deus tinha um plano para ela, e ela confiaria nele para resolver tudo.

Pensou em Oma; ela lhe dissera que havia feito planos para si própria, mas descobrira que Deus lhe havia feito planos melhores. Procurou promessas de Deus e as escreveu no diário com capa de couro que Oma lhe dera.

Eu vos amei, meu povo, com amor eterno. Com amor infalível, eu vos atraí a mim... Eu conheço os planos que tenho para vós... planos para o bem, e não para o infortúnio, para vos dar um futuro e uma esperança.

Quero acreditar, Senhor. Ajude-me a acreditar.
Um dia, ela encontrou uma igreja semelhante à de Cornerstone Covenant e finalmente se sentiu em casa, confortada entre o rebanho de fiéis, menos vulnerável do que quando estava sozinha lutando contra a solidão e a perda. Depois de duas semanas, viu Jason na terceira fila. Ela teria saído se a o culto não tivesse começado.
Deus, por que está fazendo isso comigo?
Quando o pastor convocou à oração, Jason não apenas inclinou a cabeça, mas curvou-se totalmente. Dawn sentiu-se grata. Ela havia roubado sua inocência, mas pelo menos não havia destruído sua fé. Quando a congregação se levantou para cantar, Jason ficou mais alto que os outros à sua volta. Parecia um soldado, com os ombros para trás e a cabeça erguida. Com um nó na garganta, Dawn moveu os lábios para entoar as canções de louvor, mas não foi capaz de emitir nenhum som.
O culto terminou. Dawn pensou em ir rapidamente para a porta, mas Jason se levantou e começou a descer pelo corredor. Com medo que ele a visse, manteve a cabeça virada enquanto ele caminhava em direção às portas. Paroquianos que saíam o cumprimentavam, puxando conversa. Ela se inclinou como se fosse pegar a bolsa quando ele passou, e a seguir sentou-se e observou quando ele saiu.
O santuário ficou vazio. A banda guardou os instrumentos, e Dawn se levantou. Experimentaria ir a outra igreja no próximo domingo, ou talvez ficasse em casa lendo a Bíblia.
Na segunda-feira, Dawn se arrastou para fora da cama e fez sua leitura matinal da Bíblia. Mal chegou à aula de anatomia e teve de lutar

para manter os olhos abertos. Bebeu uma xícara de café antes de ir para a aula de história da enfermagem; a seguir, foi até o refeitório pegar uma fatia de pizza. Tinha duas horas antes da próxima aula, tempo suficiente para estudar na biblioteca.

Depois de uma hora, sentiu-se exausta. Massageou a testa, desejando que o café tivesse ajudado com a dor de cabeça. Vivia em San Luis Obispo fazia dois meses inteiros; pareciam dez anos. Não sabia se poderia ficar ali. Talvez devesse pedir transferência; talvez tivesse sido um erro ter ido para lá, mesmo tendo a certeza de que Deus a guiara. Não esperava mais dor, mais noites sem dormir, mais confusão. Se pedisse transferência, não teria de enfrentar o risco de ver Jason todos os dias. Poderia ter a chance de ver o que Deus lhe reservava.

Alguém puxou uma cadeira e se sentou à sua frente. Ela não sentia vontade de partilhar seu espaço. Recolhendo suas anotações, enfiou-as rapidamente em uma pasta e se debruçou sobre a mochila.

– Estava tentando te encontrar.

O coração parou um instante e depois se acelerou.

– Como vão as coisas? – Jason perguntou, cruzando os braços sobre a mesa.

Por que agora, meu Deus? Não sei o que o Senhor quer de mim. Ela lhe deu um sorriso desolador.

– Vou indo.

A antiga atração nadou por seu sangue enquanto ele a olhava. Em pé, ela pôs a mochila em cima da mesa e começou a guardar os livros.

– Você parece cansada, Dawn.

– Não tenho dormido muito bem.

– Nem eu. – Ele se inclinou para frente, mantendo a voz baixa. – Quer ir a algum lugar? Conversar?

Ela reconheceu o brilho em seus olhos e tudo se aqueceu. Lembrava-se muito bem de como haviam sido as coisas entre eles, motivo suficiente para bater em retirada. *Agora.*

– Tenho aula de química.

– Eu me alistei no exército.

– Muito engraçado, Jason.

Ele agarrou-lhe o braço para detê-la.

– Eu entrei para o exército, Dawn. – Quando ela se afastou, ele a soltou. – Eles pagam meus estudos. Quando terminar, vou ficar em serviço por seis anos.

Dawn gelou de remorso. *E a culpa é minha.* Pensou no Iraque e no Kuwait, nos jovens mobilizados ali. Mitch lhe dissera que as coisas iam esquentar antes que tudo acabasse. O que isso significava para Jason? Será que ele terminaria a faculdade e seria enviado a uma guerra? Tudo porque ela o distraiu de seus estudos e ele não conseguiu uma bolsa? Georgia Steward tinha todo o direito de odiá-la.

– Sinto muito, Jason. – Um pedido de desculpas nunca seria suficiente. Os olhos dela estavam turvos de lágrimas. – Me desculpe. – Ela deu um passo para trás. – Eu *fui* a pior coisa que já aconteceu com você – e se virou.

Jason a segurou novamente.

– Pode esperar um minuto?

Ela se soltou.

– Você tinha tudo planejado antes de eu estragar tudo. Estaria em Berkeley com uma bolsa de estudos agora se não tivéssemos...

Sem conseguir dizer mais nada, ela se esquivou dele e avançou rapidamente para a multidão de estudantes, quase correndo.

A aula de química passou voando. Dawn fez anotações, tentando dar um sentido às coisas, mas ficava pensando no que Jason lhe dissera. Exército! Ele queria ser engenheiro, ou empresário cristão... talvez até mesmo pastor. Agora seria um soldado na construção de pontes ou estradas em alguma zona de batalha esquecida por Deus. Que confusão ela fizera!

Dawn saiu da aula e viu Jason encostado na parede. Endireitando-se, ele a alcançou.

– Precisamos conversar.

– Acho que a sua intuição de três anos atrás estava certa, Jason. Precisamos nos afastar.

– Por favor, Dawn – ele implorou, pegando a mão dela e a apertando contra o peito liso. Ela sentiu seu coração bater forte e rápido. Então ele se inclinou mais para perto. – Eu mal consegui respirar quando te vi sentada no café. Não acabou, Dawn. Nunca vai acabar para nós.

O corpo de Dawn se encheu de sensações. Sem pensar, ela se aproximou e passou os braços ao redor da cintura dele. Ao abraçá-lo, ouviu-o inspirar profundamente.

Ele colocou os braços em volta dela e os estendeu de novo, lentamente.

– Eu te amo, Dawn. Vou te amar para sempre. – Ela sentiu o calor da mão dele pressionando a base de suas costas. Sua respiração ficou irregular. – Acabaram suas aulas por hoje?

– Sim.

– Vamos arranjar um lugar para ficarmos a sós e conversar. Eu tenho dois colegas de quarto, e você?

Quando ele deu um passo para trás, Dawn viu seus olhos escurecerem da mesma forma que todas as vezes que ela fora ao trailer, quando a mãe dele estava fora. Aquele olhar a havia intoxicado antes. E ainda a fazia sentir ondas de calor na boca do estômago e nas pernas.

– Eu moro sozinha.

Ela podia sentir o calor que emanava dele, ou era dela?

– Já se passou tempo demais, Dawn – disse Jason, pegando sua mão. – Vamos.

O Espírito dentro de Dawn a alertou. Atenta ao que ele lhe falava, depois de três anos caminhando juntos, ela ouviu e obedeceu.

– Não – e se libertou da mão dele, imóvel. – Nós não podemos ficar sozinhos, não com a nossa história.

E não do jeito que estava se sentindo, tão bem. Se ficassem sozinhos e ele a tocasse, ela esqueceria tudo o que Deus queria dela. Três anos obviamente haviam mudado Jason. Ela tinha que descobrir o quanto.

Ele não fingiu não entender. Passando as mãos pelos braços dela, deu-lhe um sorriso lento que a derreteu por dentro.

– Tudo bem. Vamos definir regras. Beijar sim, mas nada de carícias...

Dawn sacudiu a cabeça.

– Não sou forte o suficiente, Jason, e não estou disposta a ir por esse caminho novamente.

Ele soltou um suspiro trêmulo.

– Tudo bem – e pegou sua mão novamente, entrelaçando os dedos nos dela. – Então escolha um lugar.

– Algum lugar público, assim vamos ter que nos comportar.

Ele riu.

– Então acho que vai ser no Dexter Lawn.

Quando ele sorriu dessa vez, parecia o Jason de que ela se recordava.

42

Todas as manhãs, Dawn e Jason se encontravam no Dexter Lawn depois das aulas dele no Corpo de Treinamento de Oficiais da Reserva. Encontravam-se também no caminho entre as aulas e no refeitório para o almoço. Conversavam pelo telefone todas as noites, até que não conseguissem mais manter os olhos abertos.

Jason a apresentou a seus amigos: Dod Henson, Jack Kohl e Alice Jeffries, a menina bonita de cabelos escuros que Dawn descobriu que era namorada de Dod. Nenhum deles era cristão, e pareceram surpresos ao descobrir que Jason era. Dod quis saber desde quando, e Jason respondeu que já fazia muito tempo, mas que não estava caminhando com o Senhor nos últimos tempos. Que andara irritado com Deus e não tinha vontade de falar com ele. Riu ao dizer isso, fazendo uma careta e zombando de si mesmo.

Todos eles iam à cidade e conversavam enquanto jantavam comida chinesa ou hambúrgueres. Aos sábados, Dawn e Jason estudavam na biblioteca. Nas manhãs de domingo, iam juntos à igreja.

Um mês passou voando, e Jason queria fazer algo especial para comemorar o "aniversário" deles. Dawn sugeriu um piquenique numa tarde de domingo, na praia, e levou frango frito caseiro, salada de batata e biscoitos fresquinhos. Comeram sentados a uma mesa, com o vento frio soprando do oceano, e guardaram as sobras no banco de trás do Honda branco de Jason. Jogando um cobertor por cima dos ombros, Jason pegou a mão de Dawn e disse que queria andar um pouco. Encontrou uma enseada protegida do vento e estendeu o cobertor para que pudessem se sentar e ver as ondas.

Dawn comentou sobre o sermão que eles tinham ouvido naquela manhã e fez perguntas. As respostas de Jason mostravam mais experiência de vida do que quando ele tinha dezessete anos. Tremendo de frio, Dawn passou os braços ao redor dos joelhos dobrados e contou a Jason sobre o dia em que o vira sentado na igreja, à frente.

– Você chegou mais tarde. Vi você rezando.

Jason se deitou de costas com os braços atrás da cabeça.

– Aquela foi a primeira vez que fui à igreja desde que me mudei para cá.

Dawn olhou para ele surpresa.

– A Kim disse que você ia à igreja toda vez que voltava para casa.

– Sim – disse Jason –, porque a minha mãe insistia. – Ele franziu a testa. – É por isso que você não ia mais? Porque eu ia?

Ela olhou para o oceano. Gaivotas mergulhavam e flutuavam ao vento.

– Doía ver você.

As mãos de Jason se curvaram em torno do quadril dela.

– Eu não tinha mais muita vontade de ver o pastor Daniel depois que ele e a minha mãe me arrastaram para aquela pescaria-surpresa.

– O que o pastor Daniel lhe disse naquele fim de semana?

Jason fez uma careta.

– Que um homem protege aqueles que ama, e que eu estava pondo você em risco. Não vou entrar em detalhes sórdidos, mas ele me disse que o que *eu* achava que proteção não era o que Deus tinha em mente. Eu sabia que ele estava certo, esse era o problema, claro. Eu só não queria ouvir. Eu sabia que você ia ficar chateada quando visse que eu não estava lá, mas...

– Sua mãe estava.

– Eu sei, mas tenho certeza que você e ela não tinham muito o que conversar.

– Ah, sua mãe tinha algumas coisas a dizer.

– O quê? – Ele se levantou como um raio, passando as mãos pelos cabelos. – Eu perguntei o que vocês duas conversaram e você não disse nada! Agora está me dizendo que ela te disse algumas coisas? Ela disse algo que fez você erguer esse muro entre nós?

Dawn tivera três anos para pensar sobre o que Georgia Steward lhe havia dito naquele dia.

– Ela me disse a verdade.

– Aposto que sim. – Seus olhos escureceram. – A versão dela da verdade. – Ele xingou baixinho.

– Sente-se, Jason. Por favor.

Ele se sentou com o corpo tenso, o maxilar apertado, os punhos apoiados na areia.

– Como se a minha mãe tivesse o direito de atirar pedras. Ela me teve fora do casamento, lembra?

– Lembro. Então, quem melhor para reconhecer o perigo em que estávamos nos colocando? Sua mãe me falou a verdade de Deus, Jason. E o Senhor usou as palavras dela para abrir meus olhos para o que ele queria. Vejo isso como uma grande bondade. Nós dois temos uma dívida de gratidão com o pastor Daniel e com a sua mãe.

– Você acha? E quanto à dor que eles nos causaram?

– A dor constrói o caráter, e não foram *eles* que a causaram. *Nós* fizemos isso a nós mesmos. Eu sabia o que estava fazendo naquela noite em Jenner. Eu queria você. Era só o que me importava. Não me importava como ou que preço isso poderia ter. O pecado sempre traz consequências. Quando olho para trás hoje, vejo a misericórdia de Deus na forma como tudo acabou.

Os olhos de Jason se suavizaram.

– Você não é a mesma garota de antes, Dawn.

– Espero que não.

– Você abraçou Deus. – Ele a puxou para cima dele. – Mas eu quero te abraçar também. – Enfiou os dedos nos cabelos dela, beijando-a da maneira como costumava fazer quando estavam sozinhos em seu quarto. – Você ainda tem um gosto maravilhoso. – Rolando-a até deitá-la de costas, ele a beijou novamente. – Quer casar comigo?

Dawn sorriu e limpou a areia do suéter dele.
– Acho que você já sabe a resposta. É claro que sim.
Alegria e determinação encheram o rosto de Jason.
– Vamos nos casar nas férias de Natal.
Ela riu.
– O Dia de Ação de Graças é daqui a dez dias...
– Eu sei, e eu não estava planejando ir para casa até agora.
– Você está falando sério?
– É claro que estou. – Ele se levantou, puxando-a consigo. – Vamos para casa juntos, no meu carro. Vou ligar para a minha mãe à noite, para avisá-la. E depois vou ligar para o pastor Daniel e ver que dia ele tem disponível para fazer o nosso casamento. – Ele sacudiu o cobertor. – É melhor você ligar para os seus pais antes que eles saibam por outra pessoa.
Dawn tentou recuperar o fôlego.
– Provavelmente eles vão sugerir que a gente espere até a formatura.
– Isso vai levar dois anos, talvez três. Acho que nenhum dos dois pode esperar tanto tempo. – Jason parou de dobrar o cobertor. – Diz alguma coisa – e franziu a testa. – Você não quer esperar, não é?
– Não.
A alegria borbulhava dentro dela. Deus havia concedido o desejo de seu coração. Então ela riu.
– Não, Jason, não quero esperar.
E se jogou nos braços dele.

Jason disse que sua mãe não tinha muito a dizer sobre o fato de eles se casarem. O pastor Daniel dissera que ia verificar seu calendário, e eles poderiam conversar quando Jason e Dawn chegassem em casa, para o Dia de Ação de Graças.
Esperando resistência, Jason ensaiou argumentos na longa viagem rumo ao norte. Apesar de seus temores, Dawn aconselhou-o a ouvir e a não fazer uma tempestade na porta da frente do trailer, com quatro pedras na mão.
– Sua mãe e o pastor Daniel te amam, Jason. Eles querem o melhor para você.

Ele olhou para ela.

– Isso é assunto *nosso*, Dawn, e não *meu* – e franziu a testa. – Você não falou muito sobre a reação dos seus pais. Se Mitch e sua mãe disserem para esperarmos, você pretende ouvi-los?

– Vou ouvi-los sem interromper. – Ela colocou as mãos debaixo das coxas. – A questão não é o que nos faz felizes, Jason. A questão é Deus. Vamos tentar focar no que vai fazê-lo feliz, está bem? Você me disse, há muito tempo, que o Senhor sabe das coisas, melhor do que qualquer um de nós.

Jason deu um sorriso de desculpas.

– Acho que eu precisava ser lembrado disso.

Quando Jason a deixou em casa, Mitch e Carolyn saíram para recebê-los. Christopher, agora com onze anos, saiu correndo e abraçou Dawn, dizendo quanto sentia sua falta. Tagarelou sobre o fato de ela se casar, perguntou se Jason iria morar com eles no verão, convidou-o a entrar para ver a cidade que ele havia construído com seus Legos. Todos riram. Jason ficou claramente aliviado com a calorosa recepção, mas a mãe de Dawn jogou um balde de água fria nos dois ao anunciar:

– Jason, você e sua mãe vão jantar conosco no Dia de Ação de Graças. – Ela olhou para Dawn. – A sua avó vem também, é claro. Ela me telefonou logo depois que você ligou para ela para falar do noivado.

Dawn estremeceu por dentro. Estava explicado por que sua mãe havia se mostrado tão quieta quando Dawn ligara com a notícia de que ela e Jason queriam se casar.

Dawn atendeu a porta quando Jason e a mãe chegaram. O sorriso de Georgia Steward era tenso, e Dawn os conduziu para dentro da casa. Como a mãe ia à frente, Jason roubou um beijo de Dawn. Mitch e Carolyn os cumprimentaram na sala de visitas e ofereceram sidra espumante e aperitivos. Mitch fez um brinde.

A avó conversava alegremente, ansiosa para ajudar a planejar o casamento.

– Vamos ter que trabalhar rápido para preparar tudo antes do Natal. Dawn vai precisar de um vestido de noiva. Vamos ter que arranjar um fotógrafo, encomendar flores e convites gravados.

Pensativa e calada, a mãe foi até a cozinha. Georgia a seguiu perguntando se poderia ajudá-la.

Jason pegou a mão de Dawn.

– Podemos dar um passeio pelo jardim? – Fora da vista das janelas, tomou-a nos braços e a beijou. – Você parece um cervo sob a luz dos faróis.

– Um vestido de noiva, convites de casamento, fotógrafo, flores...

– Não parei para perguntar que tipo de casamento você quer. Algo grande e branco, imagino.

– Acho que a vovó está sonhando com tudo isso porque ela e o vovô não tiveram. E ela também não conseguiu fazer um grande casamento para a minha mãe.

– O que você quer?

– *Você!*

– Já sou seu – e a beijou novamente, pressionando-a contra si. Então, levou a boca ao ouvido dela e sussurrou: – Talvez devêssemos poupar todo mundo do trabalho e fugir.

A conversa não amainou à mesa de jantar. Até Georgia pareceu loquaz quando Mitch perguntou sobre sua empresa. Crescendo, disse ela. Havia contratado mais duas empregadas nos últimos dois meses e estava à procura de outra. Christopher mal falava, muito ocupado entupindo-se de peru com molho. A mãe de Dawn disse que ela e Georgia cuidariam de alguns detalhes do casamento.

– Só precisamos saber o que vocês dois têm em mente.

– Algo simples. – O sorriso de Dawn titubeou. – Só alguns amigos mais próximos e familiares.

– E quanto às flores? – Georgia ergueu a taça de sidra espumante para saboreá-la e olhou para Dawn por cima da borda.

– Bicos-de-papagaio. – Poderiam ficar na igreja para a decoração de Natal.

Georgia depositou o copo com cuidado na mesa.

– E quanto ao buquê?

– Gardênias têm um perfume maravilhoso – sugeriu a avó. – E rosas... ou orquídeas brancas...

– Quero cinco rosas brancas de caule longo.

A avó a olhou surpresa e desanimada.

– Isso não é um buquê de noiva, Dawn.

– Talvez não – disse Dawn, inclinando-se e beijando o rosto da avó, para desfazer qualquer pontada de decepção –, mas é o que eu quero.

O pastor Daniel estava sentado atrás de sua mesa quando Jason conduziu Dawn para o escritório na sexta-feira de manhã. Trocaram apertos de mão e sentaram-se no sofá, de frente para ele.

– Vocês dois agem como se estivessem diante de um pelotão de fuzilamento. Nem parece que vieram para falar de casamento.

Jason se sentou ereto e alto, preparado para uma luta.

– Não tente nos dissuadir. Queremos nos casar o mais rápido possível.

Ocorreu a Dawn que o pastor Daniel poderia estar pensando sobre a precipitação dos planos de casamento.

– Não estou grávida, pastor Daniel.

Jason olhou para ela. Apertou sua mão e encarou o pastor novamente.

– E também não estamos dormindo juntos, nem vamos fazer isso até nos casarmos.

O pastor Daniel corou.

– Uau! Da última vez que conversamos, Jason, devo ter parecido um juiz. Espero que me perdoem.

Dawn sorriu.

– Claro. Você estava certo. Sou grata a Deus por ter nos dado tempo suficiente para percebermos por nós mesmos. Isso sem mencionar a segunda chance – e se voltou, sorrindo para Jason.

Ele afrouxou a mão.

– Você disse algo sobre um estudo pré-nupcial da Bíblia.

No caminho de casa, Jason havia dito que pensava que o pastor Daniel ou sua mãe poderiam usar algum tipo de tática para retardar o casamento.

O pastor pegou dois livros e os colocou sobre a mesa.

– Estes são para que levem à Cal Poly – disse, inclinando-se para frente e cruzando as mãos sobre a mesa. – Há muita coisa nas Escrituras para que leiam e ponderem juntos. A intenção é adverti-los, assim serão capazes de lidar com os problemas que surgirem no decorrer do casamento, não apenas no primeiro ano, mas nos anos seguintes também – e sorriu calorosamente para Dawn. – Eu assisti ao crescimento de seu relacionamento com Jesus ao longo dos últimos três anos. – Sua expressão ficou triste quando mudou o foco para Jason. – Não estou tão certo sobre você. Ainda anda vagando no deserto?

– Não mais. Estou de volta à igreja e pretendo ficar – disse Jason, soltando a mão de Dawn e inclinando-se para pegar os livros. – Obrigado, Daniel. – Sorrindo, relaxou no sofá.

– Eu tinha esperança de que tudo acabasse assim.

– Sério? – Jason parecia duvidoso.

– O que acha de um passeio de bicicleta amanhã? Podemos conversar um pouco mais...

Jason concordou.

Inclinando-se para trás na cadeira, o pastor Daniel deu um sorriso de satisfação.

– Vocês vão ser o primeiro casal a se conhecer e se casar em nossa igreja. Dezembro é um bom mês para um casamento.

Dawn riu.

– E quanto à Kim e ao Tom?

O pastor Daniel deu uma risadinha.

– Ah, eles só vão se casar em junho. Vamos celebrar o de vocês em 21 de dezembro.

Quando Dawn chegou em casa, uma luz piscou na secretária eletrônica. Ela apertou o botão, pensando que poderia ser Kim, Pam ou outra amiga. Em vez disso, ouviu o convite de Georgia Steward para um café no trailer sábado à tarde, às três. "Temos algumas coisas para resolver entre nós, Dawn." Sua voz soava fria e distante. "Se às três não for conveniente para você, por favor, ligue para que possamos marcar outra hora."

Dawn afundou na cama. O que a mãe de Jason queria dizer a ela dessa vez? Estaria com medo de que o casamento arruinasse as chances de seu filho terminar a faculdade? Que Dawn ficasse no caminho dele de novo? Que estivesse grávida?

Ela queria ligar e dar uma desculpa para não ir. Como poderia encarar Georgia de novo, depois de tudo o que ela lhe dissera da última vez? *Deus, ajude-me. O que eu faço?*

A razão falou mais alto. Georgia Steward seria sua sogra em poucas semanas. Merecia respeito e consideração. Georgia podia não gostar dela, mas, por Jason, elas precisavam manter um clima de harmonia. Dawn não queria se tornar um obstáculo entre mãe e filho. Rezou por isso a tarde toda.

Jason ligou naquela noite. Como ele não mencionou o convite de sua mãe, Dawn soube que Georgia não havia lhe contado. Isso não era um bom sinal.

Jason disse que havia tido uma grande ideia para a lua de mel. Eles teriam apenas alguns dias antes de voltarem para o Natal em família.

– Pode não ser o Ritz, mas acho que você vai gostar. – Ele queria que fosse surpresa.

– Vou adorar, onde quer que seja.

Incapaz de dormir, Dawn se sentou à mesa, lendo a Bíblia até bem depois da meia-noite.

Cobriu o rosto e rezou para que o coração de Georgia amolecesse em relação a ela. Quando por fim foi para a cama, sonhou que usava um vestido de noiva escarlate, e que Georgia, vestida de preto, chorava na primeira fila.

43

Dawn estremeceu quando estacionou seu Sable atrás da van de Georgia. A sra. Edwards espiou pelas cortinas da sala. Georgia abriu a porta, inclinou-se para fora para acenar para a vizinha e a seguir fez sinal para que Dawn entrasse. Corando, Dawn subiu os degraus para o pequeno pórtico. Um olhar sobre o ombro lhe confirmou que a sra. Edwards ainda esperava ansiosamente para testemunhar o resultado daquele encontro entre Georgia e a garota que havia seduzido Jason.

Um pequeno vaso de plantas descansava na mesa onde Dawn e Jason espalhavam os livros antes de irem para o quarto dele. Tensa, Georgia dirigiu-se à cozinha. Dawn pressionou a palma das mãos úmidas na saia escura.

– Você gosta de café, Dawn, ou prefere chá?

– O que tiver está bem, senhora.

Georgia deu uma risada aguda.

– *Senhora* me faz sentir como uma velha chata. Pode me chamar de Georgia. Eu adoro café. Gosta de açúcar ou creme?

– Nada, obrigada.

Georgia levou uma bandeja de madeira com xícaras de café e um prato de biscoitos com gotas de chocolate para a sala e colocou-a sobre a mesinha de centro.

– Sente-se. Você está me deixando nervosa – e acenou com a mão em direção ao sofá. – Nós duas sabemos que precisamos ter essa conversa. Podemos superar isso, não acha?

Dawn tomou seu café, e a xícara sacudiu no pires. Mortificada, ela os colocou na mesa antes que derramasse café por todo o tapete bege.

Georgia limpou a garganta suavemente.

– Isso é difícil para nós duas, Dawn. Eu queria falar com você a sós e tentar esclarecer algumas coisas. – Ela fechou os olhos por um momento, respirando lentamente antes de tornar a olhar para Dawn. – Eu disse coisas horríveis a você na última vez em que esteve aqui – e virou o rosto. – Depois, vi que havia comprometido minha relação com meu filho. Você tinha o poder de fazer o Jason me odiar.

– Mas eu não contei nada a ele sobre aquele dia.

– Ah, minha querida, eu sei que você não contou. Ele me perguntou, depois que vocês se separaram, se eu havia falado com você. Então perguntei a ele se você tinha dito qualquer coisa, insinuando, obviamente, que não. Ele me respondeu que você havia saído da escola e que não retornava as ligações dele. – Georgia pegou seu pires e olhou para a xícara por um momento. – Quando o Jason disse que vocês deviam se afastar por um tempo, ele queria dizer algumas semanas. Mas você saiu da vida dele por completo. Eu o vi sofrer. Eu o ouvi soluçar uma noite. Poucos dias depois, ele socou a parede. E eu vi você sofrer também.

– Eu não podia... – Dawn apertou os lábios trêmulos e tentou falar novamente. – Eu sabia que, se nos víssemos, voltaríamos a...

Georgia ergueu a mão.

– Ainda não acabei, Dawn. Por favor, deixe-me terminar. – Respirou fundo, pela boca. Quando recuperou o controle, disse calmamente: – Eu vi você. Escutei tudo o que as pessoas disseram sobre você. Por três anos, você se sentou na igreja e absorveu cada palavra que Daniel disse. Eu ouvi como estava se saindo bem no estudo independente... Notas altas, fazendo cursos universitários assim que terminou o ensino médio. Fez viagens missionárias. Daniel disse que nunca tinha visto Deus trabalhar na vida de uma pessoa como trabalhou na sua. Você fixou os olhos em Jesus e nunca os desviou. Mas, enquanto eu observava sua fé crescer, vi Jason lutar. Quando soube que você havia se transferido para a Cal Poly, rezei mais ardorosamente do que nunca na vida.

Dawn baixou a cabeça. Podia imaginar quão fervorosamente Georgia Steward havia orado. Ela devia ter imaginado que a garota que causara tanta dor a seu filho havia ido atrás dele de novo.

Os olhos de Georgia brilhavam.

– O Jason me agradeceu outro dia. Quando perguntei o motivo, ele disse que você havia dito que eu tinha sido gentil com você – e sorriu tristemente. – Ele pediu desculpas por pensar que eu tinha dito a você as mesmas coisas que vinha dizendo *sobre* você semanas antes do último fiasco. – Balançou a cabeça. – E sei que tudo o que você fez, inclusive me perdoar, foi por amor ao meu filho – sua voz tremeu.

Dawn percebeu que ela não era a única que se sentia consumida pela culpa.

– Você não estava errada sobre mim.

– Ah, eu estava muito errada. Não poderia estar mais errada. Quando olhei para você, eu me vi com meus quinze anos. Arrogante, egoísta, desafiadora. Eu queria o que queria, quando queria. Não ligava para o que ninguém pensava. *Você* ligou. *Você* se arrependeu. Quando engravidei, meu mundo desabou. Meu namorado me deixou por outra garota. Meus pais me expulsaram de casa. Eu estava morando na rua quando Jason nasceu. Levei cinco anos para sair da sarjeta em que havia transformado minha vida. Não quero nem lembrar as coisas que fiz para pôr comida na mesa. E então, como se não tivesse telhado de vidro, tive a audácia de lhe armar uma emboscada. Cavei um buraco e tentei te enterrar debaixo da minha mágoa e amargura. Tudo o que eu disse a você foi sobre a garota que eu havia sido. Eu não enxerguei quem você era.

Dawn soltou um suspiro trêmulo. Rezara tão ardorosamente por causa desse encontro e agora sentia o calor da resposta de Deus preenchendo-a.

– Mas você não vê? Eu *era* todas as coisas que você disse, Georgia. – Quando a mulher abriu a boca, Dawn levantou a mão. – Deixe-me terminar. Se você tivesse sido gentil, eu poderia não ter escutado. Foi preciso que você falasse a verdade do jeito que falou para chegar até mim. Sou grata pelo que você fez. Deus usou suas palavras para me atrair para ele, e foi aí que o Senhor começou a trabalhar. Talvez, se alguém tivesse lhe falado do jeito que você falou comigo, as coisas tivessem sido diferentes para você também.

Ela estava com medo de não ser capaz de dizer nada quando entrara pela porta da frente, mas agora as palavras fluíam naturalmente, e com um amor que ela não sabia que possuía pela mãe de Jason.

Georgia soltou um longo suspiro.

– Só para deixar claro: eu não poderia estar mais contente por você se casar com meu filho.

– Eu também.

E riram juntas.

– Muito bem, então... – disse Georgia, inclinando-se para frente e levantando o prato – ... pegue um biscoito. Vamos conversar sobre como posso ajudar a fazer um lindo casamento.

Desde o dia que Dawn contara a sua família que ela e Jason iam se casar, sua avó a pressionava para irem comprar um vestido de noiva branco. Dawn não se sentia no direito de usar um vestido branco, mas não queria magoar a avó explicando-lhe a razão. Não sabia o que fazer, até que sua mãe lhe ofereceu o vestido rosa-pálido e o véu que usara quando se casara com Mitch.

– Acho que vai servir em você. – Sua mãe parecia envergonhada. – Se você o quiser, claro.

– Eu quero.

Ela sentiu a mãe se enrijecer um pouco quando a abraçou. Às vezes Dawn se perguntava por que a mãe parecia tão desconfortável com carinho físico, a menos que viesse de Christopher ou de Mitch.

Na manhã do casamento, algumas diaconisas decoraram a igreja com os bicos-de-papagaio que Georgia havia lhes entregado, e, às onze horas, o lugar estava lotado. Dawn viu o olhar de Jason fixo nela quando Mitch caminhou com ela até o altar. Ela entregou uma rosa branca à avó e outra à mãe. Quando o pastor Daniel os declarou marido e mulher, os membros da congregação irromperam em aplausos e gritos. No caminho de volta pelo corredor, Dawn fez uma pausa, deu a Georgia uma rosa branca e a beijou no rosto. Tinha mais duas restantes, uma para jogar e uma para guardar.

Enquanto tiravam fotos, os diáconos reorganizaram as cadeiras e montaram as mesas. O pessoal do bufê cobriu tudo com linho e distribuiu muitos pratos com sanduíches e saladas decorados, suficientes para alimentar um exército. Um bolo de casamento de três andares estava em uma mesa central. A pilha de presentes lindamente embrulhados crescia em duas mesas nos fundos. Após receber os convidados, Jason e Dawn se sentaram à mesa principal e mordiscaram o almoço. Cortaram cuidadosamente o bolo, oferecendo um ao outro pequenas mordidas, e depois dançaram ao som da música da banda profissional que Mitch havia contratado.

Jason segurou Dawn bem próxima enquanto dançavam a valsa, seu hálito quente provocando arrepios na espinha dela.

– Podemos ir agora? – sussurrou no ouvido dela, a mão na base de suas costas. – Já cortamos o bolo e dançamos.

Ela riu suavemente.

– A recepção deve durar mais uma hora.

Mitch os interrompeu.

– É a vez do papai – e sorriu largamente para Jason, tomando Dawn nos braços. – Parece que você não pode esperar para tirar a Dawn daqui, mas vocês não vão querer levar seu Honda a nenhum lugar enquanto não o levarem a um lava-rápido.

Jason fez uma careta.

– Eu vou...

– Você não vai fazer nada – Mitch riu. – A Carolyn vai lhe dar as chaves do meu Bonneville.

– Obrigado, Mitch – Jason se aproximou. – Posso pegar minha esposa de volta agora?

– Não tão depressa. Você tem deveres a cumprir. Dançar com a sua mãe e a sua sogra em primeiro lugar. E fui informado de que a Dawn ainda tem que jogar uma rosa para um bando de garotas solteiras. E você tem que jogar a liga dela para esse bando de lobos que chama de amigos. Depois disso ela será toda sua, para o resto da vida, amigo.

Dawn lhe deu um soquinho e riu.

Foi uma viagem longa e escura, e só bem depois das dez horas eles finalmente chegaram a Fort Bragg e se registraram no Harbor Lite Lodge como sr. e sra. Jason Steward. A suíte era maior que o apartamento de Dawn. Alguém já havia acendido o fogo na pequena lareira de metal. Ela correu a porta de vidro e saiu para a pequena sacada com vista para o rio Noyo. Caía uma chuva leve, e o nevoeiro se enroscava em torno das luzes de segurança nas docas abaixo.

Jason deslizou as mãos em volta da cintura dela e a puxou contra si.

– Enfim sós – sussurrou, beijando a curva do pescoço de Dawn e fazendo correr ondas de calor por seu corpo. – E casados.

Depois de passar duas noites e dois dias na suíte, com breves saídas para as refeições, Dawn e Jason voltaram a Alexander Valley para a festa de Natal em família.

– Espere só para ver! – gritou Christopher, correndo na frente deles em direção ao quarto e abrindo a porta.

Todos os presentes de casamento haviam sido empilhados e esperavam para ser desembrulhados. Dawn ficou boquiaberta.

Jason jogou as duas malas pequenas para dentro da porta e encarou aquilo.

– Caramba!

A mãe de Dawn apareceu.

– Bem-vindos! – Seus olhos brilhavam. – Parece que vocês têm um monte de amigos que querem ajudar na arrumação da casa.

Parado logo atrás dela, Mitch a empurrou para o quarto.

– Não entre em pânico. Depois que vocês abrirem tudo, escolham o que precisam e deixem o resto aqui para mais tarde.

A avó convidou Dawn e Jason para que fossem a Jenner por alguns dias após o Natal, mas ele disse que precisavam voltar para casa, em San Luis Obispo. Ele tinha de levar suas coisas para o apartamento de Dawn, e eles precisavam se instalar antes que as aulas começassem.

Dawn sabia de outra razão para Jason não querer ir a Jenner. Esperou até estarem sozinhos naquela noite para pedir perdão pelo que provocara no apartamento de baixo.

– Você sabe que você não estava sozinha nessa – Jason tocou seu rosto. – Passei a noite esperando você descer. Eu poderia ter parado se quisesse. Não foi tudo ideia sua, Dawn – e a puxou para perto, dando-lhe um beijo.

1991

Não demorou muito para Jason e Dawn decidirem que tinham que estudar em outro lugar que não no apartamento. Com duas escrivaninhas pequenas e uma mesa de canto, não tinham espaço para espalhar os livros e relatórios. Fizeram outros ajustes também. Dawn gostava de fazer o estudo da Bíblia antes de o sol nascer sobre as colinas. Jason, uma coruja noturna, estudava as Escrituras à noite.

Iam juntos para a faculdade, almoçavam juntos e passavam cada minuto livre estudando na biblioteca. Dawn cozinhava e lavava roupa aos sábados. Aos domingos, iam cedo para a igreja e depois faziam longas caminhadas; iam à praia, conversavam enquanto comiam comida chinesa e saíam com Dod Henson e Alice Jeffries, seus amigos mais próximos na faculdade. Às vezes Jack Kohl se juntava a eles, quando tinha uma nova namorada.

Não falavam de nada além da guerra no Iraque, da necessidade de proteger os campos de petróleo e o golfo Pérsico, da esperança de sucesso com a campanha aérea e do bombardeio de alvos da liderança em Bagdá. Forças terrestres da coalizão conduziram as forças iraquianas no Kuwait. Depois de quatro dias, as forças iraquianas concordaram com um cessar-fogo e se retiraram do Kuwait. A ofensiva para chegar a Bagdá foi interrompida. Jason e Dod desdenharam dos objetivos da ONU a ser cumpridos. Mesmo o Iraque tendo concordado com um cessar-fogo permanente, viam problemas pela frente.

– Saddam Hussein acha que é o segundo Nabucodonosor. Ele não está derrotado, só estão lhe dando tempo para tramar outro ataque.

44

A vida seguia com estrita regularidade, mas tranquila e com momentos frequentes de prazer. A única nuvem escura era a proximidade das férias de verão. Jason partiria por dois meses, passando por treinamento militar em Fort Lewis, Washington. Dawn sabia que teria que se manter ocupada ou se sentiria muito mal enquanto ele estivesse fora. Ainda com a intenção de terminar a faculdade o mais rápido possível, ela se matriculou em um curso de verão de psicologia.

Na semana antes dos exames finais, Dawn teve dificuldade para dormir. Certa manhã, levantou-se enquanto ainda estava escuro e silenciosamente deslizou a divisória entre a sala de estar e o quarto. Acendeu a luminária sobre a mesa de canto da cozinha, abriu a Bíblia e seu livro de exercícios. Ela e Jason estavam casados havia cinco meses, e ela ainda não havia terminado todas as seções. Ia a seu ritmo, orando sobre as perguntas e fazendo um autoexame, pedindo a Deus que revelasse áreas de sua vida que requeressem mudança.

Enquanto o calor do sol se derramava na janela, ouviu um clique suave. Assustada, olhou para o quarto. Jason estava lá, segurando uma câmera.

– Perfeito.

Sorrindo, colocou a máquina sobre a mesinha de centro.

– Você tirou uma foto minha? – ela perguntou, ainda de roupão e chinelos, cabelos soltos e despenteados.

Ele se inclinou, pôs os braços em volta dela, apoiou as mãos na mesa e acariciou-lhe o pescoço.

– Adoro o jeito como o sol ilumina seu cabelo de manhã. Você parece um anjo estudando as instruções de Deus para o dia. – Endireitando-se, ele colocou as mãos nos ombros dela. – Eu queria algo mais natural que uma foto de casamento para me fazer companhia enquanto eu estiver em Fort Lewis.

A primeira coisa que Dawn viu quando entrou no apartamento depois de seu último exame final foi o uniforme de treinamento de Jason, limpo, pendurado na guarnição do armário, pronto para ser usado. Começou a chorar. Estavam casados havia apenas cinco meses, e ele iria embora no dia seguinte pela manhã. Passaria um mês em treinamento de liderança da tropa de cadetes e depois iria diretamente para o treinamento de paraquedismo militar.

– Dois meses – murmurou. – Dois meses!

Ele disse a ela que o treinamento fora projetado para desenvolver habilidades de liderança, trabalho em equipe, segurança na água, navegação terrestre, apoio de fogo, uso de armas e treinamento tático e físico. Parte disso soou ameaçador e perigoso para ela, mas ele descartou suas preocupações. Felizmente, a guerra no Iraque havia terminado em março. Se Deus quisesse, Jason não veria um combate real durante o serviço militar. Dawn não sabia como lidaria com isso.

Jason havia dito a ela que começara a pensar no Corpo de Treinamento de Oficiais da Reserva depois que seu avô lhe contara histórias da Segunda Guerra Mundial. Após o rompimento deles, Jason começara a pensar mais sobre o assunto. Procurara Mitch e lhe perguntara sobre a Guerra do Vietnã e sua experiência militar. Mitch havia dito a ele que os militares tinham muito a oferecer e que o país sempre precisaria de bons homens treinados e prontos. Seu orientador pedagógico o incentivara a falar com o oficial de recrutamento do Corpo de Treinamento na Cal Poly. Quando soubera que o exército lhe daria a ajuda financeira de que precisava para terminar a faculdade em troca de seis anos de sua vida, Jason decidira que era uma oferta generosa. Sem discutir o assunto com sua mãe ou com o pastor Daniel, entrara no primeiro ano do programa.

Dawn largou a mochila na cama. Jason admitira que não havia consultado Deus sobre aquela decisão, mas isso não importava naquele momento. Deus era soberano. O homem pode planejar, mas a vontade de Deus prevalece. Ela acreditava nisso de todo o coração. Só não havia entendido ainda como a vida militar poderia ser conveniente para Jason... ou quanto poderia exigir dela.

Jason a tomou nos braços.

– Não vou embora ainda.

– Você vai pular de aviões, Jason.

– Sim!

Ele soou animado. Ela se afastou e olhou para ele. Também parecia animado.

– Você mal pode esperar, não é?

– Não vou mentir para você.

– Eu sei.

Ela o ouvira falando com Dod e Jack. Na verdade, os três estavam ansiosos para o treinamento, como se fosse uma grande aventura!

Soltando o fôlego, ela tentou se acalmar.

– Estou sendo ridícula.

Preferiria que ele fosse infeliz e que não assumisse suas obrigações para com o exército? Quando ela foi pegar a mochila, ele a pegou antes e a jogou em cima da cama. Então ela começou a arrumar as coisas dele.

– Vou ficar bem. Vou me manter ocupada.

– Vou ligar para você sempre que puder.

Jason ligou para avisar que havia chegado em segurança a Fort Lewis. Menos de um minuto depois, Dawn ouviu outro homem pedindo para usar o telefone. Depois disso, esperou em vão notícias dele. Ele ligou pela segunda vez antes de se dirigir ao treinamento aéreo, mas Dawn ainda não conseguia entender por que um engenheiro precisava saber como pular de um avião. No entanto, não perdeu tempo perguntando. Conversaram durante quinze minutos, antes que ele precisasse desligar para que outra pessoa pudesse usar o telefone.

Para evitar ficar deprimida, Dawn se dedicou a seu curso de psicologia. Enquanto lia as anotações sobre os sintomas de abuso, por algum motivo estranho pensou em sua mãe. Percebeu que sabia muito pouco sobre o passado dela, além do que a avó lhe havia contado.

O que havia mantido sua mãe longe da igreja por tantos anos? Por que ela evitava qualquer demonstração de afeto, a não ser que viesse de Mitch ou de Christopher? A avó dava um passo em direção a ela, e a mãe recuava. O que causara a tensão entre elas? Pensando mais sobre isso, Dawn percebeu que sua mãe sempre tivera dificuldade com relacionamentos, especialmente quando eram casuais. A mãe ia à igreja, mas não se misturava com as pessoas; observava a certa distância, mas não tentava participar. Dawn tinha essa imagem mental de sua mãe, olhando por sobre um muro de proteção, mantendo bloqueada a porta para o mundo externo.

O que poderia ter causado isso? Poderia ter algo a ver com os anos em Haight-Ashbury? Dawn não sabia muito sobre essa época da vida de sua mãe. A avó lhe dissera que era melhor esquecer o passado, e sua mãe nunca falava sobre isso. Toda vez que alguém mencionava os turbulentos anos 60, a mãe ficava muito quieta.

Talvez Dawn devesse perguntar...

Ela tentou, durante uma de suas ligações semanais para casa. Como de costume, a mãe ficou ao telefone por menos de cinco minutos, passando-o a Christopher para que ele reportasse as notícias da família. Dawn nem sequer chegou perto de abordar o assunto com ela.

Dawn perguntou à avó como sua mãe era quando menina.

– Linda. – A avó pareceu melancólica. – E quieta. Não havia outras meninas da idade dela na nossa rua, mas ela sempre parecia contente brincando sozinha.

– Alguma vez ela pareceu nervosa ou apresentou qualquer comportamento estranho?

A avó riu.

– O problema de estudar psicologia é que você começa a imaginar os sintomas de todos os tipos de neuroses em todas as pessoas que conhece. Sua mãe era uma criança perfeitamente normal, só um pouco mais silenciosa que a maioria.

– Então a mamãe nunca teve pesadelos ou chupou o dedo?

– Ah, houve um tempo em que ela costumava ir de fininho para o quarto do Charlie para dormir com ele, ou no chão, ao lado da cama dele. Não durou muito. Pus um fim nisso assim que soube.

– E ela aceitou sem chorar ou reclamar?

Houve um silêncio por um momento.

– Ela passou a dormir no armário. Mas, realmente, Dawn, você está indo longe demais com isso.

– Eu sei, vovó. Estou apenas curiosa, só isso.

– Começamos a deixar uma luz acesa no banheiro. Ela pareceu bem depois disso. Ou talvez tenha sido Oma.

– Oma?

– Ela foi morar conosco por essa época. – Seu tom de voz se acelerou. – De qualquer maneira, sua mãe ficou na própria cama depois disso.

Num impulso, Dawn ligou para a mãe naquela noite e perguntou se ela se lembrava de ter tido pesadelos quando criança.

– Por que você está me perguntando isso?

– Estou estudando psicologia.

– Ah... Bom, acho que todas as crianças têm sonhos ruins, não é?

– A vovó disse que você costumava ir dormir com o tio Charlie.

– Ela disse isso?

– E, quando ela não deixou mais, você passou a dormir no armário.

Silêncio.

– Mãe?

– Por que esse questionamento agora?

Dawn estremeceu. Sua mãe bem poderia ter dito *interrogatório*.

– Estou fazendo aulas de psicologia, e as palestras foram sobre abuso infantil.

– Eu nunca fui espancada, May Flow... – e parou. – Dawn – fez a correção calmamente.

– Vamos ter que falar sobre o meu nome algum dia – prosseguiu Dawn, tentando manter um tom suave na conversa. Como a mãe não respondeu, ela pediu desculpas por lhe fazer essas perguntas pessoais.
– Eu só estava curiosa.
Mas a reserva de sua mãe só serviu para deixá-la ainda mais curiosa.

Dawn se sentou à mesa de canto e começou a folhear as anotações da aula. Dando tapinhas no fichário fechado, olhou para fora da janela. Já havia estudado o suficiente. Não queria pensar em psicologia ou desenvolver mais teorias sobre a razão de sua mãe ser do jeito que era. Nunca soubera nada mais sobre ela do que sabia agora. Enfim, não era da sua conta.
Ela sabia qual era o problema: tinha muito tempo de sobra. Precisava de algo para fazer além de ir às aulas, estudar e ficar à toa pelo apartamento à espera da ligação de Jason. Precisava parar de contar os dias até que ele voltasse. Sentada no tapete bege, olhou para as paredes brancas e nuas, o sofá bege e gasto, a pardacenta mesinha de centro de madeira compensada. A vida sem Jason era tão sem graça quanto seu apartamento.
O lugar precisava de ânimo. Precisava de *cor*!
Pegou as chaves e a bolsa e saiu. Dirigiu até o centro e comprou meia dúzia de revistas femininas. Viu anúncios no quadro de avisos do café: vendas de garagem surgiam como ervas daninhas todas as sextas-feiras. Ela sempre achou que poderia ser divertido visitar alguma, ver que tesouros poderia encontrar no meio de tantos descartes. No caminho de volta para o apartamento, passou em uma loja de ferragens e pegou amostras de tintas coloridas.
– As paredes têm de estar brancas quando você desocupar o imóvel – disse-lhe Cooper, o administrador do apartamento, quando ela lhe explicou o que gostaria de fazer. – Caso contrário, perderá a caução.
Depois da aula de psicologia, Dawn foi para a biblioteca e procurou livros sobre design de interiores. Anotou ideias e voltou para o apartamento para tirar medidas e planejar o mobiliário. Arrancou páginas das revistas.

Sábado de manhã bem cedo, foi para o sul, para Santa Maria, na esperança de ser a primeira a chegar à Enorme Venda de Garagem da Vizinhança: móveis, roupas finas, porcelana... Não foi a primeira. Uma multidão já perambulava pela rua sem saída, escolhendo em prateleiras de roupas, olhando aparelhos eletrônicos, ferramentas, brinquedos e quinquilharias totalmente inúteis. Dawn pechinchou por duas poltronas de madeira com estofado borgonha e as conseguiu por vinte dólares. Acomodou-as com cuidado no banco de trás do Sable e prosseguiu na busca. Comprou dois pratos decorativos Talavera por cinco dólares, uma velha e gasta imitação de tapete persa em tons de pedras preciosas por vinte e cinco, e uma tigela de vidro cheia de conchas por um dólar.

Ainda caçando, vagou à procura de qualquer coisa que chamasse sua atenção. Ficou entretida com uma caixa de sapatos cheia de mapas e outra de cartões-postais. Comprou três pôsteres emoldurados de bandas de rock. No caminho de volta para o carro, pechinchou por dois grandes cobertores azul-claros e uma toalha de mesa provençal francesa meio desbotada, amarela e azul, com peônias e margaridas de um rosa profundo.

O sr. Cooper a viu tirando tudo aquilo do carro e riu.

– Quando o gato sai, os ratos fazem a festa. Precisa de ajuda para descarregar toda essa tralha?

Dawn riu de volta, animada para começar a trabalhar na decoração.

– Sim, por favor. – Começou a puxar o tapete enrolado pela janela de trás. – Saiba que isso tudo são *tesouros*.

Durante a semana seguinte, Dawn pintou as paredes da sala de amarelo-manteiga, prendeu com alfinetes um cobertor azul em volta da estrutura do sofá e outro em volta das duas grandes almofadas; desenrolou o tapete persa, colocando-o debaixo do sofá, e pôs as poltronas de espaldar oval em cantos opostos, com a mesinha de centro no meio. Sem ter como costurar à máquina, Dawn prendeu com alfinetes panos coloridos cobrindo travesseiros baratos e os ajeitou no sofá.

Tirou as imagens de bandas de rock que havia nos quadros e usou duas das molduras para enquadrar mapas de Monterey e Washington, D.C. Como peça central de arte na parede, criou uma colagem colorida de cartões-postais antigos de parques nacionais de todo o país. Pendurou os dois pratos Talavera na cozinha, colocou um dossel amarelo na janela de canto e dispôs a toalha provençal. Os últimos retoques incluíram a tigela de vidro de conchas na mesinha de centro, a nova edição da revista *VIA*, da Associação Automobilística da Califórnia, e um buquê de rosas amarelas em um jarro de água verde-limão.

Com as mãos na cintura, ela admirou o aposento. Eclético, decidiu, já imaginando outras coisas que poderia fazer para deixar a sala mais interessante. Um vaso de palmeira no canto ficaria bom, e alguns revestimentos legais para as mesas, que estavam feias. Mudar os tons da luminária...

Deteve o trem de pensamentos que lhe passava pela cabeça. A sala parecia confortável e acolhedora. Agora, precisava ler mais um capítulo de seu texto de psicologia e rever suas anotações. Ainda tinha mais cinco dias para terminar a decoração antes que Jason voltasse para casa.

Distraiu-se folheando o fichário. Teve uma grande ideia para acrescentar um pouco de encanto ao quarto.

Dawn viu Jason, de uniforme, descendo os degraus do pequeno jato que vomitava seus vinte passageiros. Queria se jogar em seus braços, mas já havia sido alertada de que os militares não apreciavam demonstrações públicas de afeto. Aparentemente, Jason se esquecera disso. Quando ela conseguiu recuperar o fôlego, notou Dod Henson e Jack Kohl se aproximando e cumprimentou-os enquanto Jason pegava sua mão.

Todos eles esperavam na esteira onde seria depositada a bagagem dos passageiros.

Jason roçou o rosto dela com a outra mão.

– O que andou fazendo enquanto estive fora?
– Eu me mantive ocupada.
– Como vai seu curso de psicologia?
– Fascinante, mas descobri outra paixão.
– Qual?

Ela lhe deu um sorriso travesso.

– Espere que você já vai ver.

Quando Jason entrou no apartamento, exclamou:

– Uau! Você chamou um decorador?

– Não. Fiz tudo sozinha. Gastei menos de duzentos dólares com tudo. O que achou?

– Elegante. – Olhou mais de perto os mapas na parede. – De onde tirou todas essas ideias?

– De revistas femininas, vendas de garagem...

Ele contornou a divisória.

– Estou impressionado. – Olhou para o medalhão no teto, de onde pendia um mosquiteiro que cobria a metade de cima da cama. Então se virou para ela e sorriu. – Parece uma tenda de paxá. Tem um harém de garotas no armário?

– Aqui só tem lugar para uma garota, Jason. – Ela se aproximou e abriu o botão superior da camisa camuflada dele. Olhou para ele enquanto desabotoava o próximo, e o próximo. – E nem pense em pôr outra em sua vida.

Jason a pegou nos braços e a jogou no meio da cama.

– Só se tivermos uma filha.

45

1992

Quando finalmente começou a estudar enfermagem, Dawn ficou angustiada ao descobrir que trabalhar em um hospital não era como assistir às aulas. Ela podia arrumar camas e animar os pacientes. Podia dar banhos e afofar os travesseiros. Podia tomar os sinais vitais e preencher gráficos. Mas sentia-se enjoada toda vez que assistia a um procedimento. Quando a chamavam para ajudar a trocar curativos, prendia a respiração cada vez que o paciente fazia o mesmo. A visão de uma quantidade maior que uma colher de sangue fazia pontos amarelos e pretos dançarem diante de seus olhos.

Não era sua vocação, esse era o problema. Ela observava os outros alunos de enfermagem e percebia que eles amavam o que estavam fazendo, enquanto ela temia cada minuto. Sentira-se tensa e desconfortável desde o momento em que entrara no hospital, com medo de não dar conta de qualquer emergência que enfrentasse.

Jason tentou animá-la.

– Você devia ter se formado em arte e design de interiores.

Agora era tarde demais. Sua mãe e Mitch, Christopher e sua avó chegaram juntos para a formatura de Dawn. Georgia chegou um dia antes, achou o apartamento "impressionante" e aceitou o convite de dormir no sofá em vez de gastar com um quarto de hotel.

Os demais concordaram com Georgia.

– Acho que você escolheu a carreira errada, Dawn.

Maravilha. Justamente o que ela precisava ouvir.

Jason se sentou com orgulho na plateia enquanto Dawn recebia as honras por seu trabalho acadêmico. Ele precisava de mais um ano para terminar o curso de engenharia, especialmente agora que decidira fazer mestrado.

Christopher implorou a Dawn e a Jason que voltassem para casa no verão. Todos os demais o apoiaram. Georgia disse que Kim e Tom estavam voltando para casa.

– Ela está grávida.

Dawn mal podia esperar pelo dia em que ela e Jason pudessem formar uma família.

A avó afagou o braço de Jason.

– Você não vai para Jenner desde antes de o vovô morrer.

Dawn sentiu o calor inundar-lhe o rosto e baixou a cabeça, esperando que ninguém notasse. A avó se apressou:

– Vocês dois podem ficar no apartamento de baixo, já que gostam, passear de carro ao longo da costa, andar pela praia. Passar uma semana... ou um mês.

A mãe olhou para Dawn.

– Seria bom se vocês passassem algumas semanas conosco também.

– Não esqueça que você tem mãe, Jason.

Por baixo da mesa, a mão de Jason deslizou pela coxa de Dawn.

– Legal ser tão solicitado assim – e deu um sorriso maroto. – Não vamos ter que pagar aluguel por dois meses.

Dawn e Jason passaram as duas primeiras semanas com Georgia. Dawn se sentiu estranha na primeira noite, dormindo na velha cama de Jason com Georgia do outro lado do estreito corredor. Ambos tensos, conversaram baixinho e mal se tocaram.

Após a estadia com Georgia, foram para Alexander Valley para passar um tempo com Carolyn, Mitch e Christopher. O garoto tagarelou durante todo o primeiro jantar e saiu pouco depois para passar a noite na casa de um amigo. Dawn insistiu em lavar a louça.

Quando o telefone tocou, sua mãe atendeu. Dawn podia dizer, pela expressão fechada da mãe, que era a avó do outro lado da linha.

– Acabaram de chegar... Não sei. Não disseram nada. Ficaram na casa da Georgia por duas semanas. – Ela escutou por um momento, com os ombros caídos. – Eles têm amigos para ver e coisas para fazer... Sim. Eu sei. – Olhou para Dawn e mexeu os lábios, sem emitir nenhum som: *Sua avó quer falar com você.*

Dawn secou as mãos e pegou o telefone. A mãe foi para a sala, onde Mitch e Jason estavam assistindo a um torneio de golfe. Mitch disse alguma coisa, e a mãe se sentou ao lado dele. Ele passou o braço em torno dela, e ela se inclinou para perto dele.

A avó queria saber quando Dawn e Jason iriam para Jenner. Sentindo-se culpada, Dawn disse que não antes de pelo menos três semanas. Tanto tempo? A avó não tentou disfarçar seu desapontamento.

– Eu gostaria de passar o máximo de tempo possível com a minha mãe, o Mitch e o Christopher, vovó.

– Ah... Bem, claro, eu entendo. – Seu tom de voz sugeriu o oposto. – Há três aí para visitar, e aqui apenas uma.

Dawn estremeceu de culpa.

– A gente podia lhe fazer uma visita no sábado.

– Vou preparar um belo almoço.

Quando Dawn contou a Jason seus planos para o fim de semana, Mitch dirigiu-lhe um olhar estranho. A mãe manteve o foco na televisão.

Naquela noite, mais tarde, Jason a abraçou enquanto estavam deitados na cama.

– Qual o problema entre sua mãe e sua avó?

– Não tenho certeza, mas acho que sou o pomo da discórdia.

– Como assim?

– Minha mãe voltou de Haight-Ashbury grávida. Minha avó teve que largar a carreira de enfermeira para cuidar de mim.

– De alguma maneira, não acho que ela tenha se importado. – Ele passou um dedo na testa dela. – Onde sua mãe estava enquanto sua avó cuidava de você?

– Fazendo faculdade, trabalhando. Acho que ela estava tentando refazer a vida.

– Ela escolheu um bom homem para ajudar.

– Foi o Mitch quem escolheu minha mãe. Pelo que sei, ela nunca tinha namorado até que ele chegasse à cidade de moto. O Mitch era o melhor amigo do tio Charlie. Ele me disse uma vez que era apaixonado pela minha mãe desde a escola.

– Parece alguém que eu conheço.

Jason se inclinou e a beijou.

Quando ele levantou a cabeça, ela passou os dedos por seu cabelo curto.

– O Mitch é a única pessoa que a minha mãe permite que se aproxime – e suspirou. – Mães e filhas devem ser próximas também. Eu sei que minha mãe e minha avó se amam, mas elas não conseguem conversar. Não sei ao certo quem ergueu o muro primeiro ou por quê. Só gostaria de saber como fazer para derrubá-lo.

Eles se enroscaram como duas colheres em uma gaveta. Jason colocou o braço em volta dela.

– Peça a Deus para fazer isso por você.

1993

Todo mundo foi para a formatura de Jason. Ele usou capelo e beca pretos para receber os diplomas de bacharel e de mestre. Mais tarde, naquele mesmo dia, vestiu seu uniforme do exército, com tarja e meias vermelhas, para indicar que era engenheiro. Dawn nunca o vira tão bonito.

O ano anterior havia sido difícil, mas ela sabia que os piores dias ainda estavam por vir.

Enquanto Dawn permanecia em silêncio, Jason contou a todos o que o esperava. Tinha ordens de ir a Fort Sill, Oklahoma, onde passaria por três meses de treinamento básico de infantaria. Depois disso, treinaria com o corpo de engenheiros em Fort Leonard Wood, no Missouri. Então, poderia se candidatar ao corpo de paraquedistas, aos Rangers ou ao treinamento das forças especiais.

A avó de Dawn a pressionou com conselhos de abandonar seu trabalho de enfermeira na clínica e ficar em Jenner até que Jason tivesse um local definido no exército.

A mãe falou calmamente:

— Isso pode levar meses.

A avó parecia irritada.

— Não vai ser fácil ir atrás dele por todo o país. Eu já fiz isso — e se voltou para Dawn. — Você entra em um quarto em um lugar qualquer e espera até que ele tenha um fim de semana de folga. Vai ficar solitária e deprimida.

Jason franziu a testa, como se esse lado não lhe houvesse ocorrido até a avó de Dawn tocar no assunto.

A mãe interrompeu:

— A Dawn é quem deve decidir.

— Eu não disse o contrário. Só acho que para Dawn seria melhor passar um tempo com a família *agora*.

Dawn reagiu antes que as coisas piorassem.

— Já decidi o que vou fazer.

Jason olhou para ela, surpreso.

— Decidiu?

— Sim — e sorriu para ele, tentando mostrar mais confiança do que sentia. — Aonde você for, eu vou. — Olhou ao redor da mesa, para Mitch, a mãe, Christopher, a avó e Georgia. — Amo muito todos vocês, mas o Jason é meu marido.

— Mas... — gaguejou a avó.

— Se eu tiver que viver em uma barraca, vovó, tudo bem para mim. Meu lugar é ao lado do Jason.

Os poucos segundos de silêncio pareceram uma eternidade.

— Por mim ótimo. — Os olhos de Jason brilhavam. Ele pegou a mão dela e a beijou.

Os ombros da avó desabaram.

— Graças a Deus não estamos em guerra.

— Por quê, Hildie? — Mitch sorriu para todos à mesa. — Senão a Dawn poderia pendurar um rifle nos ombros e segui-lo para a batalha?

Todos riram, inclusive a avó, mas não tão intensamente.

– Eu não devia ficar surpresa. Dawn é minha neta – disse, contando a todos que quase se alistara no corpo de enfermagem durante a Segunda Guerra Mundial, mas que Trip a tornara inelegível.
– Como ele fez isso? – Christopher quis saber.
– Ele me engravidou!
Mais risadas ecoaram ao redor da mesa. Georgia piscou para Dawn.
– Bem, essa é uma ideia muito bem-vinda.

Dawn comunicou à clínica que cumpriria o aviso prévio de duas semanas. Eles lhe ofereceram um bônus se ela ficasse até que eles encontrassem um substituto. Após discutir o assunto com Jason, Dawn concordou em ficar na equipe por um mês. Jason carregou o Honda e dirigiu-se a Oklahoma, deixando para Dawn decidir o que levar, vender ou doar antes de acompanhá-lo a Fort Sill.

Até Jason sair pela porta, Dawn não tinha receio quanto às decisões que haviam tomado. Depois que ele se foi, ela ficou acordada à noite, ansiosa. De onde tirara a ideia de que poderia atravessar o país de carro sozinha? E se o carro superaquecesse ou quebrasse? E se ela ficasse sem combustível no longo trecho que atravessa o Arizona ou o Novo México? Onde ficaria quando chegasse a Lawton, Oklahoma?

Enterrando o rosto nas mãos, Dawn orou. Sua mente divagou para Abraão e Sara. Deus dissera a Abraão que saísse do país, deixasse os parentes e a casa do pai, rumo à terra que Deus lhe mostraria. E ele fora sem hesitar, assim como Jason. Talvez ela devesse ter sido como Sara e ido com ele, em vez de deixar para ir depois.

Senhor, ajude-me a não ter medo.

Oma surgiu-lhe na mente. Ela nunca tivera medo de nada; saíra de casa aos quinze anos e caíra no mundo sozinha, seguindo seu próprio caminho. Havia morado em Montreux e depois se mudara para a França e a Inglaterra. Embarcara em um navio, atravessara o Atlântico e começara tudo de novo em Montreal, no Canadá. Quando se casara, seu marido partira para o trabalho nos campos de trigo, deixando-a para trás administrando uma pensão, e depois viajara sozinha, com um bebê no colo, para se juntar a ele. Então, dera à luz a avó, em uma cabana no meio do nada... sem hospital, sem médico, nem mesmo uma parteira para ajudá-la. Mais tarde, com três filhos, fizera as malas e fora com o marido para a Califórnia, onde moraram em uma barraca antes de finalmente terem um lugar próprio.

O medo deixou de dominá-la quando Dawn pensou em sua bisavó. Sua avó sempre dizia que Oma era difícil, mas Dawn não achara isso durante aquela semana em Merced. Dura por fora, talvez, mas revelara uma suavidade interior que fizera Dawn desejar ter passado mais tempo com ela, tê-la conhecido melhor. Ainda assim, tinha a convicção de que o sangue de Oma corria em suas veias.

Deus não dá a seus filhos um coração tímido, mas cheio de força, amor e disciplina. Ia arranjar mapas, traçar sua rota e fazer a viagem um dia de cada vez. Qual o sentido de se preocupar com o amanhã?

Dawn ligou para a mãe antes de sair. Ela meio que esperava que a mãe se oferecesse para acompanhá-la. Em vez disso, ela falou sobre Oma.

– Ela adorava fazer longas viagens e explorar. Ela teria amado o tipo de viagem que você vai fazer.

Rabiscando em um bloco de anotações, Dawn deu outra indireta:
– É um pouco assustador viajar sozinha de carro para tão longe.
– Eu sei. Fiz isso uma vez.
– Você foi com uma amiga.
– Quase em coma de tanta droga e álcool.
– Ah.
– Você não precisa ir sozinha, Dawn. Chame a sua avó.

O coração de Dawn se apertou, e ela esfregou a testa.
– Acho que devo ir sozinha. Posso crescer com essa experiência e não desperdiçar a oportunidade.

– Você está crescendo muito bem, May Flower Dawn.

O elogio de fala mansa fez lágrimas brotarem nos olhos de Dawn.
– Acha isso mesmo, mãe?

Ela se sentia como um bebê, prestes a chorar.
– Sim, acho. Estou orgulhosa de você.

Dawn quase deixou escapar que queria que sua mãe fosse com ela. Queria ficar um tempo a sós com ela para que pudessem conversar. Queria conhecer sua mãe antes que fossem separadas por meio continente.

– Estou um pouco nervosa por causa da viagem.

– É compreensível, mas você não vai estar sozinha, Dawn. Você nunca está sozinha. Deus está com você. Ele vai à frente e toma conta de você. Caminha com você e habita dentro de você. Basta ouvi-lo sempre.

– Estou feliz por você finalmente ter começado a acreditar em Deus.

– Eu acredito em Jesus há vinte e quatro anos, Dawn. É em pessoas que eu nunca aprendi a confiar. Vou rezar por você. Georgia também, e mais um monte de gente. Sua avó também. Você sabe disso. Se não se importar, gostaria que você me ligasse, que me avisasse onde está todos os dias. Não precisa falar muito.

– O Jason insistiu para que eu fizesse uma atualização com alguém todos os dias.

– Muito bem.

Quando desligou, Dawn terminou de empacotar as últimas coisas que restavam e foi para a cama, na esperança de dormir antes de partir, na manhã seguinte. Mas sua mente não desligou.

Vinte e quatro anos. Não era o que sua mãe havia dito? Isso seria bem na época em que havia engravidado. Talvez o sofrimento e a gravidez acidental tivessem levado sua mãe a se dobrar. Uma rendição desesperada.

Dawn ansiava pelo afeto escancarado que sua mãe dava a Christopher. Mas pelo menos agora sua mãe sentia orgulho dela. Poderiam conversar mais. Seus melhores dias como mãe e filha haviam sido durante o pior momento da vida de Dawn. A mãe sabia que ela estava sofrendo por causa de Jason. Quando chegara ao quarto de Dawn naquela escura noite de desespero, e a filha lhe confessara seus problemas, a mãe não lhe dirigira nenhuma palavra de condenação ou decepção. O que a mãe lhe dissera a ajudara a mudar de rumo: *Examine-se, aceite o que é verdadeiro e faça o que é certo. E, quando os outros a machucarem, perdoe.*

Talvez um dia elas conseguissem se sentar e conversar realmente. Voltar ao início e mergulhar fundo, e enfim emergir juntas da dor do passado.

46

Dawn estava pronta sábado de manhã, com uma câmera fotográfica descartável à mão. Seguiu de carro para o norte, para Atascadero, atravessou Shandon e então pegou a estrada para o sudeste, rumo ao vale Central. Pomares cobriam a área em torno de Blackwells Corner. Parou no James Dean's Last Stop e navegou por entre prateleiras de doces, frutas secas, potes de conservas e molhos, arte indiana e suvenires dos anos 50. Depois de comprar um mix de frutas secas e alguns cartões-postais, voltou à estrada. Passou por fileiras de roseiras vermelhas, cor-de-rosa e brancas perto de Wasco antes de cair na Rodovia 99 sul.

Parou para almoçar em uma lanchonete à beira da estrada, ao lado de Bakersfield, e estudou o mapa enquanto comia. No final da tarde, esticou as pernas caminhando por um museu da Rota 66. O calor a manteve no carro depois disso. Por fim, conforme a noite se aproximava, Dawn pôde ver uma abóbada de luz no horizonte. Las Vegas. Seguiu pela pista e encontrou o hotel onde havia feito reserva.

Jogou a mochila sobre a delicada colcha verde, pegou o telefone e discou o número para liberar a linha.

A mãe atendeu no segundo toque e pareceu aliviada ao ver que era Dawn.

— Foi tudo bem hoje?

Dawn resumiu o que havia visto em menos de um minuto.

— Você está em um lugar decente?

— Limpo, boa fechadura, perto do Tropicana. Vou até lá para jantar.

— Ah, desculpe. Não pretendia te atrasar.

Dawn notou que devia ter soado brusca.

— Eu não quis...

Por que era muito mais fácil falar com a avó do que com a mãe?

— Tenha um bom jantar, Dawn. Daqui a alguns dias nos falamos. Pode ligar a cobrar.

Após um jantar de tipo bufê a um preço bastante razoável, Dawn voltou para o hotel e escreveu para Jason.

Gostaria de poder desenhar como tia Rikki... Comprei uma cópia de Na estrada, de Jack Kerouac. Talvez ele aumente meu entusiasmo com esta viagem...

Ela passou metade do dia seguinte na represa Hoover, e depois seguiu direto para Hurricane, Utah, onde encontrou um hotel e comeu em um pequeno restaurante contíguo antes de ligar para a avó. Não havia falado mais de cinco minutos quando a avó começou a se preocupar com o preço do interurbano. Quando mencionou isso novamente um minuto depois, Dawn se rendeu.

Saiu cedo na manhã seguinte para visitar o Parque Nacional Zion. A mãe queria saber de tudo, mas Dawn estava cansada demais para falar muito e queria terminar uma carta para Jason antes de ir para a cama.

Esta será uma carta breve, meu amor. Sinto tanto sua falta! Queria que você estivesse fazendo essa viagem comigo. Estou tentando não me apressar. Sei que, se fizer isso, vou acabar sentada sozinha em um apartamento chorando o dia inteiro...

Quanto mais rodava, mais solitária Dawn se sentia. Tentou não pensar quantos dias mais precisaria para chegar a Lawton, Oklahoma. Jason passaria três meses no quartel. Eles se veriam apenas nos fins de semana.

Pensou em sua mãe tentando mantê-la ao telefone e em sua avó tentando dispensá-la. Pensando bem, era uma reviravolta. Naquela noite, ligou para a avó primeiro e depois para a mãe.

– O Jason ligou esta tarde. Me deu o nome de dois condomínios de apartamentos que ele quer que você visite quando chegar a Lawton. Os dois ficam perto da base.

Dawn anotou a informação.

– Conseguiu ver o Grand Canyon?

Dawn se deixou cair para trás na cama.

– Estou a dez minutos de distância da borda sul. Os turistas japoneses chegaram lá antes de mim – riu. – Todos eles tinham câmeras. Tive que esperar uma hora para chegar perto da trilha.

A mãe ficou lhe fazendo perguntas.

– Pretende ficar até amanhã, para ver um pouco mais?

– Acho que não. Quero prosseguir. Espero chegar logo a Monument Valley.

Dawn ouviu Mitch falando ao fundo.

– Ele precisa ligar?

Ela nunca havia falado com a mãe ao telefone durante tanto tempo.

– Não. Ele só quer saber se você está checando o óleo e calibrando os pneus, e se certificando de ter bastante combustível antes de fazer esses longos trechos pelo deserto.

– Diga a ele que sim. Estou fazendo tudo com muita responsabilidade.

O dia seguinte pareceu eterno. Monument Valley era uma vastidão infinita. Preocupada que o carro pudesse esquentar, ela desligou o ar-condicionado e abriu a janela.

A avó a deixou falar cinco minutos naquela noite e se despediu desejando-lhe uma boa noite de sono. Dawn desligou e escreveu outra longa carta a Jason.

Dawn viu a placa de saída para o Parque Nacional Mesa Verde e calculou quanto tempo levaria para entrar, ver as ruínas e o museu e sair. *Esqueça!* Então seguiu para Durango. Já viajara sozinha o suficiente. Mesmo que ela e Jason não pudessem estar juntos, ainda queria estar o mais próximo possível dele. Poderia animá-lo saber que ela estava pronta e à sua espera quando ele conseguisse uma folga.

Cancelando as reservas de Pagosa Springs e Albuquerque, Dawn seguiu para Amarillo, Texas. Além de parar para usar o banheiro, checar o óleo, a pressão dos pneus, encher o tanque e fazer uma refeição rápida, não viu mais nada que lhe interessasse tanto quanto Jason Steward em Lawton, Oklahoma.

Ela chegou na tarde seguinte, exausta. Registrou-se no Best Western e ligou para a mãe.

– Cheguei.

– Estava me perguntando quanto tempo ia demorar antes que você decidisse correr para Lawton. Vai conseguir ver o Jason?

– Provavelmente não, mas pelo menos estou perto dele. Quando ele ligar para você, dê-lhe este número.

Dawn deixou que o chuveiro quente massageasse seus músculos doloridos. Vestiu uma calça de moletom e uma camiseta de Jason e adormeceu sobre a colcha. Com os olhos turvos, olhou o relógio e percebeu que havia dormido cinco horas. O sol estava se pondo.

O telefone do quarto tocou.

– Você está *aqui*? – Jason baixou a voz. – A que distância?

– A cinco minutos do portão.

Ele riu suavemente.

– Não viu Mesa Verde?

– Acenei quando passei por lá.

– Durango?

– Passei reto.

– E aquela história de ver um pouco do país?

– Só estou interessada em uma maravilha natural: você.

O velho Honda de Jason estava no estacionamento do hotel quando Dawn voltou depois de levar suas coisas para o apartamento que havia encontrado. Ele saiu da recepção parecendo irritado. Ela baixou a janela e gritou para ele:

– Ei, bonitão!

Com um largo sorriso, ele foi direto para ela, como um avião pousando em um porta-aviões. Abriu a porta do carro e ela saiu, jogando-se em seus braços.

– Encontrei um apartamento para nós. Levei nossas coisas para lá esta tarde. Tudo branco e bege...

– Não perca tempo ou dinheiro arrumando o lugar, tudo bem? Só vou ficar aqui mais dois meses, e depois Missouri.

Ela fechou os olhos. Outra longa e solitária viagem a esperava, mas não se permitiria pensar naquilo naquele momento. Aquele era o caminho que Jason havia escolhido. Deus os havia juntado novamente para que ela pudesse estar com ele.

Quando o estômago roncou alto, ela fez uma careta.

– Estou com tanta fome que meu estômago está a ponto de digerir os pulmões.

– É melhor comermos, então.

Dawn fez as malas e saiu do hotel na manhã seguinte. Jason seguiu em seu Honda velho, estacionando-o na vaga ao lado dela.

– Condomínio legal.

Ele gostou do apartamento, mas disse que, depois do quartel, até o quarto do hotel parecia um paraíso. Enquanto Dawn tirava lençóis e fronhas de uma caixa e fazia a cama, Jason falava sobre seu treinamento, os caras que havia conhecido no quartel, seus instrutores. Dawn arrumou as panelas enquanto Jason instalou o computador na mesa de canto.

– Estamos instalados.

Jason pôs os pés em cima da mesinha de centro e esticou os braços no encosto do sofá.

Dawn olhou para a mesa de canto cheia de componentes de computador, impressora e inúmeros fios serpeando por toda parte.

– Não é muito acolhedor.

– Mas é prático. E podemos usar a mesinha de centro para jantar. – Ele sorriu quando ela olhou incisivamente para suas botas. – Ou sair para comer.

Ela se sentou ao lado dele, colocando-se debaixo de seu braço.

– Precisamos comprar comida.

Dawn olhou através das portas de vidro para o terraço nu. O lugar precisava de cor e pontos de interesse. Duas cadeiras e uma pequena mesa com um vaso de plantas melhorariam o terraço. Duas almofadas, um gabinete simples para esconder os fios de computador, um porta-retratos e...

Jason segurou a cabeça dela como uma bola de basquete.

– Posso ouvir suas engrenagens girando.

Na segunda-feira, Dawn acordou sozinha, com os olhos inchados de tanto chorar até adormecer na noite anterior. Jason havia ficado tanto tempo quanto podia antes de voltar à base, mas vê-lo sair pela porta deixou uma sensação de vazio e de dor dentro dela. Seriam cinco dias até vê-lo novamente. Dawn se lembrou do que sua avó havia dito sobre ficar o dia todo sentada, esperando, se sentindo sozinha e se perguntando quando veria o marido novamente.

Em pé ao lado do balcão da cozinha, Dawn comia seus ovos e olhava para o canto. Não tinha lugar para estudar a Bíblia e fazer anotações, e o computador era uma monstruosidade. O apartamento parecia um túmulo bege. Jogou a Bíblia, o jornal e o caderno de espiral dentro de uma mochila e foi para a Universidade de Cameron, a apenas alguns quarteirões de distância.

A biblioteca da faculdade parecia mais um lar. Encontrou uma mesa tranquila para fazer suas leituras. Sentia-se menos solitária com outras pessoas por perto e mais confortável com o silêncio de quem estuda. Uma hora depois, procurou livros sobre decoração. Fez esboços rápidos e anotou ideias. Os jornais da cidade tinham uma lista de futuras vendas de garagem.

Dawn foi para a base para preencher a papelada para sua identificação, depois fez um passeio, sozinha, pelos túmulos de alguns índios guerreiros famosos – Gerônimo, o cacique kiowa Satanta e o cacique comanche Quanah Parker.

Parou em uma grande loja de material de construção no caminho de volta ao apartamento e comprou uma mesa de computador de montar, uma chave de fenda e um pequeno martelo. A loja tinha cursos de carpintaria básica e reparos domésticos. Infelizmente, a maioria era aos sábados.

Perguntou se havia algum durante a semana. O vendedor disse que não, mas mostrou-lhe uma parede de prateleiras de livros sobre bricolagem.

Jason ligou naquela noite.

– O que você fez hoje?

– Explorei Lawton e a base. Venta mesmo aqui. – Contou a ele sobre as guerras indígenas, sobre os apaches chiricahua. – Sabia que Gerônimo está enterrado em Fort Sill?

À noite, deitada na cama, Dawn ficou olhando para o teto. Durante o dia, enquanto estava ocupada, não se sentia tão sozinha. Quando a noite a envolvia, com o vento assobiando lá fora, a solidão soprava e se instalava. Ela imaginava Jason deitado na cama no quartel, cheio de soldados. Puxou o travesseiro dele e o abraçou bem apertado.

Sete semanas depois, ela fez as malas e seguiu o marido novamente.

Querida vovó,

O Jason e eu estamos agora instalados em um alojamento em Fort Leonard Wood, no Missouri. O Jason foi informado de que vai ficar aqui por "um tempo", mas isso no exército pode significar qualquer coisa entre algumas semanas e alguns anos. Onde quer que o Jason seja necessário, nós vamos.

Dirigir por estradas nevadas é uma experiência e tanto. Eu não gostaria de atravessar o país nessa época do ano! Teria que ter uma boa razão! Estamos na expectativa de um Natal branco, apesar de que não teremos você e o resto de nossa família.

Vimos apartamentos em Devil's Elbow, Hooker, Ridge Gospel, mas decidimos escolher o alojamento. Vagou uma casa de dois dormitórios e um banheiro. Nossa pequena casa divide uma parede com a de Ricardo e Alicia Martinez e o pequeno Lalo, seu adorável filho, de dois anos. Alicia o levou para fora para fazer bonecos de neve.

Jason vendeu o Honda e usou o dinheiro para comprar os móveis do quarto, de segunda mão, uma "antiga" mesa de carvalho redonda com pés em forma de garra e duas cadeiras. Também comprou um sofá novo e uma televisão, que vamos pagar rapidinho, agora que tenho um emprego de meio período no Hospital FLW...

47

1994

Dawn checou o calendário novamente tentando não alimentar esperanças. Quando se mudaram para aquela casa, havia pouco mais de um ano, Jason pegara os anticoncepcionais dela no armário de remédios, olhara-a diretamente nos olhos e, com um sorriso, jogara-os no lixo do banheiro. Ela ficara em êxtase, e esperava engravidar imediatamente. Depois de seis meses, procurou não ficar obcecada. Achara que poderia estar grávida uma vez, mas o teste dera negativo. No entanto, a cada dia nas últimas duas semanas, suas esperanças foram se sedimentando lentamente de novo. Era hora de contar a Jason.

Ele chegou em casa para almoçar, como fazia todos os dias. Dawn nunca deixava de se impressionar com a beleza dele no uniforme de combate do exército. Ele deixou o quepe em cima da mesa do vestíbulo, a beijou e franziu a testa.

– Você está muito pálida.

– Estou bem. É só... estou com uma coisa na cabeça, só isso.

Ela passou maionese em uma fatia de pão e mostarda em outra e acrescentou duas fatias grossas de mortadela, tomate, cebola roxa e alface.

Jason se sentou, esperando.

– E então?

– Pode fazer uma coisa para mim quando voltar para casa hoje à noite?

Dawn colocou o sanduíche de Jason em um prato e o guardou na geladeira.

Rindo, ele se levantou e o pegou.

– Acho que é bom mesmo, porque você obviamente não está pensando direito. O que é?

– Bom, acho que talvez a gente precise de outro teste de gravidez.

– Sério? Tudo bem. Vou comprar um. Vamos saber hoje à noite. – Ele colocou o prato na mesa e fez um sanduíche para ela. – Espere até minha mãe saber.

– Não diga nada a ninguém, Jason.

Os dois lados da família ficariam extasiados. Georgia e a avó faziam campanha por um neto desde que Jason se formara e recebera seu encargo. Dawn achava que deveriam esperar até que Jason recebesse ordens específicas sobre onde serviria.

Ele a virou e a beijou. Quando ela relaxou em seus braços, ele a puxou para mais perto, passou as mãos nas costas dela e depois as descansou nos quadris. Quando ele se afastou, deu-lhe um sorriso puramente masculino.

– Isso não muda o modo como sinto você.

– Você achou que mudaria?

– É, pensei nisso. – Ele a abraçou. – Talvez você devesse parar de trabalhar.

– Vamos falar sobre isso quando tivermos certeza.

Jason voltou para casa com um pequeno saco plástico da farmácia, que Dawn levou para o banheiro. Quando saiu, Jason estava sentado na beirada da cama, com a cabeça baixa e as mãos entre os joelhos. Ela esperou até que ele levantasse a cabeça.

– E então? – ele perguntou, olhando para ela atentamente.

– Qual o caminho que você quer que isso siga, Jason?

Ele franziu a testa.

– Aquele que Deus quiser – e colocou o cabelo dela para trás. – Sempre podemos continuar tentando.

– Desse jeito, parece que está falando de trabalho. – Ela passou as mãos no peito dele. – Acho que é hora de você tirar umas férias.

Ele levou alguns segundos para entender o que ela queria dizer. Então riu, levantou-a nos braços e a fez girar.

A mãe não gritou de felicidade como a avó.

– Se você está feliz, eu também estou, May Flower Dawn.

Dawn sabia que, quando a mãe usava seu nome completo, sentia mais profundamente do que deixava transparecer.

– Sim, estou feliz, mãe! Estou tão feliz que poderia explodir!

– Estamos pensando em pegar um avião e ir até aí para ver vocês, tudo bem?

– Claro!

– Vamos para Branson assim que as aulas do Christopher terminarem. Na segunda semana de junho. Gostaríamos muito que você e o Jason nos encontrassem lá. Colocamos vocês em um bom hotel, vamos comer fora e ver alguns shows. Vocês não precisam se preocupar com nada.

Dawn riu.

– Ah, entendi. Você não quer ficar no quarto de hóspedes.

– Não, vamos passar alguns dias em Fort Leonard Wood. Você escreveu sobre tudo que fez na casa, e eu gostaria de ver. Se você concordar.

– Mãe! É claro! Alguma chance de vocês trazerem a vovó também? Ela está querendo vir, mas nunca andou de avião. – Beirando os oitenta anos, ela tinha medo de ir sozinha. – Podemos ajudar a pagar a passagem dela – disse Dawn.

Seguiu-se um silêncio momentâneo.

– Não, tudo bem, Dawn. Nós cuidamos da passagem. Tenho certeza que a sua avó vai adorar de ir junto. Quer ligar e dizer a ela? Ou eu ligo?

Dawn notou a mudança sutil na voz da mãe, então percebeu que havia ferido seus sentimentos.

– Vou deixar isso por sua conta, mãe. Desculpe, não devia ter sugerido isso.

– Não, eu devia ter pensado nisso antes.

Ouviram-se vozes ao fundo.

– O Christopher quer falar com você.

A mãe se foi, e o irmãozinho de Dawn tomou seu lugar. Mas ela precisou lembrar a si mesma que ele não era mais "inho"; havia acabado de fazer quinze anos. E estava mais alto do que ela da última vez que o vira.

Ele falou sem parar por cinco minutos, animado com o futebol, com o verão, com a viagem que faria para se reencontrarem.

– Quero ver as cavernas indígenas... – Dawn ouviu a mãe dizer algo a ele. – A mamãe mandou dizer que ela vai ligar para a vovó assim que desligarmos.

A avó ligou uma hora depois, entusiasmada e nervosa por causa do voo e ansiosa para ver Dawn e Jason.

– Espero que tenhamos um pouco de tempo para nós, querida. Sinto tanto a sua falta.

"Tempo para nós" significava excluir a mãe.

– Eu sempre acabo machucando uma das duas – Dawn disse a Jason durante o jantar.

– Provavelmente você não vai conseguir passar nenhum tempo só com a sua mãe.

– Não – Dawn limpou os pratos –, não vou.

E ela só podia culpar a si mesma por isso.

A avó, a mãe, Mitch e Christopher ficaram com eles por apenas quatro dias.

Foi desesperador tentar dividir o tempo entre a avó e a mãe. Ela não precisou se preocupar em entreter Mitch e Christopher. Eles foram visitar as cavernas indígenas e convenceram Jason a ir jogar boliche, "para que as garotas possam conversar".

A avó falou bastante. A mãe não teve chance de dizer muita coisa.

A mãe fez longas caminhadas todas as tardes. Sempre se afastava quando se sentia desconfortável. Dawn se perguntou se ela fazia isso para que a avó pudesse ter mais tempo com a neta. Se era isso, a avó não devolveu o favor. Mesmo quando as três se sentavam juntas, com os homens fora, a avó dominava a conversa, fazendo perguntas ou relembrando de quando Dawn era bebê, quando começara a andar, depois quando criança...

Dawn tinha certeza de que elas se amavam, só não sabiam como falar uma com a outra. Havia muitas coisas mal resolvidas entre elas, e ela tinha uma grande participação nisso.

Ela não havia imaginado como seria estressante ter a mãe e a avó juntas por quatro dias. Não que algo desagradável tenha sido dito. Jason tinha que acordar cedo, e era difícil para ele manter os olhos abertos depois das nove horas da noite. Mitch sugeriu que era hora de voltar ao Hotel Ramada. A mãe então perguntou à avó se ela estava pronta para ir. Tornara-se um ritual deixar que a avó decidisse.

Se tivessem uma cama extra no segundo quarto, em vez do novo berço, Dawn teria convidado a mãe para passar a noite ali. Com a avó, Mitch e Christopher de volta ao Ramada, talvez ela e a mãe pudessem ter conversado mais.

A mãe nunca falava muito, mas o que ela dizia era importante.

Ao longo dos próximos dias, Dawn não conseguiu afastar a sensação de que alguma coisa estava errada. A avó ligara para agradecer pela estadia maravilhosa. Agora que já havia andado de avião, poderia fazer a próxima viagem sozinha.

– Sua mãe pode me levar ao aeroporto.

A mãe ligou, mas não falou muito. Christopher falou por meia hora. Ele não dera muita importância às luzes brilhantes e à diversão de Branson, mas havia adorado sair com Jason e fazer caminhadas com o pai. Eles haviam explorado as escarpas de Big Piney.

Dawn foi para a cama logo após o jantar. Jason a acompanhou.

– Você está bem, querida?

– Sim, só estou cansada.

Deitada de lado, ela começou sua lista de orações. Não chegou nem ao meio antes que o sono a vencesse.

Estava até os joelhos na água de um pântano escuro, cercada de ciprestes com musgo-espanhol a meia altura. Algo se mexeu por perto, ondulando a água e fazendo seu coração acelerar de medo. Ela se moveu cuidadosamente para frente, em direção a uma savana de terra firme e pastagens ondulantes como um mar de ouro. A lama grossa puxava seus pés. Venceu outra etapa. Ofegante, afundou mais; a água escura chegava até o peito. Ela sentia o corpo pesado. Algo liso deslizou entre suas pernas. Agarrando com força a raiz de um cipreste, ela movimentou as pernas livremente. Uma larga cabeça em forma de diamante surgiu, com os olhos negros fixos nela. Então uma enorme cobra se enrolou em seu corpo. Dawn gemeu quando a dor piorou, e ela ficou sem ar.

Uma mão se moveu em seu rosto.

– Dawn – Jason acariciou sua face. – Acorde, querida. Você está tendo um pesadelo.

Ela olhou para a escuridão, com o coração ainda batendo forte.

– Me abrace, Jason.

Ele a virou para si. Bem acordada agora, ela sentiu novamente. Não era sonho dessa vez. Sentiu a barriga se contraindo, e uma dor lancinante se espalhou para baixo.

– Jason...

Ele acendeu a luz. Quando ela tirou as cobertas, ele prendeu a respiração.

– Não se mexa! Vou ligar para a emergência.

Dawn acordou em um quarto de hospital; o teto branco e alto, a cortina branca bloqueando a visão, uma bolsa pendurada ao lado da cama, gotejando algo em suas veias. Um monitor apitou. Em algum lugar perto dali, Jason falou em voz baixa, em tom de questionamento. Um estranho lhe respondeu:

– ... perdeu muito sangue ... mais algumas horas para se recuperar ... tomar cuidado ... Tente não se preocupar...

Jason contornou a cortina. Estava abatido e pálido, mas sua expressão se encheu de alívio quando encontrou os olhos dela.

– Você está acordada... Está com dor?

– Não.

Mas ela se sentia tão cansada que achava que não conseguiria se mexer. Ele pegou sua mão e a beijou.

– Você vai ficar bem.

Ela sabia o que isso significava. Não podia vê-lo através das lágrimas.

– Nosso bebê, Jason – chorou –, eu perdi o nosso bebê.

Ele passou os braços em volta dela e disse com a voz rouca:

– Eu quase perdi você.

A enfermeira entrou e acrescentou algo à bolsa intravenosa.

– Ela vai dormir agora.

Dawn lutou para manter os olhos abertos.

– Você devia ir para casa, Jason.

– Não, vou ficar.

Ela acordou na maca enquanto eles seguiam pelo corredor do hospital rumo a outra sala. Dois atendentes a ergueram com cuidado sobre um leito. Jason contornou um deles e pegou a mão dela novamente. Uma enfermeira colocou mantas quentes em volta dela, checou os sinais vitais e a bolsa intravenosa.

Ao acordar novamente mais tarde, ela viu Jason em uma cadeira ao lado da cama. Ele dormia com a cabeça sobre os braços cruzados. Passando a mão por seus cabelos curtos, ela agradeceu a Deus por ter um marido que a amava tanto a ponto de ficar esse tempo todo a seu lado. Ele acordou e se inclinou sobre ela.

– Precisa de alguma coisa?

– Não. – Só dele.

Ele se sentou de novo e pegou a mão de Dawn, passando-a no próprio rosto. Precisava fazer a barba...

– Você saiu sem licença.

– Eu liguei para o capitão. – Jason colocou a mão na testa dela. – Ótimo, está sem febre. – Soltou um suspiro profundo. Parecia mais velho que seus vinte e seis anos. – Tente dormir de novo. Vai ficar tudo bem.

Bem? Sem o bebê?

Certa vez, aos quinze anos, ela tivera medo de estar grávida. Agora, Dawn se perguntava se ela e Jason nunca teriam filhos. *Se Deus quiser, um dia.* E ela ia se agarrar a essa esperança.

Alicia foi visitá-la. Ver Lalo brincar fez Dawn sentir sua perda de forma mais aguda, dor que pesou ainda mais quando foi à lanchonete e viu jovens mães com seus bebês. Recusando-se a sobrecarregar Jason com seu estado emocional, ligou para a avó, que lhe disse que não era incomum sofrer um aborto e que ela não devia se deixar abater. A seguir, falou que seria maravilhoso quando Dawn fosse mãe e que, quando isso acontecesse, ela esqueceria a dor de perder aquele filho.

Ao telefone, a mãe ouvia enquanto ela falava. Dawn teve de pedir a ela que dissesse alguma coisa.

– Eu me afastei do Senhor, Dawn, e aprendi minha lição. Voltei porque ele era o único que me entendia. Ele se tornou o meu consolo.

Dawn não abria a Bíblia havia uma semana.

– Por que você se afastou?

– Eu estava com medo dele.

Dawn havia aprendido a esperar até que a mãe estivesse pronta para falar. A mãe não ficava desconfortável com o silêncio, ao contrário da avó.

– Eu achava que Deus não me amava. Pensava que tudo que havia acontecido comigo era castigo, porque eu não pude estar à altura dele.

– Mas agora você sabe que isso não é verdade, não é?

– E você, sabe?

Então Dawn chorou. Durante semanas ela se perguntara o que havia feito de errado.

– Ah, mãe... – Chacoalhando os ombros, chorou ao telefone.

– Eu aprendi que Deus me ama. Mesmo quando me senti derrotada, May Flower Dawn. Ele te ama assim também. Ele vai levantar você. Apenas ofereça suas mãos e entregue a ele sua tristeza.

48

1996

Jason recebeu instruções para se mudar para Fort Bragg, Carolina do Norte. Dawn se censurou por se surpreender. Depois de três anos em Fort Leonard Wood, esquecera que o marido poderia ser transferido a qualquer hora e para onde o exército o designasse. Ela havia acabado de plantar rosas. Não estaria por perto quando florescessem.

O agente da imobiliária apareceu. Todas as paredes teriam de ser repintadas de branco. Ela conhecia as regras, mas pensar em seu trabalho duro sendo desfeito a deprimia.

Jason contratou dois soldados rasos para pintar as paredes internas nas horas de folga. Eles precisavam de dinheiro extra, e Dawn, de ajuda. O pessoal do exército chegou para fazer a mudança, e Dawn o supervisionou. Ela havia etiquetado todas as caixas e tinha um inventário na bolsa. Assim que a van da mudança partiu, Jason e Dawn jogaram duas malas no Sable e se foram.

Como Jason havia saído antes da data em que precisava se apresentar em Fort Bragg, eles pegaram a rota pitoresca, pois queriam conhecer mais o país durante o caminho. Passaram noites em St. Louis,

Nashville e Chattanooga. Depois das planícies e do vento de Fort Sill, e das ribanceiras e colinas baixas de Fort Leonard Wood, Dawn se maravilhou com a beleza das montanhas Great Smoky. Dirigiram com calma pelo Blue Ridge Parkway, parando nos mirantes, tirando fotos um do outro, e passaram duas noites em uma pousada. O outono chegara com uma explosão de vermelhos, laranja e amarelos, entre uma miríade de sempre-vivas.

Fort Bragg não era como Fort Leonard Wood. Tinha mais de cento e setenta mil habitantes, escolas, igrejas, hospitais, campos de golfe, boliche e cinemas. E até um shopping! Enquanto Jason trabalhava, Dawn rodava de carro, adaptando-se a seu novo ambiente. Quando o Sable quebrou, Jason decidiu que era hora de vendê-lo e comprar outro carro. Dawn viu uma van e disse que viria a calhar quando começasse a ir às vendas de garagem. Jason fez um test drive, examinou-a com olhar de mecânico e fez uma oferta. Depois de alguns meses, com as coisas tão longe uma da outra, Jason decidiu que os dois precisavam de carro e comprou uma picape GMC Jimmy usada. Dawn brincava com ele por causa de seu "jipe barato".

A casa nova era duas vezes o tamanho da última.

Sem inspiração, ela fez uma réplica de seu último quarto, transformou o outro em escritório e deixou a porta do último quarto fechada. A sala parecia vazia e desinteressante. Precisava encontrar uma peça, *alguma coisa* que a inspirasse. Então percorreu quase cento e trinta quilômetros até Raleigh para ver uma venda de arte. Logo encontrou o que necessitava para acionar sua imaginação: a reprodução da tela a óleo *Cavaleiro*, de John William Waterhouse. Um belo rapaz de armadura completa sentado em um muro de pedra, com a espada de lado, e uma mulher de lindos cabelos ruivos ajoelhada a seus pés, com a mão sobre a dele, numa expressão de adoração.

– Gostou dele, não é?

O vendedor, um senhor de cabelos grisalhos e sem um braço, disse que havia trabalhado vinte anos para um museu em Nova York pintando reproduções de vários mestres.

– É lindo!

Podia ver sua sala toda se congregando em torno do quadro.

Ele queria trezentos dólares pela pintura. Dawn sentiu o coração se apertar. Era como se ele tivesse pedido um milhão. Ela sorriu com pesar, disse a ele que valia isso e muito mais, mas que, infelizmente, a esposa de um cavaleiro não poderia pagar essa quantia.

Dawn procurou por mais duas horas, mas saiu de mãos vazias. Tinha que voltar para casa em tempo de preparar o jantar.

– *Milady* – chamou o velho vendedor quando ela chegou à altura de seu estande –, ainda estou com ele.

Surpresa, ela se aproximou.

– Não recebeu nenhuma oferta?

– Ah, recebi muitas, mas nenhuma me fez querer entregá-lo. Este aqui me tomou muito tempo, é especial. – O velho apoiou o quadro de modo que ela tivesse de olhar para ele de novo. – Seu marido é tão bonito quanto este cavaleiro?

Dawn estudou o quadro e sorriu.

– Esse cavaleiro é bonito, mas o meu é mais. Obrigada por me deixar olhar para ele de novo. Sei que o senhor vai encontrar o comprador certo.

Quando começou a se afastar, ele a chamou.

– Onde o penduraria se pudesse comprar?

Ela se voltou e olhou para ele.

– Na sala de estar, é claro, onde seria a primeira coisa que todo mundo veria quando entrasse. E eu diria a todos quem fez a reprodução, se ele me desse seu cartão.

– Bem, isso é muito melhor que pendurá-lo em um quarto de hóspedes – e chacoalhou os dedos para ela. – Dê-me o que tiver antes que eu mude de ideia. Está bem, está bem, acalme-se... De nada. Vou até embrulhá-lo para você.

Dawn voltou para casa cantando canções de louvor. Mal podia esperar para começar!

Jason notou o quadro logo que entrou. Ficou na sala de estar olhando para ele. Dawn passou o braço pelo dele.

– Romântico, não é?

Ele sorriu para ela.

– Mal posso esperar para ver o que você vai fazer com o resto da casa.

O riso dela borbulhou.

– A casa de um homem deve ser seu castelo, não acha?

Ele a puxou para perto.

– É bom ouvir você rir de novo, Dawn.

Ambos sabiam por que ela não ria mais.

1997

Eles estavam em Fort Bragg havia seis meses quando Dawn fez um teste de gravidez de farmácia. Ela não havia mencionado o mal-estar matutino. Não queria alimentar as esperanças de Jason ou preocupá-lo. Quando checou o resultado do teste, a alegria a inundou, mas o medo surgiu em seguida. Ela o viu nos olhos de Jason também quando lhe contou a novidade.

Ele a puxou para si.

– Se você está grávida, vai largar o emprego. Não vamos correr nenhum risco.

Ela já havia decidido isso. Duas mulheres de seu grupo de estudos da Bíblia, realizado às quartas-feiras, haviam oferecido lhe pagar para que ela ajudasse a decorar suas casas, de modo que eles poderiam se manter sem seu salário de enfermeira de meio período.

Jason segurou a mão de Dawn com força na sala de exames quando a enfermeira passou a sonda do aparelho de ultrassom sobre a barriga de Dawn. Ambos ouviram os batimentos cardíacos do bebê.

Jason franziu o cenho.

– É tão rápido!

A enfermeira e Dawn sorriram e disseram que era assim mesmo.

Jason queria ligar para a família dos dois naquela noite, mas Dawn lhe pediu para esperar. Ele perguntou por quê.

– Não sei, Jason. Eu só... não sei.

Ela não conseguia afastar a sensação de que algo poderia dar errado.

Aos cinco meses, Jason insistiu:

– Você está bem. Não passa mal há dois meses. O bebê está crescendo. E você também!

Então ela se rendeu.

Georgia e a avó de Dawn ficaram em êxtase. Depois foram Christopher e Mitch. Quando a mãe pegou o telefone, Dawn derramou seus medos. A mãe não os ignorou.

– Vou rezar por você, May Flower Dawn.

Dawn sabia que aquelas palavras eram verdadeiras.

A avó ligava quase todos os dias para ver como ela estava. Dawn ligava para a mãe, e era, das duas, a que mais falava.

Aos seis meses, Dawn sentiu algo errado. Os movimentos haviam parado. Em vez de esperar pela consulta programada, ligou para o médico. Jason a acompanhou. Ela sentiu o estetoscópio gelado na barriga. O médico o mudou de posição várias vezes, ouvindo atentamente. Sua expressão se tornava cada vez mais sombria.

Jason acariciou os ombros dela.

– Vai ficar tudo bem – disse ele de novo e de novo, como uma ladainha.

Quando o médico se endireitou, Dawn prendeu a respiração.

– Sinto muito – ele murmurou, olhando para Jason primeiro, depois para Dawn. – Não há batimento cardíaco.

Jason ficou em silêncio, com as mãos segurando os ombros dela. Olhou para ela, e amor e lágrimas se derramaram por seus olhos.

– Vai ficar tudo bem, Dawn.

Ela soluçou. Ambos sabiam que nada estava bem.

O médico a internou no hospital e induziu o parto. Dawn deu à luz um pequeno menino, perfeitamente formado, pesando pouco menos de um quilo.

Dessa vez, levaria mais tempo para que a perda fosse superada.

Jason levou Dawn para a Califórnia no Natal. Eles passaram as primeiras noites com Georgia, e a véspera e o dia de Natal com a mãe dela, Mitch e Christopher, de férias de seu primeiro ano na Universidade de Stanford.

A avó veio de Jenner, mas ficou pressionando-os a passar um tempo com ela no litoral. Seu octogésimo primeiro aniversário se aproximava, e ela havia envelhecido. O cabelo estava quase completamente cinza agora, e ela apresentava sinais de osteoporose. A mãe de Dawn, que havia completado cinquenta anos na última primavera, ainda usava saias longas e coloridas em camadas e túnicas com cintos de couro. O cabelo tinha listras prateadas. A mãe não pediu ajuda à avó, e esta também não ofereceu. Dawn podia ver que a distância entre elas aumentara. A avó conversou com Dawn e guardou um pouco de atenção para Jason, Mitch e Christopher. A mãe ouvia da cozinha.

Ninguém falou sobre o bebê, mas Dawn sabia que o fato estava na cabeça de todos. Christopher se sentou a seu lado no sofá e pegou sua mão. Ele crescera quinze centímetros desde que ela o vira pela última vez. Ele a chamava de sua pequena irmã mais velha agora. Tinha o cabelo ruivo-escuro de Mitch e os olhos azuis da mãe.

– Você está ficando um gato, Chris.

Mitch riu.

– As meninas ligam para ele o tempo todo. O telefone não parou de tocar desde que ele chegou em casa, na semana passada.

Christopher corou até a raiz dos cabelos.

– Que bom! Você sempre foi bom em fazer amigos. – Dawn tentou manter o ambiente leve, afinal era Natal. Se tudo tivesse dado certo, ela teria um recém-nascido nos braços.

E uma criança deve nascer para você...

Jason concordou em ir para Jenner. Eles passaram os últimos quatro dias com a avó de Dawn. Ela e Jason caminhavam pela praia todas as tardes, sentavam-se na areia e olhavam as ondas. Na última noite, ele foi para a cama antes dela. A avó tocou no assunto que todos os outros haviam evitado.

– Você vai ter um bebê, Dawn. Eu sei. Eu sinto!

Dawn chorou e assoou o nariz. Sentia-se como Ana, no Antigo Testamento, implorando a Deus por um filho.

– Depende de Deus, vovó. Tenho que aceitar que talvez essa não seja a vontade dele para mim.

– Que bobagem! Você tem tempo, querida. Você é jovem, continue tentando.

Dawn sabia que tentar não era a resposta. Deus era a resposta. E ela confiaria a ele seu futuro, não importava quão difícil pudesse ser o momento presente.

No longo voo de volta para casa, Dawn sonhou que estava sentada na praia norte de Goat Rock. O vento soprava mais quente que o habitual, e o sol cintilava em ondas turquesa e verdes. Dawn sentia o vento nos cabelos e o sol no rosto. A avó e a mãe estavam sentadas perto uma da outra e conversavam como nunca. Uma menina de cabelos louros e compridos pulava as ondas na beira, e a água espirrava como luzes brancas piscando em volta dos joelhos da criança. Ela agitava os braços como um pássaro aprendendo a voar. De vez em quando, abaixava e pegava uma pedra, um pedaço de madeira que flutuava, uma pena de gaivota... Depois, corria até a praia para mostrar seus tesouros. Dawn se levantou e foi até a beira do mar para se juntar à criança. Dançou com ela nas ondas espumantes. Sentia-se feliz. Sentia-se livre.

Acordou na escuridão, com o zumbido tranquilizador das turbinas. Jason dormia com os joelhos entalados contra o banco da frente. Ela viu a lua pela janela do avião e as luzes da cidade abaixo. Sentiu-se em paz pela primeira vez desde que perdera o bebê, com a esperança crescendo dentro de si como um nascer do sol.

Jason acordou e pegou sua mão.

– Você está bem?

– Sim. – Mais que bem. – Tive um sonho maravilhoso, Jason.

Então ela lhe contou tudo.

– Parece uma promessa – ele disse.

– E foi.

1998

Dawn pintou o quarto de hóspedes de um rosa-pálido. Acrescentou móveis: um berço, uma cômoda branca, uma poltrona reclinável, um bichinho de pelúcia, um tapete azul-claro. Pendurou um quadro bordado do alfabeto que encontrara em uma venda de garagem.

Conforme os meses se passavam, Jason parecia menos seguro. Tocou no assunto de adoção. Ela disse que era algo que poderia considerar, sim. Um dia. A sugestão dele não diminuiu sua fé. O sonho se realizaria. No tempo perfeito de Deus – não no dela, não no de Jason.

– Você sabe que posso ser transferido a qualquer momento, Dawn.

– Eu sei.

– Você está dedicando muito tempo a esse quarto. – A casa não pertencia a eles. – Pode ser que a gente precise se mudar. E aí?

– Vamos levar os móveis, e vou começar tudo de novo.

O compromisso de seis anos de Jason com o exército estava chegando ao fim também. No próximo ano, ele teria que tomar uma decisão acerca de seu futuro. Eles conversaram sobre o que Jason poderia fazer como civil. As oportunidades pareciam intermináveis.

– Se eu ficar no exército, serão apenas mais catorze anos até que eu possa me reformar. E ainda serei jovem o suficiente para começar uma nova carreira.

Ela perguntou se era isso que ele queria, se ele acreditava que era isso que Deus queria que ele fizesse. Jason disse que sim.

– Nós ainda podemos ser transferidos, Dawn. Não há garantia de que vamos ficar aqui.

Ela sabia o que realmente preocupava Jason, o que o afligia o tempo todo. Ele temia que ela ficasse arrasada se não engravidasse novamente em breve. Ela lhe disse que Deus era soberano, era confiável. Não importava o que acontecesse, eles poderiam confiar no que Deus trouxesse. Mesmo assim, manteve a porta do quarto do bebê fechada, para que ele não se lembrasse disso constantemente. E guardou a promessa de Deus dentro do coração.

Mesmo depois de um ano, Dawn não perdeu as esperanças.

Passados dois anos, depois três, a dor aumentou, mas sua fé não diminuiu.

49

2001

Dolores, uma das mulheres do grupo de estudos da Bíblia de Dawn, ligou. Parecia à beira de um ataque histérico.

– Você está assistindo à televisão?

– Não. Por quê?

– Dois aviões acabaram de bater nas torres gêmeas do World Trade Center!

Dawn se sentou congelada em frente à televisão o resto do dia. Observou repetidas vezes os edifícios do World Trade Center desabarem em uma nuvem de poeira e escombros. Ouviu minuto a minuto informes dizendo que terroristas haviam sequestrado dois aviões em Boston; que outro avião sequestrado havia caído no Pentágono e um quarto caíra em um campo na Pensilvânia. Os passageiros a bordo dessa última aeronave ligaram do celular para seus familiares e ouviram deles como os outros aviões haviam sido utilizados. Então reagiram. Caso não o tivessem feito, o quarto avião poderia ter atingido a Casa Branca. Ninguém sabia ainda qual era o número de mortos. Cinquenta mil pessoas trabalhavam nos arredores do World Trade Center.

A porta da frente se abriu, e Dawn deu um pulo.
– Jason!
Ela voou para os braços dele.
Ele a abraçou por um minuto, esfregando o queixo no alto da cabeça dela.
– Há quanto tempo está vendo as notícias?
– O dia todo. Jason, o que isso significa para nós?
– Estamos em guerra. É isso que significa.
– Você vai ter que ir?
– Antes de tudo, vamos ter que descobrir contra quem estamos combatendo, e onde.
Os aeroportos foram fechados. O presidente George Bush voou para Nova York e ficou no ponto zero, local da primeira explosão, falando com as equipes de resgate.
Afirmou que a nação estava de joelhos, em oração. Quando alguns gritaram porque não conseguiam ouvi-lo, Bush disse que *ele* sim os ouvia, que todos os ouviriam, e que aqueles que haviam derrubado os edifícios "ouviriam a todos nós em breve!".
As pessoas gritavam: "EUA, EUA..."
O presidente Bush conclamou: "Deus abençoe a América", uma esperança a que todos se agarraram nos dias seguintes.
Dawn passava os dias lendo no jornal histórias sobre heróis: um homem que ficou para trás para ajudar outro homem em cadeira de rodas – ambos morreram quando os edifícios desmoronaram; bombeiros e policiais que trabalhavam incansavelmente à procura de sobreviventes; cães farejadores de corpos e seus treinadores que vasculhavam os destroços. O Exército da Salvação respondeu à tragédia. Os nova-iorquinos uniram esforços.
A guerra se aproximava, mas contra que país?
Jason foi designado a Nova York para trabalhar com engenheiros civis. O imenso trabalho de limpar um quarteirão da cidade começou. Jason poderia ficar meses, talvez mais, se os terroristas encontrassem outras maneiras de explodir mais americanos. Os repórteres especulavam sobre o que os terroristas poderiam fazer a seguir – envenenar os sistemas de abastecimento de água, liberar um vírus mortal, explodir bombas atômicas do tamanho de uma mochila.

As pessoas correram para as igrejas nas primeiras semanas. As multidões diminuíram depois de três meses.

Jason voltou para Fort Bragg com uma licença de fim de semana, ardendo de raiva contra Osama bin Laden, que havia negado a responsabilidade pelos ataques, mas o governo americano ainda o considerava o principal suspeito.

Exausto, ele dormiu vinte e quatro horas direto, restando-lhe apenas metade de um dia até precisar voltar.

– Por que não me acordou?

Dawn disse que da próxima vez iria com ele, mas Jason lhe pediu que ficasse em casa. Ele não a queria em Nova York. Também não tinha certeza de que a queria em Fort Bragg. Que alvo seria melhor para outro ataque do que uma das maiores bases militares do mundo? Ele queria que ela fosse para casa, mas ela se negou. Eles discutiram, e ela chorou depois que ele partiu.

Jason voltou para Fort Bragg após três meses longe. Ele e Dawn foram para casa no Natal. A Igreja Cornerstone Covenant estava lotada de pessoas novas.

– Vocês deviam ter visto isso aqui depois de 11 de Setembro – disse-lhes Mitch.

Chris fez dezenas de perguntas, mas Jason deixou claro que não queria falar sobre o que havia visto no local do atentado. A avó de Dawn estava preocupada com a guerra e com o papel de Jason nela. Dawn ainda rezava para que a diplomacia prevalecesse. Mitch e Jason conversaram a portas fechadas. Dawn e a mãe tomaram chá em silêncio.

2002

Quando Dawn e Jason voltaram a Fort Bragg, ele comprou um novo notebook e um programa de aprendizado de árabe.

– Se eu for enviado a algum lugar, será para o Oriente Médio.

Todos sabiam que era só uma questão de tempo até que o exército começasse a enviar tropas. A América não podia ignorar o assassinato de três mil cidadãos. Fora um milagre não terem sido dezenas de milhares. Contudo, três mil era mais que a quantidade de vidas perdidas em Pearl Harbor, e o país não podia ignorar isso.

Dawn soube que a espera havia terminado quando Jason chegou em casa dizendo que tinha instruções para ir a Fort Dix, New Jersey. Dawn fez as malas e o acompanhou. Alugou uma casa de dois dormitórios e um banheiro fora da base. Não pintou as paredes. Cada hora com Jason era preciosa demais para desperdiçar.

2003

As primeiras tropas dos EUA foram mobilizadas para a região do golfo Pérsico em 1º de janeiro. Em 17 de março, o presidente Bush deu um ultimato a Saddam Hussein, dando-lhe quarenta e oito horas para deixar o país ou enfrentar a guerra. Em 19 de março, vencido o prazo, teve início a Operação Liberdade Iraquiana. Em abril, tomaram Bagdá e derrubaram a estátua de Saddam Hussein em meio a aplausos iraquianos e americanos.

Intensificou-se a busca por armas de destruição em massa. Hussein usou armas químicas contra os curdos. Teria enterrado bombas no deserto da mesma forma que enterrara aviões? E se tivessem sido vendidas e espalhadas pelos países vizinhos? Ou teriam sido bravatas de um ditador louco?

O mês de maio chegou, e Jason recebeu ordens de remanejamento para o Iraque. Dawn chorou. Fizeram amor como quando eram recém-casados – com ânsia, com abandono. Disseram tudo o que queriam dizer um ao outro, sabendo que talvez não tivessem outra oportunidade.

– Está nas mãos de Deus – ele a abraçou. – Há um tempo para a paz e outro para a guerra. Lembre-se de Neemias. Ele ordenou ao povo que mantivesse as armas em punho enquanto trabalhavam. O maior trabalho que vamos enfrentar no Iraque é a reconstrução do país, dando ao povo iraquiano a proteção e os recursos necessários para assegurar a liberdade que eles nunca tiveram antes. Vou manter minha arma colada a mim, Dawn. Somos treinados para proteger um ao outro.

Jason não queria demonstrações públicas de afeto quando ela o visse partir. Ela tinha de ser corajosa e não chorar por ele.

— Me escreva — ele disse e a beijou. Falou com firmeza, segurando a cabeça dela entre as mãos. E a beijou novamente. — Vou mandar e-mails quando puder.

Ela pegou a mão dele entre as suas antes que ele se afastasse.

— Que o Senhor te abençoe e guarde, Jason. Ele vai à sua frente. Ele está ao seu lado. Ele habita em você. Ele é a sua retaguarda. — E, embora visse lágrimas em seus olhos castanhos, sorriu para ele e concluiu: — Este não é o nosso lar, Jason. Nosso lar é o céu. E lá, nada pode nos separar.

Dois meses depois, no final de julho, Dawn enviou seu sexagésimo e-mail, sabendo que poderia levar dias até que Jason o lesse.

Deus é bom, Jason. Ele sempre cumpre suas promessas. Nosso bebê está previsto para o Dia dos Namorados. O médico só saberá o sexo daqui a alguns meses, mas eu lhe disse que Deus nos prometeu uma menina. Ela vai ter cabelos louros, e vai correr pela praia, recolher pedras, conchas e penas de pássaros, e dançar na beira do mar...

Jason escrevia sempre que podia.

Oi, mamãe! Sinto tanto sua falta que dói. Comecei a estudar a Bíblia com três homens da minha unidade. Estamos reconstruindo um hospital e lendo Neemias. Achei que seria apropriado. Nos esforçamos para rezar tanto quanto trabalhamos.

... entramos em um dos palácios de Saddam Hussein. Pisos de mármore, mosaicos, colunas, fontes... O cara é rico! Parecia o próximo Nabucodonosor. Ele deve ter esquecido o final da história: o rei de quatro, comendo grama como um animal. Deus disse: o orgulho vem antes da queda.

Gostaria de ver você ficar redonda feito uma abóbora, grande como uma casa, pesando uns noventa quilos com meu bebê dentro de você...

Dawn escrevia cartas todos os dias. Ela queria que Jason recebesse correspondência não só no computador.

Olá, meu amor.
Fiz meu exame de rotina hoje de manhã e ouvi os batimentos cardíacos da nossa filha. Não peso noventa quilos ainda, mas está tudo bem. Ando cerca de três quilômetros toda noite (sim, querido, antes de escurecer). Como todo mundo trabalha, essa é a melhor hora para conhecer as pessoas.
Só Maura Kerwin e LaShaye Abbot vieram para o chá. Não estão prontas para se comprometer com o estudo da Bíblia. O marido de Maura (Mick) acabou de ser enviado. LaShaye está grávida pela terceira vez em quatro anos.
Eles ainda estão pagando a conta do hospital do último bebê. Rory lhe disse para fazer um aborto, e eu comecei a chorar e lhes contei sobre os bebês que perdemos. LaShaye foi embora.
Eu continuo fazendo a oração que minha mãe me ensinou quando você e eu estávamos separados. "Deus, conceda-me serenidade para aceitar as coisas que não posso mudar, coragem para mudar as coisas que posso, e sabedoria para reconhecer a diferença. Que seja feita a sua vontade, e não a minha." Ando dizendo muito isso ultimamente...

Um homem-bomba se explodiu no meio de um mercado hoje de manhã. Levou mulheres e crianças inocentes com ele. Tudo em nome de seu deus! Essas pessoas precisam ouvir o evangelho, mas nós estamos proibidos de evangelizar. Provavelmente serei preso, mas não vou ficar em silêncio quando tiver a oportunidade de falar sobre a diferença entre Alá e Jesus. Só Cristo pode tornar os homens livres! O inimigo de nossas almas quer manter esse povo em cativeiro...

LaShaye não veio para o chá, então passei por lá. Ela não conseguia sequer olhar para mim. Eu disse que a amo e que estou rezando por ela, e que, se quiser conversar, minha porta está aberta. Ela fechou a dela, e não a vi desde então. Maura veio. Ela e LaShaye eram amigas muito antes de eu entrar em cena. Maura a levou para a clínica.

Eu oro e ainda faço minhas caminhadas.

Segue uma foto anexa. Observe a linda e leve protuberância debaixo da minha blusa nova!

Obrigado pela foto! Você está linda, mas tão magrinha! Parece que está perdendo peso em vez de ganhar. Está comendo o suficiente? Talvez não devesse caminhar tanto...

Não preciso ficar feito uma abóbora ou uma casa para estar saudável, Jason. Eu como o tempo todo. Não sei por que não estou ganhando muito peso... Deve ser meu metabolismo. O médico disse que caminhar é bom para mim. Não se preocupe, não estou exagerando.

Boas notícias! LaShaye apareceu. Conversamos durante horas! Ela e Rory estão com problemas. Encontrei um centro que trata de crises na gravidez por aqui. Eles têm um curso para pessoas que abortaram. Eu disse que a levaria lá e que ficaria com ela, se isso a ajudasse. Estou rezando para que LaShaye e Rory possam resolver as coisas. Eles já sofrem o bastante sem jogar o casamento pela janela.

Tenho outra consulta amanhã. Sei que está tudo bem, Jason, estou sentindo nossa garotinha se mexer há algumas semanas. Faltam só quatro meses para tê-la em meus braços.

50

Dawn engoliu os soluços enquanto voltava para casa depois da consulta pré-natal. O médico a havia feito passar por uma bateria de exames ao longo das últimas duas semanas e, além disso, insistira para que ela consultasse um especialista. Ele lhe dera os resultados naquela manhã.

– Temos um problema...

Ela se sentou, atordoada e em silêncio, enquanto ele falava num tom baixo e sombrio, com as mãos cruzadas sobre a mesa.

– Eu aconselho a não esperar, Dawn. Sei que vai ser difícil para você, especialmente com seu histórico, mas a alternativa é...

– Não precisa dizer mais nada!

Dawn se levantou abruptamente, jogando a bolsa por cima do ombro, com as mãos trêmulas.

– Por favor, sente-se, sra. Steward. Precisamos discutir isso. Quanto mais você esperar, mais...

– Eu entendi tudo o que disse, doutor. Eu fui enfermeira.

Ela não faria aquilo! Preferiria morrer a fazê-lo.

Abriu depressa a porta e saiu.

Havia duas outras grávidas sentadas na sala de espera. Dawn conseguiu sair pela porta antes que as lágrimas rolassem. Sentou-se no carro até achar que havia recuperado o controle para dirigir até sua casa. Agora, mal podia ver a estrada. Com as lágrimas rolando, parou no acostamento, puxou o freio de mão e ligou o pisca-alerta. Segurando o volante, gritou:

– Por que, Senhor? Por quê? *Não consigo entender!*

Os carros passavam velozes. Soluçando, Dawn deslizou as mãos sobre a leve saliência na barriga. Um policial bateu na janela. Ela não havia notado a viatura parada atrás dela. Abriu o vidro e se atrapalhou com a bolsa ao procurar a habilitação. Encontrou o documento do carro no porta-luvas. O policial examinou os documentos e os entregou de volta. Inclinou-se, olhou para ela e perguntou:

– Algum problema, senhora?

– Acabei de ter uma notícia muito ruim. – Ela engoliu os soluços. – Desculpe, só achei que seria mais seguro para todos se eu ficasse parada aqui um pouco, tudo bem? – e secou o rosto.

– Notei o adesivo da base Fort Dix no carro.

– Meu marido está no Iraque.

– Fique quanto tempo precisar, senhora.

O policial voltou para a viatura. Ela olhou pelo espelho retrovisor e o viu falando no rádio. Achou que ele fosse embora, mas não foi. Recuperando um pouco o controle das emoções, Dawn soltou o freio, deu seta e pegou a estrada novamente. O carro da polícia seguiu logo atrás, acompanhando-a por todo o caminho até que chegasse em casa, do lado de fora da base. O policial então acenou e foi embora.

Dawn retribuiu o aceno como agradecimento. *Deus coloca anjos à nossa volta. Alguns de uniforme.*

Jogou as chaves na mesinha de centro e se afundou no sofá. Sentiu o bebê se mexer e passou a mão na barriga. *O que vou dizer ao seu pai, querida?* Ela não havia mencionado os exames a Jason. Por que preocupá-lo? Ele precisava manter a cabeça no que estava acontecendo ao seu redor, e não nela e no bebê. Agora, não se atrevia a lhe contar.

Senhor, ajude-me. Por favor, ajude-me.

Alguém bateu à porta, mas Dawn não atendeu. Bateram de novo. Ela esperou um pouco antes de se dirigir à porta da frente e então espiou pelo olho mágico. Viu LaShaye indo para a calçada, onde Maura a esperava. As duas conversaram por alguns minutos, depois seguiram caminhos diferentes.

Dawn foi até o banheiro, ligou o chuveiro e se despiu enquanto esperava a água esquentar. Entrou no box, fechou a porta de vidro e deixou que a água caísse sobre si.

Deus, o Senhor deu seu sopro ao universo. Fez as estrelas no céu, a terra, tudo. Nada é difícil demais para o Senhor! Fez de mim sua depositária. Seu Espírito Santo vive dentro de mim. O Senhor abriu meu ventre para que eu pudesse carregar esta criança. O Senhor a mostrou a mim. Eu vi minha filha na praia, dançando, agitando os braços como um passarinho. Ela é forte. Ela é cheia da vida que o Senhor lhe deu. Oh, Deus, seja misericordioso! Por favor, seja misericordioso.

Ela não parou de rezar nem saiu do chuveiro até que a água quente acabasse.

Dawn preparou uma refeição reforçada e se sentou sozinha na sala de jantar. Precisava comer, com fome ou não. Ela e o bebê precisavam estar bem nutridos. O telefone tocou.

Não estou pronta para falar, Senhor. Com ninguém, só com o Senhor.

A secretária eletrônica atendeu. "É a vovó, querida. Estava pensando em você e queria conversar. Você disse algo sobre entrar para o coro... Provavelmente deve estar na igreja. Ligue de volta quando tiver um minuto. Eu te amo."

Igreja. Ela havia esquecido o coro. Aquelas doces velhinhas poriam o olho nela e logo iriam querer saber o que estava errado. Elas teriam todo tipo de sabedoria para compartilhar.

Ela já havia tomado uma decisão. Não importava o que o médico havia dito, ela teria o bebê. Enfrentaria todo o resto depois.

Precisava mandar um e-mail para Jason. Se passasse um dia sem escrever, ele iria querer saber o motivo. Ele sempre reparava nas datas. Será que reparava na hora também? Estava ficando tarde. Dawn colocou o prato e os utensílios na lavadora e foi para o computador.

O que ia dizer a ele? Não gostava de esconder nada do marido, mas não podia escrever sobre o que o médico lhe dissera na consulta.

Com as mãos no teclado, tentou pensar. Clicou no ícone de e-mail; nada de Jason hoje, mas vários outros e-mails, incluindo um de seu irmão. Christopher escrevia do mesmo jeito que falava. Estava fazendo um curso de mestrado de meio período. Tinha um emprego em um restaurante badalado e caro.

> A parte mais difícil do trabalho é me esquivar das coroas assanhadas. Mesmo quando jogo um balde de água fria nelas, elas deixam boas gorjetas. Vou conseguir juntar o suficiente para ir para Londres no verão.

Inclinando-se sobre os cotovelos, Dawn esfregou as têmporas.
Confio no Senhor, meu Deus, independentemente do que acontecer. Acredito no sonho que me deu no avião sobre nossa menina. Eu acredito, Pai! Oh, Deus, faça aumentar minha fé.

Dawn clicou em "novo e-mail", digitou "Ja" e o endereço de Jason preencheu a linha do destinatário. Assunto: "De que jeito eu te amo? Deixe-me contar as maneiras". As palavras fluíam enquanto ela relembrava a primeira vez que tinha visto Jason no corredor do colégio, depois quando fora arrastada por Christopher para o grupo de jovens na Cornerstone Covenant e trabalhara com Jason. Sua fé e dedicação a Deus a haviam impressionado. Ela se sentia abençoada cada vez que ele dizia que a amava. Quando se separaram, ela colocou o coração e a mente no esforço de ser como a esposa citada em Provérbios 31, uma mulher de caráter, substância, fé e propósito – para Deus e para quem quer que ele reservasse para ela, jamais sequer sonhando que ele daria uma segunda chance aos dois. Relembrou o dia do casamento e a intensa alegria que ele lhe dera na noite de núpcias, e todas as vezes que havia feito amor com ela desde então.

> Sinto tanto a sua falta, Jason. Queria poder me enroscar em seus braços. Queria...

Chorando, Dawn se levantou sem enviar a mensagem. Ficou enrolando, afofando travesseiros, vagando pela casa, tentando dar um passo atrás, pensar com mais clareza e não permitir que as emoções a governassem. Depois de uma hora, voltou e releu o que havia escrito. Ele saberia que algo estava errado. Apagou tudo e começou de novo.

> Fui ao médico hoje de novo. Nossa filha é forte e saudável. Posso sentir seus movimentos dentro de mim agora, enquanto escrevo este e-mail. Talvez ela esteja dando "oi" para o papai.
> Sua esposa e sua filha tiveram um grande dia hoje. Estou exausta. Vou escrever um e-mail curto e ir para a cama.
> Eu te amo muito, Jason. Rezo constantemente para que Deus envie anjos para te proteger. Lembra-se de Eliseu, de como abriu os olhos de Geazi para que ele pudesse ver os carros de fogo ao redor? O Senhor está com você. Ele ouve nossas orações. Vou te amar para sempre, Jason.
> Sempre sua,
> Dawn

Dawn sonhou com a avó e com a mãe. Elas discutiam por algum motivo, mas Dawn não podia ouvir o que era. Elas se deram as costas, ambas chorando. Dawn queria chamá-las, mas a voz não saía.

Acordou quando o sol surgiu na janela. Havia nevado na noite anterior, e tudo estava coberto por uma capa branca. Dawn se sentou à mesa da sala de jantar, onde podia ver tudo, e abriu a Bíblia. Não conseguia tirar a avó e a mãe da cabeça. Sentiu uma vontade imensa de estar com as duas. Ela não era Moisés, mas não seria bom ter a mãe segurando-lhe um braço e a avó o outro enquanto implorava a Deus pela vitória na batalha que enfrentava agora? Contudo, outra imagem lhe surgiu à mente. A avó puxando para um lado, e a mãe, para o outro.

2004

Dawn deu uma desculpa para não ir para casa nas férias. Pouco antes do Dia de Ação de Graças, ultrapassara os seis meses de gravidez e respirou aliviada. O bebê tinha uma excelente chance de sobrevivência agora, mesmo que tivesse de nascer prematuro. Mas Dawn ainda rezava todos os dias por um parto saudável e a termo para a filha.

A mãe havia dito que iria para Newark quando Dawn se aproximasse da hora do parto. E então, como sempre fazia, Dawn dissera que seria bom que a avó fosse também.

Por que tinha de escolher entre as duas?

Assim que o Natal veio e se foi, ela se viu desejando estar em casa. Agora janeiro estava às portas. Faria aniversário em breve. *O que faço, Senhor?* Dawn cobriu o rosto. *Senhor, quero ir para casa!*

Ela não podia andar de avião naquelas condições; era muito arriscado voar aos sete meses e meio. Mas poderia dirigir. Mais de seis mil quilômetros sozinha, no inverno? Jason teria um ataque!

Mas ele não precisava saber.

Dawn se encolheu em seu casaco pesado e saiu para caminhar. A manhã já ia pela metade. Os espaços na rua mostravam onde estavam os carros enquanto a neve caía na noite anterior. Todos estavam trabalhando àquela hora. Maura trabalhava na pré-escola de uma cooperativa. LaShaye nunca saía. *Muito bem, Senhor, se eu devo voltar para a Califórnia, Maura e LaShaye vão estar em casa e as duas vão querer falar comigo.*

Ela havia acabado de passar pela casa de LaShaye quando a porta da frente se abriu.

– Dawn! Espere um minuto! – gritou a vizinha, descendo rapidamente até a calçada. – Você parece péssima. Jason está bem?

– Sim, ele está bem.

Ela pegou Dawn pelo braço.

– Vamos sair desse frio. Vou preparar um chá, e você me diz o que está acontecendo.

O telefone estava tocando quando entraram. Maura queria passar por lá.

Uma hora depois, estavam todas sentadas e chorando na cozinha de LaShaye. Ela segurou o braço de Dawn.

– O que você vai fazer?

– Vou para casa, na Califórnia. Quero estar com a minha família. Vou precisar da ajuda da minha mãe e da minha avó. A parte mais difícil vai ser conseguir que elas resolvam as coisas entre elas para que possam me ajudar.

Maura estendeu as mãos.

– O que podemos fazer por você?

Dawn as segurou e respondeu:

– Preciso ligar para o proprietário da casa, depois para a base, para guardar nossos móveis. Ou vender alguns, não sei.

– Se você vai atravessar o país, precisa fazer uma revisão no carro – disse LaShaye. – O Rory pode fazer isso para você.

As três juntas cuidaram de todos os detalhes. Dawn estendeu as mãos. Maura e LaShaye pegaram uma cada uma.

– Foi um prazer – e piscou para conter as lágrimas. – Não tive o tempo que queria com vocês.

LaShaye a apertou forte.

– Talvez devêssemos rezar.

Dawn agradeceu a Deus por poder contar com aquelas amigas.

– Sim, por favor – concordou, sentindo um tremor de apreensão em relação à jornada que tinha pela frente. – Façam isso por mim, e não parem.

Dawn ligou para todos na manhã seguinte. Não achava que o proprietário lhe devolveria o valor da caução, mas, quando ele ouviu suas razões, resolveu lhe entregar o cheque à tarde. Ela comprou um notebook novo para que pudesse continuar enviando e-mails a Jason todos os dias durante a longa viagem para casa. Estudou rotas pela internet; não optou pela rota em linha reta que atravessava todo o país. Não queria passar pelo Colorado e encarar as nevascas. Melhor seria ir para o sul.

Maura apareceu quando a transportadora chegou. Tudo seria guardado até que Jason voltasse do Iraque. De malas feitas, Dawn passou a noite com a amiga.

– Quanto tempo você acha que vai demorar, Dawn?

– Não sei. Vou ter que encarar um dia de cada vez.

Ela teria de sair do carro e andar de hora em hora, ou correria o risco de ter uma tromboflebite e um edema. As principais rodovias tinham paradas para descanso, e ela pretendia usá-las.

– Vou dirigir até precisar descansar.
– O tempo está ruim em todo o país. Você não poderia ter escolhido pior momento para viajar.
– Não tenho muita escolha, não posso esperar.
– Você devia ir com alguém.
– E vou. Vou com Jesus. Ele vai me levar para casa.

Ela se levantou cedo na manhã seguinte, tomou banho, vestiu-se e deixou um bilhete no balcão da cozinha, ao lado da cafeteira.

Querida Maura,
  Obrigada por tudo. Manterei contato. Que o Senhor abençoe você e os seus.

Com amor,
Dawn

Pela primeira vez em dias, não nevou.

51

Dawn sabia, antes mesmo de ter percorrido a curta distância até Baltimore, que a viagem testaria sua resistência física e emocional. Encarou uma hora de cada vez, tentando não pensar em quantos quilômetros ainda faltavam. Todas as tardes, depois de se registrar em um hotel e jantar, ligava o notebook.

Escrevia regularmente e-mails para Jason, como se ainda estivesse em New Jersey. Escrevia sobre o bebê, pedacinhos de boas notícias que encontrava em qualquer jornal que pegava nos saguões dos hotéis, qualquer coisa que pudesse manter o espírito fortalecido e não insinuasse que ela estava atravessando o país de carro sozinha, aos quase oito meses de gravidez, no inverno. Tendo respondido a todos os e-mails, ela tirava suas coisas da mala e guardava o computador, via a previsão do tempo na televisão e ia para a cama. Depois de uma semana na estrada, acordou com suores noturnos e dor nas costas. Deitou-se na escuridão rezando para que Deus lhe desse força e paz de espírito. Ela tinha um caminho muito longo a percorrer.

Estações de música cristã mantinham seu astral alto ao longo do dia. Quando chegou a Oklahoma, sentiu-se mais em casa. Pensou nos amigos que ela e Jason haviam feito, todos espalhados agora como sementes ao vento. Alguns se estabeleceram em outras bases americanas, outros na Alemanha, muitos haviam ido para o Iraque. Alguns não haviam conseguido voltar para casa.

Depois de uma boa noite de descanso, arremeteu para Amarillo, Texas. O bebê se mexeu vigorosamente, fazendo-lhe lembrar do motivo pelo qual ela estava fazendo aquela viagem. Dawn envolveu a barriga com o braço. Ela queria desesperadamente ligar para casa, mas sabia que, se o fizesse, sua mãe e Mitch enlouqueceriam. Já se preocupavam o bastante. *Seja boazinha, pequena. Aguente as pontas! Você precisa crescer um pouco mais, precisa ficar forte para a mamãe.*

Levou três dias de Amarillo a Flagstaff, no Arizona. Com muito esforço, fez todo o caminho para Barstow no dia seguinte, mas não conseguiu ir além de Buttonwillow no próximo. *Mais um dia*, disse a si mesma. *Que Deus me ajude.* Mais um dia e poderia descansar.

Dawn sonhou que estava em um arco de pedra sobre um abismo negro. A avó estava em terra firme, de um lado, e a mãe do outro. A ponte começou a ruir sob seus pés. A avó e a mãe estenderam as mãos e a seguraram. Ambas diziam para a outra soltar. Sem conseguir mais suportar, Dawn pediu que parassem. Tomada pela dor, gritou. Sua filha se soltou de seu corpo e caiu na escuridão do precipício.

Exausta, Dawn encostou ao lado do trailer de Georgia Steward e estacionou. A chuva martelava o teto do carro e deslizava sobre o para-brisa. A sra. Edwards espiou pelas cortinas da sala. Dawn mal teve forças para sair do carro. Ela não havia andado muitas vezes nesse dia, e as pernas estavam inchadas e duras. O bebê havia se virado e agora a pressionava fortemente por dentro. Segurando o corrimão, Dawn subiu os poucos degraus e bateu à porta.

– Dawn! – Depois de um segundo de choque, Georgia saiu e a abraçou. – Ando pensando em você há dias. Liguei, mas não te encontrei. Sua mãe disse que falou com você outro dia e que estava tudo bem.

Dawn se apoiou em Georgia assim que entraram. Ela havia mantido as ligações para a avó e a mãe, mas pediu desculpas por não ligar para Georgia.

– Desculpe, estou dirigindo há dias...

– Você veio *dirigindo*?

– Não podia vir de avião. Passei dos sete meses.

Agradecida, Dawn se afundou no sofá e soltou um profundo suspiro de alívio.

– Querida, você está pálida como um fantasma. – Georgia levantou os pés de Dawn até o sofá. – Seus tornozelos estão inchados. Deite-se. – Colocou um travesseiro debaixo dos pés da nora e um cobertor sobre ela. – Está com fome? Com sede?

Dawn sorriu debilmente.

– Os dois. – Ela não havia parado para jantar, ansiosa demais para terminar a longa viagem e descansar. – Mas não se incomode por minha causa, por favor.

Georgia abriu a geladeira.

– Agora sei por que Deus me mantinha rezando por você.

Coberta com a lã azul, Dawn ouvia a chuva batendo no telhado de metal do trailer. Ela mal conseguia manter os olhos abertos.

Georgia colocou a mão na testa da nora.

– Você está suando – e se inclinou sobre ela, preocupada.

– Sudorese noturna.

– E está com febre também. Vou pegar um antitérmico. Você consegue se sentar e comer?

Lutando para se manter sentada, Dawn soltou uma risada cansada.

– Meu centro de gravidade está deslocado. – O bebê se mexeu vigorosamente. – Nossa pequena Steward está reclamando. – Dawn pegou a mão de Georgia e a segurou contra a lateral da barriga. – Acho que é o pé.

Georgia se sentou ao lado dela. Apoiadas uma na outra, esperaram que o bebê se esticasse novamente. Não tiveram que esperar muito, e dessa vez o bebê chutou.

Georgia riu.

– Uma jogadora de futebol, como a mãe – brincou, dando um tapinha na barriga inchada de Dawn. – É melhor ligar para sua mãe e avisar que você já chegou.

– Ninguém sabia que eu estava vindo.

– Ninguém?

– Não queria que todos ficassem aflitos por causa disso.

– E o Jason?

Dawn meneou a cabeça, mas a pergunta serviu para fazê-la lembrar.

– Preciso pegar o notebook no carro e mandar-lhe um e-mail, senão ele vai ficar preocupado.

Georgia parecia perturbada.

– O que está acontecendo?

Dawn conteve as lágrimas. Balançou a cabeça e olhou para longe, lutando contra as emoções que cresciam. Durante dias não havia feito nada além de refletir sobre sua situação e implorar a Deus. Não tinha força para falar sobre o que estava acontecendo. Não naquele momento. Não naquela noite. Engolindo as lágrimas, Dawn encontrou o olhar preocupado de Georgia.

– Não ligue para ninguém. Amanhã cedo eu explico tudo.

Empurrando o cobertor, Dawn se sentiu aliviada ao ver que os tornozelos não estavam mais inchados. O estômago roncou. Georgia havia deixado uma manta de veludo azul ao pé da cama. Dawn a esticou e abriu a porta. A chuva havia parado, e a luz do dia entrava pela janela da sala de estar.

Georgia pôs o livro de lado e se levantou da poltrona.

– Você parece melhor. Como se sente?

– Descansada. Posso tomar um banho?

– Depois do jantar.

– Jantar?

Então notou que a mesa já estava posta.

– Você dormiu dezoito horas. – Colocando as luvas, Georgia abriu o forno e tirou uma assadeira. – Espero que goste de lasanha.

– Adoro!

E passou os dedos pelo cabelo, para trás. Georgia colocou um descanso de prato no meio da mesa, abriu a geladeira e pegou uma salada verde e uma garrafinha de molho.

– Leite ou água?

– Leite.

O bebê precisava de proteína.

Georgia fez a oração e encheu a tigela de salada de Dawn. Depois, serviu a lasanha no prato da nora.

– É melhor ligar para o médico da sua família e marcar uma consulta. Você ainda está muito pálida, e tão magrinha...

– Preciso resolver as coisas com minha avó e minha mãe primeiro.

– Elas vão levar um susto quando descobrirem que você está aqui. – Georgia serviu-se de uma porção menor. – Está pronta para me dizer o que está acontecendo?

Dawn teve bastante tempo para planejar suas palavras, mas agora elas lhe soaram empoladas e trêmulas. Georgia não falou nem comeu nada. Dawn perdeu a fome ao terminar de falar, mas tinha um bom motivo para comer pelo menos metade do que Georgia lhe havia servido, e pretendia fazê-lo, mesmo que levasse uma hora.

– Não posso acreditar, Dawn. – Os lábios de Georgia tremeram. – Deus não faria isso com você – e apertou os lábios. – O Jason deveria poder dar uma opinião sobre isso. Você não pode deixá-lo sem saber de nada.

– O Jason precisa saber se esquivar das balas. Não precisa se preocupar conosco agora.

– Você e o bebê não são distrações, são a família dele! – A ferocidade de Georgia assustou Dawn.

– Georgia, eu imploro, não diga nada a ele! Ele já se preocupa demais comigo e com o bebê – ela suplicou, com os olhos marejados. Havia um tempo para ser gentil e um tempo para ser franco, mesmo que isso beirasse a crueldade. – Não quero ver o Jason voltar para casa em um saco preto.

Georgia fechou os olhos, agoniada.

– Reze. É isso que preciso que você faça, Georgia. Foi por isso que vim até você primeiro. Tenho que fazer minha avó e minha mãe trabalharem juntas para que possam me ajudar a passar por isso. Tenho que uni-las. Elas nunca conseguiram conversar, e eu tenho que ser a ponte dessa vez, e não o muro entre elas.

Dawn ligou para Mitch no escritório. Contou-lhe tudo e todos os seus planos.

– Preciso passar um tempo com as duas, sozinhas. Pode me ajudar com isso?

Ele limpou a garganta antes de falar.

– Tem certeza que não quer que a sua avó venha para nossa casa?

– A vovó vai se sentir melhor em seu próprio território. Vou ligar para ela e pedir que ligue para a mamãe e a convide para ir até lá. Não diga nada para a mamãe ainda, tudo bem?

– Não sei muito bem como a sua mãe vai reagir. Acho que nenhuma das duas percebe como elas vivem competindo.

– Deus me trouxe para casa, Mitch. Ele vai nos guiar em todo o resto.

– E o Chris?

– Você pode contar a ele depois que a mamãe for para Jenner. – Ela enxugou as lágrimas do rosto. – Diga que vou vê-lo em poucos dias, e que então vamos poder conversar. E... – ela teve de engolir e respirar lentamente antes de seguir em frente. – Reze. Reze com fervor.

– Pode deixar. Neste momento e a cada minuto de agora em diante. – Ele fez um som rouco. – Dawn – falou com firmeza –, sempre amei você como se fosse minha própria filha.

– Eu sei. Pai.

Dawn ligou para a avó.

– Quero passar uns dias com você e com a minha mãe em Jenner.

– Quando pretende voltar para casa? Na primavera? O bebê vai nascer...

– Já estou aqui, vovó.

– Aqui onde? Em Alexander Valley?

– Estou com Georgia agora. Minha mãe não sabe que estou em casa ainda.

– Por que não veio ficar comigo?

– Queria ver minha sogra também. E estava muito cansada quando cheguei aqui.

– Bem, venha agora. Podemos passear por uns dias e depois chamar a sua mãe.

Ela precisava deixar as coisas claras.

– Não vou enquanto minha mãe não estiver aí. Não quero ferir os sentimentos dela.

– Eu nunca feriria os sentimentos da sua mãe.

– Você nunca a machucou intencionalmente, vovó, nem eu. Mas nós duas a magoamos o tempo todo, e isso tem que acabar.

– O que aconteceu, Dawn? Tem alguma coisa errada, me diga.

– Quando nós três estivermos juntas, vovó, vamos conversar.

– Vou ligar para a sua mãe assim que desligarmos.

– Me avise quando ela for para Jenner. Então eu vou.

Georgia se sentou no sofá e esperou. Quando Dawn também se sentou, ela pegou sua mão.

– E então?

– Não sei por onde começar, Georgia. Não sou psicóloga. Não sei o que vai acontecer em Jenner.

Georgia a abraçou e se recostou no sofá, e Dawn descansou a cabeça no ombro dela.

– Deus não trouxe você para casa para decepcioná-la, querida. Vou rezar por um milagre.

Dawn fechou os olhos.

– Vamos precisar de um.

Jenner by the Sea

JANEIRO DE 2004

52

Hildemara pegou o telefone e digitou o número de Carolyn. Seu genro atendeu.

— Mitch, não sei se você já sabe, mas Dawn está em casa. Ela está com Georgia Steward.

— Eu sei. Ela me ligou no escritório há pouco. Vou chamar a Carolyn.

E a deixou esperando. A brusquidão dele a surpreendeu.

Hildie mordeu o lábio. Puxou uma cadeira da cozinha e se sentou olhando para o rio Russian. Estava muito alto, como muitas vezes nessa época do ano. Hildie se aconchegou mais profundamente no roupão atoalhado.

O inverno sempre fora muito longo no litoral, mas suportável enquanto Trip esteve com ela. Então, mesmo quando as estradas ficavam fechadas e as linhas de telefone e energia caíam, Hildie não estava sozinha. Ela e Trip brincavam sobre a "vida simples", sem luz, calor ou fogão, como se fosse uma grande aventura.

O senso de aventura morrera com Trip. Enquanto Hildie ainda estava se recuperando da morte dele, Carolyn sugerira a ela que vendesse a casa e se mudasse para a cidade. Isso lhe parecia totalmente insensível. Abrir mão da casa de Jenner? Depois de todo o trabalho que Trip havia tido com ela? Ele gastara cinco anos, e mais dinheiro do que a própria casa havia custado, para melhorá-la e deixá-la segundo seu gosto. Jogar tudo fora parecia desleal. Ela dissera isso tudo a Carolyn, e a filha não mencionara o assunto novamente até poucos meses atrás, quando Hildie sofrera uma queda.

Naquele ano, o inverno se transformara em um buraco negro que sugava Hildie para baixo em um turbilhão de desespero. Da última vez que Carolyn apareceu "para uma visita", abordou o assunto de ela se mudar novamente. Hildie foi veementemente contra. Quando Carolyn tentou continuar falando sobre isso, Hildie a ignorou, ligando a televisão. Carolyn não disse nada por um longo tempo. Hildie se sentia culpada e desconfortável com o silêncio, mas não conhecia nenhuma outra maneira de impor sua opinião. Tudo bem, ela tinha quase oitenta e sete anos, mas e daí? Ainda estava de posse de todas as suas faculdades. Não precisava ser internada.

– Tudo bem, mãe – dissera Carolyn depois de quinze minutos. – Faça como quiser. – E deixara dois folhetos de casas de idosos em cima da mesinha de centro.

O mal-estar tomou conta de Hildemara. Carolyn teria ligado para Dawn e pedido a ajuda dela para fazer sua velha avó desistir de sua casa e se mudar? Por que outra razão sua neta viria para a Califórnia aos oito meses de gravidez e depois insistiria para que as três se reunissem em Jenner para conversar? Hildemara sentiu a raiva ferver.

– Mãe? – Carolyn parecia sem fôlego. – Você está bem?

– Por que não estaria?

– Você nunca liga, a menos que algo esteja errado.

Aquilo era verdade? Quando havia ligado para Carolyn pela última vez? Há duas semanas? Um mês?

– Está tudo bem. A menos que você tenha dito algo a Dawn sobre tentar me fazer ir para um asilo. Ela está *aqui*.

– Em Jenner?

Carolyn parecia chocada.

– Não, não em Jenner. Na cidade, está com Georgia. Ela ligou há alguns minutos. Quer que você venha a Jenner para que nós três possamos conversar.

– Não entendo. É sobre o bebê? Ela disse que está bem. É sobre Jason, não é? Se ela está com a Georgia...

– Ela parecia bem, e não estaria se alguma coisa tivesse acontecido com Jason. Faça as malas e venha para cá. Dawn disse que não viria a Jenner enquanto você não chegasse. Não sei o que ela quer.

Hildie pôde ouvir Mitch dizendo algo ao fundo.

– As estradas estão péssimas, mãe. Mitch pode ir buscar você, e eu poderia pegar Dawn.

– Você não ouviu o que eu disse? Precisamos nos encontrar *aqui*, em *Jenner*.

Hildie sabia que parecia irritada e impaciente, mas não queria que Carolyn perdesse mais tempo.

– As coisas não podem ser sempre do jeito que você quer.

Hildie odiava essa frase. Sua mãe costumava usá-la.

– Não é o jeito que eu quero. É como Dawn quer.

Carolyn suspirou.

– Saio em meia hora.

– Vou ligar para Dawn e avisar.

Hildie desligou, folheou a agenda de endereços e digitou o número antigo de Jason. Georgia atendeu, disse que Dawn estava dormindo e que poderia lhe passar o recado.

– Diga a Dawn que a mãe dela está a caminho daqui. Está tudo bem com Jason, não é?

– Sim. Ele mandou um e-mail a Dawn ontem.

– Graças a Deus. – Hildie sentiu certo alívio, mas depois não resistiu e perguntou: – E o bebê?

– Dawn está gorda feito um boi. Espere um segundo, ela acordou. – Hildie ouviu vozes abafadas, depois Georgia novamente. – Ela vai partir para Jenner em uma hora.

– Diga-lhe para ter cuidado. O tempo está ruim.

Assim que desligou o telefone, Hildie abriu as portas sanfonadas de madeira que davam para o pequeno quarto ao lado da cozinha. Ela havia comprado um belo edredom azul e branco e cortinas, na esperança de que Carolyn pudesse passar um fim de semana com ela de vez em quando. Não tivera sorte. Dawn poderia dormir ali e usar as novas, delicadas e felpudas toalhas rosa e os lindos sabonetes em forma de concha. Carolyn poderia dormir no aposento de baixo. Hildie acendeu o abajur antes de sair do quarto. O brilho podia ser visto do lado de fora, através das cortinas rendadas transparentes. Ela gostava que a casa parecesse um quadro de Thomas Kinkade.

Pensou se devia ligar o termostato do andar de baixo, mas decidiu esperar que Carolyn chegasse. O propano era caro, e o caminhão de entrega havia ficado preso em um rancho próximo, atrasando a recarga de seu reservatório.

Como podia ficar tão cansada depois de fazer tão pouco? Sentou-se na cadeira e pôs os pés para cima. *Ah, pelo amor de Deus!* Ainda estava de pantufas e roupão! Talvez *estivesse* mesmo ficando velha...

Batendo com força a cadeira reclinável, dirigiu-se ao banheiro e ligou o aquecedor elétrico de parede. Colocou a touca de banho, lavou-se e saiu da banheira em menos de cinco minutos. Pôs a toalha para secar na frente do aquecedor, vestiu leggings brancas, uma camiseta de manga comprida e o terninho vermelho de veludo que Carolyn lhe havia dado de Natal. Escovou os emaranhados cabelos grisalhos. Carolyn lhe havia pagado uma permanente três meses atrás. Cabelos "lave-e-pronto", dizia sua amiga Marsha. Elas foram vizinhas até que a filha de Marsha voltou, empacotou as coisas dela e a levou de volta para Colorado Springs. Nada de asilo para Marsha. Sua filha *insistira* para que ela morasse com a família. Hildie jogou a escova na gaveta, batendo-a ao fechá-la.

Parada na sala de estar, Hildie olhou para o rio Russian, que fluía largo e enlameado, caudaloso e traiçoeiro de chuvas pesadas. A chuva atingia a janela como pedras atiradas contra o vidro. A arrebentação batia a distância. Ela não fora mais à praia desde que o problema cardíaco de Trip piorara. "Minhas asas estão cortadas", dissera ele. Também as dela. Ela não queria deixá-lo sozinho, e ele ficava irritado com suas limitações. Nada de pescar na arrebentação. Nada de trabalho voluntário no centro de visitantes. Nada de longas caminhadas até a colina para ver a vista panorâmica do litoral.

Agora, o mais próximo que Hildie chegava da praia era a área de descanso na curva da Rodovia 1, onde estacionava seu Buick Regal e usava os binóculos de Trip para ver os leões-marinhos no outro lado do rio. A grande excursão nesses dias era andar pela colina até a agência dos correios, um trailer ao lado da Jenner Gift Shop. E ir ao Safeway a cada duas semanas comprar mantimentos.

Por quanto tempo mais poderia encarar a caminhada íngreme? Ela não gostava de ir quando a estrada estava molhada e escorregadia. Quanto tempo mais até que tivesse que desistir de dirigir?

Irritava-a o fato de Carolyn estar certa. Ela *estava* ficando velha demais para morar sozinha.

Da última vez que se consultara com o dr. Kirk, ele lhe dissera que ela tinha um coração forte e que provavelmente viveria até os cem anos. Considerando como era difícil para ela andar por aí agora, a perspectiva era perturbadora.

Pegou os folhetos que Carolyn havia deixado e olhou as fotos brilhantes. Se ela se mudasse para uma dessas instalações, veria a filha com mais ou menos frequência? Desde a morte de Trip, Carolyn ligava uma vez por semana. Era seu dever, assim como os mantimentos que ela lhe levava a cada duas semanas – não que Hildie necessitasse deles. Com profissionais para vigiá-la, a filha não teria necessidade de se preocupar com ela.

O que Hildie necessitava e queria era um relacionamento com a filha. Depois de tantos anos, era como desejar a lua. Nunca soubera como estender uma ponte sobre o precipício entre ela e Carolyn, assim como fora incapaz de estendê-la com sua mãe.

Deprimida, Hildie jogou os folhetos na mesinha de centro. *Assim seja, Senhor. Se Carolyn quer me internar, não vou impedi-la.* Talvez fosse a única coisa que faria que finalmente deixaria a filha feliz.

Carolyn desligou o telefone e voltou-se para Mitch. O olhar dele deslizou para longe da dela. Ele se serviu de uma xícara de café.

– Posso cuidar de tudo por aqui, Carolyn. Não precisa se preocupar com nada.

– Você já falou com Dawn?

– Rapidamente.

– O que está acontecendo, Mitch?

– Ela quer que você a encontre em Jenner.

– *Por quê?*

Mitch largou a xícara e a tomou nos braços.

– Ela está longe de casa há muito tempo, Carolyn. Quer passar um tempo sozinha com as duas mulheres que mais ama no mundo.

– Por que agora? Por que lá?

Afastando-se dele, ela se dirigiu ao quarto principal. Ele a chamou, largou seu café e foi atrás dela. Ela sentia que ele a observava enquanto ela pegava a pequena mochila no armário e a jogava na cama. Quando Dawn havia chegado? Hoje? Ontem? Por que havia ido para a casa de Georgia em vez de voltar para casa? Havia alguma coisa errada? Carolyn pôs na mala dois suéteres compridos e dois pares de leggings que combinavam com a saia em camadas. Devia estar frio em Jenner. Acrescentou meias, lenços de caxemira e uma camisola de flanela. De que mais precisava? Foi ao banheiro buscar a escova de dentes, o creme dental, a escova de cabelo e o desodorante, enchendo um nécessaire.

Mitch ficou na porta, observando-a.

– É melhor pegar uma capa e um guarda-chuva. Está caindo um toró.

Ele não disse mais nada, e ela se preocupou ainda mais. Ele parecia triste, as mãos enfiadas nos bolsos.

Mitch pegou a mochila de Carolyn e a levou até a garagem.

– Vá com o Suburban.

Ela não discutiu. Pegou as chaves do ganchinho e jogou o casaco e o guarda-chuva no banco do passageiro. Antes que ela pudesse entrar e partir, Mitch a virou para si.

– Ela te ama, você sabe disso.

– Eu sei, Mitch, mas, tendo escolha, ela sempre vai para outra pessoa.

Mitch segurou os ombros dela com firmeza, não deixando que se voltasse.

– Não a faça escolher, Carolyn. Ame as duas do mesmo jeito que Jesus te ama.

– Eu amo.

– Talvez você devesse parar de alimentar seus sentimentos. Converse com elas.

– De que vai servir, além de piorar as coisas?

– Se não tentar, você não vai saber. – Mitch deu um sorriso terno, meio torto. – E o meu beijo?

Ela se encaixou em seus braços e o apertou firme. Enterrou o rosto no peito dele até recuperar o controle de suas emoções.

– Eu te amo, Carolyn. Não te deixaria ir com esse tempo se não achasse que é importante. Ligue para mim.

– Pode não haver sinal, você sabe como é.

– Fique em Jenner e não volte enquanto tudo não estiver resolvido.

Mitch fechou a porta quando ela se ajeitou no banco do motorista. Ergueu a mão, como se lhe desse a bênção.

Carolyn andara assistindo aos noticiários e sabia que não devia pegar a East Side. A ponte de Wohler estava debaixo d'água. Pegou a estrada sul e seguiu para o oeste na River Road. Árvores de eucalipto chicoteadas pelo vento lançavam detritos na estrada, enchendo o ar com seu cheiro pungente. Ela diminuiu a velocidade, dirigindo com cautela por áreas alagadas. Rodou entre colinas cobertas de carvalhos e pinheiros envolvidos por bosques de sequoias imponentes, com as raízes travadas contra o vento e a água que subia. Medronheiros vestidos de casca vermelha e folhas verdes abraçavam encostas íngremes cobertas de samambaias.

Carolyn parou no estacionamento do Safeway, em Guerneville, cobriu-se com a capa de chuva e correu para a porta da frente. Sua mãe provavelmente não conseguira ir ao mercado desde que a tempestade caíra e agora teria companhia por sabe-se lá quanto tempo. Encheu depressa um carrinho com leite, legumes, carne e biscoitos. As prateleiras se esvaziavam rapidamente.

– Todo mundo está se abastecendo para a próxima tempestade.

Um rapaz pesou os brócolis e os deslizou para a ensacadora.

– Boa ideia. Ouvi dizer que vem outra hoje à tarde.

De novo na estrada, Carolyn diminuiu ao atravessar áreas baixas onde o escoamento superficial se acumulava. Mitch estava certo. Com o Jaguar nunca teria conseguido. O rio rugia a sua esquerda, caudaloso e fervilhante de detritos. As casas ao longo da margem estavam inundadas. Quanto tempo antes que a estrada fosse fechada?

Ao seguir para Willig Drive, precisou parar e arrastar para fora da estrada parte de uma velha macieira. Encharcada, entrou de volta no Suburban e dirigiu pelos últimos quase cem metros. A velha sequoia na esquina da propriedade de sua mãe formava pilhas de pequenos galhos caídos. Carolyn contornou o tronco maciço e estacionou paralelo à casa.

O portão estava trancado. Carolyn soltou a mochila, tocou a campainha e então voltou para o carro para descarregar as compras. Largou no chão as primeiras três sacolinhas plásticas e voltou para pegar o resto. Tremendo de frio, tocou a campainha novamente. Talvez Georgia já tivesse deixado Dawn ali, e ela e a avó estivessem muito ocupadas conversando para ouvir a campainha.

Uma porta bateu vigorosamente.

– Já vai!

Carolyn ouviu o barulho do trinco, e o pesado portão se abriu. Hildie segurava um guarda-chuva e olhou para os sacos de compras.

– Não pedi para trazer nada.

– Só peguei algumas coisas quando passei por Guerneville.

– Parece que comprou coisas para uma semana!

– Podemos discutir isso lá dentro? Estou encharcada e congelando.

Sua mãe pegou duas sacolas e foi para a porta dos fundos, deixando Carolyn levar todo o resto. Em seguida, fechou e trancou o portão.

– Dawn já está aqui?

– Não.

Hildie sacudiu o guarda-chuva na parte coberta dos fundos.

– Não sei o que vou fazer com toda essa comida, Carolyn. Não tenho um freezer tão grande quanto o seu, você sabe.

A frustração de Carolyn crescia como a maré. Deixou que avançasse e recuasse enquanto colocava as sacolas cheias em cima do balcão. Quando aprenderia que sua mãe não queria nada dela?

– Eu cuido disso.

Ficou se perguntando se a mãe comia as refeições caseiras que ela lhe levava a cada duas semanas. Provavelmente não.

– Dawn vai ficar no quarto azul. Leve suas coisas para o andar de baixo.

Carolyn estava na casa não havia nem dois minutos ainda e já se sentia indesejada.

– Tudo bem.

Voltou para a chuva fria. Lá o clima era mais quente que na cozinha.

O apartamento de baixo era frio como uma geladeira. A respiração de Carolyn exalava vapor quando deixou a mochila nos pés da cama queen size, coberta com a colcha de algodão. Pelo menos tinha um cobertor elétrico. Ela podia ouvir a mãe pisando duro no andar de cima, na cozinha, provavelmente esvaziando as sacolas. Carolyn correu para cima; a mãe parecia irritada.

– Batata, cenoura, nabo, rutabaga, aipo, cebola, tomate enlatado... Deixe-me adivinhar. Você pretende fazer sopa.

Carolyn pegou a carne.

– É bom para um dia frio e chuvoso como este, não acha?

– E bem trabalhoso, mas vá em frente, se é o que você quer. Não importa que seja *minha* casa e que eu pudesse ter outros planos.

– Você tem?

– A questão não é essa. Eu já estava cuidando disso. – Ela se sentou à mesa da cozinha. – Mas continue – e acenou com a mão, olhando para fora da janela. – Não estou muito boa hoje.

– A que horas Dawn disse que chegaria?

– Daqui a pouco ela chega.

Carolyn guardou o leite, os ovos, o bacon e o queijo na geladeira.

– Para que tudo isso, mãe?

Remexeu em uma gaveta à procura de um descascador de batatas e uma faca.

– Pensei que você soubesse.

– Eu? – Carolyn ficou confusa. – Foi você quem me chamou para vir.

A mãe parecia irritada.

– Tem certeza que você não disse nada a ela sobre me pressionar para eu me mudar?

– Eu não estou pressionando você. E não, não discuti esse assunto com Dawn.

Carolyn deixou que o silêncio se estabelecesse enquanto lavava as batatas e cenouras. Quanto tempo levaria até que sua mãe percebesse que não poderia ficar ali sozinha, a quilômetros de um supermercado e de assistência médica? Ela ficara sem energia elétrica por cinco dias no inverno passado! Mitch tivera de brigar com a administração costeira para instalar um gerador. E ela nunca lhe agradecera.

Carolyn jogou as cascas na lata embaixo da pia. A carne dourava em uma frigideira de ferro enquanto ela picava os legumes. A mãe não havia dito uma palavra em trinta minutos. Carolyn queria sugerir que ela pensasse sobre morar com ela e com Mitch. Eles tinham quartos de sobra. Ela podia ficar com as dependências de empregada, nunca usadas. Era um apartamento com um bom quarto, banheiro privativo, sala de estar e copa-cozinha. A mãe nem teria que comer na mesma mesa com eles se não quisesse. Mas Carolyn sabia muito bem; a mãe daria alguma desculpa esfarrapada, diria que não queria ser um fardo. Se May Flower Dawn não estava lá, sua mãe também não tinha interesse em estar.

Ainda assim, ela precisava se desculpar.

Carolyn sentou-se à mesa.

– Eu nunca quis ferir seus sentimentos, mãe. Eu me preocupo com você aqui sozinha.

Ela não queria lembrar-lhe da queda que a deixara mancando por semanas.

– Você se preocupa? – Hildie perguntou, parecendo uma garotinha perdida.

– Sim, especialmente nessa época do ano. Se essa chuva continuar, as estradas vão fechar. E se acontecer alguma coisa?

– Eu não caí mais. – Hildie olhou para a porta dos fundos. – Espero que Dawn chegue logo.

Dawn. A única preocupação de sua mãe.

Carolyn deixou a dor deslizar como água nas costas de uma gaivota e se censurou por desejar que sua mãe tivesse um pouco de espaço para ela em seu coração. A vida nem sempre acontece do jeito que gostaríamos. Pelo menos ela tinha a Mitch e a Christopher.

– Esqueci de ligar para o Mitch. Meu celular não vai funcionar aqui, posso usar seu telefone?

– À vontade.

Carolyn pegou o fone. Nada. Verificou o cabo, só para ter certeza de que não havia sido desligado acidentalmente.

– Tarde demais. As linhas de telefone foram cortadas.

– Está chegando um carro. Será que é Dawn?

A mãe foi para a porta e acendeu a luz da varanda antes de sair com o guarda-chuva.

Carolyn empurrou a cadeira para trás e a seguiu. Sua mãe a havia deixado em pé na chuva por cinco minutos, mas agora abriu a porta e ficou esperando com o guarda-chuva enquanto May Flower Dawn subia de carro pela colina. Carolyn ficou sob o beiral, no portão, enquanto sua filha estacionava.

Sua mãe não esperou que Dawn descesse do carro antes de sair e se assegurar de que ela ficasse protegida da chuva. Carolyn mal pôde ver a filha enquanto ela manobrava o próprio corpo para fora do carro.

– Nossa, olhe só para você!

Hildie riu. Elas se abraçaram e ficaram tagarelando.

Carolyn tremia com a chuva escorrendo pela nuca. Envolvendo-se com os braços para afastar o frio, esperou que elas se lembrassem dela.

Como era de esperar, foi Dawn quem lembrou. Soltou-se do abraço da avó e foi até Carolyn.

– Estou tão feliz por você ter vindo!

– Por que eu não viria? – Carolyn sorriu, sentindo as lágrimas ao olhar para a filha. – Você parece estar em plena floração.

Dawn e Jason esperavam havia muito tempo por esse bebê. Era um momento de alegria. Quando Dawn jogou os braços ao redor dela, Carolyn soltou um suave suspiro.

Dawn a apertou firme.

– Sonho com isso há dias.

Carolyn levantou uma mão hesitante para as costas da filha, perturbada com o abraço. Não era o jeito habitual entre elas.

– Com voltar para casa, para Jenner?

Dawn recuou e deu um sorriso hesitante.

– Com passar alguns dias a sós com você e a vovó. Eu... – enxugou a chuva do rosto da mãe... ou ela estava chorando? – estou tão *feliz*!

– Que bom, querida, mas você está se molhando toda – disse Hildie, passando o braço ao redor de Dawn e conduzindo-a pelo portão. – Vamos para dentro que está mais quente – e olhou por cima do ombro. – Você vem?

Carolyn sabia que não receberia um convite mais caloroso do que esse.

Dawn sentiu um cheiro maravilhoso quando entrou pela porta dos fundos.

– Sopa de legumes com carne!

Ela não comia isso havia mais de um ano.

A avó riu, com os olhos castanhos brilhantes de alegria.

– É melhor você estar com fome. Sua mãe fez o suficiente para alimentar um batalhão – e pegou a mochila de Dawn. – Você vai ficar no quarto azul, querida. Não quero que tenha que sair na chuva, e aqueles degraus são muito lisos. Vamos evitar acidentes. – Colocou a mochila no quarto e em seguida chamou Dawn para a sala. – Por que você alugou um carro? Alguém poderia ter ido te buscar no aeroporto – e se sentou na cadeira reclinável.

Dawn soltou o corpo no sofá azul desbotado.

– O carro não é alugado, é meu.

Sua mãe se sentou em uma das cadeiras giratórias perto da lareira.

– Você veio dirigindo?

– Vim – disse Dawn, tentando parecer animada com isso.

– Você atravessou o país no inverno? – a avó olhou para ela. – Em seu estado?

Dawn sentiu as lágrimas chegando.

– Eu queria voltar para casa. – Inclinou a cabeça, passando a mão pelo ventre volumoso. – Não me pergunte por quê. Eu sei que foi loucura... Simplesmente fiz a mala e vim. – Levantou a cabeça e sorriu para a mãe primeiro, depois para a avó. – Quero ter o meu bebê aqui.

A avó franziu a testa.

– Em Jenner?

Dawn riu.

– Não, vovó, na Califórnia, em Healdsburg ou Santa Rosa. Quero estar perto da minha família e dos meus amigos.

Ela não se sentia pronta para contar tudo. Não cinco minutos após ter chegado, tampouco à noite ou no dia seguinte de manhã.

– Não queria ficar sozinha.

– Bem, é compreensível – a avó se recostou, ficando à vontade. – Quando o bebê nascer, você pode vir para cá e ficar até Jason voltar. Aí pode voltar para New Jersey para encontrá-lo.

A avó, assumindo o controle mais uma vez. A mãe não argumentou. Dawn sentiu a dor que ela tentava esconder e lhe deu um sorriso de desculpas.

– Espero que você consiga seu dinheiro de volta com a companhia aérea, mãe. Era importante eu estar com vocês duas.

– Bem, é claro que é – a avó assentiu. – Sua mãe entende. Aqui é o seu lugar.

A avó queria dizer com ela, em Jenner. Dawn viu que foi isso que sua mãe havia entendido também, e falou calmamente:

– Não quero mais ficar no meio.

A avó franziu a testa.

– O que você quer dizer com "no meio"?

– Entre você e a mamãe. – Dawn olhou de uma para a outra. – Nós três temos muito o que conversar.

A expressão da avó azedou.

– Eu já devia saber. Dawn atravessa o país inteiro dirigindo no inverno e você diz que não sabe de nada. – Hildie olhou para Carolyn. – Imagino que quer que eu acredite que você não disse a ela que está no meu pé para que eu venda minha casa e me mude.

– Não falei nada.

– Não acredito em você!

Carolyn deu de ombros e olhou para longe, fixando o olhar em algum lugar fora da janela. Quantas vezes Dawn já vira isso acontecer antes? Toda vez que surgia uma discussão entre sua mãe e sua avó, a mãe se fechava como uma tartaruga dentro do casco. A única pessoa que sempre era capaz de persuadi-la a sair era Mitch, e ele guardava suas confidências.

– Minha mãe não me disse nada, vovó. Essa é a primeira vez que ouço falar de qualquer discussão sobre você sair de Jenner.

– Não precisa fingir, Dawn.

A chuva explodia na janela, assim como crescia a tempestade nos olhos da avó.

– Está me acusando de mentir, também?

– Tudo bem, Dawn, não se coloque no meio disso. Acho que vou ver o jantar – disse-lhe a mãe, levantando-se lentamente em direção à cozinha e fechando a porta atrás de si.

Dawn ficou magoada. Esse não era o começo que ela esperava. Olhou para a avó com tristeza.

— Eu não mentiria para você, nem a mamãe. — Estendeu a mão, e a avó a tomou. — Mas, já que você tocou no assunto, talvez seja hora de pensar em se mudar.

Apertou a mão da avó antes de soltá-la e se levantar. Não queria que a mãe se escondesse na cozinha.

— Deixe-a sozinha. — A avó deu um suspiro cansado. — Ela vai voltar quando estiver pronta.

— Preciso ir ao banheiro — Dawn respondeu, massageando as costas.

— Quando ela voltar, espero que você lhe peça desculpas.

Deus, o Senhor me guiou por todo o caminho através do país. Por favor, ajude-me a passar por isso também!

Ao sair do banheiro, viu a mãe sentada à mesa da cozinha com o rosto entre as mãos. A avó ainda estava na cadeira reclinável na sala de estar. Sentiu as lágrimas subindo novamente; estava ali havia menos de quinze minutos e já estava no meio das duas de novo. A avó ergueu a cabeça quando Dawn se dirigiu à sala de estar.

— Venha, sente-se, Dawn.

— Por que você não vem aqui, vovó? Vou preparar um chá.

A avó olhou carrancuda para as duas.

— Não quero falar de mudança.

— Por que não?

— Olhe à sua volta — a avó deixou os ombros caírem. — Não estou falando da vista de um milhão de dólares. Estou falando de... — e agitou a mão, como uma bandeira branca — tudo.

Dawn entendeu.

— Tenho que me desfazer das coisas cada vez que Jason e eu nos mudamos, vovó. Escolho o mais importante e vendo ou doo o resto.

— Bom, tudo isso é importante para mim, querida. Há uma história por trás de tudo nesta casa. Você sabe como seu avô adorava este lugar. Foi seu último grande projeto. — Os olhos da avó se umedeceram quando olhou para a mãe de Dawn. — Isso pode não significar nada para você, Carolyn, mas Dawn entende.

Carolyn nem tentou se defender.

– Eu entendo, vovó, mas o vovô não ia querer que você morasse aqui sozinha. – Dawn não deixou que o olhar de dor da avó a silenciasse. – Se esperar demais, alguém vai ter que tomar todas as decisões... o que guardar, o que jogar fora...

A avó se levantou.

– Por mim tudo bem. Quando eu estiver morta, não vou me importar mais – e jogou seu chá na pia. – Faça como quiser, Carolyn. Se você está decidida a me tirar desta casa, vá até a garagem e comece a separar as coisas – disse, batendo a caneca no balcão. – Vou ligar a tevê e ver quão terrível vai ser essa tempestade.

A avó foi para a sala de estar.

Dawn suspirou.

– Sinto muito, mamãe, eu só estava tentando ajudar.

A mãe deu de ombros.

– Não é culpa sua. É muita coisa para processar.

Dawn sorriu para ela.

– Como é que você costuma dizer? Primeiro o mais importante.

– Um dia de cada vez.

– A vovó te ama, mãe.

A mãe gemeu em tom de dúvida, se levantou e pôs a caneca cuidadosamente sobre o balcão.

– Acho que vou aproveitar o momento.

Pegou o casaco perto da porta e saiu.

Dawn foi para a sala de estar. A avó endireitou a cadeira reclinada e olhou à sua volta.

– Sua mãe está indo embora?

– Você se importaria se ela fosse?

– É claro que sim – e tentou se levantar da cadeira.

– Está tudo bem, vovó. Ela só foi até a garagem.

– Por quê?

– Você disse a ela que começasse, não foi?

A avó afundou na cadeira.

– Não quis dizer *agora* – franziu o cenho. – Está frio lá fora, vai estar escuro em breve.

– Ela não vai a lugar nenhum, vovó. Acho que só precisa ficar sozinha um pouco.

– Ela sempre preferiu a própria companhia.

Dawn se sentou no sofá. Sonoma estava no noticiário nacional. "Outra tempestade chegará hoje à noite..." Equipes de filmagem aérea mostravam o rio Russian com o nível bem alto. As vinhas ao redor da ponte de Wohler estavam debaixo d'água, assim como as próximas à vinícola Korbel. As estradas estavam fechadas. O rio subiu tanto a ponto de fechar o Safeway, em Guerneville.

53

Tremendo, Carolyn se postou na garagem examinando o enorme trabalho que teria pela frente. O Buick Regal branco de seu pai ainda ocupava metade do espaço. Sua mãe havia se esquecido de tirar as chaves da ignição. Carolyn tirou o carro da garagem e o estacionou atrás do carro de Dawn.

Prateleiras cobriam as paredes. Uma parte exibia conservas de legumes e sopas, potes de manteiga de amendoim, geleia e compota, latas de atum e caixas de macarrão com queijo. Outra estante armazenava pequenos aparelhos em suas caixas originais, caixas de lenços de papel, papel higiênico e toalhas de papel suficientes para um ano. Carolyn pôs uma lâmpada de querosene perto da porta. Poderiam precisar dela. Armários forravam a parede dos fundos: havia uma prateleira de vasos de todas as formas e tamanhos; outra de champanhe Korbel, uísque Johnnie Walker, garrafas de Mondavi cabernet sauvignon, Wente Brothers zinfandel e chardonnay, tudo empoeirado.

O diabo ronda como um leão. Depois de mais de trinta anos sóbria, Carolyn sentiu urgir o desejo de afogar as mágoas.

Ela ainda participava das reuniões do AA, mas a Igreja Cornerstone preenchia outra lacuna em sua vida. Tudo havia começado com a compaixão do pastor Daniel no dia em que o pai dela morrera. Então, Georgia compartilhara abertamente sua vida nas ruas antes de Deus se apoderar dela. Outros com o passado nada imaculado se regozijavam pela vida restaurada e faziam com que outros, ainda em fase de intensa luta, se sentissem bem-vindos. Carolyn fizera amigos, mas nunca permitira que ninguém se aproximasse tanto quanto Chel, com quem havia compartilhado todos os seus segredos, mesmo os que nunca revelara a Mitch.

Por que estava pensando em tudo isso agora?

Carolyn olhou as ferramentas de seu pai, instaladas organizadamente acima de sua mesa de trabalho, todas enferrujadas pelo ar marinho. Contou cinco caixas enfiadas entre as vigas. Pegou a escada, juntou a saia entre as pernas, prendeu-a no cinto de couro e subiu. Tirou as teias de aranha e desceu caixa por caixa. Sentiu calor quando acabou de alinhá-las no chão de cimento. Sua mãe havia etiquetado cada uma delas: "Fotos de família", "Roupas", "Trip", "Porcelana/FRÁGIL" e "Mamãe".

Carolyn abriu as abas superiores da caixa marcada como "Mamãe" e tirou uma manta de crochê. Cheirava a umidade e mofo e tinha buracos de mordidas de ratos. Dobrou-a dentro da lata de lixo, chateada por ver o trabalho de Oma, feito com tanto amor, ter sido deixado ali, apodrecendo em uma caixa. A próxima foi uma caixa de sapatos. Carolyn soltou um leve suspiro quando encontrou o diário de Oma, de capa de couro, em cima de um pacote de finas cartas dobradas, com selos do correio aéreo suíço. Pegou o diário e o abriu cuidadosamente. Uma foto caiu no chão: Oma sentada em uma cadeira segurando um bebê, um menininho a seu lado e um homem alto, louro, muito bonito, de terno escuro, em pé atrás deles. Ele segurava uma menina de cabelos castanhos e a outra mão pousava sobre o ombro de Oma. Carolyn pegou a foto e a virou. "Winnipeg, 1919."

– Mãe? – Dawn estava parada na porta, vestindo um longo casaco. – Por favor, venha para dentro.

– Estava só estava dando uma olhada em algumas caixas – disse, colocando a foto de volta no diário de Oma e olhando ao redor. – Vai ser um trabalho enorme.

– Que você não pode terminar esta noite. A vovó fez pão de milho. A mesa está posta para o jantar. Podemos pegar algumas caixas e cuidar delas mais tarde, se quiser. – Examinou uma delas. – Até que pode ser divertido.

Carolyn pôs o diário de Oma em cima da caixa de sapatos e os colocou na caixa de "Fotos de família". May Flower Dawn levantou a caixa rotulada como "Trip". Levaram as duas para dentro de casa e as deixaram na sala de estar.

– Só vou levar um minuto para pegar as outras.

Depois de empilhar as outras caixas no meio da sala de estar, Carolyn lavou as mãos na pia da cozinha antes de se sentar com May Flower Dawn e a mãe, que fez a prece.

Carolyn colocou o guardanapo no colo.

– Encontrei o diário de Oma.

– Minha herança – bufou a mãe, servindo a sopa nas tigelas. – Ela deu algumas joias a Rikka. Já havia dado o carro a Bernie. Cloe ganha um salário para administrar o fundo que a mamãe criou para moças que querem cursar faculdade. Eu fiquei com seu livro de receitas e uma caixa de cartas escritas em alemão. – Colocou uma tigela na frente de Dawn e encheu outra para Carolyn.

Dawn tomou uma colher de sopa e sorriu.

– Está uma delícia – e olhou rapidamente para Carolyn. – Não é apenas uma coleção de receitas, vovó. Quando fomos visitá-la, Oma me deu o caderno para ler uma noite. Disse que só escrevia coisas importantes nele, coisas que fizeram diferença em sua vida: dicas sobre como cuidar de casa, sim, e algumas receitas, mas também citações de pessoas que conheceu, datas importantes, como quando você nasceu e em que circunstâncias, a programação da fazenda, um poema engraçado que um garoto escreveu sobre o Pandemônio de Verão, os pensamentos que tinha sobre a vida. É maravilhoso; revela muito do que ela era. Eu adoraria ler novamente. – Olhou para Carolyn. – Ela me mandou um diário depois dessa visita, lembra?

– E você mandou um diploma para ela.

Carolyn sorriu, satisfeita por saber que aquela semana havia significado alguma coisa para May Flower Dawn, que os poucos dias em Merced haviam deixado boas lembranças de Oma em sua filha.

– O diário que ela me mandou é de couro e tem meu nome gravado em ouro. *May Flower Dawn*. Está comigo. Penso em Oma cada vez que o abro. Fiz como ela, não escrevi um monte de besteiras de adolescente nele. Escrevi objetivos, passagens favoritas das Escrituras, datas significativas, lugares onde Jason e eu vivemos, sonhos... – e sorriu melancolicamente. – Gostaria de ter conhecido melhor Oma. O diário significava mais para ela do que as joias, o carro ou o dinheiro, vovó. Ela lhe deu o melhor de si.

A mãe de Carolyn a olhou surpresa... e um pouco perplexa.

As luzes piscaram e se apagaram, deixando-as na mais completa escuridão.

– Uau – a voz de Dawn soou mais alto no escuro. – Não consigo ver um palmo na frente do nariz.

Carolyn odiava a escuridão.

– Esqueci a lamparina de querosene na garagem. Onde fica a lanterna?

– Em uma das gavetas da cozinha, debaixo do armário de pratos... o do meio, eu acho... mas provavelmente está sem pilhas.

Carolyn se atrapalhou no escuro, abrindo gavetas e tateando o interior delas.

– Espere um minuto, Carolyn. Esqueceu que você e o Mitch instalaram um gerador? Pronto!

Ouviu-se um zumbido distante, e então o barulho.

Dawn riu.

– Esse não tem silenciador.

As luzes se acenderam. Aliviada, Carolyn voltou ao seu lugar. Sua mãe estava sentada calmamente, com as mãos cruzadas sobre a mesa.

– Acho que eu nunca lhe agradeci por isso, não é?

– Não, não agradeceu. Mas nós também não pedimos sua permissão para instalá-lo.

Se eles não podiam fazê-la se mudar, pelo menos se certificavam de que tivesse calor e energia. Quatro mil dólares, para não falar do dinheiro gasto com um advogado que assumiu a briga com a administração costeira, e nem uma palavra de agradecimento até aquele instante.

Depois de lavar a louça, Carolyn se juntou à filha e à mãe na sala de estar. Hesitou no limiar da porta quando as viu no sofá; May Flower Dawn segurava a mão da avó em seu ventre. Elas falavam em sussurros. Mordendo o lábio, Carolyn recuou; sentia-se uma intrusa. Hildemara ergueu os olhos e franziu a testa.

– Por que está parada aí? Venha sentir o bebê se mexendo.

Carolyn contornou cuidadosamente as caixas empilhadas e se ajoelhou na frente delas. Dawn pegou a mão da mãe e a colocou em seu ventre. Carolyn não sentiu nada. Dawn suspirou.

– A mocinha deve ter caído no sono de novo.

Carolyn se ergueu e se sentou na cadeira de balanço amarela. Hildie se levantou e foi se sentar na cadeira reclinável.

– É bom ter vocês duas aqui, juntas.

Dawn deu uma risadinha.

– Três garotas em uma festa do pijama.

Fez uma careta de dor e se mexeu no sofá até se sentir mais confortável. Carolyn lembrou o último mês de suas gestações, quando os bebês pressionavam contra a caixa torácica e forçavam a pelve. O último mês era o mais difícil.

Dawn bocejou; parecia tão cansada.

– Por que você não vai para a cama, May Flower Dawn?

– São só oito horas, Carolyn.

– Ela parece exausta, mãe.

– Não estou pronta para ir para a cama ainda. – Dawn deu um sorriso cansado para as duas. – Quero me sentar e aproveitar a visita.

– Você pode se deitar e aproveitar a visita. – Carolyn se levantou e ergueu as pernas de Dawn no sofá. – Seus tornozelos estão inchados.

Dawn murmurou um cansado "obrigada" e disse que não se preocupasse. Carolyn colocou uma almofada bordada debaixo da cabeça da filha e jogou uma macia manta branca de tricô sobre ela. Afastou uma mecha rebelde de cabelo louro de seu rosto. Ela estava suando.

– Você está com febre?

Dawn pegou sua mão.

– Relaxe, mamãe. Dá muito trabalho carregar treze quilos extras.

Carolyn se sentou e observou Dawn cair no sono. Ela roncava suavemente.

– Acho que ela está cansada. – Depois de alguns minutos, Carolyn inquietou-se na cadeira. Sentiu a noite caindo em torno delas, tendo o vidro como única barreira. – Acho que podíamos ver as caixas.

– Não quero mexer nelas – sua mãe balançou a cabeça –, hoje não. Além do mais, Dawn provavelmente vai querer começar com isso. – Ela esfregou a perna, como se doesse. – Agora há pouco, vi você parada na porta. Por que faz isso?

– Faço o quê?

– Fica parada na porta, espiando, ouvindo.

Carolyn sentiu as palavras como uma bofetada.

– Como um ratinho sorrateiro, você quer dizer. Como se estivesse planejando roubar um pedaço de queijo?

Sua mãe olhou para ela, chocada.

– Não – balançou a cabeça –, como se não fizesse parte. Como se estivesse esperando um convite.

– Já me disseram para ficar de fora.

– Quem lhe disse isso?

Por que não dizer a verdade? Sua mãe nunca poupara seus sentimentos.

– Você disse. Você disse que nunca me quis por perto.

– Isso é mentira! – seus olhos escureceram de raiva.

Carolyn apertou os lábios. Devia ter pensado melhor antes de dizer qualquer coisa.

– Imagino que Oma lhe disse isso!

O calor inundou Carolyn.

– Você sempre culpa Oma por tudo, mas eu me lembro de você gritando bem na minha cara: "Saia daqui... Fique longe de mim". Não Oma.

– Quando eu fiz uma coisa dessas?

– É a primeira lembrança que tenho.

A expressão de Hildie mudou, como se lembrasse.

– Quando você me deu um buquê de flores...

– Flores silvestres. Você não quis.

– Você as deixou cair, elas se espalharam pelo chão. Eu as recolhi, Oma me trouxe um vaso.

Recolheu? Colocou em um vaso?

– Nunca mais entrei no seu quarto depois disso.

Hildie a olhou sentida.

– Eu estava doente, Carolyn. Não lembra como eu estava doente?

Carolyn não queria voltar a esse tempo. Queria fechar o alçapão que se havia aberto. Não queria olhar para baixo, na escuridão, e ver o que se escondia lá.

– Eu estava com tuberculose. Ninguém, além de seu pai e de Oma, podia entrar no meu quarto. Mesmo assim, eles tiveram que tomar precauções. Você não se lembra de nada disso?

– Não importa.

– É claro que importa.

– Foi há muito tempo.

– Eu *amava* você, Carolyn.

Amava. Passado. Por que falar sobre o passado? Por que trazer tudo à tona? Chel lhe dissera certa vez que só porque as pessoas são da mesma família não significa que se dão bem. O pai não gostava dela. "Você aprende a viver com isso e segue em frente", dizia Chel. "Não desperdice energia tentando fazer com que eles te amem."

Chel. Por que estava pensando em Rachel Altman agora? Por que suas palavras ficavam ecoando na cabeça de Carolyn depois de todos esses anos? Duas vezes, só nas últimas horas.

Carolyn tentou fechar a porta do passado, mas as memórias continuavam inundando-a. Lembrou-se de si mesma sentada na grama alta, arrancando pétalas de uma margarida. *Bem me quer, mal me quer, bem me quer, mal me quer...*

Oma a amava.

A mãe e o pai amavam Charlie.

Charlie. Ah, Charlie. A dor veio rápida, apertando-lhe o coração.

– Em que está pensando, Carolyn?

– No Charlie – ela respondeu sem pensar. Será que a menção a seu irmão ainda causava dor a sua mãe? – Desculpe.

A mãe parecia calma e pensativa.

– O que tem o Charlie?

– Ele me disse que você ficou doente depois que eu nasci.

– Não logo depois. Eu não me cuidei. Eu já havia tido tuberculose antes.

– Quando?

– Quando seu pai e eu namorávamos. Pensei que você soubesse disso tudo.

– Acho que não sei de nada.

– Passei meses internada no sanatório em Arroyo del Valle. Depois disso melhorei, mas a doença continua sempre lá, escondida, esperando. Quando fiquei doente de novo, depois que você nasceu, pensei que fosse morrer. Oma foi até lá, para que eu pudesse voltar para casa. Pelo menos morrerei em casa, pensei. Não queria deixar seu pai endividado. Então Oma foi morar conosco e... tomou conta de tudo. – Ela sorriu tristemente. – Talvez isso tenha me incentivado a melhorar... ver Oma monopolizar minha família.

A chuva batia mais forte, como socos no telhado.

– Oma me amava, mãe.

– Sim, e você a amava. Exclusivamente. Você nunca veio até mim, sempre procurava Oma. Foi por isso que eu disse a ela que voltasse para a casa dela.

– Para que eu não tivesse mais ninguém?

Sua mãe a olhou, arrasada.

– Você era *minha* menina, não de Oma.

Carolyn enroscou os dedos na almofada da cadeira. Lembrou-se do pai sacudindo-a e dizendo que parasse de chorar, senão...

– Eu me senti tão só.

– Você tinha a *mim*.

Quando isso foi verdade?

– Não, não tinha.

– Sim, você tinha!

Carolyn se recusou a deixar para lá dessa vez.

– A gente se mudou para a casa nova! Você e o papai trabalhavam o tempo todo na casa e nos jardins.

– Não o tempo todo.

– Você me dizia para sair do caminho, ir para algum lugar brincar. Eu ficava esperando o Charlie, mas, quando ele chegava em casa da escola, sempre pegava a bicicleta e saía.

– Você estava lá comigo. Colhia flores, fazia bolinhos de lama. Você aplainou um lugarzinho particular no meio das flores de mostarda onde brincava com sua boneca de pano.

Não era assim que Carolyn se lembrava. Não queria dizer à mãe o que lembrava.

– Acho que vou para a cama.

E se levantou.

– Carolyn, por favor, será que não podemos falar sobre isso mais um pouco? Eu não sabia que você...

– Vejo você de manhã.

– Está frio lá embaixo. – Sua mãe tentou se impulsionar para levantar da cadeira. – Não abri o registro do aquecimento para o andar de baixo ainda. Vai demorar meia hora para aquecer o apartamento.

– Economize a energia. Vou ficar debaixo das cobertas de qualquer maneira.

Carolyn vestiu a jaqueta e se dirigiu para a porta dos fundos. Precisava sair de casa, ir para longe da mãe, para longe do passado, que emergia como um demônio vindo do Hades.

O frio batia no rosto de Carolyn. A chuva a bombardeava. Segurou o corrimão enquanto corria para baixo. A porta de tela estava emperrada. Puxou duas vezes antes que se abrisse com um rangido. Ligou o interruptor de luz e ficou parada na sala de estar com o coração batendo. Uma lufada de ar frio a atingiu.

O ambiente se aqueceu rapidamente. A mãe havia ligado o aquecimento. Envolvendo-se com os próprios braços, Carolyn virou o rosto para a saída de ar.

Ouviu vozes suaves. Dawn devia ter acordado. Carolyn pensou em subir de novo, mas isso poderia interromper a conversa delas. Sua mãe e Dawn sempre conseguiram conversar. Carolyn sabia que havia outro motivo para aquela viagem de Dawn pelo país além do que ela havia dito. Ela não parecia bem. Talvez contasse à avó o que não conseguia dizer à mãe.

Carolyn ligou o cobertor elétrico antes de ir ao banheiro. Escovou os dentes e se sentou na lateral da cama, penteando e trançando o cabelo. Vestiu rapidamente o pijama, colocou um par de meias esportivas de Mitch e entrou nos lençóis aquecidos. Tremendo violentamente, aconchegou-se no fundo das cobertas, esperando que o calor a absorvesse, enquanto lá em cima sua mãe e Dawn continuavam conversando.

Carolyn sentia a garganta fechada. Não havia sido sempre assim? Como poderia ser diferente se sua filha passara os seis primeiros anos de sua vida completamente dependente de Hildie? Carolyn não queria ser amarga, devia gratidão à mãe por cuidar de Dawn. Se não fosse por isso, a filha teria ficado nas mãos de alguma babá, que faria o serviço a troco de um salário mínimo em uma creche superlotada.

Ouviu passos atravessando a sala no andar de cima. Dois pares dessa vez, um em direção ao quarto principal, o outro em direção ao quarto da frente, reformado. Em seguida, o barulho da tempestade sacudindo as janelas.

Fechou os olhos e ouviu a arrebentação, o vento e a chuva. Sonhou que era uma criança novamente, caminhando por uma floresta de flores de mostarda. As abelhas zumbiam ao redor, mas ela não tinha medo delas. Foi até uma cerca de arame farpado, escalou-a e atravessou. Seu vestido ficou preso e rasgou. Então ficou atrás de uma casa branca vendo um homem de macacão caminhar entre duas fileiras de caixas brancas em pedestais de madeira. Ele tirou a tampa de uma delas, colocou-a de lado e, a seguir, cuidadosa e lentamente, levantou uma armação de madeira coberta de favos de mel. Partiu um pedaço, voltou-se e sorriu para ela. "Venha aqui, abelhinha. Não vou machucar você."

Carolyn acordou sobressaltada, com o coração batendo forte. Demorou alguns minutos para o sonho se esvair. Tremendo, virou o seletor do cobertor elétrico até o número dez e cobriu a cabeça com as cobertas.

54

Dawn acordou quando o relógio cuco bateu três horas. Enroscou-se de lado ouvindo a chuva cair com a cadência de uma banda marcial. Ela e a avó haviam conversado depois que Carolyn fora para a cama. A avó queria saber de Jason, e imaginava o que Dawn havia feito com sua casa. Dawn queria falar sobre o futuro da avó. Depois de alguma resistência, a avó se rendera.

– Você sabe que sua mãe queria que eu me mudasse assim que seu avô morreu. Era cedo demais para fazer qualquer mudança. E eu tenho estado muito bem aqui sozinha – e soltara a respiração –, pelo menos até o ano passado.

– O que aconteceu?

– No inverno passado ficamos sem energia por cinco dias. Se a sua mãe pudesse ter vindo até aqui, eu teria começado a empacotar minhas coisas. Assim que o tempo melhorou, ela e o Mitch cuidaram de todos os problemas para instalar aquele gerador. Tiveram que contratar um advogado. Só Deus sabe quanto gastaram com tudo isso projeto. Não teria sido uma grande expressão de gratidão se eu dissesse: "Ah, a propósito, estou pronta para me mudar agora". E, além disso, é bem agradável aqui a maior parte do ano.

Dawn sorriu.

– E você sempre disse que Oma era teimosa.

A avó jogou a cabeça para trás.

– Não acho que estava sendo teimosa. Mas acho que foi o que pareceu. Então, depois que caí, há alguns meses, sua mãe veio com a ideia de novo.

– Mas você está pronta para ir agora, não está?

– Pronta eu nunca vou estar – a avó a encarou –, mas quero um lugar meu, não um quarto em um asilo.

– Não quer viver com ninguém, vovó?

– Não quero viver com *estranhos*.

Dawn captou algo no tom de voz da avó que lhe deu esperança.

– Que tal morar com a mamãe e o Mitch?

A avó soltou uma risada irônica.

– Isso não vai acontecer.

– Por que não?

– Simplesmente não vai, só isso. E não fale com a sua mãe a respeito, porque isso só vai deixá-la em uma posição desconfortável.

Em seguida, a avó mudou de assunto.

Sem sono, Dawn puxou as cobertas sobre os ombros e se aconchegou nos lençóis de flanela. *Senhor, elas nunca vão realmente conversar uma com a outra, não é? Elas se amam, mas não percebem que amar é compartilhar.*

Dawn passou a mão na barriga. Sua filha chegaria em breve. Queria que fosse um momento de alegria, uma oportunidade para que estivessem juntas e celebrassem. Não queria vê-las brigando, enxergando-se através das mágoas do passado. O que estava em jogo era importante demais para isso agora.

Amar um ao outro, eis o seu mandamento, Senhor. Peço que me ajude a lhes mostrar como.

Hildie acordou cedo. A casa estalava como um navio à deriva no mar agitado; a chuva ainda açoitava. Apontou a lanterna que guardava no criado-mudo para o relógio. Seis e quinze. Trip era sempre o primeiro a se levantar. Era ele quem começava a preparar o café. Ah, como ela sentia falta dele! Trip fora o único homem que amara.

Se não tomasse cuidado, poderia cair no desespero por conta de suas perdas. Perdera também o filho, Charlie. Perdera Carolyn, e ainda sentia dor por aquilo que poderia ter sido. Agora era tarde demais. E nunca deixaria de sentir falta de sua mãe... ou de desejar que tivessem feito as pazes antes da morte dela. Dawn nascera e a puxara para fora da escuridão em que caíra depois que Charlie morrera e Carolyn voltara para casa como uma órfã faminta. Sentindo-se útil, Hildie interviera, no intuito de ajudar. Dawn era a bênção que vinha de Deus.

Hildie empurrou as cobertas, enfiou os pés nas pantufas, vestiu o roupão e foi para o banheiro. Quando terminou suas abluções matinais, acendeu a luz da sala de estar e foi até a cozinha ligar a máquina de café – descafeinado.

Poucos minutos depois, a porta dos fundos se abriu.

– Ouvi quando você se levantou. – Carolyn entrou, com o cabelo preso em uma trança e vestindo outro suéter sobre a longa saia hippie e as leggings, dessa vez azuis, no tom exato de seus olhos. Os olhos de Trip.

Hildie se desculpou. Não tinha a intenção de acordar ninguém. Na verdade, estava feliz com a companhia.

– Dormiu bem?
– Sim.

Serviu-se de uma xícara de café.

– Sabe quanto tempo fazia que você não dormia aqui?
– Desde o Natal antes da morte do papai.

Carolyn se sentou à mesa.

– Eu quero uma casa, Carolyn, não um apartamento ou um quarto.

Carolyn ergueu as sobrancelhas, surpresa.

– Como a que você e o papai construíram para Oma?

Não seria bom ter uma casinha na propriedade de Carolyn e Mitch? Perto o suficiente para fazer parte da vida deles, mas não tão próximo a ponto de atrapalhá-los. Um sonho para ela, provavelmente um pesadelo para Carolyn. Melhor seria deixar a mente da filha à vontade.

– Tem uma agradável área de trailers em Windsor, só para idosos, bem na esquina da igreja.

Por que Carolyn estava tão carrancuda?

– Bem, podemos ir lá ver, se quiser.

– Qual o problema com essa ideia?

– Simplesmente não consigo ver você vivendo em uma área de trailers, mãe.

Sem dúvida, ela acharia melhor que a mãe ficasse guardada a sete chaves, com guardiões de olho nela.

– Fizemos viagens maravilhosas em nosso trailer.

– É, acho que fizemos.

– Você acha?

– Era um trailer para viajar, não para se viver nele.

– Bom, não estou falando de morar em um trailer de viagem. Estou falando de um desses duplos.

– Tudo bem, não fique zangada. – Carolyn tomou um gole de café. – Dawn lhe disse por que veio de carro até aqui?

– Ela disse a nós duas.

– Ela deu alguma outra razão para querer fazer algo tão tolo quanto atravessar o país de carro no inverno, estando prestes a ter um bebê?

– Estar com a família não é tolo, Carolyn. É uma razão suficientemente boa, na minha opinião.

Ela havia agradecido inúmeras vezes a Deus por Carolyn ter voltado para casa para dar à luz. Eles poderiam nunca ter sabido o que acontecera a ela de outra forma, embora às vezes se perguntasse se sabia muita coisa sobre a filha.

– Espero que sim.

– Eu não me preocuparia muito. – Carolyn sempre havia sido muito sensível. – Uma mulher geralmente quer que o marido ou a mãe esteja por perto quando a hora do parto chegar.

Uma sombra cintilou no rosto de Carolyn, e Hildie sentiu uma pontada de remorso. Ela havia mandado Carolyn para Boots. Hildie havia chorado muito por causa dessa decisão, mas ela e Trip sabiam que era a única maneira de protegê-la de todas as fofocas. Ambos ficaram deprimidos durante muito tempo depois que ela partira. Haviam perdido Charlie no Vietnã; não haviam conseguido a filha de volta antes, e depois tiveram que a mandar embora. Isso havia doído ainda mais por acreditar que ela daria o único neto deles para adoção.

Quando Boots lhes contara que Carolyn queria ficar com o bebê, Hildie ficara muito feliz. Boots havia dito que adorava ter Carolyn vivendo com ela, mas Hildie queria a filha de volta. Queria segurar sua neta nos braços. Dissera a Trip que abandonaria a enfermagem e ficaria em casa. Eles não precisavam do dinheiro, e Carolyn ia precisar de ajuda. Sentaram-se e estabeleceram um plano para ajudar a filha a recuperar os anos perdidos em Haight-Ashbury. Não iam fazer perguntas, deixariam o passado para trás. E Carolyn havia feito tudo tão bem... Terminara a faculdade e se destacara na imobiliária.

Hildie pensava que iam continuar como estavam. Foi um choque quando Carolyn lhe dissera que queria ir embora. Hildie vira algo em seus olhos. Sua filha mal podia esperar para ficar longe deles. E, ah, a dor que sentira quando precisou abrir mão de Dawn.

– O sol está nascendo – disse Carolyn. – Não que dê para ver muito através das nuvens.

– Vai vir mais chuva hoje e amanhã. – Hildie tomou um gole de café morno. – Estou um pouco preocupada de acabar o propano. O caminhão deve tentar passar de novo na segunda-feira.

Carolyn se levantou.

– "Por ondas, nuvens e tempestades, Deus gentilmente limpa o caminho." Vamos esperar que as estradas estejam liberadas na segunda-feira. – Pegou a jarra da cafeteira. – Quer mais um pouco de café?

– Uma xícara é tudo que posso tomar hoje em dia.

Carolyn encheu de novo a sua.

– O papai não tinha comprado lenha?

– Está debaixo da garagem.

– Vou trazer um pouco para cima, por via das dúvidas – e se sentou novamente. – Seria bom eu dar uma olhada nas coisas lá embaixo, de qualquer maneira.

– Por que não coloca uma calça minha para não estragar sua linda saia? Dê uma olhada em meu armário.

Enquanto Carolyn foi ver as calças, Hildie pegou ovos e bacon. Carolyn entrou na cozinha vestindo uma calça de poliéster vermelha que chegava até a panturrilha. Que diferença dez centímetros de altura podiam fazer...

Hildie riu.

– Calça pula-brejo.

– Pescador de moluscos – Carolyn riu com ela.

Dawn abriu a porta sanfonada. Com o cabelo despenteado, os olhos turvos e pálida, usava um par de meias brancas e o velho roupão felpudo azul-marinho de Trip. Seus olhos azuis exibiam olheiras de cansaço. Carolyn a cumprimentou antes de pegar o casaco e sair pela porta.

– Aonde você vai, mãe? Não vai tomar o café da manhã conosco?

– Vou dar uma olhada embaixo da garagem, trazer uns pedaços de lenha para acender o fogo.

Hildie virou o bacon na frigideira.

– Esqueça a lenha por enquanto, Carolyn. Abra o cofre lá embaixo e pegue o que tem lá dentro – e lhe deu a combinação. – Se vou ter que me livrar das coisas, um bom jeito de começar é com algumas das joias que mantenho trancadas e nunca uso.

Carolyn saiu na chuva. Dawn se acomodou em uma cadeira, descansou o cotovelo na janela e olhou para o saturado rio Russian.

Hildie estudou a neta. Era um prazer ter Dawn debaixo de seu teto novamente.

– É uma bela vista, mesmo em época de cheia, não é, querida?

Em silêncio, Dawn esfregou as costas distraída.

– Você está bem, querida?

Na luz da manhã, Hildie notava mais claramente ainda os sinais de que algo estava errado. Afora o ventre volumoso, a garota era só pele e osso. Estaria só preocupada, ansiosa por causa de Jason e do bebê que eles tanto esperavam e pelo qual rezaram por tanto tempo?

– Hã? Ah... – Dawn sorriu, ainda distraída –, estou só cansada.

– Pensando no Jason?

– Penso no Jason o tempo todo, vovó. Sinto muita falta dele, principalmente agora. Mas Deus o está usando onde quer que esteja. Dois rapazes de sua unidade se converteram ao cristianismo.

– Você escolheu um bom homem, Dawn.

– Não vou poder mandar e-mail para ele enquanto não voltar para a cidade. Ele vai ficar preocupado. Eu devia ter pensado nisso.

– Georgia vai dizer a ele que você está bem.

– O Jason não sabe que eu estava voltando para casa.
Para Hildie, essa informação foi perturbadora.
– Eu devia ter ido para a cidade em vez de fazer você dirigir até aqui. Íamos ficar aquecidas em Alexander Valley. E você poderia manter contato com seu marido.
– Eu queria vir para cá.
– Pelo menos alguém além de mim adora esse lugar.
– Eu não queria interrupções.
Apreensiva, Hildie olhou para ela, mas, antes que pudesse perguntar o que estava acontecendo, Carolyn voltou com uma pilha de papéis e uma caixa forrada com papel contact florido.
– Coloque ali no balcão, Carolyn. Vamos ver isso tudo depois do café da manhã.

Carolyn observou a filha enquanto ela beliscava a comida do prato. Seus olhos azuis não tinham brilho algum, e seu rosto estava pálido.
– Não dormiu essa noite, Dawn?
– Não conseguia desligar a mente.
Hildie lhe ofereceu mais torrada.
– Ela está pensando em Jason.
– Não me surpreende. – Carolyn pegou uma torrada e passou manteiga. – A igreja toda está rezando por ele. E nós também.
Carolyn percebeu uma expressão de dor no rosto de Dawn.
– Você está tendo contrações?
Dawn esfregou os flancos.
– Ela está ficando sem espaço lá dentro.
Carolyn cruzou as mãos e observou a filha de perto.
– Tem certeza de que é uma menina?
– Ela deve ter feito um ultrassom, Carolyn. Claro que ela sabe.
– Eu sabia muito antes disso, vovó. Tive um sonho com ela. Ela estava correndo e brincando na beira do mar, na praia de Goat Rock. – Dawn sorriu para Carolyn. – E você e a vovó estavam sentadas juntas na areia, conversando como boas amigas.
Um sonho bom. Carolyn limpou os pratos, raspou os ovos mexidos frios de Dawn no lixo enquanto se imaginava conversando com sua mãe

assim. Quando houve algum momento em que não precisasse ter cuidado com cada palavra que dissesse?

Hildie pôs a pilha de papéis e a caixa em cima da mesa.

– Vamos ver o que temos aqui.

Enquanto Carolyn lavava os pratos, ela e Dawn olhavam os papéis, sentadas à mesa.

– Documentos da casa, do carro, apólice do seguro de vida, cartões da previdência social, certidões de casamento e de óbito, transmissão em vida, acomodações funerárias, lista de contas bancárias...

Espalharam os documentos, parando em um.

– Os documentos de naturalização de Oma. Esqueci que tinha isso. Ela ficou tão orgulhosa quando passou no teste. – Deixou o certificado à parte. – Oma disse que éramos os *verdadeiros* cidadãos americanos; que aqueles que nasceram aqui não davam valor. Ela nos fez estudar como se também tivéssemos que fazer o teste para conquistar o direito de ser considerados americanos. Ela pensava assim até que Trip foi para a guerra, e depois Charlie... – divagou, pegando um envelope amarelado pelo tempo. – A carta do comandante de Charlie... – Segurou-a por um momento e então a pôs de lado sem abri-la.

Carolyn secou as mãos e a pegou. Enquanto sua mãe abria outra caixa, ela desdobrou a carta e começou a ler.

... oferecer minhas sinceras condolências pela morte de seu filho... jovem excelente... respeitado por todos que serviram com ele... sempre pudemos contar com ele... valente... um prazer conhecê-lo... nunca o esqueceremos...

Hildie ergueu uma caixa de veludo preto e a abriu.

– Seu avô me deu estas pérolas em nosso vigésimo quinto aniversário de casamento – e as pegou, entregando-as a Dawn.

– São lindas.

– Fique com elas.

– Não posso, vovó. Devem ficar com a mamãe.

Carolyn dobrou a carta, devolveu-a ao envelope amarelado e a colocou sobre a mesa.

– Sua avó quer que você fique com as pérolas.

– Você e o Mitch me deram pérolas no meu aniversário de dezesseis anos, lembra?

A mãe de Carolyn parecia magoada.

– Não estou desprezando sua mãe, Dawn. Mitch deu pérolas melhores do que estas para ela no Natal, há dois anos, com uma pulseira e um par de brincos combinando.

Dawn tocou o colar.

– São adoráveis – exclamou, e seus olhos se umedeceram. – Guarde-as para a minha filha.

A avó fechou a caixa e abriu outra. Desdobrou um lenço bordado com acabamento de renda e exibiu um broche de ouro, pérolas e jade.

– Eu dei isto a Oma em seu aniversário de oitenta anos. Você... – sua voz falhou –, você havia partido. De qualquer forma, Oma gostaria que você ficasse com isto.

Emocionada, Carolyn aceitou a caixa.

– Não me lembro de ter visto Oma usar isto.

– Ela não usou, nem uma única vez. Duvido que o tenha tirado da caixa – apontou Hildie. – É de verdade, não é bijuteria barata. Eu queria lhe dar algo especial, algo que ela nunca compraria para si mesma.

Carolyn entendia muito bem.

– Como o xale de caxemira que lhe dei no Natal há alguns anos? Ou o pingente que lhe dei no Dia das Mães?

Os olhos de sua mãe se arregalaram.

– São muito especiais para usar no dia a dia.

Carolyn observou seu rosto.

– Pensei que você não tinha gostado.

– É claro que gostei, são os melhores presentes que já ganhei.

Dawn as interrompeu.

– Talvez Oma sentisse o mesmo em relação ao broche, vovó.

A avó balançou a cabeça.

– Pensei que ela fosse adorar, mas ela disse que eu havia desperdiçado meu dinheiro.

Vendo o brilho de lágrimas nos olhos de sua mãe, Carolyn tirou o broche da caixa.

– É muito requintado, mãe. Talvez ela tivesse medo de usá-lo – e prendeu o broche na blusa. – É lindo. Vou cuidar bem dele, obrigada.

Com os olhos brilhantes, Hildemara lhe deu um sorriso hesitante.

– De nada.

Os olhos azuis de Dawn reluziam.

– Perfeito – disse, apoiando o queixo nas mãos. – Foi exatamente por isso que rezei enquanto atravessava o país.

– Isso o quê? – a mãe de Carolyn soou inexpressiva.

– Que nós três pudéssemos apenas nos sentar e conversar sobre coisas que moldaram nossa vida e nossos relacionamentos.

Carolyn havia passado anos evitando perguntas, enterrando memórias, treinando-se para viver no presente. Desenterrar o passado não era sua ideia de resposta a uma oração. Sentiu o olhar de sua mãe, mas não a encarou.

Dawn se levantou.

– Por que não vamos ver as caixas da garagem? – perguntou, indo rapidamente para a sala de estar. – Devem estar cheias de recordações.

Hildie observou Carolyn.

– Você não parece especialmente entusiasmada.

Carolyn não se mexeu.

– E você está?

Sua mãe endireitou a cadeira, mas não se levantou.

– Talvez *devêssemos* falar sobre o passado, Carolyn. Deus sabe que isso vem pesando em você há anos. E em mim também.

Era assim que ela via as coisas?

– Tem algumas coisas que não quero que Dawn saiba.

– Acha que alguma coisa poderia mudar o amor dela por você?

– E quanto a você?

– Eu? – Hildie observou o rosto de Carolyn enquanto a compreensão penetrava seus olhos. – Eu sou sua mãe – balançou a cabeça – e fico imaginando se nós duas nos conhecemos.

– Vocês não vêm? – Dawn chamou da sala de estar. Já havia aberto uma caixa, tirando de lá um vestido azul-marinho com punhos brancos, botões vermelhos desbotados e um cinto vermelho. – Uau! Isso lembra a velha Hollywood, vovó.

– Sua tia-avó Cloe desenhou e costurou esse vestido para mim quando fui para a escola de enfermagem.

– Você conseguiria uma pequena fortuna por ele no eBay agora. Primeiro modelo de Clotilde Waltert Renny...

– Não foi o primeiro.

Carolyn abriu a caixa de fotos e encontrou todas que ficavam na casa em Paxtown: Charlie de uniforme de futebol, de beca e capelo, com os colegas do exército; o retrato do exército com as fitas embaixo. Dezenas de fotos de Charlie, tudo lindamente emoldurado. Nenhuma dela. Carolyn se balançou sobre os calcanhares.

– O que foi? – Hildie perguntou, olhando para ela e para a caixa. – O que você achou?

– Fotos de Charlie.

Dawn abaixou o vestido rosa-acinzentado que estava segurando.

– Você está bem, mãe?

A dor aumentou, e ela sentiu o coração apertado.

– É melhor eu ir buscar a lenha. Só para o caso de o gerador desligar.

Dawn deixou o vestido de lado e arrastou a caixa que sua mãe havia aberto.

– Fotos do tio Charlie. – Pegou uma foto de formatura do colégio. – Eu me lembro dessas. Estavam na parede da casa em Paxtown.

Todas as fotos eram de Charlie, algumas com Hildie e Trip.

– Nosso memorial.

A avó costumava lhe contar histórias sobre seu tio: como jogava bem futebol americano, beisebol, basquete, como era popular e bonito. Mitch aumentara a lenda de seu tio contando histórias sobre suas angústias e palhaçadas de adolescente, coisas que a avó e o avô não poderiam saber.

– Ele e minha mãe se davam bem?

– Mais que bem, querida. Ela o idolatrava. Eles eram polos opostos. Ele sempre cuidava dela. Charlie era extrovertido, sua mãe era tímida. Ele tinha muitos amigos, ela era solitária. Charlie era como meu irmão Bernie. Todo mundo estava tão atento a ele que ninguém notava sua irmã mais nova.

– O Mitch me disse que tinha uma queda pela mamãe no colégio. Ele queria chamá-la para sair, mas nunca teve coragem. Foi por isso que voltou para Paxtown, para procurá-la. – Dawn deixou a foto do tio Charlie na mesinha de centro. – Você conheceu a amiga da minha mãe, Rachel Altman?

A avó inclinou a cabeça.

– Então ela lhe falou sobre Rachel.

– Um pouco.

– Carolyn a levou lá em casa uma vez, pouco antes de Charlie ir para o Vietnã. As duas estavam em Berkeley na época. Rachel era rica, havia alugado uma casa. Foi quando as coisas começaram a desandar. Elas largaram tudo e desapareceram. Não tivemos notícias da sua mãe por dois anos, e então, um dia, cheguei em casa e lá estava ela, sentada na porta da frente.

Dawn se sentou no sofá com as pernas dobradas.

– Você ficou brava com ela?

– Brava?

– Ela ficou fora tanto tempo, deve ter sido horrível para você e para o vovô.

– Você não pode imaginar como foi horrível. – A avó parecia angustiada. – Não pergunte a ela sobre aqueles dias. Ela estava agora mesmo preocupada na cozinha pensando que isso poderia interferir no que você sente por ela. Carolyn não quer falar sobre isso. Nós tentamos algumas vezes tocar no assunto, mas aprendemos a deixá-la em paz.

Dawn não estava convencida.

– Talvez, se ela falasse sobre isso, não a assombrasse tanto.

– Ela deixou tudo para trás e tocou a vida.

– Eu gostaria de saber quem foi meu pai.

Consternada, a avó balançou a cabeça.

– Alguma vez você já pensou que ela pode não saber? E, perguntando, você só a faria se sentir pior por isso.

– Eu amo minha mãe, vovó. Não importa o que ela diga, isso não vai mudar.

– Eu também a amo, e é por isso que não pergunto. – A boca da avó se mexeu, como se lutasse contra as lágrimas. – Deixe para lá. Eu já a perdi uma vez e não quero...

A porta dos fundos se abriu. Carolyn chegou com uma caixa de lenha e a deixou ao lado da lareira. Lançou um olhar inquiridor a Dawn.

– Alguma coisa errada?

Dawn meneou a cabeça sem conseguir pensar no que dizer.

Carolyn olhou para ambas e se dirigiu à porta novamente. Dawn moveu os pés com dificuldade; sentiu uma punhalada de dor no flanco. Respirando fundo, foi para fora e se inclinou no corrimão, no topo da escada.

– Mãe, espere. – A mãe olhou para ela com expressão sombria. – Você não precisa sair.

A boca de Carolyn se curvou, incrédula.

– Volte para dentro e fique aquecida. Você não vai querer pegar um resfriado, não é?

Desceu os degraus e desapareceu.

55

Carolyn entrou no depósito embaixo da garagem e puxou a corda ligada a uma lâmpada que balançava logo acima. Ergueu outra caixa de lenha e a deixou perto da porta. Logo a levaria; não tinha nenhuma pressa em subir e atrapalhar outra conversa particular.

Seria bom ir a uma reunião do AA naquele momento. Sentia-se em casa entre pessoas que haviam lutado com a vida. Sentia a presença de Jesus ali. Ele veio para redimir os pecadores, não foi? Ele a tirou do lamaçal e plantou seus pés em solo sagrado. Às vezes ela esquecia o passado totalmente, até que algo ou alguém a fazia relembrá-lo.

Carolyn respirou devagar. Não podia perder tempo com autopiedade. Tinha outras coisas em que pensar...

A maioria dos objetos que estavam ali teria de ser descartada, como os bancos de cozinha de vinil vermelho e cromo da casa de Paxtown. Por que a mãe e o pai os haviam guardado por todos esses anos? A estrutura de metal estava enferrujada, e os assentos, rachados. Havia ainda varas de pescar do pai, redes, cestos para peixes e caixa de iscas penduradas em uma das paredes, ao lado de um macacão marrom, dois pares de botas e uma mochila gasta. E também um velho rádio AM/FM, em meio a pilhas de revistas *National Geographic* amarradas em fardos de doze. Seu pai dizia que valeriam alguma coisa, um dia. Estragada pela água e inútil agora, toda a coleção teria de ser arrastada até a estrada e levada ao depósito de lixo. Ela imaginava o que o pai diria se soubesse que toda a coleção estava agora disponível em CD-ROM.

Debaixo de uma cobertura de lona, Carolyn encontrou um distribuidor de adubo e um cortador de grama. A casa de Jenner não tinha gramado. Abriu um baú e se afastou por causa do cheiro de mofo que exalava dos cobertores e toalhas. Nem mesmo um rato faria um ninho lá dentro. Encontrou o velho trem de Charlie, completo, com motor, vagões, trilhos e sinalização ferroviária, estação e edifícios da cidade. Christopher teria gostado de brincar com aquilo quando era pequeno. Seu pai o teria esquecido ou o deixara no depósito porque doía demais se lembrar de Charlie?

Outra caixa guardava os anuários de escola de Charlie. Carolyn se sentou na cadeira Adirondack vermelha, que ela havia dado ao pai em seu aniversário de sessenta anos, e abriu o anuário de 1962. Ao folhear as páginas, encontrou a foto do último ano dele, com o cabelo arrumado e curto. Encontrou a foto de Mitch. Ela amava seu sorriso. Encontrou outras fotos de Charlie e Mitch: ajoelhados na primeira fila do time de futebol americano, com o capacete nos joelhos; em pé com os outros membros do time de basquete; Charlie olhando para trás, rindo enquanto se divertia com os amigos. Amigos que haviam rabiscado coisas por todo o anuário.

– Ainda sinto sua falta, Charlie – Carolyn sussurrou, fechando o livro.

O irmão sempre tivera uma risada contagiante. Se estivesse vivo, a essa altura estaria casado, com filhos adultos e netos.

Levou a cabeça para trás, encostou-se na cadeira e fechou os olhos. O coração ainda doía. Ficar confinada e se sentir como se estivesse sobrando não ajudava. Sua mãe e May Flower Dawn estavam por perto. Isso era bom.

Deus, conceda-me serenidade para aceitar as coisas que não posso mudar.

Ela não podia desfazer o passado; não podia exigir o que nunca lhe havia pertencido.

Deus, conceda-me coragem para mudar as coisas que posso.

Talvez fosse hora de falar sobre o passado... se pudesse fazê-lo com amor. Por mais que quisesse dizer que o passado não importava, ele ainda tinha o poder de atormentá-la. Fora à praia uma centena de vezes, escrevera seus pecados na areia e os vira ser lavados pelo mar. Mas a culpa e a vergonha sempre voltavam para assombrá-la.

"Deus não vai levar você para onde o amor dele não possa te proteger", dissera-lhe Boots. "Você passou por tudo aquilo, é uma sobrevivente. O passado não tem nenhum poder sobre você."

Só o poder que ela lhe deu.

Boots conhecia as circunstâncias de sua gravidez. Carolyn lhe contara sobre sua vida em Haight-Ashbury e sobre Rachel Altman. Também confessara sua relação com Ash – sórdida, abusiva, que lhe arrasara o coração e a alma. Mas nunca lhe contara sobre o apicultor que morava na casa ao lado e o que ela havia feito com ele.

Deus, conceda-me sabedoria... Que seja feita a sua vontade, e não a minha.

A sua vontade, Senhor. Não a da mamãe ou a minha, nem mesmo a de May Flower Dawn.

Calma novamente, ela empilhou os anuários sobre a caixa de lenha e voltou para cima.

A mãe estava sentada em sua cadeira, lendo uma revista. Levantou os olhos quando Carolyn entrou pela porta dos fundos.

– Deve estar congelando lá embaixo.

– Está frio e úmido, mas não tão ruim.

Dawn estava dormindo no sofá, envolta na manta branca. Carolyn deixou a caixa de lenha em cima de outra e colocou os anuários na mesa de centro.

– Ela está muito pálida.

Hildie afastou a revista.

– Está mesmo. E tão magrinha...

– Ela lhe contou o que a fez atravessar o país inteiro?

– Só o que já nos disse. Mulheres grávidas têm impulsos estranhos. Talvez sejamos como o salmão; queremos voltar para onde nascemos.

– Então, ela devia ter ido para Los Angeles. – Carolyn viu a mãe estremecer e desejou não ter dito aquilo. – Encontrei os anuários de escola do Charlie.

A dor cintilou no rosto da mãe.

– Passei anos sem olhar para isso. E não terei lugar para eles quando me mudar.

Quando se mudar, não *se*.

– Eu gostaria de ficar com eles, se não se importar.

– Claro. Provavelmente vai querer algumas das fotos da caixa também. Eu tenho as minhas favoritas no quarto. Vou levá-las comigo.

As luzes piscaram. Carolyn abriu uma caixa de lenha.

– Preciso partir algumas para que tenhamos gravetos, e acho melhor fazer isso agora, antes que a luz acabe.

A mãe lhe disse onde encontrar o machado de seu pai e sugeriu que pegasse um dos sacos de supermercado debaixo da pia para carregar as toras.

Carolyn cortou dois troncos em pedaços menores, colocou alguns jornais velhos no saco e voltou para dentro. Assim que fechou a porta atrás de si, as luzes se apagaram e o aquecedor desligou.

– Pronto – suspirou Hildie. – Pelo menos ainda temos um pouco de luz natural, mas a casa vai ficar fria. Lá embaixo vai estar um gelo. Por que não sobe com as suas coisas? Dawn pode dormir comigo na minha cama, e você pode ficar no quarto dela. Vamos manter o fogo aceso e deixar a porta dos quartos entreaberta.

Carolyn reorganizou várias caixas.

– Primeiro o mais importante, mãe. Temos combustível, agora precisamos ver como vamos cozinhar.

– Tem um fogareiro debaixo da bancada do seu pai.

Carolyn foi buscá-lo.

Dawn acordou com a chuva salpicando as janelas e com um fogo crepitante. A avó estava sentada lendo o diário de Oma.

– Onde está a mamãe? – perguntou Dawn, levantando-se devagar e esfregando o flanco.

– Na garagem.

A avó deixou o diário de lado. Escurecia a cada minuto.

– Quanto tempo eu dormi?

– Umas duas horas. Estava precisando. – A avó a observou. – Como se sente agora?

– Grogue. E com fome.

– Sua mãe está tentando encontrar o fogareiro. Vamos precisar dele para cozinhar. O gerador desligou, e estou sem propano. Sem luz, sem aquecimento, sem fogão.

Dawn ouviu a mãe entrar pela porta dos fundos e andar pela cozinha antes de ir para a sala de estar. Cansada, afundou na cadeira mais próxima do fogo.

– Finalmente encontrei o fogareiro, debaixo da garagem. Estava com as varas de pesca do papai.

– Um lugar lógico para ele – Hildie assentiu. – Você viu um saco de dormir?

– Sim, mas está mofado.

– Mais coisas para o lixo.

– Vou usar a roupa de cama da Dawn, mãe.

Hildie pegou a lanterna e foi para o quarto. Voltou com uma pilha de roupas. Deixou um conjunto de moletom verde-escuro no colo de Carolyn e um azul-marinho ao lado de Dawn.

– São do Trip. Eu queria dar essas coisas ao Mitch e ao Christopher, mas sempre esqueço. Tire essas calças sujas, Carolyn, e vista o moletom. Você deve estar congelando.

Carolyn riu.

– Depois de tanto ir e voltar da garagem, subir e descer escadas, estou bem quentinha.

– Mas não por muito tempo.

Carolyn foi se trocar. Dawn vestiu a calça. O moletom do avô ficou amontoado ao redor de seus pés. Ela riu. Pelo menos tinha servido na cintura.

– Não estou linda?

A avó riu; voltou para o quarto e retornou com um par de meias grossas de Trip. Em seguida, insistiu em esquentar a sopa de legumes e carne.

– É minha casa, e eu devo ser a anfitriã.

Comeram na sala de estar, Carolyn sentada de pernas cruzadas no tapete em frente à lareira, Dawn e a avó nas duas cadeiras giratórias amarelas, uma de cada lado dela.

Dawn apreciou a proximidade. Era a primeira vez que as três ficavam juntas, conversando, como três amigas em uma festa do pijama.

– Estou contente porque as estradas estão fechadas e a energia caiu.

A avó balançou a cabeça.

– Ficar desligada do mundo é a última coisa que uma mulher em sua condição deve querer.

– Mas é divertido, não acha? Nós três sentadas em volta do fogo, desfrutando a companhia uma da outra.

Conversas mais sérias poderiam surgir nessas circunstâncias, mas ela ainda não precipitaria nada. *Deus, por favor faça isso. Remova a resistência delas. Abra o coração delas. Leve-as a falar.*

A avó enfiou as mãos dentro do velho moletom do marido.

– Foi por isso que Trip e eu nos mudamos para cá. Esperávamos que se tornasse um local de encontro para toda a família. Talvez eu deva manter a casa para que você, Jason e seus filhos possam aproveitá-la.

Carolyn olhou para ela consternada. Deixou a tigela vazia de lado e puxou as pernas contra o peito, olhando o fogo. Dawn não precisou adivinhar o que a mãe estava pensando e decidiu que era hora de deixar algumas coisas claras.

– O Jason tem a intenção de ficar no exército, vovó. Ele pode ser transferido para qualquer lugar, a qualquer momento.

– Foi só uma ideia – a avó suspirou. – As coisas nem sempre são do jeito que esperamos.

– Notei que você estava lendo o diário de Oma novamente. Ela veio aqui alguma vez, vovó?

– Ela veio uma vez para ver o lugar, ficou dois dias e voltou para Merced. Nós a convidamos para morar conosco, mas ela disse que não havia nada em Jenner que lhe interessasse – e puxou os fiapos da calça de moletom.

Dawn sentiu a dor dela, mas não viu nenhuma razão para isso.

– Não acho que ela quis dizer que você e o vovô não significavam nada para ela, vovó.

– Bem, o que mais ela poderia querer dizer?

Carolyn olhou para ela.

– Oma gostava de conhecer pessoas.

– Tem pessoas aqui.

– Ela gostava de explorar os lugares de carro.

– Ela teve que abrir mão disso logo depois.

– E não ficou feliz com isso. Começou a fazer caminhadas pelo bairro, depois a andar de ônibus pela cidade. Ela dizia que tinha levado um tempo para se sentir à vontade andando pela cidade com estranhos, mas pôde conhecer os motoristas e alguns passageiros regulares. Ela ia de ônibus para a faculdade comunitária e fez aulas lá. Tinha se matriculado em outro curso de história americana quando faleceu.

A avó se inclinou para trás, absorvendo a informação.

– Eu não sabia disso.

Ficou em silêncio, pensando no que Carolyn havia dito. Então disse:

– Oma sempre valorizou a educação. Faculdade para Bernie, instituto de artes para Cloe, faculdade de belas-artes para Rikka. Ela ficou decepcionada quando escolhi o curso de enfermagem.

– Por quê? – Dawn dobrou as pernas na cadeira e puxou moletom do avô sobre os joelhos.

– Ela achava que eu estava me preparando para ser uma serva. Oma queria que eu fosse para a Universidade da Califórnia.

A mãe ergueu os olhos.

– O pai dela a fez abandonar a escola. Oma me disse que teria gostado de ter feito uma faculdade e que eu devia aproveitar a chance.

A avó soltou uma risada suave.

– Ela disse que pagaria se eu fosse para a escola que ela havia escolhido para mim. Eu me inscrevi no curso de enfermagem mesmo assim. Foi a primeira vez que a contrariei em alguma coisa. – Seu sorriso se tornou irônico. – Faz sentido que ela tenha criado esse fundo para garotas que querem fazer faculdade. E nunca me ocorreu que essa podia ser a razão de a mamãe não querer morar aqui.

– Oma nunca se formou?

A avó deu de ombros.

– Não sei. Ela teria dito a você, Carolyn.

Carolyn sorriu.

– Dawn lhe deu o único diploma que ela recebeu na vida. Acho que Oma simplesmente gostava de aprender coisas novas. Fez curso de história da arte uma vez, para que ela e tia Rikki tivessem sobre o que conversar.

– Ela nunca estudou biologia? – perguntou Hildie.

– Ela fez anatomia, fisiologia e biologia por correspondência quando morava na cabana. Quando se mudou para Merced, fez curso de química. Ela disse que você podia ter ajudado com isso.

A avó franziu a testa.

– Por que ela nunca me contou?

– Ela tentou. Ela te convidava para tomar chá todos os dias, mas você sempre tinha outras coisas para fazer.

Hildie ficou com os lábios entreabertos, franzindo o cenho. Dawn lembrava que, quando Oma morrera, a avó ficara profundamente triste. Será que era porque as coisas eram instáveis entre elas?

A avó cruzou os braços, abraçando a si mesma.

– Estive lendo o diário dela. Tinha esperança de que me mostrasse um pouco de seus sentimentos, mas são apenas receitas, informações sobre o serviço doméstico, regras da pensão, programação da fazenda...

– Você não leu tudo ainda, vovó.

– Tenho certeza de que é ilusório pensar que ela teria escrito algo sobre mim, sendo que nunca se dava o trabalho de falar comigo. Ou de dizer que me amava. Ela nunca me disse isso, nem uma única vez em toda a minha vida.

Carolyn voltou-se para ela.

– Talvez nós duas tenhamos algo em comum.

– Não se atreva a afirmar que Oma nunca disse que a amava. Eu a ouvia dizer isso a você o tempo todo! Todos os dias, quando eu estava doente, de cama, eu a ouvia dizer: "Eu te amo, Carolyn. Eu te amo. Eu te amo" – a voz de Hildie tremeu.

– Eu não quis dizer Oma.

Carolyn virou o rosto para o calor do fogo. Foi como se tivesse esbofeteado a mãe. Os olhos de Hildie brilhavam de lágrimas quando olhou para a filha.

Dawn queria chorar pelas duas.

– Oma amava você, vovó.

A avó não tirava os olhos de Carolyn.

– Eu gostaria de acreditar que ela me amava, mas ela nunca disse isso. Não para mim.

– Nem todo mundo sabe como dizer, vovó. As pessoas demonstram. Oma dizia a alguma pessoa que a amava? Ao tio Bernie? À tia Cloe?

– Ela nunca dizia a ninguém, nem mesmo a meu pai.

Carolyn franziu o cenho.

– Ela o amava, não é?

– Tanto que me preocupei que ela sofresse até a morte depois do falecimento dele. Ela ia para o pomar e gritava, socava a terra... – seus olhos marejaram. – Eu nunca a entendi.

– Oma escreveu sobre o amor no diário dela, vovó. – Dawn se levantou e pegou o caderno de couro desgastado da mesa ao lado. Virou algumas páginas. – Aqui. De 1 Coríntios 13: "O amor é paciente, o amor é bondoso e não é ciumento; o amor não se gaba e não é arrogante...".

Virou mais páginas até encontrar o que estava procurando, perto do fim.

– "Tentamos agir um pouco melhor que a geração anterior, e descobrimos, no fim, que cometemos os mesmos erros sem querer. Em vez de nos esforçarmos para amar como Deus nos amou, deixamos que as mágoas e as queixas do passado nos governem. Ignorância não é desculpa." – Ela ergueu os olhos. – Está aqui, com a letra dela.

Dawn se sentou.

– Oma me disse que só escrevia pensamentos importantes em seu diário, coisas que a ajudaram na vida. – Virou mais páginas. – Aqui tem mais sobre o amor: "Sei como Abraão se sentiu quando pôs Isaac no altar. Eu conheço essa dor. Mas como Isaac se sentiu ali, amarrado, com seu pai segurando a faca? Apavorado? Abandonado? Excluído? Ou será que ele também compreendeu que Deus o salvaria? Deus testou Abraão e mostrou a Isaac o que significava confiar em Deus. Será que o meu Isaac nunca entende que o que eu faço, faço por amor?"

Dawn olhou enfaticamente para a avó.

– Quem você acha que era o Isaac de Oma?

– Bernie ou meu pai, talvez. Como posso saber?

O rosto de Carolyn transbordava compaixão. Ela encontrou os olhos de Dawn, mas falou com a mãe.

– Acho que era você, mãe.

Hildie fechou os olhos e meneou a cabeça, como se a ideia fosse dolorosa demais para levar em consideração.

– Nós nunca vamos saber de verdade, não é?

56

Carolyn ficou acordada no sofá depois que a mãe e Dawn foram para a cama. Imaginou-as juntinhas, compartilhando o calor sob as cobertas. Por que ela não conseguia se aquecer? Levantou-se e arrastou os cobertores consigo enquanto se sentava perto do fogo. Não parava de pensar no que Oma havia escrito sobre Abraão e Isaac. Aquele tipo de amor parecia um mistério. Entendeu melhor Jacó. Como Jacó, ela havia batalhado para conquistar a quem amava — May Flower Dawn — e se sentiu traída no final. Também se identificava com Lea, a menos amada, sempre a preterida.

Tudo concorre para o bem daqueles que amam a Deus, e ela o amava. Teria feito de Jesus o centro de sua vida se tivesse conseguido tudo o que queria? Poderia ter vertido todo o seu amor e toda a sua esperança em sua filha. Deus vira que isso não aconteceria. Mesmo Mitch, o amor de sua vida, ficava em segundo lugar em relação a Jesus.

Por que aquele súbito, profundo e inexplicável desejo de entender a mãe e de ser entendida por ela também? Depois de todos esses anos... Carolyn havia aprendido, aos poucos, a deixar que as pessoas se aproximassem. Abrira a porta de seu coração para Mitch primeiro, e depois lhe permitira livre acesso a todos os seus compartimentos. Christopher nunca teve de lutar para isso.

Ela se perguntava se sua mãe havia batido à sua porta todos aqueles anos, e se ela tivera medo de olhar pelo olho mágico e mais ainda de abrir. Oma uma vez lhe havia dito para não perder tempo com arrependimentos, para aproveitar as oportunidades. Lembrou-se de algo mais que Oma lhe havia dito, algo que não fez sentido para ela na ocasião: "Sua mãe vai cuidar bem de May Flower Dawn. Ela nunca teve a chance de cuidar de você".

Carolyn ergueu os olhos quando viu um movimento nas sombras. Sua mãe apareceu de roupão grosso e chinelos felpudos cor-de-rosa.

– Está com frio?

Carolyn forçou um sorriso.

– Não deveria estar. Volte para a cama, lá está quentinho.

– Talvez você tenha se resfriado trabalhando na garagem. Posso pegar outro cobertor no armário.

– Eu estou bem, mãe, de verdade.

A mãe se acomodou na cadeira giratória amarela.

– Estive pensando... – e cruzou as mãos no colo. – É mais fácil falar sobre dores menores, mas ficamos em silêncio sobre as que partem nosso coração e mudam tudo.

Carolyn queria pedir desculpas.

– Charlie.

Talvez ela devesse ter deixado aquela caixa de fotos na garagem, e os anuários no depósito.

– Não estava pensando em Charlie. Estava pensando em você, Carolyn. – Hildie parecia hesitante. – Foi difícil para mim entregar você para Oma. Acho que você não tem ideia de quanto a amo. É verdade, você sabe. Eu sempre amei você.

Carolyn não conseguia recuperar o fôlego. Quando conseguiu, colocou a cabeça entre os joelhos e chorou.

Dawn acordou quando a avó saiu da cama. Não se mexeu nem falou até que ela deixou silenciosamente o quarto. Ouviu a avó falando suavemente. Então, sua mãe começou a chorar. Afastando cuidadosamente as cobertas, Dawn se enrolou no velho roupão do avô e foi até a porta.

Finalmente, Senhor.
Pressionou os dedos contra os lábios trêmulos. A mãe não disse nada.
Deus, por favor, ajude-a a falar. Não quero ser egoísta, mas preciso delas para lidar com tudo isso.
– Carolyn? – disse Hildie timidamente, com delicadeza. – Por que está chorando?
Dawn cobriu o rosto e rezou.

Carolyn se virou para a mãe e lhe deu um sorriso molhado.
– Sempre achei que você não gostava de mim.
– Pode me dizer por que achou isso?
Sua mãe pareceu tão triste, tão perturbada, que Carolyn decidiu que era hora de destrancar a porta e abri-la um pouco.
– Por uma série de razões.
– Você disse que eu gritei para que você saísse do meu quarto. É por isso?
– Sim, mas agora eu entendo. – Não era tanto o que a mãe havia feito, mas o que ela não fizera. – Você nunca me permitiu sentar perto de você, nunca me segurou no colo ou me beijou.
– Eu não podia, Carolyn. A tuberculose...
– Mas você mal pôde esperar para pôr as mãos em May Flower Dawn, mãe. Você a segurava e a beijava o tempo todo.
– Eu não estava mais doente nessa época.
Carolyn sorriu tristemente.
– Você não estava doente quando nos mudamos para a casa nova.
A mãe abaixou a cabeça.
– Talvez isso tenha se tornado um hábito para nós – depois levantou a cabeça novamente. – Eu queria pegar você, Carolyn, mas àquela altura você não deixava que ninguém além de Oma fizesse isso. Mandei minha mãe de volta para a casa dela para que eu pudesse conquistar você de novo, mas em vez disso você se afastou. Parecia que você não me queria, parecia que não queria ter amigos. Você nunca demonstrou interesse até conhecer Rachel Altman.
O coração de Carolyn começou a bater do jeito que batia nas reuniões do AA, quando ela sabia que Deus a estava estimulando a com-

partilhar. Olhou para o fogo. Poderia ficar em silêncio e deixar a mãe acreditar no que acreditava, ou poderia arriscar tudo e dizer a verdade. A tensão dentro dela cresceu tanto que chegou a pensar que o coração ia explodir se não dissesse alguma coisa.

— Eu tinha um amigo.
— Quem?

Ela poderia dizer Suzie, a menina que se mudara. Talvez a mãe se lembrasse dela.

— Dock.

O nome saiu antes que pensasse melhor.

— Dock?

Sua mãe nem se lembrava dele. O que parecia muito estranho, visto que Dock havia dominado tanto a infância de Carolyn.

— *Hickory, dickory, dock.*

Ele não perseguiu ratos em um relógio; só ofereceu queijo e biscoitos a uma menininha e, a seguir, atraiu-a lentamente à sua toca.

Passou-se um momento até Hildie se lembrar dele, mas, quando se lembrou, ficou gelada.

— Não está se referindo a Lee Dockery, não é?

Ela podia até ver o vizinho apicultor, seu sorriso perturbador, o jeito como nunca a olhava nos olhos. Ele era educado, mas algo nele fazia a pele de Hildie se arrepiar. Eles haviam dito às crianças que ficassem longe dele.

Ela observou a filha. Carolyn se curvara com os braços fechados ao redor dos joelhos e o rosto virado. Estava tremendo?

— Como você o conheceu?
— Charlie me levou à casa dele. Antes que você e o papai nos dissessem para ficar longe.

Hildie pressionou a mão contra o estômago, tentando ignorar as sensações desconfortáveis que se agitavam dentro dela. O homem havia desaparecido misteriosamente na mesma época em que Carolyn começara a ter pesadelos. Hildie havia temido que pudesse haver conexão entre uma coisa e outra, mas Trip lhe assegurara que não podia ser. *Não, por favor, meu Deus, não.*

– Você tornou a vê-lo?
– Sim.
– Com frequência?
– Sim. – Carolyn apertou os joelhos contra o peito e manteve a cabeça baixa. – No começo, eu me sentava perto da cerca e ficava só olhando ele pegar os favos das colmeias. Ele conversava comigo, me contava tudo sobre suas abelhas. Me dava pedaços de favo. Uma vez, pingou muito mel em cima de mim, e eu comecei a chorar porque pensei que o papai ficaria louco e me daria outra surra. Dock disse que eu podia entrar na casa dele e me lavar. Ele me deixou tomar banho de banheira enquanto lavava minhas roupas. E me disse que era muito sozinho, que não tinha ninguém.

Hildie fechou os olhos com força. *Oh, Deus, oh, Deus! Por que minha menininha não pôde vir a mim?*

– Eu voltei no dia seguinte e no próximo. Ele me dava biscoitos e mel...

Hildie apertou as mãos. Sua filha sempre adorara banhos de banheira. Hildie lembrou que ficava tão cansada no final do dia que lavava Carolyn rapidamente, como uma enfermeira a um paciente. Só queria acabar com aquilo. "Não demore, Carolyn", ela dizia. "É hora de dormir." Hildie ficava exausta, tinha medo de adoecer novamente e precisava descansar sempre que possível.

– Dock abaixava a tampa do vaso sanitário e conversava comigo enquanto eu estava na banheira. Ele me contava histórias. – Ela fechou os olhos com força. – Depois...

O fogo crepitou. A chuva tamborilava no telhado. A cabeça de Hildie pulsava.

– O que aconteceu depois?
– Ele me lavou.

Hildie lutou com a raiva e a tristeza. O que ela estava fazendo de tão importante que não notara a ausência da filha? Estava cuidando da horta? Plantando nogueiras? Pendurando roupa? Ocupada, sempre ocupada com alguma coisa! Sempre havia algo para fazer. Charlie saía de bicicleta para ver os amigos. Ela presumia que sua quieta e tímida menina estava por perto, colhendo flores, fazendo bolinhos de lama, observando borboletas. Como pôde ter sido tão cega?

– Nós brincávamos.

Hildie mordeu o lábio. Ela e Trip haviam se mudado para o campo para que seus filhos estivessem seguros, para que tivessem ar fresco e luz do sol em abundância. Sentiu-se mal com o pressentimento, mas precisava saber.

– Que tipo de brincadeiras, Carolyn?

– Brincadeiras secretas, como ele dizia. Jogos de tocar – Carolyn falava muito suavemente.

Hildie soltou um breve soluço e apertou as mãos sobre a boca. Carolyn levantou bruscamente os olhos arregalados. Tornou a olhar para baixo rapidamente, colocando os braços sobre a cabeça.

– Sinto muito, eu não devia ter te contado. Desculpe, desculpe – seu corpo tremia.

Quando Carolyn tentou se levantar, Hildie a alcançou e a puxou de volta contra suas pernas, prendendo-a ali com os braços em volta dela. Soluçando, descansou a cabeça na de Carolyn até que conseguiu falar.

– Não é culpa sua, querida. É minha. – Ela sentiu um arrepio percorrer Carolyn e segurou mais apertado. – A culpa é minha, querida, me desculpe.

Carolyn começou a chorar de novo. Por fim, rendeu-se, com o corpo já relaxado. Hildie não a soltou. Acariciou-lhe os cabelos e beijou-lhe o topo da cabeça. Ela não estava lá quando sua menininha precisara dela, e nunca poderia se perdoar por isso. Mas poderia tentar confortar a mulher em seus braços agora.

Carolyn enxugou o rosto com a manga.

– Eu sabia que não devia ir lá, mamãe, mas ele era legal comigo. Ele me abraçava e me beijava e dizia que me amava – engoliu um soluço. – Eu era burra. Eu era tão burra!

– Você não era burra, era só uma *criança*.

– Ele não me machucava, só da última vez. E então saiu sangue, muito sangue, e ele chorou. Eu estava tão assustada. E ele não me deixou ir enquanto eu não prometi... Ele disse que nós dois estaríamos em apuros se eu contasse a alguém sobre as nossas brincadeiras. Primeiro, ele me disse para não voltar. Mas depois ele foi até a minha janela naquela noite e disse que me amava. Ele queria que eu fosse sua menininha.

Disse que estava indo procurar um lugar seguro para nós. Eu saberia quando ele o encontrasse, porque ele ia deixar um pouco de mel na porta da frente. Não creio que tenha sonhado isso tudo. Foi tão real...

O horror tomou conta de Hildie. Aquele homem poderia ter sequestrado Carolyn, e ela e Trip nunca a teriam encontrado. *Oh, Deus, obrigada*. Ela não havia cuidado de sua filha, mas Deus sim.

– Era por isso que você ia para o quarto de Charlie e dormia com ele...

– Sim, e quando você me mandou parar, eu me escondia no armário. – Ela estremeceu e se afastou um pouco para que pudessem se olhar de frente. – Ouvi você e o papai falando sobre Dock. Fiquei com medo que vocês descobrissem o que eu tinha feito e eu ficasse em apuros. Mas vocês nunca descobriram.

Hildie queria puxar novamente a filha para perto de si. Queria escovar seu cabelo do jeito que fazia quando Carolyn era criança. Sofria pelo tempo perdido, odiava a doença que a fizera se afastar da filha. Não podia suportar pensar em sua preciosa garotinha vivendo no medo, tendo pesadelos com o monstro que morava ao lado, só permitindo a presença de Oma dentro dos muros que construíra para se proteger. Oma sabia? Com certeza ela teria dito alguma coisa!

Os braços de Hildie doíam só de segurá-la. Mas era importante continuar falando, para deixar tudo claro.

– Lee Dockery morreu em um acidente, Carolyn.

– Quando? – Carolyn olhou para ela com o rosto pálido e tenso.

– Algumas semanas depois que seus pesadelos começaram. Ninguém desaparece sem uma razão. Seu pai sabia que havia acontecido alguma coisa com ele; foi até lá para ver se ele havia tido um ataque cardíaco ou algo assim. Entrou na casa e encontrou tudo em ordem.

Hildie se inclinou para frente, apertando as mãos nervosamente, sem saber como a filha reagiria ao que tinha de lhe dizer.

– A casa de Lee Dockery ficou vazia até o banco executar a reintegração de posse e vendê-la em um leilão. Um ano depois que uma nova família se mudou para lá, dois rapazes encontraram o caminhão de Lee Dockery em um barranco no Niles Canyon. Parece que ele saiu da estrada e caiu lá embaixo, em um ponto onde não podia ser visto da estrada.

– Dock estava no caminhão?

O que restara dele, depois que os animais encontraram seu corpo e o tempo o despojou de sua carne.

– Sim, estava. Assim como suas abelhas.

Elas haviam construído uma colmeia dentro da cabine do caminhão.

Carolyn soltou um longo suspiro e fechou os olhos. Seu rosto parecia sereno.

– Durante todos aqueles anos, eu pensei que ele voltaria e me levaria embora.

– Ele poderia ter feito isso, Carolyn, mas Deus protegeu você.

– Eu sei.

– Charlie sabia sobre Dock?

– Não.

Foi doloroso perguntar, mas ela tinha que saber.

– Você contou a Oma?

– Não. A única pessoa para quem falei sobre Dock foi a Chel. E eu estava bêbada na ocasião.

Dawn estremeceu com a dor crescente. Segurando-se na borda da cômoda, conseguiu se endireitar, e a dor aliviou um pouco. Sentou-se na beirada da cama. Sentia calor, mas o frio fazia sua respiração visível. Sua filha chutou duas vezes. Sorrindo, Dawn passou a mão sobre a barriga.

– Desculpe, acordei você.

Pegou um travesseiro e o colocou aos pés da cama; deitou-se de lado para poder ouvir a conversa da mãe e da avó. Acariciou a barriga de forma lenta e ritmada.

– Elas vão amar você, meu amor.

E o som da voz delas a encheu de esperança em relação ao futuro.

– Mas agora sem cabo de guerra.

57

— Podemos conversar sobre o que aconteceu em Berkeley, Carolyn? Por favor.

Carolyn apoiou as costas em outra cadeira. A mãe não a culpava pelo que acontecera. Culpava Dock. Talvez fosse hora de tirar tudo a limpo. Haight-Ashbury e todo o resto.

— Eu queria acabar com a guerra, mamãe. Queria salvar Charlie. Não estava nem aí com a faculdade. Parecia inútil assistir às aulas enquanto meu irmão estava arriscando a vida a cada minuto do dia. Então, larguei tudo e participei de marchas de protesto. Quando não estava fazendo isso, bebia para esquecer. Só conseguia pensar em tentar tirar o Charlie do Vietnã. Mas falhei. Quando ele morreu, simplesmente perdi o controle.

— Você sumiu antes de saber sobre Charlie.

— Não, não sumi.

— Sumiu sim. No dia seguinte à chegada dos oficiais em nossa casa, ligamos para você e seu telefone estava desligado. Fomos até Berkeley. Seus vizinhos disseram que não viam nenhuma das duas fazia tempo. O proprietário estava lá e disse que o imóvel estava destruído.

— Oma me ligou no dia em que os soldados chegaram em nossa casa. Eu sabia o que aquilo significava. Lembro de gritar e de Chel me dar alguma coisa. A próxima coisa que lembro é de Chel dirigindo, atravessando a Bay Bridge, Janis Joplin gritando no rádio e a Chel gritando junto com ela. – Carolyn fechou os olhos para não ver o rosto da mãe quando dissese o resto. – Acordei em uma casa estranha, em uma cama estranha, com um cara que eu nunca tinha visto antes. Ficou pior depois.

Carolyn pressionou as mãos nos olhos.

– Eu sonhava com o Charlie o tempo todo – disse, engolindo as lágrimas. – Eu o via em uma plantação de arroz, queimando numa explosão de napalm ou... – e parou horrorizada quando percebeu o que suas palavras deviam estar fazendo à mãe. Estendeu as mãos para ela. – Desculpe.

– Não pare, querida – a mãe pediu, com a voz suave e embargada. – Conte-me o resto.

– Eu ficava o tempo todo chapada e bêbada, tentando lidar com a morte dele.

– Você parecia tão frágil quando chegou em casa...

Carolyn lembrava muito bem. Estava morrendo de fome aos poucos, vivendo de lixo. E então um jovem veterano de guerra lhe dera uma barra de chocolate e a aquecera. E uma moça lhe dera esperança e uma passagem de volta para casa.

– Eu morei no Parque Golden Gate por um tempo, não lembro quanto. Eu tinha que sair daquela casa e me afastar de Ash.

– Que casa? E quem é Ash?

– Nós morávamos em uma casa grande na Rua Clement. Ele se mudou para lá quando Chel e eu estávamos em Nova York celebrando o rock-and-roll em Woodstock – ela falou com ironia, então prosseguiu. – Ela estava viajando feio por causa das drogas, e eu não sabia se ela ia conseguir sair daquilo. Sua mente clareou no Wyoming. Quando voltamos, encontramos aquele belo estranho sentado na sala de estar. Ele usava vestes brancas, como Jesus, e falava em versos. Um falso guru, que falava um monte de besteira e seduzia todo mundo. Todo mundo vivia o tempo inteiro chapado e dormia com qualquer um. A Chel tinha dinheiro, por isso o Ash começou a controlá-la no minuto em que ela entrou pela porta, ou pensou que a controlava. Mas a Chel sempre sabia das coisas. Ela soube que tipo de pessoa ele era muito antes do que eu. Quando ela se cansou dele, ele se voltou para mim. Tudo o que eu via nele era a bela máscara, não o diabo que havia por trás. Pensei que o amava. Lee Dockery foi muito mais gentil. – Nesse momento, ela viu a angústia no rosto da mãe. – Sinto muito, mamãe, talvez você não queira escutar isso.

– Eu preciso saber o que aconteceu com a minha filha. Não acha que está na hora?

– Acho que sim – Carolyn esfregou o rosto.

– Eu sempre quis saber, mas tinha medo de perguntar. Chel viveu no parque com você?

– Não, ela morreu de overdose de heroína. Algumas semanas antes, fizemos uma longa caminhada no parque. Ela me deu o número de telefone do pai dela e me disse que, se alguma coisa lhe acontecesse, eu devia ligar para ele. Aquilo me assustou. Fiquei de olho nela uns dias. O dia que não fiquei... – sua voz tremeu.

– Sinto muito, querida.

– Eu encontrei a Chel atravessada na cama. O Ash estava furioso, me disse para mentir se os paramédicos perguntassem o nome dela.

– Por quê?

– Por que você acha? O dinheiro continuaria sendo depositado enquanto o pai dela achasse que ela estava viva. Quando a ambulância chegou, eu esperei do lado de fora. Antes que levassem o corpo dela embora, dei seu nome completo. Liguei para o pai dela. E então fui embora sem olhar para trás. Não me importava para onde eu estava indo ou o que aconteceria comigo depois disso.

Carolyn passou os dedos pelos cabelos e segurou a cabeça.

– Eu pedia esmolas, mãe. Dormia em bancos, debaixo das árvores. Pegava comida das lixeiras e dormi em algumas delas. Eu queria morrer, mas não tinha coragem de me afogar no mar – e deu uma risada zombeteira. – Fazia frio. – Ela suspirou, encostando-se na cadeira giratória. – Uma noite, eu estava sentada na praia pensando como seria bom se tudo simplesmente acabasse. E então ouvi um violão. Vi um homem jovem usando uma jaqueta do exército. Primeiro, pensei que fosse o Charlie – seus olhos ficaram marejados de lágrimas. – É claro que não podia ser ele, mas o segui mesmo assim. Ele estava acampado no parque. Tinha uma fogueira e um velho saco de dormir. Eu estava com tanta fome... Então ele me deu uma barra de chocolate. Era um veterano, não tinha comprado a jaqueta militar em um brechó; ele tinha servido no Vietnã. Eu contei a ele sobre o Charlie, e ele me contou sobre os amigos que havia perdido na guerra.

Ela puxou os joelhos contra o peito novamente, abraçando-os bem próximo ao corpo.

– Ele dividiu o saco de dormir comigo e me manteve aquecida. Depois, eu me levantei e saí a esmo. Como não consegui encontrar o caminho de volta, dormi na grama. Acordei de madrugada. – As lágrimas chegaram e se derramaram pela face. – Era maio, e pequenas flores brancas cresciam na grama, como estrelas que tivessem caído do céu. Senti alguém me tocar, e ele se sentou ali mesmo, na grama, comigo.

– O jovem veterano?

– Não – ela meneou a cabeça, mordendo o lábio um instante antes de reunir coragem para falar em voz alta. Nunca contara isso a ninguém. – Sei que você não vai acreditar em mim, vai pensar que eu estava bêbada ou drogada. Mas eu não tomava nada desde que tinha deixado o Ash. – Ela não podia ver a mãe em meio às lágrimas.

– Eu vou acreditar em qualquer coisa que você me disser, Carolyn.

Carolyn inspirou, estremeceu e rezou para ter forças.

– Eu vi Jesus – e deixou que a memória a preenchesse. – Ele me disse que era hora de voltar para casa. Pensei que ele queria dizer que eu ia morrer. Não estava com medo. Quando despertei, ele já tinha ido embora. – Ela ficara sentada durante horas, rezando para que ele voltasse e a levasse com ele. – Uma moça chegou e montou um piquenique para o filho e a filha. O menino se chamava Charlie – sua voz fraquejou.

Hildie levou a mão à boca.

Carolyn prosseguiu:

– Foi como se eu me observasse brincando com o Charlie. Ela me convidou a me sentar com ela e me ofereceu um sanduíche. Eu estava com muita fome. Nós conversamos, eu contei a ela sobre o Charlie, e ela me contou sobre o marido dela. Ele tinha desaparecido em um combate no Vietnã. Então ela chamou os filhos, entramos todos no carro dela, e ela me levou até a rodoviária, onde comprou minha passagem para casa. O nome dela era Mary.

Carolyn sentiu o peso aliviar conforme falava.

– Ela me deu o número de telefone dela e disse que, se vocês não me quisessem, ela iria me buscar. Perdi o pedaço de papel no caminho de casa. Agradeci a Deus mil vezes ao longo dos anos por tê-la colocado em meu caminho, mãe. Quando os aviões aterrissaram na base aérea de Travis, em 1973, e todos os prisioneiros de guerra desembarcaram, eu chorei e rezei para que o marido de Mary estivesse entre eles. Mas nunca vou saber ao certo se estava.

Hildie secou as lágrimas do rosto, mas não disse nada. Ela não parecia chocada ou indignada. Carolyn se perguntou se poderia continuar e decidiu que valia a pena arriscar.

– Você me perguntou por que eu não acreditava que você me amava. Quando eu cheguei em casa, você e o papai tiveram vergonha de mim. Eu podia ver no rosto de vocês. Quando vocês descobriram que eu estava grávida, foi a gota-d'água.

– Não, Carolyn. Foi um choque, só isso.

– Você e o papai pediram para o reverendo Elias falar comigo. Ele me disse para não voltar mais à igreja.

– O quê? – a mãe falou debilmente, com os olhos arregalados.

– Ele não acreditou que eu estava arrependida de verdade. Disse o suficiente para me convencer de que eu não era boa o bastante para pôr os pés dentro de qualquer igreja. Quando cheguei em casa, o papai fez questão de me perguntar se eu tinha ouvido bem tudo o que o reverendo Elias tinha dito. Sim, eu tinha. Então, você e o papai disseram que me mandariam para Los Angeles para que eu fosse morar com a Boots. Vocês mal podiam esperar para se livrar de mim.

– Não. *Não!* – A mãe parecia furiosa, com as lágrimas escorrendo pelo rosto branco. – Nós pedimos ao reverendo Elias que conversasse com você porque pensamos que ele lhe daria um conselho sábio. Pelo amor de Deus, se soubéssemos o que ele havia dito, teríamos deixado a igreja! Por que Oma não me falou sobre isso?

– Oma não sabia, mãe. Eu nunca contei a ninguém.

– Então ela deve ter adivinhado, porque deixou a igreja logo depois de você.

– Achei que você e o papai pensassem como ele.

– É claro que não! Se o seu pai soubesse, teria feito um escândalo. Nós mandamos você para longe para protegê-la, não para nos livrarmos de você. – Ela pegou um lenço no bolso e assoou o nariz. – Eu mandei você para morar com a Boots, a minha melhor amiga! Eu sabia que ela ia amar e cuidar bem de você. – Seus lábios tremeram, as lágrimas ainda escorriam. – Eu não teria confiado você a nenhuma outra pessoa.

Carolyn queria acreditar nela, mas as evidências não permitiram.

– No dia em que entrei em casa, vi uma parede de retratos, todos do Charlie.

– Nós queríamos honrar a memória dele.

– Olhei por toda a casa quando você e o papai foram trabalhar. Não havia uma única foto de mim em qualquer lugar. Nenhuma.

A mãe apertou o lenço amassado e úmido no colo e olhou diretamente nos olhos de Carolyn.

– Eu guardei suas fotos alguns meses depois que você desapareceu. Nós amávamos você, Carolyn. E nos angustiávamos por sua causa. A verdade é que sofremos mais sua perda que a do Charlie. Nós sabíamos o que havia acontecido com ele: havia sido morto no cumprimento do dever. Não esqueça que seu pai era policial. Ele trabalhou com medicina legal, lidou com homicídios. Ele tinha pesadelos quando voltou da guerra para casa, mas teve piores quando você desapareceu. Eu guardei suas fotos porque ele morria um pouco por dentro cada vez que olhava uma delas. Eu não podia suportar perder todos que amava.

Carolyn sentiu o coração ferido. Apertou as mãos contra o peito, querendo se livrar da dor. Passara tantos anos escondendo aquela dor, sem se perguntar por que as coisas haviam acontecido daquele jeito, com medo de que as respostas pudessem machucá-la ainda mais.

Os olhos de sua mãe eram calorosos, e ela fez um gesto em direção a seu quarto.

– Eu dou valor às suas fotos. Seu retrato de casamento está na minha cômoda, a foto da sua formatura na minha parede, e posso ver as duas todas as noites antes de dormir. Todo o resto está em um álbum lá no armário. – Sua boca tremia. – Eu amo você. Como poderia não te amar? Você é sangue do meu sangue.

Carolyn observou o rosto da mãe e viu a dor crua.

– Como eu poderia saber? Não ponho os pés no seu quarto desde que eu tinha três anos de idade. – Ela nunca abrira qualquer armário, exceto os da cozinha. Sorriu debilmente. – Ah, mãe... Nós duas fomos muito boas em esconder o que sentimos.

– Acabei de dizer que eu te amo, Carolyn. Você acredita em mim?

Carolyn olhou em seus olhos, da mesma cor dos de Oma.

– Sim. – E sentiu a tensão fluir do corpo. Então sorriu e completou: – Caso você não saiba, eu também te amo.

Dawn sentiu-se grata por sua mãe e sua avó não estarem discutindo mais. Ajeitou o corpo, tentando ficar mais confortável. Podia sentir a pressão dos pequenos braços e pernas se esticando dentro dela. Pegou dois travesseiros e o edredom da cama e se sentou perto da porta. Cobriu-se com o edredom, deslizou para baixo e colocou os travesseiros sob os joelhos. O sólido piso acarpetado era melhor que a cama macia.

Permita que as palavras continuem fluindo, Senhor. Dawn sabia que mais pessoas estavam rezando por elas também. Georgia e as mulheres da igreja, o pastor Daniel, Mitch, todas as pessoas que amavam sua mãe e sua avó. Dawn sentia os olhos pesados, mas se forçou a ficar acordada. Dava-lhe alegria e esperança ouvi-las falar abertamente uma com a outra. Ela não deveria estar espionando, mas rezava por isso havia tanto tempo que sentiu que precisava ouvir para crer.

Sua mãe estava falando novamente.

– Eu tinha medo de amar. O Charlie morreu. Depois a Chel, Oma, o papai. Não posso nem pensar em perder o Mitch.

– Seu pai e eu torcíamos por ele.

– O Mitch me disse que ia se casar comigo da primeira vez que foi jantar lá em casa.

– Não por seus dotes culinários, aposto – brincou Hildie.

Carolyn riu.

– Muito obrigada!

– Sabíamos que ele tinha uma queda por você quando era garoto. Era difícil não perceber, já que ele vinha em casa o tempo todo.

– Para ver o Charlie.

– E você. É assustador perder alguém que amamos. Eu amava seu pai tanto quanto você ama o Mitch... e tanto quanto a minha mãe deve ter amado o meu pai. Todos nós vamos morrer. Um dia você vai me perder também, você sabe.

– Sim, mas prefiro não pensar nisso.

– Pelo menos estaremos conversando uma com a outra.

Dawn pôs as mãos no rosto e tentou não chorar. Algumas coisas jamais poderiam ser consertadas. A avó poderia nunca acreditar que Oma a amava.

A avó falou:

– Lamento pelo reverendo Elias, Carolyn. Que Deus o perdoe. E lamento que você não tenha entendido por que a mandamos para a casa da Boots.

– Foi a melhor coisa que vocês poderiam ter feito por mim. Ela reconhecia um alcoólatra na seca quando via um, e me levou à minha primeira reunião do AA. Ela tinha um grupo de amigos cheios de esperança e experiências que não se importavam de compartilhar suas histórias. Todos eles achavam que eu devia dar meu bebê para adoção. A Boots queria que eu ficasse com May Flower Dawn e com ela.

– Você nunca vai saber como seu pai e eu ficamos felizes quando você decidiu voltar para casa.

– Eu não sabia que podia, até que vocês mandaram a cadeirinha de carro. E então o papai impôs todas aquelas regras, e você largou o emprego para cuidar da May Flower Dawn...

– Nós queríamos ajudar você a se reerguer.

– Eu sei.

– Eu não queria que você ficasse com a Boots.

Dawn ouviu a tensão crescer na voz da avó, como se as palavras ditas rapidamente pudessem afastar algo que ela não queria ouvir. Mas Carolyn não a deixaria fugir dessa vez e falou com suavidade:

– Eu amava a Boots, mas não queria depender dela. Eu vivi à custa da Chel por muito tempo.

– Eu queria ajudar, Carolyn.

– Eu sei.

– Você não teria conseguido sozinha – Hildie parecia na defensiva.

– Georgia conseguiu.

– Porque ela não teve escolha. Os pais a expulsaram de casa. Nós queríamos ajudar.

– Sim. Você ajudou a si mesma com May Flower Dawn.

Dawn se sentou e prendeu a respiração. Ela sabia que durante anos havia sido a causa de grande parte da discórdia entre as duas. Crescera no meio disso. A avó se intrometera quando necessário, depois manteve sua posição. Por um longo tempo, Dawn ajudara a avó a ganhar a disputa. Só depois de fazer sexo com Jason no andar de baixo foi que ela entendeu como a culpa e a vergonha podem aprisionar uma pessoa, mantê-la em silêncio, distante. Como sua mãe.

Quando Georgia fizera com que ela se olhasse no espelho e Jason sugerira que se separassem, a mãe entrara em seu quarto e se sentara em silêncio ao pé de sua cama, solidária com sua dor. As palavras cuidadosas da mãe plantaram as sementes para que ela aceitasse e deixasse Deus fazer o seu trabalho, para que seguisse o Senhor, e não o próprio coração e a carne enganosa. Sua mãe havia entendido o que sua avó não conseguira.

E agora Dawn havia voltado para casa para erguer uma ponte entre elas, construída sobre a verdade e o amor. Precisava que elas consertassem seu relacionamento. Rezou fervorosamente para que elas não permitissem que Satanás reconstruísse sua fortaleza. *Por favor, Deus, não agora. Nunca mais.*

– Eu assumo a culpa por tudo, Carolyn, mas não se atreva a me acusar de roubar a sua filha. Isso não é justo!

– Você não a roubou – disse Carolyn com ternura –, eu a coloquei em seus braços.

– Eu estava ajudando!

– Sim, mas você não deixou espaço para mim.

– Claro que deixei!

Dawn chorou pela dor e pelo tom defensivo da avó. *Deus, ajude-a a ver a verdade!*

– Quando? Eu voltava para casa louca para amamentá-la, e você já havia dado a mamadeira. Você nunca me deixava segurá-la. Dizia que ela estava inquieta, que você havia acabado de colocá-la na cama e que eu não devia acordá-la. Eu trabalhava aos sábados, e você a levava à igreja todos os domingos. Eu nunca tinha um tempo com ela.

Hildie chorou, mas insistiu:

— Não foi minha culpa Dawn ter se apegado a mim. Eu era a única que ficava com ela o tempo todo.

— Mas eu queria ficar. Você até mudou o nome dela!

— Porque as pessoas achavam que ela se chamava assim em homenagem ao navio dos peregrinos.

— Você e o papai achavam que era um nome hippie. A Dawn me contou. Não era um nome adequado para uma Arundel.

Hildie assoou o nariz.

— Acho que eu excluí você...

— Eu via como você a amava, mãe. Eu tinha ciúme, mas me sentia grata também. Você e o papai não me deram esmola, me deram a mão. Quando eu finalmente me reergui, tentei reconquistar a Dawn. Quando me casei com o Mitch e nos mudamos para Alexander Valley, achei que eu poderia ter uma chance.

— E nós fomos atrás — Hildie fungou. — Eu teria morado na casa ao lado se Trip tivesse permitido.

— A Dawn disse que me odiava por fazer você chorar, e eu desisti. O papai dizia que você só queria ajudar. Olhando para trás agora, acho que ele via como nós duas sofríamos.

— Minha mãe "ajudou" também — disse Hildie, desolada. — E eu nunca a perdoei por isso. Ainda dói. Você consegue me perdoar?

Dawn ouviu um movimento e mudou de posição para poder ver a sala de estar. Sua mãe estava ajoelhada na frente de sua avó.

— Eu já perdoei você há muito tempo.

Hildie colocou a mão no rosto de Carolyn.

— Mas ainda dói.

— Sim, mas talvez a gente se cure agora. Eu via tudo como uma criança, mas agora vejo pelos olhos de uma mulher. Estou feliz que tenha sido você, e não uma estranha qualquer em uma creche.

Hildie segurou o rosto de Carolyn e a beijou.

— Estou feliz que tenha sido Oma, e não a sra. Haversal.

Dawn se levantou com cuidado e se apoiou na cômoda até que a dor diminuísse. Inclinou-se com cuidado, recolheu os travesseiros e o edredom e os colocou de volta na cama. Deslizou para baixo das cobertas e agradeceu a Deus por atender a suas orações.

Agora ela sabia que seu pai biológico, embora sem nome, havia sido um jovem veterano de guerra vítima de estresse pós-traumático, como sua mãe. Sabia por que ela lhe dera o nome de May Flower Dawn. E a mãe e a avó finalmente estavam conversando. O amor ganharia dessa vez.

58

Carolyn levantou-se primeiro, atiçou o fogo e acrescentou dois pedaços de lenha; em seguida, foi até a cozinha para ligar o fogareiro e ferver um pouco de água para o café. Ouviu um estalo alto e sinistro em algum lugar lá fora. A casa estremeceu. Outro grande estrondo, e a casa saltou sobre os alicerces. A esquadria da janela rachou. Carolyn tomou distância.

– O que aconteceu? – a mãe chegou correndo, com os cabelos grisalhos saindo em todas as direções e o roupão meio vestido. – O que foi que caiu?

Amarrou a faixa ao redor da cintura e abriu a porta dos fundos.

– Espere! Não vá por aí, mãe!

Carolyn a puxou de volta. A sequoia havia caído em cima da garagem. Enormes galhos se projetavam em todas as direções e fizeram o chão de madeira se inclinar.

– Meu carro!

– Eu o estacionei na estrada ontem para poder mexer nas coisas na garagem. Não deve ter acontecido nada.

– Ainda bem. – Hildie começou a rir. – Vamos ter bem menos coisas para separar agora.

Carolyn tomou-a pelo braço.

– Vamos nos sentar na sala.

– Por quê? Porque a cozinha parece estar inclinada?

– Não está. Ou está?

Carolyn tremeu por dentro quando deu uma olhada no cômodo.

Enquanto se dirigiam à sala, Hildie olhou para a porta novamente.

– Pelo menos não vamos ter que nos preocupar com lenha. Temos uma montanha agora.

Carolyn se sentou perto do fogo.

– Não acredito que a Dawn não acordou com isso!

Sua mãe se sentou diante dela.

– Graças a Deus é a única árvore em frente da casa.

– Desde que a casa não deslize ladeira abaixo...

– Ora, mas que otimista – disse Hildie, dando um sorriso sem graça. – Seu pai dizia que esta casa foi construída sobre uma rocha.

– Ele queria dizer granito... ou Jesus?

– Espero que seja ambos.

Ficaram em silêncio.

– Fico imaginando quanto vale toda essa sequoia – meditou Hildie.

– Talvez o suficiente para pagar uma nova garagem.

Hildie meneou a cabeça.

– Vou lhe dizer uma coisa: estou mais do que pronta para sair daqui agora.

Carolyn riu.

– Espero que sim.

Dawn saiu do quarto com os olhos embaçados.

– O que foi todo aquele barulho?

A mãe e a avó lhe contaram enquanto ela se acomodava no sofá com a manta branca em volta dos ombros.

– Dá para sair?

– Não sei. – Carolyn a observou. – Precisamos sair?

Dawn sorriu.

– Não.

Carolyn descartou uma leve preocupação.

– Vou dar uma olhada aqui em volta, de qualquer maneira.

O portão estava emperrado, mas ela conseguiu empurrá-lo e abri-lo após várias tentativas. As raízes arrancadas da sequoia estavam a mais de dois metros de altura e haviam levantado a maior parte da estrada. Um fluxo constante de água da chuva corria colina abaixo, enfraquecendo o pavimento rachado. Carolyn voltou para dentro.

– Meu carro tem tração nas quatro rodas, dá para subir o morro e os arredores.

– Não dá, não – informou a mãe. – Essa estrada foi fechada na última semana. Tem uma grande fenda bem no meio dela.

– Estamos bem e confortáveis juntas – disse Dawn, perfeitamente calma. – Não vamos nos preocupar com isso. Vamos só conversar.

– Sua avó e eu conversamos bastante a noite passada.

– Eu sei, eu estava escutando. Ouvi tudo.

O calor se espalhou no rosto de Carolyn. O que ela queria dizer com "tudo"?

Dawn abraçou o cobertor apertado.

– O jovem veterano que tocava violão é meu pai, não é?

Então sua filha havia escutado tudo. Carolyn queria desesperadamente que Dawn entendesse.

– Biologicamente, sim. Mas eu nunca pensei nele como o seu pai. Para mim, você sempre foi um presente de Deus.

Dawn sorriu.

– Eu sei, mãe. Foi por isso que você me chamou de May Flower Dawn.

– Ah! – disse a mãe de Carolyn, compreendendo subitamente. – Você disse que era maio, que as flores floresciam na grama e que o Senhor apareceu de madrugada. May... Flower... Dawn... – seus olhos se umedeceram. – Não é de admirar que você tenha ficado tão magoada quando o mudei. – Sua boca se suavizou. – Você não poderia ter escolhido um nome melhor, Carolyn.

Dawn sorriu.

– Você podia ter me chamado de Epiphany, epifania.

Carolyn riu e a tensão se dissolveu.

– Quase fiz isso.

Hildie pronunciou o nome lentamente, fascinada, com os olhos brilhando.

– May... Flower... Dawn.

Depois de tomarem um café da manhã composto de cereais, mexeram nas outras caixas. Dawn se sentia estranha e nervosa. Queria as coisas resolvidas de imediato. Não tinha mais tempo a perder.

– Agora que você não tem mais garagem, vovó, vai estacionar seu carro na frente de uma típica casa americana em Santa Rosa ou de uma vila toscana em Windsor? – Ela tinha outra coisa em mente, mas sua mãe teria que trazer o assunto à tona.

– Windsor fica mais perto de Alexander Valley.

Dawn olhou enfaticamente para a mãe e ergueu as sobrancelhas.

Carolyn franziu ligeiramente a testa e se sentou sobre os calcanhares. Então, voltou-se para a mãe.

– Você gostaria de morar comigo e com o Mitch?

Hildie ficou boquiaberta.

– Ah, não creio que vocês vão me querer tão perto.

– Temos as dependências de empregada que nunca usamos. Tem uma sala de estar, uma suíte e uma pequena cozinha.

Sua mãe só olhava fixo para ela.

– Você não precisa morar conosco. Só pensei que talvez pudesse pensar nisso. Eu queria convidar você quando o papai morreu, mas você não teria sequer discutido o assunto. Você insistia que queria sua independência.

– Então a culpa é sua por acreditar em cada coisa idiota que eu digo! – Hildie explodiu em lágrimas, mas estava sorrindo. – E eu que pensei que a Marsha era sortuda!

Carolyn disse que eles poderiam retirar os móveis e que a mãe poderia levar o que quisesse, dentro do razoável.

– Mas não esse velho sofá desbotado, por favor. Vamos comprar um novo.

Dawn sentiu tudo desaparecer em uma nuvem cinza de dor e pressão. Depois, o silêncio.

– Dawn? – sua mãe perguntou. Ela e a avó a olhavam fixamente. – O que foi?

– Eu queria esperar...

Algo estourou dentro dela, como um balão. Arquejou quando sentiu uma piscina de um líquido quente e escorregadio se espalhando debaixo dela.

– Ah! – Respirando rapidamente, esforçou-se para se levantar do sofá. A umidade correu pelas pernas, encharcando o velho moletom do avô e escorrendo para dentro das meias grossas. – Ah, *não*!

Carolyn tentou não entrar em pânico enquanto ajudava Dawn a se deitar no quarto.

Sua mãe ficou ao lado dela, falando com autoridade. Havia uma enfermeira de oitenta e seis anos na casa, e ela havia acabado de pegar o plantão.

– Levante-se, querida. Muito bem. Carolyn, pegue o cestinho de lixo.

Então a avó despiu Dawn, que chorava.

– Desculpe, vovó, estraguei seu sofá.

– Você não acabou de ouvir a sua mãe dizer que ele ia mesmo para o lixo? Ela não ia me deixar levá-lo.

– Seus lençóis bonitos...

– Ora, fique quieta!

Carolyn queria gritar. Sofá? Lençóis? Elas tinham outras coisas com que se preocupar! O bebê estava chegando *cedo*. O telefone não funcionava; as estradas estavam bloqueadas; a sequoia gigante havia acabado de pôr para fora seu maciço sistema de raízes por toda a estrada e transformara a garagem em uma pilha de estilhaços gigantes!

– Outra contração? – Hildie pegou o relógio e checou o pulso da neta.

Dawn gemeu baixinho e disse com os dentes apertados:

– Pensei que o primeiro bebê demorasse...

– Nem sempre. Respire fundo e expire. Descanse o máximo que puder, querida.

Em menos de um minuto, outra contração. Dawn olhou para Carolyn.

– Mamãe, você veio com o Suburban, não é?

– Sim, mas a sua avó disse que não dá para sair daqui.

– Mas você tem GPS e localizador via satélite, não tem?

– Tenho! – Carolyn saiu correndo. No mesmo instante, revirou a bolsa, encontrou as chaves e correu para a porta.

Hildie enxugou a testa de Dawn. A pobre menina estava pegando fogo. Embora tivessem se passado décadas desde que Hildie assistira um parto, ainda podia reconhecer uma situação grave quando a via.

– Tem mais alguma coisa que eu deva saber sobre a sua condição, querida? Você não parece bem desde que chegou. Quer me dizer o que está acontecendo?

Dawn encontrou seus olhos brevemente, depois desviou o olhar.

– Linfoma de Hodgkin. Foi por isso que vim para casa. Bem, em parte. – Dawn segurou a mão da avó. – Não se atreva a chorar, não agora. E não diga nada à mamãe, por favor, vovó. Eu ia contar para as duas ao mesmo tempo, mas queria que vocês resolvessem seus problemas primeiro. – Outra contração, mais difícil que a anterior. – Deus não vai levar este bebê, não vai.

Hildie alisou o cabelo de Dawn para trás e lhe disse para andar por cima da dor, como um surfista em uma onda.

– Quando você descobriu?

Dawn ofegava, e gotas de suor pontilhavam seu rosto.

– Em outubro. O médico queria que eu começasse a quimioterapia. – Lágrimas escorriam de seus olhos em seus cabelos. – Eles disseram que podiam limitar a dosagem para proteger o bebê, mas eu não podia correr esse risco. Não depois de esperar tanto tempo por ela.

– Por que não nos contou? Sua mãe e o Mitch teriam ido para ficar com você... ou para trazê-la de volta para cá. Poderíamos ter ajudado.

A porta dos fundos se abriu.

– Não conte a ela! Por favor, ainda não. Deixe que eu...

– Shhh. – Hildie enxugou seu rosto rapidamente. – Não se preocupe, concentre-se em ter sua filha.

Carolyn voltou para o quarto.

– Consegui! – exclamou, dando a volta na cama e pegando a mão de Dawn. – Como você está?

Dawn lhe deu um sorriso trêmulo.

– Estou bem, mãe.

– Tem um helicóptero de resgate no Santa Rosa Memorial, mas vai demorar um pouco. – Carolyn apertou a mão de Dawn. – Parou de chover há alguns minutos. Deus está abrindo o caminho. Eles vão ter que pousar na estrada para o Jenner Inn e subir a pé.

Outra contração fez Dawn gritar e empurrar. Hildie colocou a mão sobre o ventre da neta novamente, cronometrando a contração.

– E a árvore? Vão conseguir passar?

– Queria ter uma motosserra!

Carolyn não tirava os olhos de Dawn.

Trip havia comprado uma, mas Hildie não ia dizer a Carolyn onde encontrá-la. Não queria nem pensar no dano que sua filha poderia fazer a si mesma com uma coisa dessas.

– Traga o fogareiro para o banheiro. Pegue uma panela grande, encha de água e ponha para ferver. Deve ter barbante em uma das gavetas da cozinha. Traga também uma faca afiada e um pegador.

Dawn riu.

– A vovó parece meu instrutor de enfermagem de San Luis Obispo. Mandona!

– Graças a Deus! – Sorrindo, Carolyn correu para fora de novo. Preparou tudo e voltou. – Coloquei algumas de suas toalhas novas em uma cadeira da cozinha em frente ao fogo. Vão ficar quentes para o bebê.

– Não muito perto, espero – murmurou Hildie. – A última coisa que precisamos agora é de um incêndio.

Todas riram um pouco descontroladamente.

Cinco minutos depois, já sabiam que o bebê não ia esperar o helicóptero.

– Lave bem as mãos, Carolyn. Rápido.

Hildie sabia que não tinha a força física necessária para concluir a tarefa. O corpo de Dawn balançou com o movimento do bebê. A neta não tinha mais trégua. Contrações repetidas devastavam-na de dor.

Agora que sabia que não era só o parto que torturava o frágil corpo de Dawn, Hildie precisou de muita determinação para não chorar. Todo seu conhecimento e treinamento se impuseram de início, mas as pernas começavam a doer tanto que mal conseguia ficar em pé.

– Preciso da cadeira estofada, Carolyn.

Carolyn a colocou onde ela indicou.

– Fique ali. Você vai trazer sua neta à luz.

– O quê?

– Eu vou lhe dizer o que fazer. Não discuta nem diga que não consegue. Você consegue.

Carolyn obedeceu. Hildie pôs a mão no braço de Dawn e foi falando. Disse à neta para deixar a natureza seguir seu curso.

– Não segure. Empurre!

Deu instruções a Carolyn e observou a filha enquanto ela fazia exatamente o que dissera. A filhinha de Dawn irrompeu no mundo com o rosto vermelho e gritando.

Carolyn riu alegremente.

– Ela é linda, Dawn. E perfeita, do jeito que você era.

– Coloque o bebê sobre o ventre de Dawn. Amarre o cordão, Carolyn. Isso mesmo. Pode cortar agora. Vou pegar as toalhas.

Ouviu-se o barulho das pás de um helicóptero sobre a casa.

Hildie pegou as toalhas quentes dobradas na cadeira em frente à lareira e as levou para suas garotas.

– Prematura ou não, seus pulmões estão ótimos.

Dawn e Carolyn riram de alívio. Carolyn embrulhou o bebê e o colocou nos braços da filha.

Dawn abaixou a toalha macia e olhou o rosto do bebê. Sorrindo, a beijou.

– O nome dela é Faith. – Olhou para sua mãe, e a tristeza se misturou com a alegria. – Sente aqui perto de mim, mamãe. Você também, vovó. Tenho algo a lhes dizer.

Hildie já sabia. Quando Dawn terminou, Carolyn estava branca.

– Não.

Hildie pegou sua mão e a segurou com força, com o coração partido.

– Eu também queria que não fosse real, mãe, mas não podemos esconder a verdade. Você e a vovó vão ter que trabalhar juntas. A vida do Jason não pertence a ele. Você será a guardiã da Faith, mãe. Vovó, você vai ajudar, assim como a Georgia. Deus vai devolver todos os anos que os gafanhotos comeram, mãe.

– May Flower Dawn – Carolyn desmoronou, encostando a cabeça na filha.

Dawn pôs a mão na cabeça da mãe, como se estivesse lhe dando uma bênção.

– Você é mais forte que qualquer pessoa que conheço. Fique com Faith, mãe – e sorriu para Hildie. – Prometa que vai compartilhar.

Quando os paramédicos chegaram, agiram de forma rápida e eficiente. Disseram que havia espaço só para mais um no helicóptero. Hildie quase disse que iria, mas se conteve.

– Você vai – segurou o rosto de Carolyn. – Você é a mãe dela.

– Mitch e eu viremos buscá-la o mais rápido possível.

Hildie beijou Dawn e o bebê.

– Vejo vocês duas em breve – e afastou uma mecha de cabelo dourado do rosto de Dawn. – Agarre-se à fé, querida. Não se atreva a desistir.

Quando se foram, Hildie voltou para dentro. Sentou-se em sua cadeira e chorou. Então, rezou. Continuou rezando até o anoitecer. Esqueceu de atiçar o fogo, que se extinguiu. Pegou o cobertor do sofá e se enrolou nele. Já havia suportado outros invernos sem fogo e sem luz, poderia resistir àquele. A escuridão combinava com seu desespero.

Acordou com alguém chamando seu nome. Viu um flash de luz; a porta se abriu e o facho a cegou.

– Quem...?

Mitch.

– Desculpe ter demorado tanto para chegar, Hildie. Tive que vir por Sebastopol e Bodega. O rio baixou o suficiente para passar além de Bridgehaven.

O genro fora em seu socorro. Deus já o havia enviado para resgatar sua filha anos atrás.

– Quer embalar algumas coisas?

– Acho melhor, não é?

Ela ainda estava de pijama.

Mitch a ajudou a contornar as raízes da árvore para pegarem a estrada. Ele estava com o Jaguar, que rugia para a vida. Ele disse que Dawn e o bebê estavam bem. O bebê pesava quase três quilos. Hildie perguntou se ele sabia o motivo de May Flower Dawn ter atravessado o país de carro no auge do inverno.

– Sim, eu sei. O único que ainda não sabe é o Jason, mas tenho alguns amigos influentes que estão movendo céus e terra para trazê-lo para casa.

Hildie só soube mais tarde quantos rezavam pelo milagre restaurador que havia ocorrido em Jenner... E continuavam rezando para que Dawn não fosse chamada por Deus. Não naquele momento.

Epílogo
SEIS ANOS DEPOIS

Carolyn colocou a mochila e duas bolsas no compartimento ao lado de seu assento no imenso avião Lufthansa 747. Mitch fizera os arranjos e, como de costume, não poupou gastos para garantir que a esposa estivesse confortável. Ele colocara Faith, Georgia e ela na classe executiva para o longo voo até Frankfurt. Faith, com o cabelo louro preso em duas marias-chiquinhas, sentou-se na grande poltrona de couro com as pernas esticadas, balançando os pés, apertando seu cachorrinho de pelúcia em um abraço protetor. Ela se parecia muito com May Flower Dawn aos seis anos, e isso cortava o coração de Carolyn. Ela apertou o cinto de segurança de Faith antes de colocar o seu e roçou com os dedos o rosto macio da neta.

– Animada para ver o papai, querida?

Faith assentiu. Carolyn se inclinou e olhou pelo corredor.

– Como está a Gegê ali?

Georgia estava sentada do outro lado do corredor, pálida e tensa. Deu um sorriso nervoso.

– Estou bem.

Ela não parecia nada bem, mas Carolyn entendia perfeitamente. Saber que Jason havia sido gravemente ferido no Afeganistão e levado para Landstuhl deixara todos eles muito abalados.

Receberam a notícia de que Jason havia sido ferido duas semanas atrás, mas só alguns dias depois souberam da extensão dos ferimentos e para onde havia sido transferido. Cedo ou tarde, Jason voltaria para os Estados Unidos, mas quanto tempo levaria até que isso acontecesse? Semanas? Um mês? Dois? Assim como havia feito nos dias seguintes ao nascimento de Faith, Mitch movera montanhas para reunir a família naquele momento de crise. Conseguira trazer Jason do Iraque para casa cinco dias depois do nascimento de Faith em Jenner. May Flower Dawn passara uma semana no hospital depois de o bebê nascer. Exames confirmaram o que ela já sabia: não tinha muito tempo. O médico prescrevera radioterapia paliativa para controlar a dor. Dawn fora para casa, e o serviço de cuidados domiciliares fora instalado. Christopher largara as aulas em Stanford e voltara para casa para passar o máximo de tempo possível com a irmã.

Todos estavam preocupados com Jason. Ele havia sido forte nas últimas semanas de Dawn, mas ficara profundamente triste quando ela morrera. Perdera peso, não conseguia dormir nem falar. O pastor Daniel levara-o dali por alguns dias, e Jason parecia melhor quando voltaram, menos perdido e arrasado. Ficara perto de Faith. Quando o dever o chamara de volta, fora com Deus à frente e na retaguarda.

Carolyn olhou para a linda menininha sentada na grande poltrona de couro, confortável ao lado dela. Não fosse por essa criança adorável, todos teriam ficado destruídos.

– Champanhe, madame?

Uma aeromoça bonita, de cabelos escuros, carregava uma bandeja cheia de taças com suco ou champanhe. Georgia pegou suco de laranja.

Faith olhou ansiosamente para Carolyn.

– Posso pegar um pouco de suco, vovó?

Carolyn disse que sim e não quis nada para si. Sentia-se um pouco enjoada pelo nervosismo. Da última vez que viajara por conta própria, para qualquer distância, estava atravessando o país com Chel depois de Woodstock, e isso não lhe trazia as melhores recordações. Dawn teria dito a ela para não se preocupar, que Deus estaria voando com elas. Sorriu ao imaginar Jesus de uniforme, sentado na cabine do piloto.

Faith gritou de alegria e abriu os braços.

– Gegê, estamos voando!

Georgia fechou os olhos e se agarrou aos braços da poltrona. Depois do que pareceu um intervalo surpreendentemente curto de tempo, a campainha soou e o capitão anunciou que o 747 atingira altitude de cruzeiro e que todos estavam livres para andar pelo corredor. O jantar foi servido. Carolyn levou Faith ao banheiro, a seguir a prendeu de volta na poltrona, cobriu-a com um cobertor e começou a ler o livro favorito da menina, *Horton e o mundo dos quem*. Faith adormeceu no meio da terceira página. Georgia reclinou a poltrona e finalmente parecia tranquila.

Carolyn pegou o notebook. Enquanto esperava que inicializasse, pensou em quantas vezes havia usado o computador ao longo dos últimos anos para se conectar com Jason do outro lado do mundo, com Faith empoleirada em seu colo. Quando ele aparecia na tela, ela apontava: "Olhe o seu papai. Diga olá, querida".

Jason sorria. "Como está minha menininha?" Carolyn não queria que Jason perdesse nada. Postava filmes de Faith rolando, sentando, engatinhando. Faith já estava andando quando ele voltara do Iraque para casa. Jason fizera o máximo com o pouco tempo que tivera com a filha. Dezoito meses depois de voltar do Iraque, fora convocado de novo.

Georgia ficara arrasada quando Jason fora convocado pela terceira vez, dessa vez no Afeganistão. "Vão continuar mobilizando-o", dissera Mitch a Carolyn. Com tão poucos homens, os militares não tinham escolha a não ser reutilizar os que tinham. "Enquanto houver guerra no Oriente Médio, ele vai ficar indo e voltando." E não parecia que aquilo iria acabar tão cedo.

Todas as noites, Faith fazia a mesma oração: "Deus, por favor, abençoe o papai e o traga para casa em breve e em segurança. Ajude Gegê a não se preocupar tanto. Deus, abençoe a vovó Caro, o vovô Mitch, a bisa H e o tio Chris. Em nome de Jesus, amém".

Então, chegara a notícia de que Jason havia sido ferido e estava sendo levado de helicóptero para um hospital na Alemanha. Não seria enviado a uma zona de guerra novamente. Os ferimentos de guerra lhe renderiam uma medalha Purple Heart e comendas, mas também, muito provavelmente, uma baixa precoce do exército. Jason esperava servir seus vinte anos completos antes de voltar à vida civil.

Mitch apareceu na tela.

– Oi, querida. Já estou com saudades das duas.

– Obrigada por nos colocar na classe executiva, Mitch. É um luxo.

Conversaram por alguns minutos, e então ele deixou Hildie tomar seu lugar. Até ela havia se acostumado a se sentar na frente do computador e conversar via webcam.

– Como está nosso bebezinho, querida? Está se comportando?

– Por ora, sim. Está dormindo. Georgia também. As duas adormeceram logo depois do jantar, que foi servido com toalhas brancas, pratos de porcelana e talheres de prata. Dá para acreditar?

– Nós comemos pizza em pratos de papel.

A mãe piscou, e Carolyn soube que ela estava provocando Mitch novamente. Carolyn podia ouvi-lo rindo e falando ao fundo.

– Ora, cale a boca – a mãe suspirou. – Ele quer que eu conte que quase perdi minha dentadura. Não se preocupe. Seu marido está cuidando bem de mim.

– Não esqueça de usar o andador, mãe.

– Não comece você agora!

Mitch se inclinou para que Carolyn pudesse ver os dois.

– Não se preocupe conosco, nós nos damos muito bem. Se a sua mãe se comportar mal, vou mandá-la para o quarto dela – e deu um beijo rápido na bochecha de Hildie. – Minha vez.

Mitch ajudou Hildie a se levantar da cadeira e se sentou em frente ao monitor.

– Alguém estará esperando vocês no aeroporto. Contratei um serviço de transporte até a estação de trem.

Hildie se inclinou.

– Coloquei uma coisa na sua mala, querida. Se tiver tempo... bem, você vai entender. Dê um grande abraço em Jason de sua "sogra-avó".

– A igreja toda está rezando, Carolyn.

Carolyn adormeceu facilmente depois disso.

Assim que o trem começou a correr pelos trilhos em direção a Landstuhl, Carolyn sentiu a pressão de Faith ao lado dela, com o cachorrinho ainda debaixo do braço. Ele havia caído da poltrona no avião enquanto ela dormia. Ficaram tão ocupadas recolhendo as coisas que o haviam esquecido. Felizmente, um dos comissários vira o surrado e amado bichinho de pelúcia preso na manta azul e fora levar para elas. Faith o segurou apertado e disse a ele para não se perder novamente.

Carolyn beijou a menina no topo da cabeça.

– Seu tataravô veio deste país, Faith. Ele cresceu em algum lugar perto de Hamburgo.

Carolyn imaginou Oma fazendo seu caminho através da Europa rumo à Inglaterra, e, finalmente, embarcando em um navio para atravessar o Atlântico; a seguir, casando-se com um hóspede alemão que alugara um quarto em sua pensão. Em outras circunstâncias, poderiam ter feito uma viagem de volta às origens com Hildie e May Flower Dawn.

Ela e Mitch haviam conversado sobre sua mãe ir junto para a Alemanha, mas ela recusara.

– Não, não. Vocês precisam chegar até Jason o mais rápido possível, e eu vou atrasá-las. Se eu fosse mais jovem, talvez, mas não agora. Não tenho condições.

Na verdade, Carolyn se sentira aliviada. Mesmo em uma cadeira de rodas, a viagem teria sido muito cansativa para a mãe, que acabara de completar noventa e três anos. Já havia tido trabalho suficiente arranjando espaço em seus aposentos para uma mesa de jantar. Carolyn e Faith frequentemente serviam o chá no "salão" da avó, em vez de fazê-la empreender a longa caminhada até a cozinha.

Carolyn temia o momento em que não teria mais a mãe consigo. Os últimos seis anos haviam sido preciosos, um tempo para finalmente se conhecerem. Deus lhes dera de volta os anos que os gafanhotos haviam comido, exatamente como Dawn dissera.

Quando chegaram ao Hotel Schloss, registraram-se, subiram, largaram a bagagem e pegaram um táxi até o hospital. Na recepção, Georgia forneceu o nome completo de Jason, o número de série e o nome do médico. A enfermeira passou as instruções da UTI. Só poderia entrar uma pessoa de cada vez.

Carolyn se sentou na sala de espera com Faith.

– Eu vou ver o papai, vovó?

– Espero que sim, querida. Foi para isso que viemos de tão longe.

Quando Georgia saiu, Carolyn soube que as coisas não estavam bem. Seu sorriso hesitou quando pegou Faith no colo e disse:

– O papai estava dormindo, e pode demorar um pouco para ele acordar.

Carolyn entrou em seguida. Jason parecia morto, com tubos, medicação intravenosa e máquinas bipando e piscando por todos os lados. Tinha a cabeça enfaixada. A perna esquerda havia sido amputada acima do joelho, e a direita estava engessada. O braço esquerdo estava enfaixado do pulso ao ombro. Carolyn pegou a mão direita de Jason e se inclinou.

– É Carolyn, Jason. A Faith está aqui conosco. Todo mundo mandou lembranças e amor. Estão todos rezando. Aguente firme, soldado, volte para nós. – Beijou-lhe a testa. – Você tem a Faith, Jason. Ela precisa do pai.

Quando Carolyn saiu, Georgia estava em pé segurando a mão de Faith. A enfermeira havia dito que ela podia ficar o tempo que quisesse, e seria bom se ela falasse com o filho. Ela se inclinou e beijou a menina.

– Vá para o hotel, Carolyn. Ela precisa dormir. Eu vou ficar bem.

Depois de jantar na lanchonete do hospital e ver Jason mais uma vez, Carolyn levou Faith de volta ao hotel. Pôs a neta na cama e leu *Horton e o mundo dos quem* novamente.

– Vovó, o papai vai morrer?

Carolyn não queria mentir.

– Não sei, querida.

– Será que ele ainda quer ficar com a mamãe?

As crianças não deixam passar nada.

– A mamãe ia querer que ele ficasse aqui até você ficar grande.

Abraçou a neta, e elas rezaram para que Jason acordasse logo e ficasse bom.

Georgia não voltou ao hotel naquela noite.

Arrumando-se na manhã seguinte, Carolyn encontrou o maço de cartas da amiga de Oma, Rosie Brechtwald, dobrado debaixo das roupas.

Quando Carolyn e Faith chegaram ao hospital, Georgia estava saindo do quarto de Jason na UTI. Lágrimas lhe corriam pelo rosto.

– Ele vai ficar bem!

Carolyn chorou e compartilhou a notícia com Mitch e com a mãe, a qual se debruçou atrás do genro, pedindo detalhes médicos.

– Ele saiu do coma na noite passada. Vão transferi-lo para outro quarto amanhã de manhã. Isso é tudo o que sei.

– Como Georgia está lidando com isso?

– Está exausta, mas muito melhor que antes.

Carolyn passou a mão pela cabeça da neta. Faith sorriu com o canudo na boca e tornou a beber seu leite. Pessoas circulavam pela lanchonete do hospital.

– A Faith conseguiu ver o Jason hoje de manhã. Ele está muito fraco, mas sorriu. – Ela piscou para Faith. – Deu um sorriso enorme quando viu sua menininha.

Mitch fez perguntas, e Carolyn disse a ele tudo o que sabia.

– Ele vai ser mandado de volta aos Estados Unidos para fazer reabilitação. Texas, eu acho. – Carolyn viu Georgia entrar no refeitório e acenou para ela. – A Georgia acabou de chegar. Está sorrindo. Deve trazer mais uma boa notícia.

Georgia se abaixou para cumprimentar Mitch e Hildie, e então perguntou a Faith se ela queria falar com o pai. Ele perguntara por ela. Georgia a pegou pela mão, e Carolyn disse que iria em um minuto.

– Mitch, estava pensando em ir para a Suíça daqui a alguns dias, assim que eu souber que está tudo bem com o Jason. Gostaria de ver a cidade natal de Oma. Tudo bem para você?

Ele assentiu.

– Sua mãe me contou sobre as cartas. Talvez você possa até encontrar alguém da família da amiga da sua avó para lhe entregar essas cartas.

– Não sei se o Hotel Edelweiss ainda existe, mas vou ver o que consigo achar. A Georgia vai ficar aqui com a Faith. Compramos uns jogos, lápis de cor e um livro de colorir para mantê-la ocupada. Ela tem sido um anjo. O Jason disse que ela vai crescer e ficar tão bonita quanto a mãe. Ele carrega uma foto de May Flower Dawn que tirou quando eram recém-casados e moravam em San Luis Obispo. A Faith achou que ela era um anjo com um halo de luz. O Jason disse a ela que Dawn sempre lia a Bíblia de manhã, com o sol nascendo. Eu pedi uma cópia da foto. Vai ficar linda num porta-retratos.

Hildie se aproximou para que Carolyn pudesse vê-la na tela.

– Tire muitas fotos, querida. Eu adoraria ver o lugar onde Oma cresceu.

Carolyn fez uma busca na internet e reservou uma noite no Hotel Schweizerhof, em Zurique. O grande e velho hotel era caro, mas ficava em frente à estação de trem. Agora que seus planos estavam dando certo, sentia-se como uma criança no primeiro dia de escola. Riu silenciosamente para si mesma. Oma já havia rodado o mundo aos vinte e três anos! Parecia ridículo hesitar diante de qualquer desafio tendo o sangue dela correndo em suas veias. "Você tem que pegar a vida pelos chifres", dissera Oma uma vez.

Oma certamente havia feito isso. Ela havia lhe contado sobre os falsos conde e condessa Saintonge, que dirigiam a escola de serviços domésticos em Berna, sobre Herr Derry Weib e o *chef* Warner Brennholtz, do Hotel Germania, em Interlaken. Havia falado sobre Lady Daisy Stockhard e sua filha solteirona, srta. Millicent, sempre à caça de um marido perfeito. Carolyn ficara surpresa ao descobrir que sua mãe jamais tinha ouvido essas histórias.

Carolyn se levantou cedo, fez as malas e beijou Faith na testa. Georgia a acompanhou até a porta.

– Não sei como agradecer a você e a Mitch por me trazer até aqui, Carolyn.

Carolyn a abraçou.

– O Jason é nosso filho também. Vou ligar hoje à noite para saber notícias do nosso garoto.

E pegou o trem para Zurique. O cenário era glorioso, os passageiros, amigáveis. O Hotel Schweizerhof não poderia ter sido mais conveniente. Registrou-se e perguntou onde poderia fazer algumas compras. O casaco de inverno a mantinha aquecida em Sonoma, na Califórnia, mas ela percebera, após sair a pé da estação de trem, que não seria quente o bastante na alpina Suíça. Além disso, precisava de botas em vez de tênis.

Procurou de loja em loja até encontrar um casaco e um par de botas a preços razoáveis. Depois de um almoço tardio em Old Town, voltou para o hotel. Viu o belo e ornamentado Museu Nacional da Suíça, mas era muito tarde para visitá-lo. Entrou na Estação Central e jantou em um café, onde pôde ver os viajantes indo e vindo.

Ligou para Georgia naquela noite.

– O Jason estava com muita dor hoje. Faith e eu fizemos uma longa caminhada. – Georgia riu. – Precisava cansá-la antes de voltarmos ao hospital.

Faith havia se aninhado na cama com Jason enquanto Georgia estava no banheiro.

– A enfermeira a encontrou dormindo ao lado do pai, com o cachorrinho debaixo do queixo. Quando tentou tirá-la, Jason pediu que a deixasse.

Antes de dormir, Carolyn escreveu um e-mail para Mitch.

O Hotel Schweizerhof é um grande, velho e glorioso hotel em frente à estação de trem, onde jantei hoje à noite. Estou comendo a sobremesa agora... uma barra de chocolate branco com amêndoas Lindt, que foi deixada gratuitamente no meu quarto. Diga à mamãe que vou lhe levar alguns. Amanhã, Steffisburg.

Carolyn pegou o trem da manhã para Thun. Descansando o queixo na mão, viu passar pela janela diversas cenas tipicamente natalinas. Pequenas explosões de cor, pintadas ou naturais, salpicadas contra o fundo branco. Os Alpes subiam como poderosas sentinelas em guarda.

As duas horas de viagem de trem passaram rapidamente, e ela se viu em pé, mais uma vez, no ar fresco suíço, com a respiração fumegante como a de um dragão. O gerente da estação falava inglês. Sim, o Hotel Edelweiss ainda funcionava, embora não recebesse tantos hóspedes como antigamente. Ele conhecia a família muito bem.

– Ilse Bieler e eu estudávamos na mesma escola.

Ele fez duas ligações. Havia um quarto disponível. Um táxi estava a caminho.

Enquanto esperava, a neve caía como penas de ganso depois de uma luta de travesseiros. O motorista a levou ao longo de um pequeno rio, através de uma ponte e pela rua principal da cidade onde Oma passara a infância. Havia uma igreja branca com um grande campanário ao fundo, antes de a estrada fazer uma curva para a direita. O táxi subiu a colina com vista para Steffisburg e estacionou em frente a um sobrado de estilo bernês. Uma pequena placa, com "Hotel Edelweiss" pintado de vermelho, havia sido parafusada à madeira escura da casa.

Assim que Carolyn subiu os degraus, uma mulher vestindo calças de esqui e um suéter pesado azul e vermelho abriu a porta. Tinha cabelos escuros, olhos castanhos e parecia ter quase quarenta anos, por volta da idade que May Flower Dawn teria se estivesse viva. Carolyn sentiu brotar uma súbita sensação de perda. Apresentou-se.

— Ludwig Gasel ligou mais cedo. Ele disse que vocês têm um quarto.

— Entre, por favor. Meu nome é Ilse Bieler. Minha família é proprietária do hotel.

A mulher deu um passo para trás, deixando a porta aberta.

Carolyn gostou da sensação aconchegante das paredes de madeira manchadas, do sofá e das cadeiras vermelhos, do tapete multicolorido e das chamas crepitantes da lareira. Ilse Bieler mostrou-lhe um quarto no andar superior com vista para a torre da igreja, entre as árvores.

— Temos café e biscoitos lá embaixo – disse, fechando a porta ao sair.

Carolyn desfez a mala rapidamente e desceu. Não havia ido até ali para se esconder no quarto. Ilse Bieler ofereceu café.

— O que a traz a Steffisburg?

— Minha avó cresceu aqui. Eu estava curiosa para ver se algum membro da família ainda poderia estar na cidade. Ela tinha uma amiga especial que viveu aqui no Hotel Edelweiss.

— É mesmo? Qual era o sobrenome da sua avó?

— Schneider.

— É um nome comum. Sabe alguma coisa sobre a família?

— Oma disse que o pai dela era alfaiate, e a mãe, costureira. Ela tinha um irmão mais velho, Hermann. Não sei o que aconteceu com ele. A mãe dela morreu jovem. E ela tinha uma irmã mais nova também. Seu nome era Elise.

— Elise... — Ilse deu de ombros. — Também é um nome comum.

O telefone tocou, e Ilse pediu licença. Falou em alemão por alguns minutos e desligou.

– A igreja pode ter informações sobre a família da sua avó. – Ilse sugeriu a Carolyn que verificasse os registros públicos também, e explicou como encontrar o edifício onde eles estavam guardados. – Vou lhe apresentar a minha avó mais tarde. Ela está dormindo agora, mas conhece todo mundo na cidade.

Os registros da igreja forneceram a data do casamento de seus bisavós, assim como do batismo de sua avó. O cartório de registros públicos da cidade tinha gavetas de informações de famílias que retrocediam ao século XVIII! Esgotada, Carolyn agradeceu e se foi. Talvez só tirasse muitas fotos da cidade e depois voltasse para Landstuhl. Rumou para a colina do Hotel Edelweiss.

Ilse lhe apresentou sua avó, Etta, uma adorável senhora de cabelos grisalhos, mais ou menos da idade de Hildie. Mudava do alemão para o inglês e vice-versa com uma facilidade invejável, enquanto Ilse servia sopa de repolho, salsicha com legumes, batatas fritas e salada de cebola.

Ilse perguntou a Carolyn se havia encontrado alguma informação sobre sua família na igreja ou no cartório de registros.

– Encontrei algumas datas importantes na igreja, mas praticamente saí correndo do cartório quando vi quanta coisa eles tinham ali. Eu levaria o resto da vida para olhar tudo aquilo. – Ela deu de ombros. – Minha mãe quer que eu tire muitas fotos, e acho que é o que vou fazer.

Etta passou o prato de salsichas de novo. Carolyn disse que estavam deliciosas.

– Uma velha receita de família – disse a senhora com um sorriso. Ela inclinou a cabeça e estudou Carolyn. – Você mencionou que sua avó tinha uma amiga aqui no Hotel Edelweiss. Sabe o nome dela?

– Sim, Rosie Brechtwald. Já ouviu falar dela?

Etta engasgou.

– Rosie Brechtwald era minha mãe! Minha neta tem o mesmo nome dela: Ilse Rose. Minha mãe escrevia cartas para uma amiga que foi para a América, mas o sobrenome era Waltert. É sua avó?

– Sim! Marta Schneider Waltert. Tenho as cartas da sua mãe comigo.

Carolyn foi até seu quarto, pegou o pacote e voltou lá para baixo.

Etta parecia encantada.

– Eu cresci ouvindo histórias de sua *oma*. Minha mãe costumava ler as cartas dela em voz alta para nós. Elas trocaram correspondência por mais de cinquenta anos! Quando mamãe morreu, escrevi para Marta, mas a carta voltou. Eu gostaria de ouvir o final da história.

– E eu gostaria de ouvir o início e o meio – Carolyn sorriu. – Tenho mil perguntas.

– Você ainda tem as cartas de Marta, mamãe? – Ilse perguntou e olhou para Carolyn. – Ela nunca joga nada fora.

– Vou procurar no baú da família quando acabarmos de jantar.

Etta Bieler levou uma caixa para a sala e a colocou em cima da mesinha de centro, em frente à lareira. Pegou maços de cartas amarradas com fitas desbotadas.

– Minha mãe aprendeu a ser organizada com o pai dela. Quando ele morreu, ela assumiu este pequeno hotel. Mantinha arquivos perfeitos.

As cartas estavam guardadas em ordem cronológica.

Quando Carolyn começou a olhar as cartas de Oma, seu coração se apertou.

– Estão escritas em alemão...

Por que não havia pensado nisso? Todas as cartas de Rosie para Oma haviam sido escritas em alemão.

– Ah, mas olhe no fundo da caixa.

Carolyn retirou o resto das cartas e encontrou um grosso maço de papéis. Os olhos de Etta brilhavam.

– Meus filhos acharam a história da amiga da avó deles muito fascinante, e eu os encorajei a traduzir as cartas quando estudavam inglês na escola. Eles gostaram do exercício, e todos nós apreciamos lê-las outra vez. Eu me lembro delas muito bem. O pai de Marta a fez abandonar a escola e a mandou para Berna para se tornar empregada – riu. – Mas sua *oma* tinha sonhos maiores que ser empregada de alguém. Ela queria aprender francês e inglês para poder ter um hotel como este. Mamãe dizia que o que Marta decidia fazer, ela *fazia*.

– Ela nunca teve um hotel.

– Não, mas teve uma pensão em Montreal. Foi lá que conheceu o marido. Eles se mudaram para os campos de trigo do Canadá e depois para a Califórnia. Está tudo nas cartas. Acho que a única coisa que ela não planejou foi conhecer seu *opa*. Todos nós adoramos essa história romântica. Marta achava que nunca ia se casar, mas aí conheceu o belo Niclas, formado pela Universidade de Berlim, também imigrante. Marta o ensinou a falar inglês.

Ilse bocejou e disse que precisava ir para a cama. Tinha que levantar cedo para preparar o café da manhã para alguns hóspedes que queriam esquiar.

Carolyn se desculpou por segurá-las até tão tarde.

– Você se importaria se eu levasse as cartas lá para cima para ler?

Etta já havia começado a abrir as cartas de Rosie.

– Elas são suas. Nossa família se divertiu com elas, mas você deve guardá-las. São parte da história da sua família.

– Mal posso esperar para lê-las. Faz tanto tempo que quero saber mais sobre os meus avós... Talvez ela também tenha escrito sobre a irmã, Elise. Ela a mencionou algumas vezes para mim... Até dizia que eu me parecia com ela. Mas nunca disse nada além disso.

Etta pareceu perturbada.

– Minha mãe me contou a história. Está nas primeiras cartas... Referências a isso, não detalhes. Talvez você não queira saber.

– Acho que é importante que eu saiba.

– Mamãe dizia que Elise era muito bonita. Tenho certeza de que você se parece com ela. Ela era muito quieta e extremamente tímida; ficava na loja com a mãe enquanto Marta era mandada a trabalhar. Mamãe não falou muito sobre o que aconteceu na família da sua avó, só que Marta não teve uma vida fácil. O pai dela a mandou para Berna.

– Para a escola de serviços domésticos.

– *Ja*, mas minha mãe dizia que Marta queria mais do que isso. Ela foi para Interlaken.

– E trabalhou no Hotel Germania.

– Foi quando o pai dela mandou Elise para trabalhar para uma família rica em Thun. Mas isso acabou muito mal.

Carolyn notou que Etta hesitava.

– Mal como?

– O dono da casa e o filho dele abusaram dela. – Ela baixou os olhos, e Carolyn entendeu. – Marta tirou a irmã daquela casa e a levou de volta ao lar, mas Elise já estava grávida. Ninguém sabia, mas a menina nunca mais saiu depois que foi levada para casa. Todo mundo achava que ela estava cuidando da mãe, muito doente de tuberculose. Marta confidenciou à minha mãe que temia por Elise. Parece que a garota era muito dependente da mãe, e Marta achava que ela a mimava demais. Então, quando a mãe morreu, Elise desapareceu. Todo mundo foi procurar por ela, e foi minha mãe quem encontrou a irmã de Marta no rio. Ela havia congelado até a morte. E a gravidez já era evidente.

Carolyn fechou os olhos. Oma tinha segredos também. O estupro de sua irmã, uma gravidez fora do casamento, suicídio...

Etta prosseguiu com o resto daquilo que sua mãe lhe havia contado sobre uma garota simples, ferida por um pai que não a amava, mas que a usara como fonte de renda para a família, enquanto a esposa definhava pela tuberculose e a delicada filha de rara beleza permanecia escondida como Rapunzel dentro da torre. Quando Marta partiu para trabalhar, seu pai exigiu uma parte do salário, e ela se submeteu até que Rosie Brechtwald lhe escreveu a verdade.

– Mamãe sabia que Marta nunca mais voltaria depois da morte da mãe e da irmã dela.

Carolyn sofria por Oma.

– Desculpe, talvez eu não devesse ter lhe contado.

– Estou feliz porque me contou. Isso explica muita coisa.

Não era surpresa que Oma tivesse sido tão determinada para garantir que os próprios filhos fossem fortes e independentes. Enclausurada pelo medo, enfraquecida pelos mimos de uma mãe carente, Elise não estava preparada para o mundo. No fim, desistiu da vida sem lutar.

Quantas vezes Carolyn havia cogitado fazer a mesma coisa? Uma vez, quase se jogou no mar. Deus usou um homem ferido na guerra para atraí-la de volta. Usou uma gravidez inesperada para lhe dar uma razão para continuar a viver, trabalhar duro e aceitar as consequências e bênçãos que viriam ao longo do caminho. Mas ela se manteve em silêncio também, com a dor presa e soterrada.

"Você se parece com Elise. Ela era minha irmã mais nova, e era muito, muito bonita, assim como você", dissera Oma certa vez, mas não explicara. No entanto, Oma não havia tratado Carolyn da mesma forma que tratara a própria filha. Oma a abraçava, dizia-lhe repetidamente que a amava, incentivava-a a crescer em sua fé. Oma havia aprendido que o amor contido podia fazer uma filha forte, mas também deixava feridas profundas. Dos dois lados.

Carolyn leu as cartas traduzidas pelos filhos de Etta e as colocou com as originais correspondentes, escritas por Oma em alemão. Leu até sentir os olhos embaçados.

Estou na Inglaterra. Papai mandou um telegrama dizendo para eu voltar para casa. Não disse nada sobre Elise nem mamãe, e tive certeza de que esperava que eu passasse o resto da vida na loja...
Prima Felda disse que foi você quem encontrou Elise. Sonho com ela todas as noites...

Mais tarde, Oma se mudou de Londres para encontrar um "ar melhor" e viveu e trabalhou na "bela casa em estilo Tudor" de Lady Daisy Stockhard, que adorava tomar chá todas as tardes às quatro horas. Quando uma das empregadas foi embora para se casar, Oma a substituiu como dama de companhia de Lady Daisy.

Ela é uma senhora muito incomum. Nunca conheci ninguém que conversasse sobre assuntos tão variados e interessantes. Ela não trata os empregados como escravos; tem interesse sincero em nossa vida. Fez-me sentar com ela na igreja domingo passado.
A filha dela nunca está contente com nada, nem com a mãe que tem. Saiu para caçar um marido novamente, e, quando ela se vai, todos na casa respiram mais facilmente, inclusive Lady Stockhard.

Oma escreveu sobre a longa viagem para o Canadá.

Houve dias em que eu teria pulado no mar para acabar com meu sofrimento se conseguisse subir as escadas e chegar ao convés. Eles nos mantinham ali, como gado em um estábulo. A mulher na cama ao lado da minha gemia dia e noite. Sei como ela se sentia, mas às vezes pensava em colocar um travesseiro na cabeça dela, se tivesse um... Posso rir disso agora que estou em terra firme novamente.

E, no Canadá, encontrou muito mais do que estava procurando.

Querida Rosie,
    Eu me casei!
    Nunca pensei que alguém fosse me querer, e certamente não um homem como Niclas Bernhard Waltert... Pensei que estava feliz quando comprei minha pensão, mas nunca fui tão verdadeiramente feliz como agora. Às vezes tenho até medo...

Carolyn entendia muito bem a sensação de não ser digna. Continuou a ler. As cartas de Oma mudaram. A decepção se instalou quando Niclas perdeu o emprego na ferrovia e decidiu se tornar fazendeiro. Oma não conseguia entender como um homem estudado podia gostar de trabalhar a terra.

Querida Rosie,
    Niclas me deixou e foi trabalhar numa plantação de trigo em Manitoba. Ele partiu há três semanas e não sei dele desde então. Estou começando a entender o que Elise sentiu quando saiu andando na neve...
    Eu teria dado qualquer coisa para poder estudar, mas papai dizia que a escola era um desperdício para uma moça. E Niclas, que tem o conhecimento necessário para ser professor, quer jogar tudo fora e viver no meio do nada, preparando o solo e plantando trigo. Ele quer que eu venda a pensão e embarque nessa "aventura" com ele. Eu o mataria se não o amasse tanto...

O avô partira sozinho, e as cartas de Oma mostravam como ela havia sofrido com essa decisão.

Por que devo desistir de tudo aquilo que trabalhei tão duro para conquistar e acompanhar um homem cujo sonho vai nos deixar pobres? Mas como não fazer isso? A vida é estéril sem Niclas. Vou ter o filho dele em breve...

Carolyn leu sobre a vida em uma fazenda de trigo a quilômetros da cidade mais próxima, sobre invernos em que a temperatura caía bem abaixo de zero, sobre um proprietário que não se preocupava com a situação deles e os enganara na divisão dos lucros. Oma escreveu carinhosamente sobre Bernhard e a preocupação que tinha com o bebê que estava para nascer.

Vários meses se passaram até que ela escrevesse outra carta. Nela, fez a primeira menção a Hildemara Rose.

Temo por esta pequenina. Agora entendo como o coração de mamãe se partia cada vez que segurava Elise. Ela também era pequena e frágil...
Reze por sua xará, Rosie. Uma brisa do céu poderia levá-la embora, mas Deus queira que eu não a proteja demais e que não a faça crescer fraca como Elise.

Opa e Oma deixaram a fazenda e foram para Winnipeg. O avô voltou a trabalhar na ferrovia. Outra criança chegou.

Nosso terceiro filho, uma menina chamada Clotilde Anna, nasceu um mês depois que Niclas começou a trabalhar. Ela é robusta como Bernhard e fluente como ele em suas exigências.

Logo Opa começou a falar em plantar de novo. Dessa vez, sonhava com a Califórnia.

Esse homem não vai se dar por satisfeito enquanto as coisas não acontecerem como ele quer. E estou cansada de brigar com ele.

A vida na Califórnia foi difícil. Primeiro, a família viveu em uma tenda ao lado de uma vala de irrigação, depois em uma construção não muito melhor, em uma fazenda de propriedade da...

... sra. Miller, que nos dá ordens como se fôssemos escravos, enquanto ela e a filha, srta. Charlotte, sentam o traseiro no sofá e ouvem programas de rádio na casa grande. O vento e a chuva atravessam nossa casa, e ela espera que paguemos as "benfeitorias". As crianças vivem resfriadas. Temo mais por Hildemara Rose. Ela tem a constituição de mamãe...

Oma informava sobre as façanhas de Bernhard, Clotilde e Rikka de forma prosaica, mas a filha mais velha a deixava perplexa e parecia uma preocupação constante.

O que devo fazer para que minha menina cresça forte? Niclas me diz para ser gentil com ela, para amá-la pela criança que ela é. Mas ele não entende o que acontece com uma criança que não consegue se defender. Não posso ceder e fazer como mamãe, mimando-a e protegendo-a... Prefiro que ela me odeie a que acabe como Elise.

E então chegou o dia em que Hildemara teve coragem de erguer a voz. Carolyn teve dificuldade para imaginar a cena como a carta de Oma descrevia.

Depois de todo esse tempo, minha menina me enfrenta, e o que eu faço? Dou-lhe um tapa na cara. Fiz isso sem pensar. Eu tinha dito uma coisa que magoou Niclas, ele se afastou da mesa de jantar, e então Hildemara Rose me acusou...
Vi o sofrimento em seus olhos. Eu queria sacudi-la. Queria dizer que ela tinha todo o direito de gritar comigo, que não precisava ficar lá, parada, e aceitar aquilo! Ela teria dado a outra face se eu levantasse a mão para ela de novo.
Não choro assim há anos, Rosie. Desde que mamãe e Elise morreram.

Carolyn se deitou e fechou os olhos. Nunca tinha visto Oma chorar, nunca imaginara a profundidade da dor que ela carregava. Oma havia ido para o túmulo em silêncio, ainda ferida. Carolyn percebeu como elas eram parecidas, e sua mãe também. *Quantas maneiras prejudiciais de enfrentar os problemas temos transmitido às gerações seguintes, Senhor? Mostre-nos, para que possamos transformar espadas em arados.* Enxugando as lágrimas, ela agradeceu a Deus novamente por May Flower Dawn. Deus a usara, e a outros guerreiros oradores, para derrubar os muros entre gerações. *Sinto falta dela, Senhor. Tive tão pouco tempo com ela...*

E então sentiu a resposta dele. *Você tem o tempo e a eternidade.*

A partir daí, Hildemara ainda se impôs ao escolher ir para a escola de enfermagem, contra a vontade de Oma. Mas, quando ela se formou como primeira da classe, o orgulho de Oma era evidente.

Ela não é mais uma criança tímida. Minha filha sabe qual é seu lugar no mundo. Sinto tanto orgulho dela, Rosie.

Opa teve câncer.

Não tive saída: precisei pedir à Hildemara para abdicar da vida dela e voltar para casa. Ele precisa de uma enfermeira. Está piorando a cada dia, e não suporto vê-lo com tanta dor. Ela é um enorme consolo para nós dois.

Oma superou a morte do marido, então começou a se preocupar com Hildemara Rose novamente. Ela não voltou para o Hospital Merritt, onde trabalhava antes de Oma pedir que voltasse para casa e cuidasse do pai. Carolyn entendeu que uma crise se avizinhava, e, na carta seguinte, viu o que havia acontecido.

Um jovem veio para o funeral do Niclas. Eu nunca o tinha visto antes, e Hildemara nunca o mencionara. Mas, quando vi os dois juntos, soube que se amavam. Ela enfiou na cabeça que precisava ficar e cuidar de mim. Como se eu não pudesse cuidar de mim mesma! Ontem falei o suficiente para que ela fizesse as malas e partisse. Agradeço tudo o que ela fez, mas já chega.

Eu me ofereci para levá-la até a estação de ônibus hoje de manhã, esperando ter uma chance de me explicar um pouco melhor, mas ela já havia pedido ao irmão que a levasse.

Ela estava magoada e com raiva, mais uma vez interpretando mal minhas intenções. Quando ela vai entender quanto a amo? Teria sido tão fácil deixá-la ficar para me confortar! Mas a que custo para ela? Elise foi o conforto de mamãe e sofreu por isso. Assim como mamãe no final, apesar de não ter vivido a plenitude disso. Não importa quanto doa, tenho que ser forte pelo bem de Hildemara Rose.

Quando Hildemara teve tuberculose, Oma vivia com medo de que ela morresse.

Fui ao Arroyo del Valle para ver Hildemara Rose. Ela estava pálida como mamãe e com as mesmas olheiras profundas. Não vi nenhuma vida nos olhos dela assim que cheguei. Fiquei apavorada...

Eu disse que ela era covarde. Fiquei com o coração partido, mas zombei de minha filha e a humilhei. Graças a Deus ela reagiu e ficou furiosa. Os olhos dela cuspiram fogo, e eu quase dei risada de felicidade. É melhor que ela me odeie por um tempo do que desista da vida e seja posta precocemente numa cova. Ela estava tentando se levantar quando eu me afastei...

Carolyn piscou para conter as lágrimas enquanto lia a descrição de Oma do nascimento de Charlie. *Ah, Charlie. Ainda sinto tanto a sua falta que chega a doer.* Oma ainda se preocupava com a ruptura entre ela e Hildie.

Hildemara Rose e eu nos damos bem, mas existe um muro entre nós. Sei que fui eu que o construí. Duvido que ela tenha me perdoado pelas palavras duras que lhe disse no sanatório, mas não vou pedir desculpas. Talvez tenha de provocá-la de novo. Farei o que for preciso para mantê-la animada. Ah, mas dói muito fazer isso. Fico pensando se um dia ela vai conseguir me entender.

Não, Oma, acho que ela nunca entendeu. Pelo menos ainda não. Anos mais tarde, Oma escreveu sobre o broche de ouro, jade e pérola. Carolyn o tocou enquanto lia.

Fiquei tão maravilhada e emocionada com o presente de Hildemara que disse uma coisa idiota. Pude ver a dor nos olhos dela. Dizer coisas ofensivas a ela se tornou um mau hábito. Tentei consertar, mas ela já havia se virado, e não consegui chamá-la de volta. Eu pego o broche todos os dias e olho para ele. Minha menina tem um coração bom e generoso...

Oma havia tentado se aproximar de Hildemara nos últimos anos, e esta se recolhera. Elas nunca tiveram alguém que as aproximasse, como May Flower Dawn havia feito com ela e sua mãe. Dawn havia construído uma ponte para que o mesmo erro não se repetisse na próxima geração.

Às vezes, as sementes caem sobre a rocha, mas ainda encontram uma maneira de crescer, de ir para cima, em direção ao sol, de se apegar à vida não importa o que aconteça. Oma havia feito isso. Ela havia deixado um legado.

Aguente o que quer que a vida ofereça. Aprenda tudo o que puder. Conte suas bênçãos. Nunca desista. Continue crescendo no Senhor.

Uma semana com Oma havia mudado May Flower Dawn. Oma dissera certa vez que a bisneta tinha um espírito doutrinável.

Dawn havia sido a melhor de todas as mulheres da família. Ela tinha o ímpeto e a ambição de Oma, não de posses, mas de se tornar a mulher que Deus pretendia que ela fosse. Havia se tornado enfermeira como a avó, preocupada com os outros. Carolyn muitas vezes imaginava que qualidades poderia ter passado para Dawn, e percebia agora que a filha havia sido machucada também, mas se entregara. E Deus não havia esmagado o junco frágil.

Carolyn desceu para o café da manhã e encontrou os outros hóspedes já saindo. Etta colocou uma cesta de pães frescos sobre o aparador quando Carolyn se serviu de uma xícara de café.

— Passei a maior parte da noite lendo as cartas. Com certeza aprendi muito a respeito dos meus avós e da minha mãe. Muito obrigada por me dar as cartas.

Etta sorriu.

— Eu cresci com as histórias das aventuras de Marta. Sua *oma* era uma mulher notável. Eu adoraria tê-la conhecido.

O telefone tocou, e Etta atendeu.

— É para você.

Georgia.

— O Jason vai ser transferido para o Brooke Army Medical Center, em San Antonio. Ele vai ser levado para os Estados Unidos em poucos dias. Estamos prontas para voltar para casa assim que você estiver.

Carolyn falou com Mitch pelo Skype, deu-lhe a boa notícia e perguntou:

— A mamãe já foi para a cama?

— Não, ela adormeceu no sofá enquanto assistíamos ao noticiário. — Ele riu. — Estou no escritório e posso ouvi-la roncar.

— Pode chamá-la? Tenho algo importante para contar para ela.

Passaram-se vários minutos até que Hildie apareceu na frente do monitor.

— Mitch disse que você queria falar comigo.

— Estou no Hotel Edelweiss, com a filha de Rosie Brechtwald. Oma te amava, mamãe. Ela tinha orgulho de você.

— Eu sei.

— Não, mamãe, você não sabe. Mas eu tenho provas, muitas provas, e tudo com a letra dela. Rosie Brechtwald guardou todas as cartas de Oma. A filha dela as deu para mim. Você vai poder ler quando eu chegar em casa.

— Bateu muitas fotos? — A voz de Hildie estava trêmula.

— Sim, mamãe. Pelo menos umas cem.

— Quando você e Faith chegarem, vamos tomar chá com biscoitos e fazer um álbum juntas.

– Vai ser maravilhoso.

Então elas conversariam sobre coisas que haviam mantido ocultas, jogariam luz sobre as sombras, expulsariam quaisquer dúvidas remanescentes.

– Eu te amo, mamãe. Vejo você em breve.

– Eu também te amo, querida. Sempre te amei.

"Amai uns aos outros", disse Jesus. Às vezes é preciso uma vida inteira para aprender como. Às vezes é preciso chegar ao fundo do poço para poder estender a mão, se agarrar e ser puxado do lodo para uma base firme.

Às vezes é preciso que uma criança nos mostre como amar, e outra criança, deixada para trás, nos lembre de dar um passo de cada vez.

Faith, fé. Dawn dera um nome muito apropriado à filha. Todas as vezes que Carolyn dizia o nome dela, lembrava-se do que May Flower Dawn havia sonhado. Hildie também, assim como Jason e todos os outros membros da família. *Mantenha a fé. Alimente-a. Deixe-a crescer. Veja o que acontece quando você faz isso.*

Deus iluminaria o caminho. A fé os manteria no rumo certo.

Nota da autora

Caro leitor,

Desde que me tornei cristã, minhas histórias relatam as lutas que tenho enfrentado em meu próprio caminho de fé ou as questões que nunca resolvi. Foi assim que esta série de dois livros começou. Eu queria explorar o que causou o racha entre minha avó e minha mãe durante os últimos anos de vida da vovó. Seria um simples mal-entendido que elas nunca tiveram tempo para resolver? Ou algo mais profundo que crescera ao longo dos anos?

Muitos dos acontecimentos desta narrativa foram inspirados pelas pesquisas que fiz sobre a história da minha família, por coisas que li sobre ela nos diários de minha mãe ou que passei na minha vida. Talvez você já tenha adivinhado que Carolyn é meu *alter ego*, mas só um pouco da minha vida está entrelaçado com a dela. Mamãe teve tuberculose quando eu era uma garotinha, e vovó foi morar conosco para ajudá-la enquanto ela se recuperava. Quando minha mãe ficou boa o suficiente, nós nos mudamos para uma parte da propriedade onde meus pais construíram a casa deles, desde os alicerces. Ainda adoro o cheiro de serragem.

Mas, diferentemente dos Arundel, nossa família era próxima. Jantávamos todos juntos e ficávamos ao redor da mesa conversando. De muitas maneiras, crescer nos anos 50 e início dos 60 na Califórnia foi como viver em Camelot. Tive uma infância idílica, apesar dos graves acontecimentos da época: o "Perigo Vermelho", a crise dos mísseis em Cuba, o assassinato de Kennedy. Meu pai, assim como alguns vizinhos, construiu um abrigo antibombas. (Pelo que sei, as pessoas os transformaram em adega.)

Como Carolyn, eu conheço meu marido, Rick, desde criança. Meu irmão, Everett King, serviu nas Forças Armadas, assim como Trip, Charlie e Jason. Ele era da Inteligência do exército e foi ferido e capturado durante a Ofensiva do Tet, em 1968. Pela graça de Deus, conseguiu escapar. Foi uma matéria sobre Everett no jornal da cidade que trouxe Rick de volta à minha vida. Ele estava servindo no Corpo de Fuzileiros Navais lotado no Vietnã na mesma época que meu irmão. Sua mãe lhe enviara um recorte de jornal que falava que meu irmão havia desaparecido em ação e, mais tarde, outra matéria relatando sua fuga. Rick me escreveu dizendo que eu tinha sorte de ter meu irmão de volta. Começamos a trocar correspondências, namoramos quando ele voltou e nos casamos um ano depois.

Rick foi dispensado do serviço no Vietnã e voltou para a faculdade, primeiro ao Chabot Junior College, e em seguida na UC Berkeley, onde se licenciou em história americana. No entanto, a aviação estava em seu sangue, e ele acabou abrindo o próprio negócio: a empresa River Aviation Services. Tínhamos três filhos pequenos na época, e passávamos o tempo juntos no escritório. Nossos filhos brincavam com as embalagens, escondendo-se nos flocos de isopor, achando que não sabíamos onde estavam. Cresceram ajudando e aprendendo o que significa trabalhar duro para construir alguma coisa juntos.

Como Carolyn, perdi a fé em Deus por um tempo, e depois (muito mais tarde que ela) clamei por ele. Carolyn teve mais momentos de insegurança e dificuldade, mas a maioria de nós precisa "chegar ao fundo ao poço" para reconhecer a necessidade de ter Jesus como Salvador *e* Senhor. O simples resgate nunca é suficiente; ainda temos o resto da vida para viver. Acreditar que Deus tem um plano e um propósito para cada um de nós nos liberta para seguir em frente, sabendo, em Cristo, que temos um grande potencial.

Embora esta saga muitas vezes esteja centrada no relacionamento entre mãe e filha, os homens de ambos os livros desempenham papéis importantes também. Não conheci meu avô, mas gosto de imaginar que ele era como Niclas. Ele morreu de câncer no fígado antes que eu nascesse e foi o primeiro paciente particular de minha mãe. Ela me disse uma vez que ele cantava hinos alemães no pomar quando estava trabalhando. Trip me faz lembrar meu pai, que serviu como capitão no exército dos EUA durante a Segunda Guerra Mundial e foi socorrista durante a segunda onda no Dia D. Ele sonhava em ser médico, mas desistiu para ser policial e, mais tarde, legista e administrador público de Alameda County. Ele nunca compartilhou detalhes da guerra. (Nem o pai de Rick, que passou três anos e meio em Los Baños, uma infame prisão japonesa nas Filipinas.)

Mitch é muito parecido com meu marido, Rick. Ele me ama, apesar dos meus defeitos. Crescemos juntos e encorajamos um ao outro em nossa fé. Ele me deu liberdade para fazer aquilo a que Deus me chamou e é meu maior incentivador (literalmente, durante anos, enquanto eu não ganhava um centavo com minha escrita). E Jason tem semelhanças com nosso genro, Rich, um jovem de fé e trabalhador, que entrou para o exército para oferecer a nossa filha, Shannon, uma vida melhor. Depois de quatro anos no outro lado do país, deixou a Força Aérea e entrou para o setor privado. Somos abençoados porque eles vivem na mesma cidade que nós (e também por nossos filhos e suas famílias estarem todos por perto). Rich é meu "suporte técnico", e Shannon gerencia meu site.

Durante os últimos três anos trabalhando nesta série sobre o legado de Marta, fiquei com o coração cheio de lembranças maravilhosas e lições valiosas duramente conquistadas por minha avó e minha mãe e passadas amorosamente para mim. Sou grata por isso. Nenhuma delas achava que era boa o suficiente, mas isso não as impediu de me incentivarem. May Flower Dawn começou como uma criança egocêntrica e se transformou em uma mulher amável e sábia. Sua jornada é aquela que toda mulher deseja testemunhar na filha, como testemunho na minha.

Nossas experiências podem ser diferentes; os tempos em que crescemos podem ser polos opostos; no entanto, sei que posso compartilhar os mesmos anseios de minha avó, minha mãe e minha filha. Quero ser amada e aceita como sou. Quero um propósito. Quando eu for mais velha e olhar para trás, quero ter deixado um legado de fé em Jesus Cristo. Como Marta, quero que meus filhos e netos permaneçam firmes na fé, independentemente do que o mundo faça com eles. Quero que saibam que, enquanto esperam o céu, Deus tem um propósito bom para eles neste mundo caótico e cheio de almas perdidas que anseiam por amor, aceitação e propósito, coisas que só encontrarão em Jesus Cristo.

E, como Marta, sonho que todos nós, um dia, estaremos juntos com nosso Senhor, que nos livrará da imperfeição da natureza humana e nos transformará em filhos perfeitos do Rei dos reis.

Provérbios 3,5-6
Francine Rivers

Guia para discussão

1. Hildie e Trip deixaram passar alguns sinais evidentes de que algo traumático havia acontecido com Carolyn. Quais foram esses sinais? Mais tarde, no capítulo 4, quando eles discutem sobre Hildie voltar a trabalhar, Trip diz: "Uma menininha não deveria ficar tanto tempo sozinha. Podem acontecer coisas". Discuta a ironia nessa afirmação. O que, na dinâmica da família, fez Carolyn ficar vulnerável a um predador como Dock?
2. Você acha que Hildie mudou do livro 1 ao 2? Em caso afirmativo, como e por quê? Você gosta dela mais ou menos neste livro?
3. Carolyn foge, em sentido literal e figurado, depois de receber a notícia da morte trágica do irmão. Essa foi uma resposta realista? Por quê? Alguma vez você já desejou poder fugir de uma realidade dolorosa? Como lidou com isso? Já esteve no lugar dos pais e da avó de Carolyn – não saber o paradeiro de alguém que ama? Como foi? Que conselho você daria a alguém que está enfrentando uma situação como essa?
4. Quando Carolyn encontra Mary no Parque Golden Gate, esta diz que sentiu um impulso de fazer sanduíches extras pela manhã, apesar de não saber por quê. Alguma vez você já sentiu que Deus o le-

vou a fazer algo que você não entendia? Você seguiu esse impulso? Por quê?

5. Quando Carolyn volta para casa depois de dois anos desaparecida, Hildie e Trip não a pressionam para contar detalhes sobre o que aconteceu. Você acha que foi uma decisão sábia? Como isso ajudou e como prejudicou Carolyn? Em sua vida, como você mantém o equilíbrio entre se intrometer e se preocupar com aqueles que ama?

6. Quando Carolyn termina a faculdade e paga a dívida com os pais, Trip e Hildie lhe devolvem o dinheiro. Você ficou surpreso com a ação deles? Por quê? Por que é difícil para Carolyn aceitar o presente? Você já deu ou recebeu um presente inesperado e extravagante? Qual foi a motivação por trás disso? Qual foi a resposta?

7. Por muitos anos, Carolyn encontra apoio e comunhão mais atraentes no AA do que na igreja. Por quê? O que isso diz sobre o AA? E sobre a igreja? O que finalmente muda a visão de Carolyn acerca dos cristãos? Você conhece alguém que tem uma visão negativa da igreja? O que poderia dizer ou fazer para incentivar essa pessoa a dar outra chance à igreja? Que outras influências Deus traz à vida de Carolyn para mostrar a verdade do amor dele por ela?

8. Perto do fim da história, Hildie reflete que Deus enviou Mitch para resgatá-la, assim como havia resgatado Carolyn anos antes. De que maneira Mitch "resgatou" Carolyn? Como poderia ter sido a vida dela se ela nunca tivesse se casado? E se tivesse se casado com alguém menos compreensivo e solidário?

9. A escolha de Marta de não morar em Jenner by the Sea com Hildie e Trip parece abrir um precipício intransponível entre mãe e filha. Para Hildie, qual o motivo de Marta não querer morar com eles? O que Marta realmente quer? Por que elas são incapazes de discutir isso racionalmente?

10. No capítulo 30, quando Dawn e Carolyn vão visitar Marta por uma semana, Marta diz que "tornar as coisas mais fáceis para os filhos às vezes é a pior coisa que você pode fazer". Você concorda ou discorda? Como vê isso ilustrado na história? E em sua vida?

11. Como Marta muda ao longo dos dois livros? Em que ela mais mudou? Em que aspectos continua a mesma?

12. Quando Dawn confessa à mãe que dormiu com Jason, a resposta de Carolyn é complacente e não crítica. Como as experiências de Carolyn influenciam sua resposta a Dawn? Como você responderia a tal confissão de seu filho ou sua filha? Como gostaria de responder?
13. Como a experiência de Dawn com a igreja depois de transar com Jason difere da experiência de Carolyn depois de voltar de Haight--Ashbury? Por que é diferente? Como a resposta generosa do pastor Daniel afeta o futuro de Dawn e a caminhada dela com Cristo? Você já esteve em posição de aconselhar alguém que cometeu um erro e acha que não pode ser perdoado? O que disse (ou diria)?
14. Perto do fim da história, Dawn toma uma decisão importante que afeta a vida de sua futura filha. Como a luta de Dawn contra o aborto e a infertilidade pode ter afetado essa decisão? O que você teria feito no lugar dela? Discuta a escolha de Dawn de não falar sobre isso com o marido ou a família. Esse foi o jeito certo de lidar com a situação? Por quê? Como você acha que Jason se sentiu quando soube o que estava acontecendo?
15. No capítulo 55, Dawn lê este trecho no diário de Marta: "Tentamos agir um pouco melhor que a geração anterior, e descobrimos, no fim, que cometemos os mesmos erros sem querer". Como você vê isso ilustrado na história? Como você vê comportamentos negativos que facilmente se transformam em hábitos em sua própria vida, como Hildie menciona no capítulo 56?
16. Quando as três gerações (Hildemara, Carolyn e May Flower Dawn) finalmente se sentam para conversar, discutem muitos dos "segredos de família". Discuta as revelações e os efeitos de finalmente trazê-las à tona. Você ficou satisfeito com o que elas falaram e com a forma como o fizeram? De que maneira gostaria que tivesse sido? As respostas foram realistas e/ou as que você esperava?
17. A certa altura, Marta diz a Dawn que há pessoas que nos levam para baixo e outras que nos dão asas. Como algumas das personagens desta saga dão asas às pessoas? O que você pode fazer em seus relacionamentos para dar asas àqueles que ama, em vez de levá-los para baixo?

18. Embora a Bíblia deixe claro que as crianças não são responsáveis pelos pecados de seus pais (ver Ezequiel 18,20), também é verdade que os padrões destrutivos tendem a continuar nas famílias e a ter um impacto negativo sobre as sucessivas gerações (ver Êxodo 20,5). No período abarcado nos dois romances, que padrões de relacionamento se repetem entre mães e filhas? E entre avós e netas? De que formas os padrões são finalmente quebrados? A resolução foi realista? Que padrões de relacionamento – negativos ou positivos – ocorrem em sua família? Se os padrões forem negativos, o que você faz, ou poderia fazer, para quebrá-los?
19. Existem segredos na sua família, sejam de gerações passadas ou atuais? Para quem você gostaria de contar esses segredos? Que tipo de resposta você acha que teria? Que resposta gostaria de ter?
20. Este romance contém muitos relacionamentos, conversas, rixas e momentos de reconciliação. Dedique uns minutos para listar algumas de suas cenas favoritas e diga por que você foi especialmente tocado ou desafiado por elas.

Este livro foi composto na tipografia
Sabon LT Std, em corpo 10,6/15,2, e impresso em
papel off-white no Sistema Digital Instant Duplex
da Divisão Gráfica da Distribuidora Record.